第二届

廉洁文学创作大赛获奖作品集

南孔杯

散文卷

『南孔杯』大赛组委会 编

浙江文艺出版社
Zhejiang Literature & Art Publishing House

图书在版编目(CIP)数据

第二届"南孔杯"廉洁文学创作大赛获奖作品集 /
"南孔杯"大赛组委会编. — 杭州:浙江文艺出版社,
2024.9

ISBN 978-7-5339-7630-9

Ⅰ. ①第… Ⅱ. ①南… Ⅲ. ①中国文学 – 当代文学 –
作品综合集 Ⅳ. ①I217.1

中国国家版本馆 CIP 数据核字(2024)第 104902 号

策划统筹	王英姿　陈晓青　陈　琪
责任编辑	邵　劼　童潇骁　沈路纲　陈兵兵
特约编辑	高亚鸣　胡晓峰
责任校对	牟杨茜　陈　玲
责任印制	吴春娟
封面设计	吕翡翠　徐然然
封面插画	吴建明

第二届"南孔杯"廉洁文学创作大赛获奖作品集

"南孔杯"大赛组委会 编

出版发行	浙江文艺出版社
地　　址	杭州市环城北路 177 号
邮　　编	310003
电　　话	0571-85176953(总编办)
	0571-85152727(市场部)
制　　版	浙江新华图文制作有限公司
印　　刷	浙江新华数码印务有限公司
开　　本	710毫米×1000毫米　1/16
字　　数	427千字
印　　张	34.25
插　　页	6
版　　次	2024年9月第1版
印　　次	2024年9月第1次印刷
书　　号	ISBN 978-7-5339-7630-9
定　　价	68.00元(全二册)

第二届 南孔杯 廉洁文学创作大赛
终评委和审读委成员名单

终评委

◎ 主 任

阎晶明 中国作家协会副主席、鲁迅文学奖得主

◎ 评 委

黄亚洲 中国作家协会原副主席、鲁迅文学奖得主

柳建伟 中国文字著作权协会会长、茅盾文学奖得主

李晓东 中国作家协会社联部主任、文学博士

王旭烽 浙江农林大学教授、茅盾文学奖得主

钟求是 浙江省作家协会副主席、鲁迅文学奖得主

审读委

哲 贵 浙江省作家协会副主席、《江南》杂志社副主编

王英姿 浙江省作家协会一级调研员

翟业军 浙江大学中国现当代文学与文化研究所常务副所长、教授、评论家

陈 洁 浙江大学文学院教授

陈力君 浙江大学中国现当代文学与文化研究所副所长、副教授

张晓玥 浙江工业大学人文学院院长、教授

徐绛雪 浙江工业大学人文学院中文系主任、副教授

邱晓丹 浙江工业大学人文学院中文系副教授

赵顺宏 浙江财经大学人文与传播学院教授

荆亚平 浙江财经大学人文与传播学院教授

蔡海燕 浙江财经大学人文与传播学院教授

姚晓萍 浙江财经大学人文与传播学院副教授

汤燕君 浙江财经大学人文与传播学院副教授

第二届 南孔杯 廉洁文学创作大赛
获奖作品·散文卷

优秀奖

- 《儒家清风，民本尚廉》/ 丁运时

- 《柯城清芬》/ 林文钦

- 《大儒张载》/ 蔡相龙

- 《懂你》/ 徐丽琴

- 《县官焦云龙——"清代焦裕禄"》/ 李文佑

- 《爷爷的"传家宝"》/ 周庆国

- 《衡山荷莲润镇安》/ 成莹

- 《烂柯山下访赵抃》/ 肖诚贵

- 《父亲》/ 林娜

- 《生命的高度》/ 骆有云

- 《打卤面的筋骨》/ 杨乃平

- 《本草之心》/ 陈白云

- 《一盘小龙虾》/ 王桂芹

- 《中国，廉洁自律的典范》/ 杨从彪

- 《红岩笔记》/ 胡德江

- 《子在川上曰》/ 汪爱芬

- 《从"胡公"身上悟为官之道》/ 张升航

- 《外公家的荷塘》/ 徐浩然

组织奖

- 浙江省作家协会《江南》杂志社
- 河北省作家协会
- 山西省作家协会
- 湖南省作家协会
- 四川省作家协会
- 甘肃省作家协会
- 宁夏回族自治区作家协会
- 杭州市作家协会
- 宁波市海曙区作家协会
- 山东省纪委监委
- 广东省纪委监委
- 宁夏回族自治区纪委监委
- 江苏省泰兴市纪委监委
- 衢州市开化县纪委监委
- 安徽体育运动职业技术学院

清风廉韵满三衢

阎晶明

　　清廉，既是中华优秀传统文化需要传承、弘扬的美德，更是时代对每一个人提出的要求，还应是我们发自内心的主动修为。倡导、弘扬清廉之举，也是文学创作应当具有的主题。为此，我们既需要从传统文化中汲取养分，更应当按照新时代新要求，提升境界，锻造品格。

　　人间仙境、棋悟人生的衢州，曾因孔门南迁而成孔门正宗之地。作为南国儒学重镇，儒风传承，代有所盛。衢州孔庙，临街而立，化入民间，格局建筑一如旧制，银杏高耸、翠竹依人，湖平如镜，庄严雍容之中，透出的是清雅高洁。

　　清廉，是儒学重要内涵。"孔子成《春秋》，而乱臣贼子惧"，"春秋笔法"，其评价人物事件的根本标准之一，便是清正；"《诗》三百，一言以蔽之，曰思无邪"，正确的导向，对正能量和正确价值观的弘扬，是孔子选诗之根本权衡。而典籍中关于廉之论述，所在多有，俱为佳言警句，影响深广。如"廉者，正也""廉不言，则无怨。公生明，廉生威""廉者，民之表也。一日而无廉，则百日不知其廉矣""廉者，民之兴也；贪者，民之亡也"……廉当属先贤口中的高频词，足见先贤对于廉洁的高度重视。

　　儒学传承，学派多有，汉学宋学有别，理学心学各异，然崇廉之风，从未有变。周敦颐咏莲之"出淤泥而不染，濯清涟而不妖，中通外直，不蔓不枝，香远益清，亭亭净植"的"花之君子"的品格，更将廉洁品格做了形象化、人格化的比喻描述，南孔家庙中荷塘，年年莲叶田田，廉风怡人。

进入新时代，浙江省纪委监委、衢州市委认真学习贯彻习近平新时代中国特色社会主义思想，特别是习近平总书记关于廉洁建设的系列重要论述，自觉实现"第二个结合"，积极发掘弘扬传统优秀文化中蕴含的宝贵精神财富，举办南孔杯廉洁文学创作大赛，向全国作者广泛征集廉洁主题的小说、散文作品，反响强烈。以本次大赛为例，共收到参赛作品2160篇，其中浙江省内作品809篇，省外1351篇，相比第一届872篇参赛作品，数量大幅增加。经初审、复审专家严格评选，充分听取纪检监察、文学等领域专家意见，实名投票，得出最终结果。

入选作品或以小说形式讲述廉洁故事、回望孔氏南迁的艰辛与坚定；或以散文深情歌咏赵抃等生长在衢州大地上的廉洁之士；或取譬连类，以花树喻人，发掘人间共有之尚廉精神。虽就艺术水准而言，仍有可提升处，然其中渗透出的，之于廉洁文化、之于三衢热土、之于南孔圣地的礼赞吟咏，令人感佩欣慰。"不敢腐、不能腐、不想腐"三位一体，以"不想腐"最根本，其内核，便是自孔子一脉而今的廉洁文化与操守精神。衢州全域实行公务餐改革，在全市机关或乡镇食堂，一律扫二维码，15元用一餐，不宴请，更不上酒，自扫自食，清洁、轻松、轻快、清廉，感觉老传统的"吃派饭"又回来了。孔子云："一箪食，一瓢饮，在陋巷，人不堪其忧，回也不改其乐。贤哉，回也！"今天，我们生活好了，经济繁荣、美好生活的新时代，不再"在陋巷"，然勤俭、清廉之风，更需发展弘扬。

愿清廉成为文学不朽的主题，为社会提供更多正能量。

是为序。

2024年3月20日

（作者系中国作家协会副主席、全国政协文化文史和学习委员会副主任、鲁迅文学奖得主）

散文卷

目　录

优秀奖

散 文 卷

第二届 **南孔杯**

廉洁文学创作大赛获奖作品集

NANKONG QINGFENG

一等奖

颁 奖 词

《家事·家风》

　　《家事·家风》以追忆形式展现了一位平凡父亲坚守清廉的一生。作者王冰将点滴回忆汇于笔下，于历史发展的进程中，撷取生活的真谛。家风的力量，体现于作者对场景和情节的细微呈现、对故事和情感的真实表达、对人物内心敏锐又不失温情的刻画。微观洞察与真实的力量，引人共鸣，且余韵悠远。

家事·家风

王 冰

一

我出生在上世纪七十年代，那时候温饱还是无虞的。但"饱"并不代表"不饿"，真正解饿是要油水的，缺少油水，光吃粮食，照样饿，姑且称之为"饥饿感"吧。

"饥饿感"最直接的表现就是"馋"。对孩子来说，对荤腥的贪恋，是入骨的勾痒。荤腥主要来自沟塘，黑色的螺蛳、须爪妖娆的青虾、柳叶状通体透亮的各色小杂鱼，是孩子嬉戏的玩具，更是解馋的吃食。捉到小鱼小虾，不剖不择，随手掐片荷叶缠裹，捡来砖头瓦块就地支灶生火。等荷叶外层烤至焦煳，清新的香气从缝隙里飘溢而出，像伸出的一只只小手，撩人味蕾。

后来分田到户，河塘沟渠因难以切割而"公"着。"公"自然有"公道"，除了每年集中组织一两次捕捞外，平时村民谨遵不成文的"河规"：一是不用制式的渔具，钓钩、网罩、罾罟、渔笼均在禁止之列，更不用说后来赶尽杀绝的地笼王以及电打鱼、药毒鱼了，徒手是最无异议的，因而练就了一批民间摸鱼高手；二是只能捉野生的杂鱼，公家放养的"青草鲢鳙"属禁止之列，长大的杂鱼也要归公的，比如黑鱼，这种处于食物链顶端的鱼类，人们是不会放养的，但一旦长大，抓到后就要放归河里，这就是那时的公私界线，泾渭分明。

人人有着一颗羞耻心，又都有一个臭皮囊。对于小孩子来说，当馋虫肆虐的时候，羞耻感便会让位于臭皮囊，"人"就退化成了"物"，这是一条黑鱼带给我的体验。与那条黑鱼的意外相遇，让少年的我面对诱惑时，经历了从知耻欲止到纠结挣扎，再到灵魂出窍、底线崩塌的心路历程，深感身体里兽性的顽固与强大。

村口西南有一片低洼地，村民管它叫大滩，雨季时水覆流岸沿，气势浩荡，此后随着持续不断的干旱，河水快速蒸发，滩底就会出现一片片的水洼子。大滩水浅，是孩子们的夏日乐园，大人们泡澡纳凉都是去村西边的深塘里。那天临近正午，大滩里的水晒得有点烫脚，我上岸后躺在柳树下睡着了。梦里母亲吆喝我回家吃饭，饭桌上摆着一条香喷喷的黑鱼，我刚要动筷，黑鱼却突然张开了嘴，狠狠咬住我的手不松口。我悚然惊坐，天已过午，显然母亲喊我吃饭时，我没醒，一只蚂蚁正在我手背上叮咬。

我定了定神，使劲地揉着眼，恨不得把眼球挤出来、扔过去，极速弄清眼前的一幕，我说的不是手背上的蚂蚁，是一条跃出水洼而陷在滋泥里的黑鱼。我如飞箭般"嗖"的一声冲过去，只见它艰难地翕动着腮鳍，吐着泡沫，延口残喘着。黑黢黢的皮肤、凶悍丑陋的长相、精壮的体形，与惯常所见的黑鱼不同，它的脊背呈秋草样的青黄，腹部灰白且异常饱满，凸起的弧线似一轮弯月。它也是母亲，一位等产的母亲，可是由于水位下降，它失去了盘根树、砂姜窝等硬质的排卵地。憋着一肚子籽无处可甩，水又热得难耐，它只好用尽最后一丝力气逃离出水，不问生死。原来蚂蚁咬我让我醒来，是让我救救这个苦难的黑鱼母亲。世间沟壑纵横，母亲的心总是相通相恤的。当然这些都是我后来的联想与认知，与黑鱼对视的那一刻，我眼里只有"贪婪"。

那个年代，"公家财物不能私有"是刻进骨头里的"天条"，我抱起黑鱼，想到被发现后周围人的指指戳戳，想到父母的痛斥与责打，极不情愿又无奈地把它放回水中。如同经历了一场殊死搏斗，我瘫坐在滚烫的滋泥上，身心一片空虚。几分钟后，意想不到的事情再次发生，那条黑鱼又跃出了水面，落在我的脚旁，奄奄一息。这次臭皮囊彻底成了主宰，所有条条框框和羞耻感瞬间分崩离析。带走它，我很快为自己找到了充分遮羞的遁词：这是天意，是它自己蹦上来的，何况我已放走它一次，我不带走它，它也会死掉的。

不像平时摸点小鱼小虾，随便火急火燎即可下肚，这么大一条黑鱼，到哪里去做呢？去自己家、爷爷奶奶家或者亲戚家，无疑是自投罗网，断然不行；送村里其他人家，怕也没谁敢收留，毕竟黑鱼和我都是"有主物"；对，去村东头张奶奶家，她是村里的"五保户"，我家每次改善伙食，母亲总要盛碗饺子或撕个鸡腿差我给她送去。决定去张奶奶家做鱼，我已从心底把羞耻遮盖得天衣无缝，甚至生发出一份尊老助残（张奶奶双目失明）的正义感。

事情很快就败露了，我想这事肯定是要"上会"的。父亲对子女的教育极其严格，方式也特别——开"家务会"。后来我当兵到部队，才知道有个会议叫"班务会"，还写入了条令条例。父亲曾经在部队服役八年，当了七年的班长。"家务会"无疑是"班务会"的家居版，他自然驾轻就熟，次次能开出高质量。果然不等母亲提议，父亲先开了口，说晚饭后开会。我哪还有心思吃饭，如果碗里是后悔药，我宁愿吃到撑死。

那天，父亲没有惯常的大声呵斥，也没有淡泊功名利禄、视金钱如粪土之类的豪言壮语，只平静地说公是公、私是私，不是自己的东西，大风刮来的不要，浪头打出的不捡，来路不明的不沾，"外财"终归是要"咬手"的。他是说给我听的，也像是他内心的独白。父亲的话矫正着我人生的航向，也带给我自制的力量，成为我一生恪守不渝的信条。

二

过去家乡人对生育的态度极其随意，挂在男人嘴边的话是："一个羊是赶，两个羊也是放，生！"在他们看来，生儿育女是再自然不过的事，就像春种秋收、割麦打场一样稀松平常。母亲先后生下七个孩子，用七个音符书写一生的交响乐章。两个哥哥、两个弟弟、两个妹妹，加上我，是她的呕心之作，也是她命定的重荷。

一众兄弟姊妹，一个锅里搅勺子，吵吵闹闹、磕磕碰碰在所难免。春天孩儿面，阴晴随时变。小孩子斗嘴闹气，常常是眼泪未干又玩在一块了，大人们惯常装聋作哑，不会过于放在心上。我和二哥却是个例外，从读小学开始"冷战"长达两年，其间彼此没说过一句话。至于为什么"不搭腔"，而今已了无印象。反正自打记事起，我和二哥就不对付，他瞅我不顺眼，我看他也不美气，热战冷战，争斗不断，但彼此都有着共同的忌惮，就是不能把矛盾公开让父亲察觉了。

小学二年级时，二哥蹲班留级，我俩成了前后桌，这事估计有伤他的自尊，对我就更不待见了。那时农村兴上早学，孩子们积极性高着哩——这样就可名正言顺地躲开清晨扒柴烧锅、铡草喂牛之类的杂活——天不亮就提着煤油灯走东串西呼朋唤友去早读。我和二哥的事情就是这时候暴露的，起因是他错拿了我的书包。当我带着他的书包赶到学校想调换过来，他不理，老师出面调解，他不听，说要从哪拿的放哪去。他说完扭头就往家里走，我就在后头紧跟，他一路梗着脖子唛唛奔家蹽，犟得像倔驴，不单是犟，而且蠢。

二哥"蠢"到家时，天已大亮，我俩包裹在冰疙瘩上的泡沫见光即破。知道真相后，母亲失望至极，落下了泪。乡间永远不缺蜚短流

6

长，我们那时理解不了母亲的痛。

纸里终归包不住火，父亲知道后，怒如雷霆，罚我俩跪在当院里，然后从屋里拎出一匹新崭崭的麻绳，一圈一扣地把二哥捆到院角的老椿树上。我吓得浑身发抖，后悔没有听母亲先前的劝告：你爸那么要脸的一个人，外面上千口人都管理得停停当当的，你俩这样闹家窝子，他知道了能不恼死吗？

在父亲拎出麻绳的那一刻，母亲知道父亲这是要动真格了。爱与恨在心头交织，母亲选择了爱，对着我和二哥大声呵斥着，目的是惊动邻居前来"救驾"。果然，四邻渐次聚来，很快站了一院子人。大家都是带着脸面来的，父亲只好作罢。

我当时内心除了惧怕，还有对父亲如此出离愤怒的不解，小孩间耍脾气、闹别扭，至于动忒大肝火吗？多年之后，我才逐渐理解他内心的失落与痛楚。"兄道友，弟道恭，兄弟睦，孝在中。"在人序伦常、风俗秩序中，孝悌是门风家声的基石，这是空气中就流动着的一种标准和品质。门风、家声，这些稀薄多年如今高调复出的词，当年自从我和二哥的事情出现，就成了我们家的主题词。

母亲经常有意无意说谁谁家家风不正，兄弟几个闹家窝子，后来割肉打酒都找不着人说媒，家里戳着一窝光棍条子。父亲对我们的管教也明显耐心起来，记得我刚会拿笔握管，父亲便交班让我给乡亲们写春联。内容由父亲来出，最多的是"家声"二字，什么"振家声""美家声""远家声""召家声""扬家声""播家声"等等。父亲说家声就是一个家庭的脸面，什么都可以没有，但这个不能丢。我家包括我们那一方家族都不曾有过可以夸耀的家史，但人们却把门风、家声看得比黄金还珍贵。

我们村叫韩庄户，原是一韩姓人家地盘，韩家是大户人家，广置地产，鼎盛期田亩遍布多地。当年韩家人曾夸富"人行百里不走人家路，马走百里不吃人家草"，绝非自诩。韩家土地对外出租，佃户交足押金（俗称"贷头"），方可进田耕作，称"上庄"。为寻一条生路，流民如逐食而动的蝼蚁从周遭聚来，挖地窖、搭茅庵落地生存，后来随着子孙繁衍，聚居地逐次延展成村落，因在韩氏大户人家"上庄"，故村名为"韩庄户"。

那时我的爷爷背着年幼的大伯、奶奶怀里抱着孱弱的二伯在外讨饭，偏偏那时父亲又出生了。灾荒之年，贫贱之民，命如草芥，生死都是一种宿命。刚满两岁的二伯，由于"尖馋"（挑食），吞不得冷食，几近夭折，不久便已奄奄待毙，不得已送与一当地人家。自此，家父排行由三递二，那个二伯永远从我们的家族里消失了。讨饭讨不出永生的路数，爷爷奶奶只好返乡。因不名一文，租不起地，便从韩家长工做起，多年辛苦打拼，积下些贷头，租几亩薄田做了佃户。小村落杂居着来自四方的王、郝、张、常、于、赵、吕这七个姓氏的人家，所以村庄亦有"小七姓"之称。称"小"，一则作为从原家族流徙出的子孙，提醒后人勿忘根脉；二则在大户人家讨食，姓氏也要"做小"，透着谄媚与卑贱。他们身份卑微、身体猥琐，麻木是他们一生的表情，他们在悬崖上谋生，时刻如动物般警醒。

一个辗转而来的异乡族群，一个寄人篱下的底层民系，一个竭力图存的赤贫群体，靠什么生存、站立与永续呢，唯有门风家声。这是唯一能给家族带来一丝亮光的精神寄寓，也有着深刻的生存与发展需要，没有好的门风家声，一切都会变得艰难，甚至无法立足。我们从小就被告知，不能有少许的行为不端，否则影响的是整个家庭乃至家族的声誉，要铭记于心的是"不能让人家在背后戳脊梁骨"。诸多关于门风家声的教条，便如铁律般体现到日常行为的规范中，诸如一家人吃饭，大人没到，孩子不能先吃，长辈没有动筷，孩子就不能夹菜；每天要给爷爷奶奶家打扫卫生、给缸里打满水，冬天轮流去给他们暖脚；遇见熟人，要按辈分称呼、打招呼；骑车到了村口，无论有人没人都要下来推着走。

父慈子孝、兄友弟恭、齐家睦祖，是父亲他们那一代人与生俱来的胎记。父亲从部队复员时，组织上安排他去矿区"以工代干"，成为我们那儿第一个吃公粮、拿薪水的幸运者，但为给爷爷奶奶分担压力，他选择了回乡务农。后来为了撑起几十口人的大家庭，父亲又两次推掉当"脱产干部"的机会。爷爷猝然离世后，奶奶瘫痪在床十余年，父亲像照顾婴儿一样精心服侍，过完九十大寿后，奶奶在父亲的臂弯里安然离世。

现在想起来，当年我和二哥的事，对父亲该是怎样的冒犯与打击呀。那日天色向晚，邻人方才散去，母亲含着泪和着面，我和二哥争着去烧火，父亲坐在院子里抽着闷烟，一向叽叽喳喳的弟弟妹妹表现出罕见的静默，空气仿佛凝滞，灶膛里柴草轻微的爆燃声，都能击穿我的耳膜。母亲做好了饭，父亲说了句"该吃饭吃饭"，我有种大赦后雀跃一下的冲动，碍于气氛，我选择了做一只寒蝉。

饭后父亲没有例行召开会议，而是把我和二哥叫到里屋。昏黄油灯下，父亲让我俩彼此看着对方，这是我两年多来首次正眼看他，他竟然显得比我还局促。"你是弟弟你先开口叫声哥，你应一下，再喊声弟弟。"父亲指着我又指着二哥说。一喊一应的两个轮回后，父亲说这样你俩就算和好了，一人写个保证书，保证以后两人搭腔说话。写下保证书，父亲又拿出印泥让按上手印，最后又让我俩握了握手。后来一读到"握手言和"这个词，我总会灵魂出窍，陷进当年的场景里，久久回不过神来。

三

父亲出生于上世纪四十年代，在跌宕起伏的各种运动中度过了青春岁月，晚年每每忆起他所经历的弄虚作假和浮夸风给农民带来的危害，依然痛心疾首，老泪纵横。

超期服役第八个年头，父亲复员回到家乡，担任大队民兵连长。多年的军旅生活开阔了他的视野，更磨炼了他刚直不阿的品格。工作中，因不满当时公社个别领导的瞎指挥和粗暴不实的作风，父亲多次当面提出批评意见，无果后，便秉笔上书进行反映。

上世纪八十年代初，家乡开始推行联产承包责任制，这时组织上安排让父亲担任大队书记。由于过去一些干部"左"的做法和高高在上的做派，在群众中积累了不少怨言，有人私下里说风凉话，说什么过去"老牛挣着给老驴吃"、以后"有多少能力，斤两上见"。亲戚中有人劝父亲不要接书记这个担，说以后都是各干各的，当个村干部耽误自家地里活不说，还容易得罪人。父亲对此一笑了之，上任后把心思全部放在公事上，组织村民挖沟开塘、植树修路，领着年轻人去山东学习蘑菇栽种技术，并把母亲辛苦喂养的猪崽免费送给村里的困难户，带领大家共同致富。父亲连年被评为优秀共产党员，还被推选为党代表出席了省、地区和县的三级党代会。

那时也是母亲最苦最累的时候，父亲经常不着家，她就和男劳力一样，拖着我们几个半大的孩子种着三十多亩地，割麦扬场、拉车挑粪、耕田耙地，样样不落人后。母亲还在家里养着几窝猪、四头牛、十几只羊，加上鸡鸭鹅狗，整个院子里活动着上百张嘴。

这时就有记者登门，要采访我父亲。那时在我的心中，"记者"是个非常神圣的称呼。记者到来，我家的院落登时像被明亮的光环所笼罩，年轻的记者显得十分神气，如山的父亲在春光中也越发伟岸。记者和父亲各自坐着板凳，在庭院里促膝而谈，气氛热烈而友好。我抑制着兴奋与呼吸，远远地躲在墙角处听，生怕错过他们说的一句话一个字。记者问家里地亩、收成、粮价以及家畜家禽数量等等，刨根问底，父亲如实答，记者一一记下，气氛依然融洽。

接下来，记者时而凝眉低头看本本，时而闭目抬头掐手指，腮唇始终在翕动，像是舌头在蹭沾在牙上的韭菜叶子。良久，记者突然开口，说王书记，我把你的家当全算上了，包括母鸡每天不歇窝下蛋，也只算到了九千块冒点头。父亲明白了，人家是来找"万元户"典型的，不是来报道农村生产生活新变化的。父亲脸子"呱嗒"一下就摞了下来，说我们这儿农民也就刚能吃上饱饭，没有你要的典型。记者不死心，让父亲想想还落没落下哪块收入，并"譬如这譬如那"地提醒着，颇为循循善诱。见父亲木讷不语，记者又"譬如"开了，说譬如送出去的几头猪也算上……这时父亲火了，"腾"地一下站了起来，抄起小板凳，指着记者的鼻子大吼一声："你譬如什么譬如，你起来赶紧走，让我造假，没门！"

记者肯定没预料到结局会这样，有点蒙，愣怔几秒，扶着眼镜慌忙起身离去。母亲劝父亲说："发那么大火干吗，人家也是为了完成工作。"父亲余怒未消，对母亲说："农民才吃上几顿饱饭呀，玩虚的、耍假把式的坏风气又要冒出来了，这是要命的事，我就是要给这个年轻人上上课，刹刹这种歪风邪气。"

父亲是个有着八年军龄的老兵和五十多年党龄的老党员，认真、较真是他一辈子的生命底色、精神原点和初始基质。他对虚假浮夸作风的警惕与抵制，不仅出自道义品质的朴素担当和个人遭遇的切肤痛感，更是对党的优良传统和作风的坚贞守护。

后来，我当了兵、入了党、当了干部，进机关后在组织、文秘、宣传等多个部门工作过。无论在哪个岗位上，父亲那声"让我造假，没门"的如雷怒吼，总会在我耳边炸响，带给我自制的力量，矫正着我人生的航向，成为我一直恪守不渝的信条。我在师团组织部门工作七年间，全师所有营、连都去过，所有的营连主官都熟悉，每一个团的菜地、猪圈、鱼塘在什么地方都清楚。我始终坚持自己说不明白的道理、没搞清的思路就不到下边去糊弄人，明知基层落实不了的事就不打领导机关招牌逼基层干，自己看了都脸红的文章宁可不上稿也不写。

值得一提的是，那位记者没有因为父亲的"无礼"而刁难，也没有为了完成任务把我家拔高加工成"万元户"，而是经过后续深入采访，撰写了一篇父亲带领乡亲致富的通讯稿发表在地区的党报上。父亲拿到报纸后，仔仔细细看了好几遍，才舒口气说："这样写文章才对嘛，里面没掺一点假。"

2015年父亲患肺癌去世，我们兄弟姊妹买来帐幔、采来松枝，搭了个简易灵棚。告别仪式上，垂挂着我自撰的"跟党竭虑老党员，持家育雏好家长"挽联，播放着侄女从网上下载的哀乐，悼词里没有一句褒奖的话，只有父亲的生平和后辈对他的哀思。这样做不是要刻意标榜什么、逢迎什么，父亲一生不事张扬、不搞虚夸、不尚浮华，这也许是对他最好的送别吧。

散 文 卷

第二届 南孔杯

廉洁文学创作大赛获奖作品集

NANKONG QINGFENG

二等奖

颁 奖 词

《梨花风起正清明》

《梨花风起正清明》是对清明节的独特诠释,更是对廉洁精神的深刻思考。**作者徐蕊**融合历史典故,结合当代议题,引领读者在清幽的意境中感悟生命要义。清新淡雅的写作风格,彰显出具有高超技巧和感悟力的文学表达。字里行间之间是对人性、情感、理想的探讨,独具艺术魅力与人文关怀。

《"琴鹤清音"——北纬28.9° 的风骨》

《"琴鹤清音"——北纬28.9° 的风骨》一展赵清献公的"风骨"。这位宋代名臣,治世清廉,守蜀扬正气,以礼克己促自省,他和琴鹤风雅永相依。**作者杨丽萍、柴与**以细腻的文字,刻画出赵清献公超然世俗的气度和清澈明净的内心,尽显对勤廉的向往与赞美。

《户口即将冻结》

《户口即将冻结》,清白与正直永不"冻结"。**作者朱华贤**以白描式的对话,展现了深陷经济困境的主人公内心的挣扎和对原则的坚守。朴实动人的笔触,勾勒出生命的辉煌与脆弱,描绘出人性崇高的一面。真挚的叙述中,对讲党性、讲规则的传承和对堂堂正正做人的呼唤,流淌其间。

梨花风起正清明

徐 蕊

春光淡荡，冷雨叮咚，朦胧的天际似乎满浸着寒霜鱼肚白的缄默不语。梨花随风起，缱绻在清明，氤氲在我心。人生恍若不经意睡着又忽地惊醒的梦境，待到花醒鸟鸣、夜阑寒转之时，方知"归期在清明，归心是清明"。

绵绵细雨悄悄地串着往事，婉转在淅淅沥沥的历史里；依依杨柳轻轻地拂过心田，摇曳在隐隐约约的涟漪下。行人不续，亲友不识，低头不语，行色匆匆，清明落下的似乎只有那不知名的寒。

不是都说，清明到了吗？

但你瞧，清明真的来了吗？

一、忆·清明

惆怅东栏一株雪，人生看得几清明？

每逢清明，我总是情不自禁地忆起杜牧的那首流传千古的《清明》："清明时节雨纷纷，路上行人欲断魂。借问酒家何处有？牧童遥指杏花村。"初识清明，只道它是天朗气清、风和景明的节气；再会清明，方知它是慎终追远、民德归厚的节日；三问清明，才明它是海晏河清、太平安乐的盛世。

清则明，明则清。清，清正廉洁，清白处世也；明，明朗澄澈，明辨是非也。千百年来，"清明"二字不知被赋予了多少期许与赞许，似乎不仅蕴含着百姓对风调雨顺、五谷丰登的美好期许，又包含着世人对处世清白、政治清明的热情赞许。"清明"二字，就如同那诗中的牧童一样，为这世间迷惘的行者指明了人生的方向——清正不浮华，廉洁不贪妄。

清正不浮华，廉洁不贪妄。何谓"清正不浮华"？难道是那于谦"粉骨碎身浑不怕，要留清白在人间"的坚韧气节，还是那王冕"不要人夸好颜色，只留清气满乾坤"的不屈精神，抑或是那周敦颐"莲之出淤泥而不染，濯清涟而不妖，中通外直，不蔓不枝，香远益清"的高洁品质？何谓"廉洁不贪妄"？究竟是那包拯"清心为治本，直道是身谋"的克己奉公，还是那屈原"朕幼清以廉洁兮，身服义而未沫"的刚正不阿，抑或是那于谦"清风两袖朝天去，免得闾阎话短长"的光明磊落？从古至今，为了那半句"清正"，为了那一语"廉洁"，不知多少人舍了半生荣华，只为全了一身清正，可这真的值得吗？

这个答案随着历史的滚滚向前已经无从得知了，但每个人心中或许自有定论。其实我想，至少他们每一个人觉得是值得的，因为至少无愧于心不是吗？哪怕暗流汹涌，炽热丹心常在。不知你听到了吗？那些事不关己的黑暗涌动在人间。不知你瞧见了吗？那些随心而动的流星燃烧了天际。所以你听到了吗？那声清明到了。所以你瞧见了吗？心中一片清明。

"古老的种子，它生命的胚芽蕴藏在内部，只是需要在新世界的土壤里播种。"介子推忠君赴义，去世前留下一首"清明诗"："割肉奉君尽丹心，但愿主公常清明……臣在九泉心无愧，勤政清明复清明。"三语"清明"鞭策晋文公清廉执政、励精图治，终使晋国政治清明、百姓安乐。而清明节中蕴含的"清正廉洁"文化也得以贯穿古今，清正之气油然而生，廉洁之风拂面而来。为官者受清气熏陶而惠于民，为民者遇清风教诲而利于国。清正之气滋养着古老中国的文化基因，廉洁之风熨帖着劳动人民的心魄神魂。然岁月流转，梨花开了又落，盛衰更迭，清明生了又灭，唯见那古老的风气凝固成永恒，隐没在沧海桑田，湮没在人情世故。远离浮华，我在雪中，看见了此生清明；一旦入世，沸反盈天，我又在哪里？

二、叹·清明

佳节清明桃李笑，野田荒冢只生愁。

当清廉落根于喧嚣的城市，似乎冥冥之中徒生了一种闲愁在心头。世界终究是浮华的，城市终归是喧嚣的，纸醉金迷的生活处处闪烁着霓虹灯影，灯红酒绿的时代充斥着魑魅魍魉，不经意间已然掩去了夜幕下的点点星光，埋没了浪潮下的只只蝼蚁。现代社会的节奏越来越快，几乎要形成一股巨浪，掀翻了最初的梦想，让人身不由己，却又疲于奔命。我徘徊在这浮华的名利场，无方向地迷茫着；我游离在贪妄的交际圈，无目的地找寻着。这场前行究竟是为了什么呢？大把的金钱，还是无尽的虚名？初心又在何处？无人知晓。只是走啊，走啊，拼命地向前走，爬啊，爬啊，拼命地向上爬。似乎什么都没得到，似乎什么也没留下，只有那一去不复回的时光悠悠地流向远方。

其实啊，就如梁晓声所言"人的一生，好比流水。可以干，不可以浊"。韶华易逝，人生如流水，终有枯竭的那日，但哪怕穷尽一生，我们也应当做到"不污""不浊""不贪""不妄"。毕竟，纵贪欲如落水，不费吹灰之力，却成灭顶之灾；纵使，尚廉洁若攀登，难全清正之心，终成千古之名。一滴墨水纵然可以点染一袭白袍，也绝不能侵染一颗赤子之心；一摊淤泥纵然可以扰乱一池青萍，也绝不能玷污一株青莲；一粒灰尘纵然可以沾染一页白卷，也绝不能遮掩十方明镜。这不正如迟子建所言："在一个喧嚣的环境中，只要你能保持独立的姿态，那么即使身居闹市，也不会为浮尘所迷。"

以清润心，正心明道；以廉铸魂，怀德自重。在这诱惑繁多的当代社会，我们可能确实无法做到一生清明，但也理应牢记祖先教诲，铭记史书教训，不做随波逐流之人，不为趋炎附势之事，矜于细行，坚守本心，方能不累大德。即使身处闹市，仍有一捧雪白，孤守心中月；纵使身披风雨，仍有一座岛屿，独立江中潮。

曾经真的很喜欢《百年孤独》中的一句话："只有用水将心上的雾气淘洗干净，荣光才会照出最初的梦想。"最初的梦想？千年的梦想？究竟是什么？是名，是利，是高官，是厚禄？不知道自几时起，脑子里总是不自觉地浮现这样一句话："为天地立心，为生民立命，为往圣继绝学，为万世开太平。"这是多美的一句话啊，读之甚撼；又是多难的一件事啊，思之甚远。千百年来，多少文人武将为此前仆后继；千百年来，多少仁人志士为此赴汤蹈火。

想当年，李大钊先生"黄卷青灯，茹苦食淡"，极力反对旧社会的腐败与堕落，主张"衣食宜俭其享用，戚友宜俭其酬应，物质宜俭其销耗，精神宜俭其劳役……威武不能挫其气，利禄不能动其心"。想当年，周恩来总理订立"十条家规"，不为亲友谋私利，心为人民谋幸福，坚决反对贪污腐化行为，坚持保障人民群众利益。想当年，焦裕禄书记"带头艰苦，不搞特殊"，以清正齐家，以廉洁治民。试问哪个时代没有黑暗的角落，但清风明月依旧永存人间。只要吾辈心存光明，内敛清廉，任炫目荣华敲打，任泼天富贵洗礼，任圆滑世故历练，生命的脊梁依旧沸腾，革命的火种依旧延续，灿烂的信仰依旧呐喊。

纵使推杯换盏数千年，清正之气依旧浩然；纵使觥筹交错近百年，廉洁之风依旧遍野。然揆古察今，不禁愁上心头，究竟是荣光湮没了过往，还是浮华焚化了梦想，为何当初的满腔滚烫只剩下满纸忏悔，为何当初的满身热血只剩下满地苍凉？余温尚在，热忱何存？余情尚在，清气何存？余国尚在，故人何存？清风做伴，常思常忆；崇洁尚廉，常敬常愿。黑暗、光明与我，推杯换盏，共饮这场清明，梨花染了一地雪白。

三、守·清明
人间最美四月天，挥去春寒尽清明

四月的脚步温婉而轻盈，在小巷里穿过一帘烟雨，在光阴里穿过一路风雪，缓缓而行，慢慢而语。四月带着生命的沉重与蹉跎，四月带着历史的清明与昏暗，伫立在久别的原野，凝望着陌生的人世，把满腔的赤忱散得满天都是，把满怀的清气撒得遍野都是。

梭罗在《瓦尔登湖》中写道："只有我们醒过来的那一天，天才开始破晓。"混沌也许是这个时代大多数人的生活常态，他们就像一直被万吨的黑暗压着沉睡在纸醉金迷的假象里，浑浑噩噩地游走在迷惘的道路上。人心若是蒙尘，目光所至，时代无他物可见，唯有那永恒的利益，亘古不变地滋养着腐败的土壤，生长出无穷无尽的黑暗。故唯有拂去心灵之尘，使之重归清明本心，才能成为最初的那个真正的勇士，撕开层层黑暗，剥落片片污浊。至此，晨曦载曜，万物咸睹。一切生机都在阳光下恣意生长，在清风中纵情摇荡，在明月下肆意猖狂。人在寻路，本心是清明；天在破晓，万物向清明。

你说，清明到了吗？

谁又知晓呢？只知世人常道：人间最美四月天，挥尽春寒尽清明。

半梦半醒间，恍若瞧见了那清明的时节已然到来，但那清明的时代正在奔走人间。梨花随风起，落了一地雪白，也落了一世清明。我蓦地回首，不想，天已大亮，心亦明朗。

"琴鹤清音"
——北纬28.9°的风骨

杨丽萍　柴　与

东经118°，北纬28.9°，坐标三衢山，故事就从这里开始。

4.5亿年前，三衢山由沧海巨变而成，其喀斯特地貌堪称"江南一绝"，被誉为"华东第一石林"。唐朝，尉迟恭以此山命名管辖的"州"，故得名衢州。此后，诸多文人和其结缘，人文底蕴愈加深厚。由此，"三衢山"便成了三衢大地的"母亲山"。

山的西南坡有个溶洞，后人称"赵公岩"，今又立一标志"北纬28.9°"！

作为故事中的主角，您在这里出场，似乎是偶然，细读发现是必然……

序曲

是中国人，就从心里想要一座山，或在眼中，或在胸中。

孔子需要一座泰山，让他发现天下之小。

李白需要一座敬亭山，让他在鸟飞云散之际，有"相看两不厌"的知音。

王维需要一座终南山，让他"行到水穷处，坐看云起时"……

1028年，北宋天圣年间，年方二十的您开启游学之旅。您沿江出发，"读万卷书，行万里路"。或许您想要寻找的风景，就是"我可以看它，也可以被它看的"那种。不久您遇见了三衢山，它应该让您有了"此山即我，我即此山"的莫名心动，不然您怎能一驻足就是数年？

2023年，何其有幸，相隔千年的我，朝圣"中国宋园"，三衢山上的惊鸿一瞥，似曾相识而怦然心动：好一个卓尔不群的谦谦君子，您从宋朝雅韵中走来，您在琴声鹤影中吟咏，仙风道骨却被誉为"铁面御史"！我有感于《常山县志》的记载："嗟我生也晚，不得从公塾。"于是，踏进历史长河，逆流而上，追寻您的足迹：伴您成长的孝悌里、记录功绩的赵抃祠、全新打造的儒学馆，阅读所有我能收集到的关于您的书籍、篇章，聆听您的"琴鹤清音"。渐渐地，似乎读懂了您人生乐章的"起承转合"，"抃"之本义为"掌声"，您用行动作答，扬"清献"美名。

起：治世天书清廉志

公心报国，遇虎亦安；私心贪财，平地亦危。——仙训

数亿年来，"母亲山"以沉稳端庄的姿态，驻守着脚下的圣土。像一方纸镇，美丽凝重，深情地压住这张纸，使我们可以在纸上书写属于自己的历史。

时光倒流至1028年的那天，您独自出发，或许您怀揣渴求：有没有一种山水是可以与我辗转互释，互相印证的？比您晚了近50年出生的米颠，为一块石头而免冠下拜，那么当您置身三衢石林，独自领受山水的圣谕，会是怎样的欣喜呢？藤蔓交错，蓝天绿树，鸟语花香，天上人间。

于是，您择一岩洞而居，石桌石椅，天然书房。松明做灯岩为床，竹笋野菇充饥肠，幸得一对老夫妇相助，解生活之忧，以潜心钻研治国之道。一如当年美猴王，得天地精华之造化。

后又遇仙人指点。先以虎挡路，您镇静以告："虎，本人如填汝

腹，报国之志怎酬？"

虎遂走。又以金笔诱之，喜甚欲取，天轰地裂，成一大天坑，万物陷入。仙人现身，手一指天地复宁。近而训曰："遇虎处有治世天书，汝务读而切记此无字书。"

这是您一见钟情的启蒙之山，也是生命中最重要的深情之山。"未成曲调先有情"，"天坑传奇"为日后铸就"铁面御史"的清廉神话埋下伏笔。

承：四度守蜀扬正气

吾志如此江清白，虽万类混淆其中，不少浊也。——誓言

1034年，面壁数年苦学的您，终于考中进士。二十七岁的您从沙湾启航，从青龙码头扬帆，将信念融进缕缕乡愁悬挂船帆之上，吟唱徐徐展开的理想宏图，官至参知政事。

为官45载历经三朝的北宋政坛元老啊，儒风浩荡在东南阙里，也浩荡在您心中。想象每一个故事里您的样子，既有霹雳手段，又有菩萨心肠；您励精图治，又仁爱百姓：

您初上任公正判决长沙假印案，振奋人心。

您冒死苦谏弹劾权贵上奏章175篇，大快人心。

您临危受命赴越州巧降米价救饥民，鼓舞人心。

您任参知政事之职不徇私报恩，温暖人心……

庙堂之上的举手投足，百姓之中的望闻问切。辩证统一，美到极致便成神话！

最令人惊叹的是，您不畏蜀道艰险，不惧边境动荡，四度守蜀，政绩显赫：

1050年，年至不惑的您，第一次入蜀任江原县县令。

1059年，年过半百的您，一匹瘦马，一琴一鹤，赴任成都转运使。

1065年，年近六旬的您，第三次入蜀，以龙图阁直学士知成都。

1072年，年过六旬的您，临危受命，一琴一鹤，一个老仆，第四次赴任成都知府。

"难于上青天"的蜀道上，您单枪匹马，数次往返，归来仍是少年的蓬勃，途中写下《乙巳岁渡关》《过青泥岭》的气概今犹在："谁云蜀道上天难……十年三出剑门关""老杜休夸蜀道难……二十年来七往还"。

《梦溪笔谈》记载您独特的风采："赵阅道为成都转运使，出行部内，唯携一琴一鹤，坐则看鹤鼓琴。"您就是官场中的清流呀！经过湔江时，目睹江水澄碧、清流激滟，您应该又有"此水如我，我如此水"的共鸣，不禁对江明志："吾志如此江清白，虽万类混淆其中，不少浊也。"或许，这正是您祖上临水而居的初衷，也是您尊兄敬母的初心吧。

"清白江"的波心里曾投映您的风姿，见证您的高洁。宋神宗每次派人镇守成都，必定勉励新郡守向您学习，"以中和之政治理川蜀"。如今，您一定很欣慰，为了纪念您江边咏志，清白为官，爱戴您的四川人民把这段江改名为"清白江"。这也是对后人最好的鞭策！

转：以礼克己促自省

昼之所为，夜必焚香告天，不可告者则不敢为也。——自勉

既承仙训，您为官后日日行公正，夜夜敢告天。

然，人非草木，孰能无情。您单枪匹马入蜀，缺少家人的陪伴，

再加"剪不断理还乱"的公务，独在异乡的寂寞，常人都能理解。但您能以礼克己，自我反省，这是一个精进自律的典范啊。

冯梦龙《情史》中记载了您的情感小插曲：赵清献公帅蜀，有歌妓戴杏花，清献戏语之曰："髻上杏花真有幸。"妓应声曰："枝头梅子岂无媒！"逼晚，使值宿老仆呼之。几二鼓，不复至，复令人速之。赵公周行室中，忽高声自呼曰："赵抃不得无礼！"遂令止之。老仆忽自幕后出曰："某度相公不过一个时辰，此念息矣。虽承命，实未尝往也。"

在允许纳妾的宋代，您纵然有所念想也是情理之中。但您能把控住自己，没有跌入"红粉的泥潭"，就在于心灵深处始终设有"礼"这道警戒线。这与您日复一日"告天"的洗礼分不开：每到夜晚，必先沐浴、焚香，再将日间所做的一切完完全全地禀告于天，凡"不可告，则不敢为也"。正是基于这个原因和对您的深入了解，老仆才敢违抗命令，给您清醒后纠正自己的不智，留下空间和余地。老仆"不从"的细节，更加衬托了您平日的清白自律啊！

我终于懂得您独树一帜的"风骨"，是如何炼成的！圣贤并非没有杂念，而是能抓住每个动摇的瞬间，控制自己，涤荡心灵。日复一日的自觉磨砺，让意志愈加坚定，志向愈加高远，仁爱之心愈加充沛。

相信有您的指引，自律自爱的廉洁之花，定能从三衢大地开遍神州——凡"不可告，则不敢为也"。

合：琴鹤风雅永相依

世有公像，如月在水；表而出之，后学仰之。——苏轼

文化长卷徐徐展开，仰望着您乘风破浪。"武能上马定乾坤，文能

提笔安天下。"

越走近您，越觉得您的可敬可歌，可亲可爱：

您学识渊博，音乐、律历、天文、书数，无不通晓，尤精历史，爱吟诗作赋。

您惜才爱才，结交文豪，成都为官，与苏轼父子为友，并向皇帝力荐苏洵传佳话。

您欣赴武夷山修清献渠，且留诗《武夷行》，首创县令亲题绝妙旅游宣传语：邀请皇帝在园圃喝酒，手摘日月去武夷神游。

您提携周敦颐，志同道合，亦师亦友，共建濂溪书院，曾巩以文记之。

您弹奏两袖清风，琴声寒日月，永留清白在人间；鹤唳彻遥天，常使丹心通帝座。

您是跋涉的千里马，耗心血蹚清流，驮着一生的风骨与美誉。

……

苏轼用如椽巨笔亲撰亲书，《赵清献公神道碑》为您镌刻千古美名。

浙西的黄土地，融进您的忠骨，您终又回归魂牵梦绕的三衢大地。

"一琴一鹤"在《汉语成语大词典》中隽永，更在华夏儿女的血脉中流淌芬芳。

您看，我们以别样的方式向您致敬，与您相遇：

成都青白江区委、区政府出品的大型历史话剧《大宋御史赵抃》，再现您的清白本色；成都"清廉蓉城"出品的清风皮影戏，衢州市纪委、市委宣传部及文旅局联合出品的婺剧《铁面御史赵抃》，演绎您"犯颜惩贪"的故事……

您听，三衢大地上传来朗朗歌声，响彻寰宇：

"衢江景色分外娇，渔舟晚唱炊烟袅。铁骨铮铮世间少，真人直性品格高。一琴一鹤一白龟，三衢遍唱清官谣……"

尾声

北纬30° 这条神秘而奇特的纬线，贯穿四大文明古国，贯穿三衢大地。"中国段"被誉为"中国最美的风景走廊"，沿着它前行，会发现许多奇妙且神秘的自然、人文景观。

三衢山的赵公岩恰巧以北纬28.9° 的姿势定格于三衢大地，同时定格的还有那万世景仰的琴鹤风雅：一位老人，一匹瘦马，一琴一鹤，似仙人下凡，指点人间。

回首三衢山，好一块有风骨的纸镇！

我们会珍惜的，我们会在这张纸上写下属于我们的历史——琴传南孔，鹤送清风！

户口即将冻结

朱华贤

周五傍晚，我刚准备骑车回家，手机响了。掏出一瞄：白猴。这小子很少主动与我联系的，今天刮什么风了？接通一听，劈头掼来一个没头没脑的问句："八戒，你哪里吃晚饭？"

我马上扔回一句："当然是家里啰，我又不是主任局长的，到处有食堂。"

"好，那你赶快到我这里来，一道吃。先说好，今天你请客。"

"我请客，凭什么？"

"好！别啰唆！要不你先请个假。我马上发个定位给你，哎——老板，你这个菜馆叫什么啊？达鸿鹅肉——知道吗？达鸿鹅肉，比较偏。赶快过来。"

达鸿鹅肉，我家访时瞄过一眼，是个不起眼的菜馆。要我到那里去，想必他是一个人，而且可能有奥妙。于是，我先与妻子打了个微信电话，随后调转车头向达鸿奔去。

白猴是我小学到高中的同学，原先还是邻居。他姓白，属猴，性格也像猴子似的，聪明机灵，白猴的美称因此而得；我呢，因为姓朱，电视剧《西游记》热播那会儿，被歪嘴们喊成了八戒，然后这外号在同学内部通行。我俩算得上铁哥们，同年考上大学，同年参加工作，还同年结婚。当然，他在政府机关，我在教育系统。只是近来，已经有好长一段时间没联系了，人到中年，都忙。前些日子，听说白猴调到什么街道办事处当主任去了。

菜已经端到桌上，不多，四个；酒也倒满了。他的那一杯只剩半杯。见他的情状，一副落魄的模样。我在他对面坐下，不举筷子，先端杯子抿上一口，然后夹起一块鹅肉啃了起来。"今天怎么一个人？"我问。他冷冷地回道："我不可以一人吗？"鹅肉啃完，忽然想道："哎，猴子，你老家拆迁了，是不？"他朝我白了白眼。"你赔了多少？几套房？"他又朝我白了白眼。"你发了，在这样的小饭店里请我，也太不够意思了！"

"八戒，你别提拆迁的事。你再说，真的就要你请客。"

"拆迁是公开透明的，有什么不能说的。"我盯着他的眼，看到的，是一脸凌乱的胡须。

"拆迁是公开透明的！可就是因为这件事，我被弄得……弄得里外不是人。你知道不？"

"你、你、你堂堂一个主任，怎么还像我们平头百姓？"

"我，是街道办事处的主任，你没有想到吧，我现在被弄得断了五亲六眷，成了千夫所指。"他把筷子往盘子上"啪"地一搁，"今晚，就是因为无处可投，才叫你的。本来想一个人喝闷酒。后来想想不对，应该有个出气筒。你呢，今天就作为我的一只出气的筒，中吧？让我痛痛快快倒一倒，出出气。谁叫我们是同学。"

"好的好的。你倒吧。反正你们叫我八戒，八戒贪吃，肚量也忒大。你倒吧。"

"慢！慢来。酒先喝个够份。你，大点来一口！"接着，白猴又喊道，"老板——是不是还有一盘鹅掌，快点上来！"

"叮"——他举起杯子，猛地撞向我的酒杯，还荡出了几滴。然后仰起脖子，咕嘟一下。他把杯口向下倒了倒。

我跟着喝下一口，说："哎——猴子，你不能这样喝，53度呢！"

白猴拽过酒瓶，又"咕嘟咕嘟"地给自己倒满，正要给我倒时，发现我的杯里还有，他凶凶地说道："你、你干掉！干！做事不爽，喝酒拖泥带水的。"

感觉他真的遇到麻烦事，我猛地一把夺下他手中的酒瓶，说："白猴，我们边喝边说吧，慢慢地，好不好？我陪你！"

没想到，我的话一出口，白猴瘪了瘪嘴，"啪"地滚下两行眼泪，随后胸脯开始使劲地起伏。我连忙站起，走到他身后，扶住他的肩。不到伤心处，男子不落泪。

白猴抽泣一会儿后，断断续续地说："我，我妈，她、她、走了。"

陆老师走了！？我认识他妈，到他家去时，见过多次。我叫她陆老师。她是一位非常文气的语文老师，个子娇小。听说她退休后，身体一直不大好，年龄也应该有八十多了。我问："什么时候去世的？"

"6月28日。"

"哦。已经有两个多月了。你怎么不告诉我一声，让我也……"

白猴摇摇头，又竭力抽泣了一下，说："早不是，迟不是，偏偏是6月28日。"

"6月28日，这个日子怎么了？"我的脑细胞开始快速运转，可怎么也想不出有什么特殊。我不得不问："这日子？"

"假如我妈再提前十天半个月，或者再推迟一个星期，我、我就不会有这样的麻烦和灾难！"

"灾难？"我说，"你妈的去世，对你来说，迟早都是灾难，本来就是一个天大的灾难。"

"可是，可是，除了我妈去世这个灾难外，6月28日，又给我牵扯出另一个灾难和麻烦。"

莫名其妙。一头雾水。我彻底糊涂了。我紧紧地盯着他的眼睛，试图找到一些蛛丝马迹，可是，什么也没有。我说："白猴，我不明白，你能——不能——说得……"

他举起酒杯，把大半杯酒一饮而尽。然后指指我的酒杯，示意我也喝完。这次，我听他的，也仰起了脖子。

白猴挺了挺宽厚的腰身，说："我妈是6月28日走的，我们五桥村整体拆迁的户口，冻结时间是6月30日24时。"

我恍然大悟：你这个小子，一套房没了！假如你妈拖过6月30日，拖到7月1日后去世，就在冻结的门槛内，你妈就名正言顺地可以分得一套安置房，以后它就是你们兄弟几人的遗产——这倒是非常遗憾的。但我只是说："可惜！可惜！"

白猴狠狠地剜了我一眼，过了一会儿，扭过头说："要说可惜是可惜的。我们五桥村就在钱江南岸的五桥旁，周边都是新城开发区，那里的房价已经达到四五万了，以后拆迁户的安置房，起码也在三万以上，一个户口七十方，算算，是多少？两百多万哪！"

我悄悄地瞥了瞥四周，见并无熟悉的人，俯身说："那你为什么不想想办法，让你妈再拖延几天？以现在的医疗设备，不是做不到。你妈住在哪个医院？"

"就是因为这个问题，我得罪了我的哥哥和弟弟，还有我的妻子。我妈住在市肿瘤医院，'六百度'就在那里，还是管业务的副院长。如果我同他打个招呼，不要说三天，就是五天、十天也肯定有办法，而且难度也不大，无非就是提前插上几根管子嘛。其实，我妈走的时候，离6月30日24时，只剩58个小时。"

"六百度"也是我俩的同学，因为他从小学三年级开始就戴了眼镜，读高中时近视度数发展到六百度，我们就以"六百度"作为他的外号，他毕业于上海医科大学，是个博士。

我说："那你为什么不呢？"

白猴睁大了眼睛瞪我，带血丝的瞳孔里射出些许凶光。"你是不是认为我应该向'六百度'说，让我妈再拖延几天，至少拖过6月30日，是不是？"他停止了咀嚼。

我沉默。对这个问题，我无法正面回答。

"我的两个兄弟、我的妻子，气我恨我的，就是这个，明明可以做好的，明明可以做得滴水不漏的，他们多次向我表示了这方面的意思，还说别的地方拆迁，就有这种事。但我的内心，我的职业，都告诉我不能这样做。后来，他们说我对老妈不孝顺不尽心，对兄弟不仁爱不关心。我的亲戚呢，几乎是所有亲戚，都说我傻、笨，比猪还要笨，说我读书读呆了，当了点芝麻绿豆官，就自以为了不起了！八戒，我现在真的成了孤家寡人了。"

白猴小小地抿了一口，我陪着，也抿了一口。啃完鹅掌，我问道："那、那你那时候，是怎么想的？"

"我认为，我这是对母亲的尊重，最大的尊重！也是最大的孝顺。"

"怎么解释？"我等待他的指教。

白猴把身体往身后的墙壁一靠，擦了擦嘴巴说："生就是生，死就是死。如果在生死问题上硬做手脚，把生死作为工具，作为敲门砖，我以为是对人、对生命最大的不敬。生死是自然法则，不能强行地过度干扰。起死回生应当以内驱和自主为前提，假如全部依赖物理和生化来支撑，近乎古代的'鞭尸'。你也知道，我妈虽然只是一个乡村小学的民办教师，但她是党员，有五十多年党龄，她有自己的职业操守和人格尊严。我妈得的是肺癌，已到晚期，住院期间，多次同我们说，不要用鼻饲的方法吃着，不要插着好多管子勉强活着。"

听到这里，我有一种醍醐灌顶的感觉，我似乎明白了什么叫尊重生命。白猴继续说："我妈也是一个很讲原则的人，在她一生的教书生涯中，她觉得自己上得最满意的一堂课，就是讲课文《钓鱼的启示》，这是她在退休之前上的一堂区级公开课，她一直保存着这堂课的录像。我和你以前也都学过这篇课文的，你还记得课文内容吗?"

我侧过脸想了想。"记得，记得。好像写了这样一件事：父子俩夜间去钓鱼，十点左右，儿子钓到一条大鲈鱼。可父亲要他放掉，因为离鲈鱼开钓还差两个小时。儿子不肯放，说没人看见，又只差两个小时。但父亲逼着儿子放掉。"

"对的。就是这内容。我妈平时也经常这样教育我们的，特别是在我当了一个小官之后，再三告诫我要讲党性，讲规则。我想，我对老妈临终这样处理，她老人家一定不会怨我恨我。至于我的兄弟怨我骂我，我也能理解。我哥从小患小儿麻痹症，经济条件不好；我弟弟为了我能安心上大学，高中没毕业就参加劳动了。现在，他是最普通的农民，就靠几亩承包地。对他们来说，老妈如果也能得到一套房，确实是一笔不小的遗产。但我必须这样做。有时，我还这样想，我把自己所得的那一套安置房给兄弟俩，但觉得这样做又可能造成另一种伤害。我现在只能期待时间，等时间来消解来治愈我们的痛苦与矛盾。"

"原来是这样!"我霍地站起，把瓶底剩下的一点酒给他倒满，然后，我自己也倒满，擎起酒杯，说："来! 白猴，我敬你!"随即一仰脖子。我转身，招招手："老板，买单!"

菜馆老板"噌"的一下小跑过来。"买单?"他指指白猴，"这位大哥一点好菜，就买啦!"

"白猴，我揍你!"我朝他挥了挥拳头。

第二届 南孔杯

廉洁文学创作大赛获奖作品集

NANKONG QINGFENG

三等奖

猰

鲁海燕

我的名字叫作猰。

之所以有这么一个如此夺人眼球的名字，据说是因为我的身世，还有我的胃口——我曾妄想吞日。

我来自天庭，但不同于其他同类，有着无上的法力和震慑别人的外表，我是一只面目狰狞，可大可小的怪物。

但我知道我很有名。

每当我下凡历劫的时候，我都能轻易捕捉到属于我的东西，那些人手握数不尽的财富，无一不跪倒在我面前，诉说着当初的贪婪与如今的懊悔。

可世间从无后悔药。没多久，我就成了庞然大物。

是的，我专门吃心——吃贪婪的心，吃尽一切不属于他们的财富与幻想。

上百年来，我游离在人间，晃荡在江湖，晃荡在庙堂。江湖之远，庙堂之高，都有多少颗不安分的心。我一路披荆斩棘，到底吃过多少，我已经记不清了，我只记得他们后悔的心和落荒而逃的狼狈身影。每次我张开大嘴的时候，总让人不寒而栗，人人见我望风而逃。

猰，不祥之兽也，妨主，嗜杀，凡持此兽者，必遭天谴，绝无生路。

我不知道人们为何要如此评判我，在《天兽启示录》里，我变成了人人憎恶的瘟神。

然，我并不想伤人，贪念并非由我而起，而是由世人自寻，为何要由我来承担这样的恶名？

我追随过很多主人，有来自江湖的，也有来自庙堂的，有一出生就含着金钥匙的，也有籍籍无名后成名天下的……我一度跟随他们享尽荣华富贵，在歌舞升平中也一度沉沦。

他们都相遇在了追逐名利的路上，在丢弃初心的路上，无一例外，最终都入了我的口，埋葬在春风里。因为我从始至终都没忘记过我的使命——吞尽一切的贪婪。

我以为我终此一生，都会在暗流里涌动与搏杀，不承想有一天，我定居在了三衢大地，落在了南宗孔府的内宅的墙上。几千年后的今天，我的墙绘成了游客的打卡圣地，成了戒贪知止的警戒线，潜移默化地影响着来来往往的人们。

我终于堂而皇之地站立在人前，这不得不归功于我的一个主人。

一个人究其一生，是由选择形成的。在我历次追随的主人中，赵抃是我最令我敬佩的主人，也是我最不悔的选择。

第一眼，我就喜欢上了他，不是他有多么夺目的外表，而是他光鲜的履历。

我早就听说他只是一个不求闻达于庙堂，只求安放自己为民请愿、刚正不阿、不畏权贵、直言不讳的一颗心的人。但是我怎肯相信，我与他最初的相遇是在1034年，二十七岁的他进士及第，意气风发，前程似锦。

是的，前程似锦，跟随他总会有大收获的。

然，他每晚临窗焚香拜天，口中念念有词。

我大喜，以为他在诉说着只属于他的财富密码，只是我稍加留心听了下，大失所望。他不过是把他自己白天做过的事，一桩桩一件件地在心里又说上一遍。有人跟我一样不理解，他说："如果在这种夜深人静的时候，都不好意思开口，那就应该警醒了。"原来，他是在反思，在坚守初心，我小看了他。

我对他更加来了兴趣，这样的人我见多了，有多少个这样的君子，还不是落入了贪婪的欲望里，不可自拔，最终被我所吞噬。

他就这样清水一样晃荡着，我也跟着他清汤寡水地游离在人间，随着他去往成都任转运使。

这可是绝佳的机会，掌管财政，监管边防、治安和巡察，每一项都充满了油水。根据我以往的经验，这种迎来送往，觥筹交错的机会会大大增多，他会不会也沉沦其中？

令我惊奇的是，赵抃——我的主人匹马入蜀，只带了一张琴，一只鹤，一个老仆人，真可谓鹤立鸡群。当全城的文武官员出城来迎接时，我却跟着他听风吟唱，观雨流淌。他身着便服，在热闹的茶馆里听人闲聊。

在茶馆里，我听到了让我振奋的消息：这里的官员请客送礼花样可真是多呀，逢年过节要恭喜，上任离任须迎送，喜事要贺，倒霉事要慰问压惊，买了宅子要贺，甚至买了稀奇的宝物也要贺……听得我，开始展望起自己的未来。

可是，第一天到任的他，就谢绝了为他举行的接风宴，更是将那些来送礼的都赶将出去。他端坐在堂，说道："我绝不会随波逐流，更不能同流合污。"一纸奏折，限定宫中来川官员的时间和人数，更是将拒收馈赠、不受宴请固化成了朝廷的制度。他的率先垂范，清正为人，让蜀川多年的奢靡之风为之一变，百姓们奔走相告，铁面御史赵抃成了美谈。

虽然在这段时间里，我跟着他肉眼可见地消瘦下去，但我却开始迷恋起他来。

我迷恋他的清正为人，迷恋他处决不法之徒的决断，迷恋他开渠兴修水利的魄力，迷恋他勤政为民的初心，更是迷恋他的大格局，他在朝堂据理力争："小人虽然过失小，也应努力清除；君子不幸犯了过失，应去保全爱惜，以成就其德。"

轻车简从，立以民为本之新政；锄奸举贤，振清正严明之朝纲。这是对他最好的写照。他历尽红尘，最终还是回到了自己的家乡衢州，我也一路相随。

我心甘情愿地跟着一起来了。在时间的长河里，他的清官底色从未褪色，历久弥新，而我也愿意在孔庙"问己"的匾额下，将自己的身子刻印在墙绘中，警醒世人。

我庆幸他是我最后一个主人。

千年以后，我仍能在三衢大地看到他的身影，南孔圣地的"赵抃祠""赵抃廉洁文化之路"赫然入目，就连一个黄口小儿也能说出"一琴一鹤"的故事来。可见，清廉二字已经深深根植在三衢大地了。

我已经无憾了。我愿意蹲守在那方四方的墙壁上，在孔府宅内的必经之路上，从"一琴一鹤"的故事说起，让后人不断去叩问，去求索。

土冒的公社书记——李福生

宋佳良

他似乎永远都戴着一顶发黄的大草帽，他的两只裤腿似乎永远都是卷起的，露出两条古铜色的粗腿，他的脚上似乎永远都穿着一双或新或旧的解放鞋。不管从哪个角度看，他都和一个地地道道、普普通通的农民没有什么两样。他就是上世纪七十年代任衡山县贯底公社书记的李福生同志。

人民公社这个机构，现在的年轻人已经陌生了。它是过去集国家行政权力与社会权力于一身的基层组织。作为这个组织的最高领导人——公社书记，是拥有相当大的权力的。但在李福生身上，看不到权力的影子，相反，他身上永远都散发着农村干部特有的泥土气息。

语言最土的播音员

那时社员家都装有广播，由公社播音员播报。每天早上中午晚上各播报一次。每个公社的广播站都配有专门的播音员。当时贯底公社的早播播音一直由书记"越俎代庖"。

李书记的播报内容几乎永远都是种田种菜、养鸡养猪这类农事。播音语言可以说土得掉渣。

播得最多的是号召大家种萝卜。好像一年四季都在说这个话题。

他讲起萝卜的美味就说："萝卜不放油，夹起两头流。萝卜不放盐，煮起又清甜。"

讲种萝卜的好处就这样说："冬恰萝卜夏恰姜，不要医生开处方。"

讲种萝卜的方法就说:"萝卜白菜葱,多用大屎攻。"

到四月种红薯的时候,他就每天宣传红薯的美味了。他把三餐吃红薯的情景编成顺口溜,形象生动,充满农村黑色的乐观主义。"早上能猪能羊,中午油麻咯糖,晚上吹吹打打上床。"其他地方的人肯定听不懂这土得掉渣的方言土语。他的意思是说早上吃整个整个的红薯,就好像吃整只猪整只羊一样。"能"就是整只的意思。中午红薯里面掺杂一点大米一起煮。大米饭粒就像芝麻,方言叫油麻,星星点点的,很少,确实是像芝麻。红薯就是糖,有点甜味嘛。最有意思的是晚上,从柴火的灰烬里掏出一只煨熟了的红薯,用手拍一拍,用嘴吹一吹,把红薯外表的灰吹拍干净,叫吹吹打打,吃了上床睡觉。

他有时又操心农民没钱买油买盐,就鼓励大家养鸡。"每户养了几只鸡,恰油恰盐不用急。"

总之,在他的嘴里,生产队的事,社员家里的事,他都能用社员听得懂的民谣方言说出来。这些土得掉渣的语言,有的是他从社员那学来的,有的是他自个儿创造的。语言虽土,社员们听着亲切。

他又好像长了一双千里眼似的,各生产队每个社员家的生产生活情况他都了如指掌。

他有时就在广播里指名道姓地骂人。

譬如哪家吃粮没有计划,只顾眼前吃饱,不管荒月挨饿,他就在广播里骂:"某某某,你是甲饿死鬼投的胎?吃的一个死叫花子了。打算荒月喝西北风?让你家人做饿死鬼?"

他知道哪家没按时种萝卜或没种红薯秧苗,他就骂:"某某某,你果只懒鬼,还不种下红薯秧子?明天我到你家去看,还冒种下,你莫做男人了。"

奇怪的是,他这样指名道姓骂人,竟没有一个恼他的。当李书记第二天亲自上门检查时，主人家都会笑嘻嘻地卷一支"喇叭筒"递给他，而且一准改正了错误。

因为李书记熟知农事还能把农事知识用自己独创的语言，用社员喜闻乐见的土语方言、民谣谚语的方式说出来，社员们易懂易记，所以大家都把李书记当朋友，当乡亲，当老师，当自己最信赖的人。

半斤粮票和七分钱的故事

农村收割稻谷的工具是脚踩打稻机。脱粒后拌桶里残留的稻秆枝叶被称为"烟毛子"，"烟毛子"里面还挂着少许的谷粒。那时粮食太金贵，所以李书记决定想办法让社员把"烟毛子"里的金子淘出来。

李书记从县农机局借来一台强力脱谷的机器来帮助社员们淘金。

那天，在石仓大队元石生产队的晒谷场上，聚集了生产队所有的青壮劳力。在正式开机劳动之前，生产队队长廖哲顺笑着叫书记发烟。

"好，好！"书记热情地答应着。

大家迅速围过来，充满期待，书记请客，该是正儿八经的香烟吧。那可算开洋荤了。可是书记给每个劳力手上递一张自己用报纸裁成的约莫一寸宽三寸长的小纸片，然后便掏出一个装满烟丝的小布袋，让大家自己卷烟抽。

书记带头从布袋里抓起一小撮烟丝，放在纸片的一角，斜着卷起，卷成一头大一头尖的喇叭筒，接口处用舌尖沾上口水，就粘住了。抽烟的烟民并不失望，一人卷一支，用火柴点燃，晒谷场上一下就弥散着浓郁的烟草味道。

李书记照例戴着发黄的大草帽，两个裤腿卷起，露出古铜色的粗腿，脚上穿一双半新的解放鞋，把"喇叭筒"吸得津津有味。他与那些农民待在一起，与农民没有半点区别。

脱粒开始了，机器的轰鸣声把人的耳朵都震聋了，那"烟毛子"脱粒产生的粉尘沾在所有参加劳动的社员身上，也沾在参加劳动的李书记身上，他的草帽上、眉毛上、脸上、衣服上都是密密的粉尘，远远看去，就像一尊灰白色的雕像。

当所有的"烟毛子"都脱完粒以后，生产队收获了一堆有五六百斤重的金黄的稻谷。这时太阳已开始从西边的山那边沉下去，晚霞把西边的天空染得分外妖娆，家家户户的屋顶上都开始冒出袅袅的炊烟。社员们都在为当天的胜利成果而开怀大笑。

可就在这个时候，李书记却和社员们发生了一场"争吵"！

原因是这样的，为了抢时间，中午生产队为参加劳动的社员提供了免费午餐，菜品为鸡蛋、萝卜、白菜。米饭按每人一斤大米的标准。讲好是免费，这时李书记却非要付餐费。

队长代表社员们说出了不该收费的理由：李书记吃得少，只有那些青壮农民一半的饭量。并且，李书记也全程参与了劳动，理应享受免费待遇。

"我是国家干部，也是人民的公仆，为你们服务，是我分内的工作。你们现在还很穷，连饭都吃不饱。一想到这些，我就惭愧，我就难受，怎么还能占你们的便宜呢？一分钱也不行！"

最后社员做出妥协，让书记缴纳半斤粮食。

"好吧。我出半斤粮票，七分钱。"

当李书记把半斤粮票和七分钱交到队长手里时，所有的社员都默默地注视着李书记那双古铜色且结满老茧的手，谁也没有说话。

老百姓心里都有一杆秤。从此，元石生产队的社员在背后称呼李书记的时候，很自然地加上"我们"两个字，成了"我们李书记！"

两个臭皮柑

李书记以社为家，很少有时间回家探亲。于是经常是他爱人带着孙子来探亲了。

有一次，李书记下去"家访"，五岁的孙子也吵着要跟爷爷去。李书记舍不得孙子，就答应了。

在途经社员曹文林家门前时，小孙子被曹文林家门口那棵臭皮柑树给吸引了。那上面绿油油的臭皮柑向小孙子发出诱人的微笑。小孙子不懂事，死活要吃树上的臭皮柑。

李书记一年到头难得见上小孙子几面，做爷爷的难免对孙子有些宠爱。于是李书记鼓起勇气，进屋向曹文林说了买两个臭皮柑的意思。

曹文林二话没说，立马搬来梯子摘了两个。

李书记接过臭皮柑，非要付一毛钱给曹文林，曹文林死活不要。你推我辞几个回合之后，曹文林在跨进大门的一刹那，把钱丢在李书记面前，马上把大门关上了。任李书记怎么敲，曹文林就是不开门。

李书记只好把钱捡起收进衣袋里。

第二天早晨，李书记把食堂供应的早餐——两个馒头用报纸包好，亲自送到曹文林家，作为两个臭皮柑的钱！

"李书记，这柑子是自家树上结的，还没熟透，值不了一毛钱。你太较真了。"

"这不是较真，当干部的就是不能占公家便宜，占老百姓便宜，一分钱也不行。一分钱与一百块钱没什么区别，性质都是占便宜！"曹文林收下两个馒头，默默地目送李书记离去，很久很久，直到他的背影消失在目光的尽头！

贯底公社后来改为贯底乡政府，再后来并入新桥镇了。贯底人民公社早已成为历史的陈迹，湮灭在许多人的记忆里了。

但老一辈农民永远记得，曾经这里有个贯底公社，贯底公社的书记叫李福生。他永远都戴着发黄的大草帽，卷着裤腿，穿着解放鞋，抽着"喇叭筒"，说着老百姓听得懂的土话。

他曾经是农民们最信赖的朋友！现在是他们永远怀念的对象！

风起舌尖

黄子骞

民以食为天，一日三餐一直是咱们老百姓最挂心的事情。十年前，一部《舌尖上的中国》火遍神州大地，也带火了家乡衢州的一众美食——开化青蛳只存活于水质极其清澈处，烹饪后细嫩的肉质带有微苦的口感，连同汤汁的鲜美在舌尖释放；高温烤炉内壁上，一只只小烤饼饼皮逐渐膨胀，内里的肉馅、葱花、榨菜或霉干菜搭配得刚刚好，香而不腻、外酥里嫩……日渐风靡的衢州美食，丰富了老百姓的舌尖，也幸福了老百姓的心尖。

纪录片中，新鲜食材的获取满是自然的馈赠，烹饪过程体现了人与自然的和谐，烟火味里蕴藏着美好期望成为现实的喜悦。然而，对于拥有几千年文明史的衢州来说，吃上一口暖心饭却不是一件那么自然而然的事情。衢州博物馆陈列着约六千年前上方镇葱口村的先人遗迹、石器、动物遗骨，对于当时的人们来说，打到猎物、填饱肚子已是幸事。大约两千八百年前，衢州城南烂柯山有了王质遇仙的传说。相传名为王质的樵夫进山打柴，遇见两个仙人边下棋边吃桃，吃了半个桃子的王质顿时饥饿全消——骗过肚子就成，这便是汉、晋时如王质一般普通百姓想象出的似神仙的生活。进入农耕社会，面朝黄土背朝天，辛勤耕作了一天后，"辣椒当油炒，火熜当棉袄"，"手捧苞米粿，脚踩白炭火"，就是祖祖辈辈觉得最满足的日子。两宋以后，衢州"四省通衢、五路总头"的地理优势逐渐显现，经济日益发展。北宋熙宁十年（1077年），衢城商税名列浙江第二，物质的丰富使得百姓在填饱肚子之余，对于"吃"这件事有了更多追求，直到此时，衢州的"美食"文化才真正发展，乃至演变成今日的品种琳琅满目、让人垂涎欲滴，成为印刻地域文化特征和时代风格的符号。

阅读舌尖上的美食，阅读一座城市的饮食习惯和偏好，也是在阅读这座城市的文化。舌尖上的美食、美味、美谈，在不停地演绎着有关"食""舌"的故事。

食物丰富后，衢州人却没有铺张浪费，依然节俭惜粮，北宋衢籍廉相赵抃节约粮食、制止铺张浪费的故事，至今还在衢州民间广为流传，是衢州人的美谈。赵抃以"一琴一鹤"廉洁奉公著称，历史上，他还是位敢于为民"触邪"、敢向舌尖上的奢靡风气立马横刀的清官。他受儒家"君子惠而不费"之影响，为管住宋朝官员的嘴，向皇帝连上两道奏折，极力改善当时的风气。在益州转运使任上，看到宫廷内差大肆接受地方宴请、鱼肉乡里，即向上递交了奏折《乞降指挥内臣入蜀只许住益州十日》，严格限制内差在地方的停留时间，限制地方接待费用开支，减轻百姓负担。出任梓州路和益州路转运使期间，鉴于当地官员宴饮奢靡，专门上了奏折《奏状乞止绝川路军送遗节酒》。两道奏折使奸猾的官吏不得不悚惧服从，蜀风为之一变，当地父老乡亲大感欣慰。

南宋后，孔氏大宗南渡、建庙衢州，为衢州的饮食文化也带来了巨大影响。宋建炎二年（1128年），孔子第四十八世嫡长孙、衍圣公孔端友率领孔氏精英扈跸宋高宗南渡，一路历经战火，亲眼看见百姓乱世艰难，历经生死劫难，深知"食为民天""食为政首"。经孔洙让爵，南宗孔氏失去往日显赫转身民间，孔氏大族更加走进百姓，融入平民。南孔传承儒家的生活观，视"一箪食，一瓢饮，在陋巷，人不堪其忧，回也不改其乐"为贤，以"饭疏食，饮水，曲肱而枕之"为乐，倡导的饮食文化，包含精、鲜、香、味、节，尤其把节俭惜粮作为良好的家风，持续传承弘扬。孔府家宴，和平民百姓无别，只是更重礼；南孔祭孔，以最高礼节敬五谷。浸润舌尖的儒风，成为南孔圣地宝贵的文化传承。

我的先祖从明末始，世居衢州已三百多年。始祖早年行佣，挑一担箩筐，除了碗筷别无他物，从福建仙游逃难到衢州。开荒垦草，种稻植桑，靠田里微薄的收获，维持家人的生计。"一粥一饭，当思来处不易；半丝半缕，恒念物力维艰"，便是传承至今的家风。曾祖母从互助组记工员做起，直到后来的村社会计，人称"铁算盘""会计娘"，经手的粮食从不糟蹋一两半斤，还上了1966年县劳模榜，在原金华地区千人大会介绍过经验；一直到九十六岁高龄，吃剩下两口米糊，还挥着手示意护工别倒掉，留着下顿吃。爷爷是旧社会吃过糠、三年困难时期饿过肚的人，从我懂事开始，常给我讲他参军后血战长津湖的志愿军部队"两个地蛋一天粮"，重创美海军陆战一师的故事。自幼时起，我心中始终记着爷爷的教诲："现今不愁吃不愁穿，但不能忘记一颗一粒粮食都是农民的血汗！"

改革开放以后，人民物质财富飞速增长，舌尖上的美食，大大满足了人们的食欲，不承想也带来"舌尖上的浪费"。聚会就餐"点一桌剩半桌""吃一半倒一半"成"好客之道"，"盛宴"变"剩宴"，一桌桌好菜，沦为回收的泔水。舌尖上的浪费不仅流行于民间，一度也盛行于官场。一些官员整日觥筹交错、举箸买醉，饮必茅台、食必翅鲍，多少公帑被浪费！又有多少权钱在酒桌上勾兑，在饭局中密谋，使美酒变了味，让美食发了馊！

风起于青蘋之末，浪成于微澜之间。近年来，"厉行节约、反对浪费"的新风自上而下，吹遍全国，"光盘行动""小份菜""按需点餐"，一个个新词热词诞生，那些曾让我和我的家人们为之心痛的挥霍浪费、铺张奢靡被踩了刹车。纠"四风"，树"新风"，我们欣喜地发现"舌尖上的腐败""酒桌上的应酬"越来越少了，高档酒店前来来往往的公车也不见了。

两年前，衢州在"舌尖"上的治理，又向前迈出了一步。衢州敢为天下先，率先在全国探索公务餐改革，把数字化监督引入公务接待领域，打通全市五百多家单位食堂，组成了一个虚拟"大食堂"。自此，凭公函安排公务接待成为"过去式"，干部出差时在任何一个政府食堂都可以自行扫码自费用餐。公务餐的推出，深受机关公务人员的欢迎，吃得简朴，心里坦然，还可以把精力集中在深入基层、为群众解决问题上。管住一张嘴，编织一张制度之网，衢州公务接待支出比原先节省百分之三十以上。本次剑指舌尖上腐败问题的探索和实践，初战告捷，中央权威媒体报道、全省现场会推广经验，南孔衢州不负千年崇廉尚洁风范，又一次走在了"舌尖上的改革"前列。

舌尖上的清风带动民风。崇俭务实的南孔儒家饮食文化，再次被播撒到衢州的各个领域，节俭惜粮的清风越吹越远。新婚典礼上，越来越多的新人婚宴不再追求档次，宴请菜单不再攀比，更加趋向理性，减少了感性消费带来的过量损耗；平时社会活动聚餐，客人合理点菜，各家餐馆开展"光盘行动"，将"粒粒皆辛苦"的概念推而广之，在言传身教下赓续优良传统。

看一个个衢州美食：衢州招牌"三头一掌"、非遗传承邵永丰麻饼、主打生态的开化清水鱼……再才发现它们从来都不是钟鸣鼎食，而是承载着一方百姓幸福感的人间烟火。

风起舌尖，吹进街巷，吹进校园，吹进每个家庭、社会的每个细胞。

"肥姑臧"的"瘦长官"

毛羽翼

　　建武十二年（36年）冬，一场大雪过后，河西成了粉妆玉砌的世界，干枯的枝干上挂着冰凌，姑臧（今甘肃武威凉州区）的大街上人声鼎沸，车声隆隆。

　　一大早，出河西的大路上就排起了长龙，一辆辆装得满满当当的车子汇成一条条川流不息的小溪，缓缓向前涌动。

　　早在建武五年（29年）夏，河西的统治者窦融就归附了光武帝刘秀，但当时忙于统一大业的刘秀顾不上河西，暂且维持河西的现状。建武十二年十一月，刘秀消灭了割据巴蜀的公孙述，西部广袤的土地上再也没有割据势力，曾经沸腾得如一锅热粥的天下，终于在锅灶里的柴火化为灰烬后，归于平静。刘秀也总算可以放心大胆放开手脚整顿西部，对朝廷长期以来无暇顾及的河西来一次大换血，诏令河西五郡"盟主"大将军窦融与五郡太守及其官属宾客全部到京城洛阳。

　　诏令下达，河西一片忙乱，各郡的郡城如烧滚的锅，二十四小时咕嘟不停，大大小小的官员紧锣密鼓地将自己的财物打包装车，等到出发那一天，"驾乘千余两，马、牛、羊被野"。

　　漫山遍野，"财货连毂，弥竟川泽"，若山丘连绵的车队中，有一辆车显得突兀和孤单，除了几个包袱，车上别无长物，里面坐着曾经的姑臧长而今的关内侯孔奋和他的家人。

　　孔奋"单车就路"，姑臧百姓心里难受得不行，不少人彻夜难眠。

　　孔奋字君鱼，孔子十五世孙，自幼聪慧，曾祖父孔霸，元帝时为侍中。因为家庭关系，孔奋有机会拜在经学大师、古文经学派的开创者刘歆（刘向之子，父子两人都是当时的大学者）门下，学习《春秋左氏传》。

孔奋勤奋好学、善于思考，尤得老师刘歆的赏识，他常对弟子们说，从孔奋那里得道了。

新朝末年，天下纷争，士大夫中有不少人放弃操守，趁机浑水摸鱼、中饱私囊，为发横财不择手段。深受儒学熏陶的孔奋，不管条件如何艰难，日子有多艰辛，世道有多乱，环境如何混杂，他都保持着自己的操守。

新朝被推翻后，刘玄登基，建立了更始政权，但仅仅过了三年，更始败亡，烽烟再起，百姓四处逃散。而河西地区远离中原，水草肥美，又有黄河为天然屏障，不仅隔离了战乱，而且百姓生活较为安稳。于是孔奋带着母亲、妻儿和弟弟等一大家子人，跟着逃难的人群，从老家扶风茂陵（今陕西西安西北）逃到河西，在武威落下了脚。

孔奋的才学和操守得到了时任张掖属国都尉、五郡"盟主"河西大将军窦融的赏识。

建武五年，窦融将孔奋招进大将军幕府，委以重任，让其代理姑臧长。

武威郡是河西重镇，不仅与少数民族地区接壤，也是中原通往西域的门户，而郡城姑臧更被誉为"河西都会"，是西北地区的政治、经济、文化、军事中心，是"丝绸之路"西段的要隘，可谓门户中的门户，枢纽中的枢纽。因为羌人、胡人与大汉的联系、通商贸易等都是通过姑臧来完成，当地每天热闹非凡，中外商贾云集，由于白天开市三次远不能满足交易的需要，还特别加设了夜市。

一个郡治最高长官，管着一天开市四次、交易非常繁忙的大市场，日子却过得紧巴巴。

史书上这样记载："（孔奋）事母孝谨，虽为俭约，奉养极求珍膳。躬率妻、子，同甘菜茹。"

一大家子人，除了母亲还能吃点好的，其他人，包括孔奋自己，吃得都非常普通，只是蔬菜粗粮，他却吃得津津有味，惹得一众"能人"讥笑，笑话孔奋是个"傻老冒"。

能人嘲笑孔奋脑袋是榆木疙瘩做的，端着金饭碗"要饭"。哪怕他从每个商家那儿扣下一枚铜板，或者给那些没有拿到"市籍"的人开开后门，要不了多久，也能将自己的大箱子装满，何至于让妻儿老小跟着自己受罪，连块肉都吃不上，明明端着"一大盆油脂"，却让双手皲裂，明明眼前放着香喷喷的"肥肉"，自己碗里却见不到一丁点儿荤腥。

"三年清知府，十万雪花银。"无论是千年前还是千年后，某些地方长官仗着自己的权力搜刮剥削，他们对财富的贪婪大同小异。

孔奋之前的姑臧长手指甲个个长，每个上任没过多久，荷包就如同吹气一样鼓胀起来，离开时赚得盆满钵满。

"每居县者，不盈数月辄致丰积。"

姑臧每日重复着这样的画面：不等日上三竿，大街上已摩肩接踵，车水马龙，太阳落山了，集市上依旧是灯火通明。

商客们发现，新上任的孔长官同之前的那些长官完全不同。孔长官不仅温文尔雅，彬彬有礼，而且十分清廉，眼睛里一枚铜板都没有，从未取分毫装入自己口袋，也从未有任何私底下的交易。

有人嘲讽孔奋："身处脂膏，不能以自润，徒益苦辛耳。"

孔奋听到如风过耳，一笑了之。

孔奋在琳琅满目的商品中穿行，不管别人怎么嗤笑自己，坚持初心不变，一如既往"不自润"。

孔奋恪尽职守，施政仁义，他管理的姑臧，欺行霸市、巧取豪夺等现象基本绝迹，不论汉人还是羌胡都能安心踏实地做生意。

孔奋身处膏脂而不求自润，只想奉献，为民谋利，不求私利，百姓都看在眼里，记在心里。武威太守梁统也看在眼里，给予孔奋极大的尊重和礼遇，孔奋每次来汇报工作，他都会去门口迎接，还将孔奋介绍给母亲认识。

"不以官属礼之，常迎于大门，引入见母。"

孔奋"在职四年，财产无所增"。

建武八年（32年）孔奋被赐爵"关内侯"，爵位同他曾祖父当年一样。

谋私利者，必然是挖空心思肥自己，必然无心谋本职为百姓谋大利，苦了百姓。孔奋"清廉仁贤"谋大利，百姓得利。

百姓们听说孔奋要离开姑臧，非常不舍。

虽然孔奋不做姑臧长已有三四年了，可是大家一刻也没有忘记他，他那辆空空荡荡的小车，更是令众人担忧孔奋一家人日后的生活。汉人、胡人聚在一起，人们的心想到了一块儿，是时候报答孔长官的恩情了，否则，以后就再也没机会了，大家不约而同地说："孔君清廉仁贤，举县蒙恩，如何今去，不共报德！"

如果把地方官治政比作经营，那么民情民意就是收益。

不管汉人还是胡人，出钱的出钱，出物的出物，"相赋敛牛、马、器物千万以上，追送数百里"。

看到大家翻山越岭追赶几百里送来的上万头牛马、上千件器物，孔奋感动得热泪盈眶，但他并未顺水推舟收下，只是拜过众人，"谢之而已，一无所受"。

孔奋带着众人深厚的情意，继续赶着他那辆空空荡荡的破车离去，将一众感激涕零的百姓留在了身后。

为官一天，要办一天好事；在世一日，要做一日好人。

"卿先公后私，可谓大忠矣。"冯梦龙在他的《东周列国志》中，借秦王之口，表达对先公后私者的敬仰。

在大家利益与小家利益相冲突时，舍小家而取大家。

在家尽孝、为国尽忠是中华民族的优良传统。唯其艰辛，方显忠诚。家事为后，国事为先。舍生取义，为国尽忠，就是最大的尽孝。

立德、立功、立言为古人所谓的人生三不朽，立德为先，其次立功，其次立言。立德为第一要义，立德的关键在修身，修身的关键在克己，守心克己者，方能成己。

清正廉洁，克己奉公。

白居易曾感慨："一兴嗜欲念，遂为矰缴牵。"为人处世只有"克己"才能不被声色货利所左右，不被名利富贵所羁绊，才能守住清廉的底线，不为"矰缴牵"，被射中的人生，即便没被射死，也成了牵绳人的"玩物"。

人的一生，历来是放纵容易克己难。

也许有人会说，生命短暂，何必克己？答曰："非也。"

清末的杭州知府陈鲁，为官清廉，唯一爱好为收藏字画，因为没能克制住"雅好"，收了余杭知县送上的唐伯虎真迹，徇私枉法，酿成大错，制造了轰动全国的杨乃武与小白菜冤案。案发后，陈鲁羞愧难当，悬梁自尽以谢罪。

这也就是古人说的"小节不慎，大节难保"，"人必自侮，然后人侮之"，伸出手得到想要的也就透支了人格，克己方能不自侮。

元好问曾叹："能吏寻常见，公廉第一难。"

千百年来，"公廉"都是官员的最大考验。有本事、有能力的官吏经常可以见到，真正能够做到公正廉明的却没有几人。

诸葛亮也曾这样说："临之以利而观其廉。"意思是说，考察一个人是否廉洁奉公，洁身自好，只要让他去接触有利可图之事，便能一目了然。

然而，天下第一难，在孔奋这里，却稀松平常。

居官者廉不言贫，所谓"难"，无外乎因为一个"贪"字。"贪"好比路上的油水，越是丰厚，人走在上面，就越容易滑倒。令人垂涎的"肥油"，勾得路过的人心猿意马，如果定力不够，不能自控克制，那么必将极尽"自润"之能事，将手中的公权变为自润肥己的自留地，结局必定是四脚朝天。

巨大经济利益的诱惑之下，意志不坚强的人就会失去平衡，甚至不堪一击，完全地缴械投降，因此招致祸患。所谓"贪如火，不遏则自焚；欲如水，不遏则自溺"。

不为"贪欲"筑起高墙，就会"摊狱"。孔奋用自己的节操，不仅为"贪欲"加了高墙，还加上了一把锁。

"不义而富且贵，于我如浮云。"

在财富利益面前，没有迷失方向，能够固守清贫，这就是真正的"清"，只有这样的人才能在缤纷繁杂的人世里自守节操，处污而不染，出尘而不浊。

"义动君子，利动贪人。"

"富与贵是人之所欲也，不以其道得之，不处也。贫与贱是人之所恶也，不以其道得之，不去也。"

孔子并不反对追求富贵，关键是怎样追求。

人活一世，厌恶贫穷，追求富贵，是人之常情，但是要通过正当的途径摆脱贫穷和得到富贵，否则人生是不会安然的。

从不言贫的孔奋，关上了用物资、钱财拉拢腐蚀他的门，驾驶着"单乘"，"两袖清风朝天去"。

孔奋也因"不自润"，成为世世代代人心中居官者廉不言贫的榜样。

孔奋的清廉，令史学家司马彪都忍不住赞叹："孔奋守姑臧，天下知其清廉。"

后人从孔奋身上，懂得了"清廉"。

真情动人，无私感人，孔奋不仅感动了时人，同样感动着千百年来的后人。明朝嘉靖十四年（1535年），凉州百姓为造福凉州的官员塑像，立《凉州卫忠节祠记》碑，从一千多年的时光里挑选了十九位官员，孔奋名列其中。从那时起，凉州百姓每年春秋祭祀。

人们还将孔奋的名字嵌入楹联、写进诗文，世代传颂。清杨调元《绵桐馆集联汇刻》中就收录了这样一副对联，将孔奋与周室卿士、周襄王的叔叔王子虎并列："朝贤王子虎，清吏孔君鱼。"

一个生命的分量，会在他的身后留下脚印，分量越重，留下的脚印就越深。

"清正在德，廉洁在志。"

打败众多官员的"第一难"，在两千年前的姑臧长孔奋面前败下阵来。

千百年来，孔奋的精神影响了无数代人。历史上涌现出了无数个像孔奋一样的清官廉吏，这是孔奋生命的延续，也是中华文化在不断被传承。

仅东汉王朝，如孔奋一样的"清白吏"就已不可胜数。

蜀郡太守张堪，面对公孙述的仓库里堆积如山的珍宝，无一丝贪念，手握足以让子孙十代吃穿不愁的财富无动于衷，在沃野千里的蜀郡任职两年，调职离开成都时，赶着一辆车辕折坏的"老爷车"上路，车上的一只布口袋，装着他全部家当。

"四知太守"杨震的"天知，神知，我知，子知。何谓无知"震撼着历朝历代的官场，他的"使后世称为清白吏子孙，以此遗之，不亦厚乎"，成为后世廉官为子孙"谋福"的范本。

东汉末年，广西郁林太守陆绩离职回乡，因为没有财物，船吃水太浅无法抵抗大风浪，船夫不敢航行，陆绩便搬来一块巨石立在船舱，被后人称为"廉石"。这块石头，从此，立在了后人的心里。

此外东汉有名的"清白吏"还有"悬鱼太守"羊续、"一钱太守"刘宠等。

拒贪守德，忠于职守，是中华民族的传统美德，不会因时代的变迁而更改。

清代福建任巡抚张伯行曾亲撰"金绳铁矩"张榜于巡抚的衙门外："一丝一粒，我之名节；一厘一毫，民之脂膏。宽一分，民受赐不止一分；取一文，我为人不值一文。谁云交际之常，廉耻实伤；倘非不义之财，此物何来？"

明代名臣张居正在《答蓟镇巡抚陈我度言辞俸守制》中说："若独辞上禄以沽名，又受私馈以自润，内欺其心，外欺其主，孤不敢也。"

如若拿着国家俸禄再接受私下馈赠来为自己捞取好处，那就是对天子不忠，对国家不诚，是自欺欺人的小人，张居正说不敢做那样的小人，正是效仿千年前的孔奋。

"甘同妻菜茹，极奉母珍羞。一任时人笑，脂膏不自谋。"

千百年来，孔奋脂膏不润的高贵的品质，始终令后人膜拜敬仰。

廉洁不贪财的孔奋让"不自润"成为后世用以称美廉吏之典，也

让"脂膏不润"成为世代称颂廉洁不贪的成语。

唐代的骆宾王、北宋的宋祁都曾咏诵挑灯芯的小木棒本非贪热，为奉献身处膏脂之中不惧煎熬，只是为使膏脂用得其所，如孔奋那样不管条件如何艰难、环境如何混杂也不改初心，为民谋利，表达对清廉品质的敬仰。"终知不自润，何处用脂膏"，"处膏非自润，在寸敢矜长"。

南宋学者陈造借用孔奋不自润的故事，比拟自己和朋友在清贫中固守节操，"共嗟孔奋不自泽，政复所至无脂膏"。

从政为官，清正廉洁，才能行稳致远。

"心不动于微利之诱，目不眩于五色之惑"，敬畏职位，洁身自好，洗手奉公，这不仅是做人的根本，更是文化的传承，清正精神的延续。

父亲的党费证

孙长江

　　料理完父亲的丧事后，我准备返回宁波了。临行前，我将母亲的房间又整理打扫了一遍，同时将物品擦拭干净后归类整齐。待一切都做得感到很满意了，我环顾了一下四周，然后问母亲："妈，我爸平时有最喜欢的东西吗？比方说我爸平时最喜欢拿在手里玩的东西，或是一直珍藏着舍不得拿出来的东西，不要多么值钱的，只要是他心爱的东西都可以，我想把我爸最喜欢的东西带上一两件回去做个纪念。"

　　母亲想了好一会儿，也想不起来。又想了好半天才说："你爸除了手机、手表整天没离过身外，倒没看见过平时有什么喜欢的东西。你把这两样东西带回去做个纪念不行吗？"

　　我摇摇头："这些东西都是很平常的日用品。我想找两件比较有纪念意义的东西。我爸平时喜欢写写画画，也喜欢记记账什么的，有他写过字的东西，哪怕是一个小本本，带回去，也要比带手机、手表什么的强多了！我经常翻看我爸亲手写的东西就能想起他老人家了！"我一边解释一边提醒道。

　　经我这么一提醒，母亲似乎想起了什么，从床头柜子里找出一串有的已经生了锈的钥匙，试了几把才把一个老式五斗柜门打开，拿出一个铁盒子，放近眼睛前看了看说："我看到过你爸平时没事的时候就打开这个铁盒子，看看里面的一个小本本，擦擦后又放进去了。我知道这里面没有钱和存折什么的，他的钱和存折都放在那个床头边的柜子里，也从来没上过锁。为了给他治病，钱已经花得差不多了。他活

着的时候，我从来不翻看他的东西，你看看里面都是些什么。也许，你可以从其中找到他最喜欢的东西，不然他怎么过不了多久就要拿出来擦擦呢！还要锁上呢！要是你认为有纪念意义的话，不管是贵重还是不贵重，都拿回去吧！"母亲一边絮说着一边将铁盒子递给了我。

母亲虽然是解放后的初中毕业生，按说文化水平在那时候的农村是够用的了，可作为相夫教子的农村妇女，每天除了操持繁多的家务，就是出勤挣工分。多年来，整日的劳作和繁多的家务似乎让母亲没有学有所用的机会，特别是从外公外婆那里长期接受的"嫁鸡随鸡，嫁狗随狗"的传统思想教育已经根深蒂固，她对父亲向来百依百顺；再加上父亲走得太急，从患脑卒中住院到临终，也不过十来天的时间，且在离家较远的合肥市某医院接受治疗，所以我相信她对父亲的任何东西都没有至少是没来得及翻动过的。

这是一个普普通通的铁盒子。看盒面上的图案应该是上世纪八十年代的月饼盒，红色打底，"月饼"二字是用美术字写的，虽然字迹基本上看不清楚了，但如果仔细辨认，还是能看见的。盒子上绿叶桂花树的图案也已经模糊，周边已经生了锈，露出麻麻点点的锈迹。

我费了一点劲才将生了锈的铁盒子打开，一眼便看到放在最上面的几个蓝色塑料封皮的小笔记本。随手翻看了一下，里面记录的都是党员会议召开的时间、学习材料等大致内容、安排的工作和一些往来的电话号码等，有的字父亲不会写，是用"○"替代的，到底是什么字可能只有父亲自己知道。我随手将笔记本放在一边，又朝盒子里看一眼，一沓64开的党费证赫然映入眼帘。揭开党费证，最下面则是从十大到十七大的党章。我打开一本封皮已经老化变硬了、裂口了并有些扎手的党费证，收费人"桂列宪"三个字映入我的眼帘。

我心头一热，桂列宪在上世纪八十年代就已经去世了，但他的名字、他的形象在我心头是抹不去的。他是一位任职多年的老支书，也是我们那个大队红极一时的人物。可以说，在我们那个大队（后来改为村）里，有几人不知"桂列宪"的呢？我从记事的时候起，就听说过他，懂事的时候更是多次见到过他。他长脸，尖下巴，皮肤较白，高高的个子，好像牙齿不太好，说话有点咬住牙，但不是咬牙切齿的那种。因患过天花病，有人背后喊他"桂麻子"。那时候的大队支书一干就是好多年，不像现在的村支书，担任几年后要进行换届选举，选上了才能继续担任。所以，"桂列宪"就像一张名片一样印在我们那个大队大人小孩的大脑里。

父亲是什么时候入党的，可惜我没问过。至少是"文革"以前吧。因为在最旧的一本32开蓝色封面的会议记录本上，就有1964年的党员会议记录。"文革"时期的会议可真多啊！在我的记忆里很少有不开会的时候。公社的、大队的、生产队的会议一个接着一个开，而党员会议绝大多数是在晚上开。我们生产队有五个党员，两个是复员退伍军人；一个老党员，姓曾；还有一个中年人，好像姓贾，长得人高马大的，此人不久便离开了我们生产队。那时老曾大约快六十岁了，个头不高，胖胖的，很精干，走路一阵风似的。很多时候我们家还在吃晚饭，老曾就来找我父亲了，说是要到大队去开党员大会，学习党章，学习"老三篇"等。每每这时，只参加过扫盲学习班的父亲就急急忙忙吃完饭，换上一件干净一点的旧衣服，带上一个蓝色的皮本本，随老曾一起到大队部开会去了。有时半夜里听到母亲起床给父亲开门，我才知道父亲的党员会议又开到了半夜。我早晨起床后，还能看到父亲半夜带回来的、放在桌子上的党章、党费证和会议记录本等。有一次我打算翻开看看，披着衣服正准备出门的父亲连忙上前从我手里把他晚上带回来的、没来得及收起来的东西收起来，然后拿上哨子在生产队四周吹了一圈并叫喊着，一天的生产工作又要开始了……

作为一名党员和生产队队长，父亲虽然是"群众里的官，官里的群众"，对集体的财产却从来都是不贪、不占、不拿。记得有一次我病了很长时间，好不容易才好转了些，但连续几天没有食欲。当时正是桃子成熟的季节。我向母亲说我想吃桃子。按说一个生产队队长，从二百多亩桃园里带回几个桃子是无可厚非的。母亲知道父亲的脾气，脸上带着笑拐弯抹角向父亲说了。父亲脸一黑："桃子是集体的财产，我这个生产队队长带头去拿集体的财产，那社员们会怎么看我？全生产队三百多号人，就靠这点集体财产分点钱，都像你说的想拿一点就拿一点回去怎么能行？再说了，我已经在社员大会上说过了，谁敢拿一个桃子回家，就让谁在大会上作检讨，拿多了还要开批斗会。我怎么能带头违反队里的规定？"母亲看了看面黄肌瘦、两眼深陷的我，觉得很委屈："你就不能悄悄地带两个回来吗？又不给华子、莉子（我的两个妹妹）她们吃。我平时也没让你带公家的东西，不是长江子（我的小名儿）病的时间太长了没胃口嘛，说是想吃桃子了才让你带两个回来的。你是生产队队长，到桃园里去谁会提防你呢？偷偷地带两个回来还不是件很容易的事？"

"偷偷摸摸的事我做不来！"父亲黑着脸决绝地说。

正在僵持不下的时候，爷爷过来了。听明了子丑寅卯后，他回到当时居住的四叔的家里，拿了几个鸡蛋到街上卖了两毛钱，又柱着棍子蹚过河到河岸边的桃园里，买了两斤桃子，这事才算了结。

从此以后，母亲给父亲送了个外号叫"黑脸"。每逢有人问父亲的去向，母亲如果不知道，总是笑着说："不知黑脸这会儿又跑到哪去了。"

"文革"后期，父亲又当了几年的大队长。"文革"结束后，农村实行联产承包责任制，大队也改名为村。经过民主选举，父亲又担任了村主任。后来村里的经济渐渐得到了发展，村民也逐渐过上了好日子。同时随着土地承包制度的深入人心，村民开始想尽办法托关系"开后门"，想承包好一点的土地。父亲虽然是"群众里的官，官里的群众"，但长期以来养成的习惯，让他做什么事都是公事公办。记得有一次，有一个和我们家关系不错、我们都叫他"老七爷"的老人，大清早拎着一条猪大腿来到我家，对着正在洗漱的父亲说想承包离河岸不远、旱涝保收的五亩地种西瓜。父亲草草擦掉脸上的水珠，笑嘻嘻地说："七叔，不是我不给你老人家面子，这五亩地虽然是公管的地（即还没有分配给农户），可要的人比较多，我想可以搞竞争承包，谁出的钱多就让谁承包！"

"这办法好，我出最高价，然后你再在村里把我出的价格降下来，这事不就办成了！"老七爷颇有些得意地说。

父亲脸一黑："七叔，你怎么动起这样的脑子了，这是我会做的事情吗？"

老七爷有些尴尬了："那算了！那算了！我走了。"

"七叔，我家里养了几只鸡还有几只鹅，想吃肉了就可以杀一只，这猪肉你还是拿回去吧！"

"你看你看，你这不是把我当外人了嘛，俺两家的关系又不是一两年了。就是不找你办事，我也要送过来的。"

"七叔，你送猪肉给我，我还得买东西送给你还你人情，这不是让我破财嘛！"父亲笑着说。

老七爷还想再找理由，父亲继续笑着说："七叔，你不拿回去，要让我送回去，就难看了。"

老七爷这才拎起猪大腿，悻悻地离开我家。

　　没有什么文化的父亲又当了几年村主任就回家种责任田去了。我家孩子多，且当时都在上学，母亲个头不高，手脚又慢，身体又时好时坏，家庭的经济仍然十分拮据。父亲没有手艺，只会捕鱼。有一次，记得那是一个下雨天，父亲说又到月底了，该交党费了，问母亲有没有钱。母亲说昨天刚卖了几个鸡蛋，买盐又花掉了，等过两天鸡下蛋卖了再给父亲交党费。父亲脸一黑："这事怎么能往后拖呢？"然后披上蓑衣，挑起捕鱼的工具，出了门，很晚了才回来。母亲看见渔筐子空空的，连忙问："怎么连鱼影子也没见到？"父亲打着哆嗦边将湿衣服脱下来边说道："逮的鱼已经送到街上的饭店里卖掉了，明个可以交党费了。"第二天一早，他就带上那个小红本本，冒着雨到村支部交党费去了。

　　父亲对党的热爱缘于他的亲身经历和切身体会。母亲曾经给我讲过这样一件事：解放前，奶奶去世得早，爷爷为了最小的儿子不至于饿死，就决定把他送给一顾姓人家。小叔叔被人抱走的那一天，父亲哭着喊着，抱着他的小弟弟死活不松手，但最终还是无法阻止这件事。为了让年幼的父亲能够活下去，爷爷又将父亲送到地主家放牛，稍大一点又让他给人家种田。有一年，十五岁的父亲给东家挑稻捆子，经过一道水田放水口时，一脚没跨过去，稻捆子从肩上掉下去，成熟的稻子落了一地，正好被东家看见了。东家拿起棍子照着父亲的脊背狠狠地抽打起来。父亲吃力地将稻捆子重新挑在肩上，那东家仍然不依不饶地继续抽打着父亲的头部。父亲将稻捆子一扔，转身就往家里走。爷爷看到父亲脸上背上的一道道血痕，问明原委后心痛地劝道："忍着吧，去给东家道个歉，接着干活去吧！"父亲倔强地说："我不给人家帮工了！打死我也不去了！""你不帮工吃什么呢？还是去吧，给人家帮工，好歹能活下来。"爷爷继续劝说道。"我去捕鱼，俺介里有几条河，别人捕鱼能活下来，我捕鱼为什么不能活下来呢？"从那以后，父亲就靠捕鱼为生了。

正是由于亲身经历过解放前后两种截然不同的生活情景，父亲才产生由衷地热爱中国共产党，积极要求加入党组织的信念，并愿为党做些力所能及的工作。在他担任生产队队长和大队长的许多年后，国家开始对这一批人实行养老补助，我知道父亲没有领过一次补助。"我住在街道上，做点生意就够吃够喝的了，不用向组织申请补助什么的了。"父亲对母亲说。

尽管父亲已经去世七年了，但他留下的那厚厚的一沓党费证和那些党章我还一直珍藏着。有时翻开党费证看看上面的党费数字，父亲向母亲要钱和捕鱼挣钱交党费的情景又浮现在我眼前。从父亲的党费证上，我基本上能够看到他老人家交党费的轨迹。根据老支书桂列宪签收的党费记录，我知道父亲交的党费最早是五分钱，之后是一毛。改革开放初期，父亲的党费是五毛，后来则涨到两元。进入二十一世纪，父亲老了，但经过多年打拼，家境也殷实起来，听父亲说社区党支部（我们那里的村民全部划归街道社区管理了）要他每月交两元党费就可以了，但父亲还是按每月十元即普通上班人员的标准交纳，这在党费证上也清清楚楚地记录了下来。而且从数字记录来看，父亲不是一下子交的，因为收党费人的名字排列得并不整齐，用笔也不一样，有的是圆珠笔，有的是钢笔，甚至还有用铅笔记下的，可见父亲的党费是每月交纳一次的。

时节不居，岁月如流，我的党龄也已经三十多年了。这几年我从工作岗位上内退后，因为生计的关系，经常在外谋生。为了方便，我基本上是将一年的党费一次性交清，连党费证都没有要。与父亲相比，我觉得我这个共产党员的思想境界远远不及他老人家高。虽然我和父亲都是无职党员，但我只能惭愧地说我比不上父亲。作为一名共产党员，父亲虽然没有轰轰烈烈的业绩，也没惊天动地的壮举，只是尽自己的一点绵薄之力为党做点事情，但他对党的热爱，他对共产党员这个称号的珍惜都是我没能做到的。他是那样小心翼翼地爱护党费证和珍藏党章，即使是保护财物也没有那样用心。他像保护眼睛一样保护他党员身份的凭证。眼睛里是容不得半粒沙子的，所以他经常擦拭它，小心呵护它，用心保管它，不让它蒙上灰尘，不让它沾上污点。从父亲身上，我看到了自身的不足，看到了与他的差距。好在我是他的儿子，如今又有幸在浙江康诚建设集团有限公司专职做党务工作，有条件和父亲一样真诚地对待党员这个称号。我相信今后我一定会像他老人家一样对党忠诚，尽自己最大的努力为党做点力所能及的事情。

南孔清风拂古今

——"铁面御史"的直与"驴车尚书"的律

王厚明

2019年1月4日晚，一场反映北宋御史"清廉做官、清正做事、清白做人"的大型历史话剧，首次在北京国家大剧院上演，剧中刻画了一位为官清廉、惩治腐败、举贤荐能、为民造福的清官形象，那就是被誉为"铁面御史"的赵抃。

赵抃，北宋衢州西安（今浙江衢州）人。他出身贫寒，刻苦为学，二十七岁中进士，历任知州、御史、转运使等职，后授龙图阁直学士，官至参知政事。一生为官四十五载，历经仁宗、英宗、神宗三朝，为人忠直清俭，平生不置家产，不养歌舞艺妓，以清正廉洁、铁面无私、治绩卓著而载于史册，当时名相韩琦称赞他为"世人标表"。

赵抃在京师做殿中侍御史时，每次论及朝廷公事，必定分别邪正，凛然不可动摇，弹劾不避权贵，以刚直著称。至和元年（1054年），赵抃任职殿中侍御史伊始，便上书了《论正邪君子小人疏》。他认为为政之道的关键在于用人，用人之道的关键在于选贤任能，他极力要求朝廷善于分辨忠奸，区分君子、小人，认为："小人虽有过，当力排而绝之，后乃无患；君子不幸讹误，当保护爱惜，以成就其德。"

当御史的赵抃刚正不阿，一身正气，很有较真碰硬的韧劲，遇官员有不法行为，不论对方是否位高权重，都不顾自身安危，必然弹劾到底。宋史记载，赵抃对结交宦官、行贿买官的枢密副使陈旭，奉使不法的宣徽使王拱辰，行为极不检点的翰林学士李淑，不称职的枢密使王德用等高官进行弹劾罢免。宰相陈执中纵容家属殴打丫鬟致死，宋仁宗有意包庇，赵抃先后递交十二本奏折，要求对此严格执法并罢免陈执中。同时还弹劾了回避此事的谏官张择行和反对罢免陈执中的谏官范镇，并由此引起了与范镇长达一年多的论辩。最终结果是陈执中被贬，赵抃自身也被流放到外地。另外赵抃与谏官唐介、吕诲、范师道共同揭露枢密副使陈升之奸邪，认为他勾结宦官，不是通过正常渠道升迁。为此，他上书二十多次予以弹劾，陈升之因此被罢免，而赵抃同其他弹劾者也一道被撤职。

据史载，赵抃曾因才德被擢升为益州转运使。北宋中期的转运使"钱谷听其移用"，除了掌握一路或数路的财赋外，还兼任考察地方官吏、维持治安、举贤荐能等职责，地位不可谓不高，权力也不可谓不大，完全可以享有车马随从等出行待遇。然而入川时，赵抃却牵着一匹马，马上的行囊中有一架琴，一只白鹤。难得的是，赵抃先后四次入蜀为官，均是只携一琴一鹤赴任。在赴成都任知府渡青白江时，看到江水清澈透亮，他击楫而誓："吾志如此江清白，虽万类混淆其中，不少浊也。"此后，这条江被称为清白江，今天成都青白江区由此而得名。苏轼称颂其人品操守"玉比其洁，冰拟其莹""清献先生无一钱，故应琴鹤是传家"。在纪念赵抃的告天台殿阁的柱联上，明孝宗御题以琴鹤两字为首："琴声寒日月，永留清白在人间；鹤唳彻遥天，常使丹心通帝座。"因此"一琴一鹤"也被后世用来形容为官清廉。至今，在成都青白江区还建有全国首个集中展示赵抃清廉故事的博物馆——清白文化馆。他的家乡衢州也有衢州市首批廉政建设教育基地、建于清道光五年（1825年）的赵抃祠。

入蜀为官时，赵抃经常微服私访，巡察各地，于是得知了当地存在严重的请送之风。逢年过节是"共喜"，新官上任就"接风"，归官离任须"饯行"，州县间有喜事要"致贺"，出了倒霉事情还要慰问

"压惊"。对此赵抃深恶痛绝，他下定决心要整顿吏治。为此，他一一谢绝了为他举行的接风宴请，并屡上奏章，如实汇报蜀地奢靡之风给百姓带来的危害，并以实际行动表明决心，"身帅以俭"。同时，他提出了"三廉"的施政理念：廉于自身，从自己做起；廉于职务，不能利用手中的权力谋私利；廉于社会，提倡节俭，反对奢靡。对于那些敢于顶风违抗的官员，严惩不贷，并将此做法从成都推向蜀中各地。"蜀风为之一变"，百姓无不感怀。

"铁面御史"赵抃并非只有一副铁面无私的冷面孔，其性格也有仁和温厚的一面。他"与人言，如恐伤之"，很有人情味。岭外官员去世后，多半无法归葬，赵抃造船百只，告诫各郡说："官宦人家有无法回家的，我都帮助。"于是来求助的人接踵而至，赵抃都给他们船只、盘缠。当时，官吏因不能按期招募够义勇乡兵而受罚的已达八百余人，赵抃奉诏督查此事，查实原因后，他回报仁宗说："河朔地区由于连年丰收，所以乡民应募的少，请从宽处理那些官吏，等农闲时再说。"仁宗允准。由此，受罚者被平反，义勇也招募足够。

明代袾宏所著《竹窗随笔》载：赵清献公尝自言，"昼之所为，夜必焚香告天，不敢告者则不为也"。意即赵抃白天处理完公务，每到晚上，必要焚香拜天，口中念念有词。有人好奇问他在向上苍密告什么，赵抃笑笑说："哪是什么密告呀！无非是将自己白天做过的事，一件件一桩桩地在心里说上一遍，借以检点反思。倘若一个人连在那种场合都还不好意思启口，那就必定做了什么不该做的事，自己就需要警醒了！"

当时，朝廷甚至定下规矩：中央政府凡是赴川为官者，能否胜任，都要以赵抃为参照。赵抃宦海沉浮四十五载，留下了"良田万顷，日食二升；大厦千间，夜卧八尺"的座右铭。他以察人荐贤为己任，把苏洵、欧阳修等一大批英才推上历史舞台。难怪莫逆之交、大文豪苏轼会为他挥毫写下了三千五百字的《赵清献公神道碑》。此碑早已损毁，但有部分残碑仍立于今天衢江区莲花镇赵抃墓前。

赵抃一生所任官职多是有权有利的肥差，但他始终能做到心无贪念，廉洁为官，从不为自己谋取私利。掷地有声的一句"吾怀自信无污染，何必升堂思始清"，是他一生清正为官的真实写照。

同为南孔名臣的戴敦元是清朝一代廉吏。他自小就有极高天赋，十岁举神童，十五岁中举人，二十四岁中进士。幼时去外祖父家拜访，一个月内就把外祖父的藏书读完了。学政彭元瑞曾当面考问他经义，戴敦元对答如流，使得彭元瑞感叹道："子异日必为国器。"最终官至刑部尚书的戴敦元数十载一布被，始终清正廉明、节俭朴实，为人称道。

戴敦元一生"沉默鲜言，清廉寡欲，实心政事，熟于刑名。退食即闭户读书，不事交接"。在担任刑部侍郎时，他深入研究律例，"常援引律例，百无一误，上下敬服"。发现条文有漏洞或者需要制定新条令的，他都会及时报请上司修改完善。

道光元年（1821年），戴敦元升任江西按察使，负责执掌全省刑名，管理狱政。当时衙门办事人员较少，积案甚多，于是戴敦元闭门谢客，亲自动手，详阅案卷，细察民情，并延请深谙刑事属吏，协助共理。每案均亲审详推，不数月，清理全省积卷陈案四千余件。后来他署理湖南巡抚，会同湖广总督奏请升调综理漕运、盐业、河工、榷关、粮饷等事宜。经常是秉烛审理，彻夜不眠。

戴敦元不仅学识渊厚，而且作风务实，善于躬身实践，深入民间调研，走好群众路线。嘉庆二十四年（1819年），戴敦元赴广东任高廉兵备道。这是戴敦元第一次出京外任，他担心自己不了解当地实情而影响施政，特意选择先去粤商云集的苏州南濠，借此机会了解广东的风土人情和施政利弊。他以客商的身份与粤商同寓，了解到了许多第一手的材料，为接下来在广东开展工作做了充分的准备。虽然在任时间不长，但戴敦元以"报国无才勤补拙，安民有愿尽除冤"为宗旨，做了许多深得民心的事，被当地百姓称为"神公"。

改任山西布政使时，戴敦元前往赴任途中，不事声张，不搞排场，不解衣，不下车，每天五更就催车夫上路，饮食不过是六个麦饼，且全在车上解决，从不劳烦沿途州县，以至戴敦元"独行数千里，而舆夫馆人莫知其为新任藩使者"。当时官场上有一个陋习，凡是上官过境，沿途州县都要劳师动众迎来送往，不仅大摆筵席，搞"厘头银"，临走前还要给上官准备礼品。戴敦元不为官场恶俗和潜规则侵蚀，更不为钱财所折腰。他兴利除弊、鼎故革新，坚决将这些陋习革除，大大净化了官场风气。

道光十二年（1832年），戴敦元任刑部尚书。他拒绝私下上门拉关系，"同僚非公事不得见"。清代达官显宦盛行八抬大轿，而他作为一个部级高官，着粗衣，坐敝车，生活简朴，上下班经常步行，在衣食住行诸方面崇尚节俭，律己甚严。有一年冬天，天降大雪，戴敦元身披雨罩，手抱文书，步行到街上，叫了一辆驴车去上班。到了刑部衙门，"隶役呵殿而入"。戴敦元脱去雨罩，露出珊瑚顶戴的官帽，这珊瑚顶戴是二品官员才可佩戴的。车夫见后，大吃一惊，没想到这么大的官居然坐自己的车，吓得要弃车而逃，戴敦元却"强留与之钱而去"。因为这段美谈，人们赞其清廉，称之为"驴车尚书"。一个"驴车尚书"的雅号，把一个清官的形象生动地刻画出来，成为一种清廉的符号，令人肃然起敬。

戴敦元的廉洁简俭并非故作姿态的表现，而是发自内心的自律。

他生活简朴不讲究排场，饮食起居简单随意，从来没有过高的要求。一次他从刑部尚书任上请假回浙，当地官府领导故交设宴为他接风。那天下雨，戴敦元就穿了一双木屐前往。散席后，官员陪同戴敦元出来，此时鼓号齐鸣，官署大门开启，陪同人大声呼唤戴公的轿马何在。戴敦元微微一笑，拿过伞自己撑着，"扬扬出门去"。戴敦元执伞走时那种"扬扬"之态，正是他严格自律、清廉自守的可贵风范。

在清朝"三年清知府，十万雪花银"的官场上，贪腐之风盛行。"驴车尚书"戴敦元能在这样的环境中"出淤泥而不染"，始终洁身自好，不同流合污，留得清白在人间，不可不谓是出于他内心深处对清廉的坚守和信仰。

道光十四年（1834年），戴敦元卒于任所，"乡人往视之，敝衣露肘，布衾一袭"。人们看到他身穿敝衣，露出手肘，身上盖着一床布棉被，都感叹"其俭德为不可及云"。至于家产，史载其"任官四十年，逝世仅遗几架书籍，几幅画，几间旧房，数亩薄田而已"。戴敦元去世后，道光皇帝感慨他的清廉自律，对他作出了"清介自持，克尽职守"的评价，追谥为"简恪"。

南孔清风拂古今。"铁面御史"的直与"驴车尚书"的律，都是从古至今稀缺之品格，正因为此，他们的德与品为后世所敬仰和珍视。红墙黛瓦的孔氏南宗家庙，掩映着八百多年前孔子大宗南渡的历史，绵延着孔子嫡传后人的血脉，留下了"东南阙里、南孔圣地"的美誉。这一方血脉也包含着正与直的廉洁基因。

《论语·颜渊篇》记载有一段季康子问政于孔子的对话。身为鲁国正卿的季康子，非常诚恳地向孔子请教什么是为政之道，孔子对曰："政者，正也。子帅以正，孰敢不正？"说的是"政"之核心是"正"，公正，正直，正气。"你自己带头端正，谁敢不端正呢？"而"铁面御史"赵抃正是体现南孔文化中清正、刚直之风的优秀代表。他留与后人的，也是新时代党员干部需要弘扬和锤炼的人品党性官德，彰显为坚持真理、坚持党性、坚持原则的浩然正气，敢说"硬话"、敢唱"黑脸"、敢动真格的堂堂正气，不讲情面、不畏权势、不怕报复的凛然正气。

在衢州市区红墙黛瓦的孔氏南宗家庙内，有一幅猰㺄墙绘，意指猰㺄贪得无厌，欲将日月星辰、金银珠宝吞入肚中，最后撑死了自己。南宗孔府将此画置于内宅，向族人传递"戒贪知止、克己复礼"的廉洁寓意。而南孔后人很好地传承了严谨自律的清廉之风，如不贪名位、不忘初心、让爵北孔的孔洙，俭以养德、廉以自律的"驴车尚书"戴敦元……也真切地向世人启示，不论是一名职场官员还是一个普通百姓，都应经得起考验、耐得住清贫、抗得住诱惑，如果面对是与非、得与失、名与利、权与位、财与色，不能常思为政之德、常思贪欲之害、常怀律己之心，任由私欲膨胀、利欲熏心，不知足，不知止，必会走向身败名裂、人亡自戕的不归路。

时任浙江省委书记的习近平同志，曾对南孔文化寄予厚望："衢州历史悠久，是南孔圣地，孔子文化值得很好挖掘，大力弘扬，这一'子'要重重地落下去。""铁面御史"的直与"驴车尚书"的律，正是这一"子"的清廉内涵所在，也是推进南孔廉政文化建设的宝贵财富，如同一面照亮古今的廉政之镜，照亮并激励着向上向善的内心灵魂。

散文卷

第二届 **南孔杯**
廉洁文学创作大赛获奖作品集
NANKONG QINGFENG

优秀奖

儒家清风，民本尚廉

丁运时

　　读《中国廉政史鉴》，发现其中廉文化思想家、廉政人物、清官等不知凡几，但我独对西汉名臣贾谊和他的民本、尚廉思想非常感兴趣。

　　后来，有机会到长沙出差，公事之余照例要游历一番，于是登岳麓山游览了岳麓书院和爱晚亭，也去坡子街品尝了火宫殿的油炸臭豆腐，却意犹未尽，隐隐感到有什么事没有完成。忽然想到，西汉的贾谊曾在长沙做过三年太傅，其故宅应就在市内，无论如何应该去寻访这位古圣先贤的遗踪，以一偿多年的夙愿。

　　还在读书的时候，就对《过秦论》《治安策》等宏文叹为观止，其辞章之华丽、气势之超拔、论说之缜密、思想之深邃，均让人钦服，于是对作者贾谊也产生了浓厚的兴趣。"年少峥嵘"的贾谊，二十岁被汉文帝召为博士，一年多即超迁为太中大夫，并且拟任公卿之位。然而，或许是才高遭忌，或许是激进的政治主张触犯了保守势力，贾谊被贬谪为长沙王太傅，在郁郁不得志中度过了三年的光阴。《吊屈原赋》《鵩鸟赋》便是他被放逐于长沙期间忧伤自怜的感情流露。

　　向长沙耆宿打听，得知贾太傅故宅位于市内太平街中，毗邻湘江。到了太平街口，不觉颇感踌躇，一则对钦慕已久的古人心怀敬畏，一则疑惑这条简陋杂乱的巷陌果真是太傅曾寄身之所吗？逼仄的街衢、老旧的平房、喧闹的摊贩，走了百余米，才发现一座青砖黑瓦的"古建筑"鹤立鸡群般矗立在小巷的一侧，这是一栋占地1.6亩的清代风格建筑，据说是根据《贾太傅祠志》的记载重建的。建筑四周均是围墙，隔离出古意盎然的另一个时空。可惜来得不巧，故居正门紧闭，据说正在检修中，暂不开放。围绕着宅院走了一圈，墙外散乱堆放着些砖瓦，登上旁边的民宅楼梯，居高临下，可见院落里的古井与花草，却不得其门而入——难道真的会失之交臂吗？

这时，一群军官模样的游客恰巧到来，为首的拨通了故居管理处的电话。不多时，有位个头不高却矫健精悍，其貌不扬但目光炯炯的中年汉子开门迎客，并亲自带领游客参观，后来才知道他竟是此间"馆长"。故居结构一目了然，从外到内依次是门楼、太傅祠、治安堂、太傅殿、寻秋草堂，进门左侧是古井和历代吟咏贾谊的诗词碑廊，两侧对称竖立着古碑。与后世官员退隐林泉，爱修筑小桥流水、曲径通幽的江南园林不同，该故居保持着刚健质朴的风格。欣喜地跟在游客们的身后，一一细观，同时听着馆长如数家珍般的讲解，我的思绪却似乎飞到两千多年前——宅内左侧的古井，被后人称为"长怀井"，是太傅亲手所凿的吧。井小而深，上敛下大，形似茶壶，我仿佛看到年轻的太傅铲下最后一抔土，擦了擦脸上的汗珠，舀起一瓢清洌的井水一饮而尽。宅院深深，太傅时常端坐于正殿，手握毛笔，默然凝思，正在构思心忧汉室、谋划长治久安的千古雄文。在寂静的夜里，心怀天下的太傅徘徊在宅子里，走遍了每一个角落，直把栏杆拍遍，忧愁国事却壮志未酬，惟余"长太息""痛哭流涕"的悲音……忽然，馆长洪亮的声音将我从遐思中拉回现实，原来不觉已至故居最深处的寻秋草堂，古旧的木质桌椅宛然可见。

"西汉的贾谊创立了自己的民本思想体系，认为'廉'是为人为官都应具有的一种道德品质，为政者必须注意自己的品行，作为国君要做到闻善而行之如争，闻恶而改之如仇。这些廉政思想直到今天仍有现实的借鉴意义！"馆长娓娓道来，自豪之情溢于言表。是啊，这所面积不大、建筑也远称不上雄峻的故居，石碑林立，诗词碑廊镌刻满了历代吟咏贾谊的名诗佳句，文化氛围浓郁，而海内外对贾谊的推崇方兴未艾，不少钦慕者不远万里而来，想太傅泉下有知，也会感到一丝欣慰吧！

离别太傅祠，已是暮色苍茫，寂寞的院落重又关闭了厚重的木门，回复沉寂遥遥的世界。青砖黑瓦渐次隐去，而宅内的古井、碑亭、短松、草堂却深深铭记于心。不知为何，沧桑悲凉突然袭来，不可遏制。

"且夫天地为炉兮，造化为工；阴阳为炭兮，万物为铜。"贾谊的宇宙人生观竟如许沉重，生命于他成了一种冶炼与煎熬。他志大才高却时运不济，谪居长沙时还曾幸蒙文帝召见，可惜夜半虚前席，不问国计民生，只问虚妄的鬼神之事。后来改任梁怀王太傅，怀王堕马而死，他自伤哭泣岁余，年仅三十三岁即郁郁而终……难怪司马迁将他与屈原合传，称为"屈贾列传"，实在是因他们忠而见弃的遭遇相同。"贾生年少虚垂涕，王粲春来更远游""淮阴市井笑韩信，汉朝公卿忌贾生"，贾谊又常与王粲、韩信等在古人诗句中并列，成为怀才不遇的典型文化意象，两千年来一直得到有识之士的叹息与同情。

寻访贾谊故居，浩叹依旧，悲情却可以稍敛。毕竟帝王的雄图霸业、煊赫权势早已湮灭无闻，而这一座小小的故宅虽然依然寂寞凄清，却历经多次损毁与重建，始终横亘在世人心中，历代不乏人来寻访。

在《中国廉政史鉴》一书中，贾谊被列为廉洁文化的思想家。他以民为本，崇德尚廉，独创了自己的民本思想体系，从思想上把廉作为做人做官的不可或缺的根本素质，极大地丰富了廉政文化的思想内涵，直到今天他的廉政思想仍是我国廉政文化的基本要素，对于社会主义廉政建设、俭风廉韵文化品牌的建立具有无可比拟的借鉴意义。贾谊的思想具有极强的生命力，他也因此一直活在了老百姓的心中，这就是历史的公平所在！

柯城清芬

林文钦

"静处高斋昼杜门，溪亭来往间开樽……濯缨岂独酬吾志，清有沧浪示子孙。"和着北宋名臣赵抃的千古名篇《题濯缨亭》，我走进夏日的衢州柯城。

拜谒赵抃故里沙湾村，首先扑入眼帘的是信安湖的满眼绿意。成排的橘树葱茏葳蕤，湖畔柳树随风婆娑，田田荷叶在池塘铺展。浓绿如毯的草坪，翠盖斜偃的林叶，弥望如海，泱泱欲腾。而就在这树荫掩映处，浮现出一幢红墙碧瓦的小楼，这就是雅称"琴鹤堂"的赵抃祖居。祠堂大门的楹联"半部论语治天下，一琴一鹤写春秋"，尽显赵氏家学的千年渊源。在沙湾流连，我感受到此地的一草一木、一砖一瓦，散发着一种美和崇高的神韵，凝结着伟大的人格力量。

参观名人故居，每个人的聚焦点不尽相同，有的关注它的风水布局，有的倾慕它的宏伟气势，有的好奇它背后的轶事。在衢州，我参观过不少风格不一的家族古建筑群。每到一处，我更心仪于横梁竖栋上的精致雕刻。那些静居门窗柱墩上的云水浪波、龙凤鹤龟、冬梅夏莲、花鸟鱼虫等吉祥物，各有各的象征，各赋各的寓意。通过一番细品，就能感受到其中透射的主人之品性、涵养和家风。

七月雨后，带来了清新的快意，我迫不及待地跨进赵抃祖居大门。

游览中，解说员为游客机械地背诵导游词。同行的文友们有的倾耳聆听，有的独自拍照，更多的是走马观花，东摸摸西瞧瞧。也许他们一时没找到重点。我则离开人群，一个院落一个房间地，去寻找心中的那朵莲花，以及它所衍生出的那份惊艳。

在这里，我看到了有形的莲花。

在独自游历中，我的目光所及皆莲花，石门墩、柱础、门当、窗棂等，凡是能雕刻装饰的，均饰有莲花图案。它们是匠人一凿一斧精心雕刻出的，它们姿态万千，或骨朵稚嫩，含苞欲放；或独叶一片，舒展自如。有的晨露润染，晶莹如玉；有的望断秋风，残荷傲然。虽布满岁月的尘埃，但只要轻轻一吹，呈现的仍是风姿绰约的身姿。还有卵石铺就的地面上，也有大朵的花瓣和大片的荷叶。它们是工匠用卵石和着水泥拼就的，虽显粗糙，但根壮叶茂，栩栩如生。

因年代久远，赵抃祖居内的旧家具、老物什经过岁月洗礼，略显沧桑的模样。而瞩目木窗上的莲花雕饰，一朵朵唤起历史的回响，一瓣瓣给人以启迪，直让人为之惊叹。刹那间，我不由默诵起赵抃的诗歌《书圆通院水阁》："风送荷花香满栏，上人宴坐水云间……"显然，性情淡雅的赵抃，一直钟爱着莲花。

透过诗句，我的脑海中浮现无形的莲花。

莲者，花之君子也，具有超凡脱俗的品质，且洁身自好、卓然玉立。在赵抃祠和赵氏祖居的建筑雕饰中，莲花是主角，它是君子的风骨，更是家风的传承。

纵观赵家发展历程，就能发现，这是一部忠君爱民、孝老爱亲、耕读兴业的家族史。早在唐代中期，赵抃的远祖赵植就立下"将教天下，赵植也必定其家，必正其身"的家训，赵植也以清廉为官而闻名四方。待到父亲赵亚才及至赵抃这一辈，赵氏家人依然坚守"清白传家、读书明理"的传统。作为北宋的知名进士，赵抃自是赵家的翘楚，成为衢州乃至浙江人的骄傲。他为官清廉、为人耿直，用自己的智慧和品格，将赵氏家史演绎成一部顶配绝唱。他的子孙继续接力前行，一代代传承赵氏家风。"千年弦歌永不辍，悟道家风值万金"，这副镌刻于堂屋的楹联是最好的见证。这种家风传承，以有形的莲花为载体，用最含蓄也最直接的木雕形式绽放。

莲花是传统文化根脉的隐喻，是承载一个家族崛起的文化密码，乃至是这个家族枝繁叶茂、长盛不衰的原因所在。在《柯城赵氏家谱》里，我了解了赵氏祖先清廉为官的事迹，还读到了赵抃祖母叶夫人创立的"四重"家训："家人重执业，家产重量出；家礼重敦伦，家法重教育。"这则家训重于教育子孙敦睦人伦，兴家立业，正映衬了莲花"守正、清廉、知礼"的操守。

赵家后人介绍说，行事干练的叶夫人在夫君赵湘过世后辛劳持家，不但教育儿孙要像莲花一般出淤泥而不染，还手绘莲花图作为修身示范。受祖辈影响，赵家后代均考取功名、清廉为官。在"四重"家训导引下，赵氏家族出现"一门五世三进士，两朝御史贤达家"的显赫气象。鲜见的是，传统族谱家谱一般不会记录女性，但赵氏族谱不仅载入叶夫人名字，还详细陈述了她的生动事迹。

翻阅一页页赵氏族谱，一个个孝廉事迹跃入眼帘，让我暗自称叹赵氏家族的厚重家学和淳正家风。在叶夫人身后，走来一个个清雅如莲的贤媳，彰昂"女人半边天"的魅力。赵抃年幼失怙，在继母徐夫人和二哥赵振的教导下成长。徐夫人品行贤淑，孝敬婆母、和气持家，全力支持其夫赵亚才求学，终促其金榜题名。徐夫人教子严格、育才有道，教诲赵抃饱读经学、知书达礼。有了良好的家学熏陶，童年时赵抃便能吟诵唐诗绝句，在十一岁时就学会写近体诗，创作出"有蝶俱含粉，无人不惜芳。尽拼花下饮，归去醉成乡"的妙语佳句。在母亲和兄长的言传身教下，少年赵抃的心智日渐成熟。

1028年，赵抃时值弱冠之年，娶当地官员之女郑氏为妻。郑氏是秉持莲花心性的大家闺秀，她知书达理、相夫教子，操持家务、侍奉老父，见识开阔、工于诗文，不仅鼓舞赵抃的心志，也带动着子孙成长成才。1034年，苦读十载的赵抃进士及第，旋即出任福建崇安知县，开启刚正有为的循官生涯。

"君来静湖上，碧水生清风。"伫立信安湖荷塘边，我沐浴荷花的缕缕芬芳，遥想赵抃夫妇诗情画意、相敬如宾的甜美时光。当年出身名门、学养深厚的郑氏，常与赵抃吟诗论文，抚琴作画，切磋砥砺，孜孜不倦。她关心国事、考究民情，鼓励夫君施展政治抱负。

或许是莲花的雅洁，熏染着赵抃刚直不阿、炽心如火的秉性。从政之初，赵抃就逆阿谀谄媚之流，与腐败的官场风气格格不入。1038年，因在弹劾皇后外戚腐败事件中对宋仁宗直言犯谏，赵抃遭贬外放至赣南虔州。在赴任虔州前夕与妻子郑氏作别时，赵抃亲手书写《孝悌家训》：

> 孝悌者，百行之原也。孩提知爱本诸良能，稍长知敬原于善，何以狃于习俗，顿失初心？为子弟者不知孝，当体父母生我之恩情；不知悌，当思长上待我之友爱。诚能服劳竭力，奉养无违，隔坐徐行，恭让而不懈，则一门之内，和顺雍容，孝悌敦而人伦斯重矣。

这则意蕴深远的家训，涵盖了孝敬父母、谦恭处世的精髓，散发着忠厚持家、人伦有序的淳朴气息。

想来，上苍让赵抃苦其心志的同时，也为他开启了一道智慧之门。迈过此门，胸怀远方的赵抃，就此走进中华二十四史卷。

打开《赵清献公集》，我回望赵抃四十多年为官的点点足迹。其间，赵抃以其"中通外直、刚正不阿"的人格魅力，受到官民的赞誉和拥戴。在朝堂执纪，赵抃弹劾不避皇亲权幸，维护公正法治的纲常，被同僚称为"铁面御史"。在严厉打击"小人"的同时也力保"君子"，他大力支持欧阳修开展"诗文革新运动"，上奏请求恢复受到不公处理的苏轼父子、吴充、吕景初等有功之臣的职位，为宋代文坛保护了一脉清流。

在蜀州任上，赵抃单骑就任、行李萧然，只以一琴一鹤自随，在成都清白江上留下"吾志如此江清白"的誓言，葆有"琴鹤先生"的美名；在偏远的虔州，他广交当地朋友，所结交的或士子文人，或村夫野老，在传播儒家文化的同时中弘扬家训精神；在主政闽北崇安县时，他应民众"解田园焦渴"之需，引城西河水入城，并沿渠兴建用于粮食加工的水碓，满足了全县居民生活生产的用水需求，其所筑之渠被后人称誉为"闽北的都江堰"。

据《艺文志》记载：承蒙赵抃德泽的蜀地官员苏由城，在其寓所"碧山精舍"的水塘里种植百株白荷，以供赵抃观赏养心。外放四川期间，赵抃以荷花自喻怡情，在与梓州一拨官吏谈心时说："予爱荷之清芬而有德义，可为官师之范。"他赞美荷花的奉献精神，清白高雅而富有德义，视之为为官为师者的楷模象征。他以荷喻人，劝诫为官者应当清白干事、一尘不染，切不可辱没官家政声。

无论高居宰辅还是退隐山林，赵抃尽显莲之心性，传播着"廉"的芬芳。在贬谪至湖南道县任县丞时，他位卑未敢忘忧国，仍关心民生疾苦。他秉承"所至善治"的执政信念，用一腔赤诚点染山河、启蒙蛮荒，为民鼓呼、匡护正义，赢得"万民敬拥"。在目睹道县百姓日夜挖玉石仍完不成官府的任务时，赵抃毅然和同僚上书荆湖南路主官，为民请命，恳求取消朝廷摊派。谪居湘南期间，赵抃寄情于灵秀山水，为瑶族同胞义务修志，写下众多绚丽诗篇。当地百姓广受赵抃的教化鼓励，邀其在自办的学堂讲学布道，使得当地参加科考并登第的平民子弟逐年增多，原本凋敝的湖南诗学之风渐为昌盛，时人美赞"丽辞文藻，皆出湘南"。

"进可居庙堂之高，退可守江湖之远。"在辗转流徙的为官生涯中，赵抃摒弃屈从君王的盲目愚忠，展现出能屈能伸的士大夫情怀。小情多变通，是对实力的保存；大事不糊涂，是对信念的坚守。扬长避短、知难求进，方显圣人智慧和英雄本色。

1079年，赵抃告老还乡，在沙湾老家建一居室，名为"高斋"，与父老乡亲和睦共处，"亲旧里民，遇之如故"。而弟侄辈见"高斋"过于拥挤，便私下买了邻居住宅加以拓宽。未料到此举引来赵抃的严厉斥责："吾与此翁三世为邻矣，忍弃之乎？"他命侄儿立即退还邻居的住屋，赔礼道歉，并且不许索还买价。因在家中排行老四，赵抃年老时写诗称"腰佩黄金已退藏，个中消息也寻常。世人欲识高斋老，只是柯村赵四郎"。一句谦卑的"赵四郎"，显出一位大儒进退自如的旷达！

1084年夏季，赵抃卧病沙湾住所，弥留之际注视膝下子孙，嘱托"临利不敢先人，见义不敢后身"的遗训。未久，这位北宋名臣安详仙逝，葬于柯城莲花山。朝廷追赠其太子少师，谥号"清献"，后来世人便称之为"赵清献公"。在苏轼撰写的《赵清献公神道碑》中，他称赞赵抃为人"和易温厚，周旋曲密，谨绳墨，蹈规矩，与人言，如恐伤之"。

家是最小国，国是千万家。在践行赵氏家训的过程中，赵抃由小家顾及大"家"，始终保持顺势而为、知行合一的智者姿态。他在浮华年代守身自洁，将人生的磨难化为进取的力量，在苦吟中发出醒世的廉洁之光。他在年年赏荷、时时吟咏之间，将自己绽放成一枝孑然傲立的旷世荷花。

"看取莲花净，应知不染心。"赵家后人并未辜负先祖赵抃的期望，将千年家训铭记于心，不忘守护清正如莲的家风品质。他们深知，这"莲"是优良家风的密码和底色，是赵家子孙立世的根魂。这个根魂就似一种信仰融入他们的血液，不可忘记，更不可亵渎。在赵抃之后的千年里，赵家官员秉持其"重义轻利、见义勇为"的教诲，世代传承清廉高洁的莲花风骨，以忠勇勤廉实绩列入各地功德榜的计有百余人。千年之间，赵家后人秉承"为乡梓办实事"的祖训，为公益事业积极捐资，让孔氏南宗家庙、衢州书院、孝子庙、章戴桥等景观连成柯城的人文风景线。

而今，沙湾村被辟为省级家风家教研学基地和南孔文化研习所，是习近平总书记赞赏的一座"中国廉洁文化地标"。赵抃家训因其负有的盛誉，被陈列在国家文化殿堂，成为一张廉洁文化名片。为缅怀赵抃的清廉功绩，"赵清献公祭祀"被列入浙江省非遗文化名录。欣慰的是，更多柯城人在赵抃家训中感怀文化、悟得初心，纷纷为这位先贤骄傲而雀跃。君不见，赵抃事迹和家训化为了一幕幕话剧影视，制成了一件件精美的音画作品。你自可在话剧《大宋御史·赵抃》中，感受其清廉为官、爱民如子的炽热情怀；在沙画剧《一个贤母的故事》里，感悟赵抃继母徐夫人的发家智慧。

有一种淡定执守，彰显清风本色。

说的是赵抃第十四代孙赵焕喜守护赵氏祠堂的故事。祖上的清白家风，自赵焕喜小时起便深深感染着他。有一次焕喜在接待一个的行政单位时，对方领队隐晦地提出要给些讲解费，他听后毅然婉拒了。后来对方送来两盆绿植，将它们摆在了宗祠门口，这两盆绿植便仿佛以青翠欲滴的姿态表达着对赵家子弟的敬意。当浙江卫视揭晓全省"最美家庭"名单时，焕喜一家榜上有名，其十年义务讲解赵氏家训的事迹在柯城也被传为美谈。

"一门良训传家久，一代先贤润泽长。"在信安湖边林荫下行走，夏风带着激情扑面而来。站在赵氏祖居前，我被一种尚古的情怀感动着，被一种大气的精神鼓舞着，不免对这里的人们生出了敬意。瞩目沙湾，它正展开一幅充满诗意的廉洁文化图景，引来文艺大咖为之作诗赋文。《感悟沙湾》《信安湖怀古》《一湖廉风吟古今》等美文篇什，抒写了对一代名相赵抃的仰慕。当你带着孩子一同研读赵氏家训，可与孩子一起交流、共同进步。在感怀赵氏家族淡泊名利、崇德尚义的同时，你与孩子之间加强了沟通理解，促进廉洁齐家风尚的形成。

更有一种遇见，展现了赤子情怀。

在清献广场行走，我偶遇了六旬台胞赵庆仁。他已从台湾台中的公务岗位退休，这次是专程来赵抃文化纪念馆学习观摩的，他尤喜吟唱由家训谱成的《孝悌歌》。当得知我是为宣传赵抃清白文化而来时，老赵激动地说："两岸家训同根同源，同为修身齐家平天下。我退休后专心研读中华家风经典，后面要在台岛创办一个名人家训文博馆，让华夏子孙共同认知清白文化的精深内涵！"

作别沙湾，已近黄昏。回望赵抃青铜塑像，他的目光与我的视线相交，洋溢着一股莫名的暖心力量。迎着夕晖，细听一曲由千年家风谱成的荷赋，我的眼里怎不会盈满感恩的泪水？此时，我轻轻撷取一缕荷塘清芬，借以濯洗心上的杂尘。

大儒张载

蔡相龙

朔风长吹，夕阳西下，辞职归乡的张载经过一天的风尘跋涉，在临潼的一家馆舍住下。当晚，满月当空，寒霜遍天。张载沐浴就寝，忽地感觉到一丝异样，他心一惊，随即便又放下，神情从容。他知道，虽然距离他的家乡郿县（今陕西眉县）已路途不远，但他终究看不到等候自己的亲人与弟子了。他不禁将思绪放飞至十五岁那年冬天的艰难时刻……

一

那一年，张载的父亲张迪病逝在涪州（今重庆涪陵区）知州的任上，张载带着五岁的弟弟张戬，与母亲一起护着灵柩，欲要跋山涉水归葬祖籍大梁（今河南开封）。一家人越巴山，过汉中，出褒斜古道，千辛万苦行至郿县横渠，因前方发生了战乱，不得已滞留于此。后经全家商议，将父柩葬于横渠大镇谷迷狐岭。当时还是少年的张载，没有料到自己日后竟以"横渠先生"闻名于世，其道出的"横渠四句"也被后世士大夫奉为圭臬。

张载在父亲坟墓旁搭起草棚，定居下来，为父守孝。同时，张载又对窗读书，日以继夜勤奋研学。其实，张载能成为与周敦颐、程颢、程颐兄弟并列的大儒，其气质早已显现。早先才十岁的张载在跟随外傅学习时，就让人觉得"志气不群，知虚奉父命"。张载其名，也是源自《周易·坤卦》中的"地势坤，君子以厚德载物"之句，所以张载字子厚，这是与其名相呼应的。有趣的是，"子厚"这个字也与唐代大儒柳宗元一致无二。

当时，北宋西部边境经常受到西夏侵扰，宋廷向西夏"赐"绢、银和茶叶等大量物资，以换得边境短暂和平。处于边境的张载，和很多年轻人一样，对此格外关注。为了能保家卫国，张载"少喜谈兵"，有志投笔从戎、收复失地。

庆历元年（1041年），西夏出兵攻占洮西之地（今甘肃一带），形势危急，青年张载豪情勃发，奋笔疾书，写下《边议九条》，向当时任陕西经略安抚副使、主持西北防务的范仲淹上书，提出不少中肯的建议。他不仅有报国的一腔热情，而且还付诸实践，打算联合知兵的朋友，组织民团去夺回被西夏侵占的洮西失地，为国家建功立业，做班超一样的英雄。

不久，张载终于见到仰慕已久的前辈范仲淹，而这一番相逢也改变了张载的人生走向。在延州军府里，张载初生牛犊不怕虎，面对范仲淹落落大方，侃侃而谈，将自己对军事边防的思考与见解倾囊奉上。而范仲淹作为一方统帅，不但没有轻视这个年轻人，更"知其远器"，断定这位小友能担大事，能传正道，于是赋予他更重的嘱托，点拨他道："儒者自有名教可乐，何事于兵？"并非驰骋疆场不好，而是传承道统，开山立派，为天下读书人所追从，岂不更是善莫大焉？范仲淹认为，张载有这个潜质。

张载听取了范仲淹的劝诫，捧着范仲淹赠送的《中庸》，一头扎入经典之中。直至将每字每句都咀嚼无数遍，把这本书读厚后又读薄，张载仍不满足，总觉得还有很多答案不甚明了。

于是，张载又"访诸释、老"，遍寻佛家、道家之书，长年累月探究其深刻含意。学习了多年，"知无所得"，他陷入了长久的深思，最后，再次返回"六经"。这一轮博观约取，为他的学说体系积淀了丰厚的底蕴。不过，一切还需要岁月去酝酿。

二

嘉祐二年（1057年），三十八岁的张载赴汴京（今河南开封）应考。走在熙熙攘攘的街巷，看着鳞次栉比的商铺，张载感慨万千。这里曾是他祖先生活的地方，如今，他以一名外乡人的身份来了，他需要用腹中的学识证明自己。

张载此次参加的科举考试，被誉为千年科举"龙虎榜"，对中国的历史产生了深远影响。这一榜横空出世的不仅仅有后来的九位宰相，还有名列唐宋八大家的苏轼、苏辙、曾巩，宋明理学的引路人张载、程颢等，主考官是大名鼎鼎的古文运动领袖欧阳修。而这些人将在不同领域照亮中华文明的星空。

这个年龄的张载已褪去了青年的锐气，看起来面容清癯、举止沉静，这源于他对专研学问心得的自信和执着。在候诏待命之际，张载受宰相文彦博支持，在开封相国寺设虎皮椅开坛讲《周易》，一时名动京城，听者众多。一日，张载遇到一同参加科举的程颢、程颐兄弟，若论起来，张载还是二程的表叔，他们相互都久仰大名，自是惺惺相惜，在客栈秉烛夜谈，探讨对《周易》的见解。次日，张载对他的听众讲："易学之道，吾不如二程。汝辈可师之。"二程顿时名声大震。由此可见张载虚怀若谷、襟怀坦荡。与此同时，张载并不妄自菲薄，认为自己也已寻得大道，他焕然自信曰："吾道自足，何事旁求？"

思想和学问的真谛，不能只从古书中寻求，还要在实践中探究。张载先后任祁州（今河北安国）司法参军、云岩（今陕西宜川）县令等职，"政事以敦本善俗为先"，做了大量实事好事。

张载推行德政，体恤民情，每月都设酒食款待乡老，征询老百姓对官府的意见，广开言路，并培育尊老爱幼的社会风尚。他多方奔走，筹措资金，为云岩县兴办了第一所免费学堂，为穷苦子弟提供了读书的机会。他还说服上官在大灾之年取数万军资救济灾民，并创"兵将法"，推广边防军民联合训练作战，提出罢除戍兵换防，招募当地人取代等可行建议，展现了卓越的政治与军事才能。

张载曾说："民，吾同胞；物，吾与也。"这便是"民胞物与"的著名主张，张载更是其躬身践行者。

三

熙宁二年（1069年），御史中丞吕公著向宋神宗推荐张载，宋神宗在诏见时向他询问治国理政的方法，张载答道："应以古代为法，德治为本，均土地，解民困。"宋神宗甚为满意，任其为崇文院校书。

当时王安石欲大力推行新法，想得到张载的支持，而张载的想法与苏轼相近，本身并不反对变法，而是觉得不可太急太过，提出不能"教玉人追琢"，但这并不符合王安石一往无前的性格。后来，张载之弟张戬也因反对变法而与王安石发生激烈矛盾，于是张载便辞官回到郿县横渠，开始了长期治学的生涯。

张载近天命之年时，也正是其思想成熟期，他"俯而读，仰而思。有得则识之，或中夜起坐，取烛以书……"在书山之中，他不仅采摘不已，而且在孜孜灌溉着自己的学说之树。他常对学生说："天下的富贵，总有穷尽的时候，只有道义取之无穷啊。"在长时间的传业授道中，张载最终创立了具有社会关切和务实取向的关学。

虽然身在山野，但张载仍心忧庙堂。为了解决困扰北宋的"三冗""两积"和"土地兼并"等社会问题，张载秉着"纵不能行之天下，犹可验之一乡"的想法，在家乡试办井田，探索自己理想中的土地改革制度。他将数百亩田地划为若干个由九块地组成的"井田"。井田的形式是把中间一块作为公田，周围八块划为私田，将私田分给无地、少地的农民耕种，力求以均贫富，解民之温饱。

在传道授业中，张载的学术理论逐渐进入收获期。在去世前一年，他终于写成了《正蒙》一书，这是他的代表作，是中国哲学史上的重要典籍，也成为宋明理学的重要思想来源之一。《正蒙》中有很多张载的独创思想，正如他在《芭蕉》诗中所写的："芭蕉心尽展新枝，新卷新心暗已随。愿学新心养新德，旋随新叶起新知。"发扬是最好的传承，对于圣贤之言，不仅要照着解出来，还要接着说下去。

熙宁十年（1077年），秦凤路守帅吕大防认为张载的学术承继古代圣贤思想，便向朝廷举荐，于是宋神宗召其回京任职。此时张载正患肺病，但他不愿错过施行政治理想的良机，便带病入京。在任同知太常礼院职务时，因支持推行复古婚冠丧祭之礼未果，又辞职西归。

张载在临潼安然离世后，竟无余财成殓，他在长安的学生闻讯赶来，才买了棺材，并护柩回到横渠。大雪纷飞，万物萧瑟，故乡的溪水只是在冻结中安眠，那不是涸竭，只等新的春天到来，便继续潺湲流淌。风中的枯叶也不因飘落而伤感，那不是凋零，而是归根化土，滋养大地。

张载平生或许没有经历什么惊天动地的大事，但他就像无边无际的沧海一样，深邃而辽阔，雄浑而苍茫。他始终将范仲淹所提倡的"先天下之忧而忧，后天下之乐而乐"作为座右铭，同时，他将这种使命感进一步升华，提炼出"为天地立心，为生民立命，为往圣继绝学，为万世开太平"的崇高境界与恢宏目标。这一理念后为无数仁人志士所铭记与追随，激励着一代代中华儿女为国为民而努力奋斗。

张载，这是一个光照千秋、泽被后世的名字。

《宋史·张载传》：

张载，字子厚，长安人。少喜谈兵，至欲结客取洮西之地。年二十一，以书谒范仲淹，一见知其远器，乃警之曰："儒者自有名教可乐，何事于兵？"因劝读《中庸》。载读其书，犹以为未足，又访诸释、老，累年究极其说，知无所得，反而求之六经。尝坐虎皮讲《易》京师，听从者甚众。一夕，二程至，与论《易》，次日语人曰："比见二程，深明《易》道，吾所弗及，汝辈可师之。"撤坐辍讲，与二程语道学之要，涣然自信曰："吾道自足，何事旁求？"于是尽弃异学，淳如也。

举进士，为祁州司法参军、云岩令。政事以敦本善俗为先，每月吉，具酒食，召乡人高年会县庭，亲为劝酬。使人知养老事长之义，因问民疾苦，及告所以训戒子弟之意。

熙宁初，御史中丞吕公著言其有古学……帝悦，以为崇文院校书……移疾屏居南山下，终日危坐一室，左右简编，俯而读，仰而思。有得则识之，或中夜起坐，取烛以书。其志道精思，未始须臾息，亦未尝须臾忘也。敝衣蔬食，与诸生讲学，每告以知礼成性、变化气质之道，学必如圣人而后已。以为知人而不知天，求为贤人而不求为圣人，此秦、汉以来学者大蔽也……

吕大防荐之……乃诏知太常礼院。与有司议礼不合，复以疾归。中道疾甚，沐浴更衣而寝，旦而卒。贫无以敛，门人共买棺奉其丧还。翰林学士许将等言其恬于进取，乞加赠恤，诏赐馆职半赙。

懂 你

徐丽琴

一

夏夜，什么都好。星星毫无章法又似乎井然有序，把黑暗点缀得令人神往。谁在神往？鸡爪李树下的两个小人。两个小人神往的不止星空，还有掉落在梧桐叶上沙沙作响的词语：《三侠五义》、古往今来……小人们欢喜讲故事的父亲。

月光会在他脸上投下一片温和的神情，让他显得和白天表情紧绷的果农迥然不同。

吹来的晚风裹挟着一阵和香对应的气味，那是乡间常有的气味，来自如今被称作有机肥的东西。它们散发特殊气味的同时，往往也氤氲着某种希望：菜蔬和果树，绿色的肥沃和金黄的给予。

但如果把村民自己产生有机肥料的储藏间、被村里人称作茅厕的物件，建造在别人家大门一二十米以内，多少有些不合适。

是两个小人中年龄稍长的那个，一口气跑到地头，惊慌催促的她语气起伏不定。

"爸爸，爸爸，娘和卸花又吵起来了。"

做爸爸的仿佛早有预料，扛起锄头就往村里走，一边走一边盘算着怎样劝退孩子娘。有一说一，虽然中间隔着块橘子地，但橘子地那么小，茅厕就光明正大得有些突兀了。

做爸爸的把锄头搁到门背后时，两个比邻而居的女人早已各回各家，一家门前和另一家屋后风景依旧。

如果茅厕也算风景的话。

此刻，风景造成了小小的撕裂：柔和又清冽的夜色，两个小人听故事的兴致。好在父亲会讲故事，他肚子里有的是故事。

讲完《三国》讲《水浒》，讲完当年吃不饱穿不暖又讲八十年代初，讲完隔壁村莫姓人家的发达和没落，又讲"让他三尺又何妨"。

那是个情节和地名都模糊的故事。

张、吴两家世代为邻。吴家富户，张家权门——张父在京城身居要职。吴家造房子修墙，向张家要地。张家不给，两家人的官司一路打入京城，一封家书也抵达张父手中。原指望家书能换回公道，张父却只回了一首诗。

"什么诗？"听故事的小人异口同声地问。

不知是父亲半吊子地只记下一两句，还是小人们的耳朵顽劣，只听见了落在最后的"让他三尺又何妨"。两个小人似懂非懂，好在风声一起，那听到的也就随云散去了。

但门额绝不轻易随风而逝。

房屋坐北朝南，由些微破旧的三合土搭成。白墙里时不时露出骨骼般森然的青砖和黄泥。

"是我把一担担砖头挑回来垒起来的。"父亲说。

"这个呢？"小人们指着门楣正中央的四个黑色大字问。她们还不懂什么叫书法，但能浅浅地感觉出那种龙飞凤舞，感觉出那种龙飞凤舞和门楣的其他部分在拉扯，以及那种龙飞凤舞与那里的格格不入。

那里，是个人口不足五百的小村，是好几代都没出过正经文化人的村子。唯一一个胸有笔墨的，是村小代课的陈老师。

"我自己选的字，央陈老师写上去的。"父亲说。

"胸怀全球？"

"胸怀全球。"父亲点点头。

两个初初识文断字的小人当然没办法理解虚拟的辽阔，何况那辽阔悄无声息地被过屋檐进瓦下的风吹出了斑驳，像横亘在成长路上的卑怯：穷。

穷得叮当作响。漏风的墙体，滴水的瓦缝，大风一刮就摇摇欲坠的洗脸架子，娘收破铜烂铁的吆喝声。

穷，与人是坦诚相见的：墙是，床是，小圆桌和经年空着的米柜是，不合身的衣裤也是。一边穷，一边两个小人在用力长大。

一边长大，一边三合土房屋在迫不及待地变老。

于是娘想着另起地基——和三叔对半的五间瓦房，对四口之家而言，实在是局促了。

"造个两层楼吧。"娘说。

"金良不同意把门前的橘子地换给你，你去问问郑家老三，他家那块地也不错，门口填平，就是很宽阔的院子呢。"娘说。

"依你现在的位子，他不会不给你面子的。"娘又说。

娘说的位子，是村干部。在小人们的记忆中，父亲一直是村干部。

村干部是什么？小人们对"干部"二字有望文生义的理解：干部干部，干活的脚步？

不然，为啥父亲要给李家老太太劈柴？给守水库无儿无女的爷爷做煤球？村里造加工厂时，父亲更是神龙见首不见尾——也不是不见，是田间地头见不着，村里建造加工厂现场能见着。

但有时也能在地里见着，当然是别人家地里：给张家割稻，给叶家橘子地放水，天气微凉时恰逢橘子挂树梢，带领村里的青壮年劳力守夜。

地基没换成。小人们从灶房里断断续续的对话中听出了娘的不满——爹没去找郑家老三，房子就只能盖在自家小块橘子地里，不但小，还只能朝西。

房屋落成了，落得别别扭扭的。然后一家四口在东升西下的日头里，在盖了一层就浇了水泥楼板的、没有粉刷外墙及至后来砖缝里长出苔藓的砖房里，吃、喝、拉、撒、睡，一过就是十几二十年。

也不仅仅是吃喝拉撒睡。这一年开始，死去的人要火化了；又一年，高速公路要往村子里走；再一年，五水共治了。

病逝的奶奶率先垂范，化骨扬灰在她钟爱的乡间；父亲新种的椪柑树，都和孩子们差不多高了，没来得及结出累累硕果，就被埋葬在了养育了它们的泥土里；守夜的青年老了，从夜间等水灌溉到看池塘里水波起皱，一边看，一边感叹时光。

另一些时光浇灌出了苗壮的萌芽。村口人家的大儿子衣锦还乡，顺便给父亲这个老干部提了一箱冰虾，就放在楼梯口。那里雨水反复流淌的痕迹还在，但丝毫不影响冰虾给一家人带来的视觉冲击，还有，想象中的味觉冲击。

"留下吧。"女儿们心说。

"留下吧。"做娘的在灶底说。

虾，大虾，哪怕是冰的，也和菠萝、黄桃一样在几个女性家庭成员心中拥有同样难以触及的地位。

但那人走的时候，父亲把虾塞到他手里，还回去了。

还回去时，女儿的心底动了动。

二

时间来到新世纪，地点仍是乡村。他是刚脱下军装就自谋出路、靠山吃山的农家乐经营者，凭借着几分热情、几分坦诚，这些年，也攒下一些回头客。

和往常一样，这天他在后厨、前台和包间里来回穿梭，对腰间的手机清脆的叫声置若罔闻：一条短信的到来还不足以稀释他对手头生意的热忱。直到午后，店里店外都消停下来了，翻看手机时，映入眼帘的几个字差点没把他惊得跳起来，短信上写的，是汇入款项百万元。

一百万？是诈骗吧。思来想去，他便去派出所报了警。

接到警察电话，汇款人才知道自己汇错了款，那人的合作伙伴与他同名，于是闹出了这么一个乌龙。好在他发现及时，将百万汇款原路返回，丝毫没有耽误对方大单子的顺利落地。

他是陈金良。

大同小异的事例，也在三衢大地的另一个方向上演，不，是发生。这次，是三个小学生。夜色迷蒙，孩子们相约到公园玩滑板车，就是这个约定让孩子们在公园长椅上看到了被遗忘的女士挎包。

失主在两个多小时后返回，她的包安然无恙，三个男孩瑟瑟发抖。初春，寒意料峭，不知怎的，她心头一暖，为挎包，也为孩子们。

三个男孩分别是占添、吴晨焕、周星博。

70后的女人祝爱娥，看上去显然拉低了同龄人的颜值：衣着朴素、皮肤黝黑，面部表情说麻木也未尝不可。但知情人都说，这样的女子才是真正的颜值担当。

特别是在体弱多病到常年服药卧床的婆婆眼中，没有祝爱娥，这个家早就不叫家了：自己的丈夫、爱娥的公公出车祸瘫痪；自己的三个大孙子、爱娥的侄子们，他们的妈妈远走他乡，父亲出门打工，这些孩子别说学业有成了，连生活都成问题；自己的小儿子，爱娥的丈夫在巨大的压力下，只能到工地搬砖以补贴家用。

饶是如此，爱娥凭一己之力，上伺候两位老人吃喝拉撒，下兼顾孩子的学习和生活，一样都没有落下。

一家人的生活还是井井有条的。

都说娶到一个好媳妇能旺三代，是说好儿媳能营造良好的家风。祝爱娥是这样的媳妇，周朝霞也是这样的儿媳妇。

周朝霞是头顶光环的女人：先进工作者、党员、端铁饭碗的国家工作人员。但她从未因为工作疏忽了对家人的关心，尤其是婆婆。不知是从什么时候起，曾经对她照顾有加的婆婆出门就找不到回家的路，打开的煤气就一直开着，直到邻居帮忙报警……这些反常让周朝霞多了个心眼，也多了层担忧：果然，婆婆老年痴呆了。

随着痴呆症的发作，婆婆的身体又经历了一次考验：摔倒、骨折、住院。于是周朝霞在医院和家之间两头跑，做营养餐，做护理。婆婆身体康复后，她又事无巨细地照顾婆婆，给婆婆洗澡、理发，逢节假日，给她买吃的、穿的，陪她聊天，逗她开心。

有人说她们亲如母女。

这样的"亲"，在她面前的书页里比比皆是，那是一本记录三衢大地平常人平常事的书——《星耀三衢》。

当她看到这本书的名字时，觉得真是贴切。

但这时，她还没把这种贴切的感觉和当年在楼梯口的心动联系起来，直到再次来到贺绍溪畔。

三

贺绍溪是值得一遍遍靠近的，它是一个陌生又熟悉的词。

再次到贺绍溪，仍旧听风、观水、看花。花是些平常的花，一些是鹅黄的，一些是淡紫的，也有颜色都来不及分清就从眼皮子底下溜过去的，参差地长在田埂上面或两侧，迎风而立时不免晃悠，是很活泼的朴素。

贺绍溪是朴素的。

水、稻田和向日葵是，炊烟、在小腿肚处晃荡的折叠的裤脚和草帽也是。

草帽，下田的人更喜欢叫它们凉帽。人们说，他戴着一顶凉帽就走进了特区的某个大酒店，并在酒店大堂沙发上睡了一会儿，就那一会儿工夫，对方负责接待的人终于找到了他。

找到他又不相信他就是他：作为书记，他朴素到显得单薄。

此刻，他的名字就长眠在他熟稔的炊烟里。

纪念馆和炊烟差不多高。拾级而上，台阶不算多，也谈不上陡峭。她来了一次又一次，是瞻仰，也是倾听。

听什么？

听这片土地上妇孺皆知的故事：他接到前往邻县的调令，女儿给胃病初愈的他买了一对沙发。沙发就在他的办公室里摆着，供他读书、看报、讨论工作和沉思用。

沉思时，烟圈萦绕。经常是烟灰落在沙发上也不曾察觉，他置身其中，沙发却事无巨细地记录了下来，一个破洞，又一个破洞。

不但记录着，还跟随着。他到哪儿，沙发就到哪儿。最后尘埃落定，和他一起回到了贺绍溪畔。

他说，破旧、几经修补的沙发是他的宝贝，不能丢。

说到不能丢，就要说到他一手操办的乌引工程。没有谁比他，这个农民的儿子，更能深切体会到水在农村生活中的分量有多大。

所以他的办公室在工地，吃喝拉撒睡在工地，技术分析会在工地。当工地发生塌方事故时，他也是第一时间到达的。

漫步展厅，听讲解员讲细节时，她心底里不免又是一动。

一动就是一阵涟漪，涟漪涤荡着她，对，是她最喜欢的涤荡。在瞻仰和倾听中，她能感受到还有些东西扎根在她心底，是什么呢？

有次阳光正好，她两手空空走进大符祥寺旧址旁的赵抃祠。一琴一鹤，匹马入蜀，八个字就能概括的一生。

赵抃是两袖清风的。

清风来自三衢，又涤荡三衢。

涤荡三衢土地上的芸芸众生。众生就宛如星辰，熠熠生辉：贺绍溪边的长眠者、农家乐经营者、三位小学生、祝爱娥们和周朝霞们……而滋养他们的，是如水的月光，是沁人的清风。

当她仰望夜空时，想起故乡的人、事，她突然懂了：父亲也是那辽阔的、星月交辉里的一点，虽然小，却用力地发出光亮，亮在她的心底里，伴随了她的前半生。

县官焦云龙——"清代焦裕禄"

李文佑

　　焦裕禄，一个响亮的名字，河南省兰考县的原县委书记，被誉为"毛主席的好学生""县委书记的好榜样""奉公廉洁的好干部"，他为兰考人民呕心沥血、鞠躬尽瘁，最后累死在了自己的岗位上。本文要说的则是：清代光绪年间，陕西潼关的"县官"焦云龙，也同样为潼关人民呕心沥血、鞠躬尽瘁，累死在了自己的岗位上。皇帝诰封其"军政大夫"，朝廷国史馆为其立传，巡抚官授其为"陕西第一循吏"，现代人则誉其为"清代的焦裕禄"！焦云龙，一个封建社会的"县官"，不仅廉洁奉公，勤政为民，而且鞠躬尽瘁，死而后已，实属难能可贵！

临危受命　二返潼关

　　焦云龙（1840—1901年），字雨田，山东淄博人。焦云龙虽然没有生在潼关、长在潼关，但却两任潼关"县官"，且临危受命，为潼关人民而来，为潼关人民而死，死后葬在潼关。潼关人民怀念他，一直视他为真正的潼关人。

　　早在光绪二十四年（1898年），焦云龙就曾任潼关厅抚民同知〔乾隆十三年（1748年），潼关县被改县设厅，但仍为县级级别的"散厅"，隶属于同州府管辖〕。在任期间，他廉洁奉公，广受潼关民众爱戴，与潼关结下了深厚的感情。光绪二十五年（1899年），焦云龙荣调商州任职，临行时，潼关民众依依不舍，长街夹道，含泪相送。

　　仅仅一年之后，即光绪二十六年（1900年），关中大旱。潼关因多沟壑山地，灾情更重，赤地连绵，秋麦无收。百姓起初还能以树皮草根度日，后来则树皮被剥食殆尽、草根被挖吃皆空，以致饿殍载道，坐室待毙，甚至出现了人食人、犬吃犬的可怕场景。潼关饥民，濒于绝境！值此危难之际，朝廷选择再三，最终决定派焦云龙重返潼关担任抚民同知。当潼关百姓闻知焦云龙又将回潼关任职，不禁激动万分、奔走相告，连呼："焦大人要回来了！焦大人要回来了！"数百人扶老携幼，自发到黄河渡口，长跪不起，和县衙的官员一道，迎接重返潼关的"焦大人"。然而，官民数百人，望眼欲穿地等了两天，但始终都不见"焦大人"的踪影。

自推小车　悄然赴任

难道"焦大人"不来了？当然不是！焦云龙来潼关上任，是先到京城述职后，才起身赴潼，走的是由北京到山西太原再至潼关这一路。二次赴潼任职，焦云龙心中沉甸甸的。当他听说潼关的灾情如此严重，立即想起了自己原在潼关任职时的一幕幕。而潼关百姓的勤劳纯朴，潼关百姓的善良无私，潼关百姓与他相处过的日日夜夜，也让焦云龙感到自己身上的担子有千钧之重。为了给潼关的百姓减少一些负担，途经太原时，他特意自购了一辆独轮推车，满满地装了一车货，加入到榆次、太谷至潼关的小车运输队伍中，当上了地地道道的车夫。如此这般，一来可为潼关省去赴任的路费，二来可以补贴路上的生活支出，三来也有了千里之遥路途上的同行伙伴。这一运输车队，百十辆车，百十个人，浩浩荡荡，有说有笑。一路上经平遥、过灵石、穿洪洞、走运城，经过整整十天，终于来到了黄河岸边的风陵渡。当焦云龙乘上了黄河的渡船，看到对岸熟悉的潼关城，他心里热乎乎的："潼关，我回来了！"船一靠岸，焦云龙匆匆地交付了货物，结清了运费，顾不得洗尘更衣，就推起自己的小车，一路直奔潼关县衙。

当焦云龙连车带人赶到县衙门口时，守门人一看这个满头是汗、浑身是土的车夫，一下就把他拦住了："走开，走开！这里是县衙，没有你要做的生意！"焦云龙说："我不是要做生意，我要找潼关的县大人。"守门人一听，把焦云龙从头到脚、从前到后再看了一遍，不耐烦地说："你找县大人，县大人是你能找的吗？快走，快走！"这时，引来了许多围观的人，不料其中有人认出了焦云龙，一声大喊："焦大人啊！我们总算把你盼来了！"喊罢，二话不说，扑通一声，跪倒在地。当围观的人们再细看眼前这位车夫，确认真是他们的"焦大人"时，瞬间，人群齐刷刷地跪倒了一大片，且连连哭喊："焦大人回来了！焦大人回来了！潼关百姓有救了！"看到这一大片伏地而跪的人群，看到这一个个皮包骨头的身影，看到这一双双充满期待的眼睛，焦云龙不禁热泪纵横，百感交集，他也扑通一声，面朝百姓跪倒在地："焦某不才，但潼关百姓对焦某的厚爱，却永不敢忘。今日回潼，即便粉身碎骨也定当救潼民于水火之中！"说罢，嘭、嘭、嘭，连向黑压压的百姓叩头三个。

这时，县衙的前任长官等一拨人也已赶到。原来，对焦云龙赴任之事，县衙早有安排，派人在北关黄河码头专门迎接。但迎接的人以为新上任的大人，不是坐轿也是骑马，一定会引人注目。谁能想得到，一个奉钦命赴任的"县太爷"，竟然推着一车货物，敞怀亮胸，浑身汗土，混杂于这长途运输的车夫队伍中，这下怎么可能接到人呢？

焦云龙自推小车悄然赴任，其用意，潼关的百姓心知肚明，感慨万千。而县衙的一班人呢，对新任的"焦大人"已是管窥全豹，更是肃然起敬。

请命赈灾　途中摔伤

焦云龙当日就从速办完了交接手续。第二天，即下乡视看，入户探访。潼关的灾情远远超出他的想象。当他目睹了这龟裂起皮的田地、茎叶枯干的庄稼、奄奄待毙的饥民、为食争斗的惨剧，感到了前所未有的震惊。特别是入户探访得知：家中的小儿，均不敢单独外出，出则即可能叫人掳掠烹煮；饿死的亲人，均不敢将他们出葬掩埋，埋则即可能为人割剐分食；常常是一觉醒来，枕边的亲人已永远离别而去。这一切，更使他痛心疾首、悲戚万分。

回衙后，焦云龙陷入了深深的两难之中。他知道，依潼关之人口，除去逃命谋生在外的人，至少还有数万饥民急需赈济。而对于这数万饥民来说，当下唯一的办法就是开仓放粮。潼关久为军地，粮仓倒是不少，但都是军粮。而要动军粮，那必须是皇帝亲批准许，方可开仓，否则，落到头上的可不是革职查办，而是杀头抄家之罪。但时不可待，十万火急！恰逢当时慈禧太后及光绪皇帝为躲避八国联军进犯北京，已经驾临陕西。焦云龙不敢怠慢，立刻令人备马，连夜直奔西安，欲奏请皇帝，准予开仓放粮，解救绝境之中的潼关饥民。

谁知，麻绳偏在细处断！焦云龙和随从一行二人，刚走到隔壁华阴县境内，因焦云龙心急赶路，加之不善骑马，竟挥鞭打马，马惊失蹄，焦云龙跌于马下，致股骨摔伤。疼痛难忍自不必说，关键是见到皇帝不能跪拜行礼，如何使得？更何况，股骨摔伤，不能骑马，何时才能到得西安？深感无奈的焦云龙仰天长叹："天不助我也，难道我潼民就命该如此吗？"想到这里，焦云龙将心一横，对随从说道："不去了，回衙！明日即开仓放粮，抄家砍头，一概不管。"随后，因无法再骑马，他硬是让随从扶自己横趴在马背上，五十里路，就这样又颠颠簸簸地趴着被驮回了潼关。

　　其实，焦云龙打定主意暂不去见皇帝，还有一个重要的原因，那就是：如果见得皇帝，皇帝明确不准开仓咋办？若是那样，自己带人开仓放粮，就是公开违抗圣意，直接连累了县衙的下属。不如在圣意还没有下达之前，先斩后奏，开了仓、放了粮、救了人，事后再由他补奏。这样即便皇帝降罪，也是自己一人担责，连累不了大家。

冒死放粮　呕心救民

　　回衙后，焦云龙不停不歇，连夜安排第二天开仓放粮之事。属下官员不无担心地说："大人，军粮是老虎口中的牙，无人敢动，没有皇上的恩准，那可是杀头之罪呀！能否请旨定夺后再办？"焦云龙面对众属下，正言说道："若待请得圣旨，百姓将饿死殆尽。你们只管听令而为，皇上加罪，要杀要剐，皆由我来承担！纵然死了我一人，若能换得万人生，那我这条命也算死有所值了！"众属下看焦大人主意已定，也纷纷义无反顾，各司其职，准备次日开仓放粮的一切事宜。

　　第二天，县衙的人全体出动，开仓放粮。按既定的方案，首先以户籍人口计，每人发放一定的粮食，暂作为各个家庭十天的急备；其次，在城内的金陵寺及各主要街道，设置粥厂数个，舍饭放粮；再次，给每个饥民另发铜钱二十文，以备治病解危急需。同时，与粥厂约法三章：米要淘净、面要下足、饭要做熟！不得因是舍饭而粗制滥造。若有贪赃枉法、从中渔利者，按律治罪，重处不饶。放粮首日，全城沸腾，万民欢呼，有呼青天者，有喊菩萨者，有痛哭流涕跪地谢恩者。各个粥厂，人山人海，但秩序出奇得好，饥民们个个自觉守规，排队领饭，丝毫不乱。

　　消息传出，邻县华阴、山西永济、河南阌乡等地的饥民，也纷纷扶老携幼赶来潼关，哭请救命、跪地求饭，给粥厂增加了莫大的压力。

属下不敢做主，请示焦云龙。焦云龙不假思索，便说一句话："都是饥民，何分彼此，救人要紧！"与此同时，对于那些卧床不起奄奄一息者，他还特别派人送粮送饭到家。焦云龙的赈济救灾之举，几乎惠及了当地的每个家庭、每个饥民。就这样，一连五天，形势趋稳，在死亡线上挣扎的饥民的困境均暂时得以缓解。不几日，纷纷大雪骤然而来，封路堵屋。但由于救济及时，饥民们幸免于冻饿而死。

此时的焦云龙身心疲惫，但总算可缓一口气了。在衙门，他给下属详细地安排了雪后要做的救助工作；回到家，他含泪给妻子交代了诸多的身后之事。然后，仅带随从一人，乘马车专赴西安，去向慈禧太后请罪——焦云龙做好了死而不归的一切准备。

实在没有想到，避难来到西安的"老佛爷"慈禧，这一次竟然"皇"恩浩荡。当她听了焦云龙"私开粮仓赈灾，救活濒死饥民，且来请罪受死"的奏陈之后，"龙"颜甚喜，说了一句大大出乎焦云龙意料的话："善！汝能救活吾民，功莫大焉，何罪之有？"焦云龙听后简直不敢相信自己的耳朵，不由掐了掐自己的大腿，还偷偷抬起头飞快地瞥了慈禧一眼，方知真真切切。于是，千恩万谢，浑身轻松，心中的大义凛然瞬间化为了急切的归乡之情。他速速谢恩告退，驱车赶向潼关，因为，大雪之后的赈灾济民工作，还有太多太多的事情等着他去做呢！

劳疾殉职　万民送葬

上次的按人发粮，仅仅只是发放了一家十天的储备。现在，大雪封路，老百姓不能外出谋生，又无法觅寻野菜，仍然命悬一线。焦云龙必须组织人力，重点到户，济助帮扶。钱、粮、物，都成了摆在焦云龙面前的特大难题。而此时，还有一个非常棘手而又不敢怠慢的工作，既需要人，又需要粮，更需要钱。那就是因慈禧太后和光绪皇帝西逃避难常居西安，而频繁过往潼关前去西安请奏的朝廷重臣和诸多官员，让焦云龙应接不暇，费神费力，无奈至极。

接下来长达九个月的时间里，焦云龙的全部精力都花在了筹粮筹钱、赈灾济民、入户扶助、维护治安，以及接待朝廷大员的繁重事务中。九个月终于挺过去了，灾荒终于度过了，灾民的性命也都保住了，该应付的公务也都应付了，但年过花甲、身体不堪重负、精力极度透支的焦云龙，却于光绪二十七年（1901 年）七月轰然病倒，且一病不起、生命垂危。虽经多方救治，但终于无力回天，当年的八月二十日，焦云龙溘然离世，卒于他日夜操劳的潼关任所，时年六十二岁。临终前焦云龙郑重嘱咐家人，一定要将自己就地安葬，埋在潼关；一定要妻子百年之后也来相会，合葬潼关；一定要低调办丧，节约从简，切勿扰民！

噩耗传出，潼关城乡，万民齐哀，悲天恸地！人们不相信，廉洁奉公、亲民爱民、重返潼关任职仅仅一年半的焦大人，怎么一下子就没了？虽然众多百姓的性命保住了，但他们的"焦大人"却狠心地走了。更令人不可思议的是，焦云龙一生为官二十八年，离世后竟然家徒四壁，无钱购买棺木，无钱置办寿衣！而开仓赈灾放粮发钱救活大量饥民的焦云龙，自己家中竟然没有隔夜的存粮，没有剩余的食物，没有分到的铜钱！这让上下官员，让内外百姓，无不瞠目结舌、大为震惊！于是陕西道台谭启龙带头为焦云龙捐献寿衣、棺木，其他官员也纷纷捐钱、捐物、捐粮，加之各官府送来的丧礼，最终由众人办丧，方使得焦云龙入土为安。

发葬之日，潼关境内，各行停业，万民送葬。曾在大灾中受过救助的邻县的乡民都纷纷赶来潼关，就连焦云龙曾任过县令的三原、富平等地，也多有官民徒步行走百余里，前来吊唁送别。送葬的队伍，从坟地所在的潼关东山白莲池，一直排到潼关古城的西门外，长达五六里！焦云龙的遗体下葬时，哭声震天、悲情空前，让在场的厅、道、协各级官员，无不为之动情，受其感染。事后陕西巡抚专向朝廷奏明焦云龙生平事迹，请饬朝廷史馆立传（该奏折原件至今还保存在台北故宫博物院）；皇帝诰封焦云龙为"军政大夫"；巡抚官授焦云龙为"陕西第一循吏"。

虽然时值大灾之年，但潼关百姓感德之至，为纪念焦云龙，乡民们自愿在县城的南北街、开仓放粮的"大有仓"对面，以及南头留果村的龙王庙旁，代字营村的关帝庙西，各建焦公祠一处。其中以"大有仓"处的焦公祠规模最大，每逢节日，追祭之民络绎不绝，盛况空前。而在留果村，每当举办龙王庙会，除为龙王唱三天大戏外，民众还会专为纪念焦云龙而续会一天、续戏一天。这些都充分表达了潼关人民对焦云龙的感激及怀念之情。

县官焦云龙——"清代的焦裕禄"，此比喻恰如其分！但焦云龙和焦裕禄两人的相同点并不仅仅只是同为"县官"、同为"廉官"，还有更多你想不到的地方！焦云龙、焦裕禄两人出生的时代相差八十多年，一个是封建社会统治阶级的官员，一个是新中国共产党的干部。但相同的是，而且是极为罕见的相同点：两个人都姓焦；两个人的名字谐音；两个人都是山东淄博人；两个人都是清官、廉官；两个人都是离开家乡到外省做官；两个人都是经上级权衡再三后临危受命；两个人做的都是最基层的县级命官；两个人都是离世前在任职县仅仅任职了十八个月；两个人都是任职期间呕心沥血，累死在了自己的岗位上；两个人都是嘱咐后人把自己埋葬在任职县的土地上；两个人的事迹都分别被当朝的皇帝或国家最高领导人赞扬；而且，两个人都被其任职县的民众长长久久地颂扬和缅怀着！焦裕禄是新中国成立后最有名气、最具代表性的清官、廉官。通常人们总习惯用古代的清官、廉官比喻现代的清官、廉官，但对于焦云龙，人们则恰恰相反，是用现代的焦裕禄来比喻古代的焦云龙。这一历史定位，也许正是焦云龙有别于其他古代清官、廉官且更为人津津乐道的独特之处。

爷爷的"传家宝"

周庆国

一、送 别

十几年前，一个冬天的清晨，我坐在回城的车上，窗外飘着零星雪花，冉冉升起的太阳射来一道温煦的光芒，车厢忽然变得暖洋洋的。回望远去的家乡，不舍的乡愁越来越浓，此一别不知何时再能回来。

我的父母是地道的农民，从未出过远门，一直视我为家里的顶梁柱并寄予厚望，含辛茹苦供我上学。在爷爷的影响下，从小我就树立了远大的梦想，刻苦学习，期许有朝一日光宗耀祖。1998年仲夏参加高考，天遂人愿，我考上了大学，可谓"十年寒窗终成雪，梅花开绽满庭香"。大学毕业后，经过两年辛勤备考，付出的努力终得回报，我考取了编制，顺利地参加了工作。然而，父母更加担心我，生怕我有个三长两短，所以每次回家总要对我唠叨一番。

我所生活的城市与家乡相距约百里，遥遥相望却像是两个世界。每当我走在灯光璀璨的街道，浓浓的思乡情便油然而生。时光荏苒，不知不觉，爷爷离开我们已十年，全家难得地聚在一起重温旧时光，忆苦思甜，谈笑风生，爷爷的音容笑貌萦绕眼前，勾起我无限的思念。本想多陪陪年迈的父母，但因工作，我须提前返城。临行前，父亲握住我的手语重心长地说："文学啊，你每次来去匆匆，好多话来不及讲。来！带上你爷爷的宝贝，保你平安！"我紧紧攥着它，很不舍地一步一回头，缓缓地踏上回城的车。凝望着父母渐渐远去的身影，内心无限感慨，我悄悄低下头去。

　　朦胧之中，我注视着手中的宝贝。它是一块通体殷红鲜有光泽的方形印石，上面刻的是一个古朴的"廉"字，颇有凝重的时代感。它是爷爷一生德行的写照。我不禁想起了爷爷。爷爷是从朝鲜战场上回来的老兵，入朝前是67军的一名通信员。小时候，爷爷常给我讲战场上的故事。讲在毛主席的英明指挥下，志愿军将士胸怀奉命卫国、舍命亦欣的信念，克服了零下三十多度的冰冻环境和缺衣少食的现实条件，展现了超人的毅力，不论在长津湖的皑皑白雪中，还是在上甘岭的黑暗坑道里，击溃了敌军无数次疯狂的进攻。爷爷常说："不知有多少志愿军将士长眠在异国他乡，用生命卫国保家！"志愿军烈士的英雄事迹深深打动了我。那时候，爷爷只想把敌人打回老家早日凯旋，然而抗美援朝战争胜利后，爷爷主动请求参加重建任务，一干又是两年。归国复员时，因爷爷在朝鲜表现突出，又最熟悉家乡的地形，所以他光荣地成了人民公社护林防火小组的一员。

　　汽车穿越在群山之间，道路两旁矗立着一排排参天大树，犹如志愿军战士默默守卫着家乡。依稀可见的林间小道弯弯曲曲，隐没在不远的山林深处。谁还记得那里曾留下过爷爷的足迹呢？不！乡亲们不会忘记，山里的一草一木将永远记得那熟悉的身影。城市越来越近，路上鲜有行人和车辆，漫天飞雪笼罩下的群山延绵不绝，乡村四野的田地空空荡荡，一群群觅食的飞鸟风驰电掣般从窗外一闪而过，溪水边偶尔可见的村庄升起袅袅炊烟。眼前充满烟火气的一幕给我难得的踏实感，让我不知不觉沉醉其中。突然，轮子轧上了什么东西，汽车猛地跳了起来，把一车人抖得七倒八歪。我身旁坐着一位带小孩的妇女，因受到惊吓，孩子哇地哭起来，妇女想尽了办法也哄不住他，哭声充斥着车厢，扰乱了我原本美好的心情。不知过了多久，随着孩子的哭声戛然而止，我也到达了目的地。

二、悔

一到城里，我就接到父亲的电话，他让我谨记爷爷的遗训"做人要清廉守正"，好好工作不要没了章法，还讲起爷爷宝贝的来历，再三嘱咐我好好珍藏它。

父亲向我讲述的爷爷的故事仿佛将我带回到解放初期的那段峥嵘岁月。自从当上了护林员，爷爷一心扑在家乡十几座山林的安全防火事务上。入秋时节，漫山遍野是红黄相间的秋色，爷爷顾不得欣赏美景，他要赶在冬春季节山火警戒期来临前排除火灾隐患。那时，每天他都要带上防火用具与生产大队的一名义务护林员去巡山。他们沿路仔细巡察，并向林区的乡亲们宣传安全防火知识。通过林区的高压线两旁堆积了许多枯枝败叶，他们要清除得一干二净并铲去电线杆周围地面的草皮才肯离去。寒来暑往，爷爷就这样守卫着一座座青山，犹如守卫着战场上的一个个高地，一干就是十几年，从未懈怠。

有一回，山里发生了火情，接到报告，爷爷就立即冲了出去，忘了带平常随身带的防火包。那一次，爷爷第一个到达现场。风助火势，"火龙"蔓延很快，眼看着山火无情地吞噬着人民的财产，他心急如焚，顾不了太多，立即抄起一根树枝就冲了上去。等到乡亲们赶到时，只见浓烟滚滚的山林中一个火影不停地蹿动，那是爷爷正与"火龙"展开殊死搏斗，他们便立即上前和爷爷并肩战斗。经过几个小时的苦战，大伙拼尽全力，终于把突如其来的火灾止住了。不幸的是爷爷被严重烧伤，经抢救，虽保住了命，却落下终身残疾，右腿永远丧失行动能力。

听说爷爷受伤的消息，公社送来了拾市斤肉票和一些慰问粮票，乡亲们送来鸡蛋和米面。但爷爷无论如何不愿收，他说："山林是我们赖以生存的根，守护它我义不容辞，受伤只是意外！"乡亲们执意劝他收下，爷爷又说："各家自有各家愁，大家伙生活都不容易，这些东西请拿回去吧！只要我还有一口气就绝不会挨饿！"干部和乡亲们只好作罢。在战场上时，曾有一块弹片永远地嵌入爷爷的右踝骨中，后来每逢雨天他都疼痛难忍，右腿被烧坏后，他说："山火的烧灼并不完全是件坏事，反而帮我消除了困扰多年的伤痛，岂不也是件好事？"那段时间，为了给爷爷治伤，父母四处寻医问药操碎了心，一家人齐心协力，细心照料他的生活起居，生怕有任何闪失。有一次换药，父亲看见豆大的汗珠挂满了爷爷的额头，爷爷紧咬牙关显得跟没事似的，但谁都知道他要忍受莫大的痛苦！

当故事讲到这里时，父亲突然哽咽了，而我怀着一种急切的心情一再追问："爷爷后来怎么样了，爷爷的宝贝是如何来的？"父亲便继续讲了下去。

半年后，爷爷能拄着拐杖四处活动了。他每天都站在家门口焦急地张望，远远地"望林兴叹"，他放心不下山上的一草一木啊！可他再也无法守护山林。一年一度的山火警戒期又快到了，公社派人接替了他。不久爷爷被安排到离家最近的粮店做管理员，因他来去不便，夜间只好住在店里，一来省去路途劳顿，二来方便看守粮店里的财物。从此，以往与爷爷鲜有来往的左邻右舍隔三岔五地往我们家跑，有的送来少许米面，有的送来一两块布匹。爷爷很少回家，每次回来他都要郑重地告诫父亲和几个姑姑："廉不言贫，勤不言苦，清白做人才能轻松做人。"在那物资短缺的年代，那些送来的东西样样都十分诱人，但爷爷的教诲如警钟长鸣，他素来的严厉如精神桎梏，父亲他们丝毫不敢妄为，只好自觉地回拒了。其实粮店的活一点不轻松，爷爷既要承担分发粮票的任务，还要核对前来购粮人的粮本。有的粮票含有白面和大米，一次没购完的部分须按不同比例计算，再分类登记在粮本上。那时国家统一供应口粮是件可丁可卯的事，前来买粮的人时常排成长龙。而每笔账目爷爷都要认真核算，也从未出过差错。渐渐地，爷爷消瘦了许多。父亲看在眼里急在心里，生怕他累出病来。一次偶然的机会，集市上有位药农问父亲："要不要长白山老参？不收钱，只要粮票。"一听到粮票，父亲顿时有了主意，他飞快地往家跑去。当初爷爷回绝了公社送来的粮票，但父亲悄悄留下了一些以备不时之需。父亲回家拿上粮票又急匆匆赶了回去，远远望见药农还在，他心里的石头才落了地。父亲拿到人参如得珍宝，打算用老参为爷爷补补身子，于是泡了一瓶人参酒，当天便送到了爷爷手上。没几天，从粮店捎来爷爷生病的消息，父亲急忙请了大夫赶了过去，仔细问诊后，大夫轻描淡写地说："老爷子的身体无妨，只因喝了人参酒流鼻血罢了。"爷爷便问起人参的来历。眼看纸包不住火，父亲只好将事情原委和盘托出。爷爷听罢，狠狠地瞪了他一眼，便从衣兜里掏出一小沓粮票塞给父亲："灾荒年头，集体食堂的伙食捉襟见肘，没有这方寸之物不少人要饿肚子，乡亲们比我们更需要它，我岂能独享！快！把这些送回公社去！"父亲只好照办。事后他像变了个人，在爷爷面前总是抬不起头来。我深知父亲悔不当初啊！

　　爷爷在粮店工作了好长一段时间，那些找他要好处的人都被严词拒绝。因此，他的事迹口口相传，他的清廉远近闻名。有一年全国文明办评选十佳退伍老兵，为搜集素材，县上派人来走访，想推荐爷爷参选。爷爷却说："我所做的都是平常事，不值一提。"说啥也不愿意参选，最后不了了之。正是那年秋天，全家张罗着庆祝爷爷八十寿辰，祝寿那天，十里八村的乡亲们都来了，大队公社的干部也来了，最让爷爷高兴的是县文明办送来了一份特别的礼物。当文明办的同志宣读

"郭振山家庭，被选树为昭云县清廉家庭"时，爷爷激动地从椅子上站了起来，颤颤巍巍地接过这神圣的礼物，深深地鞠躬致谢，含着热泪说："我是农人出身，不求富贵，但求一生清廉。"此后爷爷视它如珍宝，精心收藏着，直到最后安详地离开我们。

父亲突然沉默了，或许有些事他无法释怀，或许爷爷的故事永远也讲不完。

挂断父亲的电话后，我才发现爷爷的宝贝不见了。我愣在那里不知所措。我真没用，因疏忽弄丢了爷爷的宝贝！我自责、懊悔，但已于事无补。不！我不能自暴自弃，我要振作起来！决心用实际行动证明给大家看，宝贝虽然不见了，但爷爷传下来的清廉风骨不能丢。我要吸取教训，再不能给爷爷丢脸。

从此，我始终铭记爷爷的家训，秉承崇本守德的家风，践行勤俭养德、廉洁立身的准则，以爷爷为榜样，心系人民，坚信守本自有回报，以告慰爷爷在天之灵。

三、传　承

多年以后，爷爷曾守护的崇山峻岭已被开发成旅游度假胜地。这里集山、水、林、洞、瀑于一体，植被丰富，空气清新，是一处修身养性的好所在，前来旅游观光的人络绎不绝，为家乡人民带来了可观的收入。父母眷念家乡的田园山水，无法忍受那份乡愁之苦，始终守着他们的"根"。这也让我在岁月无声中平添了许多牵挂。

由于工作需要，我被调到市精神文明建设委员会办公室工作。一次偶然的机会，我有幸被邀请到省城一所大学作关于爷爷事迹的报告。一走进学校逸夫楼的会场，全场师生肃然起敬，顿时鸦雀无声。我开始了我的报告。

雄伟的大楼使我想起了捐建者邵逸夫先生，他视金钱为身外之物，设立邵氏公益基金，乐善好施，一生守德行善。钱学森的雕像屹立在楼前，守望这些勤耕不辍的莘莘学子，给予他们搏击书海的力量。新中国成立之初，钱老毅然放弃国外生活，投身祖国建设，成为我国航天事业当之无愧的奠基人，毛主席尊称他为"火箭王"，可他说："我姓钱，但我不爱钱。"又说："我个人仅仅是沧海一粟，真正伟大的是党、人民和我们的伟大国家。"邵老达则兼济天下的慈善之举和钱老红心向党、拳拳报国的赤子之心都令世人钦佩不已。人们不禁要问，邵老、钱老如此善德之举的精神力量究竟来源于哪里？

原来自金人入侵直逼扬州，宋高宗赵构仓皇南逃定都临安（今杭州），感念孔氏族人"扈跸南渡"有功，赐家衢州。从此，圣人后裔在衢州安家落户，儒家思想在此落地生根，并以衢州为中心向四周逐渐传播开来，促进了南方经济文化发展。邵老、钱老虽都出生于上海，祖籍却分别是毗邻衢州的宁波和杭州。钱学森先祖溯及五代时期在临安称帝的吴越王钱镠，这位先祖的《钱氏家训》倡导"读经传则根柢深，蓄道德则福报厚"，这与儒家经典《礼记·大学》中"正心、修身、齐家、治国、平天下"的主旨思想一脉相承。我想这正是钱老一生淡泊名利、科学报国的精神力量之源。在南孔文化的影响下，崇儒学儒的儒生、儒官、儒商等大量涌现，仅宁波的庄市镇就有包玉刚、邵逸夫、朱之信等数十位大商人，他们在成功后都不忘回报社会，比如包玉刚捐资创建了宁波大学，赵安中捐建了一百所希望小学。而他们天下为公的精神正源自南孔文化。

最后，我讲起爷爷的故事，师生们听得很入迷。爷爷小时候读过私塾，懂得"天下兴亡，匹夫有责"，在我心里不论是志愿军战士或护林员，还是粮店管理员，爷爷身上都体现了舍身报国、清廉无私的风骨，我又岂能丢掉他终其一生坚守的初心？记得小时候我曾问爷爷："您最崇拜谁啊？"他想了想说："毛主席认为岸英既然投身革命就要把身心都献给人民解放事业，所以把儿子派往朝鲜战场，后因不幸牺牲长眠异国他乡，主席也未让儿子享一点特权，你说我崇拜谁呀？"我想，爷爷从朝鲜回来后早已决心把自己的一切交给人民。仰望星空，我怀念爷爷的点点滴滴，他这一生虽然平凡，但他是我们取之不尽的精神宝库。纵然斗转星移、时代变迁，不变的是我们守护家园的初心，这也是乡亲们感激一代代的护林人的原因所在。而我深谙爷爷的家训，它是我们的"传家宝"啊，也是我勇往直前的力量之源！

报告结束，所有人都站了起来，全场顿时响起热烈的掌声。我请大家坐下。这时我看见离我几米远处的一名男生正一动不动站在那里注视着我，那似曾相识的面孔顿时使我愣住了，是他！我确定无疑。只见他走了过来，我瞥见他的手紧紧攥成拳。"叔叔您好！还记得我吗？车上那个哭闹不止的小孩！我叫方学斌，现在是一名大学生。"说罢，他缓缓地展开伸出的手，只见爷爷的宝贝赫然躺在他的手心，此刻显得更加熠熠生辉。他说："小时候，妈妈告诉我：'不属于自己的东西不能要！'在车上多亏这宝贝消除了我的恐惧，我一直都带着。它是属于您的，该物归原主了！"

爷爷的宝贝失而复得令我激动得说不出话来，我紧紧地握住他的手，眼眶又一次湿润了。从那以后，我坚信爷爷的"传家宝"蕴含无穷的力量，激励我不断探索进取，散发出无限的光，指引我和身边的每一个人砥砺前行，我决心永远地将它传承下去。

衡山荷莲润镇安

成 莹

"荷莲圣洁污泥出,人品高尚廉中来。"

廉洁方能聚人,律己方能服人,身正方能带人,无私方能感人。

衡山县城,地处湘江中游。北负开云,南临湘水,三面衡岳诸峰环拱。北宋欧阳修盛赞衡山:"山川秀丽称衡湘。"南宋著名理学家、思想家、哲学家、教育家、儒学集大成者、史上唯一非孔子亲传弟子而享祀孔庙的朱熹,曾远离繁华演理于此。受其影响,当地人多清慧有文,重视风俗教化,士人弦歌不绝于耳,薪火相传百余年矣。衡山钟灵毓秀,人才辈出,如南宋抗金名将赵方、赵葵父子,近代女权领袖唐群英,铁道游击队政委文立正,中科院院士赵淳生等,不胜枚举。但我尤其敬佩官场荷莲聂焘。

聂焘(1694—1773年),字闲有,号环溪,湖南衡山人。雍正十三年(1735年)中举,乾隆二年(1737年)中进士,乾隆十三年(1748年)八月出任镇安知县。

在镇安的八年中,他招游民、垦荒田、修水利、兴桑蚕、倡集市、建学堂、设义仓,节衣缩食,三次捐俸银助修道路、办义学。他服官爱民,兴利除弊,勤政守廉。他一生所为,在清王朝时期,实属罕见,治绩推陕南第一。

一、清廉家风润后人

司马光曾说:"父之爱子,教以义方。"

聂焘能成为一个好知县,聂门家风及其父亲的家训功不可没。从史料上看,聂家上下数代,人才辈出——三袭进士,两入翰林——一个真正的地方名门望族。他的父亲聂继模,以满满的"正能量",上承下继着这个家庭的大业,不仅使聂焘受到了很好的教育,而且在他出任知县后,更是秉持着一份拳拳教子之心,持续关注着儿子的做人为官之道,让聂焘在十余年的仕途生涯中,放射出了十分夺目的人生光彩。

聂翁,名继模,别号乐山,是当时衡山地方名医。业余时间也写诗、著书立说,有《朱氏家训证释》《乐庵集》为证。在聂焘上任时,这个年近八旬的老人,不远千里,鞍马劳顿,送子赴任,不是为旅游观光而去,而是带着一份沉甸甸的责任督子赴任。他要以他的人生态度和为人之道来感化儿子,从而让他好好在大山深处履职。

到了县衙,聂翁更是顾不得休息,先去监狱给犯人看病。在老家衡山时,这是他经常干的差事。牢狱又脏又臭,病人都污秽不堪,许多医生很是忌惮,只有聂老毫不避忌。平时他不辞劳苦给山民望闻问切,还亲自上山采药,研丸熬汤。医者的道德良知,在聂老身上得到完美的诠释。

聂老在镇安待了半年时间,见聂焘渐渐进入工作状态,才千叮咛万嘱咐地款款而去。人是回去了,但对儿子却依然放心不下。第二年,他又安排儿媳带着孙子,一起到镇安来陪伴儿子。在今天,这大概就是组织部门要求的"家属随迁"吧。也就是这次,聂老还让儿媳带了一封信,这封信后来被称为《诫子书》,被录入清朝《政令全书》,成为为官者的必读箴言。后人是这样评价这封信的:"字字珠玑,发人深省，在历代家训中堪称上乘之作。"聂继模在信中告诫儿子说：官场是是非之地，大家聚在一起，大县的县官遇见小县的县官，都不免骄傲自大起来。但他的格局小，咱不能跟着小，既不要有孤傲之情，更不可存妄自菲薄之心，要像弟弟对待兄长，像"乡里人上街，事事请教街上人"，"诚能感人，谦则受益，古今不易之理也"。他还要求儿子："不可自立崖岸，与人不和。又不可随人嬉笑。须澄心静坐，思着地方事务。"还告诫儿子要做到有错必改，才能"渐觉过少，乃有进步"，另外，"偶有微功，益须加勉，不可怀欢喜心，阻人志气"。

老聂再三叮咛小聂："知县是亲民官，小邑知县更好亲民。做一件事，民间就沾一事之惠。"还说人不在官大官小，关键看你为老百姓做了什么，古代也有小邑知县"实心为民造福一两事，竟血食（祭品）千百年"，这比百姓视为"寇仇""路人"的那些"高位显秩"者，不是强了很多吗？

这封三千余字的家信，二百六十多年来，一直是职场和百姓传颂不息的佳话。谁人做官，要是能摊上这样一个明白老汉，那就是天大的福分了！

古有包拯家训"有犯赃滥者，不得放归本家"，今有焦裕禄教育子女不能看"白戏"，谷文昌告诫子女"不许沾公家的一点油"，杨善洲不许家人"搭顺风车"……

良好家风，是一个家庭、一个家族的生命基石。也只有从这种家庭中走出来的人，才可能真正反哺温润家庭、家族，并福及他人、民族、国家；反之，也就只能给自己、他人以及家国招灾肇祸了。

"欲影正者端其表，欲下廉者先之身。"要是都像聂翁一样，以家风建设的"跬步"，涵养"忠厚传家久，诗书继世长"的忠诚，在"精忠报国""为人民服务"的路上行"至千里"，何惧家国不富强？

二、清廉政风润一方

在中国古代，知县是直接面对百姓的最基层官员。聂焘在镇安留下了许多"以实心行实政"的丰功伟绩和勤廉故事。八年间，他垦荒田、筑道路、设义仓、除恶患、兴桑蚕、建学堂、纂县志，节衣缩食，三次捐俸银助修道路、办义学。他兴利除弊，革故鼎新，以实心行实政的所作所为，得到百姓的一致称赞，为镇安留下的不仅是源源不断的发展动力，更是代代相传的实干精神。

明末，镇安上中下三等地共一千二百七十八顷二十九亩，到了乾隆初年，有熟地一百二十七顷三十八亩，无主荒地达一千一百五十顷九十一亩。镇安曾号称"九山半水半分田"。山民出门要翻山涉水。夏秋洪水暴发时，桥梁、筏子都会被冲毁，渡河行人只能坐等水退。白天忍饥挨饿，夜晚露宿岩边。有淹死在河里的，有被虎狼咬死的。一年中只有春冬两季能出行。

聂焘到任后，致力于改善民生。他体察民情，谋求治理方略，开辟小镇，为民造福。

他还采取了招抚流民、申报户口、劝民垦荒、奖励升科、给照为业、减免科赋、革除里下杂派等一系列重要措施，以至湖广、江浙、巴蜀等地流民听说后都纷至沓来，在镇安开荒种地，发展生产。

据《镇安县志》载：乾隆十三年（1748年）他上任时镇安仅有七百八十四户四千零二十六人，到乾隆十七年（1752年）就发展到二千五百六十二户八千九百七十一人，新垦地五百多亩，储仓粮三千多石。但是镇安旧置两处社仓，东西相距一百二十里，南北相距四五百里，百姓借还仓粮跋涉艰难。乾隆十五年至十六年（1750—1751年），他捐俸银二百一十三两，分建南（今东坪乡）北（今野猪坪）社仓两处，各仓储粮一千二百石，解决了百姓借粮还粮之苦。

为开发镇安农工商业，聂焘又从江浙招募缫丝匠人，引进栽桑养蚕技术，教民兴桑养蚕，纺纱织布，自给自足，兼而兴商。随着城中小店小铺相继开张，当地小农经济日趋活跃，上缴朝廷税银一两不少，百姓收益逐年有所增加。

为开发镇安交通，聂焘又筹资开凿镇安至西安之间的悬崖碥路二百公里，同时修复了被洪水冲毁的镇安通往西安的楼子石要道，他还捐银二百四十两，增修山间碥路二十多公里。全县多处道路交通的"瓶颈"被打破，不断提高的信息、物资流通速度成为当时镇安的新亮点。

为保障百姓的生命安全和整肃法治，面对山林猛兽，聂焘一边上报陕西制台，寻求防范之法，一边组织猎户捕猎。针对个别乡民顽固不化，时常打架斗殴甚至酿成命案的情况，聂焘断然将打死人命者处以极刑。百姓奔走相告，无不拍手称快。

八年间，聂焘一共捐献俸银四百八十多两。按照清代的工资标准，一个知县的年薪是四十五两银子，外带四十五石大米，一石大米平均折合一两纹银，总年收入不超过一百两，而他把一多半银子都交给了这片土地。这正如他的父亲聂继模所期望的，"节省正图为民间兴事，非以节省为家身计"。

2008年，镇安县精心创作编排了大型花鼓历史剧《聂焘》，真实再现了二百多年前聂焘在任八年间改变镇安农田荒芜、民不聊生现状的感人故事，精心塑造了一个勤政为民的古代清官形象。

今天有人盛赞焦裕禄："公仆曾经心血洒，千枝万蕊紫桐花。更觉忠魂在高处，年年雨润万千家。"这就是聂焘精神的再现。

三、清廉学风润后生

"教之以廉，学之以贤"，"源洁则流清，形端则影直"。

乾隆十一年（1746年）和乾隆二十一年（1756年），聂焘两度担任昭潭书院山长。昭潭书院能够在清朝辉煌一时，聂焘居功至伟。

聂焘曾经是一位优秀教师。他治学严谨，建章立制，教学勤恳，平易近人。春天之初入学院，冬天之末才放假。每年对《四书集注》、"五经"、《纲鉴》、《性理》、《近思录》等逐一讲解。学生每月有月考，早上开始考试，傍晚才结束。而聂焘对考卷批改得尤为精细，常常"寒暑昼夜批改不倦"，"标其优者，用资观摩"。他关心学生，"尤加意贫士，不受贽仪，且分金以助之"，对贫困生不仅不要学费，还主动资助他们完成学业。

更难能可贵的是聂焘深谙教育规律，注重学生的思想品德教育。《昭潭书院学约记》中记载："教及门者，以立志远大，变化气质为先务，敦朴实，慎交游，养明性，以为读书明道之基。"

聂焘精心治校，成绩卓著，书院一切井然有序。"自先生来主讲席，每年肄业者不下数百十人，相亲相敬，严惮自生。下至厮役门隶辈，咸安戢不敢肆。墙壁户牖、公置书籍器用，一一无或损坏。"

聂焘身为一位通过科举出仕的读书人，感到镇安"秀才文理晦塞"，山城不得良幕，便大力兴办镇安当地的文化教育事业。

乾隆十九年（1754年），聂焘建"启秀山房"于城东门，亲题校名，向民众宣传义学。他不仅为义学筹办了田产，还赠银三十两予以资助。又清查五郎江口学田学租，将寺院田产拿来资助师生。镇安的义学就是从这个时候开始得到发展的。

四、清廉之风润古今

历史上与聂焘所作所为截然相反的贪腐例子太多。方干《上张舍人》诗句云："此地清廉惟饮水，四方焦热待为霖。他年莫学鸱夷子，远泛扁舟用铸金。"古人还借莲喻"廉"，称赞人的品性高洁，如北宋理学家周敦颐赞荷花"出淤泥而不染，濯清涟而不妖"，唐诗人李颀咏荷莲"从来不著水，清净本因心"，魏才子曹植夸芙蓉"览百卉之英茂，无斯华之独灵"……人们呼唤家风廉，民风淳，政风清，党风正。

乾隆二十年（1755年），聂焘调任凤翔，临别时父老攀辕痛哭。聂焘不忍离去，即吟长诗《调任凤翔留别镇安父老》云：

调任辞镇安，父老攀辕哭。停车谢父老，盛世多良牧。

前去后者来，为尔地方福。愿言课儿孙，殷勤务耕读。

各勉为良民，永不犯刑戮。悠悠此心期，梦魂常追逐。

留诗寄父老，深情溢尺牍。

就在这临别的一首诗中，聂焘仍勉励父老乡亲，要教育自己的子孙耕读传家、做个良善之人。他的清廉之风影响了一代又一代镇安子民，润泽了一方水土民风。

2018年，镇安县纪委监委在镇安县绣屏山建设聂焘廉政文化园。在文化园中的一座亭子（该亭即为今人纪念聂焘所建）上，两边竖书："为父当比乐山翁（聂焘之父），做官要赛聂家郎。"这既是对聂焘的推崇，也寄托着百姓对清官廉吏代代相传的殷切希望。

今天的职员，应像聂焘一样，要常怀"白袍点墨"之戒，歼灭"心中贼"，确保灵魂不被"俘"，思想不被"腐"，气节不被"劫"，切实做到"近水楼台不得月""清风两袖朝天去，不带一寸江南棉""心不动于微利之诱，目不眩于五色之惑"，让贪腐"绕道而行""无路可行"!

让荷莲清廉之风润泽千家万户，使家风淳厚，泽被后世；

让荷莲清廉之风润泽大江南北，使政风清明，造福百姓；

让荷莲清廉之风润泽杏坛学府，使学风浓郁，正气蔚然！

烂柯山下访赵抃

肖诚贵

初到衢州柯城，才知道这地名大有来头，鼎鼎有名的"烂柯棋根"这一典故竟然出自此地。在这座素有"三圣之地"美誉的历史文化名城中，历史遗迹随处可见，一石一瓦一舍，缀满触手可摸的文化气息。夜晚，地处闹市的"南孔圣地"，灯光璀璨，人头攒动，矗立的白塔下，摆放着琳琅满目的特产摊、小吃摊、百货摊、售书摊，书卷气、仙家气混杂着烟火气，想必这应该是孔老夫子最乐见的盛世场景吧。

导游的一位作家朋友说，到衢州，一定要去烂柯山走走。于是冒雨驱车前往。不过十余分钟便进入烂柯山景区，一份清幽与空灵的气息顿时扑面而来。

烂柯山的传说源远流长，相传甚广。最早的文字记载见于晋朝中期虞喜的《志林》，其后北魏郦道元的《水经注》、南朝任昉《述异记》等诸多史料中均有记载，四川成都烂柴山、山东莱芜棋山、福建武夷山弈仙台等景点均有类似的传说典故，而烂柯山的传说远在日本也有流传记述，声名远播海内外。

烂柯山一向为历代名人所倾慕。汉代朱买臣，南朝谢灵运，唐代白居易、刘禹锡、孟郊，宋代王安石、苏东坡、朱熹、陆游，明代徐渭、徐霞客，清代左宗棠等名人雅士均不惜远道，涉足历览，一代枭雄黄巢、著名旅行家马可·波罗等也曾到过此地。这些历代名人也留下了诸多歌颂烂柯山的诗文。如唐代诗人孟郊曾作《烂柯石》一诗，诗云："樵客返归路，斧柯烂从风。唯馀石桥在，犹自凌丹虹。""烂柯"一词因此盛传棋界，成为围棋的别称。据说此地曾举办过若干场国际国内围棋大赛，聂卫平、李昌镐等中外高手也曾云集于此，烂柯山因此成为当之无愧的围棋发源地。

以烂柯山为代表的衢州山川孕育了无数英雄豪杰。距烂柯山不过十余里，有一座著名的赵抃祠，纪念的是被誉为"铁面御史"的宋代名臣赵抃。纵观二十四史，有"铁面御史"之誉的历史名人，只此一人。

"旷世名臣故里，千年孝悌古村。"走进衢州市柯城区信安街道沙湾村，远远地就看见这两行红色大字。沙湾村，古称"孝悌里"，是赵抃的出生地，晚年的他退休返乡，安居村落，直至安然而逝。

走近赵抃，就是走进一段历史。

"铁面御史"之誉来源于赵抃弹劾当朝宰相陈执中一事。据说陈宰相的小妾逼死了一个丫鬟，后来又有两个丫鬟莫名死去，一府三命，是大事，也是小事。在宋朝，丫鬟系私人财产，如牛如马，可由主人任意处置。但是陈宰相偏偏遇到的是忠直执拗的赵抃。赵抃当即愤而上书弹劾，但宋仁宗并未将其当回事，想大事化小、小事化了。可赵抃不依不饶，半年内连上十二道奏章，引得朝堂、市井议论纷纷，吃瓜群众对这事的结果翘首以盼。迫于空前巨大的社会舆论压力，仁宗皇帝最终不得不下旨罢免陈执中，黑脸赵抃因此获得"铁面御史"之美誉。

赵抃生性耿直、嫉恶如仇，被其拉下马者不在少数。据《宋史》记载，被他弹劾过的除了宰相陈执中之外，还有枢密使王德用、枢密副使陈升之、三司使王拱辰、翰林学士李淑等当朝重臣，以及不少外戚、宦官。

相反，对受到不公待遇的欧阳修等具有真才实学之人，他竭力举荐和保护，使其得以立足朝廷。对吴充、鞠真卿、刁约、吕景初、马遵等有功之臣，他亲自上奏请求恢复职位。他全力支持王安石发动"熙宁变法"，革除弊政，建设富强的国家。还曾举荐苏洵任校书郎，提携苏轼、苏辙两位新科进士。

朝堂险恶，正义往往为污浊者所不容。弹劾当朝宰相让赵抃声名大振，却也因此结下不少仇怨。杀敌一千，自损八百。陈执中一案后，赵抃也被流放到外地。

赵抃以能吏著世，以清廉垂史，被誉为"千古官守第一、千古治行第一"。他恪守"良田万顷，日食二升；大厦千间，夜卧八尺"的处世准则，"吾怀自信无污染，何必升堂思始清"，是他一生为官清廉的真实写照。

赵抃一生与四川颇有渊源，曾多次入蜀地为官，先后担任江原知县、成都转运使、成都知府等职。他励精图治，宽严相济，整肃吏治，深得民众赞颂和爱戴，时任宰相的韩琦曾赞其"抃真世人标表，盖以为不可及"。

赵抃"一琴一鹤"治理蜀地奢靡之风的故事在民间也广为流传。1059年，他在就任成都转运使时，只带一个老仆，骑一头瘦马，携一张古琴、一只白鹤，悄悄入城，是名副其实的"布衣太守"。任职期间，他深入坊间，了解到四川各级地方官员中存在着严重的公款吃请之风，逢年过节、婚丧嫁娶、营宅置田、接风饯行，下属都得有所表示。官员纸醉金迷，百姓怨声载道。为整治吃喝之风，他一上任即提出了"三廉"的施政理念："首先就要廉于自身，从自己做起；其次还要廉于职务，不能利用手中的权力谋私利，要干净干事；最后要廉于社会，提倡节俭，反对奢靡。各位可以相信，我不会随波逐流，更不会同流合污！"赵抃言之凿凿，说到做到。他谢绝了所有为他举行的接风宴请，禁绝官员间名目繁多的各种馈赠和酒礼，并要求各级州官照此实行。同时，他将顶风作案、阳奉阴违的官员绳之以法、严惩不贷。整肃政令从成都开始，推及全省各地。经过赵抃雷厉风行的惩治，蜀地风气为之一变，百姓欢欣鼓舞。

赵抃胸怀壮志，忧国忧民，常感只有努力工作，才能不负皇帝的信任和百姓的期待。在他四十岁赴任途中，时值除夕，曾有感而发，感慨年华易逝，君恩未报，并作诗《除夜泊临江县言怀》：

> 县封萧索楚江澄，旅况吟怀冷似冰。
>
> 漏促已交新岁鼓，酒阑犹剪隔宵灯。
>
> 立身从道思无愧，得路由机患不能。
>
> 未报君恩逾四十，青春还是一番增。

在赴任成都知府途中，当船行至江中，看到江水清澈透亮，他击楫而誓："吾志如此江清白，虽万类混淆其中，不少浊也。"此后，这条江便被称为清白江，今天成都青白江区由此得名。

赵抃以"一琴一鹤"入川，奉调回京时，依旧行装简朴，携"一琴一鹤"返程。苏轼称颂道："清献先生无一钱，故应琴鹤是传家。"他在四川留下了良好口碑，以至于后来宋神宗在对官员训诫时，勉励他们要以赵抃为榜样，学习他简装入川、清白治蜀的精神。现代也常以"一琴一鹤"形容为官清廉。

赵抃最后一次入川，时值四川出现士兵暴动的迹象，是抚是剿朝廷举棋不定，宋神宗遂不顾赵抃已是六十五岁高龄，命其前往成都掌控局面。此时，赵抃已高居宰相之位，以高就低，史无先例，但他一口答应。在他来看，个人名声事小，国家利益为大。于是皇帝授其以资政殿大学士的身份，再次出任成都知府。临行前，他向皇帝申请"便宜行事"之权。到成都后，赵抃审时度势，以"治益尚宽"为原则，未施严刑峻法，安抚士卒民心，一举化解了这场政治危机，体现了他仁政恤下的政治品格和杰出的政治才能。

赵抃重视文化教育工作，在蜀期间修建了杜甫墓，并主持编撰了《成都古今集记》，记录成都历史、人文及风俗地理等，总结历代治蜀经验教训。这本书后来被称为成都的百科全书，有着极高的史学价值。

为官一任，造福一方。当赵抃再赴成都时，老百姓欢欣鼓舞，拥上街头，这在文同《送赵大资再任成都府诗序》中是这样描述的："蜀人既闻公来，男呼于道，女欢于灶，皆曰：'我之匙筋安于食而枕簟乐于寝者，不图今日复因于我公矣。'"

因为赵抃在四川留下了良好的政绩，在纪念赵抃的告天台殿阁上，明孝宗朱祐樘曾御题柱联："琴声寒日月，永留清白在人间；鹤唳彻遥天，常使丹心通帝座。"明隆庆年间，成都崇州百姓特意为赵抃、陆游修了一座赵陆公祠，后改称二贤祠。今天的崇州更在滨河公园建起"琴鹤广场"，并修建了赵抃塑像。

熙宁八年（1075年），两浙路（今浙江和苏南）连遭旱灾、蝗灾，继而暴发瘟疫。其中越州灾情尤为严重，震惊全国。"民饥馑疾病，死者殆半，灾未有巨于此也。"于是赵抃以六十七岁高龄临危受命，赶赴越州救灾。他身先士卒，组织募粮募钱救灾，开展生产自救，以工赈灾。面对饥荒，他放开米价，通过市场规律救灾赈荒，使"生者得食，病者得药，死者得葬"，把灾荒影响降到最低程度。面对灾后发生的疫情，他建造疫坊，收治疫者，救灾民于水深火热中，体现了卓越的施政才能。唐宋八大家之一的曾巩赞曰："其施虽在越，其仁足以示天下；其事虽行于一时，其法足以传后。"

作为闽北人，让我引以为豪的是，赵抃也曾在家乡这块土地上留下历史功绩，至今为人传颂。据载，宋康定元年（1040年），赵抃任崇安（今武夷山）知县时，曾主持兴修一条河渠。该渠长二十余里，需引城西河水入城，再把城内的水引到城南灌溉农田。与今天轰轰烈烈的城市建设一样，赵知县碰到的头号难题也是征地拆迁问题，不仅需要拆除为数不少的民房，还要迁移很多祖坟，因此建设工程一度搁浅、停滞不前。群众工作是必须做的，赵抃于是召集拆迁户，语重心长地说："我们葬坟讲风水，就是希望先辈能福泽子孙。如果这条河渠挖通，城内家家有水用，城外万亩良田有水灌溉，这就是给子孙万代造福呀！想必为了造福子孙，祖先们地下神灵有知，一定会乐意搬迁的。"并现场吟诗："拆屋变成河，恩多怨亦多。百年千载后，恩在怨消磨。"一番推心置腹的话语，赢得了在场百姓的普遍支持。之后河渠顺利开挖，修好后不仅解决了城内的生活用水问题，还灌溉了城外的千亩良田，百姓交口称赞、心服口服。于是，后人把赵抃开挖的这条河渠称为"清献河"。清献河设计科学，历时千年不毁，进水口河坝至今岿然不动，成为武夷山市自来水厂的引水口。

纵观赵抃一生，其思想核心既有儒家经世致用之道、忧国忧民之情，又有道家的无为而治风骨。在赣州为政时，他"戒诸县令，使人自为治。令皆喜，争尽力，狱以屡空"。即要求下属各地，争取做到牢里没有犯人，并把它作为地方官员一条重要的政绩考核标准。他关心下层民众疾苦，追求"人为闲郡我为荣，僚友多欢事少生"的理政风格，并以其"所至善治，民思不忘，犹古遗爱"，赢得了广大民众的爱戴和拥护。

赵抃可谓是自古以来奉行自重、自律、自省的典范。

史书曾记载"赵抃告天"的故事。据说赵抃每天晚上都要焚香拜天，口中念念有词。有人好奇，问他在向上天密告什么，赵抃笑笑说："哪里是什么密告呀，无非是将自己白天做过的事，一件件地在心里说上一遍，借以检点反思自己一天中有没有过失。倘若遇到不好意思启口之事，那就该自我警醒了。"

赵抃也是中国最早倡导建立官员考察失误责任追究制的先行者。他大力培养选拔官员，向朝廷推荐了寿昌知县郑谔等十一位优秀官员，并立下"保举的官员提拔使用后不如推荐得那样好，敢当同罪"的承诺，白纸黑字，掷地有声。

赵抃是"包青天"的原型之一。《宋史》有载，赵抃与包拯二人曾同在御史台任职，赵抃为殿中御史，职司宫禁之狱；包拯任御史丞，职司分巡朝外四方之狱。按照今天的工作范围区分，赵抃主要负责查处首都各部委机关干部违法乱纪案件，包拯则主要负责查处地方官员案件。因此，史书中"铁面"赵抃与"黑面"包拯同传，后世戏曲舞台上的"包青天"形象则是以二人为原型演绎而成的。

赵抃历事宋代三帝，为政四十五年，官至副相，五任御史，七十七岁时卒于家乡，谥号清献。他一生不置产业，不养歌妓，为人低调。大文豪苏东坡曾赞其人品操守"玉比其洁，冰拟其莹"。赵抃是北宋杰出的政治家，是一个廉洁正直、敢于担当的一代能臣，以其"身帅以俭，德化吏民"为后世树立了正直庙堂之士的伟岸形象。

赵抃还是一位著名的文学艺术家，苏辙曾赞其："诗清新律切，笔迹劲丽，萧然如其为人。"赵抃退休后返乡，"亲旧里民，遇之如故"。退休后的赵抃以普通村叟自居，忘却曾经的风云跌宕，忘记曾经的险恶与辉煌，一琴一鹤，一杯清茶，两杯小酒，妥妥的乡村老头一个。他曾作《题高斋》诗自嘲：

腰佩黄金已退藏，个中消息也寻常。

世人欲识高斋老，只是柯村赵四郎。

家乡人始终没有忘记这位从"孝悌里"走出去的旷世名臣。宋咸淳四年（1268年），郡守陈蒙清在其故里沙湾村建造赵抃祠，该祠占地四百四十七平方米，其后清康熙、同治年间历经数次修葺，民国九年（1920年）再次修缮，如今已成为衢州市重点文物保护单位。近年来，当地政府先后建设了清献广场、赵抃讲习所、赵抃纪念馆等各类纪念场所，每年定期举办"沙湾孝悌文化节"，影响力日甚。

"衢邑文明，渊源何远！赵公降世，已越千年……"每年农历九月，浙江衢州市区钟楼底沙湾村都要举办赵清献公诞辰祭祀典礼，感怀先祖，以示当下。

在险恶的仕途上，赵抃从政四十五年而不倒，非以圆滑混迹于官场，而是不忘初心，以一身正气立于天地，以实干兴邦应对艰难。他的为官之道，当成为历代从政为官者的典范。

遥望青烟缭绕的烂柯山，我仿佛看见一位老者须发苍苍，琴鹤相伴，仙风道骨，衣袂飘飘，悠悠然行走在"青霞景华洞天桥"之上。穿越千年历史的微光，我们依然可以洞见他独行于斯的孤独与寂寞、坚定与向往。

父 亲

林 娜

曾经站在罗中立的油画《父亲》面前，泪流满面，那种震撼多年难忘。

我的父亲，浙江省瑞安市一个平凡的老人，一个参加过抗日战争、解放战争和抗美援朝战争，最后在朝鲜战场上负伤归国的伤残革命军人。瑞安西山抗美援朝纪念馆里还有他的照片和负伤情况。作为一个老革命，老共产党员，他在八十高龄骤然离世时，没有存款，没有自己的房子，是在民办的自缴费用的养老院去世的，就连丧事也是在那里办理的。他的一生，真正做到了两袖清风。

最初我并不十分了解父亲的光荣历史。在我的眼里，他不过是一个普通的工农干部。在朝鲜战场负伤回国后，他在杭州荣军学校进修了文化课。转业时，有自知之明的父亲谢绝了组织安排的职位回到了家乡。上世纪五十年代初，父亲转业，其时工资是六十二元。从此以后，几十年来，父亲从来没有加过工资，一直是让而不是争。几十年来，父亲的职位非但没有提升，而且从县供销社主任调任为乡村供销社主任，级别没变，职位实际上是降低了。工作地点也离家越来越远，从离家几步远的商业局到县供销社，再到要坐渡船才能到达的南岸供销社，再调到离家几十公里的乡村供销社。别人不愿去的地方，他去。别人去了几年就调回来的地方，他是落地生根。最后在乡村供销社离休时，因为离休工资要由供销社发，而此时乡村供销社根本已经是入不敷出了，所以他几乎连离休工资都无法领到，更别说报销医药费。

万幸的是，市委决定参加过抗日战争、解放战争的老干部的离休工资由市财政统一拨款到老干部局，才使这一批老干部老有所养。

出身于书香门第的母亲，虽然为了养育弟妹很早辍学，但是写得一手好字。相比母亲的精明能干，父亲则显得憨厚老实。父亲在职时，正是我国物资极度匮乏的时期，而父亲所在的供销社是掌握大批生产资料和生活用品物资的单位。然而，父亲非但没有给家里一点帮助，相反，他甚至还是家庭的累赘。每次他从供销社回家，哪怕已有两个月没回家，他也永远是空手而归。而当他离家上班时，母亲还要给他带上各种东西。买东西需要各种票证的年代，正是我们兄弟姐妹长身体的时候，布票不够，粮票不够。我们住外公的房子，还要赡养外公。当好人缘的母亲向熟人朋友讨要各种票证时，大家几乎异口同声地说："你家老林当供销社主任，你家还缺这些？"我到居委会抓阄买的确良的票，也会被人讥笑成凑热闹。母亲经常说："要是你爸不当供销社主任，别人同情我，我能要来很多票。可是你爸当这个主任，我反而不好开口跟人要了。"

我坚持要读书，不得已，我二妹辍学去供销社下属工厂里当了个临时工。当她被机器压断食指时，身为供销社一把手的父亲没有为他的女儿申报工伤，没有让供销社出钱为她接上手指，导致二妹落了个终身遗憾。当供销社出售床单时，二妹自己去排队买。快轮到她时，被前来视察的父亲发现，当众把二妹骂得落泪，床单也不卖给她。父亲出身于农村，每当乡下亲戚来城里，好面子的母亲都要想方设法将他们安排周到，还要经常接济他们。在我母亲弥留之际，父亲流着泪对我们说："这个家全靠你们妈妈撑起来的。"我一直怨恨父亲从不顾家。我甚至想，共产党员就不该结婚生孩子！

若父亲只是不顾家也就算了，可是他还经常连累我们。"文革"

时，官不大的他却被当作走资派揪了出来。好强的我日夜担心我家会被贴上白对联，父亲会被游街批斗。父亲一辈子没有分到单位房子，当时我们一家都寄住在外公家，而外公家又是当地的名门望族，父亲若被游街批斗，我家大门若是被贴白对联，岂不丢人？好在父亲只是在单位被批斗，后来实在忍受不了，便逃到乡下躲起来。父亲是老实人，不讨好任何人，因此无论哪派上台都要先拿他开刀。但是斗来斗去，我父亲最自豪的是，他毫无经济问题！他逃到乡下避难的那段时间，工资被扣发。那几个月，家里六个人就靠母亲的三十元工资过活。两派武斗，有一派围城整整一百天。躲在乡下的父亲杳无音信，家里老少妇孺的生计全靠母亲一人。可是等父亲被扣的工资发还时，他全部拿去资助了帮他躲难的农村人。因为他在躲难的几个月里，看到了农村人生活的艰辛，却没有看到我母亲一个人带着老人孩子的艰难。1977年恢复高考时，我参加了高考，想考华东政法学院。从小到大学习成绩向来都是名列前茅的我，做梦也没有想到，因为我父亲还没有被"解放"，一个老干部、老革命、退伍伤残军人的女儿，竟然没有资格上政法学院。不得已我只好等父亲的问题彻底得到解决后，才在1979年重新报考然后上了大学，学了并不喜欢的经济专业。因为当时我已经不敢奢望学法律了。

父亲离休后，老干部局聘请他负责监督局里的一些工程。很多人觉得这是有油水的好事。可是父亲在采购时货比三家，从未喝过供应商的一杯茶。有一年过年，一个远房亲戚因为父亲采购过他的一些东西，在过年吃分岁酒时拿了两瓶瑞安产的老酒汗来拜年，结果父亲当场翻脸，弄得大家都下不了台。改革开放后，小妹自谋出路摆小摊。父亲经常到她摊位上，当着客人的面说，秤一定要准！小妹非常尴尬，因为这样很容易让客人误会她的秤不准。父亲的医药费是全部报销的，母亲曾经让父亲多开些感冒药,但是父亲却说:"这是组织给我报销的,你的药咱们掏钱买吧。"在家颐养天年时,父亲每天拿着大扫把去打扫门前的马路。隔壁邻居小朋友都不知道这个天天笑眯眯的老爷爷是革命功臣,不知道他负过伤的胳膊无法抬起来,也无法拿重东西,但邻居小朋友都特别喜欢这个慈祥的老人,总是到我家台门里玩,"阿公"长"阿公"短地叫着。

外公的老房子要拆迁时,父亲也没有向组织提出任何要求。后来有一套房子计划时,家里没有余钱,小妹结婚没有房子,所以只拿了一间一套的房子计划让小妹买,以至于他本人最终在民办养老院过世。父亲进了养老院之后,很快就跟大家打成了一片。夏天,他总是拿出自己的钱,请厨房工人烧了绿豆汤,让全体护工喝。他自己胳膊有伤不能拿重东西,经常拿出钱来请人代买西瓜,请厨房工人吃了解暑。父亲在养老院不过短短的一年,就受到了养老院上上下下全体人员的尊敬和爱戴,甚至连养老院附近一带的邻居也都非常喜欢父亲。父亲是突然去世的。办理父亲丧事的花费,是我们三姐妹凑的。作为老革命、老共产党员的父亲,没有房子,没有存款,两袖清风,满身的伤疤,就这样离开了人世,与我母亲合葬在她生前就买好的公墓。

他是在台风云娜肆虐时走的,直到最后一刻才懂他的我,知道他不愿意给组织添麻烦,不希望在抗台时惊动领导,因此就没有通知老干部局。得知消息后,市委还是派了老干部局的领导来给父亲送行。父亲出殡时,很多离休老干部都被家人搀扶着来送行。此外,很多素不相识的群众冒着台风自发来送行。养老院门口卖报纸的老伯,与我们素昧平生,冒着暴雨搭丧棚,为我们忙乎了三天三夜。养老院的那些护工和厨房工人全都来了。养老院附近的邻居也都冒雨自发来送行。身为长女的我,曾经无数次怨恨父亲不顾家,还无数次连累家庭,不明白他的所作所为。此刻，我多年来对父亲的怨气被暴雨冲刷得一干二净。因此，当老干部局局长问我，家属有什么要求时，我代表父亲告诉组织，我们没有任何要求。因为父亲革命一生，清贫一生，只有让他两袖清风地走，他才会走得安心！

后来我到老干部局查看父亲的档案，才知道他于1945年5月入伍，1946年2月入党，参加过淮海战役、渡江战役，荣立二等功两次，1951年参加抗美援朝战争。在朝鲜战场负伤回国，因战致残被评为二等乙级伤残军人。领导告诉我这是战功，比平时立的军功含金量要高很多。而他生前却从来没有告诉过我他曾经荣立两次二等功。原来平凡的父亲也是英雄。

我的父亲，平凡如斯，但正是千千万万个像他这般平凡的人奠定了共和国坚实的地基。

生命的高度

骆有云

一

前几年的冬天，在那个万物萧瑟、寒冷的季节里，我飞越琼州海峡作海南之旅。

海滨城市海口最大的优势，就是在寒冷冬季依然阳光灿烂，温暖如春。抵达后的第二天一早，我怀着崇敬的心情，来到海口市近郊的滨涯村，寻寻觅觅，虔诚地去拜谒海瑞墓。

名士风流今何在？

虽然他的血肉之躯早已随风而去，但不灭的魂灵却始终萦绕世间。对历史的沉思，使我脆弱的感情难以自抑，不禁为之扼腕长叹。

这是一座几经修缮的墓地，显得简朴冷落，这与海瑞生前的际遇——光明磊落以至清寂落寞倒也一脉相承。

从镌刻着"粤东正气"四个大字的石牌坊走过，甬道两旁是高大的椰子树，伟岸挺拔，气宇不凡；宽大的扇形枝叶在南国海岛的微风中摇曳生姿。甬道尽头是一座高大的墓葬，主墓为花岗岩石砌，分上下两层，上层为圆形，下层呈八角形。墓碑上书："资善大夫南京都察院右都御史赠太子少保谥忠介海公之墓。"主墓的左前方，是一尊立身铜像，铁骨铮铮，傲然昂立，塑像座碑镌刻着海瑞的生平简介。

二

海瑞（1514—1587年），字汝贤，又字国开，号刚峰，广东琼州琼山（今海南海口市琼山区）人。他历经嘉靖、隆庆、万历三朝。这时明朝已处处露出走下坡路的衰败之象，政治污浊，贪腐猖獗，世风日下。

海瑞居官严于律己，恪守朝廷法令与封建道德规范，不畏权势，敢于为民请命，积极革弊兴利。他生活俭朴，清正廉洁，赢得了百姓的尊敬，人称"海青天"，是中国历史上著名的清官。

海瑞四岁丧父，母亲谢氏含辛茹苦将他抚养成人。他自幼有用世之志，勤学苦读，三十六岁时得中举人，似乎有点大器晚成。后来曾两次进京参加会试，全都名落孙山。科场失意，让他有些心灰意冷，感受到仕途险恶、命途多舛。

嘉靖三十二年（1553年），海瑞被授为福建延平府南平县教谕。为使"诸生立有成就"，他恪尽职守，制定各项规章制度，整顿纪律，严肃校风。由于治教有方，成绩显著，他被提拔荐举为浙江严州府淳安知县，由此步入政界。

三

淳安地瘠民贫，生产落后。上任伊始，海瑞亲自制定《兴革条例》三十六项，除弊兴利，为民称颂。

海瑞在淳安任内有两件事可圈可点：

一是浙江总督胡宗宪之子过淳安，依仗其父的权势招摇过市，对驿站的接待百般挑剔，并凌辱吊打驿吏。海瑞闻讯大怒，当即下令拘禁之，并将其沿途勒索的数千两银子如数没收充公。

二是总理盐政都御史鄢懋卿奉命巡察盐务，欲取道淳安县境，并借送往迎来之机收礼纳贿，中饱私囊。海瑞以"邑小不足奉迎"为由拒之，甩了个冷面孔，让人吃了个"闭门羹"。鄢懋卿十分恼怒，但对这个"冷血铁面"的海瑞却无计可施，只得悻悻然绕道而去。

投鼠忌器，胳膊岂能拧得过大腿？人在屋檐下，又怎能不低头？但海瑞这撞了南墙也不回头的犟脾气，也正应了那句老话：江山易改，本性难移。他不顾同僚属下的苦苦相劝，硬是阴沉着一张黑脸，我行我素，油盐不进。

嘉靖四十一年（1562年），朝廷以海瑞在淳安政绩卓著而擢升他为浙江嘉兴府通判，后因鄢懋卿等宵小的诽谤和阻挠，最终被取消任命。时隔不久，海瑞调任江西赣州府兴国县知县。

兴国县地处荒僻，地薄民穷，地方恶势力猖獗。海瑞在深入调查研究的基础上，高瞻远瞩地提出"兴国八议"。新官上任三把火，素来爱民如子的海瑞，当然也在跃跃欲试，想干一番事业。

陈规陋习积重难返，海瑞你逞什么能，竟敢捅破这个马蜂窝？结果麻烦的事接踵而至，让你这初来乍到的小小七品芝麻官，吃不了兜着走——趁早滚蛋吧！

在海瑞一筹莫展的窘迫关头，时任南赣巡抚的吴百朋（浙江义乌人）站出来为他说话撑腰，为他排忧解难。今《海瑞文集》中尚存海瑞与吴百朋信函往来的文牍篇章，其友情私谊甚为诚笃。

一年后，兴国大治。国家幸甚！民众幸甚！海瑞幸甚！好雨知时节，当春乃发生。吴百朋慧眼识才、援手相助的惠泽，自然是功不可没！但海瑞雷厉风行的铁腕手段，更是十分了得！

嘉靖四十三年（1564年），海瑞因吴百朋的荐举而擢迁为户部云南清吏司主事。

行文至此，我深为乡邑先贤吴百朋襟怀坦白而击节称道！

四

嘉靖四十四年（1565年），海瑞进京任职已满一年。

他耳闻目睹朝廷上下的污浊，如骨鲠在喉，不吐不快。当时的嘉靖皇帝沉溺于道教，一意问道修仙，侈兴土木，劳民伤财；又不理朝政，以致国事日废，民不聊生，怨声载道。海瑞愤于"时政阙失"，为维护封建王朝的久安长治，遂犯颜上《治安疏》云："嘉靖者，言家家皆净而无财用也！"皇帝大为震怒，将该疏掷于地下，必欲诛之。后经徐阶等官员的劝解海瑞才幸免于难，但也被施以杖责、逮捕入狱。

此疏一出，海瑞"直声震天下。上自九天，下及薄海内外，无不知有海主事也……"这就是历史上著名的"海瑞骂皇帝"。

嘉靖皇帝刚愎自用，喜听阿谀之辞。海瑞犯颜直谏，简直是太岁头上动土，其后果是不堪设想的。他自度此疏呈上，必触怒皇帝，获罪而死。因此买好棺材，告别妻子，遣散童仆，托人料理后事，义无反顾从容赴朝。铁骨铮铮，刚正不阿！满朝文武中那些尸位素餐的权贵们与海瑞相比，难道不为之失色、失血、失重？

次年十二月，嘉靖皇帝病逝，其第三子朱载垕继位，是为穆宗。次年改元隆庆，大赦天下，海瑞因此获释。

隆庆三年（1569年），海瑞迁通政司右通政。后晋升都察院右金都御史、总督粮储、提督军务，巡抚应天十府。

海瑞出任江南巡抚，不改初衷，办事总是雷厉风行、斩钉截铁。其主要政绩有三：

一是整饬吏治。先后颁布《督抚条约》《续行条约册式》《考试册式》等，斥黜贪墨，搏击豪强，矫革浮淫，厘正宿弊。

二是勒令退田。应天十府强宗巨室的权势炙手可热，兼并土地之风尤烈。海瑞对此决不心慈手软，即使对荐举提拔过自己又救过自己，且已告老还乡的首辅阁臣徐阶也不因私徇公，照样严惩不贷。

三是兴修水利。海瑞以工代赈，主持兴修吴淞江、白茆河等水利工程，总计救济饥民十余万人，新垦农田四十万亩，使这一带旱涝保收，可谓造福于民，惠泽后世。

忠而被谤，信而见疑。群小的诬陷弹劾，让海瑞遍体鳞伤、欲哭无泪，小人们却在一旁拍手窃笑。

北宋清官包拯曾作诗剖明心迹：“清心为治本，直道是身谋。秀干终成栋，精钢不作钩。仓充鼠雀喜，草尽兔狐愁。史册有遗训，毋贻来者羞。”自古“峣峣者易折，皎皎者易污”，夫复何言？

隆庆四年（1570年）四月，海瑞身心疲惫，被迫告病还乡，离开南京，回到海南琼山老家，开始了长达十六年的闲居生活。

五

老骥伏枥，志在千里。烈士暮年，壮心不已。

万历十三年（1585年），已是七十二岁高龄的海瑞因众望所归，被起复为南京都察院右金都御史；后又诏改南京吏部右侍郎，由正四品升为正三品。海瑞赴任后，留心吏治，不敢懈怠。他积极主张恢复明太祖的律令，严惩贪官污吏。

万历十五年（1587年）十月十六日，海瑞因心力交瘁，一病不起，卒于南京都察院右金都御史任上，享年七十四岁，无子。御赠太子少保，谥“忠介”。

大厦将倾，独木难支。明知不可为而为之，犹如灯蛾投火，只能以熄灭生命为代价。

海瑞极力把“忠君”与“爱民”调和、统一起来，由此形成他的矛盾性格，并招致统治阶级中腐朽势力的攻讦和构陷。但他廉洁自律，任劳任怨。一生清贫，至死仍"无一语及身后事"。

临终时，室中只有旧衣物数件，俸金十余两。其清贫苦境，为寒士所不堪。王用汲见状，率同僚捐款操办丧事。百姓闻之，奔走相告，扶服悲号，罢市数日，哭声震天动地。及发丧之日，南京城万人空巷，"白衣冠送者夹岸，哭而奠者百里不绝，家家绘像祭之"。

这使我记起臧克家的诗："有的人活着，他已经死了；有的人死了，他还活着……"

据传，海瑞归葬琼山，棺椁行至海南滨涯村，棺绳突然断裂，天意难违，于是就地安葬于此。

六

值得自豪的是，海瑞与我乡邑的两位先贤密切相关：一是与海瑞同朝为官的吴百朋，他慧眼辨珠，伯乐识才，曾支持与荐举过海瑞，此在前文已叙，恕不赘述；二是三百余年后的吴晗（浙江义乌人），为弘扬海瑞的人格节操，曾编著历史名剧《海瑞罢官》《海瑞骂皇帝》，由此招灾惹祸，最终被迫害致死。

海瑞公及我的两位乡邑先贤在九泉之下，若英魂相聚，也当唏嘘不已，同哀人生之多艰，世道之昏昧，天道之不公……

海瑞墓前扬廉轩的柱子上刻有一副楹联："三生不改冰霜操，万死常留社稷身。"这其实是海瑞歌颂其先师顾可久的诗句，但也许正是后人对他人格魅力的写照与评价。

春花秋月，往事知多少。尽管岁月沧桑，物是人非，但海瑞永远站在时代的高处，那也是很多人永远无法企及的生命的高度。他那黄钟大吕般的人格气韵将久传不衰，永远流溢着彰显生命的质感与重量的光彩。

我默默地俯身下拜。我深知，精神上的这种皈依，会使人永远无法与之疏远，将他淡忘！

打卤面的筋骨

杨乃平

我一向以为，天下最好的吃食，就数热腾腾、香喷喷的打卤面了。

暮春午后，熏风拂面，和煦的阳光催促欢快的步伐。我转出杏花盛放的街角，直奔超市，乐颠颠拎回了赤松面板、玉石擀杖。不想再等了。晚餐时分，我撸胳膊挽袖子，将擀面杖滚得起劲，胖嘟嘟的面饼渐渐被延展成荷叶状。再将薄薄的面皮对折几层，唰唰唰的刀声过后，白生生的面条就降生了。烧水煮面，用青花瓷大碗盛之，嗞啦啦，再浇上一勺尖椒肉丝卤。

面条润滑，筋道。于是，叽里吐噜一通造。

较少为既往停留，这一刻，却触发情思。尤其是静处时，眼前时常腾起缕缕白气，蛰伏心底的面香，牵出一抹抹旧时光。

孩提时，我把小手揣进兜，摸到毛票子的概率几乎为零。乡下的细粮，如大人兜里的票子少之又少，少到吱吱叫的老鼠都愁得没着没落。一小截白面口袋，金贵，藏于箱底，留着过年给如我一样的小孩子们解馋虫。平日来了座上宾，妈妈脸上就多了一丝倦怠，嘴上热络心里是真犯愁。要脸皮，就得擀面皮，这是不得已的情愿。将面粉一点点抖入盆，母亲手劲细腻，拿捏着不失礼数的分寸。她擀了面，只奶奶一人坐炕桌前陪吃。即便剩了一碗半碗的，也是奶奶细嚼慢咽刻意为之。收拾了碗筷，躲于里屋的我，被奶奶唤至灶间。此时，她的宝贝孙子，才可尝尝鲜儿。

一次大姨夫来家串门，母亲有意预留，打卤面破例剩了两碗。因为暴风雪缠住了大姨夫的腿，母亲偷剜我一眼，使劲拨开我取面的手，颠起脚把那两碗面置于房梁下的小筐里。我馋，盯着悠悠荡荡的编筐，这个怨呀——大姨夫吃饱喝足咋还不走呢？

刚熄灯，梁上老鼠哧溜哧溜地窜来窜去，还唧唧叫，欢呼雀跃，放纵地讨要。我不敢睡，偷偷咽着口水，老是觉得依稀有香味飘忽而来。又恐老鼠胆大妄为，豁出性命来个三级跳，再空翻转体跃入筐里。在黑暗里我久久仰着头，小声学了几声猫叫，"喵——喵——"，长音怪异乱真，惊得老鼠四下纷窜。

三更时分，我被"啪嗒"一声闷响惊醒，开灯，但见地上一老鼠摔得直蹬腿，随即拖拖拽拽溜进柜下。我觊觎的面条，想必已是一片狼藉。我委屈极了，悄悄埋头啜泣。母亲轻拍我的背，不语，递给我一块硬硬的甜菜糖。我赌气一耸肩，就在转头的当口，那块糖迅疾抹进了我嘴里……

真想不到，多年后我居然在饭馆里吃了打卤面，人生头一回。

饭馆是个褪了色的红砖筒子房，神气地盘踞在公社十字街的东南角，比旁侧的土坯房高出许多，也显贵许多。墙体外表斑驳，极具沧桑感；檐部木条的韵味，凸显标志性建筑的孤傲。那年月，下馆子是不得已而为之的事儿。原本吃的人就少，不吃的碍于面子绕着走。所以，冷冷清清的饭馆倒有些神秘了。

其时，我父亲就在供销社所属的饭馆里当经理，我则在隔壁的中学住校。校园与饭馆仅有一墙之隔，间以几棵稀疏老迈的杨树遮挡。可我感觉，那堵矮趴趴还有几处豁口的破土墙，犹如山壑一样难以逾越。

夏季的夕阳漫进操场，在刺眼的逆光里，饭馆炊烟袅袅升起，色调好像一幅画。我端着一碗大碴子，蹲在屋檐下狼吞虎咽，此时就有饭馆的香气随风飘来。好闻的油烟味蹿入鼻息，搅动神经，口舌被挑逗得兴奋异常。舌底津液泛滥，我只得用长大的理智，克制诱惑。

而今每每躲避饭店油烟时，都是厌恶得遮口掩鼻快走。那时鲜少而喷香的油烟味，吸进胸腔确是极好的。

那年初夏我满十六岁，高考在即，周日去同学家取复习资料，暴雨提供了机缘，我被隔在了饭馆里。回程还有八里路，先躲躲雨吧。我手脚局促不安，坐在条凳上，胳膊肘挂着油腻腻的八仙桌，闲翻资料。表面上不让心思游离出来，不看取餐的窗口和墙上泛黄的价格表，藏起欲望，现出有要紧事情的焦急，以示我不在此吃饭的坚定。我几次扭头，目光穿过狭仄的高高的窗口，斜斜的雨线如箭镞般坠落，没有停的意思。已临晌午，父亲悄悄走近："要不，吃碗面吧？"我慢慢抬起头，做出懂事的样子："不饿，雨歇了，就走。"其实，不争气的肚子，早已咕咕叫了。

空气中油味飘浮，我偷偷咽口水。我知道，严苛的父亲，不主张我来此吃饭，唯恐占了公家的便宜。再说，拮据养成了节俭的习惯，小孩子哪有下馆子的道理？强悍的意识与苦寒的生活，盘缠交融，练就了刚性。

我吃面的欲念由来已久，但像是未长大的幼芽，在父亲固有的清正里早就渐渐枯萎了。

一个钟头过去，豪雨仍不知疲倦地下着。父亲又来了，手捏两毛五分钱，硬塞给我说，就在这吃吧。我欲把钱塞回父亲的裤兜，他挡住我的手，语气异常坚定："吃吧。"我望着他寻找答案，终是推却不去，其实也是半推半就。我不再说什么，咽下嘴边的话，紧咬一下牙根，也忍住了眼里的泪。

于是，两毛五分钱一碗的打卤面——这一"饕餮盛宴"，便成了我初次下馆子的奢侈，也是我后来在城里聚餐时，常常跳出的鲜活记忆。

上尖的一碗面，浇上一层茄子卤，还有一块红枣大的肉丁，赫然立于顶上，就像海边沙堆上突兀的红玉石，诱饵般熠熠生辉。我推想，这一定是瘦长脸师傅的精心所为，他的那件已然掉色的蓝白相间的海魂衫，让我终生难忘。

见到久违的肉丁，我很是嘴急，一筷子下去，手一抖，鬼使神差般，那块肉滑落了。我心里咯噔一下，像是突发了雪崩。我慌忙用左手去接，那肉块却十分淘气般与我玩起了捉迷藏，它一蹦三跳，最后落到泥地上。我无奈，盯着那块肉，愣怔了半晌。

接下来，便是小心翼翼，然后风卷残云，呼噜呼噜，最终连汤都喝得一干二净。面很筋道，耐嚼，好吃。一头细汗、一身舒爽，感觉有一蓬香气，浸满了周身。就在这时，我回头瞧见，父亲和几位大师傅正坐在角落里，吸溜吸溜地喝着大碴子粥。

这一瞬，我一惊，心生惭愧。

也是这一瞬，我神奇地跨过了那堵墙的阻隔，翻山越岭，踏平天堑，成了名副其实的下过馆子的人。可我知道，父亲骨子里的廉明，是不容撼动的，他的叮嘱不是闹着玩的。所以雨停时，我走出那家饭馆，之后就再没有进去过。

还得交代一下实情：那块掉在泥地上的肉，我没舍得丢弃。趁人不备，我捡起来，假装喝水的工夫，去后厨拿水冲了，丢进了嘴里。

有一种情感，随着岁月的演进，深嵌到我的血脉。现实的善变，让我慨叹，父亲当年的主张是多么的可贵。那一碗打卤面哟，已凝成了恒久的记忆，并成为我骨头里的钙质。

本草之心

陈白云

一

万物皆有灵，本草皆有情。生于高山、低谷、平地之间的本草，既非金玉之身，也非铜铁之体，既无矛可攻，也无盾可守，却肩负着救死扶伤的使命，有一颗消化世间疾苦的不凡仁心。

时间，赋予草药灵气，使它们历经千变万化，生出一种令人感到似曾相识、相见恨晚的格局。与时间相处，是一个纵向命题，万物同它发酵，沉淀再沉淀，其后以另一种姿态绽放。"赶时间，带着一股较劲的味道"，而等时间，却是横向命题，"呈现了另一种处世哲学"。正如《本草中国》所说，所谓的开始与结束，不过是此消彼长的辩证法。

"天南望，半夏微凉，期艾三千青木香。""连翘首，惊过半夏，凉透薄荷裳。"它们虽有玲珑之名，却甘愿将青绿之身化为干枯的背影。很多人可能不熟悉它们独立或讲究的名字，但童年的味道中，总有一缕药香萦绕心间，诉说它的平凡抑或伟大。

千年岁月中，本草携悠悠一味潜入人体，散淤结、通气血，祛病解厄。这是它洞悉人间、参透自然秘密后的唯一答案。而我，期望躬行大地，翻越山河，只为遇见一个朴素而又神奇的本草世界。

辛苦甘酸咸，是本草的本味。中医讲究"天人合一"，用"阴阳""五行"来分析人体脏腑的运化规律后得知，两种对立又统一的力量平衡着，动、静之间互相依存、转化着，"金木水火土"五行彼此资生又制约着。因而，用五味归类本草，一味治一症：辛散、酸收、甘缓、苦坚、咸软。结合时令，各味本草各司其职、各尽其妙。

中药"七情"，本草"八德"，时间赐予它能量，它却在医治病患的过程中产生哲学，疗愈人的内心。

二

小时候，有一次发高烧，躺床上犯迷糊。精通中医的祖父给我开了三服中药，熬三次，两天就好。每天清晨，他坐在炉子旁熬药，袅绕的蒸气在阳光中氤氲开来，清新而温暖，那种无声的治愈能力，像久涸的稻田遇上淙淙的流水。感冒痊愈后，那药香似乎仍弥漫于心。

中药的香，不言而喻，能勾起人极深切的回想，满是拯救的气息，凝聚了千年的智慧……浓郁的桂花香，散寒破结；幽淡的菊花香，平肝明目；冷冽的薄荷香，清咽利喉；温暖的艾叶，将其捣烂如绒，制成艾柱灸身，火星闪闪之间，去疮疽，温经活络、祛风散寒。

中药的味道，是自然的味道。山茱萸酸涩，甜叶菊甘甜，土黄连苦寒，指天椒辛辣……单丝不成线，多味药材协同，才成良方。

每一处不显眼的中药房，都是一座植物宝库，里面沉睡着根、皮、茎、叶或果实，等待着拿药人的唤醒。你可以从一片叶子上嗅到它曾经沐浴阳光雨露的气息，也可以从一颗果实中尝到它成熟落地时的泥土芬芳。

祖父每次采撷草药，都适可而止。他曾语重心长地对我说，每个采药人都要懂得节制，唯有用敬畏与回馈延续本草之命，以爱与继承传递本草之情，凭执着与专注守护本草之魂，人与草药相互依存、相互抚慰的生命图景才会赓续，这也是感恩大自然的无私馈赠。

一个冬夜，祖父边抄药方边问我："医生治病的最高境界是什么？"我不假思索回答："能治所有病！"祖父笑道："是'治未病'。要医之于无事之前，提前将影响健康的微兆扼杀在萌芽中，也就掌握了医学的纲领、摄生的法则，达到'治病十全'的'上工之术'。"

我想，这与我们纪检监察工作有异曲同工之妙。

中药的味道，也是人间烟火。童年，淋雨着凉，母亲熬一碗红糖姜汤给我饮下，温中解表，寒意全无；盛夏长了痱子，父亲煎一锅金银花水给我擦洗，清热解毒，利湿消暑；工作之余，每遇眼睛干涩疲劳，爱人为我泡一碗枸杞水，清肝明目，和血润燥……

而这烟火，在董奉那里却是另一种意味。他为人治病，不取分文，只求重病治愈者植杏五株，轻症治好者栽杏一株，如此数年过去，董奉救人无数，竟得杏十万余株，终郁然成林。此后，春有杏花香，夏秋果实沉，董奉又以杏换粮，救济贫民。从此，"杏林春暖"传承开来，它与苏耽橘井泉香、壶翁悬壶济世、华佗青囊度人一起在历史的夜空中熠熠生辉，可谓"橘井汲后绿，杏林种时红。悬壶复何忧？青囊领春风"。千年远去，无数的中医后人依然接受着他们仁爱精神的熏陶和洗礼。

三

看起来普通的本草，其实蕴藏着神奇的药理。

小时候，祖母常给我做粽子形的中药香囊，祖父称之为"衣冠疗法"，将药物佩戴于身，通过呼吸或皮肤吸收药力，用以防病治病。后研学《本草纲目》，发现了上面"闻香治病"的相关记载。香气中的药性会随呼吸进入人体，在内脏、经络、气脉中游走，一般有六个阶段：破——破晦气，香气吸纳浊气，势如破竹；通——通经络，如水一样无孔不入；除——除病气，如秋风扫落叶；净——清洗过后，身心产生纯洁、清净之感；养——余留于体内之香气、药性继续滋养身心；

足——最终产生愉悦、满足感。上初中后，我极少生病，这应该都得益于神奇的中药香囊。

印象深刻的，还有老家看起来不起眼的竹沥。老家因竹多而闻名，见一根竹，如见一棵树。四季风过竹响，是另一番风景。而村里人善用竹，就好像使用农具一样顺手。

祖父是村医，他最拿手的，是治疗跌打损伤和风湿。每有病人来访，他瞅瞅病人的患处，右手号脉，左手轻按于膝盖，两眼望向窗外的田野，若有所思。再起身，来回踱几步，最后拿出竹节火罐。竹节罐子制作虽易，但也考验手上功夫，这自然难不倒学过篾匠的祖父。他一般取酒杯粗的楠竹，锯十五下，刀削两下，一个竹节即成。他将一个个竹节摆在板凳上，削净罐体竹青，再以磨刀石反复打磨，直到光滑如丝。

用竹节火罐治病，如练武之人要讲究手眼身法步一体。此时，铁锅架灶上，凉水在盆里，祖父马步而立，待水沸腾的一刹那，他以竹筷飞快地伸进锅里夹起一个火罐，两秒之内，将罐口在凉水里降下温，接着就摁在了病人的患处。

我曾问祖父，竹节火罐为什么如此神奇？他眨了一下眼睛，说全是竹沥的功劳。

竹沥，始于一云一水，也是一根竹子的精华。一个竹火罐，纵然没了生命，但依然荡漾着大地的灵气，这是它与生俱来的本质。而高风亮节，甘于成全，也是诸多中药隐藏的共性。

乡下人都有自家的中药秘方，一些小疾只需自行寻一两味草药即可。祖父时常坐在那把结实的木凳上，向病人分享些实用妙方。有一回，一个小孩蹲在来看病的父亲脚边，不断地咳嗽，祖父对那位父亲说："小孩感冒了，怎么不扯把草药煎了吃呢？"对方嘿嘿笑："吃什么药呢?"祖父用手一指:"你看,漫山遍野都是!"

煤油灯下,那位父亲在祖父的指导下,把一根楠竹剖成几段,逐一放在煤火上烘烤,而竹沥顺着竹片两端滴进了碗里。不一会儿,孩子喝下清澈纯净的竹沥,停止了咳嗽。连喝几天,病就好了。

那时候,我觉得祖父和那位父亲手里的竹子一样,朴素而实在,虽然话语不多,但能解决病人病痛,有令人敬慕的本事。

还有一次,我刚从学校回来,见一位老奶奶躺在病床上,艰难地张着嘴,竟不能言语了。祖父一边把脉,一边观察她的眼睛,斩钉截铁地说:"中风。"然后转身拿起羊毫小楷,在桌前书了一方,递给老奶奶家人,并嘱咐:"此方吃三十帖,每帖以十二克竹沥冲服。"三个月过去,老奶奶战胜了病魔。在一个新月挂枝头的晚上,祖父回访,她微笑着颤颤巍巍地坐起来,又颤颤巍巍地蹒跚行走……我眼前又浮现那些被篝火烤的竹子,一根一根挺立着,像一根根生命线。

这芊芊青竹,以虚心笔直和赤胆忠心,跟随着人们的生活,何尝不是给人类树立的榜样?

四

在祖父红漆铜环的药柜中,躺在一块褐色的沉香木,散发着时间沉淀后的香气。

一味药,像一个人,都有自己的故乡,而这味沉入乡愁的沉香,对人有无畏生死的奉献与依依不舍的眷恋。

沉香,得之不易,是一味极为名贵的药材。《本草纲目》云:"沉香,气味辛,微温,无毒。主治风水毒肿,心腹痛,邪鬼疰气。"医术再高明的医生,使用它时也要斟酌再三。或磨服,作为主药统领诸药指挥作战,平定疆土;或研末,与其他药物配伍成丸,于激流之中疏通经脉；或引药入经，沾点沉香气，擦亮生命之火。

祖父说，调药如布阵，用药如用兵。他说这话时，眼里闪着的英雄之气，盖过了他满身的儒雅。他的羊毫小楷落在处方笺上也越加有力，似乎响起了铮铮之声。

祖父勤于实践，在中药研究上从不踏空。记得有一回，一个老人捂着左胸，有气无力地说自己心绞痛犯了，祖父在他的寸关尺上像弹琴一样切脉，三个指头拿住关键点，清了清嗓子说："气滞血瘀。"然后让老人张嘴抬舌，只见他舌根处的两条静脉如蚯蚓一般粗细，于是判定老人的病为风寒湿入侵所致，已经到了脏腑。

祖父从桃木制作的出诊箱里夹出一根浸泡在酒精里的银针，在老人的舌根处轻刺几下，立马缓解了他的疼痛。祖父说："舌下这个穴位下针，要手法精准，非一般人所能为。"说完，收银针，递药丸。这状如青螺的药丸，系祖父潜心研制多年的专方，历经数十例患者应验，名"清香丸"，其中一味药便是沉香。

治好老人心绞痛不久，有一天下午，我正帮祖父碾药，门外突然跑进来一位妇女，"哎哟哎哟"地喊叫，一脸痛苦。祖父摁了摁她痛的部位，随即以一小包沉香末给她冲服。没一刻钟，那妇女便安静下来，躺在床上睡着了。

祖父常说，一名医生就是一位钢铁战士，药是武器，虽然战士综合素质过硬，精良的武器装备也起着决定性作用。他的话，道出了医与药相统一的重要性。

一味药或平凡或伟大，或冷峻或温暖，沉入药典，像一位智者，用深邃的目光见证着人的生老病死。一个悬壶之人对中医的虔诚，正如一味药对病人的虔诚，彼此成就，成就彼此。而一味沉香，仅是一个代表，却可以从中窥见祖辈们的风骨。

今年二月，祖父走了，享年九十五岁，我却哭不出来。九十五年光阴，如白驹过隙，梅子青了又黄，黄了又青。祖父走得很安详，平静得就像一味草药，逐渐失去了药效。

记得有一次，我和祖父并排坐在夕阳下，我问他："中药为什么有这么大的穿透力呢？"他望了望脚下的小草，笑道："我学李时珍，拿自己做实验，不知换了多少方，喝了多少药呢。"

这其实是刻在骨子里的中医精神。在我看来，祖父身体里的每一个毛孔，都透着朴素而中正的本草之气。

人似草木，气息相通。我深信，一个生命的自然消亡，却是另一个生命的接续重生。

沉香，站立成一棵树，一生都在自我疗愈，虽然我看不见它开枝散叶，但它站在土地上，站在药橱里，站在一张处方笺上，站在能辨别轻重的铜秤上，让人的生活一路芳香。

五

在浩瀚的武术世界里，到处闪烁着本草的身影。

少林黑玉断续膏，由一百零八味药精心熬制。《本草中国》里的释延柏，最初被师父选为熬膏主理时，以为"把药材准备好，等师父一声令下，开始熬制就成"。师父却摇头："要熬好膏药，一分在药内，九成在药外，太看重结果，反而熬不出好药。"

于是，释延柏亲自上山采药，一边坐禅，一边接受大自然的洗礼。心如止水之时，他才开始正式熬制膏药。炸料、炼油、下丹、熬膏、去毒、摊涂……一百零八味药，繁杂的工序，每个步骤都不得懈怠，一点浮躁之心都不能有。正是在脑力和耐力的双重考验下，经历这样持续的磨砺，释延柏才熬出了令师父满意的膏药。

一招一式，一心一意。

成就不凡的技艺，本草功不可没。它早已融入中国人生活、生存和生息的世界，其中也蕴藏着一份匠心与传承。

想起一部纪录片《寻找手艺》，为了筹集资金，导演"破釜沉舟"，卖了一套北京的房产。在接踵而至的困难面前，"三人摄制组"变成"二人摄制组"，但最终留下来的人，没有丝毫气馁。历时三年，辗转二十三个省份，探寻了一百九十九位手艺人，才记录下一百四十四项正在慢慢消失的传统手艺。

在遭到数家电视台拒绝后，片子意外爆红，收获了无数好评。其温暖的"生活气息"和传统文化的"精气神"，看哭了很多人。导演说："现在心里很敞亮，在拍摄过程中，遇到了太多人，比如每年捐一座佛像的锻铜人土旦，比如一辈子专心做油纸伞的坎温老人，他们告诉我赚钱并不是人生唯一的目标。"

念念不忘，必有回响。

六

挥洒汗水，不忘初心。一代代采药人，从黑发年少到满头银发，择一事，终一生，不为繁华易匠心，将本草的精魂在指间不经意地转化，滋养着无数病痛之身。

祖父的凉茶还在味蕾上绽放余味。所谓"上医治未病，中医治欲病，下医治已病"，医术的最高境界在于消未起之患、治未病之疾，而凉茶就是其中一味。

凉茶，养生之茶，是夏季清热解毒、生津止渴的常备品。一剂凉茶由薄荷、山楂、青蒿、蒲公英、金银花、野菊花等三十三味中药熬制而成。药有先煎后下之别，火候有文武大小之调。煎茶如习武，一招一式看似无奇，实则暗藏玄机，快慢相间，刚柔并济。

茶煲冒烟，汤色渐浓，几轮蒸煮过后，茶味最精妙的部分才开始聚集。随后以药浸茶，让药与茶合为一体。这，恰如人生五味与本草五味相遇，味与味相融，才能激荡出人生最真实、最醇厚的味道。

草木境界，见证人生修为。人与本草的缘分，如光合作用一般，与生俱来，二者又相互依存。草同药，药同人，本是彼此陌生，却总有奇遇，既能生死转换，也能绝处逢生。

人生如本草，要能屈能伸，进退有度。以虔诚之心对待本草，就是善待人类自己。每一个平凡人或许正经历着苦中有甜、笑中含泪的生命历程，也都有各自独特的生活方式，但都要一往无前，步履不停。

黑与白，长与短，味道的轻与重、浓与淡，无不阐释着大千世界的动与静、刚与柔、阴与阳，这是本草本身的哲学，也是与人类相处的方式；山河、日月、四季，这是生命的元素，也是时间的维度。传承千年的中华本草，与尝尽人间冷暖的人们，同甘共苦，生生不息。

一味味本草新陈更迭，一个个生命从沉睡中醒来，在悲喜交集中前行，就有了改变世界的力量。

中药是香的，本草是香的，中医是快乐的，本草是快乐的。懂得苦中作乐，方能收获香气人生。正如释延柏师父所说："药本身就是快乐的，以快乐的心态去投入，就会有快乐的回响。"

一盘小龙虾

王桂芹

　　弟弟之前一直生活在农村，靠着十几亩薄田苦熬肚攒地过日子，后来为了供两个孩子读书，弟弟和弟媳放下了锄头和镰刀，在新县城租了一处四十多平方米的房子，把老人和孩子接了过来，一家人从农村移居到了城市，两个人背井离乡开始四处打工。

　　弟弟年轻的时候因为过度劳累，患上了严重的腰脱和类风湿病，有时疼得在炕上躺着起不来。身体的疼痛使他无法承受高强度的体力劳动，只好找了一份开校车的工作，收入低且寒暑假没有薪酬。

　　弟媳妇在幼儿园做饭，两个人的工资加起来还不到六千块钱。为了能够照顾老人和两个孩子，也只能先这样对付着过日子。

　　两个孩子学习都很刻苦。从他们上一年级开始一直到考上高中，一家人一分钱恨不能掰成两瓣花，省吃俭用。别人家孩子最喜欢吃的零食，两个孩子都不敢奢求。孩子手里没有零花钱，也从来不去光顾商店和小吃摊。

　　高昂的教育成本和弟弟两个人微薄的收入不成正比，生活的压力让他们每天都感到入不敷出，尽管这样，对于孩子的教育却一点没有松懈。十年风雨，披荆斩棘，他们从小县城的小学一路陪读到市里的高中。姐弟俩上高中时没有考取同一所学校，权衡再三，弟弟和弟媳决定分头陪读。这样他们不得不出血本在市高和辽滨附近分别租了两处房子。

　　弟弟不抽烟，不喝酒，每日在两点一线的跑道上往返奔波，日积月累的病痛让他的身体越来越差，胃部的不适感也越来越强烈，冷一点就开始腹泻，热一点则汗水淋漓，像一个虚脱的病患。他一边忍受着病痛的折磨一边兢兢业业打理着这个家。

弟媳妇干起活来总是任劳任怨，家里家外都照顾得井井有条。为了孩子大人能吃上可口的饭菜，她每天都起早贪黑坐着公交车每天跑将近一百公里的路程，往返于两地之间。疲惫的时候就在公交车上睡一觉。这样的拉力长跑耗费了弟媳妇不少的时间和精力。年深日久的操劳让她的身体渐渐消瘦，但是，为了一家人能够吃得饱，穿得暖，孩子将来有一个好的前程，她只能独自承受个人的苦楚。

两个人辛苦的付出终究没有被辜负，小侄女今年高考以总分597分的好成绩考入了东北财经大学，这个消息给这个贫寒之家带来了无限希望，也给在读高中的侄子做出了很好的榜样。

女儿考上了好的院校，大家要聚在一起庆贺一番。弟弟和弟媳头一天晚上就张罗着买菜，我也请了假打算和他们聚一聚，还想着回村里住一晚上，好久没有回去了，心里还是很惦记的。

晚上下班，大家一起去生鲜超市选购货物。我们一前一后走进这个大型超市。但弟弟看着琳琅满目的商品上面的标签不免眉头紧锁，弟媳也总是在廉价区里打转转。廉价区摆放着两盒扒好了的菠萝蜜，每盒标价五元，弟媳妇拿在手上摆弄着。

"孩子们没吃过，正好遇到减价的给他们买点回去尝尝。"弟媳妇一边说着，一边把两盒水果看了又看，发现没有变质的迹象，便小心地把它们放进了购物筐里。然后她又在相同的区域买了一袋芒果，拿起一盘香蕉掂一掂，犹豫再三，最终没有放进筐里。我挑选了一袋雪梨，想着味道一定很清爽，价格也不贵。我们都是掂量着腰包里的钱来选购商品。

弟弟在货架上左看右看，破天荒地挑选了一只熏鸡。那只鸡个头不大，却是目前采购筐里最值钱的一份食品。熟食拿回去装盘省事儿，我便又买了两根香肠，还想再挑选点别的时，被后面跟随的弟弟制止了。

趁着他们去挑选蔬菜的空隙，我来到了卖水产的区域。摊位上有人在炒小龙虾。闻着从炒锅里传出来的辛辣香味，看着一大盆小龙虾透着的红色光泽，我的味蕾神经被牵动起来。我问了一下价格，三十块钱一斤，好贵啊！这个价格令我不禁暗地里吐了一下舌头。但想想明天的菜肴也缺少这样一道点缀，我试探性地问了一下售货员，一斤能否装满一盘儿，售货员热情地说道："这个分量轻，一斤能装满满的一大盘呢！"如此说来，还是买得起的。我发了一回狠心，让售货员给我装了一斤，放进了一个干净的打包盒里，又浇上汤汁，然后我心满意足地拎着一路往前走。

突然，阳光帅气的侄子寻着我的身影前来接应，看到我手里拎着的小龙虾顿时眼睛一亮，兴奋地问道："大姑，这个玩意好吃，是给我们买的吗？"他说的我们是连带着他姐姐的意思。看着侄子纯净的眸子，和那掩饰不住的期待的神情，我一时无话可答。这哪里是给他们买的，是买回去给客人们吃的。可是，面对孩子高涨的热情，我终于没有说出来自己的意图。侄子主动把东西接过去拎在手里。他充满朝气的脸上也露出了掩饰不住的笑意。

为了能以比较适中一点的价位买到东西，直到换了三个购物场所，弟弟和弟媳才终于在夜市把要准备的食材采购齐全。在往车里搬运的时候，因为有事来迟的小侄女终于现身。两个孩子见面之后，侄女神秘地向着摊位的方向指了指，小侄子顿时心领神会，他们不约而同地向着烟气缭绕的小吃摊走去。当我转回到车跟前，两个孩子手里各拿着一根塑料管，正在吸食小塑料盒里的冰水。我问这一盒多少钱，侄女说五元一盒，说完话怕挨训，还对着自己的爸妈伸了一下舌头。

我叹了一口气，这就是穷家薄业走出来的孩子，在五花八门的小吃摊前浏览了一圈，只挑选了两盒最廉价的冰水来吃。懂事的孩子理解父母挣钱的艰难，这也让他们管束住了自己贪食的欲望。

回来的路上，弟媳向我诉说起侄女最近的"超高"消费："高考完事儿之后她大舅给的一千块钱红包，还有你给的五百都在她手里，现在已经花得差不多了。"侄女一听急忙分辩。

"那不是还给你拿回去三百块钱吗？"

"对，那天给了我三百，要不也花了。"

"没都花完，我手机里还有三四百呢！"娘俩你一句我一句争执不休，我想了想说："从六月初考完试到现在已经过去快两个月了，出去和同学聚聚，一个月花个六百多块钱，按着现在的物价行情，那就是够坐公交和吃个午餐，还不能算什么好的伙食。侄女已经够节俭的了，别的孩子三千两千的早都花光了。"

弟媳妇申诉道："咱们家不是没钱吗？他们两个开学的学费还没备足呢！"

看着弟媳妇无奈的眼神，我接着劝解道："娘活着的时候不是说过的嘛，车到山前必有路，没有过不去的独木桥。再说了，她二大爷、二娘还有她舅舅、舅妈不是都准备帮助你们一把吗？有这么真心相助的亲人，孩子一定能顺利地读完大学。"

"大伙儿帮一饥帮不了百饱，自己也得想办法去挣，钱要节省着花才能细水长流。"

听着弟媳妇说的话，我觉得是有道理的。光靠着别人帮忙自己不努力，永远也走不出这块贫穷的沼泽地。弟弟聚精会神地开着车，话题又到了马上读高二的侄子身上。

"你也得好好加把劲儿，考上个好大学就是给家里省钱呢！"弟媳妇对侄子说，"真要是考上个民办大学，两万多的学费，你说这书是念还是不念？"

听到这话，我想起来我的一个朋友，她儿子考的就是民办大学，两万六千块钱的学费再加上生活费，每年都得实付五万才能就读。如此大的数额当时听得我不由倒吸一口冷气，而这个数字对于弟弟这样的贫寒之家来说实在是难以承担，如此一想我更为侄女能够一举考入名校而庆幸不已。

侄子的学习成绩比起他姐姐有点逊色，但是我觉得每个人脑容量不同，学习成绩也不能一概而论，只要孩子努力了就行，起码在奋进的年代不要给自己留下遗憾。

夜色昏暗之后，车子稳稳地开进了阔别已久的家，这个熟悉得不能再熟悉的小院。弟媳妇抢先一步进了屋打开电灯，冷落了很久的房舍顿时充满了欢乐的气氛。

大家伙儿七手八脚地往回拿东西，小侄子满脸欢喜地拎着那盒小龙虾不肯放手，我故意问他："你咋不放下，这是要干吗呀？"

小侄子顽皮地央求我："大姑，我想吃。"

我假装诧异地说道："不行啊宝贝儿，这是准备明天给客人吃的，你们今天吃掉了，明天桌子上岂不是少了一道菜？"

小侄子一脸的不情愿，但还是把手里拎着的小龙虾放回到冰箱里。弟媳妇开始张罗着做饭菜。因为回来得太晚了，有的人家已经关闭了电灯，进入了梦乡，而我们还要为明天的请客做准备。

之前在市场的摊位上买了两袋玉米饼。弟媳妇先把毛豆和花生提前焊出来，这样明天就省去了不少事情。然后她用萝卜熬制了一盆汤，里面放进了刚买回来的大虾，平淡中透着虾的清香，一家人就着玉米饼子吃得津津有味。

等到休息的时候都已经十点多了。我躺在炕上翻来覆去睡不着，想起了娘在世时候的许多往事。那时我常常回来探望，现在大家都为了生活东奔西跑，很少能聚在一起。如今回来，心情却依然如故，依然像娘活着的时候那样对这里恋恋不舍。想到弟弟和弟媳妇拿我这个姐姐没当外人，孩子们对我也很亲近，这让我的内心倍感温暖。

迷迷糊糊地一觉睡到天明，醒来的时候弟媳妇已经坐起来了，她说她凌晨两点多就醒了，再也没睡着。她是为这个家操持得太过劳累了，从早到晚，从春到秋，日日年年。现在的她一如当年的我，被生活的碾盘压得喘不过气来，看着都让人心疼。

早上起来，我们就开始忙乎一天的事宜。弟媳妇独自在灶台上忙碌，准备一家人的早饭和中午的宴席。弟弟和小侄子爷俩收拾屋子，将不用的东西归拢到外面的小铁房里。小侄女也加入到收拾卫生的行列，用一块抹布把窗台上落下的灰尘擦得干干净净，将玻璃也擦得一尘不染。

起个大早，赶出来不少活计。经过两个多小时的打扫，整个屋子已经变得明亮整洁，靓丽如初，恢复了昔日的风采。

将近正午，客人们已经陆陆续续来到了。其实本来弟弟没打算惊动太多亲友，怕给别人增添不必要的麻烦。但是消息不经意走漏，有两个小辈份的侄女和外甥前来祝贺，还有二哥的同学也赶来道喜，让弟弟一家无上感激。

二哥从家里带来了好酒、鱼、牛羊肉和烤炉，他们别出心裁地在院子里架起烤炉，烤起了肉串。经过一番准备工作，不一会儿，安静的小院落便开始变得烟雾缭绕，一种烤肉的熏香直往大家的鼻子里钻。

侄子和侄女围着火炉转个不停，给客人们挨个递上烤肉串，他们自己也时不时地吃上一串品尝，整个院落被一种欢乐祥和的气氛笼罩着。

时近正午，赴宴的至亲好友都已经到齐。弟媳妇已备好了一桌子丰盛的菜肴，虽然不是什么高档菜系，但是也费了好大功夫。清蒸鲈鱼、炸鸡翅、红烧肉、熏鸡、香肠、油焖小龙虾、焊毛豆……一个人煎炒烹炸忙得热火朝天，终于在大家就座之前，把这一大桌子菜端了上来。

吃饭的时候，大家围绕着农村生活的前景展开了话题，谈得兴趣高涨。二哥吃了一口菜，饶有兴趣地侃侃而谈。

"以后我退休了，有空就回来住几天。这里空气清新，远离喧闹的城市，多好！"

他的同学也兴致勃勃地应和。

"是啊！你到时回来也带上我，咱们一起在农村住住，这里比我的别墅要好多了。"

弟媳妇无奈地笑着说："农村是好，就是挣不着钱，城里闹得慌，可是有进项。如果不是为了供孩子上学，我们也不会撇家舍业地跑到城市里讨生活。"

我也不无自嘲地说道："现在城里人想来农村，农村人想进城，人们都怀着各自的目的各取所需。不是农村人愿意离开家乡，是生活的压力逼迫着不得不走进城市。"

看着弟弟现在的窘境，我又一次想到了昔日的自己，想起了曾经那种狼狈不堪的生活。每天东求西借，拆了东墙补西墙。那些入不敷出的日子，脖子上像被套上了一个枷锁，让人喘不过气来。最后不得不背井离乡，去往陌生的城市寻找出路。

想到这里，回过神来，见一盘子红彤彤的小龙虾大家都没有动筷子，怕客人是因为够不到，我就把它专门摆放到了桌子中间。饭毕，二哥站起来指着桌子上的菜评点着。

"买这个小龙虾干啥？还不如炒点青菜吃。还弄什么炸鸡翅，现在谁吃啊！"

我愣了一下说道："这个小龙虾是我主张买的，还挺贵的，也不知道你们不爱吃。"

二哥笑道："嗨！这小龙虾都不如我自己做得好吃。"

二嫂接着说："我家闺女都是买回来自己做，放好作料，一做一大盆，她们可爱吃了。"

我们都尴尬地笑了笑。这些上档次的东西，不是我们能经常消费得起的。看着没有被翻动过的小龙虾，我的心里涌起了莫名的惆怅。

人们退回到沙发上谈论起别的话题，弟弟召唤孩子们过来吃饭，小侄女转身进了屋。几分钟之后，姐弟俩一起从屋里走出来，当他们看到桌上红彤彤的小龙虾时，脸上都露出了惊喜的神情。这是小侄子垂涎已久的美食，如果不是因为今天要招待客人，也许这盘小龙虾早已经成了他们的口中餐。

姐弟俩直接坐到了离龙虾最近的位置上。小侄女灵巧地扒开虾壳，将虾肉小心地放进嘴里咀嚼着，吃得津津有味。小侄子则吃得眉飞色舞，一边吃一边朝着爸爸妈妈狡黠地眨着眼睛。

一会儿工夫，一盘麻辣小龙虾在他们的合力围攻下，就被风卷残云般吃得干干净净，桌子上只留下了一堆凌乱的虾壳。

小侄子吃得余兴未尽。也许是对那种麻辣味道情有独钟，他把他妈妈为大家做的红烧鸡翅放在龙虾汤汁里蘸料吃。看着孩子们一脸贪食的相，我感觉到鼻子一阵酸楚。没想到几个大人没看上的菜肴，却成了两个农家孩子难得享用的美食。

当我们竭尽全力为每一天打拼的时候，迈出的每一步都让人感到步履维艰。生活处处需要钱，而有限的经济资源也必须用在刀刃上，好像浪费一点都是一种罪过。

正在这时，一封红色烫金的大学录取通知书邮寄到了家门口，小侄女满心欢喜地把它接在手中，一张充满朝气的脸上露出了灿烂的笑容。

众人围在一起传阅着这份家族的荣耀，对考入重点大学的侄女赞不绝口。这一时刻，弟弟和弟媳妇所有的付出都是值得的，他们的背井离乡，他们的操劳和坚持，为孩子的未来构筑了一道坚固的桥梁，让他们有了通向未来的勇气和希望。

中国，廉洁自律的典范

杨从彪

风卷雪，

怀念总理心欲裂。

心欲裂，

滂沱泪雨，

冲洗山岳。

丰功伟绩映日月，

壮志未酬后人接。

后人接，

旗奋霹雳，

雷除妖孽。

——杨从彪1976年1月8日作《周恩来》

  这首诗是周总理逝世后我急就而成，后来发表在《西藏文学》上。记得当时在西藏拉萨劳动人民文化宫为总理设了灵堂，拉萨各族人民排成一二里的长队前去悼念，各族人民无不落泪，放声恸哭。我也是向总理挥泪告别的其中一员……

  周总理离开我们已经四十多年了，但他的飒爽英姿、音容笑貌至今还历历在目。他是廉洁自律的典范，让我们看看他的衣食住行吧！

  周总理仅有的几套料子服装，大都穿了几十年，有的破损了，补后继续穿。一次，他穿补过的衣服接见外宾，工作人员说这套礼服早该换啦，他说："穿补了衣服照样可以接待外宾。有点痕迹不要紧，别人看着也没关系，丢掉艰苦奋斗的传统才难看呢！"他穿了几十年的破旧睡衣、皮凉鞋和第一代上海牌国产手表等已作为珍贵文物，存放在中国历史博物馆。

周总理吃得很简单，主食粗粮，副食一荤一素一汤。他规定工作餐标准为四菜一汤，均为家常饭菜。他说："四菜一汤既经济又实惠。"他在外地视察或开会，同大家一起排队买饭，吃一样的饭菜，不搞特殊化，离开时一定付清钱和粮票。他不仅自己这样做，还要求其他领导干部也这样做。一次，在飞机上吃饭，掉了颗饭粒在桌上，周总理连夹两次才夹住饭粒放进嘴里吃了。他请客吃饭一律自费。他客人很多，有来拜访的，有来谈话的，还有来请示工作的。每当快要吃饭时，他总是说："别走了，一块儿吃饭吧，今天我请客。"他请客吃饭，一般都是简朴的家常饭菜。1952年初夏，他邀请冰心夫妇到西花厅做客，共进晚餐，吃四菜一汤，唯一的好菜是一盘炒鸡蛋。冰心回忆说："使我感到惊奇的是总理的膳食竟是这样简单，高兴的是总理并没把我们当外人。"

新中国成立初期，周总理搬进中南海西花厅，一住就是二十六年，直到去世。西花厅是乾隆年间修建的老式平房，潮湿阴冷。身边工作人员于心不安，多次提出修缮，但他坚决不同意。1959年底，趁他和邓颖超出差去外地时间较长，工作人员对西花厅进行了保护性维修。他回来一进门就惊讶地问："这是怎么回事？谁叫人修的？"还说："我身为总理，带一个好头，影响一大片；带一个坏头，也影响一大片。所以，我必须严格要求自己。"工作人员只能按照他的要求，撤掉了新添置的地毯、沙发、窗帘、吊灯等陈设。事后，他在国务院会议上做过三次检讨，向到会的副总理和部长们说："你们千万不要重复我的这个错误。"

周总理经常乘坐红旗轿车，对自己乘坐的轿车没有什么特殊要求，他说："别人不坐我坐，我喜欢国产车。"国家进口了一批奔驰车，有关部门想给他换一辆。他不同意，严肃地说："那个奔驰车谁喜欢坐谁坐去，我不喜欢，我就坐'红旗'车。"在用车问题上，他公私分明，毫不含糊。他去理发、看病、探亲访友、看戏等，都算私人用车，总要叮嘱身边工作人员照章付费，从工资中扣交。

周总理不收受馈赠礼物。1961年春节前夕，他收到家乡淮安县委托人捎来的莲子、藕粉等土特产，当即委托办公室回信，并寄去一百元钱，信中说："周总理和邓颖超认为，在中央三令五申不准送礼的情况下，你们这样做是不好的。"还有一次，他过去的一位老警卫员给他捎来一筐新鲜橘子，他问清值二十五元钱后，让人寄去五十元，并说："多余的钱让他处理，不这样做，就制止不了他，这样以后他就不再送了。"

周总理自己一生清正廉洁，对家族的亲人也要求严格。解放初期，他把亲属召集起来开会说："旧社会，一荣俱荣，一损俱损。现在是新社会了，不能搞旧社会的裙带关系。我是人民政府的总理，共产党的总理，是干革命的，不能有私心，不能徇私情。如果我介绍亲朋好友到各部门任职，就可能上行下效，造成一种不正常的现象，形成一股不好的风气，危害极大。千里之堤，溃于蚁穴啊！"在二十多年的总理生涯中，周家逐渐形成了十条家规：1.晚辈不准丢下工作专程去看望他，只能在出差顺路时去看看；2.来者一律住国务院招待所；3.一律到食堂排队买饭菜，有工作的自己买饭菜票，没工作的由总理代付伙食费；4.看戏以家属身份买票入场，不得用招待券；5.不许请客送礼；6.

不许动用公家的汽车；7.凡个人生活上能做的事，不要别人代办；8.生活要艰苦朴素；9.在任何场合都不要说出与总理的关系，不要炫耀自己；10.不谋私利，不搞特殊化。

这十条家规是周总理高尚人格的写照，展示了共产党人处理家国关系的崇高境界。周总理多次表示："我的任何亲属来北京都不派车。"就连淮安老家唯一的长者——他的八婶母，解放初期两次到京，他也没有派车接过。他弟弟周恩寿上世纪二十年代参加大革命，解放后在工业部门工作，后因病不能正常上班，被有关部门安排到内务部任参事。周总理反对这样安排，多次找当时的内务部部长提意见，并在一次会上说："周某人的弟弟在内务部做参事，不管是什么原因去的，总没有好影响。他在工业部时能够工作，我不干涉，现在当参事等于拿干薪，就要考虑了。"会后，他要求内务部按有关规定给弟弟办理病退手续。周恩寿病退后，从1950年到1968年在哥哥那里领取生活费，从每月一百零五元到一百二十元，后来增加到二百元，直到周恩寿的六个孩子全部参加工作为止。

周总理对待晚辈要求严格，他说："不要因为我是总理，就自认为有什么特殊，造成不好的影响。上几代，周家是个封建大家庭，你们要自觉改造自己。不能学八旗子弟。"

侄儿周尔辉的父亲是烈士，总理将其接到北京抚养。当时北京办有干部子弟学校，是专门培养烈士、高级干部子女的，条件相当好。但总理没有让周尔辉上这样的学校，而是让他到普通学校就读，还特意嘱咐无论是领导谈话、填写表格，还是同学之间交往，千万不要说出与他的这层关系。后来，周尔辉在北京一所大学任教。1961年他结婚时，学院领导为了帮助他们解决夫妻分居的难题，特意把他的爱人从淮安调到北京。周总理知道后批评道："这几年遭受自然灾害，中央调整国民经济，北京市大量压缩人口，国务院也正在下放、压缩人员，你们为什么搞特殊化，不带头执行？"他还说："任何时候都要防止特殊化。"在他的说服教育下，侄儿、侄媳最后一起调回家乡工作。

1968年，周总理的侄儿周秉和与侄女周秉建先后赴延安和内蒙古插队。由于表现好，1970年经当地群众推荐，二人按照正常手续，分别应征参军。当周秉建穿着军装到北京看望伯父、伯母时，周总理说："你参军虽然符合手续，但内蒙古那么多人，专挑上了你，还不是看在我们的面子上？我们不能搞特殊化，一点也不能搞。"经过耐心动员，周秉建回部队后写了离队报告，但部队领导仍想挽留。周总理向总政和有关军区负责人提出："你们再不把孩子退回去，我就下命令了。"周秉建终于脱下了军装，返回内蒙古草原。在延安插队的周秉和也遇到了同样的情况，也办了离队手续，从新疆回到延安劳动。

秘书叫司机送两个来京探望周总理的晚辈去看戏，周总理知道后批评他们："这是搞特殊化，破坏了家规。"并交代秘书："记上账，今晚交双倍车费，扣我工资。"

周总理解放初期视察北京101中学时，以清朝八旗子弟为例，告诫干部子女不要搞特殊化，不要脱离劳动，不要脱离群众。他说："你们如果搞特殊化，脱离了群众，人民是不会答应的。"

1963年5月，周总理说："我们领导干部，应该做出表率，不要造出一批少爷。老爷固然要反对，少爷也要反对，不然我们对后代不好交代。"他引用秦始皇溺爱秦二世，结果秦朝亡于秦二世的教训，要求大家以史为鉴，"我们决不能使自己的子弟成为国家和社会的包袱，阻碍我们的事业前进。过亲属关说起来容易，做起来就不那么容易了"。

我们的领导干部不妨认真反思一下自己是如何处理家事与政事的关系的，是如何要求亲属子女的，又是如何教育下一代为人处世的，给他们树立了什么样的亲情观、身份观、权力观。领导干部就这些问题应向党和人民交上一份合格的答卷。

德为人之本。德，就是人的德性，德性是灵魂的力量。周总理用他无私奉献的精神为我们党和国家树立起一座不朽的丰碑，这是他高尚人格的缩影，是他闪光灵魂的轴心，是我们不断前进的动力。"淡如秋菊何妨瘦，清似莲花不染尘。"我们要以周总理为榜样，构建与社会主义市场经济体制相适应的廉政体系，为党风廉政建设和反腐败斗争提供强有力的支撑。周总理的廉正形象光炳千秋，永放光芒！

红岩笔记

胡德江

对于一个农民家庭出身的干部来说，驻村是一种回归。2017年以来，我在鸡场坡镇红岩村任驻村第一书记，结识了不少农民，他们是我的乡愁……

朱万祥的那块地

青岗寨子贫困户朱万祥，种几块瘦地，打点零工，供五个孩子读书，生活窘迫。这是我驻村时一件难以割舍的心事。

朱万祥夫妻俩挺勤劳，起早贪黑，上坡下地，把天种亮，把地种黑，总想把五个孩子供出头，总想把日子过好。

农村大兴退耕还林，发展林下产业，他挺积极，把自己的全部田地退下来，栽上科技桃，一心指望着那片桃林，梦想过上《在那桃花盛开的地方》所歌唱的生活。那一年，他还入了党，凡是村里安排的工作，他都做在前头，是村里树立的农民好榜样。可是那片桃林花是开了，果是结了，但个头小，酸不溜秋的，像山上结的野毛桃。别说摘去卖，就是送人吃都没人要。这对他的打击很大，从此，他含泪丢下那片桃林，只顾种岩旮旯里的那几块瘦地。瘦地不出粮食，只能种红薯、黄豆之类的杂粮，杂粮卖出的钱，不够五个孩子读书生活费，夫妻俩要天不亮时就抢在别人前头进城背背篼，挣苦力钱，才能勉强供孩子读书。为了供孩子读书，家里也喂不起猪牛，夫妻俩吃不像吃，穿不像穿，实在撑不下去了，只好含泪把当时还在读高中的大儿子叫出去打工。可是大儿子打工没半年，就摔断腰杆，常年在家卧床不起。而朱万祥除了要照顾儿子，还要照顾本已卧床不起的岳母，这无疑是雪上加霜。我来驻村，看到这样的贫困现状，感到揪心，责任感、良心无时无刻不受到鞭策和谴责。

我给朱万祥算过一笔账。四个孩子，两个读大学，两个读初中，有国家"三免一补"教育补助、"营养餐计划"作主要支撑，剩下就是孩子们平时的其他生活费用，每月至少还要一千六百元，相当于"低保"。瘦地种杂粮根本种不出钱，夫妻俩主要靠打零工挣钱，每月收入两千元。除了供孩子，剩下的四百元只能勉强维持夫妻俩的生活。要改变现状，还得另找出路。

我一心想改变朱万祥的生活现状，三番五次去找他，和他摆心事，找出路。2018年，我去林业局给朱万祥争取到了村护林员的指标，每年有一万元的生态补助。年底，县里开展"党的政策进万家"活动，要送电视机给贫困户，我便给朱万祥送去了一台。朱万祥爱看中央广播电视总台农业农村频道，从中掌握了许多科技致富信息，他对脱贫致富又充满了信心。2019年，我帮朱万祥找工作，联系了化处镇一家朵贝茶场，要了两个员工名额，包吃住，每月纯赚六千元。我动员朱万祥夫妻做茶场工人，这样收入就会大大提高，可朱万祥嫌打工地点较远，照顾不了病卧在床的儿子和岳母。于是我又在城里要到了一家农业园区的两个员工名额，这样他们离家较近且收入也比较可观，可是朱万祥同样说不想做。我失望地问他："你到底想干吗？你要尽快摆脱困境啊！"朱万祥沉默半天，只说一句："谢谢你的好心了，胡兄弟！"

朱万祥是有心事的。我告诫自己不要急，不要逼他，要找机会慢慢开解他。

今年春节，我去看望朱万祥，给他带去了一件衣服。那件衣服是我买给我女儿的，我女儿嫌不时髦，放着不穿，我就索性带去给朱万祥女儿了。我也怕他女儿嫌弃，不想她女儿穿上去漂漂亮亮的，笑得像朵花。朱万祥也笑了，他从来没有这样开心地笑过。我趁机问他："万祥哥，你不打工，要做什么呢？"朱万祥这才说真话："其实，照顾儿子、岳母都是次要的，我心里头还是放不下那片桃林，放不下我的土地。我要把桃林砍了，种蜂糖李。在哪里倒下就在哪里爬起来，我还是相信政策和科学！"听了朱万祥的心里话，我真想上去拥抱这个农民兄弟。

开春，我牵挂着朱万祥，我想赶快到他家去，和他一块盘活那块土地……

杜仕琼的危改房

杜仕琼老人在贵阳捡了十多年垃圾，2018年却突然回村要住房来了。

她原来家住红岩村大土寨，2000年死了丈夫，改嫁到织金，没过几年又死了丈夫，就到贵阳捡垃圾为生。人老总要归根，2018年她回村了，在寨子里这家住几天，那家住几天，吃转转饭，最终却睡在寨子路边一个废弃的厕所里。寨子里的人都认为她疯了。

有一天，她跑到村委要房子住。有的村干部也认为她是疯子，说她嫁出本村已经十多年了，曾经还享受过农村危房改造政策，现在却睡厕所，还是正常人吗？我想，疯子也是人，绝不能让人睡厕所。杜仕琼的事，便成了我驻村的又一件揪心事。

寨子里有人告诉我，杜仕琼并没有睡厕所，晚上是睡在她二哥家，铺张床在厕所是摆样子，做给人看的，目的是要危改房。

　　有思想的人会是疯子吗？我决定对杜仕琼住房问题作专题调查。我先把她接到村委，听她讲事由。然后查户口，查村危改户档案，走访大土寨子群众。其实，杜仕琼人虽改嫁到了织金，户口却还在红岩村。2000年她曾享受过农村危房改造政策，可是房子刚下完基脚，她的丈夫就死了，房子便没砌成，之后她就跟着织金人到织金去过日子了。她有三个儿子，都在外打工十多年，没回村看望过老人，对杜仕琼老人没尽过孝道。杜仕琼也没有疯，她讲话思路清晰，也会说感谢之类的话。她老屋基前面有一棵枇杷树，枇杷熟了，她还专门跑到村委，叫我去摘枇杷吃。这是一个挺善良的老人。她只不过是遭遇不幸，从城里捡垃圾回来，没着落了才睡厕所，人们就认为她疯了。

　　现在，杜仕琼老人一个人生活，无房住，愁吃穿，挺艰难。她是需要精准扶贫的一个典型对象。我打听到她儿子们的电话，试着联系过好几次，可就是联系不上。我和村支书、村主任商量如何解决杜仕琼的问题。村支书、村主任都说，村里还有一间卫生室，先让杜仕琼老人住下来。"走，去接杜仕琼先住下来。"一听之下，我边催边说。

　　安顿了杜仕琼，我着手整理调查报告，之后向镇里汇报，建议及时解决杜仕琼危改房和低保的问题，确保她吃穿不愁，有住房。镇里很重视这件事，马上向村里安排了杜仕琼的危改房和低保。可是，又面临新问题。危改房资金不够砌房子，杜仕琼也没钱垫，又不想要危改房了。我和村支书、村主任分别上门去找她亲戚做思想工作，开了个家庭院坝会，事情才算落实下来。她的一个侄儿愿意为她添补建房资金缺口，其他亲戚、邻居都愿意出建房义务工。

　　杜仕琼的危改房就这样建起来了。

　　来年初夏，她住进了新房。那天，她专门到村委找我，请我去看她的新房，一副乐呵呵的样子。我当然高兴了，兴冲冲地和她一起去看新房。只见初夏的阳光洒满新房，青瓦白墙，新崭崭的。那棵老枇杷树庇护着新房，金灿灿的枇杷缀满枝头，人站在院坝上，伸手可摘。

他们的病

在巩固拓展脱贫成果工作中，我深切感受到脱贫群众的生命健康与巩固提升脱贫成果息息相关。他们的病，是我心头的痛。

农村人怕病，生不起病，一人病全家贫。绝不能让一个脱贫人口返贫，那是我们驻村帮扶工作瞄准要做的事。

菜籽冲苗寨祝永学老人，七十来岁，低保户。因为胃病常年卧床，胃一痛就遍地打滚，只敢喝稀饭，怕吃一口好的。他家就在村委隔壁。驻村的第一天，我听到有人在隔壁呻吟，便去找人。到了他家，只看见他在床上疼得打滚，他的老伴站在旁边干着急。我急忙问他哪里痛，他说胃痛，老毛病，十多年了。我急忙开车去村诊所抓药，回来给他喂药。吃了药后他好了点，抓住我的手紧紧不放。我安慰他，让他好好养病，现在国家医保政策好得很，医疗治病有国家兜底，先医人不用垫钱。他不信。我说这事你不用操心，我会给你办好的。他仍然不相信。我把手机号留给他，说："有啥难事就打电话给我。"

第二天一早，我打电话联系县医院院长、县民政局局长，为祝永学老人做好住院准备工作，局长、院长很爽快，干净利落地安排好了住院绿色通道、出院医疗报销等事宜。我开车送祝永学老人去县医院，为他办好一切住院手续。当我把他安顿在病房，让他在病床上躺下的时候，祝永学又一次拉着我的手紧紧不放。他说："不敢相信是真的，胃痛十多年，不敢买药，不敢住院，怕用钱……"我说："你是贫困户、低保户，治病有国家保着，不用你花钱。"祝永学说："哪晓得啊，病怕了！"我让他好好住院治病，出院时还要来接他回家。

半个月后，我接到祝永学从医院打来的电话，首先听到他一串爽朗的笑声，然后他说："好了好了，肚子好了，吃饭香了，我要出院了！"我说："我马上去接你。"我安排好手头的工作，便开车去接祝永学回家。

祝永学的病好了。每天从村委出来经过他家，他都要拉我去他家坐，听他忆苦思甜。他每天起得早早的，悄悄帮我们打扫村委院坝。我劝他别扫了，我们年纪轻轻来驻村，自己会扫。可是老人家倔得很，每天只顾埋头扫地，他要用这"倔"的方式来答谢我们。我们只好每天陪他扫地，不仅扫村委，还扫寨子串户路。后来我们聘请他做村卫生保洁员。

每逢大年初一，祝永学都会打电话来，要我去他家过年。2019年春节，我提起果品来到他家，他做了几大钵肉招待我。腊肉片子有指头厚，他和老伴直往我的碗里堆腊肉，堆得尖尖的。我说："您老肚子好了，吃给我看看香不香。"祝永学急忙夹起一大片腊肉往嘴里送，连说："香香香。"祝永学劝我吃肉，说："你快吃，尝尝我家腊肉香不香？"我急忙学他那样吃肉，也连说："香香香。"

红岩脚脱贫户黄慧慧，曾经患肺结核十多年，瘦成一把骨头，躺在床上等死，让人看了揪心。她有五个娃娃，大不大、小不小的，家里全靠丈夫刘德贵一个人撑着，日子越发艰难。驻村第一天，我走访她家，当时她正躺在床上呻吟，床边爬着两个还不到读书年龄的孩子。我坐在她身边，与她聊天，了解她的病情和生活状况。她说话上气不接下气，我不忍心再打扰她，便留下手机号码，说等刘德贵回来就叫他找我。当天晚上，刘德贵打来了电话，我对他说："你妻子的病不能再拖了，我会联系好医院，我们送她去住院吧。"刘德贵激动得半天说不上话。

当天晚上，我打通了县医院院长、县卫生局局长的电话，说："没办法了，只能三番五次找你们领导了，这次是保命大事。"院长老家是红岩村的，通情地说："送来吧，开绿色通道，尽医院最大能力救。"

天不亮，我和刘德贵一起把他妻子送到了县医院，办了不垫钱先救人的事宜。黄慧慧住院了，眼角流下泪水，直叫我是好人。我说："我也是农村人，知道农民苦。"我鼓励她好好治病，说现在国家医疗技术先进，病会慢慢好的。

过了一个月，刘德贵来找我，说医院停药了，那种药医保不报销。我打电话给院长，院长说确实如此，那种药不在医保范围。我问用那种药一年要花多少钱，院长说要七八万。我无奈，不能眼睁睁见人死啊。院长说："跟卫生局局长说吧，只有这办法了。"我急忙打通局长的电话，向他求情。局长说："人命关天，你这个驻村书记我服了。"黄慧慧能继续用上保命药了。这时我看见刘德贵蹲在墙角哭泣，我把他扶起来，说："没事了。大丈夫不落泪。"

过几天，刘德贵又来村委找我，一句话不说，扔下一条烟就跑了。我追上去把烟扔给他，大喊："德贵哥，不能这样，黄慧慧的命，我也担一份！"过后，村里落实县养牛项目，我打了五千元养牛款到刘德贵的"一折通"上，好让他家里有头耕牛。村里召开民主评议会评低保户，我把黄慧慧一家列入推荐名单，后来村民代表全票通过了。大家都认为黄慧慧一家的生活有了兜底保障。

黄慧慧在县医院医了两年多，最终没保住命。那天晚上，刘德贵打电话告诉我，她死了。让我到时去坐夜。我说："我一定去。"这是我的痛心事，我一定要去看黄慧慧最后一眼。

菜籽冲贫困户王兴贵老人，在一天黄昏，突发脑梗死，昏倒在地上，只听见他儿媳大喊："救命——"我从村委跑到他家，见他儿媳把他抱起，直掐人中，人已奄奄一息。我急忙和寨子里的人抬他上车，赶赴县医院抢救。王兴贵已危在旦夕，县医院不敢接收，要求转安顺市医院。时间就是生命，我用身上仅有的七百元钱租了辆救护车，火速转往安顺市医院抢救，终于抢回了王兴贵老人一条命。

现在，王兴贵老人能坐在院坝上晒太阳了，一见到我，就乐呵呵地笑着打招呼。

小康不小康，群众要健康。杨明富、毛忠琼、夏志琼、杨国辉、刘焕文……我几乎走遍了红岩村所有农户病人，力所能及地帮助他们解决医疗救助保障。一人病全家贫，治病就是治贫，绝不能让一个脱贫户返贫，这是我们巩固提升脱贫成果的精准把脉。治病脱贫，防病返贫，刻不容缓，我将永远走在驻村帮扶乡村振兴的路上。

那些花儿

在红岩村驻村，我老牵挂着那些留守儿童。

每年过完年，农民工们就全部外出了，留在村子里的儿童纷纷躲在墙角，样子让人心疼。

村委是原来的红岩小学，那个操场，就是那些留守儿童玩乐的天地。工作之余，我就站在窗前，看他们嬉戏，听他们唱歌。

有几个小姑娘很可爱，她们在操场玩着玩着，会悄悄上楼来，躲在我的窗户下面，然后悄悄伸出脑袋瞅我。有时候，我会假装没看见，拿一本书挡住脸，听她们唧唧啾啾议论。有时候，我会对她们做个鬼脸，她们就会像一群小鸟一样叽叽喳喳地飞散了。这样的次数多了，她们不怕了，常常大大咧咧走进我的办公室，翻我的书，小大人似的问这问那。

每逢村食堂开饭，只要见到她们还在操场玩耍，我就叫她们一起吃饭，吃完饭，她们给我洗碗，给我唱歌。

每逢回家，我都要带点糖果去哄她们，离开时，她们都会躲在墙角，目送我走远。等到回村时，她们就都从墙角飞出来，迎接我。每次开车路过红岩小学，我都要等她们放学，任凭车内充满欢声笑语。

她们是李欣欣、熊思颖、李琼香、祝全雨……一群可爱的孩子。其中的李欣欣，不爱说话，每次见到我，只是笑。后来知道，她爹妈在浙江永康打工十年，只有头几次过年才回家。我在贫困户留守儿童档案上记下李欣欣的生日，待到她生日那天，我进城买了一包糖果，专门挑了一个布娃娃，和那一群留守儿童一起，为她过生日。那一天，她紧紧搂着布娃娃，背过身去，只顾悄悄落泪。"祝你生日快乐！祝你生日快乐！"我一边拍手一边唱，孩子们一个个接着拍手接着唱。小欣欣眼角挂着泪珠，笑了。

2018年过年，她的爹妈回家了，专门请我去他们家坐，还邀请寨子里我认识的朋友作陪。其中有个朋友笑着说："如不嫌弃，就让欣欣认你作干爹吧。""好啊！"我开心地答应了。朋友说："其实，红岩的留守儿童，都是你的儿女。"

红岩村这样的留守儿童一共有五十六个，每年"六一"节，我要带上五十六个书包和五十六个文具盒，去和他们一起过节。我对他们说："孩子们，你们的爸爸妈妈外出打工，是因为爱家，爱你们。只有你们好好读书，他们才不会牵挂，也只有你们好好读书，他们才能安心打工。这才是你们对他们最好的报答！"

每当红岩的春天到来，刺梨花开满山，油菜花开满田野，我就带着那些留守儿童去踏青，看他们奔跑在山坡田野，听他们的笑声在山川河流飘荡……

子在川上曰

汪爱芬

子在川上曰："逝者如斯夫！不舍昼夜。"时间像流水一样不停地流逝，令人不禁感慨人生世事变幻之快，难怪孔子以此比喻警醒世人要"惜时"。纵观历史，数不清的志士仁人用自己的一生阐释着这句话。"朝闻道，夕死可矣。"有圣人训在前，为闻圣人之道，誓者如斯，不舍昼夜。学习圣人之道的君子，从"闻其道"始，便在这条河流中后浪推前浪，前赴后继，生生不息。

那是一条叮咚作响的长河，时而泛起波澜，时而开阔平缓，它像一条绸带穿过我和你时常经过的巷陌，它让我的生活和灵魂均有依托。每当我在溪水里漫溯都能感受到这里的阳光灿烂，这里的水波温柔，它是这样的慷慨与清澈。

伴随耳边的潺潺流水声，游路尽头处，顾盼浏览，有多少清正廉洁、务实开拓的人被人民爱戴；踱来荡去间，趋退俯仰，又有多少人因挺直脊梁、克己奉公而被我们赞颂。浪涛滚滚，无论是明朝强令贪官污吏退田还民、被誉为"海青天"的海瑞；还是铁面无私、廉洁公正，被誉为"包青天"的包拯；抑或是北宋时期，凭借一身才华，从未动摇政治理想，一直克己奉公的政治家、文学家晏殊……这些两袖清风的廉洁之士，用他们的行动，用他们的一腔热血，为我们树立了清正廉洁的榜样形象，也因此被后世所铭记。

你听！牛玉儒、任长霞、梁雨润、张建国……一个个普通而响亮的名字响彻长河两岸。牛玉儒燃烧自己照亮大家，一个富于激情的干部，就像一部发动机，既能带动一班人，还能感动更多的人，在他的身上，体现了中国共产党人廉洁奉公的宝贵品质。还有立警为公、执法为民的任长霞。她一年工作四千六百个小时，在自己的岗位上坚守原则、忠诚于党和人民。曾有八旬乡间老妇讲述着她装成收兔毛女人的故事，那是任长霞为打探黑帮消息而作的乔装打扮。鸣冤告状的群众也记得她边接案子边掉眼泪的场景……任长霞曾说过："在我这儿没有金钱能打通的关节，只有公正的法律。"他们就是大写的"人"，用纯洁的信仰、刚正的品行铸成一座座丰碑，成为我们去践行的榜样。

你看！她是幽暗的大山里专程为孩子们所亮的明灯，是崖畔的桂、雪里的梅。她致力于教育事业，从豆蔻年华奋斗到白发苍颜。她就是大山的女儿，孩子们口中的妈妈——张桂梅校长。她响应党的号召，毅然到云南支教，这一去便是几十年如一日的粉尘飞扬。她痛心于农村贫困家庭的不幸，用行动让上千名山区女孩考入大学，让她们尽情地拥抱那来之不易的属于自己的未来。由张桂梅校长所建立的第一所免费女子高中——华坪女高的校训是这样说的："我生来就是高山而非溪流，我欲于群峰之巅俯视平庸的沟壑；我生来就是人杰而非草芥，我站在伟人之间蔑视卑微的懦夫。"短短几句话，让我们看到的是厚积薄发的豪言，是红梅傲骨，是大爱无疆的张桂梅校长对我们青年人最诚挚的警诫。

张桂梅校长的清廉是清贫的"清"。有人说，张桂梅除了一副瘦弱的身躯是自己的外，没有孩子、没有亲人、没有家。她却不以为然地笑着说："我有一颗火热的心，这颗心里有党、有人民、有学校、有千千万万的孩子，我什么都有！"虽然处境艰难，但她依旧不忘初心，坚守自己的信念，让更多大山里的女孩有机会走向这个更美好的世界的同时，也铸造了自己精彩的人生。

你瞧！他们都在岗位上兢兢业业、冰心一片，正因为每个行业中都有这些脊背挺直的人才有我们如今安定和谐的生活。

今天，党的二十大报告指出："腐败是危害党的生命力和战斗力的最大毒瘤，反腐败是最彻底的自我革命。"国家大力倡导廉洁从政，坚持"不敢腐，不能腐，不想腐"一体化推进。近几年，反腐倡廉的电视剧、电影频频上映，如《反贪风暴》《人民的名义》《扫黑行动》以及最近火爆播出的电视剧《狂飙》。我想，这些都是国家在告诫我们的党员干部，要端正思想意识，要树牢底线意识，要保持廉洁从政；也在告诉国民，扫黑除恶反腐行动永远在路上，国家自始至终都会把人民的利益放在第一位，同时也是在鼓励我们全民参与监督，形成良好的全民反腐清风环境。

廉洁，永远是时代的呼唤。廉洁不该只是政党的事、社会的事、某个行业的事。学高为师，身正为范。作为教师，作为时代的一员，廉洁也应该是我们的一张名片。

你想，这条汩汩流淌的河不正是我们每天生活工作的校园吗？这里总是充斥着青春的气息，充满灵动鲜活的生命，那迎着朝阳的一张张笑脸或者课堂上略带狡黠的眼神，都在告诉我这里的天空应该永远湛蓝，这里的河水应该永远澄澈。因为学校是神圣的，是我们工作的地方，更是培育国家栋梁的地方，所以学校也应该是最廉洁、最干净、最公平公正的地方，我们怎么忍心因自己的一时私欲去破坏它的干净和纯粹呢？身为教师，当廉洁从教，不收受不义之财，不贪占公物和他人之物，不受世俗丑行的污染。教师作为心灵的工程师，更要抵住金钱名利的诱惑，坚持自己崇高的职业信念。当公正从教，在教育教学活动中公平公正地对待每一个学生，不因学生的性格差异、成绩差异、家庭状况去区别对待。同时我们教师还要有尊重事实、坚持真理、

实事求是的精神，为学生树立坚持真理、尊重科学的榜样。在教学过程中也要随时修正自己的错误，还真理以本来面目。如果在教学中出现了错误，就要采取实事求是的态度，不能轻描淡写、文过饰非。所谓"教书育人"，除了传授知识不也要教化学生、影响学生吗？假使自己都做不到更何谈"育人"。学生是祖国的未来，我们一定是希望生活在一个公平正义的时代中，这样的时代精神需要无数少年、青年去传承、去发扬，而我们教师更是责无旁贷。

社会里的公平公正需要为官者的清正廉洁，所谓"吏不畏吾严，而畏吾廉；民不服吾能，而服吾公"。校园的纯粹自然则需要我们教师的廉洁从教、端方自守，需要我们"心清似明月，时时勤拂拭"。

踏进脚边这条河，不需侧耳也能听见它在潺潺流淌，它在向我们诉说，诉说它生生不息的清净与澄澈，诉说那一段又一段"惜时廉洁"的光辉……

从"胡公"身上悟为官之道

张升航

宋朝有位官员在逝世后，先后得到宋徽宗、高宗、光宗、宁宗、理宗和元成宗、明太祖的七次封赏。北宋名臣范仲淹专门为其写了墓志铭——《兵部侍郎胡公墓志铭》，内有"进以功，退以寿，义可书，石不朽，百年之为兮千载后"等句，而这短短二十字，却道尽了他崇尚儒家思想，以德正心，身体力行的一生。他就是被百姓誉为"胡公大帝"的北宋名臣胡则。

胡则，字子正。宋乾德元年（963年）八月十三，胡则出生在永康一个叫胡库的小村庄，永康当时隶属吴越国管辖。当时的吴越国"士用补荫，不设贡举，儒风几息"，读书人很少。不过胡氏家族却遵从"为人至乐莫如读书，至要莫如教子"的祖训，因此胡则幼年就已熟读经史，崇尚"以德正心、以义济世"的儒家文化。

北宋太宗端拱二年（989年），二十七岁的胡则考取进士，成为婺州有史以来第一个取得进士功名的文人。胡则历任太宗、真宗、仁宗三朝，先后出知浔州、睦州、温州、福州、杭州、陈州等，按察江淮、京西、广西、陕西等六路使节，并曾担任权三司使、史部流内铨、工部侍郎、兵部侍郎等职。

公元1026年四月，胡则出任杭州知州。到任第三天，胡则就带上了熟悉水务的幕僚，沿钱塘江两岸，对江堤海塘进行勘查。不久，胡则发布主政杭州后的第一道知州令——修筑钱塘江海塘。千里海塘守住的不仅仅是汹涌肆虐的江水大潮，更重要的是民心。胡则此举，为几十年后的北宋另一位杭州知州——苏东坡，治理环杭州水系和西湖的水患打下了基础，也才有了后来"水光潋滟晴方好，山色空蒙雨亦奇"的杭城美景。

胡则虽出身寒素，却立志高远，中举后不忘初心，勤廉为政，宽刑薄赋，兴革便民，敢于担当，政绩斐然。为官四十七年间，他筹督军粮、遣返役夫、智去虎患、整治钱荒、睦邻怀远、重辟平反、力保庄田、改革盐法、兴教重才、修筑海塘，做了许多益国利民的好事。

宋仁宗明道元年（1032年），恰逢长江、淮河流域大旱，老百姓流离失所，因无法吃饱饭而饿死不少人，十分凄惨。而当地的官员却依旧执行原来的税收政策，导致官民矛盾进一步激化。见此情形，年已古稀的胡则挺身而出，直言极谏，向宋仁宗禀明江南灾区老百姓的实际生活情况，并向朝廷建议免除灾区农业劳动人民的人口税。作为中国历史上有名的仁爱之君，宋仁宗听完胡则的汇报与建议后，心情也很沉重，于是下诏令暂时免去江南各地的人口税，并永远免除衢州、婺州两地的人口税。消息传到江南后，许多原本外出逃命的百姓又回到了家乡，两州百姓更是感恩胡则，敬之若神，在今永康方岩的山顶（胡则少时念书之地）立胡公祠以纪念他。

胡则为官期间，可以说真正为老百姓做了许多好事实事。他生前身后受到了从宋太宗赵光义、元成宗铁穆耳到明太祖朱元璋等十位皇帝的敕封与赞赏。著名的有宋高宗赵构亲题"赫灵"两字作为胡公祠的庙额，此事影响力极大，以至于"天下有胡公庙三千"。朱元璋干脆晋封胡则为"显应正惠忠佑福德齐天大帝"。由于称呼太长，老百姓记不住，就简称为"胡公大帝"。

宝元二年（1039年）六月十八，胡则在杭州西湖逝世，享年七十七岁。范仲淹为他作了墓志铭，其中有"富宇量，笃风义，轻财尚施，不为私积""进以功，退以寿，义可书，石不朽，百年之为兮千载后"之语。

古有皇帝敕封赞赏，今有百姓牢记清官。

1959年8月21日，毛泽东主席在庐山会议结束后返京途经金华时，在当地专列上接见了金华地、县委书记，并召开座谈会。座谈会上，主席问永康县委书记："你说你们永康什么最出名？"县委书记脱口说道："五指岩生姜很有名。"主席轻轻摇了摇头，说："不是什么五指岩生姜。你们那里不是有块方岩山吗？方岩山上有个胡公大帝，香火长盛不衰，最是出名的了！"县委书记对主席渊博的知识和惊人的记忆力深为叹服。主席接着说："其实胡公不是佛，也不是神，而是人。他是北宋时期的一名清官，他为人民办了很多好事，人民纪念他罢了。"随后，主席语重心长地说："为官一任，造福一方，很重要啊！"

2003年6月12日，时任浙江省委书记的习近平同志视察永康，他在方岩胡公祠广场镌刻毛主席语录的照壁前深情地说："在宁德当地委书记的时候，我提出来的号召就是'为官一任，造福一方'，把它作为座右铭。"

党的十八大以来，以习近平同志为核心的党中央不断加大反腐力度，打虎拍蝇雷霆万钧，正风肃纪驰而不息，形成了反腐败斗争压倒性态势，党心民心为之一振，党风政风为之一新。"只要存在腐败问题产生的土壤和条件，反腐败斗争就一刻不能停，必须永远吹冲锋号"，党的二十大报告充分彰显了以习近平同志为核心的党中央对反腐败斗争形势与规律的清醒把握，以及将反腐败斗争进行到底的坚定决心与信心。

"为官一任，造福一方"，短短八字，却振聋发聩。正如习近平总书记所说："我们做人一世、为官一任，要有肝胆，要有担当精神。"

我想作为一名青年党务工作者，我们今天要践行的胡公精神，要弘扬传承的"胡公文化"，实际上就是以国为重的为官准则、人民至上的高尚情怀，就是以民为贵、爱民为本、为民服务的精神！只有真正把人民铭记于心，才不会愧对百姓，愧对"为官一任，造福一方"这八个字！

外公家的荷塘

徐浩然

莲子很苦,廉洁很甜。——题记

我在烂泥坑的水塘边,发现了盈盈荷叶中耸立起的尖顶,是荷花要开了!

荷塘是外公的。当初村里分地时,这块地位于村头马路旁,离村中心远,还不透水,村里众人谁都不愿意要,身为党员又是村干部的外公却突然站了出来,要下了这块"狗弃人嫌"的烂地。为此外婆时常抱怨外公自讨苦吃,但外公却总是微笑着说:"这烂地好啊,用来种荷花,有水有土就能活。"于是,一片荷塘就出现在了这儿。

过了些日子,一片白色在碧绿的莲叶中晕开来,花尖沾了点红。水塘边一朵荷花的茎秆折断了,外公挽起裤腿,蹚过没到小腿的淤泥,给我采来。我将荷花握在手中,断柄处伴着一丝清苦味,花瓣是脆硬的,白色中泛着粉红。再看花芯处,一个小小淡黄的"漏勺"长在其中,本来莲蓬将从这里长出来。

外公伏在泥塘里查看莲花的情况,我的脑海里突然冒出一句诗来,"俏也不争春",与冬日的梅花一样,荷花也是不争春的。在春天百花争艳之时,荷花低调地缩于一隅。等到娇滴滴的花朵谢于夏日中时,荷花才露出尖尖角来。

不远处,一根细长的茎秆直挺挺地举着荷花立于淤泥中,白色的荷花在淤泥的衬托下十分醒目。多么高傲的花!可就是这样的荷花却是不讨喜的，未曾见过蝴蝶的身影飞过，顽皮的孩童也不会拿它们来把玩，就连朴实的南瓜花都铺满了蜜蜂，而它们却很少被光顾。荷花长在烂泥堆中，我必须眯起眼睛才能看到点皮毛，若要伸近了脖子看，一不留神还会栽到水塘里去呢。

当蝉鸣乍响的时候，夏日的暴雨像是往莲蓬里不停地打气，起初还小小的被围在花蕊中的一个个莲蓬便膨胀起来。在莲蓬的孔洞中都长着一个小球，这便是莲子。"水塘边没有围栏，没别人来偷莲蓬吗？""谁会来摘这些莲蓬啊？"外公说道，"周围的村民好得很，谁也不会碰。"托荷花这股傲骨的福，长在淤泥中，莲蓬的生长可谓是无拘无束。莲蓬比不上树上满满当当的水蜜桃，更比不上地上沉甸甸的大西瓜，这些水果，哪个不比莲蓬好看，哪个不比莲蓬香甜？况且莲蓬还长在泥潭中，就是孩童也不会来摘。

等到莲子如弹珠般大小，莲子壳冒了尖，采摘就开始了。外公给了我一双雨靴，自己则穿上水裤，背着竹篓便下了水塘，摘起莲蓬来。我穿着雨靴走到淤泥里，泥潭却仿佛把我吸住，等到费力拔出时，外公的身影已经消失在了莲田里。到了黄昏，村口那盏路灯亮起来的时候，外公把最后一篮莲蓬放在水塘边，抹了一把额头的汗水说道："回家咯。"一路上，外公会不断挑出一些莲蓬来送给邻居，就这样半走半送地回到了家中。

"莲子摘来了，快来吃哦。"外公把竹篓一把放在地上，大家便围坐过来。

"直接剥开吃！"再脏的淤泥里长出的莲子都是白净的，不沾染一点污泥，直接用手把莲蓬掰成两半，再将莲子一个个挖出来。未完全成熟的莲子还是软软的，像一粒充盈的水弹珠。我把外面嫩绿的莲子壳剥去一半，露出水嫩白皙的莲子来，再捏着剩下的壳往嘴里一挤，嫩莲子便弹进了嘴巴里。咬一口，汁水便在嘴里迸射开来。这不起眼的东西，竟然如此甘甜。

还有的莲蓬稍老了些，堆在墙角，莲蓬边缘因失了水分蜷曲起来，莲子也绿得发黑。外公把莲子挖出，收集起来放在太阳下曝晒，最后再剥去皮，便为莲子干了。晒好的莲子，外公会用袋子装一些送与邻居。

莲子晒干了以后，外公用簸箕装了，抖一抖，一粒粒莲子明晃晃地飒飒作响。小的时候，我总是怕吃莲子，因为莲子中心的绿芽有一股苦味，吃下一口，人直打战。外公看着我的窘态，却总是笑眯眯地说："莲子好啊！良药才苦口！"过了些日子，我嘴角溃烂，茶饭不思，外公端来一杯绿茶，杯底却是一根根莲子芯。刚喝一口，一股苦味就顷刻袭来直冲脑门，苦味消散时却有一丝回甘。接连喝上几日，嘴角的溃疡竟奇迹般好了，从此我也迷上了莲子这股苦后回甘的味道。

"良药苦口！"外公将这句话放在嘴里嚼了又嚼，嚼出了满嘴的甜味来。

莲子收获之后，连绵的秋雨接踵而至。我端坐屋内，一碗莲子羹、一杯莲芯茶，人便沉浸在这份清气之中了。

后 记

书廉洁华章，扬清风正气！

2024年4月11日，第二届"南孔杯"廉洁文学创作大赛颁奖活动在衢州江山举行。随着重磅奖项的揭晓，这场历时8个月、备受瞩目的廉洁文学创作大赛，缓缓落下帷幕。

本届大赛由中国纪检监察杂志社、浙江省纪委监委、浙江日报报业集团、浙江省作家协会主办，衢州市纪委监委、衢州市委宣传部、中共江山市委、浙江浙法传媒集团承办。

该赛事的举办，对学习贯彻落实习近平总书记关于加强新时代廉洁文化建设的重要论述精神，赓续南孔文化，不断创新廉洁文化传扬形式，打造"南孔清风·勤廉衢州"鲜明标识，持续擦亮具有省域辨识度和全国影响力的廉洁文化"金名片"具有积极意义。

大赛以"方寸之间有江山，字里行间品廉礼"为主题，深入挖掘南孔文化及其蕴含的"勤廉"元素。自2023年8月12日正式启动以来，得到社会各界的积极响应，共收到来自31个省（自治区、直辖市）创作者的作品2160篇。经过三轮审慎公正的评选，最终56个奖项归属一一揭晓，其中《家事·家风》荣获散文一等奖，《追悔》荣获小说一等奖。

从参赛作品的内容来看，有的充分挖掘中华优秀传统文化、革命文化、社会主义先进文化中的廉洁因子，如散文一等奖作品《家事·

家风》于平凡真实的场景中，将廉洁齐家的家风故事娓娓道来，小说二等奖作品《南孔衍圣公传承记》，反映了从古至今国人血脉中的儒学大义和对清正廉洁的坚守。有的深耕情节创意，如小说一等奖作品《追悔》展现了现实中的道德困境和精神坚守，揭示廉洁力量，散文二等奖作品《梨花风起正清明》，通过对"清""明"二字的探讨，进一步诠释了廉洁的含义。

不少作品还通过文字还原纪检监察干部工作生活风貌，生动刻画担当作为、勤政为民的新时代纪检监察铁军赤胆忠诚、干净担当的浩然风采。

一曲曲清廉歌、一支支勤廉舞、一首首廉洁诗……由本届优秀获奖作品《风起舌尖》《发票》和《追悔》等改编而成的朗诵和情景剧节目，在颁奖舞台上演绎，引发现场观众强烈共鸣。

"廉洁文化是一种无声的力量，以文字为载体，这种力量无声，但敲在心上是掷地有声的。"中国作家协会副主席、第二届"南孔杯"评委会主任阎晶明对本次大赛给予了高度评价，"此次活动以南孔元素为主线，不仅让大家看到了廉洁和传统文化之间不可分割的关联，也看到了传承，更看到了创新，新的表现形式赋予传承新的意义，更适合当下的时代。"

为进一步丰富廉洁文化优质产品的供给和传播，本届大赛将优秀获奖作品汇编成册，把优秀的廉洁文学作品更好地带到广大群众面前。其间，我们联系作者进行二次完善，由于篇幅限制，对部分作品进行了适当节选，在此也请各位作者见谅。

感谢浙江大学、浙江工业大学、浙江财经大学、《江南》杂志社等单位在作品评审中的大力支持，感谢主办单位浙江省作家协会对本书编印的专业指导！

第二届

廉洁文学创作大赛获奖作品集

南孔杯

小说卷

『南孔杯』大赛组委会 编

浙江文艺出版社
Zhejiang Literature & Art Publishing House

第二届 南孔杯 廉洁文学创作大赛
终评委和审读委成员名单

终评委

◎ 主 任

阎晶明 中国作家协会副主席、鲁迅文学奖得主

◎ 评 委

黄亚洲 中国作家协会原副主席、鲁迅文学奖得主

柳建伟 中国文字著作权协会会长、茅盾文学奖得主

李晓东 中国作家协会社联部主任、文学博士

王旭烽 浙江农林大学教授、茅盾文学奖得主

钟求是 浙江省作家协会副主席、鲁迅文学奖得主

审读委

哲　贵 浙江省作家协会副主席、《江南》杂志社副主编

王英姿 浙江省作家协会一级调研员

崔业军 浙江大学中国现当代文学与文化研究所常务副所长、教授、评论家

陈　洁 浙江大学文学院教授

陈力君 浙江大学中国现当代文学与文化研究所副所长、副教授

张晓玥 浙江工业大学人文学院院长、教授

徐绛雪 浙江工业大学人文学院中文系主任、副教授

邱晓丹 浙江工业大学人文学院中文系副教授

赵顺宏 浙江财经大学人文与传播学院教授

荆亚平 浙江财经大学人文与传播学院教授

蔡海燕 浙江财经大学人文与传播学院教授

姚晓萍 浙江财经大学人文与传播学院副教授

汤燕君 浙江财经大学人文与传播学院副教授

第二届 南孔杯 廉洁文学创作大赛
获奖作品·小说卷

优秀奖

- 《上边有硬人》/ 吕斌
- 《一眼》/ 刘玲佳
- 《夕阳红白黑》/ 金永熙
- 《祈福》/ 黄金梅
- 《英雄》/ 彭忠富
- 《暖气不热之谜》/ 王万胜
- 《马上马下》/ 石也
- 《大红袋子和宝蓝盒子》/ 应华盛
- 《洗澡》/ 杨剑锋
- 《初生妞犊不怕唬》/ 金海江
- 《老厂长的老规矩》/ 陈修平
- 《金牛治水》/ 王灿鑫
- 《美梦成真亦成空》/ 马晓霞
- 《用心良苦》/ 牟建平
- 《麦子熟了》/ 李秀如
- 《大山将倾之时（节选）》/ 胡雨竹
- 《捕虫者说》/ 周江晶
- 《一枕黄粱，三访华胥》/ 金梦雯

组织奖

- 浙江省作家协会《江南》杂志社
- 河北省作家协会
- 山西省作家协会
- 湖南省作家协会
- 四川省作家协会
- 甘肃省作家协会
- 宁夏回族自治区作家协会
- 杭州市作家协会
- 宁波市海曙区作家协会
- 山东省纪委监委
- 广东省纪委监委
- 宁夏回族自治区纪委监委
- 江苏省泰兴市纪委监委
- 衢州市开化县纪委监委
- 安徽体育运动职业技术学院

清风廉韵满三衢

阎晶明

清廉，既是中华优秀传统文化需要传承、弘扬的美德，更是时代对每一个人提出的要求，还应是我们发自内心的主动修为。倡导、弘扬清廉之举，也是文学创作应当具有的主题。为此，我们既需要从传统文化中汲取养分，更应当按照新时代新要求，提升境界，锻造品格。

人间仙境、棋悟人生的衢州，曾因孔门南迁而成孔门正宗之地。作为南国儒学重镇，儒风传承，代有所盛。衢州孔庙，临街而立，化入民间，格局建筑一如旧制，银杏高耸、翠竹依人，湖平如镜，庄严雍容之中，透出的，是清雅高洁。

清廉，是儒学重要内涵。"孔子成《春秋》，而乱臣贼子惧""春秋笔法"，其评价人物事件的根本标准之一，便是清正；"《诗》三百，一言以蔽之，曰思无邪"，正确的导向，对正能量和正确价值观的弘扬，是孔子选诗之根本权衡。而典籍中关于廉之论述，所在多有，俱为佳言警句，影响深广。如"廉者，正也""廉不言，则无怨。公生明，廉生威""廉者，民之表也。一日而无廉，则百日不知其廉矣""廉者，民之兴也；贪者，民之亡也"……廉当属先贤口中的高频词，足见先贤对于廉洁的高度重视。

儒学传承，学派多有，汉学宋学有别，理学心学各异，然崇廉之风，从未有变。周敦颐咏莲之"出淤泥而不染，濯清涟而不妖，中通外直，不蔓不枝，香远益清，亭亭净植"的"花之君子"的品格，更将廉洁品格做了形象化、人格化的比喻描述，南孔家庙中荷塘，年年莲叶田田，廉风怡人。

进入新时代，浙江省纪委监委、衢州市委认真学习贯彻习近平新时代中国特色社会主义思想，特别是习近平总书记关于廉洁建设的系列重要论述，自觉实现"第二个结合"，积极发掘弘扬传统优秀文化中蕴含的宝贵精神财富，举办南孔杯廉洁文学创作大赛，向全国作者广泛征集廉洁主题的小说、散文作品，反响强烈。以本次大赛为例，共收到参赛作品2160篇，其中浙江省内作品809篇，省外1351篇，相比第一届872篇参赛作品，数量大幅增加。经初审、复审专家严格评选，充分听取纪检监察、文学等领域专家意见，实名投票，得出最终结果。

入选作品或以小说形式讲述廉洁故事、回望孔氏南迁的艰辛与坚定；或以散文深情歌咏赵抃等生长在衢州大地上的廉洁之士；或取譬连类，以花树喻人，发掘人间共有之尚廉精神。虽就艺术水准而言，仍有可提升处，然其中渗透出的，之于廉洁文化、之于三衢热土、之于南孔圣地的礼赞吟咏，令人感佩欣慰。"不敢腐、不能腐、不想腐"三位一体，以"不想腐"最根本，其内核，便是自孔子一脉而今的廉洁文化与操守精神。衢州全域实行公务餐改革，在全市机关或乡镇食堂，一律扫二维码，15元用一餐，不宴请，更不上酒，自扫自食，清洁、轻松、轻快、清廉，感觉老传统的"吃派饭"又回来了。孔子云："一箪食，一瓢饮，在陋巷，人不堪其忧，回也不改其乐。贤哉，回也！"今天，我们生活好了，经济繁荣、美好生活的新时代，不再"在陋巷"，然勤俭、清廉之风，更需发展弘扬。

愿清廉成为文学不朽的主题，为社会提供更多正能量。

是为序。

2024年3月20日

（作者系中国作家协会副主席、全国政协文化文史和学习委员会副主任、鲁迅文学奖得主）

小说卷

目　录

优秀奖

小 说 卷

第二届 **南孔杯**

廉洁文学创作大赛获奖作品集

NANKONG QINGFENG

一等奖

颁 奖 词

《追悔》

　　《追悔》浓缩社会生活的特定形态，精心构建平凡人挣扎向善的命运。作者梁长生以细腻平实的笔调，描绘出个体在道德和利益冲突中的挣扎——一名在过错中追悔的村支书，在心灵的拷问下，最终选择主动投案，用实际行动完成自我救赎，展现了人的道德困境和精神坚守，展示了充沛的现实主义力量。

追 悔

梁长生

银色的月光温柔地泻在炕头。

夜，静静地，沉沉地。宽敞的四洞土炕上，一边是睡实了的女人和孩子，一边放好了软绵绵的枕头，铺好了一条红缎被子。柴火在炕洞里噼啪作响，给房子平添了一股阴森森的气氛。趴在门外的黑狗打了一个懒洋洋的呵欠。

哐，哐哐。男人磕掉了带着红火的烟灰。上了土炕，把那软绵绵的缎被拥成一疙瘩，便蹲在炕上，复又把发烫的旱烟锅插进烟包里捏着呛人的旱烟末。

身旁的孩子突然伸出了半握拳的胳膊，舒舒服服地打了个舒适的呵欠，接着便毫无顾忌地蹬翻被子，把一双白嫩嫩的小腿伸在被子上头。

"老鬼，还不睡？"

搂着孩子的女人一边说一边半欠起身子，从孩子腿下拽起被子重新轻轻地给孩子盖上。而后，她又闭上了双眼，依然依偎着孩子续上那香甜的梦。

男人没有说话，装满烟末的烟锅头从不抽出烟包。

他放下插着烟锅头的烟包，轻轻溜下了炕。

从三扇大窗和门顶窗里射进来的月光把房子照得怪亮。他趿上鞋，轻轻地走向那才做的橘黄色印花高低柜，轻轻地打开了暗锁。

吱——咛！柜子的小门门拉开了，发出刺耳的响声。他急忙按住小门门，转头看着炕上的女人。她没有动，依然送来香香的鼾声。他心里稍有了些平静，清瘦的手伸进了柜子的二层架板上。他摸到了那个小木匣子，推了推，轻轻地……

他失望地、痴呆呆地站着。女人翻了一个身，把他从痴呆中惊醒。他轻轻地锁上柜子的小门门，轻轻地挪到炕边，轻轻地上了炕。炕边上的烟袋锅垫着了他的手，他便又捡起来，心不在焉地隔着烟包向烟锅里摁烟末。

他心乱如麻，复又续上那理不清的思绪。

他恨那个夜晚，恨那个变了质的会议，恨那个才当上村主任不到两年的愣头小伙，恨自己那阵子心血来潮，毁了清白……

他心里暗暗地诅咒自己。

他一向是个深谋远虑的人。毕竟当了二十多年的党支部书记了，再头脑简单的人，也学会深谋远虑了。这一次他也是深谋远虑的。可谁料，政策竟变得那么快。他过去认为太不实际的政策如今有了新变动，视政策为儿戏，视法律于不顾的乱来是不能继续下去了。他又跟不上形势了。他正要开始适应新的"做官术"时，生活又让他"改邪归正"了。

于是，村民怀疑了，家人看不惯了。

于是，大儿子憋不住了。

儿子说："爹，如今这样当书记没味儿。"

他问："怎么当有味儿？"

"伸手呗！巧取呗！'权'就是'钱'，这你还不懂？！"

"你懂个屁！爹一辈子没你懂得多？要你指教？"

儿子没言语了。

他是老牌初中毕业生，识得几个字。二十多年的支部书记，也教会了他观察形势，掌握火候，能理解和有尺寸地执行党的各项政策。他坚信，作为一村之长，一连稳坐二十多年村干部，其根本原因就在于自己清白，不谋私利。就连上面拨下来的困难照顾呀，冬寒补助呀，灾情救助呀，等等，他从来也没有利用职权给自己照顾过一分钱，一寸布，一粒粮。他总认为自己是个头儿，一千多人的大掌柜，是被全村老少看得起的人。他绝不能自私自利，见钱眼开，见利心动，免得在群众中造成坏影响，使自己在大伙儿面前不能理直气壮地一呼百应。

一茬一茬的村干部在这个问题上，总和他尿不到一个壶里。而每次又都是他走端行正，神不知鬼不觉地被人家"活埋"了，他们干坏事他不知道。有些事他现在还不知道。他是有良心的。他对这个村子有着非同一般的感情。当年河南遭大灾，他爹他娘为了逃难，一条扁担两只筐，挑着他颠颠沛沛流落到这个村子来安家落户。是这个村子，是这个村子里的父老乡亲们收留了他们一家，养活了他们一家，庇护了他们一家。村子有恩于他，如今他是它的主人，它是他的村子。他没有任何理由把大伙的财产窃为己有！

可是，现实和他总对不上茬，和他开着大大的玩笑。

后来，村子里的变化让他茫然了。

党的政策变了。村子一夜间就变成了个体承包户。继而，人们就呼呼地自个儿走上了发家致富的路子。最叫全村人瞩目的是二跛子。二跛子第一个承包了果园。谁料，他竟然包去了一片宝地，烧准了一炷老瓮粗的香，一连三年的果园收入让他第一个富裕了，富得流油。是这个村子，不！是这个乡第一个"万元户"。这还不说，就在他承包的果园山下，他又是第一个发现了煤，发现了山脚石头底下的乌金。于是，他就急忙和村上续签了二十年承包合同。三年后，他就将果园山建成了小煤矿。他第一个当上了个体矿主。

二跛子靠着那整捆整捆的钱，修建了宫殿式的楼房，整个墙壁都用淡绿色、橘黄色、雪白色的瓷片砌了。院子用水泥打制了，楼阁亭台的地面也铺上了血红色的地毯。二跛子本人整天坐上自己的奥迪，和那些县长、局长、厂长、经理等人出出进进、游游逛逛、吃吃喝喝、快快乐乐，很有些首长们的气魄与威风。

二跛子有了钱，气度不凡，出手赢人。这次，他提出，自己要替大伙儿集资修街道，以解大伙儿多年出行艰难的困扰。村子四条街道都是土道，雨天稀泥烂道，晴天尘土飞扬。近年来，捐款成为一种新风，集资成了一种趋向。穷家就最怕这种新风，这种趋向。可是，怕归怕，人家一声令下，就得拿出大票来。乡政府这次又要求村上每人集资一百元，修建村子街道，让街道一律水泥化。好家伙，全村一千三百二十四人，共计达十三万两千四百元。这笔巨款吓得他和村干部一班人缩脖子、吐舌头。可是，二跛子不用吹灰之力就把四十万送到村委会办公室来了。大家由惊变喜，齐声称赞。他像前几次一样地代表全村父老乡亲向二跛子感谢之后，便毫不客气地收下了那扎得四棱四正的大票。

当天夜里，党支部、村委会全体干部召开了会议。

晚上八点，村委会办公室里灯火通明。四位干部都来了。他宣布了会议的中心议题后，又接着发表了自己的意见："耿生茂同志代表大家集资修街道。"在正式场合他从不叫二跛子这个绰号的，"这体现了党的改革政策的威力，或者就说是什么，这个这个……优越性。经济改革这股强劲东风让他理直气壮地大干了一场，开办了小煤矿……"做记录的文书耿邹平笑了，但不出声。他每次听到书记如此胡乱引用、强拼硬凑成讲话语句时都禁不住要发笑。

他不管文书在笑什么，依然讲道："耿生茂同志没有忘记帮贫，哦，扶贫，扶贫，没有忘记啊，这个这个……我们共产党人为人民大众谋利益，让大家共同走富路。因此啊，他毫不吝惜，勇敢地拿出这笔巨款，为大伙办实事。这……值得祝贺，值得感谢，值得咱们全村男女老少这个这个——感谢！"

真的。书记的确从内心感到，二跛子拿出这笔巨款替大伙儿集资修街道的举动，就像当年的先进人物一样光荣，一样伟大，值得大家赞扬，值得大家学习，值得大家感谢。其他干部都在搔头抓腮地思考，一时间也没有人发言。他忽而想起了什么，又立即开口讲道："噢，邹平，你赶快写篇报道，呵，报告，向上级党委报告一下这件大喜事。再写一篇赞扬文章，向县广播电视台投去，好让全县人民都知道咱们村里的大喜事，知道咱们的耿矿长的这个这个什么……先进事迹！"

接着，村主任、副主任、文书都先后发了言。可只有愣头小子村主任耿正的发言叫他难以平静。

耿正是一名二十三岁的小伙子。高中毕业，落榜回家五年。他提出，把那巨款的一部分先给村干部预付工作补贴。他说："年年的工作补贴总是从各户讨不上来，现在都十月了，前年的干部工作补贴还没有拿到手。再说，这么多的钱，哪个村一下子就能集够？谁都知道，把集资款交给乡政府，而乡政府还不知要提留多少。因此，我的意见，让大伙按照乡政府文件，如数集资。"

村主任的这一番解说，使副主任和文书都激动了。他们都偏向拥护他的意见。这时，老书记没有急于表态。他像以往一样，遇到自己一时想不通的问题时就不作声，他在头脑里认真思考，全面衡量，压住阵脚，突现他稳健沉着，深谋远虑。到底点不点这一锤，他心里一时没有了主意。他反反复复琢磨着村主任的意见。面对现实，他在心底里悄悄放下了向来都光明磊落、毫无私心的信仰，回忆自己这二十多年的辛辛苦苦、风风雨雨。是啊，这么多年，自己从来没有利用手中的权力占上集体的一分利，秀水青山，一尘不染。他是永葆党的优良传统的。

"一片冰心在玉壶。"他的心和村上男女老少的心从来是沟不通的。特别是在二跛子爆炸似的富起来，在那个煤矿开办起来后，村子里的男人们不再恭维他了。和他有仇的人骂他骂得更凶更响了，并且由过去的背后骂转为如今的当面骂，如今在这个村子里，人们似乎有点认钱不认权了，人们唯二跛子是瞻了！几乎有大半纷纷投靠在二跛子的瘸腿下为钱而卖命了。他们为了能在人家矿上挣钱，男人们争相向二跛子谄媚献殷勤。他们似乎忘记了他这个过去有着那样大的权力与威名的党支部书记。他们似乎不认识他了，一个个向他投来异样的生疏的眼光。想到这里，他心里恨恨的、酸酸的。他怨恨自己这二十多年为党忠心耿耿地工作，把这个在他上任时仅有七百二十五口人、十二条牲口、四辆破牛车的村子变成了曾有两台磨面机、三台25型拖拉机以及拥有了一千三百多口人的跟上时代脚步的先进大队。可是，一夜间就分光了。一切一切都变成人家私人的财产了，成了个人发家致富的资产！他更怨恨自己当时又是那样的廉洁与高尚，除过土地，什么也没有承包，什么也不要。

于是，他默许了村主任的意见。

邹平看着他，等着他做出最后的决定。他闭上眼睛打瞌睡似的微微点了一下头。

"啊！这怎么能行？"还没有等邹平记上他许可的意见时，郭书记又忽地变卦了。这怎么给大伙交代呢？要是二跛子知道了咋办？他立即说："耿正呀，要是群众问起了咋说？还有……还有二跛子，他一定

会向乡党委张书记说起这件事的，你看这……"

"嗯，行！咱不是正要请木匠修理小学校的烂房和桌凳吗，到时候就说一部分钱花在那上面了，一部分作为村委会的活动资金了。他们总不会来查账吧？"

郭书记再没有言语。

此后，他们四人就分解了二十万元集资款……

从此，郭书记心里总感到不安。

后来，时过一年，中央的红头文件叫郭书记胆战心惊。

耿正那小子今年九月因偷盗国家电缆被人家当场抓获，扭送县公安局。近日里惩治腐败，查处干部贪污、行贿受贿的风声越来越紧，他的不安就更加剧烈起来。在今天的全乡干部会议上，张书记主要传达了中央八项规定、六项禁令、两院"通告"，他的心就像被谁撕扯一样地疼，一样地颤抖不止。十月的天，在那清冷而空旷的五间大会议室里，他一身一身地冒冷汗。

终于熬到了散会。

回到村子，他没有回到自己那新盖的四间大房里去，一个人独自走进村委会自己的屋子，像一摊软泥似的躺在了床上。

今晚，他依然睡不着觉。摸了那钱匣子，没有细看里面的钱是多少，却又上了炕装烟、抽烟。两锅旱烟抽过了，他才脱衣服，倒在被子上迷糊了一阵。睡梦中他依旧在想那钱的事儿……

他醒了，天上星星依然在眨眼。

村子里传来了一声鸡啼。他下了炕，走出门去。

天微亮，房子里还黑着。女人也醒了，她穿上衣服，下炕去小解。

临下炕时说道："总是睡得迟，起得早，全村的老积极！"

女人重新上了炕。

他又回来了，他要取他的烟袋锅。他扒在炕边上一边摸烟袋锅一边低声问老伴：

"嗳，那钱还有多少？"他明知故问。

"啥钱？"女人睁大一双惺忪的眼。

"……"他没有应声。他在心里早都计算过了，九万八千元盖了房子，多亏砖瓦、木料是早先买下的，净手工费就出了两万七千元，门窗九百七十四元，他记得真真切切，七股子八杈的，那木匣子里最多就剩一万元了。

天大亮了。

他没有看木匣子里的钱。他没有扎上玄色扎腿带，没有缠上褐色腰带，他在女人焦怯与疑惑的眼光中匆匆走出了大门。

东方天际沉睡着一抹浮云。风，冰冷冰冷。他的头闷闷的。瞌睡随着那呵欠的张口轻轻地蒙上了头，他懵懵懂懂了。但他那深谋远虑的"本事"竟然还指挥着他那困乏的双腿，逼着他迈着沉重的脚步向二跛子的煤矿走去。

经过整整一夜的深思熟虑、权衡利弊，他觉得不管走哪条路，不管怎么说，自己没有了钱，没有了那一沓沉甸甸的票子总叫人坐卧不宁。经过深思，他决定先得早走一步，把那二十万元弄到手，以防不测，以防突变，以防挺不过去时没有退路，以备自首时能慷慨退赃……他算是村子里一位最能高瞻远瞩的人呵！

唉，简直让人难以想象！全村二百三十三户，比来比去，只有二跛子手头有很多很多的钱，有那一大捆一大捆的大票，他只有向二跛子伸出求救之手、张开秃舌之口了。

而且，他如今不求二跛子能求谁呢？

男子汉大丈夫，好汉做事好汉当！他只有背水一战了，暂且把脸放到裤裆里去吧。

太阳终于烧裂了东方天际的浮云，把金光射向冰冷的大地。

果园山下，盘山公路上拉煤的汽车、马车、拖拉机、架子车多如游鱼，一个顶着一个屁股向前蠕动。高高的井架上，那个黑色的天轮悠闲地转着，让乌金随着它的意志从地底下来到地面。井架上那鼎立的三盏电灯睁着明亮的眼。一阵长长的汽笛，把整个山脚叫得沸腾起来。

他背着手，缓缓地沿着石子路走着。路上，依然不时有熟人向他亲切地、礼貌地打着招呼，他沉沉地以笑脸应付。心里的闷气叫他怎么也不会像往常那样开心地笑着，红光满面地笑迎每一位熟人。幸好他没有赶着马车，没有拉着架子车，没有牵着骡马牛驴，他从不去拉煤，从来没有用牲口拉过一车煤。村上的那三台拖拉机只要他说一声，就会立即争相给他把煤拉到家门口，又帮着他把煤搬到厨房的案板下。他们从不要运费，甚至连煤钱也不要。

是啊，他心里这阵子是那样的焦躁与不安。呵，他怎能不急躁？

车水马龙，熙熙攘攘。矿井旁那小山似的煤堆周围被拥挤的人和各种车辆围得密不透风。宽大的煤场与进煤场的三百多米的石子路上早已排满了各种拉煤的车辆和牲口。男男女女，大人小孩似乎专为这些屁股顶头的车辆与牲口凑热闹，他们混杂在车与车、牲口与牲口的缝隙里。人们都要趁早装上煤，趁早回家。煤场的东边靠山脚的地方，还拴着一堆牲口，主人不知从什么地方弄来了麦草和干玉米秆烧起了熊熊的篝火。浓烟似翻滚的乌云，腾腾地升起，绕着山头，飘上天空。

红火映红了人们的脸膛。

他感到孤单了，感到寂寞了，感到沦落了。

真的。他每次到这个煤矿上来，都是陪着上面的大小官员，书记、主任、这部长那局长来的。即使没有这些上面来官来人，也至少有村主任、副主任或者文书陪同他来的。那样就足以显示，他是带着"公事"来的。人们不言而喻，对他们远远地就投以敬畏的目光。要是再有二跛子一行出门远迎，嘿！那简直就叫他内心有说不出的自豪和激动。

然而，那是过去。眼前，眼前竟如此这般孤独，这般无光。他急急地，迈着有失领导镇定自若、风度威严的贼步，一口气径直冲进煤矿办公室的房门。

"哦，郭书记，你来了，快坐快坐。"

"嗯，来了来了。"他说着忽地抬起发困的头，睁开疲倦的眼帘，看着坐在办公室旁的煤矿会计耿立，故作笑脸。耿会计站起来，急忙给他递来一支"钟楼"。

他微笑着一边接过"钟楼"，一边环视了一周宽大的煤矿办公室，没有看见二跛子。

"耿矿长不在？"他依然故作镇静，收住笑脸，俨然像检查工作似的问道。

"是呵，他说是去乡政府办什么事儿去了。昨天下午去的，估计今天就回来了。"耿立老练地用他多年向领导汇报工作的认真态度向他一字一板地说。

"去乡上了？"

"去乡上了。"

他跌坐在办公室的单人沙发上，一下子像跌进了冰窖。刚点燃的

"钟楼"只淡淡地吸了一口，就永远变成了一根不爆花的手花，那蓝烟从搭在沙发沿上的手指间袅袅升起。他呆愣愣的，眼皮沉得实在睁不开了。

去乡上？二跛子去了乡上？而且又是昨天下午就去的。他会不会去向张书记反映：他对自己去年替全村人集资的那四十万有了怀疑，因为那四十万足够修完街道的，可现在却没有修完就说没有钱了，弄下个遗留工程。再说，那工程的质量村上人都说不合格，像是偷工减料了。间或就直接向张书记说："我怀疑村支书和其他三个村干部私吞了一部分集资款。"间或还有什么不测风云会被二跛子抖出……他似梦非梦，心头蒙上了一层灰色，一层可怕的灰色。

他镇静而焦躁地又扯起那猜不透、说不准的二跛子。一夜了，整整一夜间，二跛子怎么不会和张书记扯起好多好多的话题呢？

是的。他想，二跛子一定和张书记在一起，别的领导处他不会去，他就必然和一把手在一起谈话。昨天下午乡上的会议是五点结束的，那会儿他没有看到二跛子。由此他推测，一定是六点，或是七点，间或八九点。二跛子趁天黑领导空闲时急急地走进了乡政府大门，就径直向张书记的办公室走去。他和张书记一边呷着"龙井"、吸着"良友"，一边笑盈盈地一问一答，汇报完煤矿近日里的生产和工作情况。而后，就无所事事地走出办公室，来到张书记的卧室。这下，就像海瑞途送严大人一样地脱下官服，换上私脸地和张书记又慢慢地聊开了。两位大人物坐在那软绵绵的枣红色条绒沙发上，一边看着那40英寸大彩电，一边侃侃而谈。从政策到制度，从改革到实施，从农业到企业，从个体到国营，从乡镇到农村，从乡办到村办……天南地北，说说笑笑，称兄道弟，好不亲热。他知道，二跛子如今在张书记眼里已经是位了不起的人物了，是个"致富能人"，是个给他张书记，不，给全乡挣得了不少荣誉、获得了不少奖牌与证书的功臣。在这点上他早就感到，他和二跛子的差距大得难以度量了……电视正式节目完了，二跛子便会抓住这个良辰动真的。他会利用这茶饱烟足兴浓的恰到好处之机才开口，说出一些敏感而惊人的问题。"张书记，俺村郭书记把我去年替全村人集资修街道的那四十万……"啊，不！二跛子一定不会说这些的。他不敢往下想了，不敢相信会有这么巧的事……

紧张的思虑和一夜未眠立刻叫他的大脑神经进入了三分之二的抑制状态。他迷糊了，只有沉沉的梦悄悄地笼上了额头……

他终于等回了二跛子。

两人一见面，依然如故。他俩相互问好后，便把两尊"官体"安安稳稳地放在单人沙发里。二跛子微嫌沙发窄卡。因为近年来各种啤酒、饮料、佳肴将他灌成了个双胞胎孕妇般的大肚腹，再好的弹簧也会被他压得超过了弹性限度，而且他比常人的腰至少宽二寸多。瘦削的郭书记也算是沉沉地坐下去了，可他却没有压过弹簧弹性限度的吨位。他因大半身子露在沙发外而显得沙发宽绰有余。

"耿矿长，听说你去乡上了，叫我好等呀。"他要急切地打探二跛子的去因。

"哎哟，昨天，嘿，嘿嘿，我原是要去找张书记的，可半路上碰见一位县火电厂的老同学，说是要到黑河煤矿去，找人向矿长说情，给他们火电厂弄点人造沸石，于是，他把我硬是拉着上了他的小车，去了黑河煤矿一趟。唉唉，硬是让我和刘矿长磨了一夜牙，谝了个闲传哇，终于要下了一点沸石。"

"哦……哦……哈哈哈，真是的。如今这世事纯是这个这个——熟人相为呀！"他微感轻松，心头的石头落了地。他暗暗恨起自己刚才那阵子瞎想。

"你今天来有什么事？"二跛子呷了一口茶，把那条跛腿架在好腿膝盖上，身靠沙发背，轻轻地吸了一口烟，一边吐烟圈一边问道。

"嗯，没什么事。我也想来和你谝谝闲传，顺便看看你那新建的这个这个过秤房。嘿，用过了吗？一辆汽车有多重？差值大吗？"他不能直截了当地说出自己来矿上的真事，他总是给私事里混上"公事"，来个"公私合营"。他觉得这样会让对方始终不会忘记自己是村党支部书记，是一村之主。

……

一支"钟楼"接上一支"钟楼"，一杯"龙井"续上一杯"龙井"。他俩闲谈了足足两个小时后，郭书记才提出了借钱之事。

"耿矿长，"他鼓足勇气，"老伴有了大病要去大医院看看，娃他舅盖房子让我给他添上三万元，再说，我那大房子盖成一年多了，还没装修，嘿嘿，看你能给我这个倒弄一下，转个向吗？"他说着，眼睛笑着，紧紧盯着二跛子的胖脸，那么亲热，那样虔诚。他第一次在二跛子面前这样低三下四，他咬着牙说完，静静地等候着回音……

"这——"二跛子顿了一下，看着他停了半晌，让疑惑从发皱的眉头滑落后才问道，"借多少？"

"借，借，借十二万。"他说得那样轻，那样弱声，又是那样的不干脆。

"行嘛，你明天来取。"二跛子顿了一下说。

"哦！这，这可就勒掯你了呀。"

钱，总算凑够了。整整十二万，一分不差。

他白天忙公事，晚上害心病，思心病，急心病。工作头绪多，他都得一一去做，去干。心病又让他整天拉长耳朵听消息，闻动静。他听说县改水办已经端了窝，几个头头因贪污、私分公款，巧立名目，搜刮国家财产而先后被送进了"四堵墙"；对有可疑点的家庭盖起了高楼大厦的官官们正在逐户逐楼地查问。昨天从县城回来的二狗说，近日里县上就要派审计局的人及抽出县级各单位的部分领导进驻各乡镇，深入农村搞审计，重点查处干部的腐败、贪污、行贿受贿。呵，这就是新形势下的四清运动。

他怕了，他爱听小道消息了。

度日如年，如此艰难，如此煎熬，又如此让他提心吊胆。

是自首还是硬挺？他三天三夜一直在这两条路的交叉口上做着艰难的选择，却依然选不定准确的答案。他吃饭不香，半碗面条下肚就感到撑得难受。他彻夜难眠，一直蹲在那不开电灯的炕上，旱烟锅里的红火如不能断头的香火。说老实话，他从心底里多么渴望能早早了结那一桩绞烂心肝的大事呵！

但是，他迟迟不能决断，也不知道该怎么决断。

"还是主动点。你不是常说，咱们党的政策是坦白从宽吗？"女人已经不知道是第几次劝他了。

"唉，也难保呀。"他叹息着。呆愣愣的眼睛望着黑乎乎的房顶。

沉默，无限的沉默。

他依然信奉自己深谋远虑的头脑。

他依然时刻注视着一切可疑的动静。

……

夜。又是一个灰蒙蒙的月夜。薄云将那半块弦月遮盖得朦朦胧胧。房子里黑乎乎的。老黑狗趴在房门口，眼睛里射出绿莹莹的光，令人心寒，令人胆怯。它转动着头，让那两束绿光扫射着周围一切可疑的地方。女人坐在炕上陪着他熬眼。他在炕上蹲困了，斜着身子靠在那软绵绵的红缎被子上，闭上眼，仍在痛苦地思考。他把这一天收听到的各种信息进行分析、推断、琢磨，反反复复，又把今天的，昨天的，连同前天的加以对照，以此来推断出时局的发展。

突然，咚咚！有人敲门。

汪汪汪……狗叫起来。

"谁？"女人问。"卧下！死狗！"黑狗听话地呜咽着卧在门口。他忽地起身，跪在炕上，屏息静气地听着门外人的回应。

"我，邹平。"

"噢，邹平，什么事？"他问。

"书记爷，乡上刘秘书打电话说，要调查落实有关耿正的材料以及村上的账目，让你明天去乡上谈谈情况。"

啊，去乡上？这……他心里直打鼓。

"知道了，我明天就去。"他回答道。

邹平走了。女人紧跟着他去关紧了大门。

……

天终于亮了。邹平走后的大半夜里，郭书记的心就像爆豆子似的怦怦乱跳。准是抓他来了，快去自首吧。他在心底里立即闪出了这可怕的决定。对了，一定是以调查落实耿正材料为幌子，让他自动上钩的。这样的小把戏在他手上已经搞过多次了。那毒死女人的耿仁，那因奸杀夫的桂花被逮捕时，公安人员就是让他以大队有事或开会的名义把他们骗进大队办公室来的……

啊！自首，快去自首！争取宽大处理。

他跳下炕，轻轻地走着猫步。他匆匆走到大门口，在门缝里瞄了瞄，没有看见一个人，他又贴耳细细地听了一阵，确定门外没有任何人后，便急急地走回房子，从高低柜里取出那个木匣子，打开，将那扎得四棱方方的十二万元塞进怀里，再轻脚走出大门，沿着通往乡政府的大路疯疯癫癫地奔去……

乡政府大院里，依然是安静的。门房马老头用铁锨将才打扫的垃圾往垃圾车里装。微风吹拂着那棵老柳树的枝条，柳叶轻轻颤动着，远远地看过去，似有了亮光闪闪的神奇。院子正面是三层高楼。乡上全体人员正在二楼会议室开会。他急匆匆走进大门，和马老头打了一声招呼。他想问问马老头张书记在不在，可他环视了整个院子，感觉人家领导可能正在开会，最好不要说闲话。他在院子里转了一个不规则的圆圈，站在一楼侧耳听到二楼会议室里张书记正在传达着什么文件。他慢步在院子里继续无目的地转着。他希望一楼有一个熟人打开房门，好让他先进去坐坐。可没有一个房门打开。忽地，他打了一个冷战，他又怕熟人看见了他，碰上了他。他现在是一个不光彩的人了。他怕人们看见他自己看不见却能感觉到的窘态。他那会实在没处去。他想把自己暂且藏起来。他开始寻找黑暗，等马老头推着垃圾车走出大门后，他就走到那棵老柳树背后去，蹲在树下闭目等待……

散会了。

他轻轻走进了张书记的屋子。

张书记在刷牙。

"张书记……"他一进门就开始以亲切而得体的语句向张书记问安道好。没料，张书记口含牙刷与白沫，转身向他点了点头，止住了他的嘴。他便以难堪的微笑看着张书记，静静地立在门口不动了。张书记指指自己的口："口烂了，疼。"

张书记刷牙完毕，稳稳地坐在旁边的钢管椅子上。他这才挪动着笨拙的双腿走过去，把那十二万元从怀里掏出来，轻轻放在桌子上，并低头负罪似的呈上一份《自首书》。

张书记被他这些举动和那些大票弄糊涂了，丈二和尚摸不着头脑。他看了郭书记一眼。"这是……?"他摸起桌子上的花镜戴上，展开那份三百来字的《自首书》。

郭书记一直低垂着头，僵僵地立着。他垂着一颗沉心。他此时不敢看张书记一眼，他在心底里追悔自己历史上的大污点，他虔诚地等候着张书记的处置，间或法律的惩罚……

小 说 卷

第二届 南孔杯

廉洁文学创作大赛获奖作品集

NANKONG QINGFENG

二等奖

颁 奖 词

《南孔衍圣公传承记》

《南孔衍圣公传承记》是一曲传统的赞歌。作者曾涛以流畅的叙事、真实的情感、朴实的文笔,塑造出一位满怀家国大义的孔子后裔。他为官清廉奉儒,为人子不负家族所托,为人兄长谦卑礼让,为人夫体贴入微。时代变迁,传承不移。直指人心的文字之间,是融于中国人血脉中的儒学大义。

《订在纸上的日子》

《订在纸上的日子》以深刻的洞察力和细腻的笔触,讲述了一个触动人心、引发思考的故事。作者邱红燕文风沉静,叙事有力。作品围绕纪委监委实施容错免责、为干部澄清正名、激励干部担当作为的故事,进一步彰显了为担当者担当、为干事者撑腰的正面导向。引人入胜的讲述中,有长久的回味与思考。

《发票》

《发票》把人生的悲欢离合呈于纸上。作者朱华贤以一位古稀老人一生的命运沉浮,缩影出时代赋予人的情感变化。主人公命运的沉浮警示人们:理想信念一旦扭曲,便难逃法网恢恢。发票,一方小小的纸片,也隐喻着老邹对自身贪腐行为的无限悔恨。小说情节设置精妙,不少细节令人震颤,文字温婉但能击穿人心。

南孔衍圣公传承记

曾 涛

序

山东曲阜孔庙，一座千年的儒学圣地，见证了孔子及其后裔的光辉与荣耀。

建炎三年（1129）春，衍圣公孔端友站在孔庙前，他五十多岁，身材修长，穿一袭白色长袍，显得玉树临风，出类拔萃。他额头宽广，目光深邃，眉宇间透着凝重和坚毅。他望着那些熟悉的建筑和雕像，心中充满无尽的悲哀，这一切都将在金国入侵宋朝的战火中面临着毁灭。战火蔓延到山东，宋朝皇帝赵构已经弃京都南逃，百官也倾巢而去。他是孔子第四十八世嫡孙，负责主持孔庙和保管孔家的三件传家宝，当下必须做出一个艰难的抉择：是带领族人跟随宋朝南迁，还是留守曲阜守护祖庙和祖坟？

孔端友召集了孔家族人，在祖庙内商议去向。

"万岁弃京向南逃，百官仓皇随行。我千年孔族何去何从？有请众位火速议定。"

立刻有族人回应道："金国残暴，铁蹄之下玉石俱焚，当前保全孔脉为上策，应该立即南下避祸，追随朝廷。"

孔端友的弟弟孔端操激昂道："祖宗坟茔千年存，实在怕金贼进行破坏。但这连片祖庙又怎么能够搬迁？唯有死守方能尽忠孝之心。"

两派族人争吵不休，气氛越来越紧张。

就在此时，突然传来了一阵又一阵惊恐的报告：

"济南知州刘豫投敌叛宋，金兵入侵济南！"

"金兵马上就要打到曲阜了！"

听到这些消息，主张逃亡的族人更加惶恐不安，他们催促道："快撤快逃，已无时间来争论了！"

而主张留守的族人更加义愤填膺地说："男女老少坚决留下守卫，誓与祖庙共存亡。"

两派族人互不相让，孔端友的叔父孔传站出来说："都别争了，但听衍圣公决断！"

众人都安静下来，目光都集中在孔端友的身上。

孔端友沉默了一会儿，语气坚毅："战火燃向祖庙，犹如万箭穿心！孔家的三宝藏，金国垂涎已久，留下难免要被抢夺。祖上有教训，宝在孔魂在，宝无失传承。所以我们要立即举族迁移，负三宝长途跋涉去追随南宋皇帝。有道是，留得青山在，草木四季青。无惧千里险，天涯尽忠诚。"

他的话一出，立刻引起了一片惊呼和哭泣。众人虽然感到悲痛和不舍，但也都表示了尊重和服从，齐声附和："好！孔家三宝决不可落于敌手遭蹂躏！"

孔传立刻下令："时不可失，我们即刻辞庙启程！"

然而，在这个关键时刻，孔端友却做出了一个出乎意料的举动。他对着孔端操说道："我计划留下端操弟，直面贼兵保护庙陵。"

这让孔端操大为惊讶和感动，毫不犹豫地答应了："端操即领命。"

两兄弟相视一笑，心有灵犀。他们都明白对方的心意。

孔端友再三叮嘱孔端操在守护祖庙和祖坟之时，不要与金人正面冲突，而是要用智慧和手段来应对。

孔端操答应："我在危时担当重任，一定会牢牢记住哥哥的叮嘱，请放心。"

孔传高声宣布授宝开始。

"一授'孔子及亓官夫人楷木像'！二授'唐吴道子绘孔子佩剑图'！三授'至圣文宣王庙祀朱印'！"

这三件传家宝分别是孔子及其妻子的楷木像、唐代画家吴道子绘制的孔子佩剑图以及宋代朝廷赐给孔庙的朱印。这些都是孔家的至宝，也是儒学的象征。

孔夫人沈氏亲自从内殿捧出这三件宝物包裹好，将包袱牢牢地系到丈夫的背上。

孔传又传令："辞庙！"

孔端友率领近支族人百余名拜辞孔庙。他们一一向祖庙敬献了酒水和香火，并且深深地叩拜了三次。

孔传奉上酒碗，孔端友、孔端操扼腕滴血，举碗共饮，异口同声：

"以我之血盟誓，带领族人南迁，排除千难万险，誓保孔家三宝传承！"

"以我之血盟誓，典守曲阜孔庙，巧与金兵周旋，誓护祖庙孔陵周全！"

众人齐声道："香火延续，儒学传承，千秋大业，我辈继承……"

孔端友、孔端操再次说："任凭天翻地覆，无论生死，牢记此盟！"

"启程！"孔传再次下令。

他们紧紧地拥抱了一下，然后毅然分开。

孔端友带着沈氏和大部分族人向南方的路上走去。他们一步一回头地望着祖庙，眼中充满了不舍和眷恋。

孔端操则带领一小部分族人留在了曲阜。他们站在祖庙的门前，目送着亲人的离去，眼中充满了坚毅和勇敢。

一

杭州钱塘江畔，秋高气爽，山清水秀。然而，这里的人们却没有心情欣赏这美丽的景色。孔端友背负着三件孔家宝物，手牵着妻子沈氏，走在钱塘江边的堤坝上，望着江水波光粼粼，心中充满了凄凉。他们的身后跟着二十几个从曲阜孔庙逃出来的族人，一个个衣衫褴褛，步履踉跄，面容憔悴，眼神哀伤。

就在这时候，宋朝皇帝赵构驾临钱塘江畔。他带着一众官员从应天府仓皇出逃，经过临安府准备前往明州避难，正好路过江边。

孔端友喜出望外，立即拦驾拜见圣上。

"禀皇上，臣孔端友率领孔子后裔，风餐雨宿、苦行千里，终于赶上圣驾。"

"孔爱卿，扬州圜丘祀昊天上帝别后，朕甚念之，今你率族扈跸而南，朕慰之。"赵构十分欣喜。

"回禀皇上，我们是带着孔家三件传家宝，从山东曲阜孔庙逃出来的。为追随朝廷南迁，一路上冲散的冲散、死伤的死伤，百余人的队伍只剩下二十几个人。"孔端友说着，禁不住掩面，泪如雨下。

孔端友将自己背负的三件宝物取下来，呈现在赵构的面前。

赵构看到了这三件宝物，感动得热泪盈眶。说道："孔子及亓官夫人楷木像，是孔子及其妻子的真容，是儒学的根源。唐吴道子绘孔子佩剑图，是儒学的典范。至圣文宣王庙祀朱印，是朝廷赐给孔庙的朱印，也是儒学的荣耀。这三件宝物都是中华文化的象征，也是我大宋国之重器。你们为了保护这三件宝物，不惜牺牲，真是忠君爱国，其为楷模！"

"禀皇上，随臣南迁的族人尚存端朝、端问、端己、端位、端植、

端隐、端思、端弼、玢、瓒、棺等众，个个是饱学之才，敢为朝廷牺牲，御敌复兴。"

赵构下车亲自上前扶起了孔端友，说："衍圣公，你是我大宋国之忠臣，也是我儒学之首臣，带来的孔氏族人个个堪称国家栋梁。你不顾安危、无惧牺牲追随朕南迁，朕感激不尽。下一步你有何心愿，尽管告诉朕。"

孔端友回禀："皇上，您南下逃难历遇艰险，重建朝廷更加艰巨。臣没有什么别的要求，只希望您能够以振兴儒学，教育臣民为上上策。"

赵构点头赞许："你说得对。大宋失去北方大片国土深层次原因是大臣贪污腐化、贪生怕死，朕深痛极恶之！所以读书教育、倡廉明理是立国之本，大宋中兴的希望就寄托在振兴儒学上。"

孔端友连忙承旨："臣定不负圣意，会在战乱中振兴儒学，重建孔庙，引领学业。"

皇帝看到孔夫人沈氏怀中抱着五岁的儿子孔玠，想了想，又说道："衍圣公，看来你的子嗣有些单薄。你的血脉是儒学的传承的根基，朕愿将自己身边一位最美的歌姬苏三娘赐给你做妾，多多开花散枝。"

不一会儿，苏三娘就被带到了孔端友的面前。她身穿一袭红色的衣裙，衣袂飘飘，显得妩媚动人，风流不羁。

见孔端友婉言拒绝，皇帝身边的大臣齐齐喝道："孔端友，你竟然敢抗旨吗？"

沈氏吓白了脸，赶紧拉丈夫跪下领旨。苏三娘听了，也悲切地低头不语，懂事地跪到孔端友身边一起谢恩。

赵构点点头，说："衍圣公，情况紧急，你带着你的族人向西去衢州，那里有我朝的官兵驻守。朕和文武百官要向东赶往明州召集军队上前线。等到驱逐金兵，天下太平再相见。"

"遵旨！"孔端友拱手告别。

两队人马在江边分道扬镳，各奔东西。

谁也没有注意到，在赵构的队伍中有一个人趁着混乱偷偷地溜了出来。他是禁军的一名军官叫徐刚。他早先是宋徽宗的侍卫，在靖康之难中被俘投敌，是金国派来的探子。他负命南下潜伏，夺取孔庙三宝。

徐刚悄悄地尾随孔端友到江边，盯着他们登上驶往浙西的大客船。他也登上了一艘小船，紧跟在孔端友的船后。

二

兰江，一条清澈的江河，流经浙西的青绿山水之间。

孔端友背负楷木像站在船头，观察着沿途的风景。

"我们快到了。衢州是浙西的中心城市，也是我朝的重要军事要地。其地理形势有利于儒学的传播和保护。"

而客船上的船主和艄公用兰溪话窃窃私语，鬼鬼祟祟地盯着孔端友一行人。他们其实是一伙强盗，专门在兰江上打劫过往的商船和客船。

客船开到了兰溪游埠头，那里有强盗的同伙在接应。船主和艄公突然亮出明晃晃的大砍刀，向孔端友一行人扑了过去。他们喊道："你们都给我听好了！我们是兰江上的强盗，你们只要留下金银古董和女眷，男人就可以上岸逃命！如果你们胆敢反抗，那只有死路一条！"

孔端友大惊失色，拔出宝剑叫道："叔父，你快去掌握船舵，保证大船平稳。其他人进船舱保护好内眷财物！我来对付这些强盗！"

"好的，侄儿！你小心点！"

孔传带剑跑进舵室，以保证航船平稳安全。其他族人带着沈氏和玠儿及一众女眷躲进船舱，用木板堵住了门窗。

孔端友急起挥剑向强盗冲了过去，步步将他们逼下船舷。

此时，小船也追了上来。

徐刚跳上大船，看到了孔端友和两个强盗的打斗，心中暗想：这正好是个机会！我可以趁乱夺取孔家三宝！

船老二挥刀扑向冷眼观战的徐刚，徐刚一剑将他刺穿踢下水，闪身加入战斗。

三个人在甲板上难分敌友，混乱打斗，你来我往，不分上下。各自展示出上乘的武艺，寻机刺杀对方。

强盗船主看到了孔端友背负的宝物，他一眼就认出了它的价值，叫道："哇，这可是无价之宝啊！"

孔端友见状，大怒道："你敢动我的祖先的楷木像！你找死！"他说着，就挥剑迎了上去。

徐刚悄悄绕到孔端友身后，伸手想要抢走楷木像，却被船主拦住。

三个人围着楷木像打了起来。他们在船上拉扯推搡，刀剑碰撞声混杂着怒吼，打得天翻地覆。

天色昏暗下来，强盗船主借助缆绳巧妙地使绊。孔端友和徐刚顿时失衡，踉踉跄跄跌倒。

强盗船主露齿而笑，迅速靠近孔端友割断绑带，紧抓楷木像跳入水中。

孔端友和徐刚震惊无措，相互看一眼，纷纷跳水追捕。

徐刚急切地喊："快，别让他跑了！"

　　水下光线昏暗，只看见气泡咕噜咕噜上升。三人在冰冷的江水中互相打斗，激烈拼抢楷木像。

　　不久他们同时抓住楷木像，都不肯放手，在水中拉扯推搡，打得水花四溅。

　　突然，江心一阵急流冲过来，将三个人和楷木像都卷走了。他们顿时失去了平衡和方向，感到一阵阵眩晕和死亡的逼近。

　　当他们重新浮出水面时，发现自己已经被冲到了远处，每个人手中都空空如也，失去了楷木像的踪迹，脸上满是茫然和疲惫。望着四周，急切寻找随急流消失的楷木像。

　　孔端友气喘吁吁地说："楷木像呢?!"

　　三个人急忙再次潜入水中寻找。

　　孔端友潜水寻找了一会儿，也没有找到楷木像。他浮出水面深深地吸了一大口气，准备再潜入水中，听到了一个声音："衍圣公，你快上船吧！水里太危险了！楷木像已经被水冲走了，谁也找不到了！"

　　孔端友抬起头来，看到了徐刚。徐刚伸出手来，将他拉上船，自我介绍说是南宋皇帝赵构派来保护他的军官。

三

　　孔端友率领着族人找寻到位于衢州的荒郊野外的一座残破的小庙，就在这里安顿住下了。这天，沈氏带着苏三娘去了附近的一个池塘洗衣服。孔传带着其他族人拿着锄头和种子，去附近的一片荒地开荒种菜，自力更生。

　　孔端友站在破庙的门口，举目四望，茫茫荒野，村庄凋敝，心中十分悲哀。

"祖宗啊，你们在天上看到了吗？孔家现在处于何等的危难之中！传家宝楷木像不知所终！儒学现在已经无人问津，家庙重建尚无着落，我对不起你们啊！我向你们发誓，我一定会找回楷木像！我一定会再建孔庙！我一定会再兴儒学！"

他说着说着，眼泪无声地滴在了地上，打湿了泥土。

这天晚上，孔传捧着楷木像奔进了小庙："大家快来看啊！我把楷木像找回来了！"

大家都围了过来，惊喜地叫道："真的吗？啊！是真的！"

孔传点点头说："有个小孩子在江边打捞到了木雕像，我正好看见了，就花二两银子赎回来了。"

大家都喜出望外，只有苏三娘还在郁闷。原来她在北宋宫中就与侍卫徐刚相约白头，如今嫁给他人，面对追随而来的徐刚，情何以堪。

四

建炎三年冬，孔端友请来了一位风水师，让他选一个合适的地方建孔庙。这一天他和孔传带着族人跟着风水师一起在衢州城外寻找合适的地方。

就在这时候，一名使者骑着马从远处奔了过来。他高声喊："衍圣公，快来接旨！皇上有诏！"

孔端友接过了圣旨，仔细地阅读起来。

圣旨上写着："孔端友率近支族人扈跸南渡有功，赐衢州州学为家庙，赏白银一千两。"

孔端友跪在地上，向着北方拜谢。

"臣孔端友率众叩谢皇上恩典！"

战乱时期，百业俱废。衢州府最高学府早已闲置，师生散尽，落叶满地，墙倒楼歪，蛛网封门，显得空旷而凄凉。

衢州方圆百里的老百姓闻讯欢呼雀跃，奔走相告，他们都想为孔端友将州学改建孔庙出一份力。商人们纷纷送来建筑材料，如木料、砖石、瓦片、油漆等。农民们纷纷送来食物和饮料，如米饭、面条、蔬菜、水果、茶水等。工匠们纷纷送来工具和技术，如锤子、钉子、锯子、尺子、画图等。

孔端友看到了当地老百姓的热情和慷慨，心中十分感动。他向着老百姓深深地鞠了一躬，表示感谢。

"我感谢大家的帮助和支持！我一定会把这个家庙建成一个儒学的圣地，无论贫富，广纳学子！"

孔传与他商量后宣布："正中建大殿供奉先祖孔子，后院按照曲阜孔庙建制居家，权以家庙寓学官，前院两侧厢房全部设为学堂，家居时可以授徒千人，由我们南下孔家子弟传经授文。"

老百姓听了，喜不胜望，都鼓掌叫好。

风水师看到了这一幕，兴奋道："衍圣公，今日正当吉日，建议立即举行简单的建庙仪式。这样可以为您的家庙增添吉祥和气运。"

孔端友点头说："风水师说得对。那就立即在州学举行建庙仪式吧。"

风水师拿出了香烛、纸钱、鲜花等祭品，摆放在了选定的地方。然后，他引领孔端友和族人，在那里祭拜和祈祷。

孔端友点燃了三根香，对着天空恭恭敬敬地祈祷："先祖孔夫子啊，您在天之灵看到了了吗？你们的后代现在要在这里建立家庙了。这是皇上的恩典，也是百姓的支持。希望祖宗在天之灵保佑我们顺利建

成，让我们能够四季祭祀，八方传扬。"

他说完了这些话，就向着天空鞠了三个躬，然后转过身来，对着族人和老百姓说："各位亲友和好人，请你们也跟我一起祭拜和祈祷吧。让我们共同为这个家庙祈求平安和幸福。"

族人和老百姓都应声而起，跟着孔端友一起祭拜和祈祷。

徐刚看到孔端友突然去城里的州学举行南孔庙的建庙仪式，大喜过望，决定乘虚而入。他想：我正好带上苏三娘和孔家三宝逃出这里。

徐刚奔进破庙，骗道："苏三娘，建孔庙仪式上要用到孔家三宝，你快快进庙去拿出来交给我吧。"

于是，苏三娘擅自从庙里拿来了孔家三宝，犹犹豫豫地把包袱交给了徐刚，说："好吧，徐刚。我相信你。我把孔家三宝给你。但是你一定要交给衍圣公啊。"

徐刚接过了包袱，心中十分得意。

"哈哈！我成功了！我终于得到了楷木像！"他说着，就拉着苏三娘跳上马，"苏三娘，趁现在四下无人，我们逃走吧！我们去追求自己的自由和幸福吧！"

苏三娘听到情人的话，未曾多想，激动得紧紧地抱住了他的腰。

这时，病卧在床的沈氏察觉到了徐刚和苏三娘的异样举动，她挣扎着追出庙门，看到他们手里拿着孔家三宝，心中十分惊恐。

沈氏立马就追赶上去，拦住马头，大声喊道："徐刚！苏三娘！你们要去哪里？还不快将三宝交还给我！"

徐刚看到了沈氏的阻拦，心中十分恼火："快滚开，别碍事！"

他边说边用脚狠狠将沈氏踢倒在地，然后驱马践踏而过，狂奔逃走。

沈氏身上多处受伤。她忍痛大喊："衍圣公！快来啊！徐刚和苏三娘拿着孔家三宝逃走了！他们是叛徒！快抓住他们！"

孔端友听到呼声飞快地跑回庙，看到形势紧急，他来不及扶救沈氏，就翻身上马追赶。

五

险峻的烂柯山位于衢州和临安的交界处。

孔端友持剑追上了徐刚，喝道："徐刚，你盗走孔家三宝意欲何为？你快把它还给我！"

徐刚气喘吁吁地回答："孔端友，你不要再追了！这是皇上的旨意！"

孔端友根本不信："你胡说什么？你拿得出皇上的诏书吗？你分明是叛国奸细，是金国派来的间谍！你不要再欺骗苏三娘了！"

苏三娘夹在中间，不知哪个说的是真话，她思想斗争激烈：徐刚是叛国奸细？这怎么可能？他不是我的恋人吗？他不是为了爱情带我逃走吗？

她问："徐刚，你告诉我，你真的要把孔家三宝送往南宋朝廷吗？"

"苏三娘，你当然要相信我。我真的是皇上派来的军官，奉圣旨将三宝送往杭州。孔端友才是叛国奸细。"徐刚继续撒谎。

"徐刚，休得一派胡言！"

孔端友说着，就挺剑驱马，直刺过去。徐刚用剑格开，火速让三娘下马，又将包袱交三娘保管，策马挥剑刺杀孔端友。未料孔端友剑术高超，俩人马上激战，不差上下，险象环生。

几个回合下来，孔端友瞅着空档，一剑挑落徐刚的软甲，咣当一下从里面掉下一块腰牌。正在观战的苏三娘捡起一看，竟然是金国的腰牌！苏三娘这才知道自己所爱的人已是汉奸，又惊又气，捧着包袱奔向孔端友。

徐刚见状立即亮明自己已是金国完颜亮元帅属下的将军，劝苏三娘带上孔家三宝回到他身边，一同去金国共享高官厚禄富贵荣华。只见苏三娘连声答应，徐徐退回徐刚身边。孔端友见状不由得火冒三丈焦急万分！

徐刚伸手去接包袱瞬间，苏三娘一个假动作，转身将包袱抛给孔端友，高声叫他快走！并以迅雷不及掩耳之势夺过徐刚的剑用尽全力刺伤了他，见他跌下马背，自己飞奔向孔端友。卧地的徐刚忍痛掏出飞镖掷向孔端友，一瞬间苏三娘挺身保护孔端友中镖倒地，鲜血喷溅而出。此时叔父孔传已率族人赶到，围攻杀死徐刚。

孔端友扶起苏三娘，撕下衣襟为她裹伤急救，感谢她知错改过，深明大义舍命保护孔家三宝。苏三娘喘息着请衍圣公恕罪，表明愿生死相随，只可惜此生再也没有机会了，说罢头一歪就撒手仙逝了。孔端友内心悲痛，遂将三娘厚葬。

六

明天就是孔子1680年诞辰日，南孔庙即将举行盛大的庆典。

庆典前夜，孔端友徘徊在大厅里，巡视着列祖列宗的牌位，忐忑不眠。

沈氏走过来，轻轻地拉住了他的手，问道："衍圣公，你怎么还不休息？楷木像已经供奉好了，明天还要迎接皇帝和吏部尚书的到来呢！你有什么心事？能不能和我说说？"

孔端友看到了沈氏关切的眼神，心中十分感动。他说道："夫人，你真是位好夫人，对我照顾得无微不至。"

　　沈氏微微一笑，把孔端友带到了太师椅上坐下，给他倒了一杯茶水。

　　孔端友接过了茶水，轻轻地呷了一口，心中有些犹豫。他看了看沈氏的眼睛，她的眼睛里充满了真诚和关怀。

　　"夫人，其实我有一件心事，一直困扰着我。就是关于我想去偏远落后、教学几无的岭南传授儒学的事。"

　　沈氏听了，心中一惊："衍圣公，那里自古是官宦流放之地，你又没犯错误，为何要自请去受罪呀？"

　　孔端友点点头："是的，我知道那里的瘴气四起，北下之人极易生病，民众生活也很艰苦，很难适应。"

　　"衍圣公，我们的儿子还小呢，只有七岁。去那么苦的愚昧之地，你为他考虑过吗？"

　　孔端友叹了一口气，严肃地说："夫人，你也知道，我是孔子第四十八世嫡孙，也是现在唯一的衍圣公。按照孔家的传统，我有责任和义务继承祖宗的衣钵，传承儒学的精神的责任。但是，我却有一个遗憾，就是儒学没有传播到岭南。"

　　沈氏听了，十分感动道："衍圣公，既然你已经做出了决定，我就支持你，陪伴你。无论你是什么身份，我都会跟着你。"

　　"天亮皇上驾到。正是面奏的极好机会！"

　　天亮时分，从南孔庙外传来了一阵阵鼓乐声和欢呼声。孔端友赶紧带领族人出庙迎接。

　　一队人马从远处驶来，正是皇帝赵构和吏部尚书。

　　孔端友和沈氏立刻带领一众族人跪下，高呼："吾皇万岁，万岁，万万岁！"

赵构走到了孔端友等人的面前，说："众爱卿免礼。"

"谢皇上。"孔端友领头起立恭候。

赵构笑道："衍圣公，你不要谦虚。你是儒学的领袖，也是国家的栋梁。你为了传扬儒学，不惜危险率族迁徙南下，不惜劳累建立南孔庙，不惜生命保护孔家三宝。你的功绩和贤德，我们都知道，天下人都知道，也将载入青史。"

吏部尚书说："衍圣公，你是我们的老师，也是我们的榜样。你的学问和才能，我们都敬佩，天下士人都敬佩。你对于经典和注疏的阐释和创新，你对于诗文和音乐的创作和演绎，你对于礼仪和制度的规范和改革，都是无与伦比的。"

孔端友感动不已，回禀道："皇上，尚书大人，你们太过奖了。我只是一介儒生而已。我所做的一切都是出于对儒学的热爱和对天下的关怀。"

他说完，就向皇帝赵构和吏部尚书行了一礼，转而禀道："皇上，臣有一事相求。"

赵构笑道："说吧。"

"臣想去偏远落后、儒教未及的岭南开疆拓土，建立孔庙，传授儒学。"

"但是那里皆为荒蛮之地，民众彪悍愚昧，尚未开化，历朝历代革职流放的官员，十去九不回呀；朕劝你去不得。"赵构非常惊讶。

"正因如此，臣方请奏。以国事为重，舍弃私利，乃身为臣子本分也。"孔端友伏地不起。

吏部尚书急忙上前一步："臣附议。"

这时，孔氏族人端朝、端问、端己、端位、端植、端隐、端思、端弼、玠、瓒、棺等人纷纷跪下奏请："臣等愿意代替衍圣公去岭南传授儒学。"

孔端友坚决拒绝："我意已决，尔等休得多言。请皇上速速下旨恩准。"

赵构深受感动，再次宣旨："孔端友，朕准你往岭南荒蛮之地推广儒学的请求。册封你为正五品郴州知州兼礼部侍郎衔，沈氏为二品诰命夫人。你可带着夫人和孩子前去岭南开疆拓土，传播孔学。"

"谢皇上隆恩！"孔端友和沈氏双双拜倒。

孔氏族人端朝、端问、端己、端位、端植、端隐、端思、端弼、玢、瓒、棺等人再次跪下奏请："臣等愿意效仿衍圣公，特请旨准去大宋偏远落后的地方传授儒学，倡导忠义，匡扶正气，激发当地官民卫国驱金，全力中兴。"

赵构转向众臣说："诸位看到了吗？这就是孔子的后代！他们不为名利所动，不为权势所惑，只为大义所感！世人为了争权夺利不惜厚颜无耻、骨肉相残，而他们为了国家利益主动舍弃功名利禄，勇挑重担，奔赴艰难！这是何等的高风亮节！何等的仁义道德！"

众臣叹服道："皇上说得极是！孔氏子弟真是令人敬佩！"

赵构大喜，宣旨："孔传知峡州，孔端朝赴任徽州黟县令，端问赴任洪州奉新县丞，端植去湖北任通城令。端思在临安就任府学教授……"

孔传领头伏地谢恩："谢皇上恩典无边！"

在场众人一起欢呼："皇上圣明！"

秋高气爽，晴空万里，朝阳初升，红霞满空，映照南孔庙的金色古瓦和宏伟山门。

大成殿外，祭品齐全，掌馔者按祭仪摆放祭品，执事者细致检查。

在这神圣的时刻，孔端友身着礼服，庄重地站在大成殿前，宣布："南孔庙祭祀开始！"

众乐师开始演奏钟鼓之乐，编钟和编鼓的声音交织在一起，铿锵有力，琴瑟箫笛的旋律穿插其中，呈现出雄壮而和谐的音乐。

主祭孔端友亲自引导皇帝和州府官员率先礼拜孔子。

火烛辉煌，香烟缭绕。伴随着钟鼓三鸣的声音，参加祭祀的君臣、孔子后裔以及请来的各地贵客，依照尊卑顺序，肃穆就位，乐舞开始起舞，赞礼生吟唱，其他参加者肃立，整个场面庄重而神圣。

主祭孔端友从东阶上神座，奠帛、献爵、每次行三跪九叩之礼，从西阶下复位。助祭者分献也是这样。

接着，孔传向天空敬献祝文，词句铿锵有力，回荡在庙宇的屋檐之下。

"维先师德隆千圣，道冠百王，揭日月以常行，自生民所未有。属文教昌明之会，正礼节和乐节之……尚飨。"

三献之后，意味着"神""圣"已受食收帛，于是送"神"别"圣"，再行九叩之礼。而后主祭、助祭在丹墀下各自就位，至此礼毕。

祭孔佾舞舞队浩大，约有百人，服装华丽，阵容壮观。配有琴、箫、篪、笛、瑟、埙、钟、鼓、石磬等多种乐器。此外还有通赞生、司节生、司乐生、司道生、礼生、卫士等各种人员协助演出。

乐舞生每人左手拿龠右手执翟，从边门而入佾台，乐队敲打着钟、鼓、石磬，演奏乐器，歌队唱着丁祭乐，曲调壮重、肃穆。

大哉孔子，先觉先知。与天地参，万世之师。

祥徵麟绂，韵答金丝。日月既揭，乾坤清夷。

俎豆千古，春秋上丁。清酒既载，其香始升。

……

聿昭祀事，祀事孔明。化我蒸民，育我胶庠。

秋风飒爽，歌声扶摇，直冲云霄，四方闻达。

孔端友恭敬地送走皇帝一行，他仰望天空，金色的阳光洒满大地，和煦的秋风吹拂脸上，令人心旷神怡。他想：孔学有我们后辈子孙前仆后继、孜孜不倦地宣扬、研究、传承，一定会像金风一样，吹遍神州的每一寸土地，也会像这劲风一般，扫遍东西南北，天涯海角！更会与天风一起，四季常在，千秋万代！

后　记

史载：至元十九年（1282），五十三世孙、衍圣公孔洙奉诏入觐，世祖令其载爵回曲阜承祀。孔洙以先祖庙墓在衢，固让其爵于曲阜之族弟孔治，且以母老乞南还，世祖赞曰："宁违荣而不违道，真圣人后也！"此后，孔氏南宗失封达224年之久。南宗"公爵"虽让，而孔子之道始终未违。他们以此为契机，坚定地走向民间，致力于平民教育，或为学官，或为山长，前后相望，从而为儒学南渐、理学北传做出了贡献。

800多年的风雨斜阳、战火硝烟，衢州孔氏家庙的建制依然遵循着南渡时家庙的规制，孔子夫妻楷木像一直完好保存到当代，并于1960年送归曲阜孔氏家庙。

订在纸上的日子

邱红燕

第一章

已是正午时分，窗外的阳光日趋热烈，打在这栋五层楼的房子上，深红色的外墙顿时亮堂起来。从深红到中国红，也许当初设计师就考虑到这栋房子的特殊性才设计了这个变化，只要有阳光，就是正红。对于外人来说，这栋小楼的神秘之处不只是建筑的设计，还有终年守卫森严的大门、深夜不熄的灯盏，里面的人进进出出，行色匆匆。偶尔往里眺望，可以看到正对门的大花坛里国旗高高飘扬，门牌写着中共沙洲市纪律检查委员会。

在市纪委常委会议室，每个参会人员都脸色凝重。

坐在正中间，低头沉思，戴着一副黑色宽边眼镜的是沙洲市纪委副书记唐少生。

"经我们初核，徐一鸣在弃土场建设项目中，确实存在分拆项目、规避招标等问题，但中间是否暗箱操作，是否还存在腐败问题需进一步调查。就目前调查情况，建议先免去徐一鸣同志职务再调查处理。"正说这话的是专案组组长刘维心。

这个年近五十岁的纪检监察干部，把大部分时间花在案件查办上，原来是有名的一把好手。但是，随着体制改革，检察院转隶过来一批办案人员后，刘维心有一种深深的危机感，不知道是对新出台的纪律条规不熟悉，还是对新形势下办案工作不适应。

"免职？不是个人问题还没查实吗？"唐少生听后抬起头来看着刘

维心。

"是还没查实，但不等于没问题。弃土场建设项目违反程序规避招标，作为一把手他有不可推卸的责任。而且，现在，调查组找他谈话他极不配合，不是以忙推托，就是干脆不接电话。我认为，可以先免职再调查。"刘维心一急起来，语调就提高了不少。

与会的人员看到这个场景，纷纷发表个人看法。

"我了解到，徐一鸣能力、水平、口碑都很不错。以前沙洲是个什么样子？马路市场到处是，从城东到城西开车要大半天，摊位都摆到路中间了。"

"是的是的，徐一鸣担任局长后，带领一班人硬是把沙洲改头换面，治理'牛皮癣'、垃圾分类、规范马路市场很有成效，上次为果农、瓜农设置临时疏导点，大大小小几十个，经验都上头条了。现在再看看我们沙洲，整个城市干净整洁，焕然一新……"

"功是功，过是过。在纪法面前，功过能够相抵吗？"刘维心皱着眉头，认真地说。

"功过是不能相抵，那弃土场项目有没有出现重大事故或者给国家造成了巨大的损失？"

刘维心顿了一顿，语调明显缓了不少："目前还没有发现。不过，弃土场不招标，不财评，直接上马，以我多年的办案经验，这里面没有猫腻是不可能的。"

"你这想法就不对。在调查之前不能做有罪推定，一旦形成思维定式，看谁都像犯罪分子了。"唐少生也提高了声音分贝。

"唐书记，这个案子是上级批转下来，进行免职处理是为了表明我们的工作态度。"

"仅仅为了一个表态，就给同志一个免职？刘主任，要知道我们办的不是案子，是一个党员干部的人生啊。上级也不会要这种所谓的'态度'。依我看，快速把问题查清查实，实事求是进行处理才是真正的态度。"

"如果徐一鸣还在局长的位子上，下面的人敢说真话、承建商能说真话吗？那案子还办得下去吗？"刘维心说这话时把身子往椅背上靠了靠，手里的笔重重地丢在桌子上。

唐少生沉思了片刻："那就先暂停徐一鸣职务，接受组织调查吧。"

在去停车场的路上，刘维心一直不爽，自己的建议没有被采纳，还被唐少生当着那么多人的面上了一课。一路上跟着的新调到办案组来的杨倩大气不敢出，一路默默地跟着。

"我觉得您刚刚在会上说得挺好的。"杨倩试着打破尴尬。

"有什么好与坏的，我只想一心一意把案子办结，免得被追责。真要追责起来，怕是谁也担不起。"

"那倒是，在纪委数您办的案子最多，大案要案最多，送进去的人也最多。人称刘一刀，又快又狠。"

听到这里，刘维心的表情稍微缓和一点："刀快有什么用？也要看砍不砍得对地方。今天这一刀就砍在棉花上，提的建议一点也不管用。你说说看，几百万的项目财评不搞、招标不搞、项目拆分，事实这么充分，先免职再查处哪里过分啦？"

"嘘，小声一点。"杨倩紧张地环顾下四周，发现没有人才安下心来。

"有什么好怕的，我反正是快退休的人啦。"

"您不知道吗？我听说徐一鸣工作第一站就是在唐书记手上报到的，办案还是要先查人物关系，这里面水深着呢。"

刘维心拿着车钥匙站在原地，怔怔地看着前方，一言未发。

第二章

太阳已经下山，工地上还是很火热，几台挖机、渣土车正在挖土、装车。

在空旷的工地上，有四五个戴着白色安全帽的男人围着施工图比比画画。站在中间的年轻男子，帽檐下露出一张白净的脸，微微有点胖，帽带一勒紧脸显得更圆了。他是这个项目的负责人，沙洲市行政执法局局长——徐一鸣。

"弃土场的滑坡主要发生在用土场，涉及安全问题基本都发生在弃土场的形成过程中，反而最终状态下的弃土场风险概率比较低。"徐一鸣对工程师说。

"局长，我们也很谨慎。设计的时候在确保整体稳定性的前提下，还综合考虑了使用过程中的破坏和失稳因素，比如局部区域存在软弱地基，弃土强度过大的问题。"

"哎，你是不知道，这项目开工以来，我这弦绷得有多紧？这是关系到民生的大事。一旦发生滑坡或泥石流，将是一次重大灾难。"

"局长，您就放一万个心。考虑到水文地质、工程地质等方面原因，我们在设计时将拦挡墙基底抗滑稳定安全系数、土质地基拦挡墙抗倾覆安全系数和坡面截排水工程设计标准都提高了级别。"

"那是最好的，你们是专业的单位、专业的团队，交给你们才放心。"

"哈哈哈，我也是服了您，哪个局长像您这样认真，天天扎在工地上，现在都快顶得上工程师啦。"

"没办法，这关系到人民群众的生命财产安全，不得不慎重啊。"

叮……有电话铃声响起，小黎把公文包递给局长："局长，您有电话。"

徐一鸣从公文包里拿出手机接了电话："喂？你好，哪里？纪委啊？上次不是把问题说清楚了吗？怎么？明天要召开局党组会？什么处理啊？您看能不能缓一下，改在下雨天来，这段时间天气好我们没日没夜在抢工期。"

"这恐怕没办法改，您还是调整下您的工作。不会耽误您太多时间，而且以后，您会有大把的时间………"

"会有大把时间，这是什么意思呢？"挂断电话，徐一鸣仔细回想着纪委办案人员的话，是调整，撤职，还是不再负责这个项目？对于不可预知的未来，徐一鸣深深地担忧起来。

"为担当者担当，为负责者负责。"徐一鸣的脑海里闪出市委书记在会上讲这句话时的场景。不得不说这句话有着某种魔力，在场人员听后如同打鸡血一样群情激动，讲到动情处有的还会热泪盈眶，偷偷地抹眼泪。

现在想做点事情太难了，即使全力以赴，也不知哪里会出纰漏，什么时候出纰漏。提心吊胆的有，患得患失的也有。有的就坐等那个雷落下来，反倒安心了，睡得着了。每一个没有被雷劈到的日子都是好日子。

第三章

"我们的徐局长被停职调查了，听说与正在建的弃土场项目有关。"

"这有什么大惊小怪的，工程上马，干部下马，我们徐局长也难逃这个定律啊。"

行政执法局是个大机关，有一百多号人。徐一鸣担任局长后，烧的第一把火就是把食堂里的那些局领导的七大姑八大姨解聘，改变原来集体承包的运行模式，由局里就近择优联系蔬菜基地自备食材，竞聘三个大师傅和三个小工，每天不同的菜单按不同的口味配置，从节省的经费中添加粗粮和水果。原来那些局领导的亲戚们有的在食堂里待了八九年，时间越长就越敷衍态度也越蛮横，不但菜不好吃还看不到一个好脸色。机关里的干部纷纷跑到外面去吃小灶，相互吃请已经成为一种风气，局周边的店子都被带火了。徐一鸣这一改革虽然得罪了少数人，但也让很多干部对这个年轻的局长不敢轻视。

刚到十二点，大食堂里已经聚满了人。虽说一心不能二用，但在吃饭的时候，嘴巴还可以说话，这可能是人类只需要一张嘴的主要原因吧。食堂成了八卦和新闻发布中心。

机关食堂的桌子为长条形，一桌坐六个人。面对面坐着，不管熟悉或者不熟悉，都得叨叨上几句。

"你们听说没有？"

"听说什么？"

"我们的徐局长被停职调查了，听说与正在建的弃土场项目有关。"

"这有什么大惊小怪的，工程上马，干部下马。"

"你们别胡说，只是停职接受调查，并没有说一定有问题。"

"那怎么知道，没事随随便便就会停职？现在查出来的都是台上说一套，台下做一套。谁还把'贪'字写在脸上啊？电视剧里那个贪官，平时还骑自行车上班，后来一查，满屋子的钱。"黑衣男手舞足蹈地讲着。

"难怪我在走廊上碰到徐局，看到他脸色铁青的。"人事科小王附和着说。

徐一鸣拿着餐盘走到桌边，边吃边默默地听着。这些话语他在过去是听不到的。以前到食堂，还没进门，门口就会站着三五个人，有的接包，有的拿餐盘，有的打饭菜，尽管他多次说了不要这样，但还是无济于事，第二天，那几个人仍然堆着笑脸守在门口。但是，今天不一样了，食堂门口安安静静，那几个蹲守的人也不见了。走进食堂时，几个人抬起头看见了他，也迅速移开视线，低头吃饭。徐一鸣苦笑了一下，现在有的人太现实，换句话来说，严重的利己主义，对自己没有利益关系的，他们甚至不愿意浪费一个表情。

几个人谈得太过投入，压根就没发现徐一鸣坐在隔壁桌。小王说话时无意间抬头看到了徐局长，整个人都怔住了。他赶紧扯了扯旁边正在说话的黑衣男。黑衣男没停止说话，反而把声音提高了："唉，你扯什么啊，我是实话实说，有些人看起来一副正人君子样。上次我报点差旅费，还被一本正经地说了一通，现在没想到是这种人……"

小王看架势不对，急忙起身："你们慢吃，我先走了。"

第四章

夜幕降临，徐一鸣坐在书桌前，把台灯调暗。比起白天他更喜欢夜晚，那无尽的黑夜就像一床棉被紧紧包裹着，隐入其中才能找到些许安全感。他用笔在日记本里写下几行字：

我将一生订在一张纸上

把自己委身于纸/把你写在纸上

把纸上的火点燃又熄灭/

把黑夜的星辰一个个叫醒/把尖锐的骨头包起

我订着一张张纸/

仿佛在订一床厚厚的冬被/

盖住我的赤裸与柔软/像一场大雪

人的这辈子无论多么努力，都是被一张纸给困住的：出生一张纸，结婚一张纸，任命一张纸，死后一张纸，也许人活着就是为了这一张张纸。现在又凭空多出一张纸，把时间订住了。徐一鸣苦笑了一下，现在真像那个办案人员说的那样，有大把的时间了。

已经是第10天了。徐一鸣看了看书桌上的台历。参加工作以来，他一直就像上了发条的陀螺不停地转，现在停下来，整个人抽空了一样失魂落魄的。这些天为了不让妻子和孩子知道，徐一鸣都在办公室待到很晚才回家。今天实在提不起劲在外面瞎转了，他有很多话想找个人说。

徐一鸣从卧室走到书房，又从书房走到客厅，以往回到家基本上是深夜了，一进屋就到卧室倒头就睡，从没有这么长时间待在家里，家里的一切看起来又熟悉又陌生。

门开了，老婆谷宇拎着一大袋子菜回到家。

"一鸣，你怎么在家里啊？晚上不用去工地吗？"谷宇放下袋子拿起围裙问道。

"我被停职了。"徐一鸣如实说道。

"停职？这么严重？犯什么错了？"谷宇放下刚拿起的盆走到徐一鸣身边。

"就是弃土场那个项目。"徐一鸣回答道。

"我不跟你说过吗？我们只要安安稳稳过日子就好，不求大富大贵。你怎么……"

谷宇突然想到了什么，停顿了一下接着说道："不对啊，你没拿过什么钱回来啊？你把钱都放到哪儿去了？"

"谷宇，连你也认为我在项目里面搞了钱是不是？你都怀疑，也难怪他们会怀疑我。"徐一鸣不无委屈地说道。

"没搞钱，那为什么停你的职？"

"我没有公开招标，他们怀疑我搞暗箱操作。哪有什么暗箱操作，我只是怕误了工期走了捷径。"

谷宇慢慢地坐下来缓和一下口气说道："公家的事慢就慢点，不成功也就算了，至于拿自己的前程去赌吗？"

徐一鸣长叹一口气："我当然知道这样做不对，但是你知道弃土场关系到多少人安危吗？"

"你不要老惦记着你那点事，工作少你一个不少，而你却是我们的全部。你有没有为我想想，为孩子想想？"

听到这里，徐一鸣鼻子一酸眼泪差点掉下来，对于妻子、儿子他只有满心的愧疚。他知道妻子是在担心他，也知道妻子为这个家付出了太多。

"一天到晚不见人影也就算了，还整出个事来，要真受处分，我和孩子怎么抬得起头。"妻子继续发泄着心里的不满。

"别总叨叨好不好？我没有事，组织会查清楚的。"谷宇一说，徐一鸣脑袋更大了，他也担心因为自己的冒失给家里带来影响。

"还不让说了？你现在停职了，有人为你说话了吗？单位不是照样转得好好的，背地里还不知道多少人冷眼旁观、幸灾乐祸呢。"谷宇的这句话像一记重锤重重地砸在徐一鸣的伤口上，他只觉得生疼。这几天，他算尝到了人间冷暖，也思考过自己的付出值不值得，但是他没有一丝后悔。妻子还在絮絮叨叨，让原本心烦的他更添烦恼。

"谷宇，没完没了了是吧？就不能安静一下下。"

"徐一鸣，你想安静？那出去啊，以前你没在家的时候家里一直很安静。"谷宇不假思索地回怼了一句。

徐一鸣看了妻子一眼，转头打开门就出去了。听到砰的一声关门声，谷宇才意识到，自己只图一时痛快，把平时的委屈埋怨一股脑发泄出来，完全没有顾及丈夫的情绪，她瘫坐在沙发上。

初冬，太阳一落山夜晚就格外冷。徐一鸣站在立交桥上，看着流光溢彩、车水马龙的街道，思绪万千。

想起白天与专案组组长刘维心的谈话，徐一鸣觉得自己仿佛被这沉沉的夜色吞没，找不到方向。

第五章

徐一鸣怎么也没想到自己会有一天走进这座大楼，虽然没有一点心虚，但踏进来的时候还是被专案组强大的气场镇住了。

屋里全是软包的，墙壁、门、把手，连桌子也是，刘维心和另一个办案人员坐在办公桌前，桌子上摆着一台笔记本。他们的正前方摆着一条圆形凳子，比一般的凳子稍微矮些。徐一鸣在办案人员的引导下，坐在圆凳上面。

徐一鸣抬头望去，有种威严感和畏惧感。他心想：还好自己心里没鬼，要不然早被这架势吓倒了。

"为什么擅自决定新建弃土场？"在开场白进行后刘维心丢出这个问题。

"没有擅自，我是向上级请示，并召开了党组会的。原来的弃土场堆排高度、堆积量已达到最大负荷了，为考虑人民群众的生命财产安全，决定新建弃土场。"

刘维心紧追一句："那缩短挂网时间，将财政评审和招投标工作一同进行也是考虑人民群众的生命财产安全？"

徐一鸣坐正回答道："是的，因为沙洲的城市在发展，基建项目快速增加，如果新的弃土场不早点建好，弃土没地放，基建项目必然要停工。所以我们必须赶在雨季来之前，将新的弃土场投入使用。"

刘维心盯着徐一鸣看了一会儿，继续问道："根据规定，纳入政府采购的基建项目，不论金额大小、时间多紧迫，一律采用公开招标方式。"

对于刘维心的这个眼神，徐一鸣没有闪躲，他回答："这个我知道。"

"但你不仅违规采用了竞争性谈判方式，且在采用过程中压缩等标时间、改变评标方法，给自己留足了操作空间。"

"你们调查了应该知道事实上我并没有进行所谓的操控。"

"举报说你与承建单位天天在一起，是不是事实？"

"是的，为了赶工期，没有特殊情况我是都待在工地上。"徐一鸣低下头说。

"说没有问题，你自己信吗？"刘维心提高了声调。

这句问话深深刺痛了徐一鸣，他的牛脾气一下就上来了："如果你不信，可以调查啊，项目招标过程中我确实打了擦边球，踩了红线，要追什么责我都承担，但是如果要把权钱交易的脏水泼我身上，那是对我人格的侮辱。"

刘维心往后一靠，意味深长地笑了笑："我们不会冤枉一个好人，也不会放掉一个坏人。"

徐一鸣余怒未消，一字一顿地说："希望如此。"

第六章

徐一鸣正回想着白天发生的事，电话突然响起，一看是承建单位的李工程师。徐一鸣挂断电话，电话又再一次响起，不会是项目上有什么事吧？徐一鸣还是接通了电话。

一接通，李工程师焦急问道："徐局长，你在哪里？"

徐一鸣环顾四周，没有告诉他具体位置，回答说："李工，我在外面，找我有什么事吗？"

李工程师一急起来就有些结巴："徐……徐局长，我想见你一面。"

李工和徐一鸣年纪相仿，对工作十分认真，弃土场设计之初，他在现场待的时间最长，把方案改了又改。李工的专业素养是徐一鸣最敬佩的，人也是最谈得来的。徐一鸣以为李工是来安慰他的，他没有回话，沉默了一会儿。

李工程师说："您咋不说话啊？急死了。徐局，在施工过程中，发现有一段地方地基软弱、渗水性差，要采取预固结的措施、设排渍盲沟进行处理。所以要对图纸进行调整，图纸调整后会涉及工程量和结算总价的调整，需要您的签字。"

徐一鸣叹了叹气："我现在已停职调查，无权签字了。你可以找于副局长，现在工作由他代管。"

"找了，他说他不能签，签了字就要负责任，这个项目已经被纪委盯上了，他不想像你一样倒在这个项目上。"

"怎能这样，这也不敢那也不敢，不顾全局只顾保全，哪还做得成事情？"徐一鸣气愤地把手重重砸在栏杆上。

"是啊，眼看时间一天天过去，工程就停在这里了，雨季一来就会前功尽弃。"

徐一鸣心急如焚，但又无从下手，他问道："阳总呢？"

"也在接受调查……"

徐一鸣从未感受过这样一种无力感，以前遇到什么问题，他都能找到解决的办法，而如今他如同陷身沼泽中，他知道要做什么该做什么，却无能为力。想到这，徐一鸣仰头强忍着让自己泪水不掉下来，用几乎呜咽的口气说："我知道了，我会想办法的。"

徐一鸣望着车流发着呆，该怎么办呢？犹豫再三，徐一鸣拨通了市纪委副书记唐少生的电话。唐少生可以说是徐一鸣的人生导师，从刚参加工作起，徐一鸣就在唐少生的影响下，做人正直做事干净。可笑的是，这次却被他立案调查。

唐少生在电话里安慰着徐一鸣，说见面影响不好，但经不起徐一鸣软磨硬泡，还是答应和徐一鸣见一面。一是想给他安慰，另一个是因为他深信他所了解的徐一鸣不可能存在个人问题。

在一间小茶室里，唐少生和徐一鸣面对面坐着，去年的这个时候，也是在这个茶室，两个人还在为沙洲的发展谈得兴高采烈，如今再见面就是另一方景象了。

唐少生看着茶，对徐一鸣说："茶不过两种姿态，浮、沉；饮茶人不过两种姿势，拿起、放下。人生如茶，沉时坦然，浮时淡然，拿得起也需要放得下。"

徐一鸣叹了口气，说："书记，这道理我懂。当时我在拍板的时候也做好了承担后果的准备。但是我认为最多也就是给一个处分，相比于人民群众的生命财产安全，个人得失我不在乎，但没想到的是会让我停职。现在的感觉是什么你知道吗？就像把我的手脚捆住，这种日子上不能上，下不能下，动弹不得。"

唐少生看着徐一鸣，原来意气风发、眼中有光的徐一鸣憔悴了不少。他明白徐一鸣所受的委屈，也明白他现在所面对的压力。徐一鸣是一块好钢，不能让他这样因为一点挫折就消沉下去。唐少生继续说道："一个人的格局是被委屈撑大的。你不能有怨气，也不要灰心丧气，停职是为了让你更好地接受调查，如果没有问题，你怕什么？"

徐一鸣抬起头，看着面前这位熟悉的老领导说："我怕，我怕我一停下来，工程也停下来了，如果弃土场不如期完工，城市基建项目就会因为弃土没地方堆放也不得不停工，那得造成多大损失。"

唐少生愣住了，他没想到徐一鸣并不是为自己叫屈，还在想着工程的事。他又心疼又好气地说："停你的职不是已经安排人顶替了吗？"

"代替得了吗？因为这个项目我都成这样了，顶替的人哪敢放开手脚。现在，整个工程都停摆在那儿。书记，你给什么处分都行，只要让我回去把这个工程搞完。"徐一鸣无助的样子让唐少生很心酸，但是他也爱莫能助。而且一旦让别人知道徐一鸣这么惦记这个工程，还不知道会怎么揣度他。

"也不差这十天半个月。"唐少生回答他。

"您是不知道，弃土场不是一般的地方，建不好要死人的。如果拖到雨季还没完工的话，不但工期拉长，还会给建成部分带来破坏。由弃土场发生的灾害不少，教训也不少，前几年有个弃土场滑坡77人遇难，30多栋建筑受损。我们城市建设发展必须建立在确保老百姓生命财产安全的前提下，不是吗？"徐一鸣的反问让唐少生陷入两难境地。

"你先别急，这些情况我会立即向陈书记反映，尽快让调查处理结果早点出来。"

徐一鸣走后，唐少生一杯接着一杯品着茶，来之前，他一度以为徐一鸣找他是为自己求情，想好了怎么给他上一课，可是一晚交谈下来，唐少生被徐一鸣这敢闯敢干、无私无畏的精神所震撼。一个为了群众利益为了城市发展把自己的得失置之度外的人又怎会把权力作为谋私的筹码呢？

唐少生心里产生了一个大胆的想法。

第七章

一大早，唐少生来到办公室，他打定主意破一次例，向纪委书记陈忠汇报徐一鸣的情况。唐少生穿过长长的回形走廊，敲开了陈书记的门。

陈忠白白净净，有种书卷气，沉着冷静。有人说他看起来一点也不像纪委书记，倒像是个学者。总是那么温文尔雅、不急不慢。虽然少了杀气，但是往台上一坐，气场还是能压得住人。

看到唐少生走进来，陈忠赶紧去泡茶。唐少生本想伸手去，陈忠摆了摆手，他喜欢喝茶也喜欢泡茶，他觉得别人泡不出他的水准。

唐少生只好走到办公桌前的椅子坐下，待陈忠把茶倒好，唐少生接过茶说："书记，关于徐一鸣的案件我想向你做个汇报。"

陈忠微笑着看着唐少生："哦，我也正想去找你呢。"

唐少生说："前期我们对徐一鸣的情况进行了解，在项目建设中有违规行为，没有发现个人违纪问题。"

"这是调查的真实情况，还是你帮他来求情的说辞？"

"我只是陈述一个事实，不存在为谁求情。"

陈忠站起来拿起一个红色文件夹说："前几天收到一封关于你的举报信，信中说你与涉案对象徐一鸣关系暧昧，走得太近，在案件讨论中多次袒护包庇徐一鸣，为他说话。徐一鸣在初核期间经常以忙为借口推托谈话，也是你在中间撑腰壮胆的。举报信中还有你们一起喝茶的照片。"

唐少生苦笑了一下："好啊，这次轮到我了。"

"对于你，组织是了解也是信任的。但是，按照规定，从现在开始，你不再负责这个案子。"

"我原想把套住徐一鸣手脚的绳索解开，让他不再因为一纸决定被钉住，没想到自己也被钉在举报信上了。真是太可笑了。"

陈忠站起来拍了拍他的肩："相信我，时间不会太久，你不负责这个案子，可以与徐一鸣接触了，多安慰鼓励下他，不要再节外生枝。"

唐少生看着陈书记，点了点头。走出书记办公室，他脑子一片空白，就像一个行动不便的老人，明显想要的东西就在眼前，就是够不着。这一刻他深刻理解了徐一鸣无能为力时的无奈和酸楚。

第八章

徐一鸣来到弃土场，弃土场已经冷冷清清，挖机、渣土车整整齐齐摆放，施工灯仍然亮着，泛着冷冷的光。20多天前这里可是车来车往，大家铆足劲在加油干。如今变成这般场景，不知道什么时候结束，也不知道能不能结束，徐一鸣觉得无能为力，只觉得鼻子一酸，眼泪不自觉地涌上来了。

工地上守材料的朱大爷从板房走出来，一眼就看到了徐一鸣。

"徐局长，到房里坐一下吧？"

徐一鸣摆摆手："大爷，不坐了，我四处看看等下就走。"

朱大爷问道："局长，最近怎么没见您过来？工程也停工了，是不是有什么事啊？"

徐一鸣说："没什么呢，出了点小插曲，马上就会好的。"

朱大爷说："刚刚那位领导也这样说。"

"谁？"

朱大爷指着："喏，在那儿呢。"

徐一鸣循着朱大爷手指的方向看去，看到一个熟悉的身影。

"唐书记，您怎么到这儿来了？"

唐少生回头看了一眼徐一鸣，又望着远方，良久。

他说："这是一块不起眼，也是最容易被大家遗忘的地方，可却是城市建设的大后方、大保障啊。"

"是的，我们给市民看到的是干净的城市、美丽的街景，背后的付出和辛酸只能自己品尝。"

"当付出不被理解时，有没有后悔过？"

"再让我选择一次我也会这么做，只是连累了您。"

"说什么连累，每个人都有自己守护的东西，你们守护着这座城市的美好，不让别人破坏，我们纪委就应该守护你们。"

唐少生搂过徐一鸣的肩膀，徐一鸣也搭过手去，两个身影被落日拉长，在天地间屹立，两颗心紧紧地贴在一起。

市委召开常委扩大会议。

刘维心汇报案件情况："现在，专案组汇报调查情况。一个月来，市纪委监委就市行政执法局局长徐一鸣同志弃土场项目问题线索进行了核查。经查，徐一鸣在这次弃土场项目建设中积极化解安全隐患，工作中虽有程序性瑕疵，但其出发点是为了确保在梅雨季节前完成施工，没有为个人谋取私利等行为。建议对相关问题依规依纪予以了结，给予徐一鸣容错纠错免予处分，恢复职务。"

陈忠打开桌前的麦克风说："我补充一下，这是我市首例容错纠错案例，为了慎重起见，会前请示了上级同意。我们想通过这个案例树立一种导向，那就是为担当者担当、为负责者负责，要让干事创业的人有奔头、有劲头、有想头。另外，唐少生同志在案件查办过程中，能够严格按照'三个区分开来'，并在徐一鸣停职期间做好思想工作，体现监督执纪的温度，建议在一定范围内的会议上给其澄清正名。"

其他的常委纷纷表示同意。

市委书记吴健说："其他常委都没有异议，我同意。现在，沙洲市正处在发展的关键时期，需要一大批像徐一鸣同志一样有闯的精神、创的劲头、干的作风的干部。在闯创干的过程中，会出现这样或那样的瑕疵，我们要严格按照习近平总书记'三个区分开来'的要求，加大容错纠错、澄清正名、查处诬告陷害工作力度，让勇于担当、敢于负责的干部消除顾虑、勇往直前。"

全场响起热烈的掌声。

散会后，刘维心没有走，他局促不安地在走廊来回走动，看到唐少生同志，立马跑上前。

"唐书记，那封信是我写的，我误会您了，郑重向您道歉。"

"我知道是你，没事，我当时做的也不好，没有与你及时沟通。但是，你作为一个老办案人员，凭经验和主观臆断查办案子是要不得的。"

"是的，是的，陈书记批评我后，我也进行了反思。案子办久了，总觉得哪个都有问题。"

"这，就是最大的问题。"

哈哈哈……

发 票

朱华贤

爬上六楼，邹文楠竟感到气喘。一转念，自己毕竟也是四十六七岁的人了，况且还提着些包包袋袋呢。扭头看看跟在身后的儿子，哈，他都整整高出自己一个头了。她站定，待儿子一步一顿地敲到楼梯平台上，凑近他耳朵悄声说："我开门后，你先进去，见到外公，就大声地喊'外公'。声音要响亮，知道不？"可话一说完，她自己却心头一酸，把持不住情绪了，最后几个字，明显带着颤音。儿子钟昊疑惑地盯着妈妈，眼神里透露出的分明是：为啥要我先叫？还得响亮？他——不就是你自己的亲爸吗？但他没有说出这层意思，难道外公耳朵不行了？邹文楠扯了扯儿子的袖子："听到没？"想再确认一下。"嗯——"，儿子点点头。于是，她从坤包里塞塞窣窣地拣出红丝带系的钥匙。是的，她一直有这房子的钥匙。这房子曾经就是她的家！她在这里，嗯，至少住了十年。现在，虽然早已不再住在这里了，可她隔三岔五地来这里，她必须来。

门开了。只见老人独自一人在靠墙的餐桌旁呆坐着。"外——公！"钟昊喊了一声，可自己听听都感到怪怪的，"外"字像鞭炮突然爆出的头一声，特别响，可"公"呢，调门一下子低了许多，好像紧急刹车，停止得太快，没有拖音。外公穿着灰褐色的羽绒服，鼓鼓囊囊的，背明显感觉更驼了。他直直地扭过头，看着进门来的这对母子。"爸爸——"，邹文楠轻轻唤了一声。随即，母子俩走近餐桌，看了看老人桌上的菜：一盘炒青菜，一盘红烧小杂鱼，再是一碟金黄的油汆花生米。左手边，放着一只玻璃酒杯，旁边是一个农夫山泉塑料瓶，瓶里盛着淡红色的液体。文楠知道：这是父亲的土烧酒，浸了枸杞。这土烧酒是父亲原先教书时乡下的学生为他酿制的。父亲早年，一直以喝土烧酒为主。父亲座位的对面，放着一只一模一样的空酒杯，杯的右侧是一双一模一样的筷子。文楠明白，这是父亲特地给去世的母亲准备的。可她不明白：妈妈生前是从来不喝酒的，爸爸为什么要这样呢？难道还有秘密？看到这副摆设，文楠的心总有一种说不出的滋味。她想问，可又不知道该怎么问。她曾经想劝父亲不要这样了，过去的就让它彻底过去吧。可她不敢，感觉这话，至少在最近几天，父亲肯定听不进去，说不定还会被父亲误解而得来一顿骂。

"爸爸，快过年了，我给你送来一些年货。"文楠随即回头对儿子说，"钟昊，再叫一声外公。"

"爸，大学放假了，钟昊昨天刚回来的。他……他……好……好多年没……没见到您了……"文楠怎么也控制不住内心的潮涌，竟哽咽了起来。

"外……外公……"这一声，钟昊叫得低而沉，慢而稳，可声音里既有点感伤，又好像有点害羞。

老人抬头望了望肯定比自己高出一大截的外孙，缓缓地扭转头，两颗老泪唰地滚落下来。在他的记忆里，钟昊的形象，还定格在自己出事之前：那时，他还是一个读五年级的小学生，个头还只有一米三十七。那段时间，他们住在邻近的两个小区。他们在沁园春小区，钟昊和父母住在罗兰多公寓，相隔只一条马路。他记得清清楚楚，在钟昊读幼儿园的时候，每次望见自己从小区大门口走进来，钟昊在踢球时，就先把球踢到一边，在滑滑板车时，就把车丢弃在原地，然后奔跑着，一声高喊"外——公"，叫得是那么肆无忌惮，那么热情奔放，然后越跑越快，扑向外公。外公呢，就会边喊边抢上几步，"慢！慢！慢！"然后蹲下身，手里有拎包什么的，立即扔在地上，再敞开双臂，迎候着外孙的冲撞，接着把他紧紧抱住，然后一下把钟昊高高托过头顶，再在空中把他的身子扭上几个来回。小区里的爷爷奶奶见了，总是羡慕不已，啧啧说："到底是亲外孙，看到外公来了，什么都不要了！"后来，他缠着外公讲故事，《神笔马良》啦，《老鼠嫁女儿》啦，《包公审驴》啦，《狼和小羊》啦，好多好多的故事。用钟昊的话说，肚子里塞满了，要理一理才能再装得进了。这些故事，有的讲后演，演后接着编，两集、三集、四集……编成了连续剧。再后来，祖孙俩常常一起打羽毛球、骑车，关系铁得像哥儿们。现在，他虽然瘦，可已经是一个一米八几的大小伙子了；而自己则满头华发，一身苍老。十年啊，整整3650多天，祖孙间没有见过一面，没有说过一句，更没有共同吃过一餐饭。邹文楠清楚钟昊在老父亲心目中的地位：父亲只有自己一个女儿，自己又只有这么一个独生儿子，虽然儿子不姓邹，可毕竟流淌着邹家的血液。头一次去探监，是一个星期六的上午，文楠特地为儿子在围棋特长班里请了半天假，是带着儿子一道去的，可父亲听说后，坚决拒绝相见。他不想让唯一的外孙看到自己囹圄中的狼狈相，不想让这个高墙内铁窗下的反面角色成为外孙一辈子的阴影。他放出狠话："假如钟昊来，我一个都不见。"当时，钟昊还感到委屈，以为是外公不喜欢自己了，还凄凄凉凉地哭了好久。后来，是妈妈反复说明，钟昊才平静下来。从实情上说，外公是非常想念外孙的，他乖巧、懂事、孝顺。每次吃饭，有大家喜欢的菜，如果外公迟到——外公也确实经常迟到，钟昊总会说，给外公留点。但他强忍着。毕竟现在有像他这样的外公是丢脸的，是有失尊严的。一年以后，文楠就把钟昊的日常形象拍成视频给父亲看，父亲每一次都会戴上老花眼镜，远远近近地调整好距离和角度，仔细地瞧上一会。可服刑人员是不准有手机的，只能看文楠手机上的视频。再后来，文楠提出，要不，每次给他带几张洗出来的照片？父亲点点头。一张，两张，三张……凡感觉到比较清晰和有精神的，文楠都把它打印出来。于是，有全身的，有半身的，有学习的，有运动的，差不多两三个月一张。外公先把照片夹在一本书里，多了后，索性就专门放在一只铁盒子里。他获刑十二年，减了两年。总共有照片一百四十多张。就这样，外公能从照片中看到外孙的成长片段，而外孙一直被拒绝见外公。

十年时空暌违，让祖孙俩都变得陌生与疏远。此时，他们都用余光怯怯地偷望着对方，一个坐在餐桌边上靠背椅上，一个不远不近倚在墙边。文楠连忙提醒说："钟昊，快坐到外公边上来，向外公说说大学里的事，你不是有许多事要向外公说吗？"钟昊领悟了，轻手轻脚地移到外公旁边，像怕椅子疼似的，把屁股轻轻按下。然而，中断了十年的话题，怎么可能一下子接续上呢？他们实际上已经成了熟悉的陌生人。

"爸，我给你带来两瓶酒，嗯——五粮液。"文楠把酒搁到餐桌上，她知道当爸的爱这一口，在里面的十年，硬生生地被戒了。现在，自由了。听说只要身体健康，酒瘾和酒量的恢复是比较快的。老父亲没有其他嗜好，这一口，做女儿的，无论如何得满足他。文楠说："爸爸，等下大威也要过来，他说你出来一星期了，还没陪你好好喝一口，今天他刚好有空，无论如何要来陪你喝一杯。菜嘛，你这里有些，我呢，本来想买些生的来，到你这里来烧，可灶具什么的都已经陌生了，就买了些熟食来。"说着，她从包里拿出牛肉、烧鸡、烤鸭等。"酒嘛，就把这个喝掉"，她指指刚刚带来的那两瓶。

父亲望了一眼酒，低沉地问："哪里来的？"

"买的呀！超市里。"

"有发票?"

文楠一惊，爸怎么会这样问？是不是……她想到了那个老年人容易得的那个什么阿尔茨……再一想，不可能。"爸，私人买东西谁开发票?"

"——那我不喝！我喝自己的"，他指指桌上的土酒。父亲说的声音不响，可语气相当坚决。女儿先感到惊讶，盯着父亲，后觉得委屈，后来似乎有点醒悟："爸！我……我……我是你唯一的女儿，亲生的，难道我……我会害你?"

"我当然知道，你不会害我。可，你……你……"

"我……我……我怎么……"

"你……你……你……"

"我……我……我怎么?"

"你……你有我的基因。你会害自己。"

"基因？我怎么会害自己？我是……是超市里买的呀！"

"你怎么证明？是你自己出钱从超市买的？没有凭据，我什么都不要！你们呀，还没有从我这里吸取教训！"

文楠记起来了：上次，刚刚获得自由时，她给父亲里里外外地买了几套新衣新裤，在试穿时，父亲就对她说："这衣裤，我穿上就算了。如果以后你们想表示一下孝心，逢年过节给我送烟酒或滋补品什么的，有正式凭证或发票，我要的；如果没有，就不要。"父亲这几句，文楠听是听到的，当时还问了个为什么，父亲没有回答，她没搁心里，后来猜想，可能是为了防止假冒伪劣。

"爸，这酒应该是真的。"

"没有发票，真的假的都不要。"父亲的语气石硬。

她知道父亲脾气倔，怎么办？文楠突然想到：哦，有！有！我支付宝里有付款记录，什么价格什么时间什么商店里买的，都应该清清楚楚的。随即，她划开了手机，唰唰唰地滑动起屏幕，可是，刷啊刷，怎么也找不到这一笔记录。应该就是两年前的事，怎么会没有呢？她想啊想：哦！手机换过了！大概忘记保存了。她只好再解释："爸，这酒确实是我去超市买的。前年春节，大威本来打算招待他几个同学的，结果，他同学都开着车来，现在酒驾查得紧，假如查到，饭碗都要敲掉。因此都喝饮料了。这酒就剩下了。大威平时在家不喝酒，这你也知道。"

父亲摇摇头："你，拿回去！"

文楠进退两难。在父亲面前，她从来没有遇到这样的尴尬。小的时候，父亲是多么宠她爱她。记得有一次，父亲洗脸时，把眼镜放在一边，文楠偷偷地拿着，一边跑一边试戴，父亲在卫生间喊："拿来！拿来！"文楠却越跑越远，结果，脚下一绊，一个狗啃泥，镜片跌得粉碎不说，她自己的额角和鼻子还磕出了血。父亲见后，并没有批评，反而安慰她。当然，父亲也有相当严厉的时候，有些事情说一不二。她考大学志愿选择时，她本来想填报艺术类，可父亲就要她只填师范，他认为女孩子做老师是非常理想的。她现在当了一名中学的美术教师，就是父亲的意志，当然也兼顾到了她自己的部分理想。

这两瓶五粮液，难道真的拎回去？那不行。父亲已经是一个失群又失势的孤独老人，够惨淡的了，做女儿的不孝敬，谁来孝敬？就一声不响地留在这里？那父亲肯定是不会动它一动的。父亲的性格，她还能不清楚？她想抱怨几句，可她不能，也不敢。她曾经十分崇拜父亲，父亲从小的威严一直根植在自己脑海中。基因？父亲的基因！哪方面的基因？她忽然醒悟：父亲是为了自己的平安，为了家庭的平安。

文楠呆呆地站着，站着，望着生她养她的父亲，她有点心酸。他曾经是个一米七八、身材魁梧、腰板笔挺的汉子，可现在，佝偻了，瘦削了，头发稀疏了，气质缺失了，好像整整缩小了一个型号。她的心头又剧烈地起伏起来。怎么办？终于，眼前划过一道光亮，办法有啦！她腰板一挺，对儿子说："钟昊，你陪外公再坐一会儿，说说话，妈妈出去一下。"

待妈妈出门后，钟昊把椅子向外公又移近一步，轻轻地叫了一声，说："外——公，这水果，是我用自己勤工俭学的钞票买的，送给你，不成敬意。如果你要看凭证，我有。钟昊连忙掏出手机，说，外公，我是用微信支付的，你看，今天早上10：36，108元，在开开水果店。哦，你戴上眼镜看一下。"

外公尴尬了：怎么能这样对待比自己小两辈的骨肉？他垂下了头，过了好一会儿，喃喃地说："昊昊，外公对……对……对不起你！你……你……你……"

在钟昊的心里，外公是偶像。他个子高大，爱打篮球，特别是三步上篮，动作潇洒；更棒的是，外公认识许多鸟雀和昆虫，蝈蝈啦、蜻蜓啦，知了啦……只要昊昊说要，外公一转眼就能把它们抓获。记得在上小学一年级时，外公专门弄来二三十条蚕宝宝，要他饲养，告诉他蚕的生长过程。家里没桑叶了，外公就骑着车，到十多里外的地方去摘来桑叶，教他怎么喂养，怎么给蚕搭作茧的草棚。外公还清楚人的各个穴位和名称，知道按摩什么穴位对人有好处。外公为什么会有这么多本领？直到昊昊上了中学的生物课后才知道，外公是生物系毕业的。可现在，外公竟变成了这么一个谨小慎微的人。钟昊沉默着，木木地看着外公。

钟昊的外公是一个星期前出狱的。出狱时，文楠希望他能住到她家去，可以方便照顾和调理，可他不愿，坚持要独自住在原先和老伴住过的这个顶楼。文楠又提出，把老房子彻底粉刷一下吧，父亲又不同意。他说，他最对不起的就是文楠她妈，他要保留房子的原貌。

钟昊的外公叫邹麦骅，文楠的妈、钟昊的外婆叫柳叶芝。他俩原先都是插队在草塘公社桥南大队的知青。1974年，上面有一个以工农兵学员身份上大学的推荐名额，符合条件的共有六个下乡知青和三个回乡青年，大队革委会经过反复研究，最后根据各方条件，确定了四个候选人。为了公平起见，大队革委会又秘密约人出了一张综合性试卷，进行文化水平的测试，以此确定成绩最好的一人作为推荐对象。结果，这个名额落在了柳叶芝身上。她的考试成绩遥遥领先于其他三人。当时，邹麦骅和柳叶芝正在火热恋爱中。一次，两人在利群河西侧的竹林里约会，柳叶芝主动提出把名额转让给邹麦骅。他呢，以为她在玩笑，说："好啊！你水平这么高，用不着再读书了。"没有想到，第二天，柳叶芝就真的向大队革委会主任说了这事。主任是个懂得轻重的人，连问三个"你说什么呀"，在他看来，这是一桩完全违反常理的事。他看柳叶芝并非一时冲动，想了想，他从抽屉里拿出信笺和笔，对她说："如果你真的确定这样做，你把事情写在信笺上，并写清楚：以后有类似的推荐名额，我主动放弃。""好！"柳叶芝旋开钢笔，刚写好"情况说明"四字后，主任又一把夺过钢笔，耐心地说："今天暂时不要写，我劝你回去再好好想一想，如果确定转让，明天来写。"柳叶芝说："我想好了，就这么定了。"主任说："不行，今天不能签，明天吧。"第二天，柳叶芝一早就等候在大队革委会门口。主任到后，她说："我觉得邹麦骅更需要这样的机会。"主任问："为什么他更需要？"她说："他的父亲和母亲都是普通工人，文化水平不高，经济条件也一般，不论是通过关系还是通过文化考试，邹麦骅上大学的可能性都不大。"话说到这个份上，主任也只好算了。写完之后，柳叶芝还向主任讨了一枚大头针，戳破手指，用鲜血按上了自己的指纹。这事，邹麦骅的父母知道后，先是惊喜，儿子终于可以上大学了，这无疑天上掉馅饼。接着便是怀疑，旁敲侧击地问儿子："麦骅，她是不是相貌有点……?"后又问儿子："她有没有什么隐疾？比如狐臭，比如慢性病……"在他们看来，这个人情，太大太大了。大约过了一个星期，父母要麦骅把叶芝带到家里来，他们想亲眼看看，顺便探听探听：她到底为什么愿意转让？几天后，叶芝坐在麦骅自行车后架，来到了他的家里。麦骅的家在一排工人宿舍的一楼，二十多平方米，吃的住的都在里面，门外的楼梯口搭了一个庇间，专门用来烧饭炒菜。他的父母一见，简直不敢相信，叶芝不但相貌姣好，而且颇有礼数，教养极佳；从脸色和行动上看，气色红润，相当健康。再一问，原来叶芝的父亲是大学里教古典文学的教授，母亲则在同一大学图书馆里当管理员。与此同时，叶芝的父母得知女儿转让名额后，气得好几个月不愿见女儿：他们知道女儿痴情而专注，可不能痴情到如此地步！谁都知道，这是关系到一辈子前途的大事！这样的机会一辈子绝对只有一次！而且，对柳叶芝而言，风险极大——谁能保证邹麦骅以后没有陈世美的心思？可柳叶芝像一头犟驴。就这样，后来，邹麦骅进入师范大学生物系。他去大学报到的前几天，柳叶芝偷偷地潜回杭州的家里，从父亲的酒橱里偷拿了一瓶竹叶青。邹麦骅去报到的前一晚，柳叶芝又向插队所在的老乡家里，买了一只阉鸡，特地为邹麦骅饯行。那晚，在一间十六平方米的知青房里，两个人边喝边聊，畅谈着个人的打算，畅谈大学里的生活，畅谈国家的未来，从来不喝酒的柳叶芝，先打算陪麦骅喝一小盅，后来在麦骅的再三劝说下，又喝了半盅，后来越喝越有味，话也越多，自己主动又倒了半盅，喝到十点，看看鸡还有小半只，酒则不多了，两人一致决定，人生难得一回醉，索性就彻底干掉。结果，柳叶芝喝得酩酊大醉，邹麦骅也喝得头脑嗡嗡响。幸亏火车是下午的，到火车站的路也不算远。要不，真可能误了报到时间。四年后，邹麦骅如愿毕业，分配在本地一所重点高中教生物。而柳叶芝，一直在草塘公社初中做语文代课教师。1977年年底，高考制度恢复，柳叶芝自然积极准备，她自己非常清楚，文科是用不着怎么复习的，关键是理科，特别是数学。万万没有想到的是，复习的关键时刻，她母亲突然住院，作为独生女儿，她不得不暂时中断复习去陪护。结果成绩不够理想。1978年，她第二次高考，终于如愿以偿。填报志愿时，她毫不犹豫地填报了邹麦骅原先读过的师范大学。四年后毕业，父母希望她留在杭州市区教书，并承诺说如果想留在市区，父亲打算为她去同有关方面领导疏通疏通。柳叶芝的意思是，到邹麦骅所在的郊县去，反正离市区也不算太远。在柳叶芝大学毕业的第二年，他俩在学校一间十八平方米的集体宿舍里结了婚。

邹麦骅是一个非常出色的生物教师，而且活动能力相当强。没几年，先后被提拔为教导处副主任、主任、副校长、校长。后来，他又被调到教育局，先当了个基建科科长。到教育局工作时，柳叶芝是不赞成的，觉得还不如当个教师单纯，但邹麦骅执意想去，觉得人生应该多些生活方式，应该有各种不同的体验，这样，柳叶芝也就不再多说了。四五年后，邹麦骅升了副局长，负责全县学校的基建及物资采购。他非常清楚地记得，他的第一笔算得上分量的受贿，就是当基建科科长时，某学校体育馆建造的承包头黄某悄悄送给他四箱茅台酒。当时，他害怕得发抖。因为从来没有人送过整箱的茅台。第二天，他就把它送到了外甥家里。他外甥开着一家颇有点规模的烟酒店。让他没有想到的是，那外甥一看，笑着说："舅舅，这酒就是前几天从我这里买去的。""啊？你怎么知道就是从你这里买的？"外甥翻过箱子："喏，你看，我都标上了记号的。"沉默了好长一会，他挠挠头，对外甥说："先寄存在这里，别卖！"邹麦骅的想法是：万一那黄老板不可靠，原封不动还他就是了。过了一年，工程完工了，账也结清了，风平浪静，他就自我宽慰：自己吓自己，不就是几瓶酒嘛，小儿科。后来，他掌管的钱财多了，交际圈也越来越大了，他的胆子，也像打着气的皮球越来越大。他们住的房子，是房改房，还算是大套，七十二平方米。因为他们夫妻俩都有大学本科学历，才有资格分到这大套。可不论是材料、结构还是地段，都不理想，特别是楼层，六楼，整整要爬九十六级台阶。他曾多次萌发念头，去买一套好一点的商品房，可就靠这点工资，谈何容易。自从到了教育局以后，他打算换房的信心足了。他暗下决心：必须换，大点，高档一点的，让柳叶芝舒舒服服地享受享受，也算是自己对她当年那个转让名额的回报。当然，这一切，邹麦骅都是瞒着柳叶芝的。他觉得，自己的妻子太纯正了，纯正得可以说幼稚。别人的妻子，经常向丈夫伸手要钱，买戒指啦，买项链啦，可柳叶芝从来没有要求买这买那，她要买的，就是书。她从来不管丈夫的事，也不想管，她相信丈夫。某个星期天，有个老板以为邹麦骅肯定在家，给他送去一箱香烟，不巧的是，那天他刚刚临时外出，家里就柳叶芝在，老板放下香烟就走。随后老板打电话给邹麦骅，邹又打电话对柳叶芝说，是贵重物品，要她放好。邹麦骅回来，柳叶芝连问都不问。她知道邹麦骅不抽烟，可这烟后来怎么处理，柳叶芝根本不问。这烟，后来，自然是邹麦骅又送到了外甥那里，要他转卖了。柳叶芝不管经济账，连自己的工资卡也交给丈夫在管理，平时身边就放着两三百元的零用。当然，柳叶芝有自己的爱好。也许受父母的熏陶，她喜欢读书，特别是古典文学，偶尔写点小文章。然而，女儿文楠曾经领受过几次重大的刺激。第一次是她在读高中时，有个周末，她独自在家，正好父亲带着两箱水果回家。见到女儿在，父亲很高兴，便说："文楠，今天刚好有个叔叔送来两箱水果，好像是山竹，你最喜欢的，想吃，箱子你自己拆。"一听是山竹，文楠立即从卧室奔出，拿了剪刀，开拆起来。在挑选时，她突然惊叫一声："爸——！"手像触电似的缩回。正在卫生间的父亲听到尖叫，以为女儿划伤了手，连忙出来。文楠小心翼翼地拣出两沓红色的百元大钞："爸，你看，底下有这个，然后用手指一个一个地点过去，一、二、三、四、五，五沓呐！"父亲张大了嘴。随即，他又检查起另一箱水果，用剪刀小心翼翼地划开胶带条，掀开盖板，第一层是猕猴桃，一个个拿出后，揭去二层的盖板，也是砖块似的百元大钞。他立即把水果箱合上，同文楠说："你……你……不能同任何人说，包括……包括你……你妈妈。明白不？"文楠直愣愣地盯着父亲，既没有点头，也没有摇头。霎时，她连吃山竹的兴致都减去了一大半。以后，凡是有人送礼物，邹麦骅都非常小心，都事先里里外外检查一番。尽量不让女儿，特别是妻子知道。

可是，纸包不住火。终于，在临近退休的前一年，邹麦骅被人告发了。一查，受贿数字触目惊心，而且还牵连到一次重大责任事故。案发时，妻子柳叶芝已经退休。人被带走那天，柳叶芝正在参加一个民间读书沙龙活动。文楠打电话给她的时候，她正在动情地发言，看到是女儿的电话，感觉不会有要紧的事，直接把它摁掉了。可女儿第二次又打了过来，她想我讲完后打过去吧，又摁掉了。女儿急了，再打，她只好惭愧地对其他读书爱好者说："抱歉，我先接一下电话。"电话一通，文楠连妈也没叫，立即说："你下来，我在楼下等你，家里出事了！"出事？出什么事？遭贼？火灾？在下楼的电梯中，柳叶芝一个一个地猜想过去，感觉都不可能。在车上，柳叶芝又问文楠："是什么事？"文楠先不吭，后来便说，到了家里你就明白了。哪里知道，所出的事情比她想象的要严重一万倍。她当即瘫倒在客厅的地上。在丈夫入狱的巨大打击下，她的精神屏障被彻底击溃！从此，她整天恍恍惚惚，连书也不想读了。邹麦骅入狱后不久，柳叶芝和文楠及女婿去探视过一次。探视时，隔着玻璃，两个人就是一边哭一边不断地重复。邹麦骅反复地说："我对不起你啊，对不起！"眼泪哗哗直淌，先是敲打桌子台面，后来就不停地击打自己的脑袋，重重地，一记一记，嘴里不停地自语："我对不起你！我该死！"柳叶芝抓着栅栏上的铁条，反复地说："我没有想到啊，没有想到！怎么会是这样呢？要我怎么活下去呢？我不想活！"柳叶芝用头一下一下地撞击栅栏。站在一旁的文楠一边跟着哭，一边不断地给妈妈递餐巾纸。整个30分钟的探视，哭了起码有50分钟，场面十分震撼，让一旁的狱警也别过头去，不忍看下去。离开监狱时，柳叶芝已经双脚疲软，无力直立，是女婿钟大威扶着她坐上车的。探视回家后，柳叶芝一病不起。此后，文楠就瞒着妈妈来探视。在丈夫入狱后的第二年，柳叶芝忧郁而亡。当邹麦骅得知妻子去世，曾多次寻机自尽，只是狱警看管得紧，无以得逞。——每当想起自己的这段人生经历，邹麦骅真是悔断了肠：要是自己不触犯法律，文楠她妈断不会走得如此匆忙；要是她依然健在，他们现在一定在四处旅游，一定会恩恩爱爱到永远……他想到过无数个"要是"……他对不起她啊！可是，世上没有后悔药啊！现在，他和柳叶芝阴阳相隔，共同所有的就是这一套七十二平方米的顶楼。他唯一能做的，就是原封不动地守着这套房子，守着房子里的一切陈设，守着他对她，更是她对他的一片赤诚。他抬起头，看着墙上挂着的柳叶芝的肖像：女儿邹文楠和叶芝太像了！简直就是一对姐妹，像一棵树上结出来的两个果子，只不过文楠的身坯稍微大了一号，脸型、肤色、笑容都活脱脱的相似。

咚！咚！咚！有人敲门。"可能是爸爸来了。"钟昊去开门。果真是爸爸。大概钟大威很少爬六楼了，竟也有点气喘。他说："爸，这六楼也亏你爬得，我五十还不到的人，也爬得这副狼狈相。"

丈人没有回答，只是指了一旁的椅子，要他坐。钟大威向各房间一望，发现妻子不在，转头问钟昊："你妈呢？"

"她出去了。"

"干什么去？"

"她没说，我也不知道。"

"已经十一点半了，还没回。爸，这么多年了，一直没有陪你喝点。这几天，镇里杂七杂八的事特别多，忙得我脚不着地。来，爸，我同你两人先喝起来。菜已经有了，马马虎虎可以对付了。过几天，要不下个星期天，到家里去，我掌勺，弄几个时尚的给你尝尝。"说着，钟大威拎过桌上的五粮液，开始解外面的丝带。邹麦骅一把用力夺过，然后，递过自己的矿泉水瓶。

"爸，这土酒不能多喝的，有甲醇。还是喝那个吧。"他指指五粮液。

钟昊站起，说，老爸："这酒外公不喜欢。"

不喜欢？钟大威简直蒙了。以前，老丈人不是经常喝的吗？难道进去后，口味都变了？可里面又是不能喝酒的。

沉默一会儿后，钟大威终于找到了话题："爸，我给你联系一家医院，过几天，要文楠陪你一道去，你去仔仔细细全身体检一下，好不好？"

邹麦骅摇摇头。

钟大威感觉丈人的性格脾气变了，彻底地变了。原先，他是多么豪爽开朗，多么主动热情，现在，总感觉有点阴郁与冷淡。这也许与刚刚出来有关，也许与年龄也有关系，毕竟是七十岁的人了。

咔嚓——门孔传来开锁声，很快，门外带进一阵风。文楠回来了！她拎着一只粉红色的礼盒。钟大威一看，也是五粮液，两瓶。他不解，问妻子："那两瓶是假的吗？"他指指原先放在桌上的两瓶。然后，他解开袋子，拿出其中一瓶，对着亮光，检验起来。

"不是的。"文楠又补充说，"你不要管。"

钟大威更加莫名其妙了，他看看丈人，看看妻子，最后把目光落到儿子身上。钟昊说："爸，你别问了吧。"

"爸爸，这两瓶是刚买来的。你放心喝！喏——发票在这里。我的支付宝上有付款记录。"她递过自己的手机。

父亲扭过头看着文楠，然后，两手艰难地撑着桌沿，缓缓地站起，看看女儿手中的酒，看看女儿一脸的关心，他心潮起伏，可又什么话也说不出来。他知道自己女儿只不过是个普通的教师，是没有条件受贿的，可女婿大威在镇里是个有实权的官。还有外孙钟昊，他的人生才刚刚起步。她和他都或多或少留存着自己的基因——人性的贪婪，他们都是他的密接者，决不能让自己的悲剧复制粘贴到下一代，再下一代。他一手接过了女儿新买的，一手提起女儿原先送来的那两瓶，对文楠说："把这两瓶带回去，希望你们永远不要喝它。"

女儿终于忍不住了，两手捧着父亲的手臂，泪水哗哗直流。好久，才断断续续地说："爸，我知道了，我会永远留着的。"

小 说 卷

第二届 **南孔杯**

廉洁文学创作大赛获奖作品集

NANKONG QINGFENG

三等奖

较 量

乐 冰

一

转眼春节就快到了。李刚峰对拜年并不怎么注重，但身为局长，一波又一波的拜年大军，开始向他袭来。

对待送礼者，李刚峰是能躲就躲。躲不掉就安排时间，在办公室聊一聊。

李刚峰是部队团职转业干部，调到海岸市担任地税局局长时间不长。之前，他就听人说逢年过节一些地税干部美其名曰下户走访企业，拎着一个包到辖区内转一圈，回来就能收一摞红包。今年过年一定要杜绝这种现象。想到这里，李刚峰给分管纪检工作的副局长童天任打了一个电话。

"天任啊，你马上到我办公室来一趟。"

几分钟后童天任来到李刚峰办公室。

"天任，快坐。"李刚峰示意童天任坐下，说，"春节马上到了，廉政这根弦不能放松啊。"

童天任点点头，问："每年春节都在喊拒收红包，但成效一直不大。你有什么好的想法？"

"依靠群众、发动群众，监督我们。"李刚峰道，"给纳税人发短信、在媒体连续发布公告，提醒纳税人，地税局工作人员春节期间一律不得下户检查，如果发现地税人员收取纳税人红包、购物卡、礼金、礼品，欢迎纳税人举报，公布举报电话号码、举报信箱！"

"我支持!"童天任接着道,"春节期间时间怎么界定?"

"正月初一前15天,正月初一后15天。"

童天任又问:"如果有特殊情况,需要下户检查怎么办?"

"特殊情况必须持局里开的证明。你联系一下办公室主任廖辉,让他在《海岸日报》和海岸电视台连续刊登和播出,同时给纳税人发提醒短信。"

李刚峰又道:"对于顶风作案者,要敢于亮剑,我就不相信堵不住收红包的歪风。"

就在两人谈兴正浓时,童天任的手机铃声突然响了起来,他拿出手机,接听了一下。

接完电话,说:"李局,刚刚是省局信访办吴主任打来的电话,说咱们市局有人在那里上访。"

李刚峰皱了皱眉头,问道:"是谁?"

"是金穗大厦集资户,他们反映金穗大厦不少地方开裂,不能入住。"童天任摇头道,"金穗大厦是前几年我们市地税局搞的集资房,当时这个工程由老局长裘春主抓,陈金虎副局长具体负责。"

"金穗大厦一直空着吗?"李刚峰问道。

"由于质量问题,一直没人敢住,不过堆放了不少税收征管资料和发票。"

李刚峰皱皱眉头,是因为这件事情涉及副局长陈金虎和老局长裘春。裘春是什么人?自己的前任,现在是省局副巡视员。

"对于这件事情,以往是怎么解决的?"

"裘春在的时候已经有了定论,但那些集资户根本就不同意,所以一直在告状。"童天任道。

"什么定论?"

"主要责任在建筑商，而建筑商早已经找不到了。"

"建筑商跑了？"

"是的。"

童天任犹豫了一下，说："金穗大厦涉及的人一定不少，一旦事情掀起来，恐怕会有人狗急跳墙。"

"天任同志，你是咱们局里的老同志了，你觉得金穗大厦的事情关键问题在哪里？"

"这里头的水很深。"

李刚峰神色凝重地道："你先让咱们信访办的同志去省局将人接回来，另外要重新调查这件事情。不过，暂时要做好保密工作。"

"是，李局。"

二

陈金虎一下班就赶到了海风酒店常去的那个包厢，见裘春没到，一边翻看手机信息，一边等着。

不一会，裘春满面春风地来了。

"老局长，您看看吃点什么？"陈金虎拿着菜单递给裘春，"这里的羊肉火锅不错。"

裘春道："那就吃羊肉火锅吧。"

陈金虎对站在身边的服务员招了招手。

"4斤乳羊够不够？"陈金虎问裘春。

"够了。"裘春转头又对服务员道，"再来一盘豆腐，一盘生菜。"

不一会，服务员端上了羊肉、豆腐和生菜。

随着几杯酒下肚，裘春问道："金虎啊，那件事情现在怎么样了？"

裘春虽然没有明说，但陈金虎心中很清楚，裘春说的是哪件事。

陈金虎沉默了一下，才道："李刚峰正在让童天任秘密调查。"

裘春冷冷地说道："那姓李的初来乍到，屁股下面的凳子还没坐热就不安生了！"

"老局长，金穗大厦的事情，你有什么策略？"陈金虎低声问道。

"以前我们把责任推给了建筑商，建筑商跑了，但总有一天会找到。现在，咱们应该把责任推给死人。"裘春说。

"谁？"

"孙望财。"

听到这三个字，陈金虎脸色先是迟疑了一下，接着哈哈大笑："高明，实在是高明！"

"死无对证。"裘春说。

"把所有的责任推到孙望财身上，让他们去查吧，他们总不能让一个死人开口说话吧。"

"来，为孙望财同志干杯！"

两个人边笑边碰了碰酒杯。

孙望财是地税局副局长，去年喝酒时突发脑出血，死了。

三

星期天下午，李刚峰正在办公室加班，桌上电话的铃声突然响了起来。

"喂——"

"李局您好，我是廖辉，有件事情需要马上向您汇报。"

"那你过来吧。"

廖辉是办公室主任，他很快就赶到了李刚峰办公室。

"什么事情？"李刚峰示意他坐下来慢慢说。

"我听说，这几天金穗大厦的住户要去市政府上访。"廖辉说，"听说他们情绪很激动，正在串联。"

李刚峰皱着眉头，沉思着。

"李局，解铃还须系铃人。这个事情是在陈金虎手上弄出来的，我看还是让陈金虎去安抚他们。"

李刚峰点点头。

就在廖辉走出房门的瞬间，李刚峰拿起桌子上的电话："喂，金虎吗？你马上过来一下。"

陈金虎很快就赶来了。

"金虎啊，你知道为什么我让你来吗？"李刚峰问道。

陈金虎一边拿出打火机点烟，一边笑道："局长，看你说的，我要是知道了，那不就成诸葛亮了吗？"

李刚峰看着陈金虎笑呵呵的样子，心中一股怒气升了起来："你当真一点都不知道？"

"真的不知道。"

"金穗大厦的集资户要到市政府上访，请你务必马上把他们安抚好。这件事情，一旦弄出什么风波来，就是政治问题，你明白吗？"

陈金虎委屈地道："李局，现在这帮人怒火高涨，想要阻止他们，这活不好干啊！"

"陈金虎同志，我再说一遍，稳定是第一位的，这是你的责任！"李刚峰严肃地说道。

"那些人如果不听劝阻，你让我怎么办？要不你把我这个副局长给撤了吧。"

"你说什么？"李刚峰的脸色变得越加难看。

陈金虎居然是一副死猪不怕开水烫的架势。

说话之间，陈金虎连个告辞都没有，直接离开了李刚峰的办公室。

李刚峰想，陈金虎之所以敢跟自己这样说话，那就是他认准了自己根本就不能将他撤职。

李刚峰知道自己现在不是跟陈金虎一个人在较量，而是在跟裘春的势力较量。

四

局党组会议室正在开会。

"李局长，不好了……"廖辉的脸上满是汗珠，上气不接下气地走进会议室，对李刚峰说道，"刚才，市政府办公厅打来电话，让咱们立刻派人，将上访的人都接回来！"

"怎么回事？"李刚峰问道。

"李局，刚才市政府办公厅传达了市长的电话，让我们把上访人员领回来，给他们一个满意的答复。"廖辉说。

"眼下，咱们还是先到市政府门口，把他们领回来吧。"李刚峰轻轻地合上笔记本，郑重地说道。

大家怔了片刻，一听李刚峰的提议，这才清醒过来。此时，把人接回来才是最要紧的。

当上访人员走进地税局二楼会议室，空调早已打开了，上访人员的火气也消了不少。

李刚峰坐在主席台上，朝台下的人看了一眼，说道："各位，你们有什么问题尽管说，我今天坐在这里，就是给大家解决问题的。"

"李局长，我就想听句实在话，集资房的钱能不能退？什么时候退？难道非得让我们到市政府上访，才能引起领导重视吗？"一个三十多岁的汉子，从椅子上站起来，大声地朝着李刚峰质问道。

李刚峰看着那汉子，冷静地道："今天的事情，我已经知道了。对此，我十分不安。坐在这里的人，有很多是我们地税局的家属，你们的家人为地税局做出了贡献，在此我向你们表示感谢。我想告诉大家的是，现在局里正在就此事开展调查，我有信心告诉大家很快就会水落石出，还大家一个公道。至于退钱的问题，我想告诉大家，我们正在进行统计核实，因此，请大家放心，钱一定会退还。"

"李局长，您的话我们相信，但是我们的钱什么时候能拿到手？总不能让我们一直等下去吧？我们许多人的钱也是到处借来的，别人让我们还钱，我们也没有办法。"一个四十多岁的女人，大声说道。

会议室里，顿时变得鸦雀无声，很显然，退钱才是最关键的。

李刚峰朝着这位女士看了一眼，说："这位女士说得很对，大家看这样好不好？眼下如果有人经济确实困难，可以先向局里申请，局里挤出一部分钱来，帮助大家解燃眉之急。你们觉得这样好不好？"

听了李刚峰这句话，所有的人都沉默起来。过了好一会儿，一个七十多岁的老人站了起来，他迈步来到主席台前，说道："李局长，我们信得过您！"

"好，李局长，我们相信您！"

在李刚峰的承诺下，人们静静地离开了会议室。

五

起台风了。

李刚峰看着窗外疯狂的雨水和台风，心中一阵一阵地担忧。雨下得这么大，风刮得这样猛，金穗大厦会不会有危险？还有那些存放在金穗大厦的发票、纳税资料，这一切让他放心不下。不行，一定要去看看。

临出门的时候，李刚峰给廖辉打了一个电话，让他通知在家的几个副局长分头到各个分局、税务所了解灾情，再三叮嘱一定要注意安全。

台风让全市停水停电，四周一片漆黑。李刚峰找来手电筒和雨伞出了门。

此时，在雨水的世界之中，天地间一片白茫茫。走在路上，李刚峰的心中升起了一阵焦虑。

台风呜咽，暴雨倾盆，除了脚下微弱的手电筒的光线，四周再没有其他的光亮。李刚峰一不小心，整个人摔倒在地上，幸亏他反应还算机敏，在被风吹倒的瞬间，紧紧地抱住了身旁的一棵小树，这才没有被风吹走。

走到金穗大厦附近，只听到轰隆一声巨响之后，李刚峰眼前一片黑暗，倒在地上……

此时，陈金虎接到办公室主任廖辉的电话，得知金穗大厦倒塌了，李刚峰重伤在医院抢救，他一下子蒙了，好半天没回过神来。

海岸市遭遇了40多年未见的强台风，风像刀子一样剥光树皮，公路上铁制的路标指示牌像纸一样被台风撕碎，交通瘫痪、停水停电。

台风终于停了。

事故现场已经拉起了警戒线。

见陈金虎来了，围观的人在一旁骂道：

"承包商偷工减料赚黑心钱。"

"枪毙这个建筑包工头！"

"金穗大厦谁负责的？"

……

骂声此起彼伏。

现场一片狼藉，武警官兵正在税务人员的协助下寻找、转移税收征管档案。

第二天上午，副局长兼纪检组长童天任早早地赶到省局，向省局刘局长汇报了金穗大厦倒塌和李刚峰在医院抢救的情况。

"看来金穗大厦确实存在质量问题，一场台风居然倒塌了！"刘局长一拍桌说道，"要实事求是开展调查，调查结果报省局，让全省地税系统举一反三，认真吸取教训。"

说完，刘局长让童天任带他到市医院看望并慰问了李刚峰。

晚上吃饭的时候，童天任顺手把电视机打开。

"您受了伤，现在后悔吗？"电视画面里突然出现记者采访李刚峰的镜头。

"不后悔！我不去，别人也会去的。"头上裹着纱布的李刚峰对着话筒低声说道。

"如果再遇到类似情况，您还会奋不顾身冲在前头吗？"

"当然要冲在前头。"

"您觉得这样值得吗？"

"值得！"

六

当听到金穗大厦垮塌消息的时候，陈金虎没有想到事情竟然坏到这种地步。正想着这事，忽然身后有人喊道："陈局，李局请你去他办公室一趟。"

陈金虎回过头，就见廖辉冷冷地看着他。

"李局已经出院了？"

"嗯。"

就好似踩进了棉花堆里，陈金虎不知道自己究竟是怎么走到李刚峰办公室门口的，他首先听到里面的声音："天任同志，金穗大厦才建几年，居然经不住一场台风的考验，你知道有多少人在背后戳我们脊梁骨吗？这事一定要好好查查，不论涉及谁，都要一查到底。"

就听童天任道："李局，我已经按照你的意见正在开展调查。"

"天任啊，我问你，这件事会不会与金虎有关？"

"这里面究竟是什么情况，我也不知道，等调查完了，就明白了。"

门外，陈金虎听到屋里的谈话，腿猛地一软，不由自主地把手扶在了墙壁上。

只听见童天任说道："调查组光有我们局里人不行，还要请审计部门、建筑质量部门的专业人士参与进来，这样才能得出科学的结论，让大家心服口服。"

"就按你的意见办。"

李刚峰突然低声道："这个廖辉怎么回事，让他叫陈金虎来我这里，怎么还没来？"

"怎么办？我该怎么办！"站在门外的陈金虎，脑子一阵混乱。

"陈局，李局在里面等你呢。"就在陈金虎心中忐忑的时候，只听到廖辉的声音从后面传来，还没有等他反应过来，整个人就被廖辉推了进去。

"李局，您身体恢复了啊。"陈金虎客套了一句。

李刚峰点点头，就开门见山地问道："金虎啊，金穗大厦倒塌的事情，你听说了吧。"

陈金虎故作镇静地道："怎么会出现这样的事情呢？"

"金穗大厦工程质量是你负责的，你说说吧。"

此时，李刚峰的脸好似结了冰霜一般。

李刚峰问道："金虎同志，你这是怎么抓工程质量的？怎么会弄成了这样？"

"李局，我也没想到会这样。"

"没想到？你知不知道，这事一出，给局里造成多大的被动！"李刚峰声音虽然不高，但是呵斥之意强烈无比。

陈金虎心中挣扎着，他辩解道："李局，今年这个台风是本省40多年来最大的一次，谁都没有想到，如果我们当初设计时考虑到会有这么大的台风，那工程成本肯定要比现在高得多，如果成本太高的话，那这个项目就搞不成了……"

李刚峰敲敲桌子："在这件事情上你责无旁贷。"

陈金虎一言不发，心想：这难道就是报应吗？

"金虎同志，你先把手里的工作跟童天任副局长交接一下，现在你的当务之急是配合童天任调查此事。"

交接一下，虽然说得很平淡，但是听在陈金虎的耳中，却比杀了他还要难受。

李刚峰看了看时间，觉得与陈金虎谈话也差不多了，就摆了摆手道："今天就谈到这里吧。"

陈金虎失魂落魄地离开了李刚峰的办公室。

七

"嘟嘟嘟。"正在批阅文件的李刚峰听到电话急切地响了起来，拿起电话，就听电话那头传来了童天任的声音："李局，那个承建金穗大厦的包工头张金水被抓到了。"

"你说什么？再说一遍！"

"李局，包工头张金水被抓到了！"

"这我就放心了。"李刚峰说完就挂断了电话。

张金水被抓到的消息，很快就传了出去。一些人陷入了不安之中，特别是和张金水平时来往密切的人，更是觉得惶惶不可终日。

陈金虎乱了方寸，他担心自己受到牵连。现在唯一的办法还是要找裘春，因为这事与裘春的儿子脱不了干系。事不宜迟，陈金虎马上开车去找裘春。

"老领导，和您一起闲聊，让我回想起当年跟您一起畅快喝酒的日子。"陈金虎对裘春说。

"行了，要是想喝酒的话，就不要找这种小借口了。"

"还是老领导理解我，那我就陪您喝点。"

"你呀，都这把年纪了，嘴还是这么硬，明明是自己想喝酒，怎么成陪我喝了？"

陈金虎嘿嘿笑着，拿起电话让服务员送几个下酒菜来。

一会儿工夫，服务员推着餐车，将两凉两热四个看上去很精致的菜放在了茶几上，而跟在后面的宾馆经理，将一瓶茅台放在了桌子上。

见经理出了门，陈金虎道："老领导，咱们老规矩，您看怎么样？"

"金虎，我看还是减半吧，以咱们现在的年龄，可不能再提当年勇了！"

陈金虎也不争辩，将酒打开后，拿过两个一样大的玻璃杯，哗哗哗地给裘春倒了一杯，又给自己倒满一杯。

在陈金虎将半杯酒喝下去之后，这才道："老领导，我很怀念我们一起共事的日子啊。"

"是啊，那个时候我们合作得多愉快。"裘春的脸上，浮起了一层淡淡的红晕。

半瓶酒，只是一会儿工夫就倒进了两人的肚子里。陈金虎好像忘了裘春刚才说的话，拿起那剩下的半瓶酒开始倒酒。而裘春没有半点要阻止的意思。

陈金虎猛地喝了一口酒，将杯子放了下来，抹了一把嘴唇，接着又抹了一把眼泪，低声道："老领导，局里找我谈话了，让我暂停工作，交代问题……"

这句话虽然说得没头没尾，但是裘春却听得清清楚楚，其实裘春早已经预料到了，但没有想到来得这么快。

裘春放下酒杯，双眉一紧，问："难道张金水出卖了你？你不是说他的口风很紧吗？"

"不知道。"陈金虎摇摇头。

裘春脸上露出愤怒之色："真是成事不足，败事有余！"

陈金虎声音像蚊子哼哼："都怪我……"

裘春浑身一颤，厉声问："他知道你多少事情？"

陈金虎哭丧着脸，嗫嚅着说："金穗大厦工程、办税大厅装修、税务所危房改造……这些事情您是知道的……"

裘春倒吸了一口凉气，逼视着陈金虎问："这些事张金水都知道？"

陈金虎点点头。

裘春勃然大怒，颤抖着，手指着陈金虎："你呀，太不谨慎了！"

陈金虎用乞求的目光望着裘春说："裘局，你救救我吧！"

裘春一字一顿地说道："一人做事一人当！"

陈金虎软软地跪在裘春脚边，抱住他的双腿，仰起脸，哀怜地说："裘局，你救救我吧……"

裘春紧闭着双眼，内心打了一个寒战。

陈金虎一咬牙，说："有件事顺便告诉你，金穗大厦工程你儿子裘小军也有份，您不救我，难道不救你儿子吗？"

　　裘春浑身一抖，猛地双眼圆睁，逼视着陈金虎说："你说什么？"

　　陈金虎以肯定的语气说："我现在就不必隐瞒了，金穗大厦工程你儿子也收了钱！"

　　裘春的嘴角剧烈地抽搐了几下，问："小军他拿了多少？"

　　"陆陆续续拿走了300万。"

　　陈金虎点上一支烟，大口大口地抽着，手有些发抖，一支烟抽完之后，才用哭腔道："不错，我是个贪图享乐的人，享乐需要钱。钱从哪里来？我记得你曾经告诉我，当官就是为了享乐。我为了享乐，当然要捞钱。现在，我已经输掉了，什么都输掉了！"

　　"你还牵连了我儿子！"

　　陈金虎冷笑一声："请裘大局长别唱高调好不好？你自己做的那些事，心里应该清楚。只要我把手中的证据一亮，纪委自然也会找你。你不信吗？"

　　裘春怔了怔说："你不要陷害我！"

　　陈金虎双肩一耸，说："好吧，那咱们就骑驴看唱本，走着瞧！"

　　裘春脸上微微变色，说："哼，威胁和讹诈，我经历得多了！"

　　陈金虎转身往外走去。

八

　　这天，李刚峰外出调研回来，刚进办公室，就听到办公桌上的电话响了。

　　"你好，我是李刚峰。"

　　"刚峰同志你好，我是市纪委二室的卢刚，冒昧打扰一下！"

　　两个人说了几句客气话之后，卢刚话锋一转道："刚峰同志，告诉你一个消息，暂时还请保密。"

听卢刚说得如此认真，李刚峰的神色也变得凝重起来，就听卢刚压低声音在电话里说："关于陈金虎贪污受贿问题，市纪委十分重视，要求我们二室将此事一定要调查清楚，绝不放过任何一个腐败分子。"

"卢主任，我们一定协助调查，有什么需要的，你可以直接和我们分管纪检监察的童天任副局长联系。"

"那谢谢李局了。"卢刚说完就挂断了电话。

第二天下午，童天任来到李刚峰办公室，身后还跟着市纪委的卢刚主任。

"李局好。"卢刚向李刚峰伸出了手。

"卢主任，坐吧。"

"李局，市纪委接到上级指示，要将陈金虎带走协助调查。"卢刚说。

"需要我们怎样配合？"

卢刚说："让童天任带我们去执行就可以了。"

"没问题。"李刚峰神色凝重地说道。

当卢刚主任带领几名工作人员来到陈金虎办公室的时候，他正埋头学习市纪委编写的《清官海瑞故事选编》，撰写心得体会。

"哎哟，卢主任，什么风把您给吹来了？"看到进来的卢刚和另外两名年轻的工作人员，陈金虎心里一惊，本能地觉得大祸临头了。

"陈局长，正忙什么呢？"卢刚主任和陈金虎以前曾一起开过会，因此，对他还算客气。

"没什么，学习你们纪委编的材料，写心得体会。"陈金虎挠了挠头，以掩饰内心的慌乱。

"你先别急，以后有的是学习时间。我们今天来，有一件事情，还得让你配合一下。"

只见陈金虎脸色瞬间变得煞白，浑身开始哆嗦。

"陈局长，咱们走吧，那边还等着你配合调查呢！"卢刚主任看着陈金虎一副失魂落魄的样子，轻声说道。

陈金虎定了定神，双腿像灌了铅似的，感到从来没有过的沉重。

九

由于近来常做噩梦，裘春的睡眠很不好，在上午的会议上，显得无精打采。

会议正开着，忽然会议室的门被轻轻地推开，几位身穿西装、打领带的中年男子径直走到省局刘局长身旁，歉意地笑了一下，声音不高："刘局，我们是省纪委的，有件事情需要请裘春协助调查一下，所以，不得不打扰一下您的讲话。"

来人的声音虽然不大，但大家都能听得清楚，裘春自然也听到了，浑身软绵绵的，像虚脱了一样，后背一下子冒出来不少冷汗。

几个人朝裘春快步走了过来。

裘春努力保持着镇定，但还是语无伦次地问道："你们是什么人？要干什么？我现在正在开一个重要会议，有事情等开完会再说吧。"

"裘春，我们是省纪委的，这是我们的工作证，你看一下。另外，告诉你，陈金虎已经把自己知道的事情全部交代了，现在请你跟我们走一趟，协助调查。"站在裘春身旁的男子说话之间，将手中的证件在裘春的眼前晃了晃。

裘春脸上的肌肉一阵抽搐，没有说一句话，就跟着他们走了。

会场鸦雀无声，大家的脸色像冰一样寒冷。

特殊的面试

林韵苗

十年前，大学刚毕业的谢益民好不容易进了机关，成为一名小小的基层公务员，凭借着对人事天生的敏感和过人的交际手腕，一路顺风顺水从小科员升到办公室主任，可谓官运亨通、风光无限。但谢益民一直想着趁这几年还年轻能往上再爬几级。这不，机会这就来了：原来的领导班子进行岗位调动，副局长的位子空缺，急需从几位主任里面进行选拔。谢益民一边暗自庆幸天遂人愿，一边细细揣度考核条例。考核有三轮：第一轮考民意测试，这是基础；第二轮考业务知识，这是重中之重；第三轮面试，是当面回答考官问题。

谢益民一路过关斩将，现在就剩下面试这最后一关了。面试那天，他和其他几个参加面试的同事先后来到面试会场，场上一片肃静，大家都在暗自揣度即将会碰到什么题目，整个会场就像海洋底下埋藏着的火山，静寂却又隐隐燥热。不过一会儿，上级派来的主考官大声宣布："这最后一轮面试只出一个问题，你们当中谁回答出来了，谁就能得高分！"

谢益民和其他面试者眼睛齐齐射向考官，都盼着主考官快点出题。只听考官轻轻咳了一声，说道："这个题目很简单，那就是——看谁能回答出一楼到二楼的台阶有几级。"

哦！这么简单却又让人说不出答案的问题！一时间大家都大眼瞪小眼，全场一片沉寂。主考官满目威严地看了看大家说："这个问题看似简单，其实复杂；看似轻松，其实沉重；看似古怪刁钻，其实非常朴实。你们这群人来局里工作少说也有十年了，如果连这么简单的问题都答不出，怎么能发现工作中细微的问题？发现不了问题，怎么能把党和人民交代我们的工作做好？做不好工作，你又怎么能胜任副局长的职位呢？"

被考官这么一说，参加面试的人都硬着头皮开始答了。有人说十级，有人说十一级，都被考官一一摇头否定了。考场又一次陷入沉寂之中。这时人群中有人说："这种问题应该让清洁工回答，因为他们天天打扫楼梯，心中一定是有数，而我们天天忙着工作，哪有时间去数台阶呀。"

考官哈哈一笑说："那好，咱就请清洁工上台来说说，看他能不能回答出来。"工作人员请来了清洁工，可他上台后却面红耳赤地说："我是天天打扫楼梯来着，可……可这有多少台阶我还真是说不上来……"

主考官让那个窘迫的清洁工离开后说："这个清洁工回答不上问题没关系，因为这不影响他的工作。但你们这些当干部的说不出答案，那可就和你们的工作有直接的关系了。如果现在还没有人能回答出正确的答案，那我就宣布这次面试结束了！"

"我知道。"就在人们纷纷叹息遗憾时，谢益民赫然出声，"我知道答案，从一楼到二楼间的台阶总共有十二级半！"

怎么会是十二级半呢？大家都不相信，这剩下的半级台阶是哪儿冒出来的呢？考官马上让人去验证，结果却让人大跌眼镜：从一楼到二楼果然是十二级半的台阶，那里的确有个外观看起来不大明显的半截台阶！

会场上顿时响起了热烈的掌声，有人问他是怎么知道这个答案的。谢益民说，有一次大年三十，自己看到清洁工还在楼梯上打扫，就让他先回去，自己帮着把楼梯打扫完，这才知道从一楼到二楼有十二级半台阶。他刚一说完，会场上爆发出更为热烈的掌声。

这下子大家都认为副局长之位非谢益民莫属。毕竟他平时颇得领导的赏识，这次面试也充分展现了他的能力，大家心服口服了。另一方面，谢益民更是春风得意，副局长之位指日可待，他就等着上级一纸升迁文书了。

谁知过了几天，单位公告下来，副局长之位另有其人。谢益民又是惊诧又是气愤，忙不迭跑到市厅去打听，一问才知道，上次来主持考试的主考官已经被留置了。

谢益民吃了个哑巴亏，又无处发泄，一回家就病倒了，终日长吁短叹，老婆宽慰说："今年没选上，明年再去考不就行了，没什么大不了的。"谢益民此时全身乏力，大气难喘，只能苦笑着说："我的傻老婆呀，为了这次考试，我给主考官送了12万，他这才给我安排了这么场考试，就连那清洁工我也给了他5000块钱替我演了场戏，那十二级半台阶，一级10000元啊！"

贪欢过后

王 田

关 机

9月15日，晴。

今天是周五，爸爸答应我放学后会来接我去吃烤肉。放学铃声一响，我急忙收拾好课本向校门口狂奔。我四处张望，努力在密集攒动的人群中寻找爸爸。迟迟不见爸爸的身影，我心想爸爸应该又迟到了。记忆中，爸爸是个努力工作的人，经常加班到半夜，我睡着了他才回来，早上我睡醒之后他已经去上班了。我们虽住在同一个屋檐下，却经常碰不上面。

热闹的校门口逐渐冷清，爸爸依旧没有出现。我抬起头，夕阳余晖透过天上云朵散发出温暖、浪漫的橘黄色光芒。以前觉得这是一天当中最好看的时刻，今天却觉得一般。很快，校门口就只剩我孤零零一人。我像往常一样，到校警室用座机给爸爸打电话。

"对不起，您拨打的电话已关机。"

爸爸的手机居然关机了！迫于无奈，我又拨打了妈妈的号码。

"妈妈，爸爸还没来接我，我快饿死了。"

等待的时间最是漫长。天色渐渐变暗，路灯瞬间亮起，我当时感觉自己像是一个被抛弃的小孩。不知道过了多久，我终于看到了妈妈。晚上回到家，我再次拨打爸爸的手机，还是处于关机状态。妈妈说爸爸可能去开会了，以前上班的时候经常这样，这次可能是有什么突发事件要解决，所以一直耽误到现在。我心想：爸爸这么努力工作，我

也要向爸爸学习。

我拿出作文本准备写语文作业，作文题目我都已经想好了，就叫《努力工作的爸爸》。我在作文里是这么写的："爸爸虽然很忙，但他总能抽出时间来陪我玩、带我读书、教我写作业。记得有一次，爸爸答应我周日要带我去游泳，可是周日那天他早早就去单位加班了。我在家一直等到下午5点，爸爸还没有回来。正当我以为游泳的计划要落空时，爸爸回来了，说带我游完泳再回去加班。我开心得上蹿下跳，拉着他的手就往外跑。游完泳后爸爸就回单位加班了，直至我晚上睡觉，爸爸都没有回来。第二天起床上学，妈妈告诉我爸爸早已经起床去加班了。我的爸爸不仅是一个努力工作的人，更是一个非常称职的好爸爸。"

9月16日，晴。

今天是周六，也是奶奶的生日，我们以前会全家一起给奶奶庆生，可爸爸今天并没有回来。上午，我用家里电话给爸爸打电话，依旧是关机状态。我问妈妈爸爸去哪了，妈妈说爸爸的单位有件紧急事情要处理，今天可能回不来。我感觉怪怪的，妈妈以前从来不会背对着我说话，因为她告诉我这是不尊重人的表现，但是她今天背对着我回答了这个问题。

来到奶奶家，奶奶看到只有我们两个，问我爸爸去哪了。我说去加班了，奶奶眉间失落的神情一闪而过。今天一整天，爸爸都没有给奶奶来过一个电话。爸爸应该很忙，不然肯定会给奶奶来个电话问声好，一声不吭不像是爸爸的风格。我在奶奶家疯玩了一天，筋疲力尽，一坐上回家的车就睡着了。回到家的时候，爸爸终于回来了，他带我去游泳，告诉我说："人越想浮出水面，在水中挣扎得就越厉害，下沉得也越快，只有以一颗平常心对待，才能保证自己浮在水面上。"我似懂非懂地点了点头，然后继续练习浮潜。练着练着，我发现爸爸不见了，游泳池一个人都没有，我很害怕，想快点游到岸上，可正如爸爸说的，人越挣扎下沉得越厉害，我很快就被水呛到，感到呼吸困难。就在我喘不过气来的时候，我猛然睁眼，才发现这原来是一个梦，一个噩梦。

我跟妈妈说我做了一个噩梦，梦里所有人都消失了，就剩我一个人，我还被水呛到，差点就游不上岸。但是妈妈说，梦里的东西都是假的，让我不用害怕。

9月17日，阴。

今天是周日，爸爸还没回来，他的手机还是关机状态。爸爸从来没有这样过，加上昨天做的噩梦和妈妈反常的表现，我开始担心爸爸是不是出什么事情了。我问妈妈："爸爸的手机怎么还是关机？"妈妈说爸爸有重要工作，耽搁不得，没办法跟我们联系。我突然想起老师说的话，很多英雄为了国家的发展，不得不隐姓埋名，在不为人知的地方从事着伟大的事业，就像于敏、邓稼先这些老爷爷。我问妈妈，爸爸是不是在从事伟大的工作，连我们也不能说。妈妈走进厨房，背对着我说，爸爸只是有突发事件而已。

9月18日，晴。

今天是周一，我起床的时候还是没看到爸爸。上学的时候，班上几个爱调皮捣蛋的同学一直在看着我笑。我虽然不清楚原因，但还是下意识地离他们远远的，不去搭理他们。语文课前，课代表像往常一样把上周布置的作文收上去，老师还是继续给我们讲解朱自清先生的《背影》，告诉我们父爱如山。放学后，姑姑的身影出现在校门口，我问姑姑今天怎么是她来接我，爸爸妈妈呢？姑姑告诉我说爸爸妈妈这几天比较忙，没有时间照顾我，让我去她家住几天。我说我的衣服和课本都在家里，要回去取。结果姑姑告诉我说妈妈已经拿过去了。我又问姑姑，爸爸的手机开机了吗？姑姑莫名其妙地说了一大堆我没有听懂的话，什么要把姑姑家当自己家，等爸爸妈妈忙完就来接我之类的。我越发觉得奇怪，于是打断姑姑的话问道："那我什么时候可以见到爸爸？"

姑姑支支吾吾地说她也不知道爸爸要忙多久。

9月19日，晴。

今天是周二，我以后再也不想去上学了。

语文老师今天表扬了我的作文，还让我在班级里念。正当我念完准备下台时，有个挑事的捣蛋鬼居然大声地说道：

"对，你爸爸不仅努力工作，还努力贪钱。"

其实我当时没听清他后面说的话，是下课后同桌告诉我的。不过看见那几个捣蛋鬼跟着一起笑了起来，我就知道不是什么好话。我看了他们一眼，嘴里嘟囔句"有病"便坐下了。老师生气地看着他们，让他们也到讲台上念自己的作文。他们这下变得很安静，低着头你看我、我看你，成为全班同学目光的焦点。看他们不情愿，语文老师就让他们到后面罚站。结果那个挑事的同学不服气，顶了句：

"他爸被抓上新闻了，还有啥不能说。"

这句话我倒是听得一清二楚，立马大声回了句：

"去你妈的，你爸才被抓了。"

这下，我反倒成为了全班的焦点，同学们都在用惊愕的眼神看着我，我像被无数根针扎在身上一样难受。捣蛋鬼没有回话，恶狠狠地瞪了我一眼就拿着课本到后面去了。这一节课，我是一个字都没听进去。我已经四天没有见到爸爸了，爸爸到底去哪里了？

课间，我想去找老师借个手机，看看能不能联系上爸爸。结果那个捣蛋鬼带着他的伙伴拦住了我，让我向他道歉。我没心情跟他们闹，一声不吭地推开他们却被他们顺势推倒在地。看着他们嘲笑的表情，我想起爸爸曾经说过"越忍受别人的欺负，别人就会欺负得越厉害"，于是我站起来向那个捣蛋鬼扑了上去。一对多肯定落不得什么好下场，当老师赶到现场的时候，我已经被揍得鼻青脸肿。我们一群人被带到教师办公室，等待家长的到来。不一会儿，那几个捣蛋鬼的家长陆陆续续出现在办公室里，就只剩我的家长没到场。我一个人在角落里局促不安地站着，仿佛是我做错了事情一样。同时，我越发害怕捣蛋鬼说的是真的。我问老师能不能借我手机，让我给我妈打一个电话。我先是拨了爸爸的号码，还是处于关机状态，接着我又拨了妈妈的号码。

"好孩子，妈妈这会在忙，我已经让姑姑去学校了。"

妈妈说完就挂电话了，我像是一个没人要的孩子，孤独、害怕和无助。过了一会儿，姑姑出现在办公室，看着鼻青脸肿的我一下子就哭了出来，冲上来紧紧抱着我。我对姑姑说：

"姑，能把手机给我查个东西吗？"

拿到手机后，我在网上输了爸爸的名字。搜索结果出来的那一刻，我恨不得找一个地缝钻进去。

我真希望我从来没有过这个爸爸。

担　忧

孩子们明天都要回来吃饭，我怕明天来不及买，所以今天把他们喜欢吃的东西都买了。大儿子和女婿喜欢吃火腿，咸咸的容易下酒。女儿和儿媳妇偏爱我做的鸡爪，每次都说非常入味。只有我的小儿子，也就是老幺，感觉我做什么他都看不上。可他原来不是这样的。

他们的父亲在老幺两岁的时候就去世了，我一个人要养活三个孩子。白天在农场干完农活后，晚上就去接着做小工。热的时候帮人织草鞋，冷的时候帮人织毛衣，根本没有时间管孩子。好在他们三兄妹都很懂事，大儿子虽然成绩不好，但早早就能帮我分担压力，照顾全家人的饮食起居。女儿和老幺是龙凤胎，不过女儿先出来，小儿子就顺势成了老幺。他俩和老大不同，他们从小成绩就很好，每次都能考村里的前两名。那会的生活特别艰苦，每天来来回回吃的都是烤番薯，连喝米粥都是一种奢侈。有一年他俩生日，我问他们想要什么，结果他们异口同声地说想喝一碗米粥。那时候我们全家已经有好几个月没喝过米粥了。看着他们一脸期盼的样子，我是真心疼，可口袋里既没钱也没票，所以到最后还是没喝上米粥。他们也理解我，之后再没有提过要喝米粥。那会的老幺，一碗稀米粥就能够满足他。

后来，老大辍学在市里的一家工厂上班，老二和老幺去镇里上初中。镇里离村里有几里路，那时候没有车，全靠走。他们天没亮就得起床，背着书包出门。夏天还好，就怕冬天，我一个天天下地干活的人都觉得路上的寒风刺骨，他们还得走几里山路，中午只能吃发硬的番薯，连口热乎的都吃不上。我当时对姐弟俩说："你们要是能咽得下这个苦你们就继续读，就是砸锅卖铁我也供你们上学；要是咽不下，就回来跟我下地干活，以后清苦点过。"他们很争气，说一定会好好读。他们也真的做到了，即使在这样艰苦的条件下，他们还是考上了市里的大学。那会的大学不像现在这么好考，一所高中能上大学的名额不超过三个。那时候老大在厂里已经分到了一间单身宿舍，他们兄妹三人就挤在几平方米的宿舍里，老大和老幺打地铺，女儿睡床上。那时候的老幺满脑子都是学习，坐着学、躺着学、走着学，真是一分一秒都不愿意放过，多点时间给他学习他就很满足。

这种状态一直持续到他俩大学毕业。老幺被分配到了市里的政府部门，女儿被分配到市里的学校。我当时想我总算是熬出了头，三个孩子都有稳定的工作，再也不用像以前那么辛苦了。我记得他们第一次发工资的情景，他们把老大从厂里喊回来说要一起吃饭。他们来的时候，老幺拎了两手吃的，有鱼有鸡，比过年吃得还好；女儿提着一个精致的袋子，说是给我和老大买的衣服。我说怎么买那么多东西，让他们把我的衣服拿去退了。他们起先不肯，可我坚持要让他们拿去退，说不拿去退我就自己进城退。他们拗不过我，最终还是拿回去退了。那天晚上我们吃得特别开心、特别满足。其实我哪里知道怎么退，我只是心疼他俩花钱太多。他们刚进入社会，要花钱的地方很多，我帮不上忙就更不能拖累他们。

后来，家里的条件慢慢有了起色。女儿和老幺在城里分配到了房子，三个孩子都结了婚、生了孩子。老幺孩子刚出生的时候，他让我住到他家里去帮着带孩子。那会他很忙，白天基本不在家。我问他怎么都没有休息日，天天上班，他只是笑着回我："我年轻，多干点没事。"他就是这样一个积极向上的人，无论是学习还是工作。再后来，老大工作的厂子因为效益不好倒闭了，两口子都变成下岗工人，日子一下变得非常拮据。有次吃饭，老大跟老幺说，能不能帮他夫妻俩找一份工作。老幺说他可以每个月给老大他们家一笔钱，直到老大找到工作，但是如果帮老大找工作，就免不了用到手中的权力，影响不好。我听着也有道理，那会经济不好，下岗的人很多，好的工作岗位非常紧俏，老幺要是这么做一定会被别人戳脊梁骨，这种给祖宗丢脸的事是坚决不能做的。于是我让老大拿我的退休金去过日子，这件事才算翻了篇。

大概过了一年，老大一家重新找到了工作，两口子都在一个公司，老大当司机，大儿媳当财务，日子过得比以前在厂里更好。所以我说，

努力的人什么时候运气都不会太差。经过这一年，三个孩子的关系更好了，老大基本每周都会拎着吃的东西来老幺家一起吃饭，女儿有空也会一起过来。那时候刚好十个人，老幺家里的餐桌没那么大，每次都分成两张桌子吃饭。看着其乐融融的一家子，我这心里别提有多高兴了。

人老了，总觉得时间过得很快。老幺在市里买了一套新房子，很敞亮，餐桌足够大，一家人终于可以坐在一张餐桌上吃饭了。餐桌上的吃食也越来越好，有天上飞的、地上走的和水里游的，有些我甚至都没听说过。我开始心疼钱，总觉得这么吃太奢侈太浪费。但是看着他们吃得津津有味，我就安慰自己，都是外面买来的原材料，应该不会贵太多。渐渐地，老幺的肚子变得圆润起来，和他以前枯瘦的样子判若两人。我跟他说要多运动，别总是坐着，这样对他身体不好。老幺总是以工作忙、带儿子为借口把我敷衍过去。

老幺的儿子上小学以后就不需要我照顾了，我一个人回到村里面，又住回原来的土房子。俗话说得好，金窝银窝不如自己的狗窝。在城里虽然子女都在身边，但总觉得住得不自在。回到村里就不一样了，我一会下地种菜，一会到村口和几个老婆子闲聊，这才觉得惬意了许多。但老幺好像不太习惯土房子，一会嫌弃没有热水，一会嫌弃灯不够亮，一会觉得灰尘多，像旧社会的地主老财似的嫌这嫌那。可能是好日子过得久了，老幺忘了以前吃过的苦。他和我商量能不能把土房子拆了重建，既住得舒服，在村里也有面子。我说房子是给自己住的，为啥要面子，而且重建要花好多钱。老幺见说不动我，就自己去找了老大和女儿。我架不住三个人成天在我耳边念叨，而且仔细想想他们说的也没错，重建了以后孙子孙女们才愿意多回来，不然我一年也见不上他们几面，于是就答应了他们重建。重建的事情他们不让我管，所以我又搬回老幺家住了一年。一年后，新房子建成了，是个小洋楼，很气派，是村子里建得最好的。我住进去总觉得不安心，三个孩子去哪里要那么多钱？我把他们兄妹三人叫了过来，说千万不能做一些违法乱纪的肮脏事，咱们家可丢不起这个人。他们兄妹都拍着胸脯给我保证没有这回事，我这悬着的心也算是落了下来。

新家建成了，按我们当地的风俗是要请村里面的人简单吃一顿，算是给新宅添福添旺。我本来都已经跟村里的几个农户说好了，请他们过来帮忙做一顿饭，结果老幺说他叫了专业的团队过来弄。我说太贵了，没必要，太浪费。我完全没想到老幺一步也不愿意退让，为此还跟我大吵了一架。老大和女儿过来劝，说这么僵下去也不是办法，让我们两人都各退一步，食材老幺来买，我找农户来做。我想着这倒是个不错的法子，可没承想老幺买了好多龙虾鲍鱼之类的珍贵食材。老一辈的村里人哪里见过这种东西，都说做不了，最后还是让老幺请了专业的团队。吃入宅饭的那天，三个孩子叫了好多朋友，车子从家门口一直排到了村口。直到现在我还想不明白，他们怎么会认识那么多朋友。

明天是我七十岁生日。老幺上周给我打电话说要带我出去吃饭。我说回来在家里一起吃顿饭就行，去外面太浪费，老幺答应了。为了让大家玩得开心，我提前一个星期把里里外外都收拾了一遍，还忙前忙后准备了好多东西，都是孩子们喜欢吃的。小儿子嘴刁，我专门给他弄了隔壁村人家自酿的高粱酒。这高粱酒远近闻名，十里八乡都说好，我想老幺一定会喜欢。

翘首以盼的团圆日终于到了，可老幺却因为加班没有回来。我问小孙子爸爸去哪了？小孙子说他去加班了，小儿媳也在旁边附和说老幺单位临时有重要事情脱不开身。老幺以前就很忙，没想到现在更忙，我担心他身体吃不消。我尝试给老幺打电话，想听听他的声音，可电话那头说他关机了。用过晚饭后，孩子们说明天要带孙子孙女去补课，就不过夜了，要连夜赶回去。热闹来得快散得也快，这个气派的小洋楼又只剩我一个孤寡老人。

夜里闲来无事最容易挂念，不知道老幺忙完没有、吃饭没有、回家没有。我又给老幺打了一个电话，还是关机状态。老幺怎么这么忙？该不会是出什么事了吧？心里面这个担忧的念头一旦产生，就很难平息了。人老了本就不容易入睡，再加上这么一出，就更睡不着了，满脑子都是些奇奇怪怪的想法。老幺要是有什么事，让我这个白发人怎么活啊。我半夜忍不住给小儿媳打电话，问她老幺回家没有。她告诉我说老幺的秘书刚给她打电话，说老幺在开展秘密工作，没办法回来。

没事就好，中秋节马上要到了，我一定要提醒老幺注意身体，可不能这么操劳了。

考　验

"我和我丈夫是朋友介绍认识的。那会刚出来工作，大家手头都没什么钱。记得第一次见面，他穿着一件发黄的白衬衫，在人群中特别扎眼。他不怎么说话，玩游戏、聊天的时候都特别腼腆拘谨。我是万万没想到，这么一个胆小如鼠的人，在聚会结束的时候居然顶着张红脸向我要了联系方式。也是这时候，我第一次仔细打量他，人长得倒是眉清目秀，就是太紧张，绷得太直，让人看着忍不住发笑。可我知道，这种人才是老实人，所以毫不犹豫地给了他我的联系方式。

"我们那时候都住集体宿舍，挨得很近。他每天都会买好早餐在楼下等我，然后再去上班。他很少会接我下班，总说事情没忙完，不好走。就因为他平时工作太忙，我们后来的约会也仅限于周末，但有时候忙起来连周末都约不上。有天晚上我偷偷去他单位看他，办公室就剩他一个人，他非常专注地在看着手中的文件，以至于我走到门口他都没发觉。直到我喊出他的名字，他被吓出个激灵才发现我的到来。他很开心地冲到我面前把我抱起来，说让我再等等他，他马上就能结束。他对工作的热诚、给我的温暖，让我坚信，他一定会是一个称职的好老公、好爸爸。

"一年后，我们领证了，他带我回村里简单摆了几桌酒席，就算完成了结婚的习俗。其实一开始，我们并不打算回村里摆酒席，因为这样很多同事就不方便参加我们的婚礼。可他那时候刚被提拔成最年轻的副科级干部，每天嘘寒问暖的人都快踏破我们家的门槛了。我俩寻思如果在城里摆，就免不了跟一些熟悉的陌生人打交道。他是最不愿意干这些事的，那些人为啥找上门我们也都心知肚明。最后，我们决定索性回村里摆，意思一下就行，也算是给父母一个交代。

"很快，我们迎来了生命中的天使。坐月子的时候，他无微不至地照顾我，日以继夜。每次当我看到他顶着一双巨大的熊猫眼哄娃，我就觉得我是这世上最幸福的女人。孩子生出来需要吃食，可我的奶水又不够，他只能去市场上买奶粉。他那会的工资刚好够买奶粉，我在休产假只有基础工资，两个人的生活质量一下下滑了许多。那会就已经有人隔三岔五地带着奶粉来敲我们家的门，可都被他婉拒了。他说欲望的闸门一旦打开，就再也关不上。后来我产假结束，他把他母亲喊了过来，希望母亲能帮忙带一下小孩。那会的日子很苦，但是心里踏实，靠自己的双手挣钱吃饭养家再正常不过了。

"孩子渐渐长大，我们俩的工资也水涨船高，日子慢慢有了起色，可大哥一家却跌到了谷底。大哥夫妻俩双双下岗，厂里分配的房子也被收了回去，家里马上就揭不开锅了。有次大哥来到家里，当着母亲的面，让老幺给他们夫妻俩找份工作。老幺当时就犯难了，一边是手中的权力，一边是亲大哥，无论伤害哪边自己都不愿意。他把我拉进房间，跟我商量，说每个月能不能给大哥他们一点钱，帮他们渡过这个难关。见他左右为难的样子，我也只能答应他。从房间出来，他跟他哥说：'哥，不是我不帮你，我要是帮你了，别人都会以为我是在给你开后门，到时候会被人说闲话。'母亲也觉得这话在理，便主动提出把退休金给他们生活，这事才算过去。往后的好长一段时间，大哥再也没来过我们家。

"记不清是这件事过后的第二年还是第三年，大哥大嫂突然拎了好多东西来我们家串门。我虽大感意外但还是热情地把大哥大嫂迎进门，和大嫂在厨房忙活了大半天，做了一桌子的饭菜，比过年吃得还丰盛。饭桌上，大哥大嫂激动地对我俩表达感激之情，说要不是有老幺帮忙，他们俩还不知道在哪里摆摊。老幺其实一开始并不知道大哥找到了工作，直到大哥说出老板名字，他才恍然大悟。那天老幺开完会准备回家，正好碰上摆摊的大哥，老幺见大哥忙不过来就顺手给他打了会下手。而这一幕恰巧被一同开会的公司老板看见了，老板专门上前详细问了大哥的情况。当时老幺和大哥都没多想，但是过几天就有人找到大哥说有公司招人，问他和嫂子愿不愿意去。大哥起初并不相信天上会掉馅饼，自家的亲兄弟都不愿意帮忙更何况是外人。一番了解过后，大哥才知道公司老板是老幺的'朋友'，那这一切就顺理成章了，老幺怎么可能不帮他这个亲大哥。老幺其实跟那个老板并不熟，更没有为了给大哥找工作跟他打招呼。不过木已成舟，老幺也不好再说什么。

"那几年，大哥始终记得老幺的恩情，逢年过节必来串门走亲戚，来时总会拿一堆东西。当时我们就纳闷了，他们怎么会有那么多钱买东西。他哥告诉他，因为他的缘故，公司给他夫妻俩的工资都特别高，是原来的好几倍。那是他第一次知道手中的权力居然有这么大的影响，心理也开始不平衡，自己寒窗苦读十余年竟比不过小学辍学的大哥。眼看着大哥家日子蒸蒸日上，过得比我们还好，本来应该替大哥感到开心的老幺心理更加不平衡。

"欲望的闸门一旦打开，就很难再关上了。老幺时不时出去跟大哥吃香喝辣，饭搭子也很固定，就是大哥的老板，再无他人。那个老板一开始并没有什么事情需要老幺帮忙，三个中年男人就是普通的聚会吃饭，聊人生、谈理想。老幺以为找到了人生知己，开始养成胡吃海喝的习惯。一来二去，公司老板和老幺逐渐熟稔起来，三人以兄弟相称，大哥年长依旧当了老大，老板年龄次之做了老二，老幺顺理成了老三。

"有次我问老幺，老二对你这么好，难道就没有一点请你帮忙的意思吗？他斩钉截铁地回答我说没有，一次都没有，还信誓旦旦地说他们是真正的君子之交。后来，我们三家人经常一起出去旅游、吃饭，有时候我们也会买单，但大多数时候是他们买单。再后来管得严，我们就再也没有出去过，我也没怎么见过老二他们一家。"

"不好意思，我能接一下电话吗？"我小心翼翼地向工作人员问道。

"可以，您接吧。"

"好孩子，妈妈这会在忙，我已经让姑姑去学校了。"一听见是孩子的声音，我说完立马把电话挂掉，生怕孩子察觉出什么。

"那老二和老幺后来还有交往吗？"工作人员又问道。

"据我了解应该是没有，我们老家前两年建新房的时候老二就没去，而且老幺也答应我跟老二断了往来。因为我有次听见他在给同事打电话，听着像是给老二托关系。我就问什么事，他说老二现在有困难，得帮帮他。我当时一听就慌了，说不能开这个先例。我们俩为此大吵了一架。最后，老幺跟我保证说仅此一次，并且这件事结束后跟老二断了往来。"

"那你们老家建新房的钱都谁出的？"

"应该是大哥和大嫂出了大部分，他们说这几年公司效益好，发的绩效多，所以想把房子搞得漂亮一点。"

"谢谢您的配合，今天就聊到这。"工作人员起身说道。

把来家里察看的几名同志送走后，我长叹了一口气，一个家就这么毁了。从老幺答应我跟老二断了关系后，他整个人的脾气越来越大，越来越目中无人，我说的话一点分量都没有。他渐渐喜欢上应酬，每次都喝到孩子睡着才回来，把整个房子都搞得臭气熏天。为了维护他在孩子面前的形象，我不得不撒一次又一次的谎，骗孩子说爸爸已经去上班了，其实他还躺在床上不省人事。

自从孩子周五给我打电话说没有人去接他，我给老幺打电话发现他关机的时候，我的内心就有种不祥的预感。他很爱孩子，他为了陪孩子能抛下工作、放弃应酬，绝对不会不打招呼地丢下孩子。我急匆匆地去接孩子，路上不停地给他同事、朋友打电话，没有一个人知道他去哪了。晚上，我还是联系不上他，不知道他去哪了。

周六是母亲的生日，他的电话依旧打不通。不祥的预感越发强烈，可我必须在老人和孩子面前展现出坚强的一面，不能让老人、孩子发现端倪。我像往常一样把小孩带回村里，努力装作正常的样子，想让老人开心地过完这个生日。我以为我做得足够好，可孩子在回家的路上还是做噩梦了，一个被抛弃的梦。

周日上午，我接到工作人员的电话，说老幺被留置了。虽然我早有预料，可依旧像被打了晴天霹雳一样，整个人险些跌倒。从老家建新房，到邀请许多"朋友"，再到隔三岔五出去应酬，我就觉得老幺肯定背着我做了什么事。可他每次都斩钉截铁地跟我说绝对没有这回事，说应酬是人在江湖身不由己，都是工作需要，不会做出什么让祖宗丢脸的事。中年夫妻的生活就是搭个伴，干涉越多越容易吵架，这样对孩子不好，所以我也没有细究。现在想来，他肯定背着我做了许多肮脏事。看着床上熟睡的儿子，我心里真是万般难过。他还这么小就要被父亲的恶行所影响，同学们会怎么看他，会不会取笑他？他能不能顶住压力继续上学？我开始记恨老幺，为什么要做这种肮脏事，把一个幸福美满的家庭弄得支离破碎、风雨飘摇。

周一上午，我接到工作人员通知，他们说想要去家里看看，顺便跟我聊聊老幺的事。为了避免孩子知道相关情况，我请求他们把时间延到周二，然后给二姐打了电话，让她下午去接孩子放学，我中午先把孩子日常用的东西送过去。就在我上完厕所准备离开单位的时候，我听到茶水间有人在闲聊。

"你们知道吗？好像主任的老公被抓了。"

真是好事不出门，坏事传千里。我顿时觉得整个人无地自容，只能当作没听见偷偷溜走，像一只人人喊打的老鼠。

晚上，我一个人坐在家里，看着窗外的明月，反反复复告诉自己不要在意别人的目光，过自己的日子就好。可孩子那么小能承受得住吗？母亲一把年纪又能承受得住吗？我不知道该如何告诉孩子他父亲是个怎样的人，我更不知道该如何应付母亲接下来的关心。

我再次在黑暗的房间里既清醒又浑浑噩噩地度过了一个难熬的夜晚。

灯火未眠(节选)

毛 晶

二

案件的办理在有条不紊地进行着。转眼到了周末，汪玲按照之前的约定，办理了请假手续。她脱掉平时刻板的白衣黑裤，换上了一条淡黄色的连衣裙，黑色的高跟鞋也被换成了白色的镂空高跟鞋。她仔细地画了个淡妆，又把马尾扎得不高不低，额头前平时扎起来的刘海也用卷发棒微微烫卷，把原本小小的脸蛋衬托得更加精致了，整个人都显得很温柔。

这是汪玲第一次去谢文家，原以为谢文会来接她，但他只是通过手机定位把地址给了她，说父母让他在家里帮忙，为了更好地迎接她的到来。一开始，汪玲心里有点不舒服，但是转念一想，谢文也是为了她，她也不好再说什么了。毕竟谢文的父亲是黄花市某机关的领导，母亲是大学教授，一家人听别人讲都是很不错的，也绝对是不会失礼的。汪玲是单亲家庭长大的孩子，母亲一人在小县城里将她抚养长大不容易。所以她努力读书、努力工作，就是为了改变一些现状。她和谢文是在办理一起市级案件时认识的，谢文的儒雅给她留下了深刻的印象，而别人对谢文家世的夸赞，也让汪玲更加心动。她是个明白人，她想要什么，从来不犹豫，所以她主动追了谢文，没想到成功了。

为了给谢文父母留个好印象，汪玲专门跑到市里最高档的商场——国贸中心给他父母买礼物。柜台里的一串珍珠项链吸引了她的眼光，温润的光泽，近乎正圆的形态，但是一看价格却让她打起了退堂鼓。她大约算了下，给谢文的父亲还要买两瓶酒两条烟，所有的加一起，就要用光她这几年的存款。她盯着项链看了很久，柜姐也一直在旁边夸她眼光好，告诉她这款项链的品质极佳。汪玲心一横，快速从包里拿出卡，叫柜姐立即打包，再晚一点，她真怕自己会后悔。所有东西买完后，她看到近乎归零的银行卡余额，心里有说不出的感觉，舍不得，心疼，还有一点点小小的期待……

到了谢文家楼下，汪玲给谢文打了个电话："我到楼下了。""那就上来啊。"谢文在电话那头催促着汪玲。汪玲其实是希望谢文能下来接接她，毕竟这是她第一次来他家，但是谢文没心没肺一般，直接招呼着她自己上楼。她把电话放进包里，对着电梯里的影子细细地理了理头发，又捋了捋额前的刘海，弯下身把鞋子上的一点灰用纸擦去，再把裙子往上拉了拉，照了下，感觉不太对，又往下拉了拉。然后深深地吸了口气，对着自己的身影又龇了个笑容，再用食指猛地按到电梯的按钮上，近乎赴死一般上楼去了。到了门口，谢文已经把门打开了，兴高采烈地给她拿拖鞋，接了她手里的东西就放在门口的玄关处，然后轻轻扶着她的肩膀，就这么领她进去了。

汪玲不敢到处张望，但是用眼角的余光打量起这间房子。不大的客厅，进门对着的墙面挂着一幅山水画，旁边是一副对联，写的什么，她不敢细看。全部棕黄色的木质家具，地板颜色是黑色的，整个房间都是中式装修。谢文大喊着："爸、妈，汪玲来了。"谢文的母亲听到声音，从厨房走了出来。她身量不高，发色不黑，头发全部往后梳着，扎成了一个发髻，耳朵下面是一副珍珠耳环，身上罩着花色的围裙，看不出穿的是什么。汪玲看过去的那一刻，心里突然庆幸买了那个昂贵的珍珠项链。谢母急匆匆地迎出来，快速地用眼光扫了一眼汪玲，仿佛X光一般，没有一丝温度，让汪玲心里紧了紧。但是很快，谢母的脸上展现出笑意，高兴地招呼着汪玲往谢父旁边坐下，虽然笑着，但是汪玲觉得，这个笑似乎并不达心底。

汪玲站在谢父的沙发旁，谢父穿着一件白色T恤，一条灰色长裤，在衣服和裤子的交界处，凸起的肚腩格外引人注目。他的眼光从汪玲进门开始就没有离开过手上的杂志。谢母嗔怪地看了一眼谢父，急忙说："一天到晚就看你那两本破杂志，小汪来了，你也不动一动。"汪玲瞬间感觉到不好意思，站在沙发前，向谢父鞠了个躬，谢父抬起眼，点点头，也算是和汪玲打过招呼了。

谢文在一旁笑得像朵花一样，有点傻乎乎的。"小汪，随便坐。"谢文的母亲热情地招呼汪玲入座，并在她面前放了水果和零食，闲聊了一会就进去厨房做事，汪玲说要去帮忙，被谢母拦下，谢母反倒是拉着谢文进去厨房，而她只能坐在客厅的沙发上漫无目的地看着电视。谢父则放下了杂志，和汪玲聊起了天。内容不过是汪玲的工作，汪玲的家庭，但是谢父却一直在用审视的眼光打量着汪玲，让汪玲想到了自己办案时对别人的眼光，汪玲安慰自己，领导都是这样的，不用担心。

很快吃饭了，谢文一家殷勤地给汪玲夹菜，汪玲心里那根紧绷的弦终于松懈了一点。吃饭的空闲里，谢母又热情地询问她家里的状况，以及她工作的情况，相较于谢父，谢母问得更加细致。那一刻，汪玲有一种说不上来的感觉。吃完饭，汪玲要回点上了，她走到门口时，谢母紧紧地跟上了，似乎要送她。汪玲赶紧说："阿姨，您别送，我这出去打个车很方便的。"谢母笑了笑："那就让谢文给你送上车。"她低头刚好看到摆在玄关处的礼物，赶紧提起来："小汪啊，我们家可不兴这些，你看，阿姨和你也很随便，这些东西啊，你拿回去给你妈妈。"汪玲怎么都不肯，提来的东西，哪有拿回去的道理。谢母似乎发脾气了，使劲把东西往她怀里塞，掰着她的手，把她都弄疼了。汪玲这一刻感觉是真疼，但是她又不敢表现出来，只能死命地忍住，但是眼泪疼得快出来了，所以她不再坚持，而是抱着这些东西，快速地说再见，然后一头冲进了电梯，谢文赶紧冲着追了过去。

电梯里，汪玲的眼眶红了，谢文问她怎么了。汪玲望着谢文，眼眶更红了："你妈是不是不想要我的东西啊？"谢文一下子笑了，一只手搂着汪玲的肩膀说："你就这点心眼子啊。你真是想多了。"又搂着汪玲左右蹭了蹭，感觉像一只猫在撒娇一样。汪玲内心一下子柔软起来，看起来也没那么委屈了。谢文拉着汪玲的手，将她送到了小区外，调皮地说："我爸妈人很好，你看，对你嘘寒问暖的，你还担心什么？"汪玲被谢文逗得轻轻地点点头："那你什么时候去我家？"汪玲觉得既然她已经见过了谢文的父母，谢文也该见见她的家人了。谢文笑着说："等我和我爸妈商量下，到时和你说。"两个人又说了一会话，看到门口来了个车，谢文赶紧拦住，让汪玲上车，司机师傅问了地址，谢文报了留置点附近的地址。

汪玲坐在车上，看着抱在怀里的东西，她犹豫了下，但是很快做了决定："师傅，麻烦改道，我想去国贸中心。"师傅方向盘一扭，很快就到了商场。汪玲提着东西来到店里，她有点忐忑，毕竟这是她第一次在商场里退货，而且是这么昂贵的东西。但是她之前仔细看过服务条款了，七天内不满意，没有损坏包装，都是可以退的。她近乎扭捏地走到了柜台前，怯懦而小声地问能不能退货，她感觉到不好意思，感觉到难为情。但是服务员跟见惯了一般，爽快地把东西给退了。银行卡提示余额的消息一发来，不知道为什么，汪玲长长地舒了一口气，感觉身上无比轻松。退完东西，她并没有急着回去，而是一个人找了家小店，点了杯喝的，静静地坐了下来。她的脑子很清晰，但是又有点乱，她在脑子里将今天发生的所有的事进行了一个复盘，她突然觉得看似顺利的见面，其实也没有那么顺利。比如谢母那种其实并没有情感的热乎，谢父例行公事的询问，还有被退回去的东西，不知道她走后，谢文的父母会和谢文说些什么。包里的手机震动了起来，汪玲打开看到是妈妈，她整理了情绪接了电话。"玲儿，今天见家长顺利吗？"那头妈妈问得小心翼翼。"妈，挺好的，他父母挺热情的。""那就好，什么时候谢文来我家坐坐啊？"母亲似乎也松了口气。"他说最近。"汪玲不知道为什么，特地隐瞒了谢文的原话。"那就好，那就好。对了，玲儿，你今天提东西了吗？我也是突然想起来的。""提了。""那就好，那就好。"妈妈在电话那头拍拍胸口，"我一天稀里糊涂的，把这么重要的事情忘了，还是我们玲儿靠谱。"

汪玲从来都知道，爸爸心梗去世后，妈妈就跟失了魂一样，好多事都要靠自己。是啊，她这样的家庭，不靠自己又能靠谁？找工作靠自己，那时候她怕好的地方考不上，特地报考了县城，但是她的分数在公招中却是在全市数一数二的；买房子也得靠自己，家里的存款不多，她在市里看中了一套房子，可是家里也没有钱啊；所以她这些年存得很辛苦，今天买东西差点全用完了……这一刻她突然又有点庆幸谢母拒绝了礼物。汪玲的思绪飘得很远。"玲儿，你听到我说话了吗？谢文如果来，你要提前告诉我，我好准备准备。""准备什么？"汪玲随口问了出来，一个激灵，发现自己说错了话，"不要准备什么的，他人挺好的。"她赶紧纠正了自己的话，生怕一个不小心就伤到了妈妈。"你管我准备啥，哈哈哈，他人好我也得准备。"电话那头的妈妈很开心，汪玲似乎也被妈妈的高兴感染着，紧锁的眉头一点点舒展开。"妈，我不和你多说了，我要回去了，今天都是请假出来的。""那你快回去。记得加油哦。"妈妈赶紧催促。在妈妈的心里，玲儿的工作来之不易，要好好努力好好珍惜，所以每次见面和通话，最终都是以对工作的加油鼓劲作为结尾。妈妈的电话，打断了汪玲的各种猜测和推理。她想明白了：只要谢文对她是真心的，他父母如果对她有什么意见，她可以多多努力，多多改善，只要谢文对她好，那什么都能解决。

回到点上，已经是下午，汪玲很快又投入到工作中，之前的一切似乎都与她无关了。她继续翻查全邦国的资料，突然发现银行流水里，连着几个月，都有一笔五千元的款子汇入同一个账户，而账户的联系人，之前并没有出现在他们调查的视野中。她很快把肖翰和其他人叫了过来。"你们看，这几个月基本都是按时汇过去的。我又翻看了之前和之后的银行流水，在这几个月之前，有一笔一万元的款子汇过去了，这个账户似乎有点不对。"肖翰凭着常年的办案经验，立刻嗅到了不同，"我和领导汇报下，唐兵、李晓剑你们明天去银行查下，看下这个账户是谁的。"肖翰隐隐觉得，这个账户有点问题，"汪玲，你把银行流水再仔细比对下，看下还有什么过往比较频密的吧？""好的！"几个人异口同声。

随后的几天，汪玲他们扑在案子里，几乎废寝忘食。"肖组，肖组！"李晓剑从外面调查回来，几乎是奔跑着进来，头发也顺着风飞扬起来，一进组里就大声呼叫。"怎么了？你小子鬼叫什么？"肖翰翻着案卷，气不打一处来。"你猜我查到了什么？"大家看着李晓剑的眼睛瞬间雪亮。"那个账户是一女的。"李晓剑卖起了关子。"然后？"汪玲问，李晓剑笑着就是不说。"那女的叫张立婷，曾经是全邦国下属单位的一个临时工。"唐兵平淡地描述着，后面的话不用他们说，其实大家也猜到了七八分，但是他们认为这并不能作为证据，他们还需要去查证很多问题。"还有呢，打钱频繁的那几个月，刚好她生了个孩子。"李晓剑的语调拖得老长，"而且她是未婚生育。"一切都在意料之内，

肖翰心里有点气愤："那老小子根本没交代清楚!""他怎么敢交代清楚，现在又多了条违反生活纪律，有他一壶喝的。"李晓剑作为年轻人，激情在这一刻又澎湃起来。唐兵则比较安静，他从来就是个没什么存在感的人一样，默默无闻地做事。因为这个发现，案件又需要开启新一轮的调查，肖翰向带队领导汇报了情况，带队领导指示他们按相关方向继续调查。

这个晚上，留置点吹起了一阵风，吹凉了空气，吹落了树叶。肖翰再次接到妻子的电话，他们预约了很久的一个试管婴儿专家突然约到了。这个专家并不是本省人，只是偶尔在那家私立医院坐诊，所以两口子等了很久，没想到这次等到了。

三

这几天，天气骤变，狂风席卷着落叶，在留置点里横冲直撞，然后豆大的雨毫不留情地砸到了人身上。这雨点冰冰凉凉的，汪玲感觉有点冷了，她匆匆忙忙地赶回房间，想换身衣服，却在走廊里意外看到了肖翰。汪玲心里犯嘀咕：这才过了三天吧，怎么回来了？事情难道搞好了？肖翰撞见汪玲，尴尬而不失礼貌地笑了笑："下雨了，秋凉了。"汪玲感觉肖翰的语气有点奇怪，她小心翼翼地问："事情搞好了？"肖翰叹了口气，从兜里拿出了香烟盒，慢条斯理地从烟盒里把香烟拿出来，叼在了嘴里，却又不点燃。他抬头看了走廊外珠帘一般的落雨，轻轻地说："汪玲，你说，要是我们不是纪检监察干部该多好啊？"汪玲不知道该怎么回答，她陪着肖翰望向那漫天的大雨，半天才说："我们已经是了。肖组，到底怎么了？"肖翰的头低得更深了，良久的沉默，在这稀里哗啦的雨声中显得格外压抑。"那天我到医院，一切很顺利。那个专家在检查时和我寒暄，说我的朋友真贴心，专门把他请过来给我看诊。我当时惊呆了,我并不知道我有这样厉害的朋友,一打听,居然和这次案件的一个涉案人重名。"汪玲一下子愣在了原地,外面的风似乎更大了,肖翰的声音颤抖得不行,"我也曾在内心希望这是个巧合,我甚至想装傻充愣,可是,最后我还是决定回来,你嫂子央求我把检查做完,我也想啊,可是……"好多事不需要说完,汪玲都明白,她心里也很难受。她明白心情从天堂到地狱的感觉,她的眼眶要红了。"你得空劝劝你嫂子。"肖翰终于从兜里掏出了打火机,点燃了香烟,那烟圈在暴雨中那么渺小孤单。

专案组的人似乎都很有默契,没有人再提这件事,大家心里都攒着一股劲,日以继夜地搞案子。通过前期摸排,大量翻阅资料,肖翰对这次拿下这个案子已经十拿九稳了,专案组的气氛又开始活跃了起来。汪玲有空就给王莉发短信宽慰下她,几乎忘记了自己的事,直到反应过来,才发现从去过谢文家后,谢文和她没有任何联系。她心里总有点说不上的感觉,虽然两人各自都因为办案子很忙,但是这种长时间没联系的情况从没有出现过,汪玲心里想着,等肖组这次谈话完成,她得给谢文打个电话。

"汪玲,你拿下桌前那个账本啊。""汪玲,你发什么呆啊?"李晓剑连喊了几声,汪玲才回过神来。"叫那么大声干吗,我听得到。"汪玲不客气地把账本扔到李晓剑面前。"哎哟,这么大火,不会是和谢文吵架了吧?"李晓剑戏谑起来。"你真是个狗嘴。"汪玲没好气地看了一眼李晓剑,自顾自忙起来。"我就是狗,就是狗。"李晓剑一副死猪不怕开水烫的样子,继续招惹汪玲。唐兵看汪玲脸色不太好,赶紧拉了拉李晓剑,让他不再说话。李晓剑张张口,想说什么又把话咽了下去,他的心里其实很担心汪玲,只是其他人都不知道。

这次的讯问,大家更用心了。李晓剑暗暗下定决心,一定不能把事情搞砸，他跟着肖组翻阅了大量的资料。他相信，这一次一定可以全面突破。

经过长时间的谈话，最终全邦国承认了婚内出轨，并与情人张立婷育有一子，同时交代了利用自己的关系为张立婷非法牟利，而自己的大部分违法所得也在张立婷那里。

走出讯问室，李晓剑给肖翰竖起了大拇指："肖组真是杀人于无形。"肖翰反手就拍了一下李晓剑的后脑勺："你小子，滚！"李晓剑抱着笔记本电脑，快速溜走。

专案组里，李晓剑把这个好消息告诉了大家，办公室每个人都很开心，就算平时不苟言笑的唐兵也笑得露出了牙齿。"哎！"一声轻微的叹息打破了这种热烈的狂欢。"小汪同志，你怎么了？"李晓剑关心地问汪玲。"你说男人啊，真是靠不住啊，全邦国没有他老婆的帮助，哪有今天。两个人还有一个儿子。男人啊，真是说变就变。""那是全邦国自己心术不正，他前期靠着老婆家走上仕途，后期又瞒着老婆在外乱搞，怪谁了？"李晓剑的说法，肖翰和唐兵都认同。"哎，也是！你们说他老婆是真不知道，还是假不知道？"汪玲的问题，办公室里没有人回答，这事只有全邦国老婆清楚，谁都不知道。汪玲想到全邦国的老婆，那女人温柔娴静，甚至在监委要留置全邦国的时候，主动说要陪着全邦国。是什么消磨了爱，是权力，还是时间？汪玲的心里没有答案，她为这个女人感到惋惜，同时，对她和谢文，有了更多的不确定。

后期的查证和对张立婷的调查，都在有序地进行着，所有人都感觉到了胜利的曙光。可张立婷却如人间蒸发一样，不见了踪影，案件一时陷入僵局。专案组只能先冻结张立婷的资产，为办案争取更多的时间和机会。

突然一天中午，汪玲收到了自己小姨的电话，她母亲突发心梗住院了。她急忙向肖组和领导请假，经过领导同意，她急急忙忙往家里赶。一路上，她不停地给谢文打电话，但是隔了很久，谢文才回电话。"我妈突发心梗，你能来帮我下吗？"汪玲没有父亲，此刻她需要一个人依靠，她首先想到了谢文，但是谢文那头却沉默了。这一刻，汪玲内心如死寂一般难受，之前的种种猜测，在这一刻仿佛都有了答案，她无力地挂了电话。随后她的微信里，谢文转来了一万元："你先给阿姨看病，其他事以后再说。"汪玲绝望地闭上了眼睛，眼泪无声地滴落了下来，她点开了那一万元，直接按了立即退还，就再也没说话了，此刻她的大脑一片空空荡荡，连大声哭出来的力气都没有了。

夜幕降临，她赶到了医院。她守在母亲的床头，拉着母亲的手，终于忍不住放声大哭起来，吓得旁边的小姨不知所措，忙安慰她已经没事了。汪玲其实都不知道自己为什么哭，是为母亲难过？还是为自己难过？也许，两者都有吧。好不容易一夜过去了，汪玲的母亲终于醒了，昏睡中她听到了女儿的哭泣。此刻，她看着趴在她旁边睡着了的女儿，用手轻轻地抚摸着女儿头发，一下又一下。汪玲睁开眼睛，看到母亲无事，眼泪又不争气地掉了下来。母亲什么都没有说，笑着，为她擦干了眼泪，又摸了摸她。汪玲哭着笑了。

之后汪玲和她的小姨一直在医院照顾她的母亲，她的母亲是个聪明人，谢文没有来，她也没有问。唯一的一个女儿，她是不能让女儿受半点委屈的。倒是汪玲的小姨，忙进忙出的，搞得汪玲很是感激。

汪玲的小姨并不是亲小姨，而是和母亲隔了点亲，只是因为家里住得近，大家走动得多，再加上小姨心疼她们母女，所以平时也多关照了一些。汪玲为感谢小姨这段时间的照顾，偷偷塞给小姨两千块钱。小姨没有收，却拉着汪玲走出病房，站在走廊里单独说了会话。小姨

支支吾吾不知道如何开口，汪玲急忙拉住她的手以示亲近："小姨，我把你当亲姨，有话你就直说，没事的。"小姨用眼角偷偷瞄了一眼汪玲，感觉她说得挺真诚的，才艰难地开口："玲啊，你是个好孩子，你不容易。我家有个远房亲戚，情况也和你差不多，妈去世得早，家里穷，又有个弟弟。那姑娘其实挺好的，就是前几年弟弟上学困难，所以……"汪玲静静听着，等着小姨说下一句。"她就给人家做了小，还生了个娃，她挺老实的，也挺后悔的。"小姨又用眼角瞄了瞄汪玲，舔了舔嘴唇，似乎下了很大的决心，"我听说你们最近办的一个案子，就是她那个相好的。"小姨感觉到汪玲的眼神变得犀利了，有点犹豫，但是既然开口了就没有不说完的道理，"就是那个姓全的，你别听别人说的，就听小姨的！别查那个女孩子，给她一条生路，毕竟她上有老，下有小，如果你们抓她，那她一家可怎么办？"汪玲放开了小姨的手，轻声问："那女孩子是张立婷？"小姨继续偷瞄了汪玲一眼，小鸡啄米似的点了点头。"小姨，你们很熟？""也是远亲，但是这孩子我知道，而且那边也和我说过，我一直没敢和你说，但是今天看着你妈这样，我想那孩子要是进去了，这一家可完了。"汪玲没有说话，她也没有答应小姨，医院的走廊上很快恢复了安静。

四

汪玲这几天暂时抛开了一切，她尽心尽力地照顾着母亲。母亲康复出院，她也没有着急回去。这几天她想明白了很多事，她内心还是喜欢谢文的，而且她觉得谢文应该还是爱她的，只要谢文能继续爱她，那他们还是有可能的。她鼓起最后的勇气，拨通了谢文的电话，在打电话之前，她反复演练了第一句话，只是问谢文还爱不爱她，但是电话一接通，她却脱口而出说："为什么会这样？"是为什么不来陪她照顾妈妈，是为什么两个人会走到这一步？谢文没有正面回答，只是说，他家里人只能把他一个人调回市里工作，如果两人恋爱，同时调另一个回市里会很难，他父母并不喜欢这样……听到这些话，汪玲不再说话了，她太明白谢文说的意思了。她挂掉了电话，果断地把谢文的微信拉黑了。

临走那天，母亲给了汪玲一张银行卡，告诉她这里有自己存的20万元，如果汪玲愿意，可以在县城里买个房，也可以在黄花市买个房。汪玲攥紧了那张卡，心里默默做了一个决定。

再见汪玲已经是一个星期后，李晓剑发现，回到专案组的汪玲清瘦了，原来饱满的脸颊已经凹陷，曾经的微笑也消失不见了。因为工作的关系，专案组的同事们没能去看望汪玲的母亲，但是都给她送去了关心和鼓励，汪玲很感动。尤其是李晓剑，每天都会关心她，叮嘱她要好好照顾自己。其实汪玲明白李晓剑的感情，但是她更清楚，她和他不合适。这次的事情，她虽然感动，但仍然只是把他当作好朋友，好同事。

"你要不要再休息几天？我看你脸色不太好。"肖翰也发现了汪玲整个精神状态不是很好。"不用，我可以的，后面的工作我能完成。"汪玲斩钉截铁地说。

专案组目前最重要的事就是找到张立婷，毕竟她不是公职人员，资产冻结有时间期限。如果时间到了，那就要采取一些非常措施，需要一级级地向上汇报，那就意味着会给办案增加更多难度，很多努力会付诸东流。汪玲心疼同事们夜以继日地工作，不分昼夜地查案，而且最重要的，这个案子只有办好了，她的一些打算才更有可能。她向肖翰汇报了她从小姨那里知道的一切，最后她问："肖组，我需要回避吗？"肖翰笑着对她说："你可比我清醒，但是我还是会和领导汇报的。"汪玲听罢，甩着马尾走出了办公室，高跟鞋又"噔噔噔"响起。

案子已经接近尾声，尤其是外调工作基本完成。李晓剑和唐兵在做最后的资料整理，肖翰和带队领导也在积极地向上级汇报进展，汪玲更加努力地开展着手头的相关工作。因为没有一场反腐败斗争是单独的战斗，从前期摸排到后期调查，甚至到移送起诉，所需要付出的人力物力都是无法想象的，极度考验办案人员的专业素养、智慧、忍耐力以及韧劲。每个人都知道，没有硝烟的战场更加考验人、更加锻炼人，他们需要的，只是不断付出、不断努力。

几天后，肖翰将上级的反馈告诉了专案组的每一个人，组里一片欢声笑语。但是肖翰并不高兴，他刚得知一个消息，心里还在难受着，他不知道怎样开口，对着这些一起奋战的战友，他开不了口。他紧锁的眉头，让大家看出了端倪。"肖组，案子快移送了，你咋还不高兴了，是怕回家嫂子修理你吗？"李晓剑戏谑他，唐兵都忍不住笑了。肖翰用手拍了李晓剑的脑壳，下手有点重，李晓剑头都被抽痛了。他摸着后脑勺，龇牙咧嘴的，汪玲看着他的样子，扑哧一笑乐开了，唐兵也撇着嘴掩不住地笑。这是这么多天来，汪玲笑得最轻松的一天。但是肖翰没有说话，他摸出了一根香烟，然后叼在了嘴边。"唐兵，你等下来找我。"唐兵一下子愣住了，然后点了点头。

很快，唐兵来找肖翰。肖翰抽着烟，对着天空深深吐了一个烟圈，似乎不知道怎么开口。"肖组，有事你就说。"唐兵是个明白人，当肖翰喊他时，他就知道，肖翰的不开心可能与他有关。"领导上午和我说，案子快办结了，你们外调的工作基本完成了，县里想让你回去。""这点事，你也发愁，案子结束我们总要回去的，我不过就是先走一步嘛。"唐兵笑着安慰肖翰，肖翰又抽了一口烟："叫你回去搞乡村振兴。"肖翰不再说话，他原以为唐兵会情绪激动，会不愿意去。但是唐兵却很平静："也行，我服从安排。""你不觉得委屈？"从一线办案人员身份突然转变，这件事情要是发生在肖翰自己的身上，他肯定受不了。"肖组，没啥大事。本来单位人就少，领导也是觉得我合适才让我去的。"最后反倒成了唐兵安慰肖翰，肖翰松了一口气。说实话，面对一起打拼的弟兄，他觉得领导的这个决定不合理。没想到唐兵这么看得开，他伸手搂住了唐兵："兄弟！你好样的。"

这一夜汪玲并没有睡好，她想了很多事，关于自己的，关于谢文的，关于唐兵的。第二天，她站在留置点的门口，远远地看着唐兵离去，心里有千般不舍，但是很快被一种自我的加油鼓劲所覆盖，她要走自己的路。

留置点上那几棵树落光了所有的树叶，几个枝干光秃秃地伸展在那里，孤傲地挺立着。全邦国的案子移送起诉，肖翰也在不久后和带队领导一起回到了源江县，而李晓剑和汪玲因为在办理全邦国案中表现突出，继续留在市里协助其他案件的办理。

一个灰蒙蒙的天气，空气里散发着初冬的寒冷，汪玲路过留置点门口，看见了主动投案的张立婷。她和照片并不相似，没有明亮的眼神，也没有浅浅的酒窝，甚至也没有那一头乌黑的头发。那是一个矮小的女人，不到三十岁的面庞上，消瘦，有不少皱纹，染过的头发像深冬的野草，摧枯拉朽一般贴在头上，唯一亮眼的是耳朵上的珍珠耳环，在冷冬里格外有光泽。汪玲忍不住多看了她两眼，心里觉得她有点可怜，可那种感觉就是一瞬间，汪玲又踩着她的高跟鞋走向了远方。

剩下的时间里，李晓剑和汪玲各自在自己的专案组里并没有太多交集。直到年底，除了唐兵，所有人都回到了单位，肖翰约大家一起吃饭，告诉大家，市里对他们办理的案件非常满意，实现了很多突破，侦破速度第一，缴纳赃款第一，他们办理的案子被评为了优案。李晓剑眨巴着眼睛对汪玲说:"里面有你的功劳吧,张立婷主动投案是你做的工作吧?"汪玲笑而不语。大家都非常高兴,趁着大家高兴的劲,汪玲也宣布了一个好消息,她这次遴选考试的笔试和面试也很顺利,很可能要去黄花市纪委监委了。李晓剑听了,心里有说不出的难受。肖翰一听,更加高兴,举着杯子,以茶代酒,恭喜了汪玲:"看来你和谢文可以在市里结婚了。"汪玲淡然地笑了笑:"我们分手了。"没有说分手,但是却从此成路人。饭桌上,肖翰收到了唐兵的短信,他打开短信,汪玲凑过去一看,是一张照片,照片里唐兵正在村民家里,微黄的灯光,燃烧的柴火聚成一束光,照得他脸庞发亮。

另一个尽头

王晓妙

（一）

"不好了，徐主任，万路通公司带着警察、城管以及工程队近四十号人过来了，看样子是想强拆。"一个焦急万分的声音从徐则云手机里传出来。

"走，马上去趟13幢安置房现场。"徐则云快步走到金洁苗办公室门口，冲她喊了一句。

金洁苗一把拉他进了办公室，并关上了门。

"今天是该区块搬迁期限的最后一天，是李县长打电话让公安局带人去维护秩序，你去干吗，阻挠拆迁？"

"都什么年代了，还能进行野蛮搬迁？前天我还和李县长对接过，不是说再宽限两个星期吗？怎么又变了？"

"怕是万路通公司不同意吧，毕竟前期拿地的钱都投进去了，多一天又得多支付多少银行利息呀。唉，你就别管了，这些事留给他们去操心吧，反正你说了也不算，就是白操心的命。"

"不行，我还是要去看看。真出事，我这个开发区主任肯定是第一责任人，走吧。"徐则云转身就去开门。

"要去你去。对了，忘了告诉你，我之前骗了你，我们天天约会的那套新房不是我买的，是万路通公司送你的，我替你收下的。我说，你能不能老老实实待在办公室，当什么都不知道，好不好嘛。"金洁苗一步跳过来，拉住徐则云的手，一边摇晃，一边撒娇。

"不可能，所有的房产资料都没经过我签字，怎么可能把产权办在我的名下，他们想抹黑我，没门。"徐则云一把甩开她的手。

"这件事我们回来再谈，我先去现场。"徐则云准备打开门，又被金洁苗一把按住了。

"不能去，也不准去，现场这么乱，也不定会发生什么，我不想你出事。不是我恐吓你，如果你今天敢走出这个办公大楼，我们的关系就到此为止，你会再也见不到我。"金洁苗将身子拦在了门口，一脸的严肃。

"你开什么玩笑，情况紧急，我怎能不出现在现场。"徐则云一把拉开金洁苗，走出了办公室。

（二）

车子在快速前进，徐则云的思绪也飞开来。

13幢安置房在招标过程中是存在猫腻的。由于作为招标方的北鹤开发区有心想要万路通公司中标，于是双方达成默契，由万路通公司在投标时压低报价，在中标后又以原材料涨价为由，将原投标价提高了10%，最后双方签下施工合同。

虽然这事的主导者并不是他，但所有的招标文本、合同都是他签的名字，现在又闹出野蛮拆迁事件，这让徐则云感到强烈的不安。

等徐则云赶到13幢安置楼区块，顺着梯子爬上一家居民楼的二楼阳台时，出现在眼前的一幕让他倒吸了一口冷气。

十几名被强拆的村民利用煤气罐、汽油桶、烟花搭成路障，以扔砖头、石子的方式与全副武装、手执盾牌的拆迁队员短兵相接进行"巷战"。三名穿着警服的人员则事不关己似的远远地站在道路的另一头。混乱中，几名村民遭电击后被扯到盾牌下痛打，也有几名拆迁队员被砖头砸中，疼得嗷嗷直叫。

不远处，一台白色的小货车被挖掘机凿穿车头停在路的中央，两个头染黄发的小痞子则将一中年男子双手反拧，按压在小货车门上。虽然隔着挺远的距离，徐则云还是看到了他们脸上的狰狞。

"看来只能让李书民出马了。"徐则云正思索着，忽然发现有一人握着长长的烟花快速跑上屋顶。只听嘭的一声巨响，射出的火焰与盾牌来了一个猛烈碰撞，人群中发出了阵阵尖叫，所有人开始四处逃窜。他们太清楚煤气罐、汽油桶和大量烟花碰到火后会带来怎样的杀伤力。好在这种手持烟花威力并不大，等两名警察赶到楼顶，用警棍将其击倒在地时，烟花屁股的最后一丝青烟已经消失殆尽。

"李县长，陈明业手下带着一大帮人在暴力拆迁，双方正在激烈对峙，请你快给陈明业打个电话制止一下。"惊出一身冷汗的徐则云忙拨出了李书民的电话。

（三）

看来他们是铁了心要把没签拆迁合同的七间民房夷为平地了。

先是李书民在电话中告诫他：千万别惹火上身，这次行动为首的那个人，身上有两条命案在身，都被陈明业用钱摆平了，所以他是抱着卖命立功的心态，要是你打电话给刘书记，破坏了这次行动，真会让你白刀子进红刀子出。

放下李书民的电话没多久，陈明业的电话也进来了："徐主任，还没谢谢你帮这么大忙，替我拿下这个工程。该你做的事已经完成了，接下来的就不劳你费心，你好好待在我孝敬你的新房子里，享受你的大美人吧。你小子艳福不浅，连李县长身边的红人都泡上了床，不知道嫂夫人看了你的这些艳照会是什么态度。哈哈，告诉你，我有的是钱，你要是敢轻举妄动，在刘金龙面前胡说一个字，我就花个两百万找个替死鬼灭了你，希望你好自为之。"随着手机里跳出的照片，徐则云像胸口压了两座大山似的，瞬间喘不过气来。

轰隆轰隆！

趁着人员四处逃窜之际，刚才的两个痞子已经驾驶着挖掘机推开用危险品堆起的路障，朝第一间院子开去。

只见扬尘四起，一侧的墙体塌了下来。

刚被双手反拧的男子瞬间瘫坐在地上，痛苦地用手掌拍打着地面。

徐则云灰溜溜地从二楼平台爬下来。既然什么都做不了就眼不见为净。

"损害公民的私有财产就是犯罪，现场的警察请对得起你们的良心和帽子上的国徽，马上制止他们的罪恶行径。"

"请有相机和手机的好人，记录下今天的一切。如果我无法对抗恶势力，那就让我的死来唤醒社会的良知。"

忽然一个高亢的声音冲破天空，在开发区的大地上久久回荡。

快走出拆迁现场的徐则云回过头来一看，一个二十来岁的青年在一间平房的四层楼顶挥舞着国旗大声喊叫，在他前面的栏杆上摆着两小桶汽油。

一楼，一位七八十岁的老奶奶也在拼命呼喊："谁要拆了我的房子，就从我的尸体上轧过去。"

"哈哈，烧吧，烧吧，等你烧成灰了，我再让铲车铲平你家。长这么大还没看过大烧活人，动作快点，也让老子开开眼。"

"谁敢拿出手机，老子灭了他全家。"

两个小痞子疯狂地笑着叫着，肆无忌惮。

一些原本把手机攥手里的人连忙把它塞进了裤兜或包里。

只见人群中有人冲着挖掘机挥了一下手，伴着轰鸣声，两个小黄毛钻回了驾驶室向着青年站着的房子开去。

看着二楼的青年慢慢打开汽油的瓶盖，徐则云在内心大叫了一声"不好"，就朝着挖掘机跑去。

（四）

尖叫声在青年往自己身上浇汽油时接连响起，有人开始往楼上冲。

"二伢子，快下来，我们不要这房子了，你千万别做傻事呀，下来呀！"老奶奶已经吓得瘫在了地上。

"二伢子，别冲动，快下来！""你就算不为自己，也要想想你奶奶！""房子没了我们可以再盖，千万别和自己过不去！"……周围的人纷纷扯着嗓子喊。

看着挖掘机离自己越来越近，三名警察仍面无表情地站在人群中，青年长叹了一口气，慢慢举起了打火机。

"等一下，小伙子，我不会让他们强拆你的房子的。我是开发区主任徐则云，你相信我，我会为你们做主的，你快下来。"

在青年点着打火机的那一刻，徐则云冲了出来。

"徐主任，你干什么，你这是在阻挠工程施工，影响北鹤新区的经济建设，小心我把你抓起来。"徐则云一看，原来是开发区新任的派出所所长汪智力。

"刚才场面这么混乱，你们不制止不维护，现在又不顾这个青年生死，你还有点人性吗？你们只是为鱼肉老百姓的开发商服务吗？好，我倒要问问县委书记刘金龙和你们公安局局长，是谁给了你们这么大的底气在这撒野。"

徐则云低头在手机上按下刘书记的号码。

"把你手机给我，来呀，快把他铐起来。"汪智力急了，伸手去抢手机，徐则云一闪，躲到了一边。

"你俩傻站着干吗，快给我抓住他，把手机给我拿过来。"看自己没抓住徐则云，汪所长冲身后的两个民警发了火。

两个小伙子相互看了看，仍旧立着不动。

"刘书记，你知道开发区这有公安参加强拆了吗？"在汪智力再次扑过来时，电话终于接通了。

随着刘书记三个字叫出口，现场瞬间安静了下来。

电话那头，刘书记停顿了几秒："这件事情我不太清楚。我现在在外面很忙，这样吧，你打电话给李书民副县长，毕竟他才是分管这一块的嘛。"

"等一下，刘书记，万路通公司野蛮拆迁，警察完全不管不顾，有青年誓与房子共存亡，现要引火烧身，我出面制止，他们倒要抓我。如果你不出面阻止，我就直接打电话给报社、电视台，我完全可以怀疑这中间是不是有人收了黑钱才让警察给开发商看家护院的。"

徐则云已经没有退路，他只能出狠话逼刘书记出手了。

"公安这边是谁带的队，你把电话给他。"

"刘书记找你。"

"刘书记，是我，我是派出所汪智力呀，什么吩咐，您说。"

"……好，好，……知道……我马上收队，我也是听从指挥……是，是……是我考虑不周……好好，再见刘书记。"

把手机还给徐则云时，汪所长狠狠瞪了他一眼。

随着大声的"撤"字，近四十号人和几辆车陆续离开现场。

四周响起一片热烈的掌声。

（五）

指针已指向凌晨一点，徐则云躺在床上仍没有睡意。

派出所的小陈告诉他，强拆事件后，那个往自己身上浇汽油的小青年以危害公共安全罪被拘留五日。小青年被拘留的当天深夜，余下的几幢平房就被推倒，现场一片平静。

"你以为堂堂一个县委书记会不知道这么大的一个强拆事件？他是装不知道。开发区工程大都是省里或县里的重点建设项目，等于是他们的政绩工程。如果拆迁户不配合，工程就推不下去。他们就是想借开发商之手搞定他们眼中的刁民。"申秀进门，看着他仍瞪大的眼睛，替他"授业解惑"。徐则云不愿意相信，却找不到理由说服自己。

好在申秀仍然对他爱搭不理，看来那些艳照并没有流出去。他知道这个定时炸弹随时都会爆炸，但现在他顾不了这些。陈明业电话中恶毒的话语一直在他耳边回响，即使身处阳光下他仍能感受到那一股寒气。

李书民倒没把徐则云怎样。在听完徐则云"现场情况太紧急"的解释后，李县长还主动检讨了几句。临走时，李书民一脸平和，甚至还笑着把徐则云送出了办公室。这让他悬了几天的心稍稍落下来一点儿。

女人不过是让他听话、就范的工具而已，在看到照片的那一刻，他才真正清醒过来。

他义愤填膺，他想找她问个清楚。但接连三天，她手机都是关机状态。

其间他忍不住跑到她家，甚至在门口蹲守到半夜，一直未见金洁苗的身影。

(六)

虽然睡眠严重不足，徐则云还是准时出现在办公室。十点还得为开发区的三个加油站项目跑趟县委。看时间有些早，徐则云就趴在桌子上想眯一会儿。

"你优雅得像一只猫，动作轻盈地围绕，爱的甜味蔓延发酵，暧昧来得刚好"，没几分钟，音乐声响起，徐则云像被电击般地从办公室的椅子上弹起，慌乱地寻找他的手机。

"你在哪，怎么这么久不开手机？喂，是你吗？你说话呀！"徐则云有些心急，不自觉地提高了声调。她说迷迭香象征爱情、忠贞和友谊，也有留住回忆的意思，于是，她的号码就有了这首歌的铃声。

"如果我要你抛弃一切，跟我私奔，你会愿意吗？我们去国外，找个没人认识我们的地方，只要你愿意，天涯海角我都跟着你。"电话那头，金洁苗的声音清晰地传了过来。

"我不清楚你为什么来又为什么走，也不清楚我对你意味着什么。从天上突然砸下个馅饼后，我的生活就乱了……我不知道该如何说，我想我应该更适合以前那种平静的生活。谢谢你能打电话给我，只要知道你平安就成。"

"我料到你会拒绝我……出来见一下吧，我现在在汽车站，一个小时后坐车去上海，我买好了三点飞乌克兰的机票。我想之后我们应该再也不会见面了。"

"……"

"我知道你十点有会议，时间来得及，就见一面，有些话我还是想当面和你说。我的车停在车库，钥匙放在值班室右手边第二个抽屉。你开我的车来吧。我等你。"

（七）

徐则云最终还是说服了自己。

在经过城南老城区时，一辆辆拉着石块土渣的工程车开得飞快，连经过斑马线也没减慢多少。万路通公司拿下了旧城改造项目，为了赶工期，他们都拼疯了。徐则云摇了摇头。

虽然他赶时间，但对这辆车性能不太熟悉，加上路况复杂，又有这么多"马路杀手"横行，徐则云还是把车速限在了四十码，小心翼翼地靠右行驶。

忽然，一辆高大的工程渣土车从左边横穿马路，加速越过一个车道，朝徐则云直冲过来。凭着本能反应，徐则云猛往右打了好几圈方向盘。只听一声巨大的撞击声，工程车在撞上一辆刚从徐则云后面超上来的雪佛兰轿车后又擦着徐则云的车屁股撞上后面的好几辆车后才停了下来。

尖叫声不断，现场一片混乱。

路边有好心人使劲拍打着徐则云的车窗，想确认他的情况。安全气囊已经弹出，虽然撞击后的惯性让他浑身上下都有种酸痛感，头也被震得发蒙，但紧急查看了一番，并没有一处明显的外伤，活动了一下身子，还好，安然无恙。

等他惊魂未定下车查看时，才发现自己在生死线上走了一回。

车祸是人为的。

当他看到工程车里是那个在强拆现场为首的痞子时，他确定了这一点。此时，这个人双腿被卡在驾驶室里，右耳冒出的鲜血以及痛得扭曲的脸，都让他看上去既狰狞又可怕。

白色雪佛兰轿车被挤在几辆车之间，几乎变成了铁饼，血流了一地。

徐则云痛苦地捂住了脸颊。他清楚地知道，如果不是那辆白色车意外超车，被压成肉饼的那个人肯定就是他了。

明明几天前还那样温存地在一起，明明她曾那么温柔地对着他笑，明明她不止一次地说想让时间永远停留在彼此相拥的时候，她的真切让他觉得她是爱他的……不过是过了几天，一切就变成……让人难以置信的绝望。

此时，他有无限的委屈感，却又不愿承认。只是手心上湿润的感觉是无法骗人的。

抹了抹脸，徐则云又迅速起身，他可以断定，此刻她肯定不在车站。

为什么要骗他过来？为什么这么狠心想让他死？他要找个说法。

拦下一辆出租车，徐则云往两人曾经的爱巢驶去。

（八）

一阵猛烈的敲门声后，金洁苗开了门。徐则云可以肯定，她看到他的第一眼分明藏着惊喜，之后才慢慢变成了躲闪。

"说吧，究竟是怎么回事。"徐则云一把抓住了她的胳膊。

"我只能告诉你，陈明业想让你消失，他最痛恨别人不听他的话。你快逃吧，越快越好。"看着他的狼狈样，金洁苗知道她担心的事发生了。

"为什么，我只是颗无足轻重的棋子，他要工程我就帮忙给他工程，又没碍他什么事儿，为什么还要杀我？"徐则云已经有些歇斯底里了。一路上，他都在纠结这个问题。商人不过是求财，他并没做什么出格的举动，为什么，为什么就要他性命，他实在想不通。

"没有为什么，他是一根筋的人。你听他的话，他就当你是兄弟，什么都可以跟你共享，包括他的女人。如果你敢违背他，他要你死你就活不了。这次拿你下手，也是杀鸡给猴看，他想让所有人知道违背他意愿的后果。"

"不可能。他只不过是一个包工头，法治社会，哪有他一手遮天的道理。这世上还有王法吗？"徐则云显得愤愤不平。

"所以说你还是幼稚，说好听点儿就是单纯，他当初就是认为你听话才扶你上来。一个包工头不算什么，但扳倒包工头之后带出连锁反应，就不是某些人想要看到的。唉，这些人说是猴吧，其实也都是鸡，他们大都知道自己的脖子上悬着刀。"

看徐则云的气慢慢消了下来，金洁苗将自己的头轻轻靠在他的胸前："实话跟你说吧，我不会出卖陈明业。你记得我说过我离婚七年了吗？本来我有一个幸福的家，七年前我女儿查出白血病，在花光了家里的钱，变卖了房子，女儿仍不见起色后，我老公就抛下了我们。当时，有一家报社为我们发布了一条救助信息，陈明业看到后拿出了一大笔钱帮我女儿挺过了一次次难关，为了报答他，我做了他的情人。后来，为了拿下工程，他把我送给他要拉拢的各种人，包括李书民。"

像是陷入了沉思，金洁苗停顿了会又接着说："我知道他们太多事情，如果我出卖他们，等于直接让我女儿去送死，我再爱你也不可能比爱我女儿更多。"

"你女儿呢？"

"在国外，他说国外医疗条件更好，在她病情稳定了之后就被送出了国。他对她很好，给她读最好的学校，也找了个保姆专门照顾她的生活，每过半个月，我可以跟她视频连线一次。你不是我，你体会不到失去孩子是多么痛苦的一件事。我是多拼命才从死神手里把她夺回来，只要她能好好活下去，让我死也愿意。"

四目相对中，徐则云知道她说的都是实话。

"其实陈明业并没有真想你死，上次你一个电话，李书民被刘书记骂得狗血喷头，他自然把气全撒在陈明业那里。结果那厮跟他们的狗腿子们喝闷酒时随口说了句这小子想找死呀，他下面的人就跳出来撺掇，说不杀鸡骇猴，以后谁还会把他这个老总放在眼里。他也是酒喝傻了，加上气氛烘托到那个份上，就拍板说给你点颜色看看。"

"陈明业气也过了，该给的下马威也给了，你又没事，你好好去求个情，他一定会放过你的。他这种人精着呢，说白了，他也是求财，没必要摊上人命和自己过不去。如果你不放心，我陪你去好不好？"语罢，金洁苗如往常般扳过徐则云的脸，温柔地亲了上去。

徐则云紧张的心情有些松懈了下来。她的话让他无从反驳。

不过他仍有些发蒙，哪怕是女人如此温柔的亲抚，也没让他回过神来。直到她的手抚摸过他的臀部，口袋中手机的触感让他的脑海立刻闪现出一个念头。

他迅速起身，很快看到沙发上的手机，抢先女人一步拿在手里，又冲进卫生间，将门反锁，只留女人在门外拼命敲门。

（九）

"则云，你听我说，那只是陈明业的一厢情愿，你知道我对你的感情，我根本不会听他的，你出来，你先出来。我们一定会找到办法的。我一定不会让你死的。"

一种不祥的预感涌了上来。

果然，在陈明业微信对话框里，时间显示在9：17的几条语音打破了徐则云所有的希望。

"小金，那小子应该往你那里走了。他丫的，他倒命大，狗屁事都没有。老三就惨了，好像腿保不住了。给我捅娄子不算，还折我的人，要是老三有什么三长两短，我非亲自动手弄死他不可。这小子反了天了，我以后还怎么觍着脸去见我的弟兄。一不做二不休，你替我做了他。你不是一直失眠有吃安眠药吗，你先给他下几片药，等他昏睡过去后，你就烧炭或割手腕动脉做自杀现场。有你们的艳照，柜子里又有房产证，我再让人在他邮箱里留下几封勒索信，自杀也是能说得通的。等那小子昏……

"等那小子昏睡了，你发个消息给我，我让人送炭过去。刀子那东西你还是不要碰了，本来就睡不好，再弄些血腥场面，我可不想再搭上你的生活，为这个兔崽子犯不上。

"等他喝下药，你给我发个消息，剩下的就交给我。你离开后找个酒店住下，不用再跟我联系，明天的机票已经买好，其他就按原计划来，机场那边老七会接应你。卡里的钱应该够你和女儿生活两三年了。如果我……

"算了，其他就不多说了。记住，没事就先别和我打电话。我会让人联系你的。"

门外，随着一句句语音的播放，敲门的声音越来越弱，哭泣的声音却越来越响。

徐则云失魂落魄地打开门。

"我们逃走吧。我们两个人有手有脚，到哪不是生活呢，只要跟着你，去哪都行。"金洁苗使劲摇晃着徐则云的胳膊，梨花带雨的神情让人看着动容。

"逃，逃到哪里？一无所有了，你会跟着我？"看着金洁苗躲闪的眼神，徐则云顿时明白了，"你一直就是在玩我，一直欺骗我，我没做过任何对不起你的事，你为什么这么对我?!"

"你抓疼我了，放手呀。"看徐则云情绪越来越激动，金洁苗使劲挣脱，拼命扭动身子的同时，开始往房间里逃。

于是，徐则云瞥见了床头柜上的那杯水。

他扔下女人，大步朝那杯水走去，在女人手指触碰到之前，一把抓住高高举过头顶。

"就是这杯水，是吧！"他转身看向女人，两只眼睛露着凶光，像一头想吃人的狼。

"你就这么想让我死吗？"

看着气急败坏的男人，金洁苗慌了，忙迭声否认："不是的，不是的，这只是我吃药的水。你知道我对你的感情。你一定要相信我。"说完，扯着徐则云胸前的衣服，踮起脚尖拼命去够他手中的水杯。

"好，你给我喝下这杯水！喝了我就相信你，喝！立即喝！马上喝！"边说，边把杯中的水使劲往女人嘴里灌。

（十）

啪！一声清脆的声音响起。

在被灌了大半杯的水后，金洁苗终于用肘撞开杯子，挣脱了徐则云向门外逃去。

可徐则云动作更快，一伸手就薅过了她的头发，使劲往自己身边一拉，拼命摇晃她的肩膀："为什么，为什么要置我于死地？我到底哪里得罪了你们？我没想自己有多发达，只不过要个一官半职能在我女人面前仰着点儿头。我这么唯唯诺诺，委曲求全的，你们还不放过我。那天那种情况，是个男人都会热血上头。我也没办法，出了人命还不是我渎职我坐牢呀。我已经认错了，你们还要我怎样。"

声声控诉中，狂怒的徐则云甚至不知道什么时候自己的手已经掐在了金洁苗的脖子上，直到自己和那个女人的身子一起滑倒在地上，他才清醒过来。

一探鼻息还有气，应该只是晕了。徐则云把金洁苗抱上躺椅，找来剪子把被单剪成条状，再慢慢把她捆绑在椅子上。

做完这一切，徐则云瘫坐在地上。他尽量使自己平静下来，好好想想接下来他该怎么办。大概几分钟后，金洁苗醒了过来，刚想喊救命，马上被徐则云用布条堵住了嘴。

其间，吴秘书来过两个电话，徐则云都没接。后来吴秘书发来一条信息，问他为什么还没过来开会。徐则云回复他自己头疼，开不了会了，让他帮自己请个假。然后就再也没有消息了。

把自己整个身子蜷缩在沙发上，不停地抽烟、喝酒。直到下午一点钟，徐则云等到了他想要的。

一个"?"出现在金洁苗手机微信的对话框里。

他不紧不慢打出一段字："一切都处理好了，我有足够的药量。现场我也清理过了。现在我已经出门。"

"好，你记得清空所有聊天记录。把这张卡也扔了。形势有点不对，李书民那混蛋也联系不上了。在上飞机之前，你一定要低调，并注意保护好自己。接下来，我们就暂时不联系了。"陈明业的声音从微信中传了出来。

打出一个"OK"的表情包后，又盯着手机看了一会，见屏幕不再有消息弹出，徐则云把手机扔在了茶几上，又把自己缩回沙发。酒精的刺激让他感觉全身都软绵绵的，如果不是感触到鼻子呼出的热气，他就跟尸体几乎没有什么两样了。

昏昏沉沉间，也不知道过了多久，房间里传出几声若有若无的支吾声。徐则云抬眼一望，整个房间已经笼罩在一片薄薄而又朦胧的黑幕之下。接着又是一次次长长的手机震动。

现在他的风流韵事应该已经传遍整个单位了吧，想必他妻子的手机也收到了那些照片。徐则云这么想着，心底却荡不起一丝涟漪。他潜意识里已经预料过这个结局，只是时间提早了些。

在手机上按了几次，再把手机轻轻塞进右脚的袜子，他起了身。

（十一）

"还有什么想说的话吗？"徐则云蹲下了身子，边拉掉她嘴巴上的布条，边打着打火机。那跳动的火苗落在金洁苗好看的丹凤眼里，像极了黑夜里的一道闪电。

安眠药的作用应该还在，金洁苗有种有力使不上的感觉，哪怕是本能的恐惧让她想大声呼喊，喉咙却像被什么堵住似的，根本发不了声。

"别怕，我只是吓唬你的。"打火机有些烫手，徐则云把它熄灭，缓缓坐了下来。

"我想过了，只有用我的死，才能保全我妻子和我女儿的人生。我死了，我就不用再担心咱们的照片什么时候被我家人收到，人死为大，她们也不用沦落成别人的笑柄；我死了，就不会再有人追究我之前造成的麻烦，我妻子和我女儿也不会再受到骚扰；我死了，她们最多难受那么一阵子，最后应该还是会很开心地生活，反正她们对我的感情也没多深。说不定，我死了，写在我名下的，我无缘无故获得的房产还能让我的家人继承。哈哈，这么想想，我还是算死得其所的。"说罢，徐则云将身子靠了过去，用手抚摸着她的头发。

金洁苗的肩膀忍不住抽动着。她极力想控制自己的情绪，但所有理智都崩坏了。她控制不住。

她使劲把自己蜷缩进男人的胸膛。就算是哭，她也不想让泪水暴露在空气中。把他置身于这个处境，她有着不可推卸的责任。她连哭的资格也没有。

"回头我帮你把手上的绳子松开些，等我用这把刀割破我的手腕，血流完了，你再自己慢慢解开绳子，然后帮我报个警。以后，你就不要再和他们这些人混在一起了，好好在国外找个工作，就算辛苦些，起码钱干净，不用看别人脸色了。"

温柔亲昵的声音让金洁苗有种恍如隔世的错觉。

当初就是那句"胃不好就少吃外面的东西"，撩动她敏感的神经，从而让她坠入情感的旋涡。不过才半年多的时间，两人竟陷入如此尴尬的境地。

终究不想他死。她拼命摇头，一声声的"不要"夹杂着惊恐的哭腔，又奋力用被绑住双手的胳膊去蹭小刀，想把它从男人手中弄落。

徐则云笑了笑说："我不怕死，我怕我死得不明不白。有几个问题我一直想不明白，在临死之前你能帮我解开几个谜团吗？就算死也让我死个明白吧。"

"你问吧，你想知道什么？"

（十二）

"你说这些录音发给纪检部门，会有什么后果，特别是这么精彩的一段对话？"

看着徐则云从袜子中取出手机，几番拨弄后，他俩刚才的对话就飘荡开来。

"陈明业只不过是一家开发公司老总，怎么会有这么大的能耐，搞下来这么多工程，单单一个李书民也不可能撑起他这么大的胃口吧。"

"何止李书民，包括市委好多人都被他大手笔收买了。在拉拢关系上，陈明业从来不心疼，就说城南旧城改造这一块地，为了拿下它，他给市里的那位领导和李书民每人两套房子和两百万现金。"

"刘金龙呢，他是县委书记，应该比李书民更有利用价值吧。"

"不一样的，刘书记只想要政绩和名誉，他不要钱。只要不触碰到他的底线，他就睁一只眼闭一只眼。他需要一个黑白两道都通吃的人帮忙维护他的地位。"

"你知道李书民收了陈明业大概多少钱吗？"

"算上房子，保守估计也有三千多万了吧。陈明业不止万路通一家公司，刚开始，为掩人耳目，他还注册了好几家公司，轮换着名称参加投标。这两年，看关系越来越硬，才一直用万路通公司的名称。可以说，我们县里的工程有八成都是陈明业承包下来的。"

······

没想到徐则云还留有这么一手，金洁苗有些气急败坏："你想过录音交出去后的生活吗？你干吗和自己过不去，这么做对你又有什么好处，不如我帮你说个好话，你再好好求个饶，让李县长帮忙说个情，你保证之后一定乖乖照陈明业的指示去做，我们再回到之前快乐的生活好不好？"

"是吧，可能吧，或许我该听你的。"徐则云放慢了语速，又换了个舒服的姿势。

两条路，通向不同的远方，而他清楚地看到另一个尽头张开的血盆大口。

窗外，半钩弯月从云层里挤出脸，看着一抹诡异的笑爬上徐则云的脸，然后嘴就咧成了它的模样。

腾　挪

裴文兵

一

　　耿山岗是坡西县机械厂的一名工程师。1993年7月，他大学毕业，被分配到坡西县机械厂，在县城里扎下根来。

　　1998年9月，这天中午下班，耿山岗突然看见几个在车间里上班的同事，站在厂里的一座仓库旁边，指指点点，小声议论着什么，便走过去一问究竟。

　　几个同事都说没啥，便走开了，只剩下邵长江仍站在那儿。邵长江比耿山岗小三岁，是锻压车间的一名工人。耿山岗与他对脾气、谈得来。他小声地说道："山岗，刚才大家有顾虑。因为你在厂里的办公大楼里上班，大家担心你一不小心，在楼里说漏了嘴，被孟厂长知道了我们在议论那件事情。那么，我们可就要吃不了兜着走了。"耿山岗问："到底什么事？"邵长江说："山岗，难道你真的没有留意过？最近大半年，那座仓库的外墙已经被装修了三次吗？年初，厂里让施工队把外墙皮铲掉，重新粉刷了一遍，还刷上了外墙涂料。5月份，厂里又让施工队把涂料铲除了，刷上了乳胶漆。这不，现在是10月份，仅仅过去了五个月，厂里又让施工队把好好的乳胶漆铲掉了，贴上了外墙瓷砖。你说，这不是浪费，这不是瞎胡闹吗？"

　　耿山岗一回想，确实是这么回事。他忽然觉得自己的心里沉甸甸的。

　　下午，耿山岗又来到厂里上班，画图纸画累了，便去厂办公楼后

面透口气。刚走到那里的空地上，他便看见二十多个民工正在干活，有的挖土，有的运土。他觉得很奇怪：这么多人在这里挖什么？他走上前去，正要询问，一个人走了过来。耿山岗对他熟悉得不能再熟悉了——从小在同一个村子里长大的小学、初中同学，陆千里。

陆千里说："山岗，你怎么有空来这里看看？"耿山岗说："我随便转转。"陆千里说："我的施工队正在为厂里维修下水道呢。"耿山岗这才想了起来，最近两三年，厂里的建筑维修工程，都是陆千里领着人在做。那座仓库的粉刷、刷涂料、刷乳胶漆、贴瓷砖的活儿，也是陆千里领着人干的。

耿山岗说："我记得，厂里的下水道去年不是铺设了新的水泥管道吗？"陆千里说："进出厂里的载重汽车多，有的地方，水泥管道已经被压坏了，经常堵呢！"耿山岗又感到奇怪起来："经常堵？我怎么没看见过？"陆千里说："下水道埋在地面以下，你能看见哪里堵住了？我经常派人检查、疏通呢！堵过的地方多了，就必须把旧管子挖出来，铺设新管子！山岗，你是大学高才生，机械你内行，但建筑你是外行，隔行如隔山呢！"

耿山岗想了想，又说："那么，厂大门口的那座仓库，怎么刷完了涂料刷乳胶漆，刷完了乳胶漆贴瓷砖？"陆千里沉默了一会儿说："那我就不知道了，厂里安排我干啥活我就干啥活呢。"

第二天是星期六。上午，耿山岗做完了家务，突然想起了陆千里，觉得他昨天关于维修下水道的说法，理由有些牵强。至于那座仓库的外墙一再搞装饰工程的原因，陆千里用"厂里安排"一言以蔽之，那就更加说不过去了。

耿山岗觉得还是应该问个清楚明白。于是，他掏出自己那部刚买不久的手机，打给陆千里。对方的声音从手机里飘了出来："山岗，有事吗？"耿山岗说："我有事要问你呢。"陆千里停顿了一下，说："山岗，有话咱俩当面说吧。我现在在醉仙楼门口。你过来吧，我在这里等你。"

醉仙楼是一家大酒店，档次不低，耿山岗曾经陪同从外地请来的技术专家去吃过几次饭。才上午十点多，离吃午饭的时间还早呢，陆千里肯定正路过那里，或者在那儿有事。耿山岗一边猜测，一边骑着自行车赶往醉仙楼。醉仙楼距离耿山岗的住处不远。骑过两条街道，再转一个弯，耿山岗来到了醉仙楼的大门口。陆千里拿着手机，腋下夹着一只小巧的皮包，站在醉仙楼门前的台阶下。耿山岗在街边放好自行车，陆千里做了一个"请"的手势。耿山岗说："就几句话，就在这里说吧。"陆千里说："还是进去说吧。过一会儿，就该吃饭了。正巧，我中午请范科长吃饭，你也参加一个吧。"耿山岗愣了愣，问："范科长？哪位范科长？"陆千里忽然笑了，说："还能是哪位范科长？你们厂的。"

坡西县机械厂有三千多名职工，是坡西县规模最大的工厂。平日里，耿山岗与一些同事碰了面，虽然觉得非常面熟，但却根本叫不出名字。当然，很多人也叫不出他的名字。走进包厢，耿山岗看见了三个熟人，立即就明白陆千里所说的"范科长"是谁了——他的同事，坡西县机械厂基建科的范科长。另外两个是基建科的职工，耿山岗叫不出名字。陆千里对耿山岗说："今天是周末，范科长平时为了厂里的基建工作，风里来雨里去，非常辛苦。所以，今天我请他吃顿饭，表达一下敬意。"

范科长和两名下属没坐在餐桌旁，而是坐在窗户边的一张四方小木桌旁。耿山岗冲着范科长打了一声招呼，然后冲着基建科的那两名职工点了点头。范科长抬起手，指了指他对面的座位说："山岗你快坐下，正好三缺一。"耿山岗说："不是有千里吗？"陆千里说："我去点菜。"

四人开始打牌，打"八十分"。耿山岗不喜欢打牌，在空闲时间里，他喜欢看技术书籍。但范科长已经五十多岁，另外两名同事也都四十多岁了，都比他年长，自己必须尊重他们，因而只得陪着打了起来。

打到十一点半，酒菜上了桌，陆千里招呼范科长他们入座，耿山岗也被他拉到餐桌旁边坐下。耿山岗的酒量很大，但他不爱喝酒。酒宴结束时，范科长他们都喝得醉醺醺的，陆千里说话也大舌头，耿山岗却面不改色、举止如常。

出了醉仙楼，陆千里叫了一辆出租车送范科长他们回家。陆千里也要上车。耿山岗说："千里，我还有事要问你呢。"陆千里只得挥挥手，让司机把车子开走了。耿山岗说："其实我没有别的事情要问你，还是昨天问的维修下水道和仓库外墙装饰那两件事情！你昨天说的理由不充分。我俩从小在一起长大，你不该瞒我。说吧，到底是什么原因？"

陆千里像是不认识耿山岗似的，上上下下打量了他好几眼，说："山岗，你别忘了，你只是坡西县机械厂技术科的一名技术人员。仅此而已。不该你问的事情你不要问，小心得罪了厂里的领导。我希望你以后不要再提起此类的话题了。你无权过问呢。"

陆千里招招手，又一辆出租车飞快地开了过来。他上了车，冲着车窗外说："山岗，我提醒你不要提起那些话题是为你好，不想让你惹麻烦呢！再说，全厂三千多名职工，你仅仅是三千多分之一，你操那个心干吗？"

出租车开走了，耿山岗觉得自己浑身都在发抖。他这才意识到，陆千里这个小时候的玩伴，再也不是以前那个活泼、爽朗，有话就说、人见人爱的小男孩了。

骑着自行车行进在回家的路上，耿山岗心潮起伏。他想起了自己当年离开村庄，去上大学的场景。那天，在村口那棵高大的乌桕树下，耿山岗和前来送别的陆千里说了很多话，说他不管以后去了哪里，都不会忘记陆千里这个从小一起长大的好伙伴、好同学。陆千里则眼泪汪汪地祝愿他，一路顺风。

那天确实刮着风。不，用"刮"不准确，用"吹"才恰如其分。那是9月初的一天，初秋凉爽的风在空中吹着，吹过了埂坝村，吹过了那棵站立在村口的高高的具有几百年树龄的乌桕树。那天，乌桕树满树的绿叶并未哗哗作响，而是柔柔地摆动着，就像一群人在挥动自己的手掌，向远行的人遥遥作别。

二

埂坝村，距离本县——坡西县县城四十多公里，是陆千里与耿山岗出生、长大的地方。他俩同岁。耿山岗喜欢读书，陆千里却不爱学习，成绩一塌糊涂。读完初中，陆千里没能考上高中，跟着父亲老陆学起了瓦匠手艺，耿山岗则考上了县一中，后来考上了大学。

学会了瓦匠手艺后，陆千里先是跟在父亲后面，在附近的一些村庄里干活。1991年，他开始跟着邻村的一个外号叫"邱大个子"的包工头在县城干活。

1994年3月，"邱大个子"领着一帮人在县机械厂的厂区修筑一段水泥路。而1993年7月，耿山岗大学毕业，被分配到坡西县机械厂，在技术科上班。

一天早上，范科长发现他家的房子有一块墙皮脱落了，面积一平

方米上下。上班后，他让"邱大个子"派人，去他家把墙皮脱落处重新粉刷一下。"邱大个子"说："现在正在浇筑水泥混凝土路面，人手紧张，这样吧，中午我派人去粉刷。"范科长有些不耐烦。他忍了忍，没有发火，说"中午就中午"吧。

到了中午，因为劳累了半天，大家都想休息一下，所以没人愿意去范科长家搞粉刷。"邱大个子"拎起两只灰桶，准备自己去。陆千里赶紧上前几步，从"邱大个子"手里拿过灰桶，说"我去"。

骑着自行车，后座上挂着两灰桶已经拌好的砂浆，陆千里飞速地赶到了范科长家。他的肩上还背着一只工具包，包里放着粉刷用的工具。出发之前，"邱大个子"已经把范科长家的住址、门牌号都告诉了他。

到了范科长家，陆千里一边干活，一边极力压抑着内心的激动。他觉得那天，自己迈出了人生当中非常重要的一步：知道了范科长家住在哪里。他还独自与范科长相处了一个多小时，有了今后搭话的基础。而这是他跨出后面的步子不可或缺的极其重要的前提。

几天后，县机械厂厂区内的那段水泥路铺筑好了。"邱大个子"暂时没接到别的活儿，便给手下的一帮人放了假，大家都回到乡下的家中做农活。不管在农田里干什么活儿，陆千里都显得心不在焉，只有上山采茶，他才显得格外细心。他老婆感到很奇怪，因为陆千里一向认为采茶是女人应该干的活儿。而让她感到更加奇怪的是：陆千里采茶，只采茶叶牙尖上的那么一点点。他老婆责怪说："你这么采茶，茶叶牙尖下的部分可就都浪费了。咱们家这片茶园得少产出多少斤茶叶！"陆千里说："这样采下来的茶叶，我有用处。"他老婆问："什么用处？"陆千里说："大用处！"顿了顿，他又说："以后咱们家盖楼房、发大财，有它们一份功劳！"他老婆以为他在说笑话，就没再言语。

陆千里把自己采下的鲜茶叶单独存放、单独制作。采了四天的茶叶，总算制成了两斤成品茶，包成了两袋。第五天早上，他老婆催他去锄地，他连连摇手说："不锄，今天我有事要去县城。"带着那两袋茶叶，他不慌不忙去公路边搭客车。他老婆似乎明白了一点，站在屋檐下自言自语说："难道他在城里认识了什么重要的人物？"

到了县城，陆千里径直来到范科长家门前，敲门。那天是星期天。范科长开了门，看见了陆千里，感到有些疑惑：我家没有再次脱落墙皮。陆千里赶紧把那两袋茶叶塞到范科长手里，说："范科长，茶叶，自家产的，不成敬意，您收下吧。"范科长有些嫌弃，眉头皱了皱。陆千里恭恭敬敬地又说："是特意为您采的。"范科长隔着半透明的包装袋仔细一瞅，小小的牙尖整齐匀称，眉头立即舒展了开来。陆千里之所以知道范科长喜欢喝茶，是因为他每次去工地，都捧着一只玻璃茶杯，里面的茶叶至少占了茶杯一半的容积。嗜茶之人必然懂得品茶。茶叶的牙尖是茶叶最为精华的部分，冲泡开来，香味既浓又绵长。陆千里知道，范科长绝对知晓这个常识。

"邱大个子"又接下了一桩业务，一家单位要盖一幢三层的楼房。于是，陆千里又来到县城里干活。干到农历四月底，端午节近了。"邱大个子"宣布，端午节放假三天，即端午节的前一天，端午节当天，端午节的后一天。前一天与后一天用于家与县城之间往返，端午节当天，当然是用于与一家老小团聚，以及去丈人家走亲戚。"邱大个子"这样安排放假时间，可谓既得当又充裕，啥也不耽误。可有一人觉得放假时间还少了一天。于是，他请了一天假——请端午节前两天的那一天的假。那个人是陆千里，他请假，不是为了有连续四天的假期，而是那一天，他必须赶回埂坝村，然后在第二天，回到县城里。"邱大个子"虽然对陆千里请假，少挣一天工资的行为感到颇为不解，但他

还是非常爽快地同意了。

　　坡西县一带有个风俗，过年过节除了自己的亲戚，给别人送礼，至少要在过年过节的前一天送，若是过年过节当天送，或是过后送，会被视为不懂得礼数，送礼的效果会大打折扣。陆千里回到埂坝村，口袋里只有六百块钱。当天，他让老婆去信用社，取出了二千四百元钱，与那六百元钱放在一起，凑了三千元。他老婆问他要这么多钱干什么用，他又神神秘秘地说出了那句话："以后咱们家盖楼房、发大财，有它们一份功劳！"

　　陆千里还让老婆捉了两只老母鸡，准备了一百枚鸡蛋，码放在竹篮里。这明显是要送人的架势。他老婆很心疼，他却满不在乎地说："舍不得孩子套不住狼。"

　　第二天，天刚蒙蒙亮，陆千里从那棵高大的乌桕树下飞快地走过，来到了公路旁边等客车。他必须在村里人尚未起床时走出村口，躲避七嘴八舌的询问：去给谁送这么重的礼？怎么这么早走啊？等来了头班车，他快步上车，来到了县城里。

　　头发上沾满了湿漉漉的露水，陆千里来到范科长家的门前。范科长正准备骑自行车去上班。陆千里把那两只老母鸡和一竹篮鸡蛋，往地上一放，说："范科长，给您的，不成敬意啊！"范科长客套了几句，把礼物收下了。陆千里告辞转身走了。范科长把老母鸡和竹篮拎进他家的屋内，发现竹篮里的第一层鸡蛋下面，压着一只可疑的信封，便轻手轻脚地取了出来。打开一看，里面鼓鼓囊囊地塞满了百元钞票，范科长数了两遍，是三千元。

　　半个月后，陆千里买了两只野鸡，送到了范科长家，说是自己在山上套的。望着活蹦乱跳的野鸡，范科长很感动，问陆千里想找他帮什么忙。"是不是为小孩上学的事情？"范科长的老婆在县教育局上班，经常有人为小孩上学方面的琐事找她帮忙。陆千里摇摇头说："我的小孩还小呢，还没到上小学的年龄呢。"范科长想了想，说："是不是你想让你家的某个人，来我们厂里做临时工？没问题，这个忙我帮得上。"陆千里又摇了摇头。范科长心里没底了，问："陆千里，你到底要我帮你什么忙？你可别想让我犯错误啊！"陆千里再次摇摇头，说："我哪有那个胆子啊？范科长，我只想这样——你们厂里以后若是再有维修工程，您就让我承包吧。"范科长感到很为难，说："有'邱大个子'呢！他认真、实在，连孟厂长都信任他。"陆千里拍了拍自己的胸脯，说："我保证比他干得好，您帮我在孟厂长面前说说好话。"范科长迟疑了一下，说："行，我试试看，把你引见给孟厂长，争取让你在我们厂里承包工程。"

"邱大个子"虽然逢年过节，也送点烟酒给范科长，但比起陆千里的大手笔来说，根本不值一提。而这，正是范科长决定"试试看"的原因。

陆千里送了一份厚礼给孟厂长。从此，县机械厂所有的建筑工程，便都陆陆续续地承包给了他。

三

没几天，厂办公楼后面的那条下水道便被全挖了出来，每一节旧涵管上都沾满了泥巴。陆千里让人运来的新涵管堆放在另一处地方，干干净净。新旧对比，差别看上去很大。这天，耿山岗在一份图纸上计算一组数据，累了，便去办公楼后面散一会儿步。往回走的时候，他碰上了邵长江。邵长江脸色气愤，耿山岗问他怎么了。邵长江见周围无人，才压低声音说："我观察过，那些旧涵管虽然已经陈旧，沾满了泥巴，但全都完好无损，牢固得很，何必要换新的？再说，既然换

了新的，那些旧涵管怎么处置，会被运到哪里去?"

耿山岗倒吸了一口凉气，一句话也说不出来。

在接下来的两天里，耿山岗发现，几辆货车陆陆续续地将那些旧涵管运出了厂区，旧涵管上依然沾满了难看的泥巴。显然，它们是被当成建筑垃圾运走的。

一星期后，新的涵管铺设好了，又被覆盖上了泥土。陆千里指挥着他的施工队，开始挖其他地方的下水道，大有不把县机械厂的下水道全部挖一遍，不全部换上新的涵管决不罢休的架势。

这太浪费了! 好几次，耿山岗冲动之下，差点冲进了厂长室，向孟厂长反映此事，恳请他叫停更换下水道之类的维修工程，杜绝浪费。但一想到自己只是一名小小的工程师，人微言轻，耿山岗到底还是抑制住了自己的冲动，冷静了下来，没有去找孟厂长。退而求其次，耿山岗专门找过几次范科长，指出他的工作不当之处，提醒他应该杜绝那些不必要的维修工程。范科长总是王顾左右而言他。有一次，范科长甚至瞪起双眼，反驳说:"耿山岗，你说不维修就不维修了? 出了事谁负责? 你能负责吗? 就拿下水道来说吧。如果不维修，如果哪一天堵住了，污水流出了地面，在厂区里流得到处都是，搞得臭气熏天，怎么办?"耿山岗无言以对。

一个月后的周末，耿山岗回埂坝村看望父母，看见村委会办公楼前的空地上，堆放着许多完整无缺的旧涵管。他仔细察看了一下，终于确定那些旧涵管，就是县机械厂被挖出的那些。父亲老耿告诉耿山岗说:"这些涵管都是陆千里雇车拉回来的。村里正好要修建一条渠道，陆千里便把它们卖给了村委会，价格是新涵管的三分之二，总价二十多万。村委会没有那么多钱，就用村林场的木材抵债。我听说，过几天，陆千里就要把木材运到县城里去了。"耿山岗气愤得微微颤抖，心说：陆千里这不是换新涵管赚钱，卖旧涵管又赚钱吗？这样变着法子一阵腾挪，县机械厂维修了一次下水道，他竟然赚了两回钱！

耿山岗站在自家屋檐下，百无聊赖地望着不远处的那棵高大的乌桕树。这时，一辆小轿车驶入了村口，在陆千里家门前停了下来。陆千里下了车。耿山岗感到自己又微微颤抖起来，于是快步向陆千里走了过去。

自从陆千里开始承包工程，当上包工头后，就没再单独与耿山岗在一起待过了，而两人同一天回到埂坝村，更是个例外。陆千里看见了耿山岗，停下脚步等着。来到陆千里家门前，耿山岗指着村委会办公楼的那堆旧涵管说："千里，你怎么能干出这样的事情？这叫什么事啊！"陆千里说："这叫废物利用，不浪费东西嘛！"耿山岗原本想与陆千里辩论辩论，讲一番道理。可他看见陆千里已经绷起了脸，知道如今的陆千里，已经不屑与自己一辩，只得摇摇头，转身回家去了。

一个多星期后，厂里突然运来了许多木材，堆满了厂区的一个拐角。耿山岗听说，那批木材是给包装车间制作包装箱用的，而卖给厂里木材的人则是陆千里。耿山岗的脑子里，顿时冒出了埂坝村林场的那些郁郁葱葱的林木。他意识到，陆千里为厂里维修了一次下水道，不是赚了两回钱，而是赚了三回钱。

又过了几天。早上，耿山岗去厂里上班。由于他早到了二十多分钟，厂区道路上空空荡荡，没有什么行人。这时，他突然看见几位民工，正在一幢厂房旁边用毛竹搭设脚手架。难道又要搞维修？耿山岗正在疑惑，邵长江路过，看见了他，就走过来小声说："我听说，厂里所有的厂房、办公楼、仓库都要贴上瓷砖，那得花多少钱啊？"耿山岗呆住了，心说：这不是慷公家之慨，变着法子让陆千里多赚钱吗？不行，我得向孟厂长反映，阻止这件事情！

下午快下班的时候，耿山岗走进了厂长室。

孟厂长收拾好那只每天都随身携带的黑色皮包，刚要下班，耿山岗恭恭敬敬地走了进来。孟厂长只好又在办公桌后面坐下，示意耿山岗坐到对面的沙发上。同时，他看了看手腕上那只明晃晃的手表。

虽然同在一幢办公楼里上班，但孟厂长毕竟是三千多人的大厂的一把手，因而，耿山岗与他见面的机会不多。平时在办公楼的走廊里碰面，耿山岗都会恭恭敬敬叫一声"孟厂长"，但孟厂长似乎很少听见，总是面无表情，只有偶尔会微微地点一下头，这就导致了耿山岗虽然在厂里已经上了五年班，但他与孟厂长讲过的话绝对没有超出五句。

坐在沙发上，耿山岗搓着双手，千言万语涌上心头，一时竟然不知从何说起才好。孟厂长又看了看手表，说："小耿，你是不是生活上有什么困难，需要厂里照顾？"耿山岗摇摇头。孟厂长微微点了一下头，说："这就对了，有困难自己克服一下嘛！小耿，既然你不需要厂里帮你解决什么生活上的困难，那么，你肯定是遇上技术上的难题了，想让我帮你解决。这样吧，你把想说的话，说给你们科长听去吧，他肯定会有办法解决你在技术上遇到的难题。"

孟厂长站起身就要走，耿山岗急了，说："我没有遇到技术上的难题，我只是想提醒一下您，不能再在搞基建这件事情上那么浪费钱了！"孟厂长一愣，说："谁在搞基建的事情上浪费钱了？你看见了？你懂基建吗？"耿山岗也愣了愣，说："我虽然不懂基建，但明摆着的事情，谁会看不出来？别的不说，就拿维修下水道，给仓库、厂房的外墙贴瓷砖这两件事情来说，绝对是损失浪费！下水道好好的，那些旧涵管一节也没破损，根本就不需要维修。仓库、厂房的外墙原本就粉刷了砂浆，砂浆外面刷了涂料或者乳胶漆，干吗要把涂料或乳胶漆铲掉，贴上瓷砖？这不是损失浪费是什么？为了杜绝此类事情的继续发生，我建议厂里立即停止给厂房、其他的仓库贴瓷砖！厂里的资金应该用在技术改造的刀刃上，可不能损失浪费啊！"孟厂长说："小耿，你怎么能这么看待那些基建工程，这么看待厂里呢？我跟你说，维修下水道那是防止某一天下水道被堵上，导致污水外溢。贴瓷砖那是为了美观。我们这么大的厂，把厂区搞美观一点，难道不应该吗？你一个小小的技术人员，怎么敢这么说三道四？"耿山岗又愣了愣，说："孟厂长，我是厂里的一名职工，是咱们厂的一分子，我为什么不能这么说话？我这可不是说三道四！"孟厂长说："你就是说三道四！小耿，我希望你收回你刚才所说的话！"耿山岗说："我不会收回刚才所说的话。同时，我仍然建议厂里立即停止厂房、仓库外墙贴瓷砖工程，以节约宝贵的资金！"

这时候，一阵急促的脚步声传来。厂办的徐主任出现在办公室里，轻声说："厂长，车在楼下等着，那位客商正等着您去赴宴呢。"孟厂长拎起那只黑色皮包，狠狠地瞪了耿山岗一眼，扬长而去。徐主任催促耿山岗出了厂长室，也扬长而去。耿山岗慢腾腾地下了楼，双眼圆瞪，直喘粗气。

四

第二天，耿山岗又去厂里上班。

翻阅图纸、查阅技术资料，忙碌了一上午，耿山岗一口气喝完了一杯茶，准备下班。这时候，徐主任忽然来到了技术科，说："耿山岗，请你来一趟我的办公室，我有事要对你说。"

来到厂办，徐主任在办公桌后面坐下，指着办公桌前面的一张椅子，对耿山岗说："坐。"那张椅子显然事先已经被摆放在了那里，耿山岗坐了上去，心里隐隐有了一种很不好的预感。一张桌子正对着一张椅子，那阵势有点像警察审犯人似的。

徐主任呷了一口茶说："耿山岗，你昨天下午下班时，对孟厂长说的那番话，严重地歪曲了厂里及厂主要领导的形象，孟厂长决定让你写一份深刻的检查，贴在厂大门口的宣传栏里！耿山岗，我告诉你，孟厂长说这份检查你必须写，否则就去车间里当工人！"

耿山岗站起身，一字一句地说："我永远都不会写什么检查，你们就死了这条心吧！"

第三天上午，徐主任通知耿山岗：根据工作需要，经厂领导班子研究决定，即日起，耿山岗到锻压车间从事一线生产工作。

一年后的一天，耿山岗回到埂坝村，看望父母。他的父亲老耿见他满脸愁容，就问他怎么了。耿山岗就把自己早就在车间里当一线工人，以及其中的原因告诉了父亲。老耿沉默了好大一会儿，说："儿子，那个孟厂长太不是东西了。你不能在这一棵树上吊死！儿子，你干脆换个单位吧……"

听着父亲的话，望着远处的田野，耿山岗的心里忽然一动。最近这几年，耿山岗的好几个同学都在各自的工作单位辞了职，到东部沿海城市应聘，全都找到了好工作。他们挣到的薪水，比原先的不知多了多少倍。

耿山岗决定换单位，但不是调动，而是辞职，去深圳找工作。

耿山岗永远记得：去深圳的那天，县城里很多的街道上都插上了彩旗，有人在街头燃放烟火，似乎到处都是欢乐的人群。1999年12月31日的深夜，耿山岗踏上火车，泪流满面，但他知道，新世纪的曙光就在前方。

五

坡西县机械厂每况愈下。产品滞销、资金短缺，经常发不出工资、奖金。厂里欠了陆千里不少工程款，用一批闲置的机械设备抵了债。

陆千里得到那批机械设备后，打算转卖，让它们变成现金，但一时找不到买家。2007年深秋的一天，耿山岗接到了邵长江打来的电话。邵长江在电话里说，如果买下陆千里的那批机械设备，绝对可以开办一家小型机械厂。在电话里，邵长江极力劝说耿山岗回乡创业，回坡西县买下陆千里的设备，开办自己的工厂。那个时候，耿山岗的年薪已经达到了六十万，存下了一笔七位数的积蓄。

思前想后，一个月后，耿山岗回到坡西县，买下了陆千里的那批机械设备，然后贷了一笔款子，开办了一家小型机械厂。

不久后，孟厂长携款潜逃——他听说县检察院正在调查他，于是赶紧溜之大吉。数年之后，他在边境地区的小旅馆里，突发脑出血去世，随身携带的钱款已经所剩无几。陆千里也被有关部门带走，配合调查了一段时间。被释放回家后，他心灰意冷，迷上了赌博。几年后，他的钱财都输得一干二净。而范科长则被查实受贿七万余元，被判了有期徒刑。

坡西县机械厂倒闭，地皮被县里收回，随即被拍卖，一个高档住宅小区，很快就拔地而起，仿佛那里从来都没有存在过一家工厂。

小说卷

第二届 南孔杯

廉洁文学创作大赛获奖作品集

NANKONG QINGFENG

优秀奖

上边有硬人

吕　斌

一

我，林小强，事业单位的小人物一个，遇到了一件纠结的事。

按说，这是一件稀松平常的事，我本没有在意，就像生活中的一朵浪花，在心里激起一点点波澜，过后仍然如旧。再说啦，按照规矩，事情顺理成章能够被解决，但朋海浪的一番话在我的心中撞出了更大的浪花，让我格外吃惊。是的，吃惊。这件我认为能正常解决的事，却节外生枝，而且这个枝生得还挺大。

咋回事？说起来有点啰唆。

朋海浪干瘦的身子像个木桩戳在椅子上，秃顶闪着光，眼角的鱼尾纹向两边扩散，四十多岁的人，咋看都像五十多岁。说这件事时，他伏在办公桌上，探着头，推心置腹地向我透露了一个秘密："你报上去找人了吗？没有？那批不下来。我的事你知道，报了两次都没批。上边没硬人，批不了。"他说得肯定、坚决，我的心不由得往下一沉。

这……这……这不可能吧？他的办公桌面向门口，我的办公桌在他一侧，对着墙。我半转身面向他，瞪着眼睛望着他，一时脑袋空空，老半天反应不过来。"目瞪口呆"这词你听说过吧？我眼下就是这副神态。

朋海浪原来自己有一间独立办公室，后来上级规定科级干部的办公室不能超过九平方米，单位就把我调到他的办公室里分摊面积。他是我们的科主任，细说起来，我和他并不十分熟悉。我从基层调上来的时候已经是三十五岁高龄，和他这个四十岁的人比虽然年轻一些，但是，和单位新来的大学毕业生比，我已经是老同志。在基层的时候，我就知道朋海浪这个人，终究是上级单位的老人，业务上有一套。那个时候就是知道，但不认识，看过他写的文章，听过他的一些逸事，算不上崇拜，但很尊敬。调上来后，领导把我分到他的科，又和他坐在一个办公室，我才知道他的一些情况。

我试探着说，为什么试探而不是直接说？人家是单位的老资格，对老资格说话不能太随便，特别是不能让他感觉我对他不恭敬。我的经验是在单位里尽量少说话，古人云：万言万当，不如一默。我诚恳的态度跃然脸上："上边不是规定了条件吗？"意思是这件事批与不批，上级会按照规矩来。

他笑了，是嘲笑，意思是你天真，或者是太不懂事了。他说："条件是个摆设，说你够条件，你就够条件，说你不够条件，你就不够条件。"这话听起来有点蛮不讲理，难以接受。我联想到了行政上有一句流行的说法：说你行你就行，不行也行；说你不行就不行，行也不行。可是，这个事和行政上的事不一样，行政上提拔谁终究是某个人或者某些个人说了算，这个不是，这个条件规定得非常明确，也就是说，有硬杠杠，不能嘴乱歪歪，达到了就应该批准，达不到就不能批准。但是，我又不能和他犟，他报过两次，有经历，有经验。我问："他们为啥不按照规定来？"

朋海浪顺口说出一句让我更加吃惊的话："收礼，要钱。"他的口气很直率，脸色很激愤，有发泄的成分。他资格再老，这种事我也不太相信，说："这么反腐败，还有人敢那么干？"

他又笑了，意思是你这个人真是太天真了，天真得不可救药。他整理桌子上的文件，不再理我。他的态度相当明确，跟我这样一个呆人说啥也白扯。

我垂头丧气，就是自卑，我这个人在这方面不行，不是我谦虚，真的不行！

二

我每天走着上下班，从家里到单位穿过两趟大街，过三个十字路口，二十分钟路程。对于有的人来说，远了点，对于我来说，太近了。我走的目的是锻炼身体，这么短的时间起不到锻炼的作用，可又有啥办法呢，到单位或者到家了，总不能再往前走。

一路上，我表面上在看大街上的车辆和行人，或者瞅街道旁的商店和机关单位，其实我想的全是闷在心里的这件事。我大学毕业就在基层工作，调到市里来也没条件和省里的单位联系，人家是省一级的单位，咱们是市一级，没事哪敢去乱搭茬。再说啦，省人社厅和我们单位一点业务关系都没有，没有机会接触，假如真的找人才能批，我在省人社厅可不认识人。想了一圈，只有省文旅厅有我一个同学，是个处长，应该有点门子。我给他打了一个电话，把事情说一遍，问他是否和省人社厅的人熟悉，能否帮上忙。他指教说："这个事吧，我知道，够条件就能批，不够条件找人也批不了。"

我解释说："听我们单位的人说，够条件也得找人打招呼，不然批不了。"

我想他会理解我的难处，他却不同意我的说法："不可能，够条件不用找人。"

我提示说："我们单位有个老同志，报了两年都没批。"

他肯定地说："这个吧，和老不老有关系，也没关系。他资格老，条件未必都符合要求。"

我说："听他说，他啥条件都够。"

同学提醒说："他可以找找人社厅管这事的人，反映一下。"

我说："他找了，因为和人社厅的人不熟悉，不管用。"

同学有点泄气，说："那就不知道咋回事了。再说啦，要是真得找人，我在人事厅也不认识人。"

我很失望，就这么一个头绪，人家管不了，也可能是不愿意管。

在局外人看来，不批就不批呗，有啥了不起的，这也算个事？这种心态都是骑驴的不知道赶脚的苦。

这么说吧，在我们这个北方城市，生活主要靠什么？靠工资，听说南方的行政事业单位人员的工资都很高，对于职称无所谓，真假难辨。在这儿不行呀，工资水准低，主要就靠这点收入。再者，这件事说起来很复杂。同样是工作，人家的待遇比你高，你好受吗？还有，为了评上职称，绞尽脑汁写论文，不说起五更爬半夜，也是呕心沥血，不要以为在核心期刊上发表论文那么容易，和翻越喜马拉雅山没啥两样，就是因为找不到人帮忙而不批，冤不冤呀！更重要的是，人都有攀比心理，到了该解决职称问题的时候，人家都解决了，你没解决，面子上过不去。不是你没水平，就是你完蛋，在单位还咋待呀！

全市参加评职称的行业很多，人员更多。每年评职称的时节，走到哪里都能听到有人议论这件事，各种故事五花八门。我在基层工作时，我的小学老师到了评职称的时候，却批不了，而他的学生，也就是我的同学却都批回来了，这让他非常纠结，非常难受。为什么不批？说是他的条件不够，什么条件呢？有的说他没有在规定的刊物上发表论文，有的说他没有获得过规定的奖励，但我的同学，也就是他的学生都发表论文了吗？当然，怎么发表的大家心里有数就得了，获奖也一样，只要肯花钱，什么奖状都能拿到。他没有能力发表论文，也没有能力获奖，又不肯假装地发表论文和获奖，那就只能走一条路：难堪！说起我的那个老师，人们的议论让他好像做了什么见不得人的事。那个时候，看到年龄老大的老师垂头丧气的，我都替他难受，还在心里有点瞧不起他，啥叫完蛋？这就是。

没想到，岁月轮回，我也遇到了这种事。说来说去，不但是钱的事，还有面子的事。俗话说，人有脸，树有皮，利益可以不要，脸咋也得要吧！

三

说起朋海浪这个人，我是尊敬他的，但是，尊敬也只限于他资格老，业务熟，在单位里是老人；有些方面，不是我背后说他坏话，实在是不敢恭维。论资格，我大学还没毕业，他就已经在这个单位工作好几年了，我在基层绕了个弯再来这儿，能和他比吗！按说，评职称这玩意儿凭的是工龄，这个单位不是，凭的是谁来这个单位早，你在别处工作的年限都不算数。为什么这样？就是朋海浪吵吵的。他到单位领导那里说，咋也得有个先来后到呀，买豆腐还站排呢。不知道别人听了他的理论啥想法，反正我是不服。人家说的先来后到是指的工龄，而不是指的来单位的年限。他这不是偷换概念、蛮不讲理吗！领导碍于他是老人，不好意思拒绝。他在职工会议上说，职工们碍于他资格老，不敢跟他硬整，就这样，评职称的时候，他优先。

我不知道别处是怎么个评法，在我们这个北方城市，评职称是有名额的，每年往省里报，限定几个，明明朋海浪上一年没有批，下一年就应该报另一个人。但是，他找单位领导，要求再报一年："这玩意儿也得有先来后到。我先到这个单位的，得我批完了再报别人。"

就这样，他连续报了三年也没批。朋海浪对我说："我吧，上边没硬人才批不了。"

我私下听说，他的硬杠杠不够。比我早来这个单位的成大伟说："朋海浪没发表过论文，也没获得过奖，不够条件。"

成大伟三十岁出头，精瘦，眼睛总眯缝着，背稍微有点驼，他解释说眼睛近视，念书时看书就得贴近书，时间长了，他的背就驼了。他的办公室和我的办公室挨着，一般不上我这儿来，我闲暇时偶尔到他办公室坐一会儿，因为我们两个都是单位里的边缘人，话就说得来，他性子蔫，成天窝在办公室里，很少跟人交往，但是比我来这个单位早，知道的事就多一些。

我以探秘的心态说："朋主任说，他发表过论文，也获得过奖励。"说完我瞅着他，注意他怎么回复。

成大伟倚靠在椅背上，眯缝着眼睛，不紧不慢，不以为然地说："你让他拿刊物和奖状出来看看。"

我同意他的说法："我也这样问过他：'既然你发表过论文，也获得过奖励，为什么不填在报职称的表格上？'"

"他咋说？"成大伟认真地看着我。

我说："他说都丢了。"

"他根本就没有。"成大伟仰靠在椅背上，神情懒惰，意思是这事大家都知道。

四

我思来想去，决定直截了当地办这件事。

进了办公室，我安坐在椅子上，拿起桌子上的固定电话听筒，打通了114查号台，查到了省人社厅办公室的电话。打过去，一个男子接了电话。古人云，世界上最难的是求人。我虽然豁出去了，但仍然紧张。我心跳剧烈，就像一只兔子在胸膛里往上拱。这么直来直去，成功了就是福，不成功就是祸，而且是大祸，再解决这件事就几乎不可能了。可又有什么办法呢？我是走投无路才这么干的。我大着胆子说："我是红石头山市的，我今年够评定副高职称的条件了，已经通过我们单位把评职称的材料报到了市人社局，听单位管人事的人说，市人社局已经把我的材料报到了省人社厅，等待批复。"

男子说："那你就等待批复吧，打电话干啥？"

我按部就班地说："听人说这种事得找人说情才能批，不找人够条件也批不了。"

我想他可能训斥我，或者挂断电话，总而言之，他会恼怒。意外的是他很和气地说："是这样呀，我这里是人社厅办公室，不管职称的事。我告诉你职称处的电话，你把诉求跟他们说一下。"

我连连道谢，心里却发虚，职称处听说我跟人社厅办公室说了他们的坏话，再恼了，我的职称就永远也评不上了。

男人告诉了我职称处的电话。我有了怯意，想打退堂鼓，问："给职称处打这样的电话合适吗？"

"合适，合适，你给他们打吧！"男人是鼓励的口气。

对着电话，我犹豫着。跟对方直截了当地说，对方恼了咋办？不打，有别的办法吗？没有，明知山有虎，偏向虎山行。打！没评职称的、评不上职称的，生活也没比我差，没有副高职称也没影响我的生活，后半辈没这个职称也照样生活。想通了，就觉得天高地广，心胸开阔，勇气很足。我打通了职称处的电话，传来一个女人温和的声音："职称处，哪里？"

职称处在我的心中是高不可攀的上级机关，我认为一般的电话是不接的，这么容易就接通了，让我措手不及。听声音，女人估计四五十岁，我想象着她胖还是瘦？圆脸还是长瓜脸？眼睛大还是小？脾气暴烈还是温和？"我是红石头山市的，今年参加副高职称的职称评定，据我们市人社局的人说，我的材料已经报到你们那里了。我想问问能评上吧？"

我知道这句话说得没头没脑。我之所以这样问，是试探她的态度，要是她发脾气，我就放下电话，不让她知道我是谁。

她耐心地说："全省参加评职称的人太多，我们收全了各个市、地区人社局报来的材料进行统一评定。你等着吧，结果出来我们会通知你们市人社局。"

按说，这次通话就结束了。但对于我来说，这才刚刚开始。为了不让她挂断电话，我麻利地说出打电话的真正原因："听人说，报到你们那里的材料得找人才能被批准，不找人批不了，是这样吗？"

她没有耽搁，平静地问："什么人这么说？"她的口气很严厉。

我也平静地说："原来报过材料的人没有批准。"我嘴上这么说，但心里发虚，她要非让我说出人名，我可不敢把朋海浪折腾出来。

她不急不躁地说："你们单位应该有我们下发的文件，你可以找到看一看，是否符合条件。"

我说："我看过了。"

她说："看过了，你咋还这样说？"

我说："我相信别人的话，怀疑你们不会按照文件批。"

她无可奈何地说："信什么不信什么是你的自由，我给你解释你不听，我就没办法了。你给我们打电话就是想说这个？"

我说："以防万一，我想找人给予关照。我在人社厅不认识人，也找不到和人社厅认识的人，正好你接了电话，我就找你了。我认掏钱，你说需要多少，只要我能承受就成。给你现金还是打到你哪个账号，

或者你说个付款方式都成，保证不给你添麻烦。求你帮个忙，行吧？"

我的心跳加速，她可能啪地挂了电话，或者大声地呵斥我胡说八道。

她的声音依然平和："你先回答我的问话，咱们再说你找不找人的事。"

我相当紧张，不知道她要问什么，硬着头皮答应："好吧。"

她叮嘱说："你要如实回答。你评上中级职称几年了？"

哦，问这个呀，白给，"五年"。这个我懂，评上中级职称五年才有资格评副高职称。

她又问："你在省级核心理论期刊上发表过和你业务有关的论文几篇？我指的是评上中级职称之后。"

我说："六篇。"我在上报的表格上填了五篇，表格上要求填五篇。评副高职称规定，在省级刊物上发表三篇以上学术论文才有资格参加副高职称的评定。

她又问："告诉我你的单位。叫啥？说说你的学术论文获奖情况。"

我明白她问这些干什么了，不再紧张，愉快地回答了她。我心里有数，按照省下达的文件规定填写的材料，没有一点假。

她说："你的条件完全能够评上副高职称，你不用找人，如果这次你没被批准，你找我，我给你负责，我是职称处的处长，就是这个电话，我叫高芳草。"

我心情大悦，礼貌地说："谢谢高处长。"说心里话，没想到这么大的官却平易近人。

她说："你说的没被批准的人是不够评上副高职称的条件，他不在自身上找原因，还给我们造谣，那样的人找人也评不上。"她的语气非常不满，也非常坚定。

我想，朋海浪是那样的人，这个处长看人很准！

过了一段时间，我评上副高职称的通知来了。朋海浪非常吃惊，瞪大眼睛瞅我半天，没说话。我也不想说话，要不是他，我的生活本来不会出现这个波澜。

我到邻屋成大伟的办公室取文件，成大伟说："朋主任到处说你。"

我惊异地问："说我什么？"

"他说，林小强上边有硬人。"成大伟询问地看着我，意思是你上边真的有硬人吗？

一　眼

刘玲佳

支使走了干事小蒋，办公室邢主任点了一支烟，坐在桌前陷入沉思。什么意思呢？他在脑海里反复地回想着刚和吕局长走了个迎面，吕局长看他的那一眼。

当时，他正准备上台阶。一抬头，吕局长推门出来，从高高的台阶上往下走。邢主任停下脚步，习惯性地正要问候局长。"局"字都已经出口了，却见吕局长把头转向一边，假装没有看见他，迈着威严的步子，从他身边走过去了。

此刻，邢主任回想起那一刻，心里仍然和当时一样，愕然、不安、种种情绪混杂在一起，搅得他心烦意乱。尽管一大堆工作，他却没办法让自己静下来，脑海里始终萦绕着刚才这一幕。他清楚地记得自己当时就那么呆愣愣地看着吕局长，从自己这个大活人身边昂然走过，硬生生地把他的问候卡在喉咙里。职场如战场，看不见的明争暗斗，已经让人防不胜防，看得见的眉高眼低，背后更是大有玄机。以邢主任几十年的职场经验，虽不敢说洞悉职场人性，但包含在一言一笑里的人情世故，他还是懂的，尤其是领导下意识里流露出的脸色眼神，代表了内心最真实的想法。吕局长这内涵深刻的眼神，不同寻常的举动，背后透露出来的究竟是什么意思呢？他苦苦地想着。

是局长没有看见他？他多么希望是这个原因。但不可能，绝对不可能。这次的照面，局长脸上的反应，分明属于化学层面。他清清楚楚地记得，当时局长推门出来，一眼就看见了他，问题就出在这，吕局长分明看见了他，还下意识地愣怔了一下，就立刻飞速地把眼睛闪开，但那拙劣的掩饰让假装显得那么真实，而且带有一种令人不快的被伤害被轻视的屈辱和愤怒。

邢主任今年五十二岁，我们称他老邢吧。老邢干办公室主任十年了，是一个谨小慎微的人，认真得几近较真。在单位，他很少说话，笃信"君子敏于行而讷于言"的处世信条。"严谨有余，灵活不足。"这是前任局长对他的评价，老邢自觉很中肯。这是他的缺点，也是他的优点，他心里明白。正是凭着这一点，虽然一直原地踏步，但这么多年，在风急浪高的明争暗斗中，他能安然无恙，也是本事。整个系统三四百号人，办公室主任也算是个人物，事无巨细，他都有参与权和知情权。有时候，他的一句话，也是有分量的。平日里，员工们见了他，恭敬热情得不亚于对局长的态度。他虽然时时提醒自己，这些都是表面现象，是冲着利害关系而不是冲着他本人，但耳朵却很舒服，心里也很享受，有一种酒到微酣的快感。"真他妈的人性难改。"当他过后反省自己的时候，就这样暗自骂自己。

是的，他是一个爱反省的人，而且已经成了习惯。办公室，是单位的眼耳口鼻舌，所有关系的平衡协调，都需要拿捏到位。善于反思反省的好处，在于可以通过对事情的复盘，找到不足，避免失误，这是老邢的看家法宝，既有利于工作效率的提高，更减少了对自己威望和声誉的影响。说白了，老邢有追求完美的强迫症。

此刻，老邢又进入了习惯性的反思当中。和往日不同的是，这次是带了对未知的猜疑和焦虑。

他一支接一支地吸着烟，试图在每一个盘旋而上的烟圈中找到答案。吕局长平日见了单位的人，最是和蔼可亲的，今天的反常一定事出有因。

哪点出问题了呢？他思索着，很快他想到了两件事。

头一件，去年春天，宣传科的杨丽丽拿来一沓发票要老邢签字，说是要去报销。杨丽丽是单位一枝花，不但人长得漂亮，更主要的是脑子好使，能干，会干，更会说。她负责单位的公关和接待，一年四季，正儿八经在单位上班的日子不多。老邢接过发票，这是正常的程序，他没有多想。逐一审核的时候，他才发现数额太大，居然有六万多元。他问杨丽丽："怎么这么多？这好多都是办公室不知道的，这我不能签字。"杨丽丽一脸不悦地说："这两年单位财政吃紧，我为单位搞宣传，四处奔走，请人吃饭，累死累活不说，还要自己垫付车费、油费、过路费、招待费、生活费，这都是经过局长批准的。不信，你问局长。"说完，她就嘟着个鲜红的小嘴，用涂着粉色指甲的纤纤小手拿出手机，拨通了吕局长的电话，负气地把手机递给老邢。老邢张口刚说了一半，吕局长就说："哦，邢主任，这事我知道。我已经让财务上审核了，没问题。你把办公室的意见签上就行了，就这样。"老邢还想说什么，那边局长已经挂断了。

杨丽丽有点得意地看着他，妖媚的眼睛似笑非笑，一副嘲弄和不屑。老邢公事公办地说："小杨啊，这里面凡是办公室牵头派的活，都有存档，这部分我签，其他的，我不能签。你看谁派的活，你找谁签字，这是制度。"

杨丽丽恨恨地走了。过了一会，桌子上的内线电话响了，是吕局长打来的，吕局长只说了一句："你到我办公室来一下。"

老邢上到三楼，局长办公室门开着。他走进去，就看见杨丽丽立在窗边，背对着他。他叫了声"局长"，吕局长抬起头，从一摞文件上移开眼睛，顺手把桌上的一沓发票推过来，笑容可掬地对他说："邢主任，你把这个字签一下。"

正是杨丽丽的发票。老邢为难地说："局长，这个不合适。数额太大，很多都是办公室不知道的，违反了财务规定。我不能签。"

吕局长沉默了一会儿，慢条斯理地说："这个，局领导都上过会了，没什么问题。"

老邢说："局长，既然局领导都上过会，我拿着找他们先签字，我随后签。"说完拿了发票就要出门。吕局长却沉下脸："不用了，你去吧。"

这事就这么过去了。老邢心里多少有点忐忑，吕局长倒好像没发生过这回事似的，仍然一团和气。老邢想给吕局长解释，吕局长把白胖胖的手一摆说"你做得对"，还夸他能坚持原则，说办公室就需要这样的人把关，让他好好干。这番体己话，反让老邢满心不安，好像自己亏欠了局长似的。

第二件，两个月前，单位请来一个教授，姓吴，搞了个很时尚的讲座。据吕局长介绍，这个吴教授在南方某名牌大学任职，非常有名气。头天坐飞机来，单位给安排了本市最好的宾馆。两个小时的讲座，吴教授满嘴高大上的新鲜名词，把单位这些土包子都唬住了。讲座完毕，局长还有杨丽丽几个人陪着，在本市的几个著名景点游玩了两天，以尽地主之谊。整个行程，作为办公室主任，他老邢居然不知道，都是人事科的马科长忙前忙后一手操办的。

吴教授讲座的当天，吕局长把老邢叫到办公室，依然笑容可掬，让他提供一张自己的银行卡给财务室，老邢莫名其妙。吕局长漫不经心地说："现在财务制度太严，条条框框太多，要给吴教授支付讲课费，正常的途径太慢，还麻烦。最好的办法，就是把钱打到私人账户上，然后转给吴教授。手续嘛，我们内部慢慢做。你是咱们单位的办公室主任，最合适。"

老邢作难了。他在办公室干了这么多年，知道凡是涉及钱和人的事，没有简单的，而且，还是这种曲里拐弯上不了明面的事，谁知道这里面还有没有别的文章。他思忖了一会，虽然面有为难，却很坚决地说："局长，这个不合适，不符合财务规定啊。"

吕局长看了老邢一眼，脸上的笑容不见了，阴云密布的。停了一会儿，吕局长慢条斯理地说："规定是规定，实情总还得考虑；规定是死的，人是活的，要按你这样教条，啥事都干不了。你是办公室主任，这么一点担当都没有？再说，吴教授是市领导的老同学，这事处理不好，市领导那块我们今后咋开口要项目要钱？"吕局长把"市领导"这几个字说得格外凝重真切，让老邢联想到影视剧中，臣子提到皇上时的口气。他没再说什么。

过了一天，老邢把一张银行卡交给财务室，但不是老邢自己的，是办公室干事小蒋的。这是老邢一夜未睡想出来的一招。小蒋是吕局长的亲外甥女，这层关系，在单位几乎没人知道。老邢干啥的，多年的办公室主任不是白干的，何况，他还有个在人事局当主任的老同学。

说白了，小蒋能从基层调到局里，并且直接进了办公室，都是吕局长一手操办的，绝不是什么正常的人事调整。一个单位，一把手只要把财务、人事和办公室这三个要害部门抓到手里，就扼住了咽喉，太平可期。吕局长老于此道，调来这三年，于不动声色中，把这一亩三分地精耕细作得蔚然可观，该栽啥花该育啥苗，哪些是该拔除掉的野草刺疙瘩，都在稳步推进中。上任不到一年，以前的财务科科长老朱就主动提出转岗要求，理由是自己年纪有点大，不适合和数字打交道。其实老朱比老邢还小三岁。吕局长在会上很惋惜地转达了老朱的诉求。为了这份惋惜，又派老朱到南方的奇山秀水里考察学习了二十多天。回来之后，老朱还在财务科上班，但不当科长了，具体工作就是协助新提拔的财务科科长做好财务管理，类似于财务顾问那种，十天半月到单位打一头。老邢有一次打趣说老朱从此清闲了，顾问顾问，顾得上就问，顾不上不问。老朱只是呵呵地笑，笑得意味深长。人事科的马科长不用说，人家天生有追光的能耐，现在是吕局长的红人。只有办公室这块，老邢这个榆木疙瘩，不识时务不求上进。其实老邢对形势很清楚，也知道小蒋所为何来。但他装作啥都不知道，该干啥干啥，从来不说破。

至于为什么不给自己的银行卡，他给吕局长这样解释："唉！我是个'妻管严'，这么多年，银行卡一直都是老婆管着，卡上每一笔钱，她比我都弄得明白。我想这种事，涉及单位财务机密，不给她说清楚吧，她乱猜疑，和我闹矛盾；给她说清楚吧，我怕女人家嘴不稳，外面胡说八道，给单位带来麻烦。想来想去，觉得用小蒋的卡最合适，她也是我们办公室的，人又稳当，不存在节外生枝的问题。"

这番话，他是通过电话给吕局长说的，这也是他的刻意而为，尽管不合适。他不想当面说，一想起吕局长镜片后面那双带着审视的下压似的眼神，他的心里就好像飘过了一片乌云，阴郁得很。他越来越怕见吕局长，这成了工作之外的另一种压力，而且不断地膨胀长大。

老邢已经不止一次萌生了离开办公室主任这个岗位的念头，有形势的逼迫，也有他自己的厌倦。单位合共五个科室，个个牛气，搞得跟个小国家一样，都争主权。遇到综合工作，老邢协调起来求爷爷告奶奶的。你这么说，他那么想，都在暗中使劲。能力越差的人，见风使舵的能耐越大，刁难人的本事越大，而且后面背景很深，在单位，都是惹不起的主。他看不惯，气得回去给自己的老婆叨咕。他老婆白他一眼，说："你有啥看不惯的？哦，你以为只有真才实学才叫本事？人家那投机取巧钻门溜缝就不叫本事了？人家那也是本事，还是一般人学不到的本事。你想啊，那要拉下脸低下头弯下腰不要自尊才能做到，你能学到？老天公平着呢，不给人这个能力就必定要给那个能力，总得都让活着是吧？存在即合理。你啊，活该这么多年苦死累死上不去。"一席话，把老邢噎得无话可说。他心知这是悖论，但所有反驳的语言，在现实面前都苍白无力，就像他茫然迷惑的脸。

可是，不当办公室主任，他的退路在哪呢？去一线当员工？员工也不是好当的。在单位，像他这个年龄，在一线当大头兵的不多，那都是些老实巴交的木头墩子，只会闷声干活，不会说漂亮话，也不会主动在领导面前混脸熟，更别说会玩领导喜欢的作秀。走不到领导的眼里，进不到领导的心里，干着单位没人愿意干的活，评先评优却没有他们的份。为啥，会哭的孩子有奶吃啊，他们是属于不会哭甚至连哼哼都不会的呆小孩。又因为获得的荣誉少，导致职称评审、工资晋级也和他们无缘。那个老李就是典型的例子，认认真真老老实实工作了三十八年，去年退休，连个中级都没评上。有些比他小十多岁的人，高级都评上了。老邢一直忘不了老李退休那天和他说的那句话："不知道是我干了一辈子工作，还是工作干了我一辈子。"老邢就纳闷一向笨嘴笨舌的老李，怎么临了会说出这样一句石破天惊的话。

除了业务内的工作，一线员工还要应对各种检查、评估、培训、考核，这是老邢最怵乎的。形式主义的东西太多，用文件传达文件，以会议安排会议，上面一句话，下面就得人仰马翻，放下正干的业务工作，写这个补那个，踏踏实实造假补窟窿，做样子走过场留痕迹玩技术，周末都不得安生，把人折腾得半死，还不能说。"有啥意义嘛！"老邢在心里暗自骂过，却也无可奈何。好在，他可以借办公室工作忙这个借口，把自己的一些比如抄笔记答卷子的活找人替做，或者直接忽略不干，他是办公室主任，某种程度上，他可以让自己置身事外，这是当办公室主任的好处。权力权力，有权就有利，大权大利，小权小利，权力是个好东西，难怪有那么多人不择手段地追逐。老邢以前是不屑于这种他称之为"腐朽的处世观"的，而现在，虽然他还不至于堕落，但是已经慢慢妥协了。就像一片叶子，被卷进巨大的旋涡，不情愿却身不由己。很多次，看着镜子里棱角模糊的脸，暮气沉沉的眼睛，他觉得陌生得仿佛另外一个人。当初那个意气风发的自己，那个动辄"非梧桐不止，非醴泉不饮"的毛头小子，早已被社会修理得庸常俗厌。唉，老邢在心里想：人是很容易被环境同化、向环境低头的生物。要想在体制里生存发展，个体就不得不遵守一些潜在的规则。什么学识啊工作能力啊，到了关键时候，根本拼不过背景。正因为他没有这些软实力，才在办公室主任这个位置上一干十多年，把自己原来的专业都撂荒了。现在再去一线当员工，自己都觉得心里没底。更何况这些三天两头就用红头文件下发的上纲上线的非应付不可的形式主义的东西，一旦到了一线当员工，他再怎么憎恶，也不能像现在这样只当裁判不当运动员。虽然他当办公室主任没少弄形式主义的东西，但那不是他的意愿，他只是领导手中的一支笔，能写出啥画出啥不由他做主。

这样想来，撂挑子不干，也不是一句话那么简单。进退两难啊。就是带着这种复杂的情绪，老邢感觉自己每天上班都成了负担。他不怕干工作，如果只是单纯地工作，他从不觉得有多累，但是他怕工作之外的那些看不见的东西，那些以工作之名，裹挟了太多个人因素，暗藏了太多人心算计，用显微镜都看不清背后玄机的东西。这才是最累人累心的东西。以前，他还觉得不管怎么样，凭他的本分和沉稳，向上虽然无望，自保还是可以的。然而，现在，他感到了一种被挤压的危机。如果他不是坐在办公室主任这个位置，他的结局不会比老李

好多少。他清楚地知道，但他进退两难。

老邢烦躁地摁灭一支烟头，这些纷乱的思绪放大了吕局长那一眼所代表的一切可能性，背后藏着的莫知的忧惧让他焦虑不安，整个人感觉很不好。他从未想到，眼神可以有如此的杀伤力。几乎一个上午，他困在那一眼里，像困在一个鬼影幢幢的局里。

手机响了一声。老邢点开，是一条短信，人事局同学发的，只有七个字"你们局长又升了"。

夕阳红白黑

金永熙

一

振兴公司员工都称老板林振兴董事长为"林董"。林董在国外打电话给高局说，赵局、陈局帮过公司不少忙，现在都退二线了，托他带行政主管小娜，借中秋节即将来临之际，邀请他们吃顿饭，代表自己感谢他们。

酒菜备好了，贵宾还没到。高局刚认识小娜，一时聊不起来，就到包厢外的阳台上欣赏夕阳和大海。

小娜来到高局的身边，看着夕阳赞美说："夕阳无限好。"高局感叹说："只是近黄昏。"小娜说："但得夕阳无限好，何须惆怅近黄昏。"

高局向小娜竖起大拇指说："读过不少书吧，李商隐和朱自清的诗句都能临场背出来。"小娜说："没有呐，家里穷，只读了个中专，就出来打工了。"

这时，一位穿着旧色夹克、满头白发零乱的大个子进来。高局向小娜介绍说："这位是赵局，原环保局局长。"

接着来了一位西装笔挺、头发染得黑亮的中等瘦个。高局向小娜介绍说："这位是陈局，原国土局局长。"

高局原来是经贸局局长。说来也凑巧，这三位老局长是同年入伍的战友，后来又都是局里"一把手"，所以县机关干部都说他们是"战友三局"。"战友三局"今年都五十五岁时，佳县县委上个月发了份文件，同时免去这三位局长的职务，改任为主任科员，退居二线。

林董创办的振兴机械制造有限公司有上千员工，自己兼任总经理，里里外外一把抓忙不过来，想聘请一个机关出来的威望高、经验足、见识广的老干部，担任行政副总。

高局听到这个信息后主动找上门。他对林董说，他与企业打交道多年，但没亲手管理过企业，现在退二线了，乐意挑战这份工作，对于高局的到来，林董很高兴，便出价20万年薪，聘请他担任公司副总。

今晚，三位老局长聚在一起，久别重逢似的，吃得喝得谈得都很热闹。

赵局问高局："老高啊，在公司打工怎么样？"高局说："在经贸局干了多年，对企业比较了解，干起来比较顺手，初步感觉良好。"赵局又问："待遇不错吧？"高局实话实说："保底年薪20万，年终奖金看效益。"

赵局说："工资是不少，不过，民企老板个个都是那个样子，动不动就像训儿子一样训员工，所以在老板手下打工是很受气的。要是给训一顿，说不定结了冤仇回来呢。"高局说："不会吧。我与你不一样。你一心在家图清福，我呢，在家待不住，还想闯闯这个天下。"赵局说："你算了吧，这么大把年纪了，还闯闯呢。不惹一身臊气回来才怪呢。"

陈局插嘴说："老赵啊，人各有志。老高懂企业管理，去打工也不错，你还没这个本事呢，不会是老高拿20万高薪，你眼红了吧。"赵局说："钱是身外之物，一辈子也赚不完，有吃有住就行，老了何必掉价去赚钱。"陈局说："你说'钱是身外之物'，那'有钱能使鬼推磨'又怎么解释？人活着不就是为了赚钱过好日子吗？要不，还在这世上活着干吗？"

赵局说："那你退二线后不去赚钱，还待在局里当办事员干吗？"

陈局说:"我不是没老高的本事吗,在家又待不住,所以才留在局里再干几年。"赵局挖苦说:"老陈,你赖在局里不走,认为我不知道?无非是想用遗留下来的权力,给个人谋好处呗。"

高局说:"按规定,退位不退岗,老陈继续上班也没错。不过,我这个人就喜欢挑战,喜欢做没做过的事情,所以就到公司去打工。"赵局说:"老高,你为老陈说话,肯定想为公司拍'土地爷'的马屁。"

赵局戳破陈局肚皮说这话,陈局不高兴了:"老赵,你这个人也不是退二线了吗?干吗在战友面前说这些风凉话,你要是正经的话,要是有本事的话,就拿出真共产党员样子来,不要待在家里,照样去上班!"

高局搞不清楚,赵局为什么总是看陈局不顺眼,对陈局的口气总是这样强势,还常常说陈局这不好那不好。而陈局对任何人都谦卑和气,就是不服赵局,也不把赵局放在眼里,经常讥笑他摆架子,高高在上,装腔作势,不识时务,穿着落后,家庭清贫。这时,高局见他俩话不投机,就打圆场说:"人各有志,人各有志。今天不说这个,喝酒,喝酒。"他举杯向大家敬酒。

小娜听着听着,觉得很有意思,这么大的局长,这么大的年纪,都退二线了,怎么还像她们年轻人一样,吃着喝着就拌起嘴来呢?她发现气氛不对,就把杯里的葡萄酒加满,端着酒杯先到赵局身边,把手搭在赵局的肩上。

赵局不近女色,他不与小娜碰杯就把酒喝了。

高局看赵局这个样子,为小娜感到难为情。可小娜笑嘻嘻的,不当一回事,干了那杯葡萄酒,又加满一杯。她来到了陈局身边。

陈局笑呵呵地站起来,把手搭在小娜的肩上,小娜也趁势搂着陈局的腰。

赵局看着这两张年纪差了三十岁、反差极大的脸凑在一块儿，净说些风流话语，净做些轻薄举止，便极度反感，肚里窝气，借口家里有事就提前走了。

陈局不理赵局的假正经，他就是要美女作陪，他拉小娜在身边坐下，与小娜嬉皮笑脸地说话，两人眼中似乎没有高局在场，一直闹到深夜十二点，才依依不舍地散宴离开。

二

小娜长得确实漂亮，你看她一米六五的魔鬼身材，婀娜多姿；你看她红润白嫩的瓜子脸蛋，五官清秀；你看她举止动作优美大方，妖娆万分。林董选中这名年轻美貌的摩登女郎挂名为行政主管，说是负责接待，其实是"攻关"。高局在公司是主管人事、行政和对外联络的副总，小娜自然属于他的手下。所以，他意识到注定要与这位仙子般的姑娘做伴工作了。

在厂区办公楼的第五层，只有林董和高局两间宽大的办公室和几间大小不同的会议室。除了开会、办事有人来往外，大小员工都不敢上五楼，所以平时很清静。

这天晚上，高局在外跑了一天，八点多了还来公司。他要赶写一份材料，明天起早就要用。天已经很黑了，厂区很静。他在楼下发现董事长办公室里有灯光，就知道林董回国了。他问保安，今晚行政部谁值班，保安说小娜。可是小娜二楼的办公室没开灯，她去哪里了呢？他又抬头看了看董事长办公室里透出的灯光，马上意识到……他急匆匆地打开车门，连车灯都不开，就悄悄地溜出大门。

高局没有走远，出了大门就将车拐进旁边的小巷里躲起来。这个位子恰好可以看到董事长办公室，而不被前面大路上的人发现。他在这里观察，想证实林董与小娜到底有没有那种关系。搞清楚那种关系，并不是为了捉奸，抓他们的把柄，而是为了自己恰当地处理好与小娜的工作关系，避免林董在背后因小娜的问题对自己有不满。不一会儿，董事长办公室的灯关了，林董开着奔驰出来，从他眼前的大路上驶过。这会儿，高局看得一清二楚，小娜就坐在林董的车里。

第二天早上，高局刚上班，林董就让高局去他的办公室。

林董五十来岁，个子矮胖，还有些黑，平时很严肃，总是拉着一副难看的脸，公司上上下下无一不怕。但他对高局很和气、很尊重，总是叫他"高局"。

林董笑呵呵地说："高局啊，前天晚上，你请两位局长吃饭很成功，陈局打电话给我了，一连说了三个谢谢。高局，国土局对我们公司来说非常重要，后面那幢钢棚厂房是未批先建的，今年还要在新城工业园区征40亩地盖新厂，这些事情都需要与国土局打交道。国土局从外县调来的新局长，我还没与他交上朋友。陈局虽说退下来没权了，但你也知道，他培养的大班手下还在，只要他出力帮忙，我们的事情还是好办的。我想，请你与陈局多加联系，经常请他喝杯酒，在他高兴的时候，请他帮忙批地。你要花钱就只管花，不用我批，你签字报销就行。"

高局蛮有把握地说："没问题。当兵的时候，陈局和我是一个连的战友，现在还是要好的朋友。他跟你跟我都说过，如果有土地的事情需要他出面，他会尽力帮忙。"

这天下班前，高局就给陈局打手机："兄弟，过来喝茶。"说喝茶是掩人耳目的，其实是去喝酒。陈局说："你可要带前天那个小娜来热闹热闹哦。"

这天晚上，高局早早就去"当当响"茶馆要了个包厢。"当当响"

是全县最高档的茶馆，说是茶馆，其实也有好酒好菜。"当当响"茶馆离世纪大酒店不远，也在海边，很幽静。高局已经上了几个好菜和六瓶卡斯特。陈局很积极，没到下班时间就赶了过来。

高局把酒斟好，举杯说"喝"。陈局举手阻止："等等，小娜还没来，等她来了一起喝。你叫小娜快点过来呀。"

高局暗暗叫苦，小娜是林董的人，林董没让他带小娜，他可不敢带她过来。可是该死的陈局，今晚是冲着小娜来的呀。

陈局埋怨说："你呀你，怎么不早点约好呢？是不是金屋藏娇给自己用，舍不得带出来遛遛？"高局说："哪里哪里，我哪里有这份福气，去公司不到一个月，不敢有这个想法，再说兔子不吃窝边草嘛。"

陈局扫兴地说："两条光棍喝酒没意思。"高局劝说："你这个人啊，不能重色轻友嘛！既然来啦，就凭老战友的情谊，也要喝几杯。"他端起酒杯向陈局敬酒。

陈局意兴阑珊，跟高局闲聊了几句战友的事情，然后说家里有事就走了。

三

第二天上午，在钢棚厂房外面，国土局监察队来了三个人，有的在拍照，有的在丈量。高局发现不对劲。他一眼就认出来，带头那位就是吴队长。他立刻走过去，热情地打招呼："吴队，你好！"吴队一见高局也就过来握手："老领导，您怎么也在这里？"高局说："退二线后在家无聊，就跑到这里来打工呗。"

高局知道，吴队是陈局一手培养提拔起来的，所以对陈局很尊重，听说还是陈局的心腹。高局把吴队带到五楼办公室，热情地给他上烟沏茶。吴队抽着烟、喝着茶，对高局说："大前年，董事长看准这块地，未经审批就盖了钢棚厂房。当时，队里研究决定要拆除。陈局说，振兴机械是家明星企业，用地紧张，先不拆。我们听陈局的，没做出拆除决定，压了下来。现在，新局长来了，这事也就压不住了。今天来调查取证，封条都带过来了，准备先封掉！"他从包里拿出封条递给高局看。

高局知道这事非同小可，也就顾不上老局长的面子，赔着笑脸说："吴队啊，我刚来上班，你就把厂房封了，这叫我怎么做人？你总得给我留一点面子嘛。"吴队很知心地说："跟您老领导说没关系，您要想保住这个钢棚厂房，需要疏通关系补办手续哦。"高局追问："这事该找谁帮忙才有用？"吴队在他耳边悄悄地说："您别看陈局已经退二线了，局里很多人还看他的眼色办事呢。新局长初来乍到，大小事情也都向他请教呢。您这就明白了吧。看您的面子，今天不封，我先走啦。"

高局千恩万谢地送走了吴队，松了口气。他冷静下来一想，觉得有些奇怪，自己没这么大面子吧？这么大的事，吴队听自己说几句就走了，还主动建议自己找陈局帮忙，其中是不是有什么门道？

第二天，林董一到办公室就把高局叫过去，拉着个脸，很不高兴地说："昨天的事，给你搞砸了。"高局莫名其妙："我出什么差错了？"林董发火了："你这个人啊，还当过局长呢！明明是好事，结果给办成了坏事。"高局的脸被林董训得红一阵白一阵。五十多岁的人了，还是第一次这么尴尬、这么难堪。

林董说："吴队来查的原因在哪里，你知道吗？'内线'消息过来了，就是前天你们喝茶喝出来的。"高局问："是不是小娜没去陪陈局？"

"唉——"林董叹了口气，放慢口气说，"这事很奥妙。其实也怨不着你，只是我心里着急，所以发了脾气，请你谅解。那片钢棚厂房，你别看只有3亩地。县里规划马上就要下来，过不了几年，前面就是一条商业大街。这块地啊，到那时候价值上亿啊。他们要罚款，我就给罚，罚了就是我的。问题是他们不罚，就要拆掉。钢棚厂房拆掉了，地就不是我的了。"

林董消了怒气，在高局耳边轻声地说："我在国土局有'内线'。'内线'说，前晚你们喝茶，小娜没去，陈局不高兴，昨天故意叫吴队来捣乱。"事情到了这个程度，高局不得不把陈局在打小娜主意的事，——跟林董说个清楚。

四

林董把小娜叫到办公室，关上门，抱了一下，亲了一下，又摸了一下眼前这张年轻可爱的脸蛋，然后两人紧挨着坐下。

林董问小娜："我对你怎么样？"小娜说："这还要问吗？既是老板又是老公。"林董说："那我有非常非常重要的事让你去做，你干不干？"

小娜问："什么事这么重要？搞得神秘兮兮的。我都是你的人了，无论什么事，只要我能做到的，去做就是了呗。"

他在她耳边悄悄地说了一分钟。小娜的脸红了，站起来，很生气。"你怎么会想得出这种卑鄙的主意呢？你不要我，也不能这样把我一脚踢给陈局呀。我无论怎么坏，还没坏到那个程度。那种事，我不干！"

林董连劝带安慰："土地的事非常重要，连高局都解决不了。我也没办法，只能请你出马。我呢，还不是一样爱你吗？宝贝，算我求你啦！这事办成了，我给你买套房子，好不好？"林董反复这么说，小娜的心就被说软了。她眼眶含泪，向林董点了点头，就把"任务"给接

187

过来。

林董还跟小娜说："逢场作戏罢了，不要哭了。你有空去新城看一下，有合适的房子跟我说。把陈局那边搞定了，我就把房款打过去。开始行动吧。"

小娜抹了泪水，拿出手机，坐在沙发上，强装笑颜与陈局通话，"喂——，陈局大哥，我是小娜。""当然是美女喽，我要不是美女，你怎么会看上我呢。""你真的想见我？那好，晚上我请你喝茶呗。""'当当响'，好！不见不散。拜拜！"小娜挂了手机，对林董说："约好了！"

小娜回宿舍补了妆，换上低胸黑衣，穿着白色短裙，在身上喷了一点香水，挎上黑白相间的坤包，就去"当当响"茶馆。半途，陈局给小娜打电话，说"当当响"不去了，直接到世纪大酒店1808号房间……

这是个星期天的早上，高局正在家给老婆和女儿做早餐。林董打来手机说："昨天，小娜把交道打通了，我觉得还不踏实，现在要去拜访陈局，趁机把地皮的事拿下。"

高局把做早餐的事交给了老婆，就下楼坐进林董的奔驰车。到了陈局住的那幢大楼下，高局发现林董把一堆钱往资料袋里装，惊了一下说："林董，我在你身边，陈局不敢收，我就不上去了。"林董说有道理，就独自坐电梯上18层去陈局的家。

陈局见林董过来，满脸堆笑，躬身握手："老朋友！是什么风把你大老板吹过来的，请进，请进！"

陈局双手递上茶水说声"请用"，然后问："大老板来有何贵干？"林董用恳求的口气说："老朋友啊，还不是过去说过的事嘛，那两个地方的地皮的事，还请你帮帮忙给批下来，我心里踏实一些。"他把装有

10万元钱的资料袋递给陈局："小意思，小意思。"

陈局推辞说："这样不好，这样不好。"林董把资料袋放在沙发上，陈局"视而不见"，脸上堆笑说："实在对不起，拖久了，拖久了。当时我放你一马，现在新局长来了，再也拖不了啦。这样，第一，先抓紧把钢棚厂房那块地的款给罚了，再补办审批手续。那块地的地价猛涨，即使罚点款也很合算。还好，我还能帮这个忙，在新局长面前就说是在我手里已经定了就行。第二，新城园区用地，你让高局马上写个报告给局里，落款时间提前四个月。新城园区用地规划还在我手里没移交，我就把你的40亩挤进去，再交给新局长去办。"

林董连连点头。真的要感谢小娜！

这天下午，"内线"给林董打电话说，新局长出差回来后，陈局和用地科科长一起，向他汇报了补缴罚款的事。新局长责备他们说，大家都未批先建，罚了点款都补缴，这土地法还有没有用？这用地还能不能控制，十几亿人以后就去吃土吧！钢棚厂房违章未处理，怎么可以再批40亩地呢？陈局退缩了，也就不说话了。

高局对林董说："陈局还想上班，不与新局长提不同意见，也有他不好启齿的难处。这样，歪门走不通闯正道，连新城园区征地一起解决。我有一个办法。"他凑近林董耳边说了一番。

林董转怒为喜，高兴又豪爽地捶了高局一拳，感激地说："谢谢高局，谢谢高局！这回我得听你指挥，你叫我干吗我就干吗。"

五

高局在林董办公室给赵局拨手机说："我晚上到你家吃饭，你的拿手好菜红烧肉和炖鱼头不能少，其他的菜你自己看，除了熊掌之外，有好菜都上。"

赵局说："去你的，什么好菜都有，就是没熊掌。要不吃你的手掌算了。几点来？"

高局说："五点到。你必须请到谢县长，我有重大事情向他汇报。"

赵局说："不就是振兴机械地皮的事吗？我真想给你帮忙。我问问谢县长有没有空！"

高局挂了手机。林董问："赵局与谢县长的关系真的那么好？"

高局说："我和赵局都住机关干部宿舍大院，他俩的关系我最清楚。赵局现在还是省人大代表，经常向县里提建议，说的都是民情实话，谢县长特别尊重他，特别爱听他的话。谢县长年轻有发展前途，平时很注意形象，谁也请不动他吃饭。但赵局请他到家里吃，他百分之九十会到。谢县长做得也对，赵局光明正大，德高望重，为政清廉，家庭清贫，谢县长到他家吃饭喝酒，不仅没后顾之忧，邻居看了都说他好。谢县长真聪明，明年选举又多了不少票数。"

赵局很快就回话说，谢县长下班后六点准时到，他让高局提前来，不能让领导等他。高局对林董说，林董不能和他一起去赵局家，但要在赵局家附近等着，万一谢县长说要见他，林董要随叫随到。

赵局净让谢县长吃那些山里老家带来的土货，这不好，高局就去菜场买了一只土鸡、两条黄鱼和三条墨鱼"补充补充"。

高局和赵局在厨房洗的洗、切的切、烧的烧，这两个模范丈夫，烧菜这活样样干得利索。

谢县长四十出头，个子不到一米七，却是个精明干练的人。他进门看见高局，就说："高老局长，你也来混口饭吃啊！"没等高局开口，谢县长看桌上的菜又说了："赵老局长，上这黄鱼、墨鱼和土鸡啊，不怕我把你吃穷了！"

赵局笑呵呵地说："我这个穷光蛋，哪能吃得起呀，都是高局买的。"

三人在喝酒时，赵局就把对民营企业适当放宽用地政策的想法和观点向谢县长说了一通，高局在一边也附和着说了几句，谢县长听得很认真。赵局继续说："譬如说振兴机械，产值3个多亿，上缴税收1658万，但只有30亩地的厂房。这样一家成长型企业受到土地的制约，你叫它怎么发展？要是解决它的土地问题，社会效益会更好，包括就业和税收都会上来。"

谢县长说："你的看法非常正确，企业用地政策早就应该放宽了。不过，政府要设置几个明确的用地条件，譬如，每亩要创税15万。全县那么多干部、教师要发工资，那么多基础设施要建设，政府没钱不行，所以，我当一县之长，不重视抓税源不行。对啦，你刚才说的是哪家企业？"

赵局说："振兴机械，高局就在那里当副总。"

谢县长对高局说："你说说振兴机械用地情况吧。"

高局把振兴机械占地用地的情况，以及国土局原本已经通过，新局长不批的情况，向谢县长一一做了汇报，最后请求谢县长出面帮助振兴机械解决土地困难的问题。

谢县长认真地问："振兴机械能确保每亩创税15万？"

高局说："振兴机械只有30亩地，去年就上缴税收1658万，每亩已经超过20万。政府要是再给地，振兴机械每亩创25万绝对没问题。"

谢县长说："全县工业用地，平均每亩创税不到5万。振兴机械真不错，给政府贡献蛮大。不过，你是个打工的，说了不算数，需要老板向县政府保证，还要签字画押。我就喜欢在哪里遇到问题，就在哪里解决问题。高老局长，你把振兴机械的董事长叫过来！"

高局立即给林董拨手机，林董健步如飞地赶过来。谢县长问林董，振兴机械三年内有何打算。

林董早有准备，向谢县长汇报说，振兴机械还不错，单子多，生意好，利润高，出口多，创汇一年比一年高，就是前几年全球金融危机也没受影响，如果这样发展下去，三年后产值就能达到5个亿，到时候保证给谢县长交2500万税收。

谢县长举杯向林董敬酒："向纳税人致敬，向纳税人致敬！"

林董话头一转又说："可是没那么大厂房做5个亿。您要是把地批给我用，我给您写保证书，三年后每年交2500万税。"

谢县长说："我相信你。保证书不要写给我，写给国土局。"谢县长狠狠地喝了满满一杯酒，好像在下定决心，然后就给国土局新局长拨手机说："是林局吗？我想听听关于振兴机械用地的处理情况。"

谢县长听了林局长的汇报，很不满意地说："你依法办事，保护土地没错，但你必须要有大局观念，必须知道土地利用的社会价值和经济效益。我们县的税收百分之八十来自民营企业，所以，你手头的土地指标必须向民营企业倾斜。否则，我们县的经济就发展不了，税收也就别想增加，振兴机械用地的事情，你给定下来，有责任我承担，别忘了要振兴机械的保证书。你向我表态还不行，你得直接打电话告诉振兴机械的董事长，免得他给你送烟送酒再求你。"

谢县长，征服了新来的林局长。他挂了手机笑着向林董敬酒："董事长，祝贺你，祝贺你，干杯！"

六

林董按捺不住心中的激动，拉着高局去"当当响"喝酒，还叫小娜过来共享快乐。在"当当响"包厢里，林董对小娜说："高局有高招，妙请谢县长，想不到多年的愿望马上就要实现了。"他给高局敬了满满一杯卡斯特，然后把今天的事讲给小娜听。

小娜看了高局一眼，突然对高局这人另眼相看，老书生的斯文中带有坚忍不拔的气质，显得老练又精干，甚是可爱可敬。她情不自禁地挽着高局的胳膊。"高局，您真帅，沉着稳重，精明能干，有胆有识，近见远虑，属于长者智者之类的高人，对您我可佩服得五体投地了。"

高局笑着说："你这个调皮捣蛋鬼，怎么会想得出这么多的词来赞扬我这个老头呢。"

小娜的快嘴又说了："林董啊，高局这么能干，干吗不给高局转正？"

林董突然站起来喊："全体员工起立。"高局和小娜莫名其妙地站起来。林董大声地说："现在，我董事长宣布，公司董事会决定，聘任高局担任振兴机械有限责任公司总经理！"

小娜高兴得跳起来，鼓着掌，扭起腰，舞了起来。

就在这兴头上，赵局给高局打来手机说，陈局出事了，给纪委带走了。赵局还劝高局说，按照规定，老干部虽然退居二线，但还是在职干部，到民营企业兼职赚钱，违纪违规，建议高局快点离开振兴机械。

高局的脑顶好像被敲了一记重锤，脸色顿时发青。他借口进卫生间，深刻反省自己。自己还是在职拿国家工资的党员干部，怎么会稀里糊涂地来民营企业兼职赚钱呢？这半年来还帮林董干了些灰色的事情。纪委查陈局与林董的关系，自己会受牵连啊，真是聪明一世糊涂一时啊。

从卫生间出来后，高局举起酒杯与林董、小娜碰了一下，狠狠地干个底朝天，然后当场宣布辞职，准备明天去纪委……

祈 福

黄金梅

　　她低着头，一针一针绣着十字绣，先用红线绣出轮廓，再换黄线，把金色的珠子一粒粒填进轮廓内的空白处。

　　她绣的是"安"。

　　她要绣的是"吉祥平安"的珠绣。自从哥嫂家买了汽车后，每年她都会绣一个"吉祥平安"挂在车前为哥哥一家的出行祈福。而哥嫂呢，也已经习惯了在除夕等着用她新绣的"吉祥平安"把挂了一年的"吉祥平安"换下，堪称"新桃换旧符"。今年，她早早地买回了十字绣，早早地绣了起来。因为任务挺重——她计划绣三十六个"吉祥平安"呢。

　　几个已经绣好的"安"散落在她手边的笸箩里。里面已经码了五叠剪得四方方的绣布，清一色的白色，都是没有绣的。另有一叠明显高出其他很多，最上面一张的绣图中央是一个"平"的漂亮行楷——"平"已经全部绣好了。绣完"安"接下来就是"吉祥"了。今年，她把"吉祥平安"特意调个顺序，从"平安"绣起。因为她突然觉得，送平安是首要之事。

　　日光从窗里进来，在她的手中跳跃，更在她笸箩里的一堆颜色上跳来跳去。KS品牌的绣线质地真叫个好，不但棉绒均匀手感柔和，而且绣出的图富有光泽。那些金色的字，凸起在鲜红的绣图上，看着它，你会感觉从里面飞出了一道阳光，刹那间，就把你晦暗寒冷的冬季生活照亮了。

在一边玩的女儿来到她的身边，看着笸箩里的十字绣两眼放光，伸出脏兮兮的小手想摸，但想到她的告诫又连忙缩了回去，只用眼睛把它们摸了又摸，再一次感叹道："好漂亮啊！"感叹了一会儿后，女儿又不解地问妈妈："这么多都给舅舅家吗？过去不是只送一个给舅舅家的吗？"

她爱怜地看看女儿，想了想，向她解释："这和你说话一样。你多说几次，人就容易记得，多祈祷几次，菩萨就容易记得。菩萨记得了，祈祷就容易灵验啦！"

女儿似懂非懂地看着妈妈，突然想起了什么："那你也该送一个给姥姥的，让菩萨保佑她平平安安不要再被狗咬。"

她笑了起来，放下绣花针，抚了抚女儿的头："傻孩子，姥姥和舅舅是一家呀，送舅舅就是送姥姥，送姥姥就是送舅舅。"

女儿走了。话却留了下来，乱了她的一颗心，她索性放下绣布想起事来。

她现在一点也不担心娘。上周，她抽空回了一次乡下，看见娘小腿被狗咬的地方，表面已结了褐黑色的痂，像两条虫趴在娘的腿上。娘还告诉她这两天结痂的地方痒得厉害，一定是里面开始长新肉了。伤口的愈合情况很好，没什么可担心的。

她担心的是哥，非常担心。但这担心却不便和任何人说。想到哥，一张写着一千五百四十元的医药费的发票在她眼前飘了起来。

娘是送中午吃剩的一盆肉骨头给狗吃时被狗咬了的。因为政府大力宣传狂犬病的严重危害和预防知识，被狗咬是一件非常严重的事的观念在农村早已深入人心。所以，娘一被狗咬，就被爹和狗主人宏子送去了乡医院，因为乡医院断药，又赶去了城里的市医院。做皮试打破抗，又花了二百多元买了四针狂犬疫苗，在医院里就急急地打了一针。这都是爹付的费用。娘对爹说这事不怪宏子，宏子事先让她把盆交给他由他给狗吃的，也让她不要接近狗，说他家狗见了生人会咬，是她自己没听劝告，不但接近了狗还拿肉骨头逗狗，狗急了才咬的。既然没宏子什么责任，在他主动提出付医药费时，爹就没答应。

打完针后，医生说娘伤口较深，为保险起见最好再打下免疫球蛋白。一问费用，一千五百四十元！三个人齐齐地怔在了当场。在家从没硬话的爹急了，骂娘："你说你搬事现报的引什么事！"爹和娘都没有退休工资，虽说平日除了种田还开了个杂货铺做点小买卖，但这么多钱，等于几个月白忙了。娘自知理亏，破天荒地没有驳爹。宏子也不再提赔医药费的话。

这时，她正好从厂里打电话给爹问家里近况，便得知了此事，也大致明白了前后经过。她一听数额，也怔了怔，差不多是自己一个月的工资！但爹娘就她和哥两个子女，哥又远在外地，爹娘的事她不管谁管，忙筹足现金赶去医院，谁知爹娘他们因为医生说打了狂犬疫苗后免疫球蛋白迟些打没事，已从医院又回了乡下。

虽然她电话里一再强调免疫球蛋白的费用由她出，爹娘回家考虑了一夜后还是决定不打了，说狗是无害家犬，打了狂犬疫苗应该就行了。

爹娘说到底还是心疼那一千五百四十元，她知道。"这钱我出呢！"她又一次电话里强调，劝娘来城里打针。爹娘轻笑："我女儿的钱就不是钱啊！没必要花冤枉钱，离院前医生说了，也可以打完狂犬疫苗后化验一下血液看有没有产生抗体，没有产生抗体再打也不迟。"她想想也对，医生既然也这么说，那就先打完四针狂犬疫苗，化验血液后看看结果再说吧。那么多钱她私下里也心疼。

本已商定的事，谁知才打了两针狂犬疫苗，娘便由爹陪着去医院打了免疫球蛋白。这是娘事后打电话告诉她的。娘说："实在强不过你哥。一直没打电话告诉你哥，怕他担心。几天前你哥晚上打电话回家时，你爹无意中说漏了嘴，让你哥知道了这事。你哥要把打免疫球蛋白的钱打到去年给你爹办的银行卡上呢，我让他别打，告诉他他每月打的一千块我们还从来没动过呢。你哥这几天天天打电话问打针的事，催我去打这针呢……你哥说医药费他可以报销呢。"

怪不得娘突然变了主意，原来是药费不用自家掏了。听到娘的最后一句话她笑了起来。心里便有些感慨：哥单位的福利待遇真是优厚啊，连爹娘的医药费都给报！

哥每次回家，都大包小包地带，吃的喝的用的，什么都有。爹娘不让他浪费钱，这时哥就会告诉爹娘："你们尽管用，这都是单位发的福利，都不用自己掏钱的。"爹娘也就不再客气。在村里，爹娘很以儿子为豪，儿子找了这么好的单位！她也很以哥为豪，哥大学毕业后留在了所在城市，从赤手空拳打天下愣是奋斗到了大单位的部门主管，现在有房有车有多多的钞票，已跻身于大城市的中上阶层了。哥有本事呢！

但细想之下，她突然一怔，隐约觉得有些不对劲。药费单上写着娘的名字，哥怎么报销？又能以什么名目报销呢？百思不得其解之下，她突然联想到哥的职务——财务主管，心里立时一个闪念：哥会不会……

她对哥一直是深信不疑的，现在却开始怀疑起来。不但如此，往事种种也均变得可疑起来。媒体上曝光的那些贪官形象从她的脑海中快速闪过，她不敢想下去了，突然有些害怕。再放眼哥家的未来，无端地觉得晦暗了起来。

买十字绣时，她不知怎的脑筋一个转弯，突然想到这节，一气买了三十六份"吉祥平安"，六六三十六，六六大顺呢，她决意要给哥讨个好口彩，不但要为哥哥一家的出行祈福，还要为哥哥一家今后的日子祈福，祈吉祥，祈平安。看她买这么多喜得那个女老板又每一份优惠了一元。

离春节越来越近了，她加快了速度，把所有可以利用的时间全部用在了绣十字绣上。这"吉祥平安"怎么着也要在除夕之前赶好，哥嫂在家等着它呢。

终于，除夕前两天，三十六个"吉祥平安"全部绣好了。她又赶了个通宵，剪掉多余边框，渔线勾边，填进丝绵，顶端缝上中国结，尾部缀上长穗子。终于，三十六个菱形结构无论从哪个角度看都精美的"吉祥平安"全部做好了。

她把做好的"吉祥平安"小心翼翼地放入纸箱，三十六个"吉祥平安"堆叠在一起，仿佛一个太阳，四射光芒——红的光，金的光。红光亮丽，金光灿然，并向外晕染着淡淡的金黄色光晕。她看着它们，仿佛看到哥哥家以后的日子一下子被照亮了，一颗心顿时变得轻快起来。

除夕前一天，哥哥一家回来了。哥一到家就给她打电话，说："你们还没回老家吧？那回来吃饭吧，咱们一家子先团圆团圆，都几个月没见了。"

女儿一放寒假就被送回了老家，丈夫前天放了假，昨天也回老家了，家里只剩她一人，因为她还有一个班要上。

她一个人回了娘家，顺便把一纸箱"吉祥平安"带了过去。到时已有些晚，见大家都翘首以待呢，忙放下纸箱吃饭去。

饭桌上，哥照例端起酒杯向和爹娘住同一城市的她敬酒，对她平日里对爹娘的照顾表示感谢。这时提及娘被狗咬的事来，哥笑问娘：

"医药费发票呢?"娘忙回:"发票我一直留着呢。"娘丢下筷子去了后屋。上小学的侄子不解地问他爸:"爸爸,爷爷奶奶为什么向你报销发票,你又不是老板!"侄儿的话让在场的众人都感觉有点窘,爹看着孙子干笑。哥转过头,笑看着儿子,很认真地回道:"爸爸是爷爷奶奶的儿子啊,儿子给爸爸妈妈报销费用这是天经地义的事啊。"

她的一颗心猛地一跳。哥哥这句话里的"报销"和自己理解的似乎有些出入,她疑惑起来,抬眼看哥。

哥一脸真诚。

她的心猛跳了两跳,一下子对另一种可能满怀冀望。

爹不笑了,认真地看着哥,眼睛浮上了一层水汽,嚅了嚅嘴,想说什么,终于没有说。

娘拿着一张发票进了厨房,递给哥。

哥双手来接发票,同时告诉娘:"我回家前打了两千块钱到爹的卡里了……娘,那卡里的钱,是我打给你们的每个月的生活费,你们别不舍得用,另外需要钱的地方尽管和我说。"接过发票,看都没看,在桌下很随意地揉成一团,塞进了裤袋。

她正好坐在哥的这侧,哥在桌下的一举一动全部落入了她的眼中。现在,她完全明白哥的意思了。悬了几个月的心一下子落回了原处。再回想过去种种,她不由得想:也许,一直以来,哥都是这么做的吧?一定是的!想到这,她的心里慢慢生起淡淡的欢喜。

娘明显有些心不在焉,完全没有注意哥在说什么,只一味脸朝着哥,眼神躲闪,像做了亏心事似的嘿嘿地笑:"那免疫球蛋白的针我没打。怕你们担心,工作不安心,我骗你们打了,也没让你爹告诉阿美和你们。"说到这儿,又带着歉意看了她一眼。

她吃了一惊,转头看哥嫂。哥嫂吃惊地看着娘,只有爹一脸了然。

娘急急地解释："那狗是家养的，打狂犬疫苗就够了。再说，打完四针狂犬疫苗后我去医院化验血液，医院说已产生抗体了，完全没必要花这冤枉钱。"说着又拍拍胸脯，伸伸胳膊伸伸腿："你看娘现在不是很好吗？"

爹也在一旁相帮着娘："那狗只是被你娘逗急了才咬你娘的，平时很温顺的，你一会到宏子家看，可听话着呢。你娘根本就没必要打什么免疫蛋白的针！"

娘索性像个孩子一样耍起了无赖："反正现在打也来不及了，时间早过了。"

哥上下打量了一番娘，表情慢慢地放松下来，对着娘无奈地摇头："娘哟，让我怎么说您呢！"

见哥不再追究这事，娘大大地松了口气，又开心起来，很快恢复了往日做娘的神气，开始语重心长地告诫哥："娘自己惹的祸，不能让你单位担责任。单位对你这么好，咱做人得讲良心啊！不该拿的坚决不能拿……"

爹忙扯了扯娘让娘住口："老太婆你就别啰唆了，孩子明事理着呢。"

哥一脸疑惑地问娘："那刚才娘给我的是？"

"是你这两年打在你爹卡上的钱，我让你爹取出来存了一张存折。孩子，爹和娘身子骨还硬朗得很，还能赚钱，暂时还不需要你来养呢。这些钱你拿回去。出门在外不容易，爹娘没钱支持你，这就算支持你吧。"

哥忙把刚才塞口袋里的娘所谓的发票取了出来，存单已被他团成一个结结实实的纸团。哥小心翼翼地展开，默默看了一会儿，又抬眼看了看爹和娘，想说什么，却终于什么也没说出来。

她默默看着眼前一切，心里涌上一阵感动，再想起自己这些日子以来的担忧，不由得大大地嘲笑了自己一下，完全是杞人忧天嘛。

气氛有些沉闷。

这时，一向讷言的爹突然异常兴奋地端起了酒杯，豪情满怀道："来，咱们一家碰个杯，为新年的吉祥平安干一杯！"

所有人都站起来碰杯，齐祝吉祥平安。一时间，杯觥交错，笑声一片，和着外面陆续响起的鞭炮声，气氛一下子又活跃了起来。

饭罢，嫂嫂去后屋拿水果给大家吃，父母忙着把剩菜用保鲜膜封好往冰箱里放，她则帮着收拾碗筷抹桌子。

哥见插不上手，便也出了厨房去后屋。见鸡窝旁边，儿子正蹲在地上捡拾地上散落的小鞭炮，便走过去，弯下腰去看儿子捡鞭炮。

儿子一抬头看见他爸，突然想到什么似的，朝着他爸坏坏地笑，说："爸爸，我知道，你在打着单位报销的旗号给爷爷奶奶报销发票！"

他爸笑，低声赞道："我儿子就是聪明！"

儿子反倒怔了怔，仰头看他爸。过了一会儿，他问道："爸爸，是不是你老了，我也要给你报销发票呀？"

他爸不回答儿子的问题，只是笑眯眯地问："你肯不肯啊？"

儿子想了想，点点头，说："肯的。"

她端着剩菜往鸡窝去，正好听到了父子俩的对话。刚刚安定下来的心里，又被卷起一阵波澜。

父子俩一问一答都是压着声音的，这样一来，就显得她有点偷听的意思了。她想转身移开，谁知脚却定在当地，一时竟舍不得离开。

这时，忽听得后屋嫂嫂一声惊呼："阿美，怎么这么多'吉祥平安'啊！"

嫂子的惊呼声惊动了过道上的一干人等，她猛然想起自己绣的

"吉祥平安"来。这一纸箱的"吉祥平安",她本来是满心热望地绣,又是满心热望地带来的,现在突然觉得这事很是好笑。

哥和侄子看了她一眼,都跑去后屋看究竟。

看到满满一纸箱"吉祥平安"的时候,侄子眼睛一亮,随即发出一声惊呼:"好漂亮啊!这么多!"

哥也眼睛一亮,低呼一声:"乖乖!"哥掉过头来回头微笑地看着她,嗔怪道:"做一个也就够了,平时既要上班又要照顾家庭的……做这么多不累吗?真是个傻妮子。"

她难为情地笑了笑,嘴上说着:"我见每年的'吉祥平安'都是不到年底就出状况了,想着要多绣几个备用。都说六六大顺,索性就绣了三十六个,为你家讨个大顺利。"心里却道:"可不是,真是个傻妮子呢。"

英　雄

彭忠富

一

秋夜凉如水。城东新区蹲在那里，静默着，唯有莺歌燕舞的晋熙大酒店喧嚣着，沸腾着，让这片三四平方公里的开发区还有些许生气。

王强喝得醉醺醺的，一边哼着歌儿，一边蹒跚着走出酒店大门。黄龙河河风带着一股咸湿的泥香味席卷过来，王强不由得打了个冷战。他的胃里一阵翻江倒海，哇的一声，赶紧趴在喷水池边上吐起来。

"王总，你没事吧？"酒店的保安一边问询，一边递过来一瓶矿泉水和一些纸巾。

"没……事！你，忙你的！"王强接过保安递过来的瓶装矿泉水，猛灌了两口，然后仰着脖子咕嘟嘟漱漱口，用纸巾擦净嘴巴。

一辆哈瓦那灰色系的宝马剑鱼似的，划过暗夜的河流，稳稳地停在王强面前。这辆车是王强刚从成都车行提的，才开了两三天呢，还没有来得及上户。"老公，上车吧，我们回家！"柳莺坐在驾驶位上，头伸出车窗外，嗲声嗲气地说道。王强捧住柳莺的脸蛋，在她嘴上重重地亲了一下。

"不要闹啦。瞧你醉得那样，赶紧跟我回去！"柳莺说完，翘着小嘴巴，把脸转向一边。

"好好好，别生气了！坐副驾驶上去，我来开车！"王强拉开车门，就把柳莺挤到了副驾驶上。宝马车一声闷哼，缓缓地滑了出去。

进入市区，街上行人稀少，晋熙这座川西北城市，已经提前进入了睡眠状态。在安澜街路口有个巡警执勤点，柳莺似乎看见路边一个巡警在示意他们把车停下来。他手里拿着两根红红的发光棒，不断地挥着。但王强没有理会，径直向前开着。公安局局长是他父亲王卫国的朋友，他才懒得理这些巡警呢！

车过金花桥，一辆警车闪着警灯尖叫着，超到宝马车前面，并大声地用喇叭喊着："宝马车，请立即减速停车，靠边检查！"柳莺在王强的大腿上狠狠地掐了一把，花容失色地说道："强娃，你没有听见警察让你停车吗？赶紧停下来！"

"真他妈晦气，这些警察不回去睡觉，还在巡逻，真是可恶！"王强愤愤地说着，将宝马车停在了路边。他摇下车窗，重重地朝地上唾了一口浓痰，然后点燃一支中华烟，漠然地看着走过来的巡警。

那巡警其实是协警，看制服就有区别。协警站在车门前说道："驾驶员你好！请出示你的驾驶证、身份证！"

"驾驶证、身份证都没带，你想咋样？"王强看着他，没好气地说道，满嘴的酒气熏得协警直皱眉头。

"你醉酒驾驶无牌车辆，已经触犯道路交通安全法，请跟我们到公安局接受调查！"协警不卑不亢地说着，试图拉开车门。

王强猛地打开车门，差点把协警扇倒。他站在协警面前，气冲冲地说道："喝了酒又咋个，没有带驾照又咋个？瞎了你们的狗眼，也不看看老子是谁？老子是王强，我爸是王卫国！你信不信，老子用钱砸死你！"

"你爸是天王老子也不行，今天你非得去公安局接受调查不可！"协警叉着腰，毫不示弱，胸前佩戴的执法记录仪闪着幽幽的蓝光。

王强平时出入前呼后拥，一个个都强哥上强哥下的，哪听过这样不顺耳的话语。他将燃得红红的烟头一下子戳在协警脸上，一掌将巡

警推倒在地，又冲着协警的大腿根部踢了一脚。这一脚可不轻，那协警身子蜷缩成一团，痛得脸都快变形了！

"强娃快走，你想弄出人命来吗？"柳莺在车里焦急地喊道。王强酒一下子醒了大半，赶紧拉开车门，发动汽车，绝尘而去。

"袁嘉，你怎么样？"队友们将躺在地上的协警扶起来问道。

"赶紧送我去医院！今天这事没完，反正有执法记录仪做证，他跑不了！"袁嘉龇着牙，有气无力地说道。

二

宝马车穿城而过，直奔黄龙镇黄龙府乡村假日酒店。1986年出生的王强是这家酒店的总经理。黄龙镇是晋熙县的沿山乡镇，背靠龙门山脉，翻山过去就是藏羌之地。黄龙镇境内有黄龙岭，海拔1600多米，黄龙河就发源于黄龙岭的崇山峻岭间。

明末时期，辽东边患和李自成等农民起义带来的叠加效应让朝廷应接不暇，出生于黄龙岭山下的书生刘宇亮自告奋勇出任首辅，运筹帷幄，领军杀敌。刘宇亮是晋熙县历史上出过的第二个宰相级人物，受到黄龙镇乃至晋熙县所有乡民的拥戴，至今在当地仍然有许多关于刘宇亮的传说。例如黄龙岭，据说就是当年刘宇亮跑马练兵的地方……

黄龙镇镇长王卫国特别推崇刘宇亮，他认为有必要将这个本地的名人资源深入挖掘一番。汶川大地震后，王卫国借着主持黄龙镇重建工作的机会，在通往黄龙岭的山道上，修建了五六个凉亭，恢复了半山腰的黄龙寺，还在黄龙岭的坪地上修建了两层楼高的凉亭。

黄龙岭算是黄龙镇前山的制高点，森林茂密，草木繁多，但是在山顶上却出现了一块两三百平方米的坪地。天气晴好时，站在黄龙岭上可俯瞰黄龙镇全貌，甚至连晋熙县城也一览无余。黄龙岭一直是本地登山爱好者的胜地，因此山顶出现的凉亭，让大家都觉得王卫国办了件好事。另外，山顶的凉亭间还有一口巨大的铸铁钟，上面镌刻着"黄龙岭"三个大字，铸钟周围布满了张牙舞爪的神龙。相传初一十五爬黄龙岭，敲钟祈福，特别灵验。

坊间传说，王卫国有野心，小小镇长还不是他的目标。有乡邻看见他，自从黄龙岭凉亭、铸钟落成后，每年正月初一，王卫国都要带着全家人上黄龙寺烧头炷香，上黄龙岭第一个敲钟。有人说凭啥呀，这是在滥用镇长的职权。

这些风言风语当然传进了王卫国的耳朵里，他总是一笑了之。作为主政一方的黄龙镇镇长，地震后数千万重建资金在手里经过，有人议论是正常的，没有人议论才是不正常的。地震后黄龙镇的场镇、乡村面貌焕然一新，旅游景点双休日人满为患，连汽车都无处停。

王卫国最担心的还是自己的独生子王强，这孩子从小娇生惯养，不求上进，勉强在职高混了张毕业证。王强一出校门就跟那些公子哥儿混在一起，抽烟喝酒赌博，整得乌烟瘴气。王卫国一看不对劲，赶紧把王强送往武警部队锻炼，总算让他收敛了许多。可是退伍回乡，那些以前的狐朋狗友又找上门来，又玩上了。

王卫国只得给王强张罗门亲事。儿媳妇柳莺很漂亮，可是太温柔了，事事顺着王强，根本不敢说半个不字。王卫国没辙，成天想怎样将这小子扶上正道。有朋友进言说，卫国哥你怎么这么糊涂呀？强娃成天在外面晃，是因为他无事可干嘛！你给他找个工作，不就得了？

一语惊醒梦中人，王卫国这才明白过来。可是要让王强坐班，每个月挣四五千块，他肯定不愿干，他每月的零花钱都是八九千块。想来想去，干脆让儿子来做黄龙府乡村假日酒店的总经理吧！酒店就在通往黄龙岭风景区的山脚下，名义上属于王卫国的小舅子，但幕后老板却是王卫国。这在黄龙镇乃至晋熙县政商两界，尽人皆知。黄龙府生意兴隆并没有那么简单，因为一些重要市县领导在里面吃干股，当然就带来了很多公务消费。而这一点，很多人就不清楚了。

王强其实并不笨，相反还非常聪明，退伍后他不想做事，实则是演给父亲看的。他早就想把黄龙府接过来，大干一场。现在王卫国主动提出来，他当然求之不得。

可是这才刚过了一个多月，王强又夜不归宿了。两口子都在外面花天酒地，要是惹出事端来，那就麻烦了！王卫国掏出手机，正要给王强打电话，却看见那辆崭新的宝马车开了回来，没有丝毫征兆，撞在了车库的卷帘门上，发出哗啦哗啦的巨响。

"你这是咋回事呀？没看见卷帘门关着吗？"王卫国走到车窗前，怒气冲冲地说道。

王强瘫坐在车上，一语不发，似乎仍然惊魂未定。

柳莺打开车门，走过来低声说道："爸爸，强娃惹祸了，快想办法！"柳莺将王强醉酒驾车，拒绝巡警检查反而将协警推翻在地并致伤的情况大致说了一遍。

"醉驾，袭警，还张着嘴巴乱说什么大话，这会引火烧身啊！这些事情，一旦捅到网上，后果不堪设想！"王卫国狠狠地抽了一口烟，陷入了沉思之中。

"爸爸，你也别着急。那个协警我认识，他叫袁嘉，他爸是袁亮，我们是一个村的。好像袁亮是一个生产队队长……"柳莺安慰道。

"苦主是黄龙镇人就好办了，真是天无绝人之路，我们赶紧到袁亮家去，求得他的谅解，再让他做儿子的工作。夜深了，你也早点休息吧，就我和王强去就行了！"

三

袁亮家住哪里，王卫国清楚得很，因为他也是那个村出来的。说来袁亮跟王卫国很有渊源，两人高中毕业都没有考上大学，同时回乡务农。王卫国脑筋活泛，回乡后就贷款买了拖拉机，很快就掘到了第一桶金。村党支部李书记主动提亲，让他做了乘龙快婿、村团支部书记。

李书记是黄龙镇的红人，晋熙县的人大代表。他主政期间，村里建起了白酒厂，生产的"黄龙大曲"在北方很畅销。眼看着村集体账户上的数字一天天变大，李书记说话的分量越来越重，连黄龙镇的镇长都得让他三分。原因无他，有时候镇政府财政周转不灵甚至无法兑现职工福利了，就得求李书记接济一下。这钱当然是不会还的，都打在黄龙大曲酒厂的招待费里了。

上世纪八十年代末期，黄龙镇镇办酒厂濒临倒闭。乡政府讨论再三，决定对外拍卖，当然黄龙镇的乡民有优先购买权。拍卖酒厂还没有张榜公布，李书记就得到了内幕消息，赶紧一番运作，让王卫国以极低的价格拿到了酒厂的所有权。王卫国是个做生意的天才，他注册了"黄龙贡酒"的商标将曲酒装瓶，还胡诌这是刘宇亮当年给崇祯帝的贡品，经过一番广告轰炸，很快就在省内外中档白酒市场站稳了脚跟。黄龙贡酒厂一举扭亏为盈，成为本地的明星企业。

黄龙镇政府觉得王卫国是个人才，于是招聘他为镇招商办主任，负责招商引资，开发本地的旅游资源。王卫国在政商两界如鱼得水，不仅继续经营着黄龙贡酒厂，还慢慢地被提拔为副镇长直到镇长。有钱，有权，有势，这就是乡民们眼中的王卫国。王强结婚时，王卫国在黄龙府摆了三天流水席，据说晋熙县所有的科级干部都来祝贺。

而袁亮呢，跟着父亲学木匠，老老实实做手艺，到城里搞装饰，也挣了不少钱。后来还接替他父亲做了生产队队长。可惜好景不长，有一天晚上，袁亮在晋熙县城里喝了酒，骑摩托车回家，在一个十字路口，跟一辆拖拉机撞在一起。幸好摩托车、拖拉机速度都不是太快，否则袁亮肯定连小命都没有了。袁亮人车分离，摔倒在地上一动也不动，拖拉机以为撞死人了，驾车逃逸了。而袁亮直到半小时后，才被路过的行人看见，赶紧通知120过来救人。

这次车祸让袁家元气大伤，因为没有找到肇事司机，袁亮的摩托车也没有买保险，所有的费用都是袁家自己出的。一个多月后，袁亮出院了，可是右手却残了，失去了知觉。袁亮不能再搞装修了，也不能做木匠活了，他拿出仅有的积蓄，在黄龙镇开了个家具店，勉强维持生活。车祸之后，谁要是盯着袁亮的右手，或者询问那次车祸经历，他都会显得极不自在。要么说不记得了，要么就支支吾吾地走开。每次在政府大院开会时，碰见王卫国，他也不再主动招呼了，而是低着头自顾自地走了。

宝马车停在袁亮家大门口，车灯透过门缝射了进去。院内的看家狗赶紧卖力地狂吠起来，似乎可以听见狗爪子在地上反复挠挖的声音。居民点附近的看家狗也附和着叫嚷起来，此起彼伏。

"天干物燥，防火防盗！"一个中年汉子一手提着强光手电，一手拿着喊话器边走边喊。他身边还有个男人，手里提着一米多长的两根木棒。这个中年汉子正是袁亮。黄龙镇在全镇强制推广了党员、民兵夜晚义务巡逻队，每个村和村民小组都要制定巡逻值班表，镇干部不定期抽查。大家积极性很高，全镇安全面貌为之焕然一新。

"袁队长，看来你们的义务巡逻队是逗硬了的，没有拉稀摆带！"王卫国主动给袁亮打着招呼，还给两人递上了中华烟。

　　袁亮非常意外，他没有想到深夜12点过了，黄龙镇镇长王卫国还会出现在他家门口。他赶紧说道："王镇长，请屋里坐坐吧……"袁亮本来是客套话，他想镇长事务繁忙，抽查了就会走的。没想到王卫国接过话头说："好啊！我正有此意，王强也下来吧，见过你袁叔叔！"王强也在，袁亮就更加意外了。

　　"袁叔叔好！深夜造访，实属无奈，我们还是进屋说吧！"

　　一席话说得袁亮丈二和尚摸不着头脑。

　　在袁家的客厅里，王强轻描淡写地把事情陈述了一遍。袁叔叔，我今天酒喝多了，我要知道那是袁嘉，我怎么会跟他发生肢体冲突呢，我也不会一时冲动，说那些过激的话！现在事情也出了，请你大人大量，当当和事佬，劝劝袁嘉私了吧。对了，这是一点医药费和精神损失费，算是对袁嘉的一点补偿。如果他还有其他要求，也可以提！

　　袁亮一听就着急起来，不知道具体情况也不敢随便表态，只得含混地点头答应，明天去劝劝袁嘉！王卫国父子俩千恩万谢地走了，临走时在茶几上留下了一个大号牛皮纸信封，鼓鼓囊囊的。

　　等王卫国父子走远了，袁亮打开信封数了数，妈呀，里面居然是五万块。袁亮的心一下子紧张起来，这可真是有钱人哪，一出手就是五万块。可是钱越多，说明事情越严重，我的袁嘉，你可别出什么事情哦！

　　袁亮拨打袁嘉的手机，已经关机了，他只得和衣躺下，草草地睡了个囫囵觉。

四

　　第二天天刚亮，袁亮就起床了，给老婆招呼一声，就搭班车到了晋熙县城巡警大队。一个巡警听说他是袁嘉的父亲，就告诉他袁嘉出

事了，还在县医院躺着呢。这个巡警开着警车，将袁亮送到了医院大门口，就上班去了。

袁亮走进住院部的外一科，看见袁嘉躺在床上，一个护士正在给他量体温呢。

"儿子，你怎么了？谁把你打成这样的？"

"老爸，你怎么来了！都是王卫国那杂种儿子王强打的。他不是叫王强吗，我这次跟他没完，我要让王卫国身败名裂，我要让他们尝尝痛苦的滋味。"袁嘉攥紧拳头，愤怒地说道。

"儿子，你可得想清楚啊！你娃还年轻，不知道深浅，那王卫国可是黑白两道通吃的大哥！"袁亮叹了口气，接着将昨天晚上王卫国父子突然登门道歉，并留下五万块的事情简单陈述了一次。最后，袁亮说道："如果你觉得钱少，还可以追加数目，他们说一切都好商量！"

"五万块，出手真阔绰啊，我在巡警队做协警，一年都挣不了这么多！老天爷真是不公平啊！"

"公平！这个社会从来就没有真正地公平过，我们都是平头百姓，认命吧！"

"老爸！你可以认命，我却不愿意。凭啥王强退伍回来就当黄龙府的总经理，成天开着宝马车东游西荡？而我退伍回来找工作四处碰壁，最后只能在巡警队做协警！做协警我也认了，可是我做协警还被王强当街猛打一顿，差点把卵子踢爆！那么多人都看见了，你叫我怎么咽得下这口气！"

"不凭啥，就凭他爸是王卫国，你爸是袁亮！儿子，老爸无能，这辈子你就只能靠自己了！"

"老爸，你别激动嘛！其实还有件事，我一直不好意思跟你说！王强的媳妇叫柳莺，就是我以前的女朋友，只不过我没有带她回家而已。

你出车祸后，家里没有多少钱了！这一点，我跟柳莺坦诚地交流过。后来我到柳家去找柳莺，却被她妈赶了出来。她妈说柳莺已经跟王强，就是王镇长的儿子好上了，国庆节就结婚……

"也就是说，王强跟我还有夺妻之恨，你说我能原谅王强吗？再说了，大家都说王卫国能干，给黄龙镇做了不少好事，但是他却是个大贪官，不知道从公家拿了多少钱，放在自己荷包里了！我如果能扳倒王卫国，那就是为民除害啊！"

"打蛇不成反被蛇咬！你能保证一下子扳倒王卫国吗？如果不能，我劝你还是尽早收手吧！"

"老爸，这些你就不用管了！昨天晚上，执法记录仪记录了整个冲突过程，我只要将这些图片和文字资料发到网上，就能用网络舆论把他扳倒！至于那五万块，你就先收下，那是他们应该赔偿我的！我还要告他故意伤害和妨碍警察执行公务呢！"

袁亮见说不过儿子，就气呼呼地走了！

袁亮刚回家，王卫国的电话就过来了。

袁亮没好气地回答道："王镇长，你儿子下手也太狠了，差点让我袁家绝后。我儿子袁嘉正常执法，却遭受如此结果，天理何在？如果他有什么三长两短的，我这辈子跟你没完！"说完，袁亮就把电话挂了！

五

王卫国心知情况不妙，巡警现在都配有执法记录仪，如果袁嘉将昨晚的事情捅到网上，那后果可不堪设想啊！他赶紧给巡警大队大队长打电话，委婉地把事情说了下。

谁知大队长的态度也很强硬，说袁嘉下一步怎么做，他管不了，

这是他的自由。看来这件事得走一步算一步了。

"我的第一次已经给你了，你还想怎么样？你难道真的要鱼死网破，看我们家的笑话吗？"柳莺在电话里哀求袁嘉，放过王强，放过王卫国一家！

柳莺的来电让袁嘉颇感意外，但他一听到柳莺的声音，就更加激活了内心的屈辱感。"当年要不是你妈嫌贫爱富，你爱慕虚荣，我们会分开吗？"

话不投机半句多。柳莺啪地挂掉了电话！放下电话，袁嘉禁不住哭了！他想起他们曾经的海誓山盟，就更加生气了。他心想：要不是我爸出车祸，柳莺就是我的女人了。而她，现在却跟那个纨绔子弟成天睡在一起，居然还替王家说话，真是恬不知耻啊！

袁嘉拿来手提电脑，当即就在四川新闻网百姓呼声、新浪微博等网民聚集地发了名为《镇长儿子醉驾逃逸，殴打辅警人员！求扩散》的网帖，网帖图文并茂，大致描述了当天事发经过，"'老子是王强，我爸是王卫国！你信不信，老子用钱砸死你！'实在是太嚣张了，经查，王卫国就是晋熙县黄龙镇镇长！难道世间真的没有公道吗？我们是协警，所以我们挨打就挨打了，作为镇长的儿子，就可以无法无天吗？难道你们的地位已经高到可以藐视法律了吗？"网帖最后，袁嘉留下了联系电话，表示自己愿意接受记者的任何采访，所描述的事情句句真实，有执法记录仪为证！希望好心网友帮助扩散，让认真执法的协警得到该有的尊严和公道。

此网帖一出，迅速被各大门户网站疯狂转载。

王卫国看着网上铺天盖地的舆论，本想通过网络公关删帖，可是面对强大的舆论压力，谁也不愿意接这个活儿。

这时，晋熙县纪委坐不住了。他们迅速召开了新闻发布会，宣布：

"黄龙镇镇长王卫国停职，接受调查。王强醉驾逃逸，按照相关法规处理！"王卫国关在了金堂县看守所，他一夜白头，心想大势已去，还不如主动交代，争取宽大处理。

于是王卫国交代了自己利用黄龙府假日酒店行贿、受贿和买官的经历。纪检部门顺藤摸瓜，又一批科级干部被停职检查。

山雨欲来风满楼，一场反腐风暴就这样在晋熙县拉开了序幕。大家看到袁嘉，都说王强那一脚踢得好，否则怎能扳倒这么些恶人。

袁嘉恨得牙痒痒的，他说："狗日的，老子挨了那一脚，现在都还在吃药调理，医药费还不知道找哪里报账呢！英雄，你以为我想当英雄吗？"

暖气不热之谜

王万胜

　　暖气不热的怪事儿发生时，我四十一岁，是一座热力站的供暖专工。

　　那一年，天冷得格外早。站长带着我们七八个同事，费了好大的劲儿，总算把整个小区的供暖温度提了上来。温度上来了，居民们满意了，我们总算也能稍微缓一口气了。可好景不长。有一天傍晚，我们巡查完热网，正要回站里煮点面条暖暖身子，有个居民怒气冲冲地找了过来。那人五十来岁，一脸凶相，上来就是一番质问："你们这里谁管事啊？快给我出来！我家供暖费少交了还是咋的？为啥邻居家热乎乎的，我家就像个冰窟窿一样啊？"

　　多年的供暖运行服务经验告诉我：来者不善。

　　站长赶紧笑着迎上去："您别急，我这就派人上门去看看。"说罢，他随手指了两个年轻同事："你们俩，跟这位大哥去看看。"

　　两个同事利索地收拾起工具包随他去了。走出去很远，我们还能听到那人絮絮叨叨的抱怨声。供暖这行干得久了，这样的情况我也遇见过，并不觉得稀奇。我想：要么就是他家暖气管道被杂物堵了，要么就是暖气里面积压空气了。诸如这种小毛病，在我们的日常工作中很是常见，一会儿就能解决。

　　可没承想，过了不久，两个同事竟然灰头土脸地回来了。站长赶紧上前询问情况。他们反映说，那位用户家的暖气没有一点儿问题，但他家的温度就是比邻居家低了七八摄氏度。用他俩的话说，就是三个字：邪门了。站长倒是不着急，他笑着转向我："他们年轻同志经验不够丰富，还是你带人过去看看吧。"

在我们热力站，我是年龄最大的供暖专工，操作经验丰富一些，又是唯一一名党员职工，因而那些难处理的问题常常是由我去解决。我们上门的时候，已经是晚上七点了。为了拉近关系，我亲切地称呼那人为老哥。但他对这个称呼似乎并不十分满意，只是一再催促我快些解决问题。

我们按照正常的工作思路，从入户管道开始，仔仔细细地检查了一遍，但却一无所获。他家的暖气系统实在是太正常了：暖气片安放位置正确，管径设计合理，没有杂物堵塞，也没有气体积压。在我百思不得其解、急得满头大汗之际，能想到的也只有三个字：邪门了！

那个老哥显然看出了我的无能为力，又开始在旁边冷嘲热讽起来。实际上，他的冷嘲热讽基本就没断过，但在我停下来之前，并没有十分在意他的言语。对于用户的抱怨甚至是挖苦，我都能理解，从不多费口舌辩驳，而是把主要精力放在如何解决问题上。设身处地想一想，要是我家的供暖效果比邻居家差很多，想必我也会有些牢骚要发一发，这再正常不过。但现在我停下来了，束手无策了，这些嘲讽之词便开始不断袭击我了。

很快，我的额头上渗出了一层细密的汗珠。局势胶着之际，一起来的同事突然提醒我："王哥，我觉得现在的温度上来了！"

我像抓住了一根救命稻草一般，赶紧掏出测温工具又测了一下室温，温度的确是升上来了。

我长吁一口气。

那老哥终于没话说了，算是认可了我们的服务。我们抓住时机，赶紧告辞而去。

返回热力站的路上，我越想越不对劲儿。干供暖这么多年了，这样的情况还真就没见过。关键是，我们并没有查出他家不热的原因。如果以后再出现这种情况可怎么处理？

我将事情的经过如实汇报给了站长。他摸着下巴思考了一会儿，拍着我的肩膀说："依我看，这事就先这样吧。以后出现问题再说。"

但这个问题出现得实在有些频繁。那天以后，那个老哥家几乎每周都会有几次温度突然降低的情况。我们站上的几个同事轮流去过他家好多次，却总是发现不了原因。他们只好按照我当初的经验，在他家多待一会儿，装模作样地把每个阀门都动一动，等温度慢慢升上来了再离开，就当是处理成功了。说实在的，他们这么做，有点糊弄外行人的意思。但毕竟没有更好的处理办法，就连那个老哥似乎也慢慢地认可了这样的服务。

用户满意了，同事们却犯了难。平日里，热力站的工作多得很，光是照顾好各种设备就已经够累了，现在又要三天两头地往他家跑，什么时候是个头啊？渐渐地，当那个老哥再找我们上门服务的时候，同事们都不愿意去了。

那个老哥倒是有办法。为了"请"动大家，他时不时地拎些水果、糕点来访，满脸堆笑地塞给同事们。同事们接受了他的"心意"，便不好意思再推辞了，只得再随他上门装模作样地操作一番。我却不肯接受这份"心意"。在我看来，守护人民群众的暖冬生活是我们供暖人的职责，不应接受答谢。更何况，我们并没有真正为他解决供暖问题，哪能接受他的馈赠呢？

一个月过去了，那个老哥家的供暖问题还是没有得到有效解决。他好像也泄了气，来找我们上门服务的时候，脸上没了笑容，也不再带礼物了。一来二去，同事们又不愿意去他家了。

一群专业供暖人被一个用户难住了，这叫什么事儿？我的倔脾气上来了。大家都不去，我偏要去。我还就不信邪了，非找出他家不热的原因不可。整整一个冬天，我不知往他家跑了多少次，也查阅了很多专业书籍，甚至专程去一所高校咨询了暖通专业的教授，但还是没能发现问题所在。有时候，那老哥看着我忙前忙后的样子，有些过意不去，想要塞给我香烟，或是提出留我吃饭。我每次都是摆手拒绝。我知道他也是出于好意，但不拿群众一针一线是我的从业准则，怎么能因为自己多干了点事儿就做出改变呢？

那是我职业生涯中最为难熬的一个冬天。我竭尽所能，竟然没能找到用户家中不热的原因。在之后很长一段时间里，这件事都是我心里挥之不去的阴影。

那年供暖季结束后，我们片区供暖公司在其他小区建设了新的热力站。我被任命为站长。在走马上任之前，我找老站长告别，最放心不下的还是这件事。老站长宽慰我说："这世间你不懂的事儿多着呢。要是你啥都明白，你早就成教授、成科学家了。"

刚上任的那一阵子，我整天都在琢磨这件事儿。到底是什么原因让那个老哥家里不热的呢？后来的两三年，每到供暖季，我都会找老站长问问那个老哥家的供暖情况。老站长总是翻翻白眼说："你都不在我这儿干了，还管这么宽干吗？我这儿的供暖效果好着呢。你呀，还是管好你自己的那个站吧。"再后来，我的工作越来越忙，便顾不上问了。

时间一晃就是十年。当年那种暖气不热的怪事儿，我再也没有遇见过，便渐渐忘却了。在这十年里，我从热力站站长，干到供暖处处长，又干到片区供暖公司副经理，不知不觉，已经过了知命之年。年纪一大，年轻时卖力干活留下的病根儿就慢慢探出头来了。有时候，胳膊几天都不会打弯儿，又有时候，脊梁骨突然传来一阵刺痛。几个老伙计都劝我去医院看看，我每次都是贴上几贴膏药，以工作忙为由搪塞过去了。

2020年，按照集团公司的安排部署，我们片区供暖公司的几个热力站需要改造升级。我心想：那些负责热力站的小年轻经验不足，要是弄出了岔子，影响了供暖效果，那就不好处理了。没办法，我只好咬着牙，在几个热力站之间来回奔波，既是技术指导，又是施工人员，总算熬到了工程竣工。那天，站内燃气锅炉试点火一次成功。我趴在锅炉看火孔上，看着熊熊燃烧的火焰，乐得哈哈大笑，但笑着笑着就笑不出来了——我的腰直不起来了，剧烈的疼痛让我的泪水夺眶而出。

我住院了。按照医生的嘱咐，我平躺在病床上，不能随意扭动身子。无聊了，只能将脑袋从这边转向那边，再从那边转回这边。我开始懊恼当初没有听大伙儿的规劝。要是早早地来医院看看，也不至于闹成今天这样。我正做着自我反思，突然发现临床有个病人正目不转睛地盯着我看，让我挺不自在。出于礼貌，我跟他打了个招呼。他却并不答话，只是一个劲儿地盯着我看。

我看他大概六十岁，有些面熟，但一时又记不起在哪儿见过。正要发问，他突然问我："你是供暖公司的王劳动吗？"

我突然有些明白了。这些年，我在很多热力站干过，为不少家庭解决了供暖难题，有人认识我很是正常。我赶紧回答说："您好，我是王劳动。真不好意思，没认出您来。您住在哪个小区呀？欢迎对我们的工作提出建议。"

他还是不说话，但眼神里已经有了笑意。我又端详了一会儿。这个人指定在哪儿见过。可到底是在哪儿呢？

他突然哈哈大笑起来："王劳动，你没认出我来吗？你忘了那一年我家暖气怎么也不热的事了吗?"

我一愣,难怪这么眼熟,他就是当年那个让我头疼了一个冬天的用户啊。我赶紧问他:"老哥,您家里现在供暖效果如何?很抱歉当年没能帮您根除问题。"

他笑得更欢了:"我家的供暖效果一直好得很呐!看来你还被蒙在鼓里呢。"

我一脸茫然地看着他,等他继续说。

他说:"我跟你们领导熟得很。那年,他让我帮他观察一下站上哪个人踏实能干、无私自律。我一琢磨,想到一个主意,就是频繁找你们上门服务,还给你们送点儿礼物。但一段时间下来,那几个小伙子还是烦了,不肯来我家了。只有你,不但不肯接受我的礼物,而且随叫随到,每次上门都是认认真真排查问题。我就把这些情况如实告诉你们领导了。"

我恍然大悟,难怪十年前被提拔的是我啊。原来这里面竟然暗含着一场考试。但我很快又沮丧了起来。我说:"为人民服务是我们每位党员应该干的事儿,理应随叫随到。说起当年的事儿,我还是很遗憾,没能为您解决问题。"

他笑得咳嗽起来,缓了好久,才解释道:"你怎么还不明白呢?我每次叫你们上门之前,都要把窗户打开通通风,让家里温度降下来,然后关上窗户,再喊你们来处理问题。你说说,你们怎么可能找到原因呢?"

马上马下

石 也

民政这块，是村里最难缠的工作。村委班子只有四个人，杨书记是领头羊，村里大事小情都靠他决断，吴忠民管水，尚彩凤负责妇女儿童工作，胡卫东算是一块"革命的砖"，哪里需要哪里搬。根据镇里统一安排，各村都要有专人负责民政这块。四个人一合计，这事就落到胡卫东肩上，胡卫东就成了"胡专干""胡民政"。

今年遇到一场倒春寒，村里大部分作物都遭受了重创。尽管事前大家都买了农业保险，但保险公司赔不了几个钱，指靠不上。上头紧急批了一笔赈灾款，安排各村都做好摸底，及时把赈灾款发放到群众手里，争取把灾情对群众的影响降到最低。胡卫东知道，保险赔付加上赈灾款，和群众正常年景的收益相差太多，无论怎么补怎么济，都不会让村民真正满意。他们肯定会说各种怪话，会拼了老命争取更多。他要做的不光是公平、公正地处理过手的善款，还得把知足、识足的思想灌输给村民。这点补助虽然未必能从根本上改善村民生活，但聊胜于无，不必过分追求，也不能刻意造作。

这是胡卫东上任后的第一件大事。他自嘲要是稍有不慎就会落下骂名，就会让"新官上任的三把火"烧向自己，烧得"毛都不剩一根"。胡卫东捏着一把汗，但工作还不能不干。

胡卫东下班后就骑上自行车四处转，认真查验各家的受灾情况。谁家的地里种了什么，作物受到多重的损害，他都要做到了然于胸。甚至，谁家和谁家之间的地埂上长了一株野麻子，他都知道。当然，这件事是秘密进行的，就连村委的几个人都没告诉。别人问他在干什么，他就打哈哈，不漏一字。

眼下，他手里"掌握"着一笔巨额财富，他的笔尖稍微一划拉，村民的账户上就会出现一些变化。这是权力，更是一种压力和使命，马虎不得。这里关涉着各家的财富，也牵连着他的名誉。胡卫东却笑笑地对杨书记、尚彩凤、吴忠民说："我心里有数！"

尚彩凤不无担忧地说："老胡，村里的事很难做到一碗水端平。有的人会为了一分一厘的出入恨不得和你干一仗。你得有个心理准备。"

"想干就干吧，真要动起手来，村里可能也没几个打得过我。"老胡哂然一笑。

老胡不老，只有三十七。按村里的说法，正是有"良力"的时候。不光不老，还生得高大威猛，还有个"腐败"的大肚腩，走起路来踩得地面好像忽闪忽闪地颤。

"卫东啊，说是说，你可不能胡来！"杨书记适时补一刀。

"杨书记放心好了，不会的。"胡卫东承诺，说完就出门，蹬车远去。

还没转上几家的田地，胡卫东就接到了老婆的电话。电话响了又响，似乎十万火急。胡卫东跳下车，按下接听键。

老婆带着火药味的吼声，汹汹而来："你看这都几点了，人家早都下班了，你死哪去了?!"

灭火要紧，胡卫东赶紧胡诌："倒春寒那会儿，你到处扬风说咱家的苹果冻得一个都没有了。我刚转着看了，多少还有一些。"

大约是听到了好消息，老婆的声音低了一些："多多少少都那样了，你还能指望它像往年一样卖个万把千块? 赶紧回来吃饭！"

"马上，马上!"胡卫东嘴里应着，又踹腿上车。这一带田地与邻村毗邻，面积大，地形复杂，归属不清晰，他得一片一片、一块一块地整清楚、弄明白。

小村处在半山区，山地、深沟、土梁、平畴都有。跑遍全村的土地颇费周章，但胡卫东不惧。他老鼠拉仓一般东一片、西一片地弄，跑完一片，心里的石头就落下一颗。等这些石头落完，他跑烂了两双鞋。老婆数落他是"费缰绳的驴"，胡卫东听了忍不住咧嘴笑，倒像是受到了无上的褒奖。

杨翠花的男人跌水里淹死后，哭哭啼啼到村上申请低保。胡卫东有些踌躇：办吧，村上比她困难的大有人在；不办吧，杨翠花长一声短一声的哭泣刀子一样划拉着他的心。临了，还是吴忠民说了句话："寡妇领娃娃，确实不容易。看看能不能把档位给弄高点。"杨翠花的低保办上后，村上见天有人来要低保、要救济，各有各的难。胡卫东的头一下就大了，他左拆右挡，办了几个，也驳回了几个。有人念着胡卫东的好，也有人从此恨上了胡卫东，提起他的名字，恨得牙根痒："咦，那个坏尿！"

受了灾，村民大多无事可做，要么转出转进找事做，要么待在村里说闲话。田野变得空荡荡的，很少见到劳作的人，就像一场寒冻把人也冻没了。这样的日子倒是过得飞快，转眼就到了保险公司理赔的时节。

村委和保险公司经过几轮磋商，终于达成协议。保险公司的赔付执行两个标准：受灾特别严重的，按绝产算，每亩赔四百多；灾情不太严重的，按75%算，每亩赔三百多。胡卫东家的直接绝产，他担心绝产户太多，保险公司好不容易讨论出的赔付又泡汤了，就主动把自家放在灾情不太严重的一档。到村上签字这一天，多数人家都没细究表格的"真章"，草草签上字就走了。也有一些人死拗着不签字，说张家明明没有多么严重，却按绝产算了，自家明明绝产了，偏偏划到受灾不严重的那一块了。还有人回去又拉了婆姨娃娃来理论，似乎人多气势就壮，就占了理。

"那75%在哪里？"那人红头涨脸地指着胡卫东的鼻子喊。

胡卫东赔着笑解释："好，我的老哥哩，有众人看着呢。你要是不信，我捎上你走我家地里转一圈。我家的都算75%，你家的咋说都比我家好得不是一截半截。"

"你风格高，可我一家老小还指着这个钱过日子呢，别把别人都拉了来做你的帮衬。"

胡卫东还是笑模笑样："谁地里的庄稼是咋样的，我们心里都有数，这也不是胡说的。话说回来，人家保险公司要是不赔，或者像那年遭了冰雹一样每亩象征性地赔你七八十，你不还得接受。这次一亩好几百呢，你老哥地那么多，啥也不干，地就给你挣下万把块。知足吧，老哥！"

那人终于不再吱声，但仍有一部分人在办公室里吵吵嚷嚷，吐沫星子满天飞。胡卫东安抚了这个，那个又急得跳脚，真是按下葫芦起了瓢。杨书记他们也不时帮几句腔，但众人似乎什么都听不进去，仍在叫，仍在闹。

正在纷乱之际，办公室的门忽然被重重地撞开，紧跟着跌进一个人。那人满脸乌黑，身上挂着不少草屑、败叶，腿上打着绷带，手里还拄着一根不锈钢拐杖。那人进了门也不吭声，就像一个匍匐前进的战士，忽地中弹身亡，就那么趴在地上，一动不动。

有人认出了他："这不是王永昌的大儿子王全美吗？"

立即有人附和："就是，就是。"

又有人说："听说这娃娃在外头打工断了一条腿。"

"早几年挺精神，混得也风光，转眼就成了这个模样。唉!"

众人的注意力瞬间转移，情愿或不情愿地都拥到胡卫东跟前，笔走龙蛇，漂漂亮亮、高高兴兴在登记册上签上了自己的大名，然后一哄而散。

这时候，胡卫东扶起仍躺在地上的王全美："你这是咋了，大兄弟?"

王全美一边哽咽，一边诉说。

此人原是村里出门打工人里的"出息人"，在一搬家公司混了多年，跟着老板赚了些钱。自己风光不说，也能时不时地周济一下家里，村里人提起他，无不羡慕。邻县一地要进行旧城改造，住户整体搬迁到城市另一头，他的老板争取到不少搬家业务。王全美想干完这些活，他就有了不少积蓄，就卷铺盖走人，回村里安生务农。却不想，这期间发生了意外。搬家公司满载家具家电和人的皮卡半路翻车，造成两死一伤。死的是两工友，伤的是王全美。王全美一边自己治伤一边联系老板，协商事故善后处理。一开始，老板嘴上应承得好好的，可弄着弄着，电话就打不通了，人更是没了踪影。

王全美的伤腿最后不得不截肢，他花50块钱买了别人不再用的一根不锈钢拐杖，到处跑，到处找，想要跟老板讨个说法。老板还没找到，钱就花得一分不剩。他只能靠捡垃圾卖钱，走一路，捡一路，卖一路，艰难地返回村里。他把村里当作最后一根救命稻草，就想问问，像他这种情况，能不能申请低保，能不能在创业上给一点扶持。王全美说完，从腰里掏出一沓材料，单腿蹦跳到胡卫东跟前："喏，都在这啦。"

胡卫东接过材料，翻看了几下，当即就拍胸脯保证："没麻达，我马上给你办理!"说着胡卫东看了坐在长条椅上的王全美一眼："你先回家等着，我这就帮你申请。申请书我也帮你写了！"

王全美走了，办公室忽然安静了下来。"咯咯咯"，吴忠民突然爆出一串笑声，待看到大家的眼光被吸引了过来，他说："你们发现没有，老胡有把握给人办成事的时候，或者他会立即行动起来，多半会说马下如何，马下如何。但是，如果是家里来了电话，或是表示他不会很快落实的时候，他就会换另外一个词，马上。"

众人停住自己手里的活，凝神想了一会儿，还真是这样，于是都笑了起来。老胡不辩，仍在奋笔写着什么。

像是为了印证吴忠民所言不虚，胡卫东的电话忽然一声紧似一声地响了起来。胡卫东接起，低声嗯嗯应了两声，说"马上，马上"。

"家里的电话吧？"吴忠民一脸嬉笑。

看着大家期待的眼神，胡卫东自己也没憋住，带着笑声说："是老婆，大舅哥来了。"办公室即刻又响起一片高低不平的笑声。

本地方言有点怪，喜欢正话反说。比如说一个人忙手忙脚，故意说成"闲得很""那个闲尻"；比如"马上"，表达很快的意思，本地人却创造出一个字面相反的词"马下"。马上、马下在本地语言系统里是同义词，基本一个意思，但被胡卫东改造利用，放在两种不同的语境里，表达两种时间、效果。马上，拖拖拉拉，但终归会来、会办；马下，立即执行，没一丝犹疑。

大舅哥拉了一农用三轮的土豆来卖，计划走时再把胡卫东这里的果木干柴拉上些，两头不走空。所以老婆急急火火让他赶紧回来，是想央他在村里招呼一下，广而告之一下，又大又甜又沙的洋芋来了，要买趁早。

胡卫东皱着眉想了想，双手一摊说："我弄不了这事。"

大舅哥一听就急了："这咋弄不成？又不是跟你要地皮、要救济！"

胡卫东给嘴里送了一筷子木耳炒肉说："你这要是没吃没喝了，我马上给你弄上些，送家里都成。但我现在在村上干，凡是牵扯村民的事都得端着。"胡卫东强调，真弄不成。

大舅哥生气了，把炕桌拍得山响："我这买卖是公平买卖，又不缺斤少两、拿孬充好，也不是跑关系走后门干犯法的营生。咋就弄不成了？"

胡卫东不急不恼，殷勤地给大舅哥夹了两筷子菜，端了一杯酒："不是我不想帮你，我们干公事的一定要把公和私分得清清干干，就像这杯酒，一眼能看到底。"

老婆过来打圆场："哥，你别生气了。他就是那样的人，指他指不上，一会儿我出去张罗。"说着端起一杯酒，带头说："干！"

"干！"

"干！"

洋芋果然是好洋芋，只一会儿就被庄邻四舍瓜分完毕，还有人没赶上趟，问大舅哥什么时候还来。大舅哥呵呵笑着许诺了一个日子。

村子处在山与川的衔接处，气温、习俗、耕作习惯都接近山里。立秋以后，村里就一天凉似一天了。特别是阴雨天，那种冷，就像钻进人的骨头缝里，一丝一丝地侵蚀着人的骨肉，让人禁不住哆嗦一下，又哆嗦一下。胡卫东上下班早就不骑自行车了，他坚持跑步。一早，他沿着红石公路一路向南，跑过南干渠、青石塘、石料厂、大磨沟，直到拱新桥，折返回来，然后在家里简单对付两口，又连蹦带跳地跑向村部。每天两个来回，风雨无阻。

吴忠民早就说办公室太冷，坐不住，喊胡卫东抬来大铁炉子。这个时节生火，村部的那点炭支持不了多久，往后的日子都成问题。胡卫东出主意，办公室四个人轮流带些干柴来，等到冬天再烧炭。大家都没异议。村里到处都是干柴，管够。

早上刚生完火，办公室的门就被人推开，胡卫东一看是李家嘴子李志刚的女人。女人进来就呻呻唤唤说这里疼，那里不舒服：风湿病、腿疼、胳膊打不了弯。哪哪都不舒服，啥啥都干不成。

胡卫东白了她一眼："你有病了上医院看去。这里不是医院，我也不是医生！"

"今年田里没个收成，上医院的钱也没个着落。我来看，村上能不能给些救济？"

听了这话，胡卫东沾满炉灰的手禁不住杵了一下自己的额头："你看今年村上谁容易？村上也没钱，要救济得写申请，得一级一级往上报，也不是张嘴要，闭口到。"

说着，又给炉子里丢了一截木头，回头问女人："你的申请写好了没有？"

女人说她双手画不出一个八字，也不知道怎么写。

办公室的温度升上来了，胡卫东正色说："你的情况我知道了，我收拾收拾马下帮你写申请。这个钱批下来最快也得个把月，这期间你要是能借上钱先借上，把病看了。借不上再来找我。"

女人悻悻地离开了。

过了一会儿，吴忠民一头闯进来："老胡，你这是弄啥。烟冒咕咚的！"说着，甩手将门帘搭到门上，挥手赶烟，就像巫师作法一样。烟在吴忠民的驱赶下，纷纷溃败。

王全美推开店门，伸着懒腰从店里走了出来。他在村街上弄了爿小店，专门收购废品，废书、废纸、破铜、烂铁、酒瓶子、烂袋子，啥都收。村人常见他一模工整地坐在小店门口，笑眯眯地和顾客说着废品的行情、农田的收成。有好几次，他迎着跑步的胡卫东拐过来，

邀"胡民政"到店里"坐一坐"，胡卫东总是笑着摆摆手，一步不停，一晃而过。

见胡卫东跑远了，躲在不远处的著名闲汉金铃踅摸过来，没话找话，和王全美扯。金铃其人，好吃懒做，没个正经营生，经常吃了上顿没下顿。他五次三番找"胡民政"要低保，哭穷、撒泼、耍赖、骂娘、摆烂、装可怜……啥招都用上了，但胡卫东咬死一句话"不行"。

"胡卫东那个人真不咋的。"金铃这样说。他的头摇得拨浪鼓一样，像是要强调胡卫东如何"不咋的"。

"挺好的呀！"王全美不认同，坚定地说。

"好什么呀！"金铃立刻反驳，"你也不想想，他管的是民政，村里给谁低保、给谁救济那些，还不是他一句话的事。每次大家找上他，他总推三阻四，没个痛快话。"

"你别胡说了，他给我办得挺利索，还帮我写了申请！"

"哎哎哎，"没等开口说话，金铃先用一串哎声打断了王全美，"那一块肥着呢，你不见他把自己都吃成个啥样了，个那么高，腰那么壮。"连说带比画，活像要把胡卫东拉到近前，让他重新审视一下。

见王全美呆愣了，金铃补充说："你是谁啊，你是个少了半截的残疾人。他就是再能吃，也不可能全吃下，多少得给办几个不是？"

王全美不说话了，金铃靠近他，出主意说："你哪天喊住他，说要请他下馆子，感谢他给你办了低保，看他答不答应。"

"我倒是真想请他吃一顿，可他不答应。"

"你傻啊。"金铃也不管王全美站不站得住，一把扯过他，对着他一番耳语。

"嗯。嗯。"王全美点头应承。

像往常一样，天刚麻麻亮，胡卫东就一身短打出门。立定、蹦跳、伸胳膊、踢腿。活动一阵，他就抬脚开跑。红石路是一条省道，因路边沿铺有红色沙石，被村民起了这么个名字。南干渠、青石塘、石料厂、大磨沟，一路跑过，等到了拱新桥，足足得跑大半个钟头。虽然天气越来越冷，但此刻胡卫东周身冒汗，呼哧带喘。

这种时候，一刻不能停，必须掉头回转。等再跑回去，差不多七点了，吃几口，收拾收拾，赶到村部，刚好能赶上班到。红石路擦着村子边沿延长，最远可通到邻省多个县城，路上的车越来越多，呼地一辆，呼地又一辆。胡卫东左转，拐进村边的硬化路，路边住户的院门一个一个地闪向身后，他家就在庄子的尽头。

到了，却是铁将军把门。胡卫东拧开门锁，家里干干净净，分毫不乱。倒是厨房里，冷锅冷灶，不见一丝动火的痕迹。他也没听说过老婆要去哪，但明显她临时有事，离开了。胡卫东打她手机，手机居然没带，搁屋里充电呢。电动三轮车也不在，昨晚充没充电也没管过。"傻婆娘！"胡卫东不禁低声骂了句。

他房前屋后地问邻居，结果都锁着门。到底什么事，大伙都不见了。距离上班已经没多少时间了。胡卫东来不及细想多问，赶紧换衣服上路。

路过村街那，胡卫东遇到王全美。王全美邀他"坐一坐"，还说最近赚了几个钱，早就想请他吃顿饭。

胡卫东抚着自己滚圆的大肚腩，推辞说他刚刚吃过，吃得肠肥脑满。说完就钻进街口一店。

过两三分钟，胡卫东就冲了出来。他一手拿根火腿肠，一手举着半张饼子，大步跑着，一边跑，一边吃手里的东西。

看着胡卫东离去，金铃从王全美店里闪身出来，恨恨地说："早晚会被请去喝茶！""喝茶"一说，是金铃道听途说而来。那些贪污的、腐败的、犯事的工作人员，如果被查，就会被纪委请去喝茶，一旦喝茶，多半没好。

胡卫东不知道的是，这天早上，村子附近的蔬菜园有大白菜开园。因白菜价格低廉、数量又多，所得收益不及劳务支出，蔬菜园便决定把白菜无偿送给村民，条件是大家自收自拉，要多少，拉多少。村里人正准备购买冬储大白菜，听到这消息，都开着农用三轮、电动车，直奔蔬菜园。故此，他晨跑回来，没有看到老婆，没有吃到早应准备好的早餐。

金铃还是有事没事爱往街上跑，东边转转，西边看看，完了就到王全美店里，缠着和他说些不着边际的话。他说："应该快去喝茶了吧。"

王全美不以为然："我觉得就是你犯了事，他也没有问题。"

"得了吧你。"金铃申辩，"首先，我一个农民，没资格去喝茶。然后，胡卫东肯定有问题，再怎么装也逃不过去。"

"你这人！有个为我们做事的好干部不好吗？干吗总想着人家去喝茶？"

又过了些天，金铃带来一则消息：村里确有干部，正接受纪委监委调查。但这人不是胡卫东，而是吴忠民。这让金铃有些失望，他用十分肯定的语气，对王全美说："拔起萝卜带起泥，那货也快了。"

"那货"配合审查，刚去镇上收集了一些材料，又参加完一个会议，已在返村路上。

镇政府在下面水区，骑自行车去一趟，山长水远。好在有长期锻炼的底子，并不觉得累。胡卫东一边蹬着自行车，一边接电话："哎，哎。我已经过了山水桥，稍等一下，马下到！"说完，脚下加了劲，车子向前猛蹿，车轮碾起路上散落的干爽的树叶。

大红袋子和宝蓝盒子

应华盛

　　我在省林业厅的后门看到了师傅唐业成，正要上前打招呼，发现已有人与他说着什么。出于某种"职业见机"，我并没上前。尽管距离有点远，但那人一直点头哈腰的样子和他手里提着的大红袋子，都能让人联想到两个字——送礼。

　　这应该是个笨拙的不会送礼的人，从他选的时间和地点可以看出。唐业成在摆手，人往单位后门走。送礼的人赶上来，估计在解释着什么。那人穿着白衣黑裤，别扭的举止仿佛并不完全是因为送礼这事儿，倒是与衣服有关。他所有露肤的地方都是黝黑的，以至于我看不清他脸上的表情，只能从他激烈的动作中隐约猜出他的满脸笑容。也许是他过分有力让唐业成盛情难却了，只见唐业成接过红袋子，跟他又说了几句后举手拜拜，进了后门。那人在后门处对着唐业成的背影举了一会儿手，然后慢慢放下来，摸着墙根走了几步，最后从我身边路过。

　　我看清了他的长相：焦发小额，蒜鼻垮嘴，两眼眯缝着，额纹如犁田，眉纹如川字，眼尾纹如两扇子，法令纹如斧砍。总之，他脸上纵横的皱纹已经侵蚀他的本相而占了主角地位。那岁月的沟壑的走向决定了他的气质。他身上是一件簇新的衣领硬挺的白衬衣，在黑西裤和白衬衣中间系着一条扣头刮痕明显的棕黄皮带。他经过我时微微让了一下，身上带着一股汗味烟气和泥腥味儿。

　　我来到办公室，跟唐业成问好："师傅早。"

　　"早。"他看起来心情很好的样子。我偷眼瞥见那个红色的袋子放

在他办公桌边上的一个小矮几上，那里堆着一摞卷宗。

"今天没别的事儿，下午有个会，你也列席一下。上午没什么事的话，你就……前些天那个义务植树的事儿你试着弄个简报看看？对你以后写实习报告也有好处。"

看到我每天早上恭敬地站在他前面，等候他的指示时，唐业成总会显现出一种宽厚而又不太好意思的样子。

说实在，除了今天这个红色袋子以外，这两个月下来，我对唐业成的印象是非常好的。我甚至觉得他是我今后工作的楷模。这不仅是因为他业务能力强、专业储备足，还因为他的为人处世，让我感觉到他的正直和无私。

我是市林业科技大学林学专业大二的学生。两个月前，省林业厅联合我们学校开展大学生实习计划，我是通过学校发布的通知报名参加的。我们学校各学院合起来共有四十来位同学参加了这次实习。在实习的第一天是一场培训会，在会上，我们和省林业厅各部门的骨干以师徒形式进行了一对一结对。我们分别被安排到省林业厅的各直属部门和下属有关部门中去。我被安排到营林处，跟唐业成结了对，所以我平时管他叫师傅。唐业成是营林处的副处长，不过营林处还另有两名副处长。虽然是省厅级的副处长，但其实也是大头兵，他们本身就是干将，底下人员也不多。在省林业厅，只有处长有一间独立的办公室，副处长们一般各自与调研员、办事员、科员等两到三名下属共处一间办公室。

许多人可能会认为林业厅是清水衙门，其实不然。林业厅的权力还是相当大的，所有跟国土资源、森林资源以及部分环境资源有关的东西，林业厅都要管。比如你想办个木材加工厂，那得办许可证吧，这证件谁给啊，林业厅。比如一些退耕还林的土地规划问题，多少人想在土地规划上动点脑筋得点利益啊。林业局下边有执法部门，一些偷猎行为，包括对野生动物和林业资源的，甚至在林区内的犯罪活动，都在他们的管辖领域中。虽然我在林业厅只有两个月，也只会纸上谈兵，没法一一细数各种职权。但是据我有限的观察发现，为各种情况到我们办公室通融送礼的人还真不少。在我这两个月的两次跟班下乡中，眉来眼去要送点什么的情况也时有出现。但唐业成最难得的就是铁面无私，所有我之前看到的，听到的，都是关于他的清廉。

当然，不同的人有不同的解读。有人会说他笨，不知趣；也有人会说他一心想当官所以胆子特别小。我们办公室的文明辉就这么在暗地里嘟哝过他。文明辉可以说是唐业成手下唯一的兵，但似乎又不完全归唐业成管。反正我进去之前，办公室就他俩，办公桌相对靠窗坐着。我来了之后，唐业成帮我加了张办公桌，我们三张桌子就呈"丁"字形排列。我的办公桌是面朝门的，也就是说我坐在办公桌前，是背朝门的。从我的后背到门之间有三四米距离，两边是两墙白铁柜子。不设沙发不接来访者，有事儿都有专门的接待处。如果有人来找，也就面上一闪，如果能长话短说的说完了事，需要落实具体细节的就出门右拐去接待处。

话说有一天午饭后，我在办公室小憩。这个时间，唐业成和文明辉一般都不在。他们可能有午休的地方或者家就在附近，我一实习生也不便问。我正睡眼蒙眬间，突然看到有人影在我右边晃。

"你哪位？怎么不敲门就进来了？"

"我有啊。"这是一个油头粉面的中年男人，他那犹犹疑疑蹩着走路的样子让我感觉他在撒谎。

"你找谁？"

他尴尬地向我打了个招呼，问："文明辉老师是哪个办公桌？"

我一边惊奇他为什么不问人在哪里而问办公桌，一边已经条件反射地指了指在我斜右边的办公桌。但那人分明就在文明辉的办公桌前，他的视线左右游移，然后落在办公桌靠窗那侧的边屉上。那个抽屉并没关严，留着一厘米的空隙。只见他的右手握成一个大拳头捅进了那个空隙。虽然他的动作有点隐蔽，我还是看到从他的拳头中丢下去了一个宝蓝色青绒盒子。这人顺势推上抽屉，对我笑了一下，出去了。

下午文明辉来的时候，我对他说："文老师，中午有个人过来，在你抽屉里塞了个东西。"

文明辉精准地拉开那个抽屉，看了看宝蓝色青绒盒子，也不打开看，对我笑一下说："哦，我小舅子。"

晚上我跟我母亲煲电话粥时说起这个事儿，我母亲说："以后碰到这种事儿，你就不要吭声了。"她说那个人十有八九不是文明辉的小舅子，应该是来送礼的，比如送了一条金项链什么的。我不解。我母亲就帮我分析，她问我："你们平时出门时办公桌上抽屉都锁起来还是打开的？"

"当然锁起来，我的是没什么关系，顶多放个学生证、身份证、零钱包啊什么的。他们的都是锁起来的，有公章私章证件之类的。师傅说就连白铁柜子中间的抽屉也都要上锁的。"

"那就是了，那个文明辉那么多年办事员了，他会不知道这个规矩？他平日里估计不是很不小心的人吧。要不小心，他也做不到三级调研员吧？"我母亲对我办公室的动向也是了如指掌，这得益于我经常向她汇报实习情况。

"所以你是说他是故意留个抽屉缝儿在那儿的？"

"肯定是那人把东西送了，然后电话里那么一提，不就成了？"

我母亲又对我循循善诱，劝我以后要有眼力见儿。碰到这种情况，就遵循一条装糊涂的法则。这个小学语文老师，还用孔子的"非礼勿视，非礼勿听，非礼勿言，非礼勿动"来类比呢。

我虽然心里很不舒服，总觉得这事儿要真如她所分析的那样，文明辉在我眼中就很掉价了。但是，我又有一种明哲保身的本能，认为我母亲是在保护我。

第二天，我去办公室，发现气氛有点诡异。虽然唐业成和文明辉两人表现如常，对话有礼有节，但我总觉得有哪里不太寻常。也是在那天，唐业成不在办公室时，文明辉打了个电话。也不知电话对头是谁，只听文明辉讥讽："胆儿小，人家有更重要的使命！"我本能地感到，他讥讽的人是唐业成。

后来我得到一个小道消息，说文明辉把那个宝蓝盒子主动上交了。

上周，我在食堂吃饭时碰上我的同学淑丽，她在人事处实习。她跟我说："你知道吗？有的人事好复杂的。副处长如果不是四级调研员，那他与三级调研员之间，待遇差不多不说，在管理上，好像也就是所属的某一片职责范围上不同。听说你们的唐处还不是四级的呢，他之前好像下放到什么地方刚上来，下放之前在这里的职务应该更小吧。我看啊，文老师可能资格比他还老。"

"为什么这么说？"

淑丽说文明辉跟他们人事处的陈副处关系不错，那天她听到文明辉跟陈副处说话提到的。详细说了什么淑丽自然也不知道。她只听到什么"完全算不上行贿"，什么"主动登记"这些片言只语以及对唐业成的几句抱怨。我大约能脑补一些情况了。也许那天那个文明辉口中的"小舅子"是个行贿者，他在行贿文明辉的同时可能也给唐业成送了大礼。或者他只送礼给文明辉但不知怎的让唐业成知道了。反正，最后都是在唐业成的"干涉"下，文明辉不情不愿地"主动登记"了。

从我的角度看，是唐业成在悬崖的边缘拉了文明辉一把；从唐业成的角度看，应该是天经地义，职责所使；而从文明辉的角度看，可能是一份小礼，不至于如此上纲上线。

总之，文明辉之所以会"屈从"于唐业成的劝说，主要不在于上下级的"领导"，而更多在于唐业成一向清廉。如文明辉偶尔挂在嘴边说的"拿他没办法"。

但是就在今天，这大红袋子里，究竟是什么东西呢？难道一向无私的唐业成也突然转性子了？我百思不得其解，又不得不相信自己眼睛所看到的和由此得出的判断。那个红颜色在办公室清冷的氛围里那么抢眼，尽管它被淡棕色牛皮纸袋的卷宗遮挡了大半，还放在办公桌靠窗的内侧矮几上。

我看到大红袋子的同时，文明辉也肯定看到了。只是我俩想的估计不太一样。我在想，唐业成既然大大方方地把东西拿进来，那肯定是想好要登记上交的。而文明辉，肯定是觉得抓到了一个把柄吧。因为我看到他趁唐业成出去之际，故意走到办公桌那边，着着实实地看了两眼那个礼物袋。然后他嘴上说要找一份勘察表，手就在大红袋子边上的卷宗找。那个袋子就"一不小心"地掉了。

"哎呀。"他蹲着拾起袋子，袋子里溜出盒子的一角，也是大红色的。此时这盒子像个凸嘴似的，张开了一小排白牙，文明辉的手"不经意"地撩了白牙一下，那张嘴巴张大了一些，露出里边白色的纸衬和玻璃小瓶的一小部分。文明辉嘴上说："差点打碎了。"然后马上将袋子收拾归原位。他站起来，脸上的表情有点小兴奋又有点小讥讽，但他没再说什么。

整整一天，一直到下班，都没见唐业成把礼物盒拿去登记。我在心里又为他辩解——可能是他乡下亲戚送来给他家里人的？可能那礼物不值两百元吧？

但是第二天、第三天、第四天、第五天，这个大红袋子不过是从矮几上走进了铁皮柜里，并没有走出我们的办公室。看到唐业成将大红袋子锁进铁皮柜里的那一刻，文明辉的脸上有一丝玩味和犹疑。

"唐处，啥礼物这么稀罕（还要锁起来）？"

唐业成只是笑笑，含糊地嗯了一下。

又过了两天，文明辉接到内线电话。放下电话，他跟我说："你也去。"我不明所以地跟他出来。在走廊上，他说："正好，你也证明证明。"然后又一本正经地讲："实事求是就好。"我懵懂地说："什么？"他说处长叫我们去，特地指名把我也叫去。

我俩到了处长办公室，发现熟悉的大红袋子就平放在处长的办公桌上。袋子里的大红盒子已经被处长拿了出来。只见处长从盒子里取出一个玻璃瓶子，放到文明辉面前，说："三七粉？参粉？还是灵芝粉？"他示意文明辉打开瓶盖，然后又示意他闻一下看一下。文明辉把鼻子探到这个装着褐色粉末的瓶口，吸了一口气，脸色阴晴不定。

"有点泥土的气味。"

"还好，鼻子没有坏掉。"处长说，"要不要尝一下？"

"不，不用了。"

处长又从盒子里拿出另一个瓶子。这个瓶子里的东西我一眼就看清了，是稻谷，还未脱粒成米的稻谷。

"这是别岭村的泥土和稻谷。"处长说。

原来，就在去年之前，唐业成下放到桐柚镇当书记，兼任省林业厅驻乡村振兴工作队的队长。他利用自己的专业知识，合理退耕还林，治理滩涂及盐碱成分严重的土地。其中，别岭村的耕地问题最为突出。因为大别岭地区历史遗留的乱砍滥伐问题，致使山林荒坡严重，水土流失，让山下的别岭村深受其害，再加上这些年人员外流，耕地荒芜或乱建乱改，许多地方的田地已无肥力种稻。唐业成数次下乡视察田间，推出各种惠民政策，倡导村民复垦固土育沃。从耕种到收成，提供技术培训，在病虫害的防治方面以及后续的管理上，都给予了持续的重视。甚至蹚田插秧，他都亲手示范超级稻种植的间距和细节。他还组织培植稻花鱼与水稻共生的基地……

"这是好事啊，他这样神神秘秘的，才……引起误会。"文明辉说。

处长说唐业成是个不爱表功劳的人，有许多事迹还是他通过内刊报道看到的。就像这个礼物，是别岭村村民在实在没有法子表示谢意的基础上想出来的一个创意。因为村里这两年搞旅游经济，开始入驻了一些文创元素。之前他们用送锦旗、送农特产等方式表达过谢意，但都被唐业成婉拒了。最近正值干部选拔期，唐业成不想以"旧功劳"来谋取向上的台阶，他认为这对其他人不公平。

"你这个事儿，我本来想在今天的例会上说的，唐业成也认为，这个觉悟的起点没错，党员干部之间是要互相监督。但互相监督并不是瞎打报告，应本着坦诚透明的原则。就像他处理你的宝蓝盒子事件一样。"

文明辉脸上浮现出羞愧的表情。

洗 澡

杨剑锋

一

"火炉"名不虚传。刚刚进入6月，杭城的天气就立刻燥热起来。

有些虚胖的顾新根蔫巴巴地跟着队伍走回七分监狱二监区监室，脑子里唯一的念头就是想洗个澡：出工踩了一天的缝纫机，囚服早已黏糊糊地粘在身上。

可大墙内罪犯过的是集体生活，所有安排都要按规定来。好不容易挨到晚上的冲凉时刻，顾新根进了洗漱间三下五除二脱得仅剩条裤头。想到自己还要日复一日地在机位上煎熬，他顿觉胸口烦闷。自从容留卖淫被法院判了8年，眼瞅着在里面待了快4年，可一天刑期都没减过。也怪自己身体不好，去年10月被查出患有肺结核和糖尿病，在监狱医院躺了小半年，结果年底改造的成绩受到影响，减刑愈发遥遥无期。

"唉，这日子啥时候是个头？"

顾新根自顾自地嘟哝了一句。声音虽小，但一旁的联号罪犯李育武却听到了他的叹息。李育武长得尖嘴猴腮，一副精明的样子，但只是小聪明而已，不然也不会因盗窃罪把自己送进了监狱。

"顾老板，好好地叹什么气？"

顾新根把沐浴露倒在了手心里，然后在全身涂抹开。"天气一天比一天热，减刑又没啥希望，想想就烦。想当初老子在衢州市里开浴场的时候，吹空调、吃西瓜、数钞票……一个夏天很快就过去了，不知道有多惬意！想不到如今这把老骨头了，还要整天干体力活，出一身臭汗。唉，造化弄人呐！"顾新根又长叹一口气。

"俗话说：舍不得孩子套不着狼。顾老板，你不是有钱吗？只要你肯花钞票找找人，上下打点一下，争取多减几天刑。早点出去，花花世界还是你的。"李育武一脸谀笑地出主意。

"现在监狱搞狱务公开，就怕警官都不吃这一套啊！"

"你没听过有钱能使鬼推磨吗？我就不信这世上有不偷腥的猫！"李育武动作麻利地打好了香皂。

"理是这么个理，可我怎么找到这样的'猫'去搭上关系？"

"监狱这么大，警官不老少，总有你几个老乡在这里上班的。你让家人打听打听，说不定就有人能联系上。"

一语点醒梦中人。顾新根老早就听父母说过有一个远房亲戚曾在劳改警校读书，毕业后分到了衢州市公安系统上班，只是自己从来没有找过对方。

"哔……哔……"

哨声就是命令，意味着洗澡要停止了。顾新根来不及多想，在淋浴喷头下匆匆冲洗一番，又胡乱地擦了一把身子，赶紧套上囚服集合去了。

二

今年入梅比往年迟了几天。刚一入梅，江南的大雨就哗哗地下了起来。

入梅后的第二天，恰是刑罚执行科副科长韩正奇到七分监狱二监区蹲点带班的日子。这是三年前监狱推出的一项创新举措，目的是支援基层一线警力，同时让机关科室民警深入监区了解工作情况。

早上8点整，韩正奇准时出现在了二监区门口。

"韩科长，雨下这么大，你倒是坚持过来带班，早上报个到先回去吧！"眼尖的监区长吴江看到了远远走来的韩正奇，立即刷卡开门，热情打招呼。

"这哪行呢，既然来了，我就是监区的普通警察，今天人归你指挥。甭客气，安排我干啥活？"

"那我不见外了，今天E岗正好缺人，就由你来顶替吧，主要是劳动现场巡查、监督病犯吃药、带病犯就医、清点人数和劳动工具。任务蛮艰巨的。"

"是！保证完成任务！"韩正奇说完，与吴江相视而笑。

韩正奇曾在基层干了十多年，对于监区执勤并不陌生。在车间一上午，他一直忙着现场巡查，每个小时清点一次人数。10点半左右，有一名叫顾新根的罪犯跑过来，向他报告说自己要去医务所打针。医务所与车间隔开有一小段路，于是，韩正奇与另一名执勤的常警官交接了一下，拿伞带人出了门。

早出工天没下雨，罪犯并未穿雨衣，韩正奇便让顾新根紧挨着自己，两人合用一把伞遮雨。

面对警官的邀请，顾新根却有些不自在。韩正奇大声催促他："就这么着，你是病号，要是淋湿了再生病怎么办？"

顾新根只得挤到伞下。一路上，韩正奇询问起顾新根的身体和改造情况，得知顾犯因为患糖尿病，每天上午必须前往医务所打一针胰岛素。

"韩警官，听你的口音，好像是衢州那边的吧？"

韩正奇很反感罪犯打听自己的籍贯，他最担心的就是平日里家中亲戚打电话过来要求自己关照某个罪犯。除偶尔为了感化个别冥顽不化的罪犯，打出乡情牌派点用场外，他平时从不透露自己的籍贯。然而乡音难改，一些敏锐的罪犯总能在他略带口音的普通话中听出他应该是衢州江山人。

对于顾新根的套近乎，韩正奇没有回应。他有意岔开了话题，询问顾新根改造方面的一些情况。待韩正奇重新回到岗位上，吴江惊讶地发现他的警服洇湿了一大片。

三

入梅迟了，出梅的时间也相应推迟。可一出梅，地表温度就像是芝麻开花节节高，更何况是排在"新四大火炉"之首的杭州。

这天，韩正奇接到老乡同学李站平的电话，说他要来省城开会，晚上正好邀请同学们聚聚。韩正奇于是约了其他几个大学同学。在饭店里，老同学相见自然分外热闹。一番酒酣耳热之后，有人提议饭后一起K歌，韩正奇连忙推辞说第二天还要上班呢。李站平顺水推舟地说他找韩同学还有点事，唱歌就下次吧。于是大家都散了。

待同学们都走了，韩正奇问李站平："你不会真有什么事找我吧？"李站平热情地抓住他肩膀："老同学，我还真有个事求你帮忙，咱俩找个地方聊聊。"

二人搂着肩出了饭店。一抬眼，李站平瞄到了旁边有一家浴场，当下提议去洗个澡。

浴场里人也不多。一番冲洗后，两人并排躺在浴池里小憩。这时，李站平突然向韩正奇问道："老同学，你认识一个叫顾新根的罪犯吗？"

韩正奇心里立时明白了李站平此行的目的："老同学，我也不瞒你，今年我在他服刑的监区里蹲点带班，上个月很碰巧就认识了他。对此人的情况我略知一二。"

"那太好了！顾新根是我的远房亲戚，按辈分该叫叔叔。父母一天到晚在我耳边唠叨，让我找人关照他一下。我也是没办法，如果不是看在老同学的分上，我还真开不了口。"

韩正奇为难地说道："顾新根在监区里改造，那里并不归我管。"

"这你就不要推托了。你是监狱机关里的大领导，减刑假释不正好归刑罚执行科管吗？你和下面的人打个招呼，还不是小菜一碟！"

"现在监狱各方面工作都要求阳光公开，根本没有暗箱操作的可能。老同学，你可能对我们目前的情况不是很了解。"韩正奇实话实说。

"事在人为！"李站平仍不死心。

"老同学，你也知道眼下党中央对整治违规减刑假释问题抓得紧。我如果去打这个招呼，就会有干涉司法公正的嫌疑，连你都要被牵连进去。"

"没这么严重吧！"

"你看我们现在在干啥？"

"啥？在泡澡呀！"李站平丈二金刚摸不着头脑。

"对，那人为什么要洗澡呢？道理很简单：环境中的污垢、身体分泌的汗水油脂，每天积累起来，不仅导致人的皮肤老化，且滋生细菌，破坏免疫系统，所以人每天都要清洗一下。"

"这我还不知道吗？"

"'不矜细行，终累大德。'人的思想也需要经常打理'卫生'，否则会沾'灰尘'，容易被不良风气侵蚀。我们要给头脑勤'洗澡'，方能防微杜渐、警钟长鸣，确保干干净净做事、清清白白做人。"

"你这是在给我上课嘛！"李站平无奈讪笑。

"老同学，你心里想必嘲笑我有些迂腐，可'仰不愧天、俯不愧人、内不愧心'。我们的同乡北宋赵抃曾提出为官'廉于自身，廉于职务，廉于社会'的'三廉'理念，值得后人景仰。我丑话说在前头，打招呼这种事我绝不会去做的，工作纪律也不允许我这么做，改造还得靠罪犯自身努力。"韩正奇眼见李站平神色寂然，知道他面子上挂不住，于是话锋一转，继续说道，"不过，有个忙我倒是可以帮你。"

李站平顿时来了精神，露出一丝笑容道："到底还是老同学情深义重。"

"我抽时间去找他谈次话，帮助他在思想上转变错误想法，并打消一些顾虑，增强改造信心。这样你也可以给罪犯家属一个交代。"

身为政法系统的同行，李站平当然清楚党的十八大之后全面从严管党治警的新形势。他听韩正奇这么一说，便不再坚持下去。两人又东拉西扯地闲聊了一会曾经的同窗生活才分手作别。

离开浴场时，杭城的灯火璀璨，白天积攒的热量随着深夜的到来，开始慢慢散去。

四

韩正奇接下来到二监区蹲点带班，特意选了个教育日。自从监狱实行"5＋1＋1"教育改造工作模式后，罪犯周二至周六参加习艺劳动，周日安排休息会见，周一为教育日，进行政治、文化、技术等教育。在这一天找罪犯谈话，时机正合适。

到监区后，韩正奇才知顾新根被安排去教学楼参加缝纫机操作技能培训了。等到接近10点，一队罪犯在民警的带领下返回了监舍。执勤民警小张把顾新根带到谈话室。顾新根脸上写满惶惑，不知道今天韩警官为何要找他。

"知道今天有什么事找你吗？"

"报告警官，我不知道。"

"你向家人讲了什么我不来追究了，但我希望你能认真遵守监狱的相关规定，不做不该做的，明白吗？"

"是，警官！"

韩正奇便步入正题，替顾新根分析了其不能获得减刑的问题症结。其中既有减刑政策调整的原因，也有其因病住院导致所需的表扬数不够的原因。随着谈话内容的深入，顾新根悬着的心慢慢放了下来。

韩正奇问顾新根："你之前在外面是开浴场的，对吧？"

"是的，警官。"

"既然你开过浴场，经常要和洗澡的客人打交道，那我就来跟你聊聊'洗澡'的道理。"

"愿听警官教诲。"

"洗澡都要洗头、洗手、洗脚，对吧？"

"这个嘛，当然。"

"人要常洗澡，那如何正确'洗澡'呢？我看关键是'三勤'：勤洗头，做诚信为本的人；勤洗手，做勤劳致富的人；勤洗脚，做脚踏实地的人。就拿你的犯罪经历来说吧。正因为你法律观念淡漠，没有认识到卖淫嫖娼是违法行为，只图来钱快，纵容不法勾当，藏污纳垢，最终锒铛入狱，这里自然有你不勤'洗头''洗手'的缘故。进了监狱你在改造中碰到一点困难，不去踏实改造，而是动歪脑筋想走捷径，意图找关系减刑，这是你不勤'洗脚'的表现。如果你再一味执迷不悟，改造道路将是漫长的。"

韩正奇不确信顾新根是否能听得进他说的这番话。但顾新根至少是个聪明人，清楚当前监狱的改造要求，所以对于警官的话他不停地点头称是，并在谈话结束时保证今后自己一定会踏实改造。

五

一个多月后，炎热的夏季接近尾声。当韩正奇再一次来到二监区，监区长吴江欣喜地告诉他："自从你上次找顾新根谈话后，该犯的表现比以前有了很大的改变。"

韩正奇半信半疑："是吗？"

"现在他不仅自身改造表现好了很多，上周还及时制止了一起同犯打架斗殴事件的发生。"

"哦？"韩正奇有些诧异。

"监区里有一名盗窃犯李育武，偷拿了隔壁小组犯人的沐浴露，在洗澡时被人发现。双方起了争执。当时，李育武拿起那瓶沐浴露就要砸对方，多亏顾新根一把将李犯抱住，事态才没进一步恶化。"

吴江喝了一口水，接着说："李育武因为偷窃及与同犯争执被扣了分，情绪一直很低落，包干民警对他进行了个别教育，并安排顾新根帮助李育武。他俩是一个联号组，顾新根知道李育武家庭条件不好，账户里也没什么钱，就主动把自己的一些生活物品匀给李育武，并配合警官一起做李犯的思想工作。对了，顾新根还跟李育武讲'洗澡理论'，也不知道他这个理论是不是进来之前开浴场总结的经验，刚好派上了用场。"

"李犯现在表现怎么样？"

"你还别说，李犯主动向警官认了错，承认自己恶习难改，更不应该与同犯争执，表示要脚踏实地改造。鉴于顾新根制止打架斗殴的发生并完成了警官交给他帮助李育武的任务，所以监区对顾新根进行了表扬，并综合考虑他的改造表现及刑期、考核分等情况，下一批呈报减刑的名单中将有他的名字。"

　　"好啊！为你们监区管理有方点赞！'人是可以改造的，就是政策和方法要正确才行。'顾、李二犯身上的明显变化印证了毛主席关于罪犯改造的这一重要论断的伟大英明。"

　　聊到这里，韩正奇想起自己今天是来带班的，便微笑地问吴江："监区长，今天又安排我干啥活？"

　　"老规矩，还是E岗。"

　　"好嘞！"韩正奇便不多寒暄，径直走向了自己的岗位。

　　上午的阳光穿过车间的玻璃窗，照在人身上，有一种暖暖的感觉。

初生妞犊不怕唬

金海江

云荐霞被分派到思想调研组。有老同志调侃小姑娘最适合这项任务了。话犹未了，又响起一声坏坏的笑，叫人感觉有种挖坑捉弄的玄机。云荐霞刚参加工作不久，有股迎难而上的朝气，说她情商不高肯定失之偏颇，能在偌大机关中招人喜爱，可不仅仅是小姑娘出落得水灵、长相甜美等外因就能概述的。但她的有些言行免不得让老同志暗皱眉头，以他们在机关里经历半辈子的阅历，不得不断定她太年轻，必须敲打敲打才行。也正是这个所谓的瑕疵，让人相信她是个真实的普通人，她的招人喜欢绝不是作秀的结果。这次不失为整治一下小丫头片子，目睹她哭几回鼻子的好机会。

云荐霞领受任务时，可没有那么多心眼，只想拼点成绩给那些靠资历的"油腻大叔"瞧瞧别人啃不动的硬骨头她也要熬成汤，叫他们见识一下怎样才叫敬业爱岗？

拆迁办主任老骆在会议现场毫不掩饰，阐述本次拆迁作业的紧迫性和难度。他说每个小问题都关系着业主们的切身利害，工作对象可能出现这样那样的抵触都在所难免。而这些正是思想调研组的工作意义所在。调研组必须尽快与拆迁范围内的业主架起沟通的桥梁，充分做好解释工作，说服广大业主顾全大局，统一思想，支持新型社区建设顺利推进。

走进集镇老住宅区。

云荐霞感觉那些拆迁区的住户充满排斥她的情绪，或许她的身份和目的已遭猜疑，以至于碰见的行人，个个神情漠然得难以接近似的。或许这就是老骆说的困难可视化的具体显现吧。不过这反而激起她的一股斗志。眼看有个一楼的女业主正准备关门外出，云荐霞见机会难得，赶忙凑上去，先简略地进行了自我介绍，又在对方反应过来和推辞的间隙里换了口气，以一副找人商量的低姿态，希望对方给自己十几分钟，针对本次拆迁中已经出现或可能出现的矛盾和问题做些沟通。小妮子一气呵成的组合拳，弄得女业主犹豫了，一时不知该断然拒绝还是答应一个小姑娘的请求。

忽然，在绿化带边缘与邻居闲聊的中年男子开腔了，冲云荐霞等人嚷嚷起来，态度很不友善，还叫工作人员有什么话尽管找他说事。女业主趁势熄掉屋里的灯，骑上一旁的电瓶车走了。云荐霞无可奈何，只好朝中年男子走去。男子看起来不像善茬，可一个照面后她又直觉对方并非奸诈耍滑之流。云荐霞小心翼翼地赔着笑脸上前搭话。中年男子恶狠狠地数落工作组的人不够资格与他对话。云荐霞问他什么意思。他说既然是拆迁合同上的甲乙双方互相探底，两方应该是平等的。他作为乙方代表对自己的房屋有拍板裁决权，甲方代表却根本拍板不了，身份资格不对等。

云荐霞心头咯噔一下，当即申明工作人员是奉拆迁指挥部的指令行事，虽然确实不能当场拍板，但说话也是有一句算一句的。

她咬紧牙关，认准中年男人作为突破口，不停地追问对方对方案的具体意见和看法，并迅速地记录在问询手册上。她没有合适的写字台板垫底，每个字都写得很费劲。可她无暇顾及这些，眼前就是要业主们相信她——相信他们的工作是认真的，并非儿戏！

或许正是她的这股倔劲触动了中年男子，也可能他觉得自己对待小姑娘的态度确实过头了。他收敛脾气，说道："对你们态度不好，并不是针对你们工作人员本人的。反过来你们应该这样想，你们现在听到的才是业主们的真实心声，而造成这一切的都是因为拆迁赔补方案不得人心。其实没有人反对这次新型社区的建设项目。这一点你们心里应该清楚。"尽管他仍口不饶人，但云荐霞仍没来由地感到一股暖流滚过胸口。她意识到转机出现了。

果然，中年男子看了她一眼，缓缓地又说了句："瞧你写字的费劲样儿！走吧！还是进屋搁桌子上写吧。"说着，他转身大步流星地朝自家门口走去。云荐霞望着眼前不算魁梧的背影，竟一时百感交集，不知该欣喜自己终于战胜困难，还是感慨这些看似张牙舞爪的走访对象在本质上有多憨厚。她忽然觉得自己肩负的责任更加沉重了。

云荐霞没想到转机来得这么快，心里有种说不清楚的激动。

中年男子家的区域位置确实很优越。门一开，灯光一亮，邻居们纷纷跟进来，倒也省得去挨家挨户敲门。云荐霞感觉得出来，业主们其实也都焦虑不安，想尽早了解赔补方案出现不合理的原因和真相。他们不信镇政府会有人串通开发商坑害他们，一定是开发商耍什么阴谋诡计蒙骗了某些关键位置上的镇干部，甚至道德绑架了他们一起做伤害住户情感的缺德事。一张张被岁月折腾得不再精致的脸庞面对突如其来的生活困境，免不得情绪激动，但他们真实、坦诚、单纯，诉述着生活实际的种种不易，指望走访人员换位思考。云荐霞内心为之触动，猛然觉得自己有责任将这些文字以外的真切体会一并反馈回去，以便老骆他们在研讨对策时不至于对基本事实进行误判。

其实，业主的诉求在调研人员接受任务时就揣个八九不离十了，无非这会儿一项项地得到了印证罢了。亲耳听业主们口中说一遍，云荐霞察觉出与老骆和承建商裴总所说的完全不是一个味。

有人说拆迁办的头头们应该明白自己干了什么。动员大会后的两三个夜晚里，涉事业主们投诉无门，情绪激愤，自发地聚集到小区居委会的办事点里，想向更上一级申诉。大家光明磊落地在那儿签名、按手印。拆迁办的人竟都集体装聋作哑，任集会人员的负面情绪一点点积累和膨胀，没有谁敢出面同他们正面交涉或沟通。一点儿显现不出该有的诚信与诚心，否则老早可能出现转机了，哪里还有你们小姑娘什么事？根本用不着像现在这样加班加点，一派勤奋工作的样子，都是扯淡！真当这里住的都是木头人和傻瓜蛋吗？拆迁户不奢望靠拆迁捡大金元宝。他们只是忧虑所谓的签约隐埋着更大的坑，害怕到最后血本无存。

几个上了年纪的老人不安地注视着云荐霞，突然特别关照她——要小姑娘实事求是地替他们反映真实声音，这里没有人怀揣别的企图，只求签约协议的甲乙双方能公平对等地落实新型社区建设的每一个细节问题。

云荐霞失眠了。她感觉整个身心正在被两团外力撕扯，渐渐地越来越强烈。起初她只以为是这阵子受工作强度、工作压力的双重挤压，体力出现透支导致精神有些恍惚，可转念细想，种种迹象都暗示事情不是那么简单，一大堆疑惑正凝结成某个有力的回音，不停地在耳畔提醒她。

蓦地，云荐霞觉得这是个全新的视角。这个新发现或许预示着她找到有效驱散这轮拆迁过程中的阴霾的金钥匙了。但她不能确定能否获得其他同事的认同，毕竟自己对这个念头也有点惴惴不安。云荐霞开始设想着直接找老骆去汇报，至多挨一顿痛批，但总比窝在心里不说舒坦得多。反正她觉得自己问心无愧。

这会儿，云荐霞再回味"油腻大叔"们冲她坏坏地笑，便觉得有哪个地方不对劲。是不是那些家伙老早对一切洞若观火，只是出于某些摆不上台面的私念，宁愿每天毫无意义地转转，然后找些冠冕堂皇的言辞搪塞，也不去戳破那层纸。云荐霞不禁后脊骨上冒出一股冷汗。怪不得自己和同事们的工作处处碰壁，进展不顺。最后汇总到老骆那里的信息可能是不对称的，难怪他有时候下达的指令让人感到不可思议。云荐霞甚至觉得老骆有点可怜！既然她窥破了这些，就不能袖手旁观。

这事非同小可！云荐霞还是在心里放了两天，掂量着怎样处置更稳妥。但每次的无功而返都会直接影响拆迁进程，这让她心中滋生出一种深深的负罪感，几乎令人窒息。自己既然知晓了内情还准备继续保持缄默，那跟"油腻大叔"们有什么区别？最终促成她下决心去找老骆谈心。

云荐霞找老骆当然不是为了打同事的小报告。她委婉地汇报了走访调研以来的想法，用请教的口吻问老骆有关拆迁赔补方案中的设定标准，是不是与业主实际承负力存在过于悬殊的差距。还没等小姑娘罗列出事实证据支撑她的想法，老骆就沉下脸，说："小云你的思想立场哪里去了？还有没有一点政治觉悟？太不像话啦！"

云荐霞从未见过老骆脸色这么难看地冲人吼过，何况是对一个小姑娘发脾气。顿时，她委屈得差点儿泪珠夺眶而出。早几天被中年男业主因不理解而呛了一下，自己是有思想准备的。但此刻老骆这个自己尊敬又信赖的上级领导也误解她，还说她立场有问题，云荐霞感觉难过极了。虽说机关里只论职业性的上下级关系，但近年来主流崇尚人性化管理，再没有男士会失去风度地对女下属吹胡子瞪眼。老骆看来真是急了！不过他很快意识到自己失态了，可又实在面对不了一个下属竟敢质疑自己的事实摆在眼前。这简直是一种可怕的公然挑衅！是一种对他个人尊严的藐视！老骆冷静下来，试图解释几句以缓和突如其来的尴尬场面。可他又想到了什么，认为所谓的解释只会越描越黑，有损自己在下属面前应有的威严。瞬间反复且复杂的考量搅乱了老骆的思维，反而让他有点语无伦次。这种混乱状态让云荐霞也听不明白老骆究竟因何而情绪爆发？实在稀罕！

她揣测老骆不外乎两个意思。第一，拆迁办是按上面的部署办事的，他老骆个人无权纠缠对错。他说会交由时间来检验这个决策。第二，他提到拆迁时恨铁不成钢地说业主们只盯着自家的一亩三分地，算鸡毛蒜皮的小账，但身为公职人员必须要扛起使命感，在时代大浪潮里算大账。

"请不要怀疑我的立场。就是想到这些，我才会不顾一切地来汇报思想。"云荐霞的犟脾气不可抑制地上来了，压也压不住。她扬了扬倔强的头颅，口吻反而比原先更淡定、坚决，说自己的观点正不正确不敢先下定论，但内心真这么想，瞒着领导不说才是不忠实，至少是不诚实。云荐霞一再申明只求解惑，以利于更好地开展工作。她要求老骆解释的是既然方案没有毛病，业主们聚集在小区居委会办事点的那天晚上，白副主任到达现场监察，怎么连一句话都不敢和他们说？老骆不屑地笑了一下，反问在那种场合下和一群闹嚷嚷的人理论，能谈出什么结果。云荐霞不服气，说至少可以引导他们推举代表另选地址对话。老骆一时语塞，气得跌坐在办公桌背后的转椅上，气哄哄地说："真是个小孩子脾性！"

云荐霞痛心疾首地说："不管你怎么想我，我都可以实话实说地告诉你：这些全是走访过程中业主们一再质问我们的问题。在现场我们不知该如何回答。陷入窘境事小，真的有损我们该有的形象才不应该！我们不应该被业主那样质疑！不应该被他们用那么异样的目光对待！到后来他们就说拆迁办的人心虚，不敢当堂对质。这样的话语让我难过！那一刻我觉得自己好无助、好无奈，仿佛当众被人剥光了衣服。主任，你能体会那种滋味吗？

"主任，你告诉我，要是后面的走访中再遭遇这样的质疑声，工作人员该怎么回复？怎么维护我们该有的自身形象？"

云荐霞找老骆汇报的事情很快传遍了单位。一时间，各种各样的议论纷至沓来。

"这小妮子，玩大啦！……疯掉了。"

"她这样的性子，迟早要吃亏的。不过也是早摔跤早好。说白了，这样的人不适合在机关里工作，只是担心以后娶她的那个人，怕也管不住她。就是朵带刺的玫瑰。"

"本来很有机会混成红色苗子培养的，这下彻底玩完了。真不晓得她怎么想的？以为自己是救世主……"

这天下午，云荐霞所在组的成员就没再见着她的人影，一时间各种猜疑悄然地扩散开来。殊不知到了傍晚，云荐霞戏剧性地又意外回来了。激动得同组的同事一把拥抱紧她，说："你吓坏我们了，还以为你出事啦，不再与我们做伴了。"云荐霞蒙圈了，吃惊地反问："你们听说了什么，本姑奶奶不是好好的吗？能有什么事？"可她从同事们闪烁的眼神里，可以估量自己在这天下午成了小范围的热点人物。同事们抱怨她胆太大了，问她是不是为了拆迁的事去找老骆了。云荐霞不想提及这一茬，摇摇头，讪笑着表示没什么。

她得找老骆的顶头上司斯书记去聊聊。

同事们劝道："你还嫌自己不够惹事吗？这阵子别说拆迁办里没有人安宁，放眼整个镇政府机关的大小领导，哪一个不头痛欲裂？这时候再挑逆耳的话题去找领导，只怕没人理解你的苦心，倒嫌你与他抬杠。这不是自找没趣吗？"

可云荐霞担忧拆迁协议的双方各不相让，迟早会引发事态升级。她说："身为走访组的调研人员，不能只盯着业主那侧，应该有担当地通盘权衡，有时也需要提醒本方阵营的人员注意些什么，尤其供决策的领导参考。"她的同事急得俯身凑到她的耳畔低语："能来这里工作的没有白痴，谁不晓得这些大道理，为什么非要你当'出头椽'？"云荐霞这个倔强的姑娘笑了两声，也把最后的意思挑明了。她说这些情况自己也明白，眼前的僵局就像冰层瞬间冻结，虽然停滞着，不会流动，但明眼人都看得清症结所在，只是谁也不想做《皇帝的新装》里的那个小男孩，唯恐招惹麻烦而付出惨痛的代价。云荐霞挺了挺脊梁，说如果关键时刻非要有人站出来不可，而周围又没有这样的"蠢货"自告奋勇，那她也就义不容辞了。云荐霞说："我当定那个小男孩啦！"

每撕一张日历，都显得很费劲，距设定的"签约及腾空"的期限仅剩一天了，真正落实到位的户数仍寥寥无几，其中还包括一部分在事业单位上班不得已而为之的业主。老骆被斯书记找去谈话了。此前市里有相关领导来现场调研过新型社区建设的情况，讲话内容被归纳为"坚守底线，锐意推进"八个字，拆迁办奉为尚方宝剑！可是坊间很快流传开来一种揣测。那位巡视领导口中所说的"坚守底线"，是旨在勉励工作人员在拆迁过程中不要为糖衣炮弹所击中，不要有中饱私囊的歪念头，坚守公职人员基本操守的底线，而并非咬定不合理的赔补方案的金额标准，拒绝返利于民、还利于民的想法，还自以为是执政个性。难怪有业主怀疑是有人故意曲解领导的真实意图打擦边球。更有人戏言所谓的"一线调研"被人为隔开了一层纸，拆迁办的人哪里敢让领导与拆迁业主面对面地交流。

云荐霞到底没能克制住自己，一意孤行地去敲斯书记的办公室门。一路上她也曾忐忑地无数遍推演虚幻的沙盘。云荐霞想象着斯书记一

直对困局百思不得其解，焦虑不安地渴盼获得一剂良方，而她自以为掌握着这柄金钥匙，只要轻轻点破某些"灯下黑"的低级错误，就能扭转全局。当然她也想到大个子李的种种劝告，自己的行为可能将她推向万丈深渊。平时不觉得距离斯书记的办公室有多远，此刻她觉得有点遥不可及。

斯书记开门，见是云荐霞，立刻猜到她的七分来意，笑容可掬地逗趣她，说："听骆主任说前阵子把你训了一顿，怎么回事呀？是不是犯了什么错误？如果换在我这里可没骆主任好说话哟。"

云荐霞为了表明自己确实没有刻意冒犯领导的意思，谢绝了斯书记让她坐下来说话的意思。她说还是站着汇报思想比较好，就像在学校里跟老师汇报思想那样，对错听凭老师发落。

云荐霞坚持声称拆迁办出台的赔补方案确实有待斟酌，理由是反对的业主太多了，人数占到绝大部分。提出新型社区建设的出发点是改善集镇居民区的生活环境，提高集镇居民的生活质量和幸福感。可是就目前的情况看，基本可以排除有人在背后蓄意鼓动滋事的可能。拆迁办和镇政府应该正视方案的某些细节不得人心的客观事实。云荐霞进门前就做过思想准备，开弓没有回头箭，必须在斯书记可能打断她说话前，将要说的话抢先说出来讲清楚。

云荐霞说纵有千万理由，新型社区建设不应该额外强加给居民们太多负担。他们活得够不容易的！况且拆迁办也有做事不周密之嫌，至少制定方案的前后没有召开一次听证会采集信息。至于众多说不清道不明的历史原因造成种种遗留问题，一股脑儿地甩锅给居民，自然也难以服众，更显得基层组织不够担当。

斯书记严肃起来了，说："这些方案都是党委班子集体研讨决策的，怎么能说推翻就推翻呢？"他猛地一拍桌子，喝道："你这是乱我军心！"

拆迁工程并没有因为拔除云荐霞这颗所谓的"锈蚀钉子"而变得通顺，相反，阻力越来越大，渐渐地成了敏感话题而被涉事者们讳莫如深。在几次无功而返后，工程就成了鸡肋，被搁置起来。云荐霞也很快被人淡忘了，没有人在乎她的去向。更多的人甚至不晓得曾有一个叫云荐霞的小姑娘为了他们的利益，做出过在外人看来是极其愚蠢的荒唐事，毁了自己的一生还溅不起一点点浪花。

年底的第一场小雪，似乎比往年来得早许多。雪花落到拆迁区域的土地上，仿佛暗示有人想掩盖些什么。偏偏一条新闻让业主们沸腾了一时。有消息灵通者奔走告知，拆迁办的合作单位即开发建设公司的裴总因另外一起行贿案被立案调查了，并且牵扯出更多的人员。相隔不过半月，有人又亲眼目睹拆迁办的老骆和白副主任也被相继带走了。

次年开春，拆迁项目重新启动。业主们惊讶地发觉新上任的拆迁办主任，竟然是个十分面熟的小姑娘，只是她的名字噎在喉咙口，一时叫不上来了。

老厂长的老规矩

陈修平

听说老厂长不小心摔伤住院了，我赶紧买了些水果去医院看望。在我印象中，老厂长一直精神十足，好像从没听说过他生病住院之事。

离开工厂来文联上班已经二十多年了，但老厂长对我的知遇之恩，我一直没忘。上世纪八十年代中期，高中毕业在家待业的我，无所事事，就写点东西，时常在地区日报上露露脸。那时，能在地区报纸上发表文章并不容易。

一天，父亲下班回家，高兴地对我说："我们厂长看上你了，说你文章写得不错，决定安排你到厂里当宣传干事！"

"厂长怎么知道我会写文章呀？"

"呵呵，你发表了文章，我都会到厂办找报纸存起来。可能是厂办的人告诉了厂长……"

父亲所在的工厂是当时整个地区最大的国营棉纺厂，有两千多名职工，厂长是正处级干部。作为这么一个大厂的职工家属，能被厂长看中，那是莫大的荣耀，父亲的兴奋溢于言表，我也自然激动非常。

为表感谢，父亲特意托人买了一盒茶叶和一套餐具，趁夜晚送去了厂长家，但遭到厂长坚决拒绝："安排你儿子到厂里上班，是因为你儿子的才华，不是因为你的礼物！"父亲几次把礼物放下，都被厂长拿起塞回父亲手中。几番推让，后来厂长还生气了，语气也变得非常严肃："你要再这样，就把你儿子也领回家吧，不用再在厂里上班啦！"无奈之下，父亲只好又把礼物带回了家。

　　既然如此，我觉得对厂长的最好报答，就是多写文章多写报道，多为厂里做好宣传工作。上班后，我非常勤奋，时常有厂里的好人好事登上地区报纸，另外还写了不少书写人生的散文、诗歌。厂里的广播站，经常播发我的新闻作品和文学作品。

　　上世纪九十年代末，按照统一要求，我所在的工厂也要进行改制。地区文联领导早就想调我过去，虽然前面我一直犹豫不决，一直觉得如果选择离开，就愧对厂长的赏识和栽培。既然要改制，我就好跟厂长开口了。

　　"小陈，我在这里当了快二十年的厂长，但改制以后究竟怎么样，我也说不准。现在这个形势，我也不好留你。既然有合适的单位要调你去，我就不拦你，我会让厂办给你办手续。"厂长对我说，似乎有点伤感，也似乎少了些往日的精神劲……

　　一路上，我的脑海里不禁回忆着过去的经历，很快就到了老厂长住院的医院。

　　"小陈，你怎么来啦！"看到我走进病房，老厂长先是有点激动地跟我打招呼。待看到我手里提着东西，则明显表露出不快："怎么还拿东西来呢？你忘了咱们厂的规矩吗？等下把拿来的东西拿回去！"

　　我先是一愣，继而哈哈大笑起来："老厂长，您当年在厂里定的规矩，我怎么会忘呢？那事当时我还报道过呢！"

　　那是上世纪八十年代末，老厂长还没老，还不到五十岁，他母亲去世了。

　　厂长母亲去世的消息传开后，厂里上上下下自然都会前往祭奠送礼，有出于尊重发自内心的，也有利用这个机会想跟厂长攀关系的。

　　厂长给母亲办完丧事后，厂里当月发工资的时候，工资表上除了工资之外，还增加了一项：退礼。厂长把收到的礼金一笔一笔全部登

记了，通过发工资的机会统一退了回去。财务人员告知，厂长这次共计退回了三万多元礼金。当时每个人的月薪也就七八十元。听说，在把礼金交给财务前，厂长曾让他老婆下班后挨家挨户退礼，忙了两三个小时，但没有一个人肯收回，只好作罢。

紧接着，厂办就出台了一份文件。文件规定：今后厂里干部职工家凡有红白喜事、生病住院之事，只能上级看望下级，不能下级看望上级。违者除了要求退回所有礼金之外，收受双方还得视情节轻重受到警告、记过处分。

自从定了这个规矩后，厂里的风气更好了，干群关系也更融洽了……

我一边回忆往事，一边接着说："老厂长，如今您早已退休了，我也早就离开咱们厂了，您现在不是我的上级，而是我的长辈。更何况我今天也只是免得空着手来，拿了点水果，又不是包了红包来贿赂您！"

听我这么说，老厂长也哈哈地笑了起来。

金牛治水

王灿鑫

一

在离开金牛很多年后，永芳又回到了金牛。

金牛是滇西北群山之中一个偏僻的集镇。夹在两座山中间，密集的房舍，让一条街只能向两边无限伸延，挤窄得让人喘气都难。当然永芳对于这个小地方的成见，是他曾在这里经历过一段感情上的失意，可谓刻骨铭心。于是作为一个外地人，他当然可以在卷起铺盖即将离去的时候，发下那样一段毒誓：这辈子，永远永远都不会再回金牛了！

不想二十年后的今天，永芳还是回来了。在欢迎仪式上，年轻的陈书记开门见山："去年秋末至今，由于天气干旱导致梅湖水源减少，加之流域内不同程度的私盖滥建、不达标排放，以及旅游开发造成的各种污染，让不堪重负的梅湖再次亮起了红灯，暴发了大面积的蓝藻水华。所以今年元旦节刚过，省市县三级便紧急联动，开启了历史上最急迫、最严厉同时也是最大规模的梅湖保护治理抢救性模式，派出16个工作队下沉到梅湖流域内的所有镇乡，专职负责梅湖水源保护工作。我们金牛乡也迎来了以刘永芳队长为首的12位下派干部。在此，我谨代表乡党委政府，对各位的到来表示热烈的欢迎！"

掌声过后，陈书记接着说："实现梅湖水质常年保持Ⅲ类以上的目标，是我们刻不容缓的政治任务，也是我们推进美丽乡村和生态文明建设的一项重要的工作！从今天起，刘永芳队长的指令，就是乡党委政府推动梅湖保护治理的决策部署，党委班子必须首先贯彻执行！"

陈书记的话像是一颗定心丸，永芳是12个挂职干部中，唯一的一个副处级领导，所以他不仅被县委组织部任命为工作队长，同时还是主抓环保工作的副乡长。但他心里清楚，自己手中的"尚方宝剑"不是权力，而是职责。

会议一结束，他便带领所有的挂职队员一起深入镇街考察。

一路上，环保站的郭站长向他介绍起了金牛的水污染情况："金牛是个典型的农业乡，没有规模以上的工矿企业，但金牛的水污染防治任务却一点都不轻。有几条主要河道的水质甚至常年都在Ⅳ类或Ⅴ类以下。不让一滴污水流入梅湖，这是我们向上一级党委政府做出的庄严承诺，甚至在刚刚召开的县乡两级人大会上，还被分别写入了政府工作报告。可如今河道里流出的都是脏水，不晓得我们该如何兑现这一庄严承诺？"

跃进河的河水依旧和当年一样充沛，但河道两边却晒满了牛粪，如同城墙一般高大厚实。路边的沟道中常常黑水横流，不用问也能知道从厩房里流出来的粪水，招虫引蝇，臭气熏天，最终又一起流到跃进河中。于是，河水流出镇街时已经变成了灰黑色。

永芳知道，金牛的得名，是因为这里曾是滇西北大地上一个著名的乳牛养殖基地。几乎每家每户都养一两头牛在家。在勤劳的金牛人眼里，一头奶牛就是一本"绿色存折"，那些成年奶牛，每天的产奶量差不多都在30千克以上，奶量更大的能达到40千克。人们用来供书、养老、盖屋起房、发家致富、娶老婆生孩子……甚至可以说是一种生存的依托。

但如今重新回到金牛，永芳才知道一头奶牛每天产生的粪便，居然高达40千克左右。于是每天产生的大量牛粪，就被人们铲出厩房，堆砌到跃进河边，待到播种季节来临，才被送到田里。当然跃进河边的路道属于背街里巷，也不太影响交通和市容，但气味却着实难闻。关键是粪水还源源不断地从厕房里流出，千渠万沟，一起汇入跃进河，便成了重要的污染源，使河水常年都是Ⅳ类及以下水质。

二

永芳独自一个人走出乡政府的单身宿舍。沿着房背后的跃进河一路向北，不知不觉走出了2公里，跃进河便到了尽头。当然河道并没有消失，而是观音山下有一个分洪口，成了原始河道与人工河道的界线。

原始河道就是从金牛乡发源的梅河，逶迤向南80公里，便注入碧波千顷的梅湖。人工河则是跃进河——这是一条人工灌溉渠。在雨水丰沛的季节，将来势汹汹的梅河水分流到跃进河中，从此十年九涝的梅河中下游平原，就从鱼窟菱渚重新变为走瓜流果的稻壤花村。而分流的洪水却又可以滋润金牛以下的土地，让旧时广种薄收的一个干坝子，变成了全县著名的粮仓。

站在分洪口，他不禁想起了昨天下午前去拜望老校长时的情景。确切地说，老校长应该是他人生中的贵人。记得那时，他曾为王莉写过不少诗，最终也是追着王莉一起来到金牛乡的。他俩读的是同一个学校。在那个四季风吹不断的大学校园，读艺师的王莉可谓鹤立鸡群、一枝独秀，自然也就成了许多青年学生的仰慕对象。但她垂青的居然却是会写诗的永芳。于是毕业之后，永芳随她一起来到了她的故乡，在一个开满樱花的小学校园里，他想他和王莉会在这里共同度过充满诗意的后半生。

可谁承想学年结束，永芳提着一份廉价的茶糖烟酒，按照当地的习俗到王莉家求婚的时候，却被残酷地拒之门外。永芳那时方才知道，王莉已被母亲强嫁给了一个外地的矿老板。他当然记得，仅仅一个星期后，王莉就被一辆豪华的宝马车给接走了。

新婚之后的王莉甚至没向学校打个招呼，便辞职离去。听说矿老板在省城给她买了房子，接着又给她买了一个规模不小的车队，生了孩子的王莉，就在省城当起了旅游车辆公司的老板娘。

感情的失意，让永芳顿时陷入了人生低谷，所有灿烂的理想，便如同一个破碎的花瓶，再也拼不回来。于是他成天把自己泡在一个酒瓶里，浑浑噩噩，几近癫狂。最终连即将退休的老校长都看不下去了，在一天后午放学时来到他那间酒气熏天的单身宿舍，把一张报纸重重地拍在他的案头："大丈夫何患无妻？一个小小的失意，让你沉沦成这个样子？再这么下去，只会让人更加看不起。假如你要真是个男人，那就该真正做出点事来，让王莉看看！让金牛的乡亲父老一起看看！"

老校长话声一落，便拂袖而去。但刚才还醉成一条蛇似的永芳却在那时醒了，拿起报纸，扶了扶那副即将破裂的眼镜定睛一看，那是一条母校招录硕士研究生的公告。永芳一下子清醒了，那么多曾经的伟大梦想，又重新充实了他饱满的大脑。自此以后，他彻底告别了酒瓶和诗坛，拾起书本认真复习，并在当年底考上了母校的研究生，毕业后又考上市里的教体局，很快也有了自己的家庭。如今回到曾经工作过的金牛，他已经是市教体局的副局长。

市里的抽调文件在他来金牛前一天送达单位，那时的永芳已经订好了机票，准备前往北京参加一个重要的教育论坛，但迫于梅湖保护的严峻形势，省市党委政府已将之与乡村振兴摆在同等重要的位置，并从"一湖之治"上升到了"全域之治"。位居梅湖水源上游的金牛，如果不能向梅湖输入清洁的源流，那梅湖碧波的清亮该从哪里来？

永芳连想都不想，就一个大步跳上河堤，把跃进河上的分洪闸转了下去，接着又把梅河上的水闸提了起来。欢畅的梅河水一下子变得汹涌澎湃了，看到清洁的河水泛出一团团璨白的浪花，发出哗哗的流响，他的心情也变得舒畅多了。

永芳刚回到乡政府，便迫不及待地召集全体工作队员开会，简要地述说了自己在梅河分洪口的事，接着又深为感慨地说："改变村民们的生产生活陋习，让清洁水源绕开村庄、集镇，自然也就减少了人为污染的风险。我想这个办法应该行得通！如果连续一个星期的试验，证明水质明显改观，那接下来的时间，我们工作队的主要任务就是下沉到各个村落，将这一件事一起落实下去！"

然而当天抽检水质回来，罗乡长却神秘兮兮地把他叫到自己的办公室，刚一进门，就听罗乡长说："有人把电话打到我这里，说市里来的刘队长把跃进河的水给断了，那镇街上的人还怎么活？"

永芳一脸狐疑，罗乡长让他坐下，慢慢与他道来。他此时才知道，跃进河流出镇街后，就到了金牛的青蔬基地。虽然不是规模种植，零三碎四，像是孩子们搭积木一般，但那差不多就是附近几十户人家安身立命的根本。每天早晚时分，就是菜农们洗水灌田的重要时刻。在以往，一条跃进河这么哗哗地流着，谁都感觉那是天经地义的事。如今水突然没了，才让人感觉莫名其妙。何况跃进河流经镇街，能够带走那些源源不断的粪水，以及村民们随手扔掉的固体垃圾。如今河水一断，一条枯河，顿时成了一个名副其实的垃圾场，臭不欲掩。

"我把举报的人臭臭地骂了一顿。"罗乡长大声说道，"你到金牛仅只两三天时间，就把我们环保工作的问题症结给揪出来了。可我那一顿骂刚结束，却有更多的电话打到乡政府，几十号菜农一起骂骂咧咧，一起质问说浇不上地收不成菜，那该到哪里吃饭？"

罗乡长比他年长，但连续好几年都在这个位置上，多少还是有些求稳怕乱的思想。"金牛的群众工作不好做，前几年为水源的浇灌问题，还闹出了人命。要不是政府提前干预，没准会酿成群体性事件。那时我还是副乡长，亲眼目睹了事情的始末，于是到了现在，我总在不停地反思，环保要搞，水质得抓，但关键是老百姓也得吃饭。如何在这两者之间找到最恰当的平衡点，我也是束手无策啊！"

"金山银山，不如绿水青山。这是绝对的铁理。如果今天的发展要以环境的污染为代价，那此后势必要让我们花费更多的金钱来修复生态！"永芳在教育系统就以敢干而闻名，如今他的态度同样十分坚决，"解决菜农浇地，那我们就和他们约定好时间，每天早上给他们放水一个小时，之后便关闸入河。同时也要鼓励菜农在自家田头挖些储水池，为那几块一个小时就能浇透的菜地，让清洁的河水这么长时间地被污染，可谓得不偿失啊！而从长远来看，我们还得积极向上争取经费，改厕改厩，搞些环保基建项目收集粪水，清理河道，实行固体生活垃圾集中收治，同时加强环境知识教育，增强群众的生态意识，才是改善水质的最佳出路啊！"

三

半个月后，金牛乡十几个监测点的数据从省回传到乡，主要河道的水质总体稳定在了Ⅳ类，甚至有些河段还实现了Ⅲ类，永芳就觉得自己的办法可行。在党委会上，他的提议得到了陈书记和全体委员的支持，永芳立马将会议精神形成决议，并将工作队员派遣到村，再从自己的工作经费中拿出3万元，在主要水源点的农田灌溉沟渠取水口安装控水闸阀，安排专人管理，引导群众错峰用水、合理用水、有序取水、科学用水，切实减少清水流经村庄、农田造成二次污染，确保大量清水入河。

但这个时候，一件棘手的工作从市到县被安排下来，就是"三禁四推"。展开来说，就是在梅湖流域内禁止销售使用含氮磷化肥和高毒高残留农药、禁止种植以大蒜为主的大水大肥农作物，大力推行有机肥替代化肥、病虫害绿色防控、农作物绿色生态种植和畜禽标准化及渔业生态健康养殖。

其实刚到金牛的时候，永芳也曾带领工作队，对全乡的水资源情况和生产生活状况做了详细的调研，金牛是16个梅湖径流区乡镇之一，径流面积324平方公里，年径流量约1.3亿立方米，降雨充沛的年份，径流量约为1.5亿立方米，占梅湖库容量的1/25，是梅湖的重要补给水源头之一。境内以梅河为主的10条河流，共有96条干支流，那些密如蛛网的河潭沟渠，连一个个名字都充满了诗情画意。但永芳怎么都想不明白，金牛没有工业，除了传统的牲畜养殖，就是村民的生活垃圾，按说根本没有什么特别的污染源，可怎么发源处还都是 I 类水质，历经短短十几公里的流程，清洁的源流却一起变成了 IV 类水甚至 V 类水呢？

恰恰是"三禁四推"让他找到了答案。那是严重的农业面源污染。总磷、总氮严重超标。小郭告诉他，金牛还是个远近闻名的"大蒜之乡"，有着悠久的大蒜种植传统，并以个大、鲜辣、味浓、早熟的红皮蒜著称，近几年还出口到了韩国和日本。于是随着蒜价的持续走俏，乡人们的种蒜热情亦不断攀升。特别是近几年来，金牛乡的三万多亩农田，几乎全被种成了大蒜。小郭还说，大蒜施用的化肥量是蚕豆、水稻、大麦、马铃薯等其他作物的2倍至3倍。为了保证丰产稳产，乡人们习惯了粗放式的生产方式，在种植时过量使用化肥和农药，导致土壤功能严重退化，富集在土壤中的氮磷，通过地表径流、壤中流、农田尾水和地下渗漏，进入河道后直接流入梅湖，终而加剧了梅湖水质恶化。

梅湖在去年底暴发了蓝藻，为了稳定源头水质，"三禁四推"已经势在必行。但这项工作却让永芳干得实在有些心疼。因为此时的蒜苗已经快到齐膝，蒜秆子已经到了拇指粗，再泡一次水，接着再施一次肥，至多40来天就可以采收了。但恰恰是这一次泡水和施肥，残留的农药化肥会大量流入沟渠，梅河的水质兴许立马就会回落到Ⅴ类以下，一起灌入下游的梅湖，必定是一场无法估量的灾难。

想到这些，永芳心中又充满了干劲。第二天来到乡间，又开始向群众宣讲保护梅湖的要义。

为此他还把工作做到学校，在老师们的发动下，通过"小手拉大手"的模式，居然短短一个星期，乡境内的三万亩青蒜苗全部按期拔除了。

四

忙完春耕，永芳就迫不及待地回到梅城，但他回城的首要事务不是回家，而是马不停蹄地跑了环保、发改、财政、水务等好几家单位。永芳是教体局副局长，工作的优势也为他提供了许多便利。同时因为当前的梅湖保护形势严峻，他提请的几个环保项目都迅速得到了报批。特别让他感到高兴的是，去年县里申请的金牛镇村截污工程也得到了生态环境部和省生态环境厅的批准。那是一个迫在眉睫的亿元工程，从此可以将全乡所有牛圈的粪水都得到有效收集了。

回到金牛，招标结束，签约仪式就在乡政府举行，永芳代表金牛乡政府出席签约仪式，谁想刚进门，他就看到了王莉。永芳心头不禁为之一震，但还是静下心来把字签了。

永芳心怀忐忑，仪式结束，王莉在和他握手道别之际，又把手捂住嘴巴，欠着身子向他小声说道："看来我们的缘分没有断啊！"

一句话软柔若水，让永芳的心绪怎么都宁静不下来。

五

然而谁都想不到，先前那么多的工作，居然就毁于一场大雨。7月中旬的某天夜里，金牛乡遭遇了强降雨。乡党委政府迅速启动了防汛应急预案，党委班子成员分别带队，下沉至各村参与防汛工作。第二天中午大雨停后，据气象部门的统计测算，短短12个小时内，金牛乡降水量达140多毫米。幸好金牛乡植被覆盖率较高，除了两个山区行政村发生小规模的山体滑坡外，没有人员伤亡报告。

大家一起松了口气。但镇街的环保协管员却向他报告，跃进河两岸，上千吨牛粪在一夜之间一起冲进了河中。他心中当即一紧，带着工作人员来到河边，到处一片粪水浸过的狼藉之相。果然天黑时分，郭站长人工抽检的结果出来，十几个监测点的数据都下降到了 Ⅴ 类或劣 Ⅴ 类以下。

血淋淋的结果摆在眼前，永芳心情沮丧到了极点。虽然春耕生产耗用了大量的粪草，但仅仅金牛镇街就有1900多头牛，每天产生的粪便不低于70吨，其中牛粪不低于35吨。镇街地窄人稠，差不多都是前家紧挨后院，甚至两三家人挤到一个院子里也是常事。奶农们只能把每天产生的牛粪不断堆砌到河边路旁，自然敌不过一场不期而遇的雨水。

永芳知道，解决所有这一切的最根本办法，无非就是督促王莉加快进度，尽快把镇村截污工程做完，并迅速接通几个污水处理厂和生态湿地发挥效用。

然而待到年底，正当镇村截污工程即将完工接受验收的时候，永芳却急火火地叫来了王莉，责令她迅速停工重建。

永芳把王莉带到了梅河边一个僻静的地方停住，他把脸对到窗外，一口气道出了他此时约见王莉的缘由。

原来是郭站长等人在抽检镇村截污工程时，发现施工方并没按照合同上的要求施工，首先是施工程序不合规。施工方并没有按要求填埋细沙，也未填埋公分石，而是直接就用泥土和不规则的石块进行填充，结果巨大的路面压力把排污管直接压裂造成管道堵塞，至少在十几个村落的30多个抽检点，郭站长投放的抽检机器人都无法把管道走通。第二是采用的排污管道也并非合同要求标准。第三是下水道井盖同样不符合标准，工程尚未完工，已经有十几个井盖被汽车轮碾爆，有个小孩子居然掉进了下水道里，最终请来了消防队，实在没法，只能把刚做好的管道重新切开……

然而他一通意见尚未说完，王莉却笑了，笑得轻描淡写，甚至是没心没肺："就这么点破事？"

王莉的态度让他实在有些气愤。

"可你也不能放任质量啊，你要清楚，金牛毕竟是你的故乡，我们要做良心工程和德政工程，就是要经得起千秋万代的检验，可如今你拿这样的豆腐渣工程去面对家乡父老，你难道不怕子孙后代怎样骂你？所以我认为，解决的办法只有一个：返工重做！"

"返工重做？"王莉瞪大眼睛盯着他看了半日，方才一字一字说道："你可知道，我费尽千辛，方才抢到你这个救命工程！返工重做，那得让我花两倍的钱！"

他一直在心里提醒自己尽量控制情绪，停了停，又说："不论怎么说，如今你接手了工程，那你就得不折不扣地履行合同条款！"可王莉却又一次打断了他，而且他渐渐发觉，王莉总把他往当年的情感圈子里引。可永芳突然看到脚下欢畅的梅河之水，便果断地转身回到车上，把王莉抛在河边就独自一个人回去了。他跟陈书记和罗乡长分别打了电话，要求立即中止与王莉公司的合同。

电话拨通后，他终于恢复了原本的坚决与镇定。陈书记和乡党委将环保工作放手于他，自然表现出了对他的十二分信任，电话一通，他当即同意立马召开党委会专题研究此事。罗乡长却有些结结巴巴，一再告诉他得慎重行事，镇村截污工程是市县纪检部门限时督办的重点工程，如今离验收时间越来越近了，纪检部门对工程进度高度重视……

"我们不能只为追求进度就忘了质量！即便这就是个处分，我也愿意背！"

他果断地打断了罗乡长。回到乡政府，他又被罗乡长拉住了，罗乡长悄悄告诉他说："王莉的公司投标前，上面就有人打过招呼，再说您下派时间也即将结束了，惹那么多麻烦干什么？有些事，睁一只眼闭一只眼，也就过去了，何必那么较真？"

这一刻，气愤至极的永芳大声地吼了出来："梅湖保护，每一分钟都可谓刻不容缓。然而咱眼前一个限时督办的重点工程，居然也能让你睁一只眼闭一只眼放得过去？大不了我这官不当了，让我昧着良心干事，绝不可能！"

说完转身就往会议室走去。党委会集体表决通过，立即中止与王莉公司的合同，并重新进行招标。永芳主动向纪检部门写了检查，说明自己工作不力，造成镇村截污工程质量严重不达标，同时又向组织部门申请延长一年服务时间。结果他却在金牛连续待了三年，硬是亲眼看到重新启动的镇村截污工程结束，方才回到市里。

正是因为有了万万千千人的坚守，梅湖水质得到了有效恢复。转眼又是年底，永芳看到报纸上说：梅湖已经连续三年保持Ⅲ类水质，

特别是刚刚过去的一年，梅湖有7个月的Ⅱ类水质，其他5个月达到Ⅲ类……

一湖碧水，从此成了永芳心中无时无刻的牵挂。当三年后再次看到这样的数据时，此时已经回到梅城的永芳，心底居然也有了一种由衷的感慨和欣慰。

美梦成真亦成空

马晓霞

　　当我又一次出现在存馨家的时候，我还是一如既往吸着鼻涕，我的布鞋的鞋头已经无可奈何地发出了抗议，我的脚指头就快先后而出，裸露在外面了。我喜欢去存馨的家，虽然她家和我们家一样住着窑洞，喂养着两头驴，种着几十亩庄稼，靠天吃饭的老村庄，每年雨水充沛，粮食作物不必像我们一样要经过一年四季的轮回，它们只适应季节生长着。

　　我们两家有很多相同之外，但还有很多不同。

　　存馨的母亲和我的母亲一样，一年四季劳作，都要经历风吹日晒，但是她除了有一张好看的脸蛋，还有一副好心肠，总是轻声细语地说话，我特别喜欢听她说话，她每次表达仿佛对婴儿说话那样，软软糯糯的。她生了两个孩子，存馨和她的哥哥存仁。存仁由他的父亲带着去县城的学校读书，一个月才回来一次，存馨到了上学的年纪，还和我们一起疯玩着。是啊，我为什么要疯玩呢？因为我的哥哥姐姐多，我不用下地干活，每天唯一要面对的就是母亲总是扯着嗓子喊我回家吃饭，喊几遍不见我，总是会特别凶地对我说话，一点不斯文。不斯文就不斯文吧，村子上大家都这样，不读圣贤书，每天面对牛羊鸡鸭，耕地干活，我母亲才不管这些呢，在她看来，这些又不能当饭吃。存馨疯玩着，是因为有一个疼她的母亲，宛若公主般宠着她。

　　每当这时，我总是羡慕存馨，她的母亲可不会这样，即使农活儿再累，她也会做好了饭，解掉围裙，迈着轻盈的步调走到我们一群小孩子跟前，看着我们玩过家家游戏，她轻声对着存馨说回家吃饭，然后牵着存馨的手一起回家。当然，还会问我们要不要一起去她家玩。

我们当然是不去的，就算那么想去。

站在枯枝满树或者杏子挂满枝头的杏树下面，我会看见存馨的爸爸带着存仁一起回家，那个画面很美，一个儒雅的青年，和一个清秀的少年，在旷野上，就是很和谐的景，他们一家和村子上大家过的生活都不一样，在上世纪八十年代末，他们是最早走出村子看外面世界的人。

我去存馨家，并不全是他们家有很多我们不曾见过的东西，我太好奇他们一家的相处模式，存馨的母亲没有念过书，她是如何和存馨的父亲夫唱妇随的。去存馨家，不仅能满足我的好奇心，也能满足我看到那些亮晶晶的东西的喜悦心情。存馨的扎头花儿，她的项链，她的小裙子，她的玩具……

存馨的父亲总是手捧一本书，给存仁和存馨讲着书中的故事，时不时还会抚摸一下孩子们的头，眼神中满是宠溺。那些书总是勾起我的好奇心，等存馨的父亲出去了，经过存馨的允许，我总是要轻轻拿起来，抚摸一下。然后模仿着存馨的父亲，有些装模作样地读书，逗得存馨哈哈大笑。也是那时候，我知道了精忠报国、岳母刺字的故事。

一晃两年过去了，存馨上了学，而在我再三缠着母亲后，母亲也同意了我去学校，虽然她给我布置了寒假要去拾牛粪，暑假要去砍草之类的任务，但我欣然同意。

这年，存仁却从县城转到了乡上的中学上学，而他的父亲就像突然消失了一样，好久不见他推着自行车回来的场景。那个青年和少年在村中一前一后走路的场景已经许久不曾出现。也听不到他朗朗读书的声音，看不到他和孩子们在一起的温馨画面。

　　村子的树木枯了又荣，田野的庄稼黄了又绿，一年四季来回更替着，我和存馨在学校继续疯玩着，老师对待我们，像高高在上的先生，他从不主动问我们的学习情况，我也从来看不见他读书。他更关心自己家的粮食产了多少斤，能不能卖个好价格，他精确地计算着每亩地，要从每亩地上讨要光阴。

　　关于存馨的父亲去了哪儿这个话题，没有人提起过，存仁会在每个周六的中午回家，周末的下午背上他母亲做的馒头，一路小跑着翻山越岭，去几公里开外的地方读书，他像一个小黑点消失在村头的嵝岘处，直到有一天，他的父亲大包小包从那个嵝岘口回来了，一辆幸福牌摩托车在山路上盘旋着，将他的父亲由远及近带回了家。他头上一顶鸭舌帽，戴着金丝框的眼镜，他皮肤白皙，穿着中山装，还是笔直笔直的，说的话也和平时有些不同，后来我们才知道，这是带有方言的普通话。

　　存馨的父亲回来后，也不做代课老师了，听说到了县委大院，他的发型也从左一撇右一捺改为了大背头，头发一律向背后梳去，一丝不苟。原先存馨的爸爸还下地和妻子一起干活儿呢，现在梳得这么时兴的发型，穿着笔直的中山装，口袋里还装着两支笔，怕是不会下田地了吧。他拿着相册，和家里人说着在大城市深造时的学习和生活，那些照片，就是电视上演的那样，距我们的生活很远，也是我们一下过不上的生活，他们家每个人都有新的礼物，衣服，吃的，鞋子，又让身处农村深处的我们开了一次眼。来他们家的不止我，还有很多的媳妇、姑娘，大家都好奇地打量着这那。存馨的父亲本来就不怎么下地，彻底不下地后，农活儿都是存馨母亲一个人的，这个柔弱的连大风都能刮倒的女人能干些什么呢？她仿佛无所不能似的，一年三季忙碌在田地里，挑粪、播种、锄草、收粮、打场、耕地……她孵化小鸡，

喂养它们长大；收鸡蛋，用鸡蛋做出美味佳肴。那个唯一不在田地里的季节，她在煤油灯下纳鞋底，绣鞋垫，她缝缝补补，洗洗涮涮，把一家人的吃穿用度理得井井有条。娘家人听说了她的艰难后，每年收成时都会来六七个姐妹兄弟，像联合收割机似的，他们家的粮食总是最先拉到场地，最先进仓的。特别热的时候，存馨的爸爸偶尔会买个西瓜，坐在地头，边吃西瓜边等大家，他为了将自己的的确良衬衣穿得笔直，坐在尿素袋子上，腰拔得直挺挺的，仿佛在阴凉的办公室里一样。

我妈肯定没想到，我也没想到，我的第一双凉鞋是存馨的爸爸从大城市带回来的，一双红色的软塑料凉鞋，中间嵌着一朵花，和凉鞋一起送来的还有一双袜子，可能我露脚指头的窘迫已经被存馨的父亲尽收眼底，可那时，除了存馨，又有几个姑娘不是在生活上捉襟见肘呢？我妈向来有志气，说什么也不要送过来的礼物，要他们家拿回去给存馨穿，存馨调皮地给我妈展示着她的新鞋，两双鞋样式一样，只是颜色不同，她的是粉色的。我妈觉得咋能白拿人家的礼物呢，连夜给存馨缝了一块精致的小手帕，上面绣了一只可爱的小兔子，因为存馨是属兔的，我的哥哥姐姐们争着要这块手帕，没争上大家就提意见说我妈疼别人家的孩子，为了绣这块手帕，我妈用光了她珍藏多年的花线，她攒了那么久，每年会像宝贝一样拿出来看一下，又小心翼翼装回去。她说等我出嫁的时候要给我绣个啥，绣个啥呢，她还没有想好。当我也向我妈投去质疑的目光时，我妈说了一个影响我一生的词——礼尚往来。我妈说，要始终保持和任何人之间人情往来的随时清零，不要轻易接受别人的东西，不要轻易赊欠别人的人情。人，一定要活得硬气，始终有昂首挺胸的勇气和资本。我妈说出这么富有哲理的话，那是生活教给她的道理。

　　我妈不让任何粮食落地被糟蹋，哪怕是一粒麦子，所以，每当夏季收成时，我总是要在我家地里拾着大家割麦子落下的零星的麦穗头，一边拾麦穗头，一边看着存馨一家，还一边想着她的父亲已经很久不读书了。

　　而那双鞋，因为要干活，我穿的次数太少。我经常想，那我为什么要收这双鞋呢？

　　存仁很少回家，他爸爸回来后，他又转回到了县城上学，回来也不多言语，说的话我们也听不懂，他母亲也听不懂。他和他父亲一样，渐渐地和他母亲没啥可说的。尽管他母亲攒了很多的话，同他们讲，他们也是不愿意听的样子。我妈说女人在一个家庭的地位，得益于丈夫的作用，丈夫给予女人起码的尊重，女人就会有比较高的家庭地位。

　　后来，我们村的大姑娘小媳妇都爱往他们家跑。那时候，供我们取暖的有干柴和牛粪，他们家拉来了村子上的第一车煤，这可把大伙儿稀罕死了，每个去的人都想分一点儿，他们拿了一些回去，却不知道怎么使，存馨家买了一个铁烤箱，房屋里一摆，冬天就特别暖，不仅取暖方便，还能在上面做饭，真是方便极了。后来他们家又买了彩色电视机。那时候，我们村子连黑白电视机也没有，大家又往存馨家跑，每到晚上大家就围坐在存馨家里，从《新闻联播》看到电视剧播完，存馨的妈妈费力地做了很多简易的小板凳，供大家坐下来观看。

　　我也好奇地在家里张望，我妈就是不让我去存馨家，急得我在家里上蹿下跳，着急上火。我问我妈，为啥不让我去，我妈说出了这辈子最有文化的词：齐大非偶。什么大什么非？我追着我妈问，我妈说再问就给我一顿"鞋底子"，我没太明白为啥看个电视，就要这么"惨"，别人家不都去看了嘛，也没见什么大什么非的。

　　我站在我家的打场上，静静地看着他们一个个拿着小板凳去存馨家，存馨在家门口使劲朝我招手，我使劲做着回应，然后使劲摇头摆手，末了只能大声说"我妈不让"。我妈不让这不让那，差点都不让我上学了。

上了几年学，我和存馨不知道为啥还在一年级的班级里"游荡"着，没人管我们的升学，他们觉得女娃嘛，长到一定年龄是要嫁人的，何必浪费时间和精力来这，我和存馨是我们村第一批上学的女娃，多有些"开辟了新领域"的味道。后来，我们上一年级开始收学费了，一学期15块钱，我妈坚决不让我上学了。她扯着大嗓门说，再上学就挨打，没有一分钱的收入还想办法花钱，一年下来30块钱，啥也不干，上学有啥好。

上学有啥好？那时候，在"生存占第一"的农村，大多数人和我妈的思想出奇地一致。

存馨的妈妈知道了这件事，来劝我妈，两个从来不联系的女人，因为我的上学问题"联系"到了一起，她们争得面红耳赤，我妈说我养的闺女，爱咋咋的，关你啥事。存馨的母亲据理力争，说女娃也是娃，也是身上掉下的肉，为啥要区别对待，她们和男娃面对的是同一个生存环境，也应该走出去，看看外面的世界，我们的一辈子束缚在土地上了，为啥要让娃重蹈覆辙。那天，存馨的母亲说了很多成语和四字词语，我惊讶地在外面听着她们争吵，声音越来越大，情绪也越来越激动。争了两个多小时，还没分出个胜负来。存馨妈妈语气软下来，恢复了她往日的说话风格。

"老姐姐，你知道我现在过的什么日子吗？"

我妈说不知道。

我也好奇地听着，她过的是全村，不，是方圆几百公里人们羡慕的好日子嘛。

只听她继续讲。

"是，大家都很羡慕我，觉得我咋这么幸运，嫁给了存仁的爸爸，有电视看，有煤烧。存仁的爸爸每个月都有收入，村子里的人都尊敬他，因此也高看我一眼。是，的确是这样。但你们看不见的呢？"

存馨的妈妈顿了顿，尽量压抑自己的情绪。

但是什么呢？我着急地在外面听着。

"我们那时候相亲，也算一见钟情。"

"你是来和我讲故事的吗？咦，我还下地干活呢。"我妈有些不耐烦，扯着她惯有的大嗓门说。

"你坐下，听我把话说完。"

存馨的妈妈才不管我妈啥态度，她一定要把自己想表达的说完。

"我们一见钟情，我觉得他是这世上最好的男子，不顾我父亲的反对，义无反顾地嫁给他，为此我的父亲临终前也没和我说一句话，他是真的反对这门亲事。"

存馨的妈妈顿了顿，继续说道：

"开始，他对我特别好，让我以为选对了人，他也确实对我好，买这买那，咱们村女人们没有的，我都有，公公婆婆开始也挺看不惯的，说一个女人家，不好好在家待着干农活，经常和男人出去街上买这买那。其实，我们不一定去街上，在田野里，在山上，在沟里，我们去一切风景秀丽的地方感受着人世间的与众不同和精彩纷呈。"

存馨的妈妈说话多少有些断片的感觉，她停顿了好久，继续说：

"我不记得我们多久没有这样的生活了，他现在回家，更多的时间和父母在一起，回到我们屋，也是倒头就睡，和我之间除了'嗯''哦''噢'，好像没什么可说的了。"

我妈还是非常懂是非的，听到这里的时候，我妈的一只手不由得抚摸了一下眼前这个柔弱的女人，我妈仿佛走进了她的世界，认同着她的感受。

"你说，我要但凡上点学，有些知识，他会轻薄我吗？"

"我的女儿以后嫁给老农民，谁也别嫌弃谁。"我妈急了。

"他要轻薄了我女儿，他试试，我嫁出去的女儿还没哪家不好好善待的。"我妈挺了挺脊梁，很硬气地说道。

"老姐姐，你听我说。"存馨的妈妈继续说道，"时代变了，不要再用老思想解决新问题了，未来肯定需要更多的读书人，我们的眼界不能被这大山所遮蔽。"

我听得不耐烦了，这两个女人不知道会争到何时，我看见存馨在门口招手，就跑了过去，我们一起到沟里玩耍。

六月的沟里，像铺了一层绿毯，上面镶满了各色野花，泉水淙淙，叮叮咚咚流下来，好看极了。我俩看着蝌蚪游来游去。我俩看着对方，笑得嘻嘻哈哈，没心没肺的样子，想不到未来会怎样，想不到我们会和什么样的人一起生活。

是啊，未来是什么样子的呢？我们怎么会想到大人会为我们种什么样的因，彼时我们的人生又会结什么样的果呢。

傍晚我回去的时候，家里没有丝毫动静，我蹑手蹑脚到母亲的屋里，她正在炕上缝鞋底，一边缝一边悄悄抹泪，我被这一幕惊呆了。从记事起，我就没见过她哭过，在和全家人的相处中，大家都让着她，她那么厉害，总是那么强悍的样子，能干能说，谁能说过她。她看见了我，快速擦干了眼泪。

"明天去上学吧！"她的话不容置疑且掷地有声。

她穿上了鞋，狠狠地勾上了鞋帮子，就要出去给驴喂草去。

"存仁妈妈真的是个好女人。"她第一次这么充满柔情地说。

跨过门槛，她补充了一句："存仁的爸爸真不是个好东西！"她基本是恶狠狠地说的。

存仁妈妈的好，我们有目共睹，存仁爸爸不是个好东西，我们并没有体会，我妈真怪。

存仁爸爸手持一本书，认真翻书的样子，那专注的神情，他怎么就不是个好东西呢？还有他将衣服穿得笔直笔直的，那么干净的一个人，我妈怎么就得出了这么个结论呢！

我妈不知道，她最心疼的女儿曾一度将存馨的爸爸作为未来择偶的标准。

我和存馨又可以一起去上学，多么开心的事情，我们一起逃课，一起去沟里玩，抓癞蛤蟆，捏泥哇呜，摆家家。童年时能做的我们都做了，甚至后来我俩达成一致的想法：那些童趣可以治愈一生。

只是我从来没有告诉她，我妈说他爸不是个好东西。

转眼到了寒冬时节，树上挂满了霜，一辆绿色拖拉机打破了村里的宁静，拉走了存馨家里的彩色电视、几十麻袋的麦子、一些铺盖还有零碎的东西，我照样站在我们家打场上看着这一切，拖拉机被发动起来的时候，发出嘟嘟的声音，又一次划破了村庄的宁静，大家都探出头来看着这一切，但存馨的爷爷奶奶是看不到的，他们那天正好两个人一起出去放羊，一百多只的羊，想拉一只羊显然是不可能的，存馨的爷爷每天会对着羊数上几十遍。拖拉机由几个壮汉开着走出了几十米，存馨哭着跑出来，她母亲也出来了，抚摸着存馨的头，轻轻呢喃着什么，然后就一起回了家。存馨母亲的背影是那么落寞。

我回家把这一切都告诉给了母亲。

"齐大非偶啊！"她仿佛不是对着我说的，像是给空气说的，神神道道的样子。她之前也不这样啊，这可真的不像我的母亲。

　　和拖拉机一起消失的，还有存馨的父亲和哥哥，他们离开了村子很久，仿佛不属于我们这个村庄似的。存馨的家里就剩下爷爷、奶奶和妈妈。我去找存馨的时候，她母亲正艰难地在粮食房里将一麻袋的粮食竖起来，原先都是横着摆的，竖起来才能看起来多一些，也不会一下子暴露出来少了这么多粮食。她那么柔弱的一个女子，怎么会有那么大的能量呢？一袋袋的粮食该有多沉，她一袋一袋挪动着，反复着这些动作。汗水滚落下来，她也不去擦拭。我心疼她，那一刻胜过我心疼世上所有的人。她为什么过得这么辛苦呢？她小心翼翼地处理着和婆家人的关系，精心照顾着自己的孩子们，善待每一个走进她家的人。

　　"其实，你可以找我妈帮忙的，她有使不完的劲儿。"我对存馨的母亲说道。

　　她看见我，多少有些惊讶，还带着些许的惊恐，给我做了个"嘘"的手势，她说出了这个门，啥都不要说。这明显是要瞒着存馨的爷爷、奶奶，因为粮食房门长年上锁。

　　可是我分明看到了，她被冷落的疏离感和无助感。

　　渐渐地，村子上有了出去打工的年轻人，大家的眼光已不放在存馨的爸爸身上了，没人关心他出去了多久，为啥还不回来。存馨的妈妈一个人忙不过来的时候，存馨萌生了不念书的想法，而我家世代务农，她不上学的话，我也就不上了，反正我上学，是要和存馨"绑"到一起的。我妈知道我不想上学的念头后，既不反对，也不支持。反正我们两人就这样辍学了，连老师也不说一声，老师也懒得搭理我们。我俩每天割草，也下地干活。存馨越长越像她的母亲，瘦小，白净，让任何人都产生一种想保护她的欲望。只是那个年龄，我们连保护自己的能力都不够。

　　我们两个还放羊，那是最享受的日子。羊吃着草，我俩睡到一起享受着肆意的阳光，我们讨论着村上的事情。

　　我和存馨十一岁那年，我们的人生迎来了新的转折点，我们的母亲在沟沿上看着我们，聊了三个小时，决定让我们继续上学，存仁已经上了大学，他的父亲也已经许久不曾回来。村上回来的人说，他的父亲被法办了，有的说他的父亲找了个小老婆，更有甚者，说他的父亲有了小孩，众说纷纭，莫衷一是。

　　我和存馨从上小学开始，一直到高中，我们都是无话不谈的闺蜜和同学。我们分享着一块饼，谈论着班里优秀的男同学和女同学，做着青春的梦，分享着彼此的喜怒哀乐。

　　周末的一天我们一同回到村里。存馨的妈妈对着一封信发呆，她不认得字，也不想让其他人读给她听，她支开了存馨，让我去给她读这封信，她可能已经预感到了不好的事。

　　我快速地扫视了一下信，全是冷冰冰、透心凉的文字，我怎么读？尤其那句"你没有文化，像个傻子，我们不可能过下去了，离婚是最好的选择，无论对我还是对你"。这简直就是诛心，太过分了，我看着信，气到发抖。

　　"念吧姑娘，有些事情，终究要面对。"存馨的妈妈说道。

　　我磕磕巴巴地念着，一边念，一边哭，一边念，一边咒骂，仿佛那信不是写给存馨的妈妈，而是写给我的。

　　"去你大爷的负心汉！"我脱口而出，我从没在长辈跟前如此失态过。

　　"王八蛋！我还嫌不够。"我继续说道。说完，我不顾其他，爬到炕上用枕头蒙住头，使劲哭，宣泄着心中的愤懑和不解，心里还在想这人简直就是现代版陈世美。存馨的妈妈被我这些言论吓呆了，她好言相劝着我。

存馨的妈妈没将这些告诉存馨，这也成了我们心照不宣的默契。签离婚协议书是存馨妈妈瞒着家里所有人去异地办理的。她每天像个陀螺一样忙碌，侍奉公婆，操心家务，供养存馨。

那年，我俩考进了同一大学的不同专业，比我们高兴的是我们的两个妈妈。我妈骄傲的是我们家族五辈人中终于有个大学生了，我妈和存馨妈这一刻仿佛也成了闺蜜。我妈还不知道存馨的妈经历了她难以想象的考验和磨难。而存馨的爷爷奶奶还不知道他的儿子和媳妇早就离了婚，现在和另一个女人已经有了五岁的女儿。我们上大四那年，存馨的爷爷奶奶相继离世，存馨的爸爸匆匆来送了最后一程，他和存馨妈也没说一句话，哪怕一句感谢。存馨仿佛已经习惯了，她可能早就知道了父母之间的过往。

"你这个王八蛋！"我气愤地追出去好远，存馨的爸爸迟疑地看着我。

"你简直愧对圣贤书，你读了那么多的书有什么用，上不能孝顺父母，中不能善待妻子，下对不起儿女，你的行为让多少人寒了心。"我对着他说道。

"这和你有什么关系？"他愤怒地问。

"我为圣贤书喊冤，遇到了你这样的读者；我为阿姨鸣不平，一生所托非人，离婚后还为你的父母养老送终；我为国家培养你而遗憾，培养出你这么个不知感恩的凉薄之人！"我说道。

"姑娘，管好你自己。"他瞪了我一眼。

"我要举报你，你生活作风不端，肯定工作也不单纯。你这种人怎么配得上组织的信任！"我说出这句话的时候，我自己都惊呆了。但是我真的太为存馨的妈妈鸣不平了，我把自己堆积这么多年的情绪全部宣泄而出。

仿佛那一刻，这个负心汉负的是我。

"你敢！"他吼道。

"你看我敢不敢！"我瞪大眼睛，大声说道。

他哼了一声，头也不回地走了。

存馨跑得气喘吁吁，她拉住了我的胳膊，问我们在说什么。我说没什么，然后拉着她的手往回走。

三个月后，存馨的父亲被留置了，但那真的不是我举报的。

三个月后，我考取了县纪委监委的公务员，而存馨却错过了她心心念念的这个岗位。

用心良苦

牟建平

第一章

夜晚，镇上的杨书记，人称"杨一把"坐在木制摇椅上，悠闲地看报纸，嘴里衔一根牙签，刚喝过酒。夫人孟主任，人称"孟九把"，正坐在沙发上为女儿织毛衣。女儿杨静在自己的房间里看与功课无关的书，还听着音乐。

有人敲门。孟九把起身开门。

只见又是一位夜访者，杨一把便放下报纸，坐得端正起来："你有什么事？"来访的男子说："杨书记，我是专门承包修路的，听说镇里要修高速公路，我来看看您和孟主任。"杨一把的脸上有点不解："你是怎么知道的？还没有传达精神呀。"来访者说："我的老婆是村里的妇女主任，是孟主任的部下，所以就知道了。"孟九把接过话来："他老婆是赵庄村的妇女主任，他是建筑承包商，在修建公路方面很在行。"来访者马上迎合说道："是的，我在修建公路方面很在行。"

杨一把说："是你要他来找我的？"

孟九把接过话茬，说道："这个消息本来就是省里的老上级提前告诉我的，他的意思就是想关照我的，我当然有决定权。这条公路反正是要给别人承包修的，不如就要熟悉了解的人，这样稳妥一些。万一市里给和县里的领导想插手，我们就被动了。我们要抢在前面。"杨一把又反问夫人："万一市里和县里的领导想插手呢？"

孟九把急忙说："这怕什么，本来就是省里领导告诉我的，安排我的，市里的、县里的也就不好意思说了。"

听夫人这么说，杨一把就放心了。

来访者听书记夫人这么一说，顿时暗喜，知道枕边风的奇妙作用，马上应承道："是啊，是啊，杨书记，请您放心，我会在工程质量上，严格要求。"

既然人家找到家里来，就得按家里的规矩办，听夫人的安排。于是，杨一把便装出一副支支吾吾的样子，说道："这个……还要等市里和县里传送精神，然后镇里还要开会研究研究。"

来访者知道"研究"的意思，赶忙拿出提包里用纸袋装着的一沓东西，放在了桌子上，这东西看上去轻巧，却显沉重。他起身要走，说道："这是我的一点心意，请收下，我走了，不打扰了。下次有机会，请书记到我家喝酒。"

杨一把有些不悦地说："这……这怎么行呢？"

孟九把起身送客："好吧，你慢走，以后常到家里来坐。"

来访者回应道："一定一定。"

孟九把送走客人，关上门，转身就对丈夫说："你还愣着干什么！"她拿起了那个纸袋。

杨一把问："这人可靠吗？"他瞅了一眼纸袋。

孟九把得意地说："不可靠，我非得选他吗？我相信他老婆，就相信他。"

她将纸袋顺势夹在腋下，故意不让他看。

杨静从房间走出来，问："爸，妈，你们在商量什么大事？神神秘秘的，这装的是什么东西？"

孟九把怕女儿看见袋子里的东西，赶紧一边走进了房间，一边说："大人们的事别问，还不去睡觉。"

杨静听后便没追问，说："我也要跟你们商量一件事。"

孟九把问女儿："什么事？"

杨静答道："我呀，想学拉二胡，高考可以加分。说不定，将来我要搞艺术，当明星呢。"

孟九把立即反对："为了高考，你非得要学那个干什么，你只要把功课学好，将来要学政治，学经济，学法律，你懂吗？只有政治、经济、法律，才是每个时代的命脉，才能让你占据有利地位。"

杨一把大声说道："你现在还是孩子，还不懂，人要有权力，才能更好地立足于社会。你看我这小小的书记，这么小小的权力，就有那么神奇的力量，吃的，用的，什么都有人送上门来。"

孟九把附和道："你要学那个艺术，能有什么用途，弄不出名堂来，也只是混一碗饭吃。"

杨静听得不耐烦，捂住了耳朵，喊道："你们说的话，怎么充满了铜臭味？我才不听呢。"她生气地冲进了自己房间，关上了门。

杨一把也站起来。

睡觉去了。

孟九把打开保险柜，把那纸袋摸了又摸，放心地塞了进去，上了锁。然后，自言自语道："只要有了钱，人都能登上天，还怕女儿没出息……"

第二章

第二天，杨一把为了修高速公路的事，带领镇上几名副职，各自骑着自行车，来到了赵庄村。在村主任的带领下，杨一把首先来到山上的金矿参观考察。到了晌午，又直奔村妇女主任李秀敏家中，解决吃饭的问题。杨一把在宽敞的堂房里，主持召开了一个简单的会议，主要传达杨副县长下乡调研的指示精神，迅速通报关于省际高速公路金牛镇路段建设工程相关情况，以及从镇上通往县城和省城，途经赵庄村的公路建设情况。还提出了要把村里的黄金矿产业做大做强的建议，最后三言两语结束了讲话，就开始吃饭了。

杨一把对村主任说："你们吃饭后就打牌，我头有点晕，想休息一会儿。"

村主任马上吩咐李秀敏安排杨一把到房间休息。

李秀敏打开房门去整理床铺。

杨一把就跌跌撞撞跟着走进去。

李秀敏满脸堆笑地说："杨书记，你就睡在这张床上，简陋得很，将就一下。"

杨一把笑眯眯地听着，回应道："哪里的话，这么好的床，还有这么好的人。"

李秀敏赶忙说："杨书记你过奖了。我去给您泡茶，泡浓茶，解酒醒酒的。"

杨一把连连答应："好啊，你真会体贴人。"

李秀敏端来一杯茶，送到杨一把面前，说："杨书记，请喝茶。"

杨一把笑眯眯地接过茶杯，笑着问道："他们在打牌吗？"

李秀敏略带微笑地说："打得正激烈呢。"

"那就好。他们打牌，我们就聊天。"他笑眯眯地望着她。

"你不是要休息吗？我不打扰你了。"李秀敏说完，正准备转身离开。

"我有重要的事情跟你说，别让他们听见了。"杨一把说着，关上了门。

"什么事，书记？"

"我夫人让你当上了村妇女主任，还让你男人承包了公路。我还让你去当金矿的会计，你乐意不？"杨一把问道。

"你们对我们的照顾太多了，还让我当会计，真不好意思。"李秀敏笑着说。

"别不好意思，刚才我在会上说了，以后金矿由镇政府管理，我就需要一个贴心的人当会计，管理财务。这个人你最适合。"

"为什么？"李秀敏不解地问。

"不为什么，我和夫人都对你们有种莫名的信任，这也许是人与人的缘分吧。"

"感谢你们的信任，一定做好你的贴心人。"

"好的，这我就放心了。"

"书记，我一定支持你。"李秀敏茫然地点点头。

"好的，今天就只对你说这些，以后还有更多的话，更重要的事情对你说，还教你怎么做。"

"书记，以后要我做什么重要的事情啊？不会是做坏事吧？听起来好像电视剧和电影里的情节，一个人指使另一个人去做坏事一样。我们可是善良的老百姓，不敢，也不会去做坏事的呀。"李秀敏有点紧张地回应道。

杨一把听后哈哈大笑："你真是善良美丽的大美人，忠厚淳朴的老百姓，我喜欢。让你做我的贴心人，我选对了。简单地告诉你吧，最重要的事情就是教你如何做好财务账簿，这里面有很深的学问。你没做过财务会计，一定不会做财务账簿吧。"

李秀敏略带惭愧地说："没做过会计，更不会做财务账簿。读书少，初中还没毕业呢。"

"读书少，不要紧，漂亮女人大多数都不爱读书的，以后我负责教你。你放心了吧，这不是做坏事吧，你不会害怕了吧，而且这会让你发财的。"杨一把安慰地说。

"不敢，不敢，只要书记发财就行。"李秀敏赶紧解释道。

"有财咱们一起发。明天我去县里开会，顺便跟你说一件事。上午我在车站等你，坐客班车，秘密行动。"杨一把略显神秘地对李秀敏说道。

杨一把上午参加会议时，李秀敏就在一家理发店烫头洗头，正好等他。中午，杨一把开完会就和李秀敏一起吃饭，然后找了一家偏僻安静的旅馆住宿。

二人刚进房间，杨一把就迫不及待地对李秀敏说："我走遍了全镇山山水水，见过全镇的妇女主任和无数女人，没有一个比你长得漂亮。"

李秀敏听得心怦怦乱跳，羞涩地低下了头，回应道："哪里比得上你的夫人啦，她有权，又漂亮。"

杨一把恰恰就喜欢这种羞答答的、含蓄的、温柔的女人，他接着说："她哪比得上你呀，你比她强十倍，百倍……"

"你又过奖了，你夫人有权力。"

"女人要权力干什么，女人只要有青春和美貌就足够了。只有男人才需要权力，世上的女人，用美貌可以夺取男人的权力，男人就用权力夺得女人的美貌，你懂吗？"

"你也小声点说，别让人听见了。"李秀敏红着脸说。

"来了这里，就不用怕了。告诉你，我俩的心要紧紧贴在一起，才算得上真正的贴心人，你懂吗？"

杨一把见时机成熟，一把将她搂住，说道："别怕，我们像小偷一样的，神不知，鬼不觉，别人是不知道的。"

"我俩还真像小偷一样呢。你这个堂堂的一把手，也当起了小偷。"

他嘿嘿地笑了两声。

他转了话题说道："我准备为金矿购买机器设备，这样才能提高效益，将来才能发大财。"

"什么时候购买机器？"

"要等待时机，现在镇财政没有计划，也没有专用资金……"

第三章

杨一把担任金牛镇党政一把手多年，有时会生出莫名的担忧，尤其是在夜深人静躺在床上睡觉时，今晚又是如此。

"那天去打鱼老头那里算命，现在想起来，有点担惊受怕。"杨一把感叹道。

孟九把突然从床上坐起来，大声笑道："怕什么，你还是不成熟，胆小怕事，连一个打鱼老头随便说的话都信。我们的老上级经常说'饿死胆小的，胀死胆大的'。这个也怕，那个也怕，能干大事吗？能像我们的老上级那样步步高升吗？要是有人举报我们，县里的人敢动我们吗？市里的人敢动我们吗？他们不是不知道，我的靠山是省里的'财神爷'，得罪了我，就是得罪了'财神爷'，他们不要省里的财政拨款了吗？"

"夫人高明。"杨一把后悔刚刚不该说不吉利的话。

杨一把接着说："那天在赵庄村开会，把修路的事情说了，还提出了镇政府接管赵庄村黄金矿的事。"

孟九把突然起了精神，立刻问道："怎么样？村委会的人都同意了吗？"

"都同意了。"杨一把大声地回答。

"那就好，这件事，你干得好嘛。"

第四章

果然，女儿杨静只考上了偏远地区一所大学。毕业后，她虽然参加了本县行政机关招录公务员考试，结果却不尽如人意，让她自己和爹妈都大失所望。

孟九把最终决定去省城找过去的老领导托关系，一定要把女儿送进体制内的行政机关部门工作，端铁饭碗，让她将来像爹妈一样，有权有势。

杨一把一脸高兴地问："行啦，她怎么进得去？"

孟九把对着他说："女儿打小，我就朝这个目标培养的。所以嘛，就得去找老领导。"

杨一把一脸惊讶地问道："这……这么多年了还行吗？况且，女儿的成绩又没上线。"

"怎么不行，只要我想做的，没有做不到的。经过这么多年的蓄积，该要发挥作用了，而且我就不相信没有作用。"孟九把得意地说道。

"好，又让你操心了，反正钱都是你管的，该用得用，该花得花，不都是为了女儿嘛。"杨一把点点头。

第二天，孟九把找到了位于省政府机关大院的财政厅。她在宽敞明亮的厅长办公室，见到了多年不见的老上级。

张厅长坐在办公桌前，点燃了一根名牌香烟，慢腾腾地，跟她聊天。他知道她又是来找他办事的，便问："你还是那样年轻，孩子多大

了?"

孟九把听到他赞美的话，一下拉近了彼此的距离，便放松地笑着回答："哪里话呀，岁月不饶人，谢谢您的关心，日子都过得很舒心，孩子都长成大人了，我正在为她的事操心。"

张厅长问道："孩子在干什么呢?"

她回应说："孩子大学毕业了，正在找工作呢。"

张厅长听了，有些好奇地问道："哦，想找什么工作?"

"像我们这样的，找个体制内的工作，端个铁饭碗。"

"当公务员，是好事嘛。"

"可是，她参加县里的公务员考试没被录取。我正在为她着急哩。"

"公务员是不容易考上，比高考要难。"

"是啊，孩子当年考大学顺利，没想到考这个就犯难了。"

"毕竟公务员的指标有限，竞争激烈。"

"请问领导有没有办法?"

张厅长停顿了片刻，缓缓地说："这个难度大。当年，我的孩子高考成绩也不理想，就把孩子送到了国外学习，让他'镀点金'。可他就是有点不听话，有点漂浮，也让我操心。"

"出国留学好啊，孩子将来前途无量啊。"

"这个也要看他的造化。"

二人突然沉默不语……

孟九把趁机将提包里，用报纸包裹的礼物拿了出来，放在了茶几上对着张厅长说："这是我的一点心意，平常也没时间来看你，请收下吧。"

张厅长看到她的礼物，语气生硬地责备道："你这样就见外了，那就破坏了我们的情义，快放进去，在办公室被人看见了，影响不好。"

　　她毕竟在下面基层官场混迹多年，懂得迂回战术。她便迅速把礼物放进了包里，想到了约他去招待所叙叙旧，然后再送给他，他也乐意，而且安全。如果他不去，说明他真的不要礼物。孟九把说道："厅长，如果你晚上有空，请到我住的招待所叙叙旧，聊聊天吧，你过去的一些老部下，还经常惦记您呢。"

　　张厅长见她发出邀请，眼眶里放出了异样兴奋的光芒。他暗自得意，认识到她的聪明、机敏，以及圆滑。尤其是得意自己过去的眼光，知道她是个聪明能干的女人。

　　晚上，张厅长如约而至，准时来到了她住下的招待所。孟九把告诉他，如今，镇里又把金牛山的金矿开采起来了，村民们的日子过得顺心了。他称赞了孟九把有能力，能把那个废弃报废的金矿又重新开采，很不简单。当年金矿就是在他的领导管理下，由兴到衰，最终倒闭报废。现在又重启，值得肯定。

　　孟九把趁张厅长高兴，又拿出了女儿的照片给他看。

　　他仔细看了看，对着孟九把说："长得真漂亮，就像当年的你。"

　　"是吗？我觉得也像你，尤其是鼻子，和你一模一样，高高的，直直的。她一点也不像她爸那样的，扁平的，没有气质，平平庸庸。"孟九把回应道。

　　张厅长听后，惊叹不已，追问道："不会真是我的吧？"

　　她的脸色唰地红了，略带羞涩地回应说："要是真是你的就好了，我也不用操心了。"

　　"如果真是我女儿，我会用尽全力培养她，让她过上上层社会的生活。"张厅长信誓旦旦地说。

　　"把她当成亲生女儿，不行吗？"孟九把问道。

　　"哪个当爹的，谁不想有个贴心小棉袄，尤其是我这把年纪了。"

张厅长感慨地说道。

"对啊，让你白白得了个女儿，还不好吗?"孟九把追问道。

"当然好。那就做我的干女儿吧。能不能让我见见她?"

"好啊，成了你的干女儿，以后就能见到了。"

"好啊，有了干女儿，真是太幸福了。以后她想要什么，我一定想办法。"张厅长听了孟九把的话，高兴极了。

孟九把激动得忘乎所以，再也不用担心那个窝囊丈夫，培养不好女儿。

深夜，张厅长再三推辞一番，却还是带上她的礼物，才离开招待所。

孟九把独自一人彻夜未眠，浮想联翩，想到了女儿的未来前途……只要张厅长带走了礼物，而且杨静又成了他的干女儿，这样一来女儿的前途就不用担心了，从此便高人一等。

第五章

两天后，杨静跟着孟九把第一次走出大山来到了省城。杨静看到眼前这位苍老的长者，不知是紧张，还是什么原因，硬是在孟九把多次催促下，喊了一声："张伯伯，您好。"然后，脸一下变红了。

张厅长走到她们母女面前，连连招呼："哎哎哎，快请坐，快请坐。"

于是，孟九把拉着女儿坐在了他对面的双人沙发上。张厅长亲自给她们倒茶水，并一一给她们递上，然后坐在对面沙发上，亲切地与孟九把拉家常。

谈话中，张厅长一边与孟九把聊天，一边不时地把目光投向杨静。他惊异地发现，坐在眼前的这名将要认自己做干爹的女孩，其身上还真有自己的模样——白净的皮肤，修长的身材，高高的鼻梁……虽然带着山里女孩子的羞涩与野性，却潜藏了城市女孩的气质。这哪里是什么干女儿啊。

中午，在省城最好的酒店，张厅长用美味佳肴盛情款待孟九把与杨静母女俩。

张厅长一边介绍每道菜的名称，一边为母女俩不停地夹菜。

杨静被他的热情感染，不时地回应他的热情："谢谢张伯伯……不麻烦您，我自己来。"

孟九把看见女儿渐渐消除了对张厅长的戒备，心中乐开了花。她抓住时机，要女儿大胆地喊对方叫"张爸爸"。可杨静就是喊不出口，听到孟九把这么一说，她的脸上起了红晕，只顾低头用筷子往嘴里扒饭，就是不好意思喊出"张爸爸"。孟九把在她身边不停地轻轻碰她，催促她。

张厅长非常善解人意地为杨静打圆场，对着孟九把说："你别性急，咱们是初次见面，你的宝贝女儿还对我很生疏呢。她一定是觉得我太老了，比起她的亲爸，不好叫'爸爸'。"他一边说，一边用温和慈祥的目光善意地望着杨静。

孟九把也在打圆场："我的宝贝女儿哪里是这个意思呀。想当年，你在我们大山里当领导的时候，多年轻潇洒帅气呀，不也是与我和她爸，一起工作过的同事吗？您只不过是过度劳累，拼命工作，催老了身体，才换得了厅长的宝座。而我和她爸至今还在大山里当那个小小的乡镇领导呢。"

聪明的杨静听到妈妈的话，真敬佩妈妈是在官场上混过来的女强人，突然让自己找到了说话的灵感，就连连随声附和道："是啊，是啊，为了革命工作，为了人民工作，一定是张伯伯太劳累了，其实一点也不显老啊。"

张厅长听到杨静说的这番话，心里顿时热乎乎的，顺势说道："是吗？杨静真懂事，真会说话，不愧是孟主任的女儿，干部家庭出身的女儿，一定是遗传，将来一定比你妈妈更有出息。"

孟九把觉得在这个时候到了火候，便应承说道："我的宝贝女儿，当然将来比我更有出息，这不仅仅是我的遗传，更是有你张爸爸做后台啊。"

张厅长听了更高兴了，心花怒放，回应道："只要杨静成了我的干女儿，保她将来要风得风，要雨得雨。你们的县委书记杨业富，就是我当年一手提拔起来的，从村干部，到乡镇干部，到副县长，直到现在的县委书记，没有我的亲自关照，他能有今天吗？明天只要我说一声，我的干女儿立马就会成为一名公务员，将来前途无量啊。"

听到张厅长的这番话，孟九把觉得时机到了，便催促女儿道："是啊，宝贝女儿，我和你爸，将来也要跟着享你的福啊，你将来就是爸妈的保护伞啦。你怎么还不喊'张爸爸'啊？"

聪明的杨静知道到了这个时刻，再也不能迟疑了，也顺着妈妈的话，说了一句顺理成章的话："我的将来，当然要靠'张爸爸'啊。感谢'张爸爸'。"

张厅长听后，开怀大笑，立马说："好好好，今后只要我的女儿说一声，我这当干爹的一定赴汤蹈火，在所不惜。我今晚就给你们的县委书记杨业富打电话。如果这小子不听我的，我要揍他。"

第六章

孟九把和女儿杨静回到镇上没过几天，就急于去找县委书记杨业富。同时，她还做好了两手准备，一手是物质上的硬准备，一手是思想上的软准备，争取软硬兼施，双管齐下。

不料那天，当孟九把来到县委办公室，负责接待的一位秘书告诉她说杨业富书记已调到外地市担任副市长，走前留了一封信给她。

孟九把回到家里，一脸沮丧的表情，一屁股坐在沙发上，一言不发，然后把信打开让女儿看。

女儿杨静一口气就看完了信，也低着头，默默地站在那儿，一动不动。杨静十分苦恼自己认了干爹，一点作用都没有，更何况认干爹的行为对自己的亲爸是一种爱的割让。考虑了一会儿，杨静决定不再依靠干爹，也从此不认这个干爹，今后完全靠自己努力，还发誓重新复习功课，准备再次迎考。

第二天，杨静立马就动身去了公考培训班。杨静通过努力学习，使语文成绩名列前茅，让老师和同学惊讶不已。其实，杨静从小就有写作天赋，从小学到中学，她的作文总是轻轻松松得高分。功夫不负有心人，第二年杨静通过了全县事业单位公开招聘考试，最终成为一名县中学的教师。

尾 声

三年后，金牛镇发生了一件令人意想不到的大事，让镇上的百姓在街头巷尾传得沸沸扬扬。

杨一把和孟九把夫妇因犯贪污罪蹲进了大牢，后来刑满释放。一天，杨静下班回到家里看到憔悴衰老的父母，沉默无语，深感愧疚。杨一把伤心大哭，对杨静说道："闺女，你要我们去自首，没有错，都是我们的错。这是老天在惩罚我和你妈。"说完，杨一把突然精神失常往外跑去。

杨静赶紧跟在后面追赶，好在没跑多远就把他拉回了家里。

孟九把看着杨静，缓缓地说道："幸亏你把他拉回来了，要不，他又要在外面出洋相了。自从家里出了这件事，我们便很少出门，人言真的会压死人啦。"

麦子熟了

李秀如

"待麦子熟了，我便回来。"

清澈稚嫩的声音在梦境的深处回荡、飘散，洒落在被无际的金黄的麦浪包裹着的平原上，朦胧且遥远。

高考前夕，阳光倾泻，略显闷热。我从床上挪到餐厅吃早饭，揉揉惺忪的睡眼，听着父母有一搭没一搭的聊天。突然，爸爸看向我，"听你姐说，前两天咱村一校长去世了，小时候教过你，还挺年轻……""唉，可惜了……"一时茫然，我微抬起头，想说什么，却又无言。

我想，高考完该回去一趟了。

六月中上旬，高考一毕，我便独自踏上了回乡的路，义无反顾却又惴惴不安，想要追寻，却又怕徒劳而归。长达八个小时的大巴，承载着我的思念与彷徨。

在汽车轻微的颠簸中，在窗外飞逝的风景中，一缕细线兜兜转转将我的思绪拉回到我日思夜想的童年。

六岁之前，父母因外出工作无暇看管我，我便和爷爷奶奶生活在一片偏远平原上。随着时代的不断发展，大批青壮年选择外出打工，纷纷离开家乡。这个古老的乡村变得孤寂而静谧，留下的老人和儿童，与苍黄干裂的泥土斑驳点缀的低矮砖瓦房，共同匍匐在这广大且年迈的黄土地上，半眯着，等待被唤醒。

靠在窗边，静看，不知过了多久，连绵起伏的群山与漫山遍野的夏的绿意被一片接着一片的黄土地接替。远处的麦田中，金黄的麦子连成一片，似一座金色海洋。微风一吹，麦子荡漾，它们相互拍打，收割机慢慢驶过，留下的那满是秸秆的道路，仿佛成了渔船划过的余波。

黄老师是一个刚刚毕业的大学生，便是在这时只身来到这孤寂僻远的村庄。他个子不高，戴个眼镜，一看就是个读书人，他一来为村庄增添了一道别样的青春的气息。

儿时，农村教育条件差，读书都挤在一个泥巴房里，地面凹凸不平，光线不足，只有一盏泛黄的煤油灯。没有课桌椅，上课需要自带凳子，而桌子就是狭长的长板凳。学校离家不远也不近，在乡间小路走上个十分钟便到了。农村的早晨雾气笼罩，凉意袭人，搬个小木凳一路朝东走，看着太阳从地平线缓缓升起，绚烂的红光蓬勃蔓延至整个蓝天，是温暖与希望的模样。

他一个人几乎承担了低年级所有的科目和大部分高年级语文、数学甚至体育科目的教学任务，低年级加上高年级。他住在小学门口的保卫室里，不到十平方米的房间，一张窄床，一个书桌。床头和桌上是各样的书，整整齐齐地摆放。门外是用蓝色的塑料薄膜架起的棚子，下面放了一口孤零零的锅，朴素得不能再朴素了。保卫室在学校的东北角，周围长满了杂草，地面潮湿，环境阴冷，后来经黄老师改造，换了另一副模样。书桌正对着栅栏窗户，窗户正对着校门。每天上学，最期待的都是隔着窗户与伏案读书的黄老师打一声招呼。

蔚蓝的天、泛金的麦与耀眼的霞光，在飞驰的大巴中，将窗外的一切调和成一块黄、一块蓝的光影。

我的小学就坐落于排排的麦田前，麦穗一年年地收获，伴随着孩子一步步地成长、入学、受教，最终也如他们的父母一样，飞离故乡。

可总要有人回来的，并且永远留在这里。

黄老师性格温和，善解人意，总能给予每一个孩子包容与理解，他的言谈举止至今如一缕清风，拂过每一颗稚嫩的心。他教我们说普通话，一字一句，在潜移默化中打开语言之门；他幽默诙谐，让课堂变得生动，逗得大家哄堂大笑；他和我们一起玩耍嬉闹，丢沙包、跳长绳、踢毽子，甚至在下雨天的洼地里踩水坑，尽管我们回家后会挨奶奶数落，紧接着围着院子一顿追。

不久，黄老师就担起校长一职，身负更多责任，他也愈发呕心沥血。然而，我们还是更习惯于叫他老师。

为了营造更好的学习环境，他申请上级拨款，为我们添置桌椅，更换照明充足的白炽灯，让我们在整洁明亮的教室内学习。甚至自费买了乒乓球桌和羽毛球网架，教我们各样的球类运动，参与更多丰富多彩的体育活动。

为了让每周一的升旗仪式正常进行，他借来梯子，爬上倾斜的瓦房，将残破的升旗杆修理好。那天上午，一双破旧的布鞋颤颤巍巍地踩在铅灰色的瓦片上，随着层层排列的瓦片慢慢向前挪。此时，所有在早读的孩子都被窗外的景象吸引，纷纷跑到旗杆旁，仰头盯着房子上辛劳的身影。光灿灿的朝晖肆意倾洒，老师身上如同镀上了一层淡黄色的金。在单纯的我们的心中，黄老师像一个高大威猛的英雄，守护着我们，守护着这里的每一寸土地。

最终，鲜艳的红旗在老师的操控下冉冉升起，那红色是如此的鲜艳，如此的气势磅礴。此后，每当阳光照耀大地之时，麦田旁就高高竖起一面鲜红的国旗，仿佛一团烈火点亮了整个麦田。金黄的麦浪展现着大自然的馈赠与力量，它向人们诉说着无穷的温暖。而红色的旗帜象征着希望与力量，在微风中迎风飘扬。在这强烈的生命力之下，这片古老的大地也在缓慢苏醒。

故乡的景色似乎在我的心中蒙上了一层薄纱。

七岁那年离开家乡，最初几年还会在暑假的时候回乡住上一个月。后来因为学业繁忙，回乡的次数越来越少，时间也愈来愈短。三年疫情，更是几乎完全阻滞了我回乡的步伐。

车窗外金色麦子随风摇曳，微风轻抚着金黄色的波浪，在阳光的映照下闪耀着美丽的光芒。我不禁陷入对家乡的思念之中，那片恬静的土地记录了我成长的点点滴滴，每一根麦穗都仿佛是童年的记忆，让我心中充满着温馨和感动。

"麦子熟时，我就回来了。"孩童时对黄老师的承诺，我始终没有实现。

那年父母回乡接我去外地读书，我"一哭，二闹，三上吊"。多年的农村生活让我对父母并不熟络，只知故乡的一草一木便是我的全部宇宙。

最终，黄老师来了。

我们在金色的麦田里缓步走着，泪水始终挂满我的脸庞。

"外面的世界更广阔，有更好的教育资源、学习环境。你可以学到很多老师教不了你的东西。"

"我才不要离开你们。"

"离别是为了更好的相遇，不是吗？当你想念家乡的时候就可以回来。"

"那等麦子熟时，我一定回来看你……

"老师，那你为什么要来这里呢？"

沉默良久，黄老师望着远处那粒粒饱满的麦穗，缓声道："因为热爱。种下去的种子总会有丰收的那一天。"

稚嫩的我似懂非懂，只知道我应该是要走了。

起初三年，一到暑假，我便嚷嚷着让爸爸送我回故乡。可因为外面的放假时间晚，我始终没有赶在麦子熟时回到故乡。每次回乡，我便急急忙忙跑去学校，黄老师一看到我，眼底便漫出深深的笑意。他总是回忆着我的过去，打趣着："那年冬天，大雪下了一整夜，北风呼呼地刮，那雪能没过了我脚踝，我想肯定没人来上学了，结果上课铃一响，你推开了教室门。毛线帽上、棉衣上满是颗颗雪粒，鼻子嘴巴都冻得红彤彤的，眼睛却亮亮的，满是对知识的渴望。我给你抖了抖身上的雪，就这样单独给你上了一天的课。那时我就想，真是个顽强有毅力的孩子，以后肯定能有出息。有一次发洪水，你们以为我出事了，带着全校学生到处哭着喊我。"

那次洪水突如其来，雨从前一天的夜里开始下，一直下到第二天下午，从细雨到暴雨，伴着雷鸣般的声音。学校处于低洼地带，不断积水，再加上淤泥堆积，水势不断升高。当雨水从泥巴地漫灌进来的时候，正在讲课的黄老师意识到不对，紧急疏散我们到学校的高地上，自己则转身就跑去疏散其他学生。水位越来越高，路面逐渐泥泞，难以行走，黄老师顶着巨大的水流，努力护送学生渡过危险地带。当学生被全部护送完后，那间摇摇欲坠的房屋终于抵不过滚滚而来的泥水，坍塌了一半。可是黄老师还没有出来。

直至天黑，雨势渐停，洪水退去。可不论我们如何呼喊，都不见黄老师身影。最终，在倒塌的那侧房子的角落，黄老师晕倒着，腿上被压上了重重的房梁。那晚的抢救，只听到黄老师一遍遍地重复："我

是党员，应该做的……"

在这条崎岖的乡间小路上，每当知了放声高歌时，几个孩子都会你追我赶地跑向东边那所乡村小学堂。黄老师早早地准备好了小凳子和小黑板围在保卫室旁，等着孩子们到来。他教我们练书法，学画画……在后来那些不曾回乡的暑假，我无比怀念那段欢声笑语的纯粹时光。

夕阳西下，大巴缓慢驶进了乡间小路，这条路仍然狭窄，只够一辆车的宽度，却重修成了干净平坦的水泥路，直通小镇的集市。排排房屋后的麦田依然清晰可见，所幸这次我终于赶在了麦田成熟时回到了故乡。

晚霞将天空染成一片火红，麦田也被映得通红，犹如一幅绚丽的画卷。在这美好的黄昏时刻，寂静的村庄开始热闹起来。一缕炊烟袅袅升起，唤起了村庄古老的记忆。

大巴准确地停在了家门口，因为长时间无人居住，院前原本打理得井井有条的菜田，被蔓延生长的杂草掩盖。沿着红砖铺就的小路向下，门前失色的灰红木门上，门锁已生了锈。我没有进家门，转头走向了学校。一路上，路边闲聊的人们纷纷哑了声，惊异地上下打量着这陌生的外来人，直到一位老婆婆认出来我。

你一句我一句的嘘寒问暖，让我的心头一热，泪水瞬间湿了眼眶。故乡之所以为故乡，是无论你何时回来，无论你是春风得意还是遍体鳞伤，它都能如母亲般拥抱你。

"还记得小学的黄校长不？他可经常夸你呢……"

"黄老师到底发生了什么……"

我继续向东走去，步伐越来越快，追逐那一抹流逝的时光，那一个坚毅且伟大的身影。脚步重踏，呼吸急促而坚定，奏起一首雄壮的交响乐。终于，在霞光中我再次看到了那抹红，不同的是，如今的旗杆更高大，雄伟地傲立在平原大地上。视线右移，四五层的整齐教学楼缓缓排列，积水的洼地也平坦干净，再也没有发生洪涝的可能性。

村民们说黄老师自己生活很简朴，却对村里的贫困户很大方，把村民当成自己的亲人，经常自掏腰包慰问村里的孤寡老人和留守儿童。他帮助村民割麦子、收玉米、摘西瓜，他为学校的建设到处奔波，忙前忙后。甚至还开设了老年教室，利用晚饭后的时间把老年人聚在一起，教他们学会基本的算术、识别药品的种类以及使用手机给儿女打电话……

可这红烛终是为照亮别人，过早地燃烧了自己。黄老师在而立之年罹患绝症，面容憔悴，骨瘦如柴。但红烛即便燃烧到最后，也还要进行勇敢的冲刺。黄老师仍坚持上课，站在三尺讲台之上，直到生命的最后一刻。村民给他送水果食物，他一概不收；群众集资要给他治病，他也拒绝。

捧着一颗心来，不带半根草去。黄老师死后没有留下遗产，他毕生的钱财都用于教育事业和乡村建设。按照遗愿，他的墓地被建在学校后面的麦田里。一座堆起的小山被层层金黄的小麦拥抱。从前是他以一己之力守护着学校，如今学校站在他的身前，无数充满希望的灵魂与小麦一起为他遮风挡雨。

泪水打湿了眼眶，内心却无比温暖与明朗。黄老师的肉体虽不复存在，可他的灵魂与麦子一同拔节、孕穗、开花、丰收，硕果累累，得以永生。

古人云："不受曰廉，不污曰洁。"清廉作为一种价值取向，历经

千年仍是时代永恒的呼唤。教师作为人类灵魂的工程师，更要懂得廉洁的含义，牢记要廉洁从教。"礼者，所以正身也；师者，所以正礼也。"黄老师的一言一行都深刻体现着儒家仁义的思想，通过言传身教，帮助学生树立正确的人生观价值观，明确人生的方向。

麦田深深，步履不停。探寻黄老师的足迹，我似乎也找到了自己人生的方向。

麦子熟时，是丰收的时刻，也是新的开始。

大山将倾之时(节选)

胡雨竹

在一个临时准备的问讯室里，林青云戴着手铐面色憔悴地坐在凳子上，这是一次突击问话，关于前段时间山体滑坡造成数十人死伤的问讯。林青云不由自主地有些担忧，因为那次重大灾情，上级以极快的速度勒令停止整个倒山计划，并迅速派人来阳明县调查。之所以上级反应如此迅速，主要还是因为一篇报道在社会上造成了极大影响，至于是怎样的一篇报道，请细细品味。

"林青云同志，你与你父亲林西涉嫌暴力胁迫他人劳动，非法挪用公款，非法雇用童工，挑唆下属欺压人民群众，并且施工工程存在严重的安全隐患，并因此造成大量人员死伤，对此你有什么想说的吗?"

"最后一条没错，对于这件事我也确实感到愧疚，但前面几条完全是无稽之谈。"

"怎么说?"

"这话应该我来问，你们是基于什么根据来判定这些罪名的?"

"请问是否有一位名叫洪奋烈的记者去往你们那里采访?"

"是的。"

"这都是他刊登在《真实报》上的报道，并且附上了照片，请看。"

林青云接过报纸，看了看那些明显是有意拍摄的照片和那些对他猛烈抨击的文字，瞬间气不打一处来，气愤地说道：

"胡说八道！狗屁的《真实报》，他说自己是真的就是真的了?!"

"林青云同志，请注意你的言辞。"

"我注意不了！平白无故遭人构陷，我怎么还顾得上这些！"

接着，他就对着这上面的每一项罪名逐一解释，检察官十分认真地记录，记录完毕后他们说道："嗯，还有要补充的吗？"

"暂时没了。"

"那我总结一下，事情的起因是大概在三个月前，你和同事去那座大山爬山，结果有一个人不幸摔了下去，然后经阳明县国土资源局局长王天铭的勘测，发现大山有将要倒塌的风险，后来又几经波折，最后你定下了倒山计划，而参与这个计划的人，都是由你父亲林西管理的通明乡渔民合作社的社员。由于你父亲的号召，他们纷纷无偿且踊跃地投身于这个计划中，但由于资金不足，安全问题无法解决，最后造成了这种结果，是吗？"

"是的。"

"那我有几个问题，你的父亲是不是通过暴力手段逼迫他们入的社？"

"不是！"

"那他到底是靠什么才能让三万渔民对他言听计从？你该不会说这完全是他个人的号召力吧？那可是三万人！你知不知道如果这是黑恶势力的话，会产生多么恶劣的影响？"

对方言之凿凿，并且表现出了愤怒的情绪。听到这里，林青云反而十分冷静，不屑地嘲笑他。

"你是在瞧不起谁？"

"你什么意思？"

"你如果瞧不起我爹，那你可以闭上嘴巴，我爹的能耐和胸怀，不是你能理解的，他凭着自己过硬的本领带着这通明乡三万渔民跨过了贫困线，放眼整个县你如果问哪个群体最富有，那就是渔民，这就是大家愿意跟随他的原因。如果你是瞧不起人民，那你可以辞职滚蛋了！别把三万个体力劳动者想得那么窝囊，他们比你有血性，我爹再厉害，他有几条命？三万人一起吼一声都能把他震死！他们又不是傻子，没有到分不清好坏的地步！"

"……"

这一番话直接把对方骂得说不出话来，这时另一个检察官连忙说道："好了，情况我们了解了，我们会去进一步核实，我们走了。"

于是，对于林青云的审讯暂时告一段落，但对其他人的才刚刚开始。

"姓名，林西。年龄，六十六岁。父亲是前阳明县委书记林心民，对吗？"

"没错，不过这还是近五十年来第一次有人在我面前提我父亲的名字。"

"你十八岁那年以工农毕业生的身份被举荐到N大学，并以优异成绩毕业。毕业后，到了通明村定居，是吗？"

"没错，沾了我爹的光，虽然他直到最后也不同意我占着这个名额，但架不过他们，最后希望我自己放弃，但我那时年轻不懂事，没答应，就去了，但上到一半就后悔了，但如果不上，那就更混蛋了，所以就想着好好学，然后回来帮大家干些事。"

"你的意思是你的父亲没有干涉名额的分配？"

"当然，这种事很好查，虽然我的儿子也当上了县委副书记，但没人知道他和上任县委书记的关系，而我爹早就死了，没人会受他的影响而说谎，你只要随便找个老人家问问，就知道我父亲是怎样的一个人，他绝对无愧于一个共产党员，一个马克思主义者的身份。"

"可资料上显示，你自从到了通明乡，就没回过县里，也没有与你的父亲接触，这是为什么?"

"孩子做错了事，就会怕老爹的骂。在他没能拿出足以弥补错误的成绩前，他都不敢去见自己的老爹。很简单的道理，而且这点在我们家表现得十分突出。"

"你是指林青云也几十年没有和你联系?"

"没错。"

"你们确定这些年来从来没有联系过?"

"当然。"

"可是听说上个月你指使陈穗前后一周都在车站接他?"

"没错。"

"如果你们没有联系，你怎么知道他会来? 还是说其实你们一直有联系，而你在说谎?"

对方的语气立马变得尖锐起来，但林西完全不为所动，只是缓缓说道:"很简单，因为这是规律。"

"规律?"

两位检察官面面相觑，然后接着问道:"什么规律?"

"大山将倾，青云就会来投靠我们。不是他选择了我们，是他需要我们，而我们也选择了他，我们选了谁，谁就是青云。当然，还有一个原因，我们的渔民兄弟会经常去往县里，每次回来都会告诉我打听到的消息，所以他的情况我十分了解。"

"既然你这么关心他，为什么你不去见他呢?"

"那你觉得为什么我的父亲不来见我呢? 你觉得在那时候阳明县到处都是他的追随者，我回来了这事你觉得他不知道吗?"

"那到底是为什么?"

"也很简单，我们都在期待，期待着他真的能拿出亮眼的成绩来证明他确实比我们优秀，确实他才是对的，而我们自己的思想已经落后了，我们寄希望于他能超越自己的父辈，如果他能做到的话，我们会无比喜悦，因为那对人民来说绝对是有利的，对阳明县发展也是有利的，所以我们都满怀期待地等待，都希望那一天能到来，但很可惜，我没能做到，他现在也没做到。"

"……"

"那你还有什么要补充的吗？"

"没了。"

"好，那我们先走了。"

自此针对林家父子的审讯告一段落。第二天，林西被放了出去。

林西和一些渔民以最快的速度回到了致远村，发现许多人已经在那村里一个大荒地上围成一圈等着了，并且都穿上了白衣服。看到这种情景，林西也感到些许悲凉，并且他还隐隐听到了抽泣声，就更加让他感到愧疚。于是他在穗子的陪同下慢慢穿过人群，走到了中间，发现几十个骨灰盒整齐地摆在那里，然后上百个人跪在地上围着那些骨灰盒，看到林西后，他们纷纷站了起来，强忍着泪水问道："大头，为什么啊？为什么会这样啊！他怎么就这么命苦呢？"

大家又哭了起来，林西赶忙安慰：

"别哭，事已至此，虽然我说这话可能不合适，但我不说，别人也说不清楚，大家都坐吧。"

于是，包括穗子在内，所有人都坐了下来，只有林青云站着。

"兄弟们！我问你们，我们当初为什么非要扳倒那座山？难道是我们闲的？我们有病？不是！因为这座山它要倒到湖里，要让大家不好过！可我们偏偏就要好过！所以我们就不能让那座山倒到湖里，这不是我们想不想的事情，这件事是非做不可的，没得选的，但是我问你们，这件事我们干不干得成？事实已经证明，这件事我们是干得成的！既然我们现在的生存受到了严重威胁，但我们可以把这个威胁清除，并且还可以把这个威胁变成让我们过得更好的金山！那我问你们，干不干？"

"干！"

"没错，我们是会去干的，因为我们都想过得更好。可是，干，不是一件简单的事，这干，它是一场斗争！斗争，就免不了流血，甚至牺牲，这是在所难免的！但是，从流血中总结经验，以保证未来少流血，这也是我们必须做的。如今的结果，是一次惨痛的教训，是被我们以前忽视了的，但这件事，把问题摆在了我们面前，那我们就要去重视它。我们在做的事是一件史无前例的事，我们也没有经验，只能摸着石头过河，挫折是在所难免的，我爹说过，当年红军的革命也不是一下子就成了的，因为许多失误，出现了许多不必要的牺牲。但从历史来看，这些牺牲又是有必要的！没有这些牺牲，那我们就意识不到问题，就无法真正强大起来，就算那时侥幸避免了，下一次还是会发生，这是无法避免的。所以，我们不能光顾着悲伤，要吸取教训，去寻找办法，知道吗？"

大家就那样静静地听着，没人插话，林西的讲话结束又过了许久，穗子才怯怯地问道："伯伯，那山我们还是要倒的对吧？"

"没错。"

"可他们不让我们靠近了，我们该怎么办？"

"没事，我有办法，我们先凑点钱把兄弟们的后事料理好。"

"钱都凑好了，都捐了，凑了几千万呢，抚恤金已经发了，我们商量了一下，不摆酒，就直接下葬。"

这让林西不禁感到欣慰。刚才一直都没有流泪的这个男人，现在却情不自禁地流下好几滴泪珠。

"伯伯?"

"你别说话,我没事,只是感到欣慰,之前大会上一个个还怕自己被占了便宜,现在又不在乎钱了。"

"伯伯,现在说这个干吗,这不是应该的吗?"

"不不不,你不理解,这种跳出了私有观念的想法,是最后理想社会得以实现的基础,这是火苗,是希望,明不明白?"

"我……明白了,那我们把兄弟们葬哪?"

林西听到这个问题,想了想,回答道:"先不下葬,先放家里供着。"

"供着?"

"没错,我选好了地方,就葬在那座山占着的地里,等我们把山扳倒,那个地方就是最靠近湖的好地方,到时候就葬在那,大家觉得怎么样?"

"好!"

"好,那大家都准备一下。五天后准时开工!"

"伯伯,五天内你就能解决得了这硬茬子啊?"

"我不是说了吗?我有办法,好好等着。"

"那你现在去哪?"

"县里,去找林青云,走了。"

"啊?"

林西并没有理会他的惊讶,而是肩负着责任、怀揣着信仰,不顾一切地走去……

林青云被暂时关押在派出所的这段时间十分憋闷,明明自己所做的一切都是为了大家好,结果现在自己反倒搭进来了,这让他感到十分不甘。但关在这，他也无计可施，只能期盼公正尽快降临到自己身上。于是就抱着这一丝期盼，他浅浅地进入了梦乡，但没过多久，他就被叫醒了。

"林青云，有人要见你……"

林青云被带到接见室里，看到来的人是林西，愣了一下，但马上坐了下来和林西对视着。第一时间双方都保持了沉默，就那样相互看着。就这样过了一段时间，林西还是先开口说了话。

"在这的感觉怎么样？"

"还行，至少被逼得不得不什么都不做，还算清闲。"

"现在你对你自己的处境知道多少？"

"不就被诬陷，然后背了一堆罪名吗？"

"那如果我告诉你那些罪名现在都已经被推翻了，但你还是不能出去，你怎么看？"

"什么？为什么？"

"现在舆论闹得厉害，他们都骂你是贪官、狗官、毒瘤，还有一些别的，在想办法平息舆论前，你都得待在这。"

听到这件事，他内心的怒火又上来了。

"他们怎么能这么不管不顾地侮辱我清白？"

"那你感觉怎么样？"

"一肚子的火。"

"你觉得他们说错了？"

"难不成他们还说对了？"

"那你觉得错误都在他们吗？"

"那不然呢？"

"那你活该，还是老老实实在这待着吧。"

这话一下子把林青云整得不知所措。看到自己儿子那疑惑的表情，林西的火气也上来了，但他还是冷静地问道："我问你，他们为什么骂?"

"谁知道，大概就是想拿个人当靶子来发泄不满吧。"

"没错，那你想过没有，为什么他们需要这个靶子?"

"……"

"因为他们心中有对于那些个腐败分子的怒火，人是有阶级性的动物，他们对于同阶级的人有一种无意识的共情，他们会觉得自己也和那些人一样，也遭受着不公，他们绝不只是为别人打抱不平，也是在为自己呐喊。"

"……"

"那我再问你，我们村在发展上的主要矛盾是什么?"

"额，工人和老板之间关于利益分配的矛盾?"

"短期来看确实是如此，那长期呢，未来几百年呢?"

"……"

"首先你要明白，我国是个社会主义国家，她区别于西方资本主义国家的地方就在于那些国家的发展完全被大财阀掌控。对他们来说，只要国家还能让他们赚到钱，那国家怎么样都无所谓。只要有足够的利润，他们什么都能干出来，我国发展的基础就是广大无产阶级的劳动生产，而我们国家发展的总舵手就是政府。所以，我国想要持续发展，那就避不开人民和政府的协调，协调好了，国家就能发展，没协调好，那发展就会出现危机、停滞，甚至倒退。所以，你就会明白，自从我国在军事上拥有足以在美国的军事威压下自保的能力后，他们就频频对我们内部进行分裂，想让人民去敌视政府，以此让我们步苏联的后尘。"

"嗯。"

"那我再问你，你知道怎么解决吗？"

"……"

"加强交流，这是唯一的法子。那我问你，谁是架起人民和政府沟通的桥梁。"

"……我们。"

"没错，所以你知道我要说什么了吗？"

"完全知道了，你就是想说我态度还是不够端正，没和人民群众站在一起呗。"

"没错，你虽然跟我学了主义，也认同它，可你的大脑里却还是有西方的那种精英主义思想，或者是说个人英雄主义，你虽然嘴上认同群众，但大部分时间你从没想过依靠他们，只有到绝境时你才想起来。听说你去参加那个同志的葬礼然后被家属大骂了一顿，怎么样，心里不好过吧？所以我说你这么大岁数却还是个半吊子的水平，十年来都在原地踏步。"

"好了，你来这总不会就是来泼我冷水的吧？"

"被你说对了，我来这就是为了泼你冷水。"

"……"

双方又再次陷入了一段短暂的沉默，最后还是林西先开了口。

"我曾经犯了错，所以我一直都很愧对你爷爷，所以我这些年一直都在警醒自己。我当初开了一个不好的头，作为人民干部的儿子，我却拿了人民的儿子的名额，或许是我应得的，但我开了这个头，那其他干部呢？他们会怎么想？他们难道就不想让孩子去上大学，去接受好的教育吗？可他们又是否会去想自己的孩子到底可不可以拿这个名额呢？然后就是你，你爷爷是当过官的，你考上公务员，后来没几年就当上了县领导，虽然不是特别高的职位，但你爷爷那时候还在世，要是别人知道你们的关系，他们又会怎么想？"

"……"

林青云沉默着，无论过去多少年，他在他的父亲的教导面前永远是这么抬不起头。

"好了，接下来你就在这里待着吧。放心，我有办法解决这个问题，要不了多少时间。"

"什么办法？"

"到时候你就知道了，走了。"

"喂！"

林西并没有理会儿子的呼喊，他要说的话已然交代完了。从这时起，他作为一个父亲的责任就已经尽了，接下来，他将继续承担他的另一个责任……

洪奋烈借这次对林青云倒山工程的猛烈抨击，赢得了无数声誉和金钱，他十分享受这些，但依然不满足。目前市检察院对该事件还未发表结果，主编打来电话，叫他带几个人去挖林西和渔民的料。得到这个指示，他马上兴高采烈地拉人，而为了抓住这个机会，其他的几个记者纷纷围在他旁边献殷勤，这让他觉得飘飘欲仙，感觉自己真的已经一只脚踏入了天堂。于是他趾高气扬地拉上了几个业务水平一般的，拍马屁拍得最积极的那几个，抬头挺胸地带人出发了。

经过几个小时的奔波，他带人来到了致远村，四处寻找林西的下落，然后没多久，他就看到好几百号人围在空地上，而林西就站在中间讲话。眼看是个可以借机发挥的场面，他马上拿起摄影机就拍，连标题都想好了，就说：几十人无辜惨死的元凶，进行邪教洗脑的魔头。其他人看到他开始拍照，也赶紧跟着拍，而渔民看到这场景，吓了一跳，但马上就想起之前那份穗子向所有人一个字一个字念出的报道，然后穗子马上带头冲了上去，对他们吼道："你们干什么呢！"

洪奋烈吓了一跳，但马上又摆出一副趾高气扬的态度，说道："我是记者，正在对通明乡重大施工事故进行跟踪报道，请配合调查。"

穗子和其他人正想发飙，但被林西拦住了。只见林西缓慢靠近那个青年人，而随着林西的步步逼近，他的态度也由刚刚的天不怕地不怕变得有些慌张。

"你要干吗？"

"没什么，你说你是什么？我年纪大了，听不清。"

"我是《真实报》的记者洪奋烈，正……"

"记者？"

林西特意拉长了音调。

"你记者调查关我屁事，我有什么义务要配合你，把你刚刚拍的照片拿来，不然小心我告你侵犯他人隐私。"

听到这番话，洪奋烈明显更加慌张，但他依然强装镇定，对周围人大笑着说："哈哈哈，听到没，他要告我，哈哈哈。"

"哈哈哈。"

大家纷纷大笑起来，而渔民们变得十分愤怒，但穗子出于对林西的信任，拦住了大家，而林西则是平静得不能再平静。眼看对方不为所动，洪奋烈彻底慌了，但他依然壮着胆子，用恶狠狠的语气说道："你搞搞清楚你自己的处境，你现在……"

"怎么，你也耳朵不好使了？拿来。"

"我就不拿，你能怎么样？"

听到这话，林西不自主地笑了起来。看见他笑，洪奋烈内心更加不安。

"你！你笑什么？"

"没什么，只是确定了一件事，现在我不需要有什么顾虑了。"

"什么？"

"在我走之前教你个知识，你喜欢把别人拉下去，来让自己上去，可你带来的这些人也和你一样。"

"……"

说时迟，那时快，林西不知从哪掏出一把锐利的小刀，朝着自己的大动脉狠狠扎去，喷涌而出的鲜血溅满对方一身，在渔民和他人的错愕下，他身后的几台摄像机在极短的时间内接连不断地传来快门的声音，将这世界上最伟大与最丑恶的灵魂完完全全地记录了下来。

林西逝世的消息被那位自诩为正义记者的洪奋烈的同事们，争相报道，无论他如何苦苦哀求，那些昨天还和他称兄道弟的同事们瞬间换了副脸。结果不出所料，某记者因扭曲事实害死渔民合作社社长的新闻直接再次引起了新的舆论波动，洪奋烈被公安机关带走了。公安机关也带走了社长和几位总编。这下他们才明白，他们的日子也到头了……

回到阳明县，渔民同胞们个个脸色凝重，他们都不记得当时在一片混乱中，愤怒的他们是怎么放过了那个无良记者的，好像是有个人站在他们前面一边死死拖着林西的尸首，一边劝着他们，但那是谁已经不重要了，大家现在就一个念头，先把事情办了，先把人葬了，再讨论其他事。而与此同时，刘永乐也在派出所向林青云传达了这个令人悲痛的消息。

"什么？就这样？死了？"

刘永乐点了点头，都不敢说话，生怕刺激到他。

"原来如此，哈哈，原来如此，我就说，我……我，他王八蛋！

啊!"

这个消息一时间让他难以接受,爆发出绝望的哀号,可他的内心深处却又丝毫不觉得奇怪,似乎在他的心目中,林西一直都是这样的人,向来如此。

"我们原本以为这件事很难解决,但事实上特别简单,但没人会往那边想,证明一个被无数人追随的人不是通过压迫的手段来让他们追随的最有效的办法,那就是当这个所谓的压迫者死后,大家是否还会和他生前一样继续追随他,而且如果他是个心怀不轨的人,那他也不会为了这些人去放弃自己的生命,这样一来问题就都解决了。"

"然后呢?解决了?山还在那,我还在这,几十条命已经丢了,现在又多了一条,可山还是在那!这他妈解决了什么?"

"至少现在你可以大胆地去干了,市里刚拨了专项款,而且还派了一个督查组下来保证大山能够彻底倒下,并且现在许多大型挖掘设备已经开始送过来了,接下来……"

"所以呢?"

他现在并不想听这些,只想沉浸在痛苦中逃避现实。

"林青云!你他妈王八蛋!"

刘永乐见状也不惯着他,现实是逃避不了的,因为它就在那里。

"你爷爷是个了不起的人!你爹是条汉子!你呢?你这副模样就是一窝囊废,我早就提醒过你,要小心谨慎,你今天落到这地步都是你自找的,自己好好想想吧!走了!浪费我这把老骨头的时间。"

于是对方气愤地走了出去,只留下林青云一人独自撕心裂肺。过了不知道多久,他终于慢慢缓了过来,喘了几口气,紧接着,那门又打开了,他原本以为是刘永乐回来了,正想整理一下情绪,结果发现原来是吴竹。

"叔叔……

"……你怎么来了?"

"他们都是骗子。"

"什么?"

"他们之前都说会去,结果只有我去了,最后还骂我傻瓜。"

对方说着说着,鼻子酸了,眼泪也不自主地流了下来,听到这话,他顿了顿,然后强打精神,对他说道:"什么傻瓜,不过是他们拉不下面子,所以通过排挤你来找面子罢了!一群可悲的家伙,别哭,他们哪里比得过你,你可比他们有出息多了,是个说到做到的人,你和骗子计较什么。"

"真的吗?"

"当然。"

"那叔叔也是个说到做到的人吗?"

"……"

"……"

虽然孩子想要止住泪水,但怎么也办不到。于是也不管那么多,最后向他鞠了一躬,马上又跑了出去。

"我必须得是!"

捕虫者说

周江晶

中州之大，无奇不有。其野有异虫，人栖而寡恩，晦于内，章于外，伏于明，蠹于晦。见其长，行似偶木，出之于外，则厦倾土覆，莫能追。盖凡眼无可辨，民恶不可除，旦夕忧戚。坊间轶传，有侠少生炯目，擎力臂，负奇技，专事捕虫者，可驱异虫，活膏肓，遇之可救矣。

——题记

十二月的清晨，太阳很低，柔柔的阳光贴在窗户上，有气无力地给玻璃哈上了一口晕黄的雾气，比窗外树枝上挂的冰凌看着多了一丝暖意。

男人坐在床边，一动不动，看着那一抹晕黄盖在他骨节分明的脚掌上。十二月的清晨，他却恍若置身盛夏烈阳下，豆大的汗水沿着发梢凝结，滑过脸颊，流入衣襟，胸前已是湿漉一片，他却毫无所动，只嘟囔着一句"我忘了什么事"。

李青这样，已是第三天。

"还发什么呆！今天轮到你送孩子上学！"妻子王霞推门而入，哐一声，门重重撞到墙上，也撞落了李青额头颤巍巍将坠不坠的一滴汗。"说好的，年后办手续。"王霞回瞄一眼，看儿子已经走到门口，又咬牙轻声补上一句。"你这出趟差回来，就整天魂不守舍。魂被狐狸精勾了我懒得管，但说好孩子面前先照常，耽误了孩子考试别怪我翻脸！"

李青猛然坐起，仿佛是一个木偶，耍戏的人终于提了一下绳头，给了他行动的讯号。在儿子不耐的目光下，他快速穿戴整齐，一把抓过自己的公文包，慌慌张张出了门。

前面就是学校了。"牛牛你等下。"听到李青喊出小名，孩子又露出不耐的表情。"倒还记得我叫啥。"说完头也不回地走了。李青不自然地收回右手，改为习惯性地去掏出手机，手指却茫然停住，忘了原来是想做什么。坐在车上轻叹口气，他又想起这三天来，每天一睁眼脑中就响起的那个声音——"我忘了什么事。"

"李主任，这么早！"单位传达室的刘贵有些殷勤地跟他打招呼，"今天又轮到你送孩子上学？这么大领导还亲自送孩子上学嘞。"刘贵一边说一边就要帮李青开门。

李青一把抓住黑色把手，推门走了进来，冰凉的金属触感让他微皱了下眉头，但马上又挂上了笑脸，回了一句"早，带黑毛遛过弯了吧"。刘贵不禁愣了下，等李青身影转过楼梯口不见了，才重又在那张他已坐了七年的靠背椅上坐好，略显不安地挪挪屁股。

刘贵知道李主任不喜欢他这点邋遢劲。可他还是忍不住走到传达室后门，打开看一眼，黑毛立马摇着尾巴凑上来，使劲围着他的腿肚子打转。这是一只通体黑毛的土狗，他两个月前在路边捡的，看着可怜便偷偷养在这里。上周他一早带黑毛遛弯，被李青撞个正着，说他影响单位形象，沉着脸说要么把狗送走，要么他人走。刘贵心一沉。李主任一向说一不二，这回自己不会真要滚蛋了吧。

刘贵想想孩子下学期的学费，终于来到三楼走廊尽头，那间朝南，正对着一湾清河的办公室，宽敞、明亮，正是李青的办公室。他畏畏缩缩地朝李青喊了一句："李主任，我今天就把黑毛送走！绝不让它吵到您!"

李青不置可否。他想,"我忘了什么事"。

墙上时钟指向8点07分,综合科新招录的高才生小赵,左手胳膊下夹着电瓶车头盔,右手拎着热水瓶站在李青门外。这是还没来得及回自己办公室,直接先去开水房了。"李主任,对,对不起!半路突然下雨,我来晚了。"小赵还在气喘不歇,看李青自己在收拾桌头,脸上分不清是雨水还是汗水。他把头盔随手放在门口地上,急走两步把热水瓶放到茶水台上,三两下把报纸、内刊、文件分类摆在李青面前,又整整齐齐放好红蓝黑三色签字笔,笔尖在一条直线上,分毫不差。

小赵麻利地回到茶水台,取出李青惯常用的水杯,弯腰从柜子深处拿出特级滇红松针的茶叶盒,用小勺精准地舀了三小勺茶叶放入开着杯盖的茶器,倒入开水,水线堪堪停在杯口下沿2厘米,巧合地刚好和杯身上"淡泊明志"几个题字的顶部齐平。翻转杯身,让茶水倒浸着茶叶。做完这些,小赵略显不安地看着李青:"李主任,那我先去忙了。有事您打铃。"

李青看小赵陀螺一样转完,听他最后这一句,像是有点反应不过来。顺着小赵的目光,他注意到自己右手边办公桌上,抬手就能摸到的地方,有一个电铃,样式和家里门口的门铃很像。

"我忘了什么事。"李青又嘟囔一声。

临近傍晚,一天将要过去。来访的安阳建设公司老总徐阳一行还在李青办公室,他们热烈地讨论着企业接下来要投资的,本市最大的商业综合体项目。这个项目,全城瞩目。

"李主任,多亏了你指点,我们这个项目才能这么快拿到批文动工。您说得对，办法总比困难多。"徐阳凑到李青耳边，有些得意地低语，"有老百姓刁难又如何，有李主任您在，我们做企业的就放心了。"徐阳声音压得更低了，"李主任，上次的小礼物，不知您还满意吗？不满意的话，我那还有其他的，什么时候您给个面子，到寒舍一叙，让小弟给您介绍介绍。"笑脸上满是暧昧不明、意味不明。

李青知道，他忘了非常重要的事。

晚上，三楼仅剩一扇窗户透出灯光。李青枯坐在办公椅上，手机屏幕亮着，他正盯着发呆。是一条短信："［中州心灵捕者］提醒：李*，您于2023年11月13日在我处进行了捕虫治疗，每月复诊1次，您已成功预约下次复诊时间：12月13日上午第1号。请于当日凭号就诊。"

李青从办公桌最底层抽屉，一个密封的信封里，找到了一张"中州心灵捕者"的名片和一部几乎全新的手机。手机里，只有这条短信。他拿起手机，照着名片上写的"捕虫者壹号"的联系方式，打了过去。电话接通了。

"你好，李青。"电话那端是一个辨不出年龄的男子的声音，第一时间叫出了李青的名字。

"什么是捕虫治疗？"李青凭着本能问出口。

"哈哈哈……"电话那端竟传来一阵愉悦的笑声，就像听到了一个精彩的笑话，"你的心灵长虫了，我们是捕虫者。你肯定学过一篇经典的古文《捕虫者说》，我们就是现代的捕虫者，为有识之士破解心理沉疴。那些让你痛苦、让你羞愧、让你卑微的思想，就是你心灵的蛀虫！李先生，李主任，我们在一起从事一个造福人类的事业！我们的实验计划一旦成功，人类就可以随心所欲地控制自己的思想！好人还是坏人，都可以被'生产'出来。"电话那头，传来了近乎疯狂的高亢发言。

李青沉默了。"你们对我进行了催眠?"

"不,李先生,我们不屑于这种小伎俩的虚招。"捕虫者壹号似乎也被李青的冷静感染了,停下了他的激情演讲,"用通俗的话讲,我们给你的心灵做了手术。我们精准定位了你大脑中记录着某些情绪片段的细胞,对它们进行了摘除。"

捕虫者壹号几乎可以说是温柔地对李青讲道:"李先生,您对您过去20年的人生似乎有很多不满啊。您尤其不满,您变成了一个贪得无厌、虚与委蛇、颐指气使、利令智昏的坏人。但可笑的是,您最后的一点良知,又加重了这种负罪感,让您没能做成一个彻底的恶人。"

捕虫者壹号似乎有些遗憾:"我们当时为您提供了两种手术方案。一种是彻底清除您的良知,让您不再困于自己的痛苦,这种方案,简单、高效、没有副作用。另一种就麻烦得多,需要一一清除您的贪得无厌、虚与委蛇、颐指气使、利令智昏,您竟然想做回一个爱护家庭、关心弱小、尊重他人的好人。"

捕虫者壹号发出了恨铁不成钢的惋惜声,说:"我早就告诉过你,方案二后遗症很严重!你的心灵会产生太多的创伤,会产生何种后遗症,我们的试验还没能完全解答。不过,也感谢你,让我们有了宝贵的试验数据。你会是珍贵的病例。"

李青知道,他说的是真的。曾经自己就是一个狂热的技术派,脑子中有各种异想天开的科学怪谈。"你们的地下试验是非法的!"

"哦,李主任。我们的试验成功了,您果然变回了一个好人。"捕虫者壹号的语气又冷了下来,"但李先生,您做过的坏事,依然是坏事。您肯定不记得了,为了配合'捕虫治疗',帮助我们精准定位您的'坏情绪细胞',您事无巨细地向我们描述了您做过的坏事。您的红颜知己、您的擅自决策、您的伴手礼……"

李青无法反驳。他挂掉了电话。之后按下了另一个手机，他日常用的手机，那个手机正在拍着视频，记录下了这通电话。

他想给妻子王霞打个电话，告诉她自己今晚不回家了，想和孩子说说话，叮嘱孩子早上没能给的零花钱，其实爸爸早就存到他名下银行卡了。他想和小赵说一声，不会再因为没听到铃声而挨训了。他想和刘贵说，黑毛还是留下吧。但想想好像也没必要了。

第二天清晨，李青从办公室沙发上醒来，他感到这个冬日的清晨是那样寒冷，冷得直发抖，冷得他裹紧了棉外套，冷得他想让晕黄的阳光更暖一些。

他把一封信和一部手机装进了快递袋，寄了出去，上面写着中州市公安局。然后，他转身走向了一道门："你好，我来交代问题。"

李青记起来了很多事，尤其记起来，他想重新做回一个好人。

"我是自己的捕虫者。"

一枕黄粱，三访华胥

金梦雯

一

这些天我总是失眠。

母亲送了我一个古朴的枕头，深陷的眼窝，望子成龙的目光，宽慰着更加焦虑的我。"这是妈特意请算命老先生求来的宝贝。你枕着它，保准睡得香，明儿的公务员考试也能顶呱呱！"

我说这些都是封建糟粕，是迷信，不顶用。但是母亲执拗，我也只好收下。

当晚我枕在这个所谓的算命先生请来的宝贝枕头上，本以为会如往日一样失眠于公务员考试的梦中，却恍惚中嗅到了隐约的煮米香气，随着双目一阖，整个身子便好似栽倒在一堆绫罗绸缎中，软绵绵的，有如脚踏浮云。

二

我睁开眼，身边是清晰又模糊的古朴木墙，装潢仿佛古时的旅馆。面前坐着一位气宇不凡的高士。高士轻捻长须，仰首笑道："少年人，你我虽为初识，但却有如故友至交。此番相见恨晚，可愿随我入道？"

我恍惚间未曾留意自己是否张口答话，等有意识的瞬间便已听得自己的声音："等我日后得到官位，光宗耀祖之后，再随您入道修行。"

高士笑而不语，递给我一个枕头。我双手接过枕头的同时，眼前迅速闪过铺天盖地的人生画面，每一帧中的主角都是我自己。我有如

331

走马观花般看尽我未来的人生——考上状元，当上高官，娶富家女，升宰相位。荣华富贵，权势熏天。

如梦似幻一般的光景，让我心生一丝不安。这似乎是我想要的，但又不是我真正希望的。还不等我开口倾吐诡异之感，那眼前光景登时急转直下。梦中之我因贪腐遭朝廷治罪，没收家产，而家庭破碎，孑然一人。一朝从云端跌至泥淖。

高士仍旧在捻着胡须笑着，他该是开口说话了，可我一时辨不清声音究竟是从他口中透过我的耳朵而来，还是我手上的古枕径直顺着神识直接与我对话。我听到这样一番言语：

"洞宾，你已在梦中经历了人生百态，应该能感受到无论财富还是权力，全部都是戏弄人的东西，又有什么可留恋的呢？"

我刚想开口惊呼这万千诡谲，蓦然眼前一黑天旋地转，身边又变化了景象。

三

我坐在另一家客栈的小桌边，身旁有一位衣衫朴素却满脸傲气的年轻书生，一位鹤发童颜、仙风道骨的老道士。店婆笑盈盈地端上井水，一人一碗，用以解渴。我端起水碗抿了一口，清甜怡人。一旁的老道眉开眼笑，连连夸赞。我循声望去，老道的眉眼似曾相识。

那书生轻笑一声道："甜？这井水再甜，也比不上皇宫里的琼浆玉液。"我不禁蹙眉，还未等我出声反驳，那店婆已先开口。女人尖声笑骂着谁不知道琼浆玉液是好东西，认为那不该是他能想的。那书生笑笑，又继续说道："读书人志向高远，'功名'二字最当先。"我终于忍不住，开口问他："书生，你求何物？"

书生答："金榜题名中状元，琼浆玉液帝王宴，驸马宫里配婵娟。

生前享尽人间福，身后留名颂万年。"

书生脸上自得的笑容让我觉得不适。他的言语中只有利，我看不到我想看见的。于是我直白地将我的想法说出来，带上一腔恨铁不成钢的恼火："那民呢？为官不为百姓，反倒为名啊利啊的这些虚物。书生，你当真不知廉耻！你这种人就算是做了官，也只会成为贪图享乐的贪官，遗臭万年！"我知道黄粱梦的故事，我也知道书生一枕黄粱之后的结局，所以我才数落得这么凶狠。

书生脸色顿时一变，老道起身，制止了我们还未来得及开始的拳脚争斗。老道从容地从袖口取出一个枕头，一个我无比眼熟的枕头。

老道说："贫道吕洞宾，见公子面色欠佳，想是过于操劳。现借一良枕，还望公子小憩片刻，好好休息。"

四

梦的最后，我不在自己的卧室，也不在古代的驿站。

我在一个虚无的白光之中，身边站着一位神色淡漠的仙童。

我向他行礼问好，我知道他是黄粱枕的化身。

黄粱枕问我："你还想当官吗？"

我说："想。"

黄粱枕蹙眉，似乎是不满我的愚钝。他说："自我有记忆起，中国的读书人就一直在走一样的路。寒窗苦读，考取功名，一时间风华无限，可还是被钱财利益蒙心，最后锒铛入狱，悔不当初。我给吕洞宾讲了这个道理，他在梦里因为贪腐被满门抄斩，最后他悟了，转而修道。我给书生讲了这个道理，他在梦里因为贪腐被诛杀九族，最后他悟了，转而还乡。为何你偏偏要执迷不悟？"

我笑着回答："这是为官贪腐的问题，而不是为官本身的问题。"

黄粱枕反问："这又有何区别？你如何能保证自己初心不改，为官清风永驻？"

我直面他咄咄逼人的模样，不卑不亢地说："你受限于时代，只看到中国曾经的官场模样。如今时过境迁，现在的中国政治一直坚持着反腐败的目标，早已不是千百年前那个放任私欲的腐朽官场。我想考上公务员，从来不是为了所谓名利，而是希望自己的温度可以惠及中国的人民。谢谢你的指导，这一路的梦境，让我更加坚定了我前进的信念。"

黄粱枕沉默半晌，最后轻轻叹息，嘴角含着隐约的笑意。他道："许是我真的太老了，老得跟不上时代步伐了。罢了，你醒来吧，愿你鹏程万里，好叫我看看如今的官场究竟是如何的清廉模样。"

五

一场梦醒，华胥归来。

我睡了一个好觉。第二天一早，起床，我眨了眨眼睛，从梦境中缓了缓，心中却是从未有过的踏实安定。母亲待我洗漱完毕后，端上来一大碗白米饭。母亲怕我考前紧张，安慰着说："放平心态，考上了最好，考不上也不打紧。你只要踏踏实实工作，不偷鸡摸狗，做个清清白白的人，去哪里都是对社会做贡献。"

我放下饭碗，轻声道："好。"

后 记

书廉洁华章，扬清风正气！

2024年4月11日，第二届"南孔杯"廉洁文学创作大赛颁奖活动在衢州江山举行。随着重磅奖项的揭晓，这场历时8个月、备受瞩目的廉洁文学创作大赛，缓缓落下帷幕。

本届大赛由中国纪检监察杂志社、浙江省纪委监委、浙江日报报业集团、浙江省作家协会主办，衢州市纪委监委、衢州市委宣传部、中共江山市委、浙江浙法传媒集团承办。

该赛事的举办，对学习贯彻落实习近平总书记关于加强新时代廉洁文化建设的重要论述精神，赓续南孔文化，不断创新廉洁文化传扬形式，打造"南孔清风·勤廉衢州"鲜明标识，持续擦亮具有省域辨识度和全国影响力的廉洁文化"金名片"具有积极意义。

大赛以"方寸之间有江山，字里行间品廉礼"为主题，深入挖掘南孔文化及其蕴含的"勤廉"元素。自2023年8月12日正式启动以来，得到社会各界的积极响应，共收到来自31个省（自治区、直辖市）创作者的作品2160篇。经过三轮审慎公正的评选，最终56个奖项归属——揭晓，其中《家事·家风》荣获散文一等奖，《追悔》荣获小说一等奖。

从参赛作品的内容来看，有的充分挖掘中华优秀传统文化、革命文化、社会主义先进文化中的廉洁因子，如散文一等奖作品《家事·

家风》于平凡真实的场景中，将廉洁齐家的家风故事娓娓道来，小说二等奖作品《南孔衍圣公传承记》，反映了从古至今国人血脉中的儒学大义和对清正廉洁的坚守。有的深耕情节创意，如小说一等奖作品《追悔》展现了现实中的道德困境和精神坚守，揭示廉洁力量，散文二等奖作品《梨花风起正清明》，通过对"清""明"二字的探讨，进一步诠释了廉洁的含义。

不少作品还通过文字还原纪检监察干部工作生活风貌，生动刻画担当作为、勤政为民的新时代纪检监察铁军赤胆忠诚、干净担当的浩然风采。

一曲曲清廉歌、一支支勤廉舞、一首首廉洁诗……由本届优秀获奖作品《风起舌尖》《发票》和《追悔》等改编而成的朗诵和情景剧节目，在颁奖舞台上演绎，引发现场观众强烈共鸣。

"廉洁文化是一种无声的力量，以文字为载体，这种力量无声，但敲在心上是掷地有声的。"中国作家协会副主席、第二届"南孔杯"评委会主任阎晶明对本次大赛给予了高度评价，"此次活动以南孔元素为主线，不仅让大家看到了廉洁和传统文化之间不可分割的关联，也看到了传承，更看到了创新，新的表现形式赋予传承新的意义，更适合当下的时代。"

为进一步丰富廉洁文化优质产品的供给和传播，本届大赛将优秀获奖作品汇编成册，把优秀的廉洁文学作品更好地带到广大群众面前。其间，我们联系作者进行二次完善，由于篇幅限制，对部分作品进行了适当节选，在此也请各位作者见谅。

感谢浙江大学、浙江工业大学、浙江财经大学、《江南》杂志社等单位在作品评审中的大力支持，感谢主办单位浙江省作家协会对本书编印的专业指导！